ज्ञान गरिमा के
72 वर्ष

भारतीय
ज्ञानपीठ

अनुत्तर योगी

तीर्थंकर महावीर

तृतीय खंड

तीर्थंकर का धर्मचक्र-प्रवर्तन

प्रथम संस्करण : वी. नि. ग्र. प्र. समिति, इन्दौर, 1978
प्रथम आवृत्ति : राधाकृष्ण प्रकाशन, नयी दिल्ली, 1993
भारतीय ज्ञानपीठ, नयी दिल्ली से प्रथम संस्करण : 2009

अनुत्तर योगी

तीर्थंकर महावीर

तृतीय खंड

तीर्थंकर का धर्मचक्र-प्रवर्तन

वीरेन्द्रकुमार जैन

भारतीय ज्ञानपीठ

लोकोदय ग्रन्थमाला : ग्रन्थांक 895

ISBN 978-81-263-1565-9

अनुत्तर योगी : तीर्थंकर महावीर (खंड-3)
(हिन्दी उपन्यास)
वीरेन्द्रकुमार जैन

प्रकाशक : भारतीय ज्ञानपीठ
18, इन्स्टीट्यूशनल एरिया, लोदी रोड, नयी दिल्ली-110 003

मुद्रक : आर.के. ऑफसेट, दिल्ली

आवरण-सज्जा : ज्ञानपीठ कला प्रभाग

ANUTTAR YOGI : TIRTHANKAR MAHAVEER (Vol.-3)
(Hindi Novel)
by Virendra Kumar Jain

Published by
Bharatiya Jnanpith
18, Institutional Area, Lodi Road, New Delhi-110 003
Ph. : 011-24698417, 24626467; 23241619 (Daryaganj)
Mob. : 9350536020; e-mail : bjnanpith@gmail.com
sales@jnanpith.net; website : www.jnanpith.net

Second Edition : 2017
Price : Rs. 350

वर्तमान में चाँदनपुर में जीवन्त विराजमान
त्रैलोक्येश्वर श्री महावीर प्रभु के चरणों में
एवं
विश्वधर्म के अधुनातन मन्त्र-द्रष्टा
पूज्य मुनीश्वर श्री विद्यानन्द स्वामी के
सारस्वत कर-कमलों में

सौभाग्यवती अनिला रानी जैन के लिए,
जिन्होंने मेरे तमाम तूफ़ानों के बीच
घर का दीया जलाये रक्खा

अनुक्रम
तीर्थंकर का धर्मचक्र-प्रवर्तन

तृतीय खंड

तीर्थंकर का धर्मचक्र-प्रवर्तन

श्रोता की खोज में

हठात् शची और शक्रेन्द्र का अटूट आलिंगन टूट गया। उनकी शैया में यह कैसा भूकम्प है ?...और जाने कब वे एक-दूसरे के छिटककर, अपने कल्पकाम शयन-कक्ष के दो विरोधी छोरों पर, आमने-सामने खड़े हो गये। वे जैसे एक-दूसरे को पहचान नहीं पा रहे हैं। वे नये सिरे से एक-दूसरे को साक्षात् कर रहे हैं और पहचान रहे हैं। अपूर्व सुन्दरी है आज की यह शची। अपूर्व सुन्दर है आज का यह शक्रेन्द्र।

तो फिर आलिंगन क्यों टूट गया ?...देहों के आलिंगन की सीमा आ गयी ? तो क्या इससे आगे का भी कोई आलिंगन है ? क्या कोई ऐसा मिलन भी है, जिसमें विच्छेद नहीं ? जिसमें वियोग नहीं ?

क्षणार्द्ध से भी कम, एक समय मात्र में ये प्रश्न उनके भीतर से गुजर गये। वे और भी उद्दीप्त, और जाज्वल्य होकर, एक-दूसरे को पूछते-से ताक रहे हैं। उनकी देहों में खामोश बिजलियाँ कड़क रही हैं। रोमांच के असह्य हिलोरे आ रहे हैं।

...अरे यह क्या, कि उनकी शैया जैसे झंझा के झकोरों में पर्वत की तरह काँप रही है। उनका यह विलास कक्ष और उसका समूचा ऐश्वर्य मानो एक वात्याचक्र में उलट-पलट कर ऊभचूभ हो रहा है। उनके पैरों तले की धरती धूजती हुई, नीचे धसकती जा रही है। माथे पर का आकाश जैसे हट गया है। वे कहाँ खड़े रहें, कैसे खड़े रहें ? पुरानी धरती छिन गयी, पुराने आधार लुप्त हो गये। अरे कोई नयी धरती, कोई नये आधार कहीं हैं ? और वे दोनों अधर में दोलायमान होने लगे। शक्रेन्द्र सम्भ्रमित-सा होता हुआ सौधर्म सभा में गया। शची ने उसका अनुसरण किया। इन्द्र अपने सिंहासन पर जा बैठा और उसने अपनी सत्ता को महसूस करना चाहा।

...पर यह क्या, कि उसका सिंहासन हवा के पत्ते की तरह थर-थरा रहा है। उसके नीचे की फर्श में विप्लवी भूकम्प के हिलोरे आ रहे हैं। विशाल सभा-भवन की दीवारें डोलती हुई धराशायी होती जा रही हैं।...इन्द्र सिंहासन छोड़कर शची के सम्मुख आ खड़ा हुआ। पर खड़े रहना भी जैसे इस क्षण मुहाल है।

"शची, शची, देखो, देखो, स्वर्ग की अजेय सत्ता को फिर पार्थिव की माटी ने चुनौती दी है। स्वर्ग ध्वस्त होकर, ठीक हमारी आँखों के सामने भरभरा कर बिखर रहा है। बोलो, हम कहाँ खड़े रहें, कहाँ जाएँ, प्राण ?"

"प्रभु, मेरे इन्द्रेश्वर, मुझे लो, मुझे अपने में समेट लो। बचाओ नाथ, बचाओ

इस प्रलय से। मैं अब खड़ी नहीं रह सकती।''

''...नहीं, अब मैं तुम्हें अपने आलिंगन में नहीं ले सकता। वह आलिंगन सदा के लिए टूट गया। उसमें अब हम एक-दूसरे को शरण नहीं दे सकते...वह शरण कहीं और है...''

''कहाँ है वह शरण, चुप क्यों हो गये, बोलो नाथ!''

''पता नहीं!...लेकिन देखो देखो...यह सब क्या हो रहा है?''

''क्या हो रहा है स्वामी, तुम ऐसे भयभीत क्यों? सौधर्मपति शक्रेन्द्र, अपार सत्ता और ऐश्वर्य का प्रभु। और इतना भयभीत?''

''शची, नहीं, मैं कुछ नहीं। मैं निःशेष हो गया। मेरी सत्ता समाप्त हो गयी। यह कोई सारी सत्ताओं की सत्ता है, जो...इस क्षण हमारे ऊपर आरूढ़ हो गयी है।''

''कहाँ है वह सत्ताओं की सत्ता? दिखाओ न, दिखाओ। नहीं, यह तुम्हारी भ्रान्ति है।''

अलक्ष्य में कहीं एक प्रलयंकर विफोट सुनाई पड़ा। कानों में नहीं, नाड़ियों में।

''ओह शची, देखो न, सारे स्वर्गों के पटल हिल रहे हैं। तमाम इन्द्रों के सिंहासन डोल रहे हैं। हर स्वर्ग के इन्द्रों और इन्द्राणियों के, देवों और देवांगनाओं के आलिंगन टूट गये हैं। अप्सराओं के लावण्य धूल में मिल रहे हैं।...''

''...नाथ, नाथ, यह क्या कह रहे हो?''

''देखो न शची, हमारी इस इन्द्र-सभा में इन्द्रनील झूमर हठात् बुझ गये हैं। सारे स्वर्गों की रत्न-प्रभाएँ मन्द पड़ गयी हैं। ज्योतिरंग जाति के कल्पवृक्षों की अमन्द विभाएँ पतझर के पत्तों की तरह झड़ी जा रही हैं। कालचक्र से परे के हमारे सदोदित सूर्य और चन्द्रमा अस्तप्राय हैं।...ओ शची, देखो, देखो, स्वर्गों का आलोक अभी-अभी डूब जाने की अनी पर है। शची, मुझे थामो, मुझे...।''

''नाथ, आप ही मुझे थामो, मुझे अपने में लीन कर लो।''

''मैं कौन? कहाँ है कोई शक्रेन्द्र? कोई नहीं, कोई नहीं। तुम कौन? कहाँ है कोई शची? कोई नहीं, कोई नहीं। शची, तुम मेरी कोई नहीं। मैं तुम्हारा कोई नहीं। कोई तीसरी ही सत्ता हमारे अस्तित्वों की निर्णायक है, इस क्षण!''

एक अफाट निस्तब्धता में दोनों काँपते प्रश्न-चिह्न मात्र रहे गये हैं, एक दूसरे के आमने-सामने।

...कि अचानक एक नवोदय के आभास से वे संचेतन हो उठते हैं। मानो कि हठात् किसी ध्रुव ने उन्हें थाम लिया है। उन्हें अस्तित्व दे दिया है।

''आनन्द, आनन्द, शची। हम फिर अपने में लौट आये। देखो न, एक अपूर्व नवीन आभा से सारे स्वर्ग झिलमिला उठे हैं। हमारी रत्न-दीपों में नयी ज्योतियाँ उजल उठी हैं। हमारे ज्योतिरंग कल्पवृक्षों के पुरातन फल-फूल झर पड़े। उनमें नाना रंगी

रोशनियों के नित-नव्य फल-फूल फूट आये हैं।...आपोआप, अनचाहे, जाने कैसी नव-नूतन भोग-सामग्रियाँ उनसे उतरकर हमारे सामने चली आ रही हैं।...अपूर्व है यह घटना!''

''मेरे प्राणेश्वर, पा गयी तुम्हें। अपने सर्वस्व को। पा गयी सबकुछ, पहली बार। अपूर्व लग रहे हो आज तुम। अपूर्व लग रहे हैं तुम्हारे सारे स्वर्गों के वैभव। उनमें कोई नया ही परिणमन घटित हो रहा है...ऐसे सुख का अनुभव इससे पहले कभी न हुआ।''

''सच कह रही हो, मेरी ऐन्द्रिला, मेरी आत्मा। 'यत्परो नास्ति' है हमारे अस्थिहीन शरीरों में यह सुखानुभूति। ओ शची, मेरे अवधिज्ञान के बहुत दूरगामी वातायन खुल पड़े हैं। लोक के अतलान्तों में प्रकाश की सुरंगें लग गयी हैं। विश्व-ब्रह्मांड को थामने वाले तीनों वातवलय मानों इन्द्रधनुषों की तरंगित नदियाँ हो गये हैं। सबसे अन्तिम तल के उस निगोदिया जीवों के संसार को देखो। वहाँ तो चिरकाल अभेद्य अन्धकार का ही साम्राज्य छाया रहता है। और उसमें वे असंख्य एकेन्द्रिय प्राणी बेशुमार मांस-राशियों में बेबस लुढ़कते रहते हैं। आज महातमस् के उस लोक में भी उजाले की किरणें फूट पड़ी हैं। उन घोर अज्ञानी जीवों के भीतर भी एक नयी चेतना स्फुरित हो उठी है।...''

''तुम देख रहे हो स्वामी, और मैं केवल अनुभव कर पा रही हूँ। मैं तुम्हारी नारी, तुम्हारी अनुभूति!''

''देखो मेरी अर्द्धांगिनी, देखो, पल्यों, सागरों, करोड़ों वर्षों से नरक के अनिर्वच दु:खों में छटपटाते उन नर-नारियों को। चिरन्तन सन्त्रास में जी रहे, उन नारकियों के प्राण भी इस क्षण अनायास सुख से पुलकित हो उठे हैं। उनकी शूल शैयाओं में एकाएक यह कैसी फूलों की छुवन-सी भर आयी है।...मुझे स्पष्ट आभास हो रहा है कि इस मुहूर्त में तीनों लोकों के प्राणिमात्र की आत्मा में सुख की अनुभूति हिलोरें ले रही है। कर्म-सत्ता मानो इस क्षण थम गयी है। उसके रजोपाश जैसे ढीले पड़ गये हैं। जीवमात्र क्षण भर को अपने-अपने स्वभावगत सुख से विभोर हो गये हैं। दु:ख की विभाव-रात्रि इस समय ब्रह्मांड पर से तिरोहित हो गयी है। तत्त्व इस क्षण अपने शुद्ध परिणमन में आत्म-विलास कर रहा है।''

''आश्चर्य, आश्चर्य, आनन्द, आनन्द, सौधर्मपति। देखो, देखो, मैं और की और हुई जा रही हूँ। मेरे सारे पुरातन सौन्दर्य और शृंगार झड़ रहे हैं। मैं नग्न से नग्नतर होती जा रही हूँ। मैं अपने ही लावण्य के जल में नहा रही हूँ। मेरे स्वामी, मेरी इस चरम नग्नता को नहीं देखोगे? मेरे सौन्दर्य के इस सलिल में मेरे साथ जलकेलि नहीं करोगे?''

''देखो शची, देखो, भीतर की ओर देखो, तुम्हारे नग्न लावण्य की अन्तिम झील में मैं तुम्हारे साथ तैर रहा हूँ। तुम मेरे आरपार तैर रही हो, मैं तुम्हारे आरपार तैर रहा

हूँ। हमारे शरीर कितने पारदर्शक और पारगम्य हो गये हैं। कहीं कोई बाधा ही नहीं रही हमारे बीच। जैसे अप्रतिरुद्ध और चरम है हमारा यह रमण।''

''सुनें, स्वामी सुनें, हवा में ये कैसी वीणाएँ अचानक बज उठी हैं? विराटों में ये कैसे वाजित्र अकस्मात् गूँज रहे हैं? सारे स्वर्गों से उत्सव-वाद्यों की ध्वनियाँ उठ रही हैं।''

''सुनो शची, सुनो, कल्पवासी देवों के विमानों में आपोआप अविराम घंटनाद हो रहा है। ज्योतिषी देवों का लोक आकस्मिक सिंहनाद से थर्रा रहा है। व्यन्तरों के भवनों में स्वयमेव ही मेघ-गर्जन की तरह नक्काड़े बज रहे हैं। भवनवासी देवों की अटारियों पर बिन फूँके ही, तुमुल शंख-ध्वनियाँ हो रही हैं। सारे ब्रह्मांड में जैसे लास्य का मृदंग बज रहा है।...किस महाशक्ति का यह जादुई खेल है,मेरी हृदयेश्वरी?''

''ओ...ओ...देखो, देखो मेरे प्रभु, सारे स्वर्गों के कल्प-वृक्षों के दिव्य मन्दार फूलों की झड़ियाँ लग गयी हैं। धारासार बरसते हुए ये फूल पृथ्वी की ओर जा रहे हैं। किसका अभिषेक करने के लिए? कौन है वह पृथा का पुरुषोत्तम? कौन है वह नारायण, जिसके श्रीचरणों में सारे स्वर्गों में अमर कहलाते ऐश्वर्य पूजार्घ्य बनकर ढलक रहे हैं?''

''सच कह रहे हो नाथ, तुम्हारी शची का लावण्य उस अज्ञात सत्ता-पुरुष के चरणों की धूल हो जाने को मचल उठा है। मेरे उरोजों का अक्षय्य कहलाता यौवन उसके पदनखों पर लोट-लोट जाने को पागल हो उठा है। कौन है, कौन है वह ऐसा पृथ्वी-पुत्र, जिसने तुम्हारी शची को तुमसे छीन लिया है, शक्रेन्द्र?''

...इन्द्र को यह सुनते-सुनते एक गहरे आह्लाद की मूर्च्छा आ गयी। वह समाधि लीन-सा होकर अपने अन्तरतम में झाँक रहा है।...हठात्...उसके अवधिज्ञान का चरम वातायन एक विद्युत-टंकार के साथ खुल पड़ा।...जो दृश्य उसे दिखाई पड़ा, उसे देखकर उसका आनन्द उसकी दिव्य देह के तटबन्ध तोड़ने लगा। वह अमित उल्लास से किलकार उठा :

''स्वर्गेश्वरी, देखो, देखो सुदूर पृथ्वी पर खड़ा वह आकाशपुरुष। विराट-ज्योति का वह हिमाचल—जो इस क्षण चलायमान होने को उद्यत है। भरतक्षेत्र के मगध देश में, ऋजुबालिका नदी के तट पर, महाश्रमण महावीर को कैवल्य लाभ हो गया है। अनुत्तर सर्वज्ञ महावीर की उसी कैवल्य प्रभा से इस क्षण अनन्त कोटि ब्रह्मांड जगमगा उठे हैं। उन्हीं त्रिलोकीनाथ के प्रभामंडल से तीनों लोक इस समय भास्वर हो उठे हैं। उसी खामोश विस्फोट से हमारे स्वर्गों में रोशनी और रूपान्तर का एक विप्लव-सा घटित हुआ है।...मेरी आत्मेश्वरी ऐन्द्रिला, त्रैलोक्यश्वर प्रभु की कैवल्य-ज्योति में आज हमारा नया जन्म हुआ है। उन्हीं महाविष्णु के वक्ष के श्रीवत्स चिह्न में हमारा आलिंगन अटूट हो सकता है। वहीं, केवल वहीं सम्भव है, निरन्तर भोग,

अनाहत रमण।''

''उन्हीं महाकालेश्वर भगवान की वक्ष-गुहा में मैं तुम्हारे संग उत्संगित हूँ इस क्षण, ओ मेरे इन्द्रेश्वर।''

''देखो शची, देखो, हमारे सोलहों स्वर्ग, माहेन्द्रों और अहमिन्द्रों की सर्वार्थसिद्धियाँ अपने-अपने विमानों पर चढ़कर, तीर्थंकर महावीर का कैवल्याभिषेक करने को पृथ्वी की ओर धावमान हैं। गतिमान देव-सृष्टियों की इन्द्रधनुषी रत्न-प्रभाओं से, सारा आकाश एक संचारिणी चित्रमाया-सा भास्वर हो उठा है। चलो शची, चलो, हम भी उन सर्वदर्शी प्रभु के श्रीचरणों की पूजा को पृथ्वी पर चलें।...चलो, हम उनके समवसरण की रचना में अपने समस्त स्वर्गों के वैभव को चुका दें, ताकि शायद हमारे नश्वर सुखों में, उनके अनश्वर और निरन्तर सुख का अमृत उतर आये।''

''चलो नाथ, चलो, अब एक क्षण को भी यहाँ विराम नहीं। मुझे ही बना लो अपना पुजापा। मेरे ही भीतर, अपने स्वर्गों के सारभूत ऐश्वर्य को उन विश्वेश्वर के चरणों में चढ़ा दो। उन श्रीचरणों में विसर्जित हुए बिना, अब तुम्हारा चरम आलिंगन पाना सम्भव नहीं।...तुम, जो इस क्षण मेरी छुवन से बाहर हो गये हो। तुम, जो इस अन्तर-मुहूर्त में मेरी पकड़ से छिटक गये हो। वह पकड़ सर्वदर्शी प्रभु की नेत्र-प्रभा में ही फिर से पा सकती हूँ।''

सौधर्मपति शक्रेन्द्र ने विशाल चाँदी के घंटा को कांस्य के डंके से प्रताड़ित किया।...कुछ ही क्षणों में कुबेर आ उपस्थित हुआ :

''आज्ञा करें, इन्द्रेश्वर शक्रेन्द्र, सेवा में प्रस्तुत हूँ। अद्भुत है उल्लास का यह क्षण। मेरी ये बाँहें सहस्रबाहु होकर, कोई अपूर्व रचना करने को अकुला रही हैं। देवलोकों के महाशिल्पी और वास्तुकार ऋभुगणों की आँखों में नवनवीन सौन्दर्य सृष्टियाँ उभर रही हैं। उनके अंग-अंग किसी अपूर्व सर्जना के उन्माद से झूम रहे हैं। यह किस परम रचना का उन्मेष है? आज्ञा करें, शक्रेन्द्र।''

''जानते तो हो, लक्ष्मीपति, आज तुम्हारी सौन्दर्य-सम्पदा के धन्य होने की चरम घड़ी आ पहुँची है। चलो ऋजुबालिका के तट पर। देवाधिदेव तीर्थंकर महावीर की कैवल्य-बोधि को झेलने योग्य, समवसरण की रचना करो। जानो बन्धु, बारह वर्ष, पाँच मास, पन्द्रह दिन की अखंड मौन तपोसाधना के बाद, आज सर्वज्ञ अर्हत् महावीर की धर्म-देशना अव्याबाध झरनों की तरह फूट पड़ने को है। वे अपनी निश्चल महासमाधि से बाहर आ गये हैं। उनके नयनों के उन्मीलन में तीनों लोक, तीन काल के अणु-अणु के सारे परिणमन झलक रहे हैं। वे अब किसी भी क्षण चल पड़ने को उद्यत हैं। इससे पहले कि भगवान का प्रथम चरण उठे, या प्रथम वचन फूटे, तत्काल पृथ्वी पर चलकर उनके परिसर में समरसरण की रचना करो। ऐसा समवसरण, जहाँ से प्रवाहित होनेवाली तीर्थंकर वाणी, कलिकाल के हजारों वर्षों के अन्ध प्राणिक संघर्षों

में, चुपचाप आत्माओं की भीतरी राहें आलोकित करती रहे।"

"हम तो केवल माध्यम के रचनाकार हैं, सौधर्मपति। पर उन जगदीश्वर की पारमेश्वरी ऊर्जा ही उस माध्यम को अपने योग्य बनाने में समर्थ हो सकती है। हम प्रयाण को उद्यत हैं शक्रेन्द्र। देखो, हमारी हस्तिशाला में विराट धवल ऐरावत हाथी, सहस्रों सूँडों के साथ डोलता हुआ आविर्मान हुआ है। यह प्रस्थान का संकेत माँग रहा है।...हमारी निधियाँ उसकी पीठ पर आरूढ़ हो चुकी हैं।...अनुगमन को प्रस्तुत हूँ, स्वर्ग की तमाम ऋद्धियों, सिद्धियों, विभूतियों के साथ।"

...शक्रेन्द्र ने अनायास शंखनाद किया। उससे अन्तरिक्षों के स्तब्ध परमाणु झंकृत हो उठे। और सौधर्म स्वर्ग की देव-सृष्टि, तुमुल नृत्य, गान और वाजित्र ध्वनियों के साथ, प्रस्थान कर गयी। उनके गतिमान विमानों की नानारंगी मणि-प्रभा, और ऋद्धियों के ज्योतिपुंजों से आकाश-मंडल चित्रित हो उठे।

...ऋजुबालिका नदी औचक ही चौंक उठी। वह रुक गयी, और उसने मुड़कर देखा। उसकी लहरों पर यह कैसी रंगारंग रोशनी की जगती उतर रही है? उसके पानियों में ये कैसे गहन मृदंग और वीणाएँ बज रही हैं? उसकी तरंग-तरंग पर उर्वशियाँ और अप्सराएँ नृत्य कर रही हैं। रंगीन प्रकाश का वह संचारी जगत, दिगन्तों को पार करता हुआ, जम्बूद्वीप की तट-वेदियों को अतिक्रान्त कर रहा है। और उसकी धुरी पर खड़े हैं त्रिलोकपति तीर्थंकर महावीर।

...और लो, उन प्रभु ने पहला चरण उठाया है तो महामेरु और कुलाचल हिल उठे हैं। उनके प्रथम चरणपात से ओंकार ध्वनि का एक विराट् मंडल उनके व्यक्तित्व में से प्रसारित होता हुआ, तमाम देश-काल में व्यापता चला जा रहा है। उसमें फूटते हुए ये तीन पद : 'उप्पन्नेइ वा, विगमेई वा, धुवेई वा,' हवाओं में अनुगुंजित हो रहे हैं। ऐन्द्रिक सुखों में मूर्च्छित देवसृष्टि उस अलक्ष्य बोधि-ध्वनि से अप्रभावित रह गयी। शब्द शून्य में डूब गये। प्रभु की वह प्रथम दिव्य-ध्वनि महामौन से उठकर उसी में विसर्जित हो गयी। वह कहीं प्रतिश्रुत न हो सकी। भोग-मूर्च्छित देवों और अज्ञानी मानवों की सीमा पर टकरा कर वह व्यर्थ हो गयी। कैवल्य-स्रोत भगवान, श्रोता की खोज में आगे बढ़ गये।

रात हो आयी है। और इस अवेला में ही भगवान नक्षत्र तक की डग भरते विहार कर रहे हैं। परम योगीश्वर के निर्भार शरीर की पगचाप झेलने में भारिल पृथ्वी संकोच में पड़ गयी है। पवनंजयी प्रभु अधर अन्तरिक्ष में ही विहार कर रहे हैं। देश-काल की तमाम गतियों से परे की है यह गति।...

अपने तपश्चर्याकाल में प्रभु सूर्यास्त के बाद कभी विहार नहीं करते थे। वह उनकी महाव्रती अहिंसक चर्या में वर्जित था। पर आज वे त्रिकालेश्वर भगवान सारी मर्यादाओं का अतिक्रमण कर, विवर्जित और अनिरुद्ध विचर रहे हैं। उनके भीतर ज्ञान

के दुर्दम्य प्रपात धसमसा रहे हैं। इस महाविस्फोट में सारी मर्यादाएँ डूब गयी हैं, वेला-अवेला के सारे विवेक और वर्जन पीछे छूट गये हैं। समस्त देश-कालों का स्वामी देश-काल की मर्यादाओं से उत्तीर्ण हो गया है। सारे व्रत, नियम, आचार जिस महासत्ता के स्रोत में से आते हैं, उसका यह अधीश्वर है। इसी से यह जीवन्मुक्त पुरुषोत्तम आज सारी व्रत-मर्यादाओं को तोड़कर, भवारण्य की इस महान्धकार रात्रि में, एकाकी सूर्य की तरह निर्द्वन्द्व और निर्बाध विहार कर रहा है। उसकी पदचाप मात्र से यहाँ के महातमस् पर्वत विर्दीण हो रहे हैं।

सुदूर मध्यम पावा नगरी से वेद-मन्त्रोच्चार की तुमुल ध्वनियाँ आ रही हैं। यज्ञों के आकाशगामी हुताशन प्रभु के आज्ञाचक्र में झलक रहे हैं। यज्ञपुरुष एकाग्र गति से, गारूड़ी वेग से, मानो उस हुताशन पर आरूढ़ होने को धावमान है। उसके चलायमान चरणों तले पग-पग पर हवा में विशाल सुवर्ण-कमल बिछते जा रहे हैं। उसकी पदरज को झेलकर वे सुगन्ध और मकरन्द से भर-भर उठते हैं। स्वर्ग-सृष्टियाँ उसके आसपास भाँवरें देती चल रही हैं।...और वह उनके हाथ नहीं आ रहा। इस क्षण को उसकी अनिर्वार गति के अन्धड़ में, वे जाने कहाँ पीछे छूट जाती हैं।

मध्यम पावा नगरी के महासेनवन नामा उद्यान में, प्रभु चलते-चलते अचानक थम गये।...देखते-देखते वे अचाक्षुष् हो गये और अचानक ही वे, दूर आर्य सोमिल के प्रांगण में चल रहे महान यज्ञ की अग्नियों में 'अग्निमीले पुरोहितं' होकर चुपचाप गुजर गये। महासेनवन की चैत्य-भूमि में, पद्मासनासीन प्रभु का सूक्ष्म ज्योतिर्मय स्वरूप केवल देव-सृष्टियों को दिखाई पड़ रहा है। कुबेर के विश्वकर्मा ऋभुगण, संकेत पाकर प्रभु के चहुँ ओर दिव्य समवसरण के निर्माण में संलग्न हो गये।

लोक की आँखों से ओझल, लोकेश्वर महावीर और कैवल्य-ज्योति सर्वत्र उद्भासित होते हुए भी मौन है। मानुषोत्तर समुद्र थमे हुए हैं, उस मानुषोत्तर पर्वत के भीतर—मनुष्य लोक में बह जाने के लिए। पर वह मौन है, निस्पन्द है, निस्तब्ध है। उसकी वाचा नहीं फूट रही है। उसे किसकी प्रतीक्षा है? क्या लोक में कहीं उसका कोई श्रोता नहीं? कहाँ है वह नरोत्तम प्रथम श्रोता? कहाँ है वह वर्तमान लोक का ब्राह्मण-श्रेष्ठ, जो ब्रह्म-पुरुष की परब्राह्मी ज्ञानज्योति को झेलकर उसे समस्त चराचर प्राणियों के हृदयों तक पहुँचा सके? कहीं नहीं है वह, कोई नहीं है वह यहाँ, इस देश-काल में?

कहीं यज्ञपुरुष से विरहित, यज्ञों के मन्त्रोच्चार व्यर्थ हो रहे हैं।...यज्ञ-भूमि के अन्तरिक्ष में, हुताशन की उदग्र नोक पर, एक नीरव ध्वनि मँडरा रही है :

पंचेव अत्थिकाया, छज्जीव-णिकाया महव्वया पंच।
अट्ठ यपवयण-मादा सहेउओ बंध-मोक्खो य॥

इसे सुनकर तुमुल मन्त्रोच्चार के कोलाहल में भी यज्ञ का महाऋत्विक इन्द्रभूति गौतम चौंक उठा। यह किसने यज्ञ भंग कर दिया? देववाणी के इस दिव्य प्रवाह के बीच, किसने उच्चारित की यह असंस्कृत लोकभाषा? ओह, लेकिन अपूर्व है तत्त्व का यह नया परमाणविक विस्फोट! यह उत्तर माँग रहा है, यह आहुति माँग रहा है। मेरे अहम् की?...यह मेरी सत्ता को ललकार रहा है। मैं हूँ, या नहीं हूँ?...कहाँ मिलेगा इसका उत्तर? कौन देगा इसका उत्तर?

"...यहाँ मिलेगा इसका उत्तर, मैं हूँ इसका उत्तर!"

...यह किसकी आवाज है? इन्द्रभूति गौतम एक मर्मान्तक आघात से झल्ला उठा।...मुझसे बढ़कर ज्ञानी लोक में कौन हो सकता है, जो मेरा उत्तर हो सके? माया है यह? और उक्त आन्तर ध्वनि की अवज्ञा कर, मस्तक पीछे को फेंकता हुआ, वह अपने यज्ञोपवीत को बेहद-बेहद तानता हुआ, चंड से चंडतर घोष के साथ मन्त्रोच्चार करता हुआ, समस्त याजनिक मंडल को उत्तेजित करने लगा।...कि कहीं वह विचित्र लोक-भाषा की ध्वनि किसी के कान में न पड़ जाए।

...और हठात् पद्मासनासीन अर्हत् महावीर खड़े होकर अन्तरिक्ष में डग भरने लगे। असंख्य कोटि देवों तथा इन्द्रों की शोभा-यात्रा से परिवर्तित वे त्रिलोकीनाथ विद्युत-वेग से विपुलाचल की ओर विहार कर रहे हैं।

त्रैलोक्येश्वर का समवसरण

पार्श्वापत्य श्रमण ऋषभसेन विन्ध्याचल के एक दुर्गम्य कूट पर ध्यानस्थ हैं। वे आत्मा के ग्यारहवें गुणस्थान उपशान्त-कषाय पर अटके हैं। यहाँ कषायें चेतन के गहरे विवरों में मूर्च्छित नागिनियों-सी शान्त पड़ी हैं। पर कभी भी मन की हवा का कोई झोंका खाकर वे फुँफकार उठ सकती हैं। योगी ऋषभसेन का चित्त, बेशक इस क्षण एक गहरी शान्ति में लीन है। लेकिन फिर भी उन्हें भीतर में कहीं चैन नहीं है। जैसे वह एक नशे में डूबने की शान्ति है। नशा उतरते ही छूमन्तर हो जाएगी। एक सूक्ष्म कसक उन्हें

भीतर-ही-भीतर कुरेद रही है। उपशान्त-कषाय की यह छद्म शान्ति आखिर भंग होने को है।...

"तो फिर क्षपक श्रेणी पर कैसे आरूढ़ हो सकता हूँ? आत्म-ज्योति का वह शिखर, जहाँ उत्क्रान्त होने पर योगी के शरीर और मन के कर्म-परमाणु पतझड़ के पत्तों की तरह आपोआप झड़ते चले जाते हैं। जहाँ आत्मा एक सदावसन्त सौन्दर्य और यौवन की वीथियों में विचरने लगता है।"

गहन कायोत्सर्ग में लीन योगी ऋषभ की चेतना अब नीरव-नीरव चीत्कार उठी : "क्षपक श्रेणी...क्षपक श्रेणी...क्षपक श्रेणी। कहाँ है, कितनी दूर है मेरी अन्तर-प्रिया का वह वातायन?" योगी की तपोवेदना सीमान्तों को बींध रही है।...

और असह्यता की हद पर पहुँचकर योगी ऋषभ मानो, विन्ध्याचल के उस खतरनाक कूट से, सामने की अतल खन्दक में छलाँग मार गये।

...और जैसे कहीं हवा में तैरते कासनी रोशनी के एक बादल ने उन्हें झेल लिया। जामुनी जाली में से छनती आत्मा की शुभ्र चाँदनी का वह लोक। शुक्लध्यान से पूर्व की वह नीली-केसरिया द्वाभा। क्षपक श्रेणी का वह प्रथम नीलाभ सोपान। योगी ऋषभ अमित उल्लास के नशे में झूमते हुए, ऊर्ध्व के ज्योतिर्वलय में, उस आर्हती वल्लभा को टोहने लगे। उनकी दृष्टि लोकाकाश में अव्याबाध यात्रित है। कहाँ है, कहाँ है, वह अमिताभ मुखमंडल, अपने ही स्वरूप का?

और हठात् उनकी दृष्टि वैभार पर्वत की एक चूलिका पर स्थिर हो गयी। और वहाँ से सहसा ही उन्हें दिखाई पड़ी : विपुलाचल की वह सर्वोच्च चूड़ा। वहाँ नीलिमा के एक निसर्ग आलय में, उद्भासित है वह अमिताभ मुख-मंडल। शून्य में से उद्गीर्ण महासत्ता की तरह, अन्तरिक्ष में अनालम्ब खड़े हैं योगीश्वर महावीर। निर्जन है इस क्षण वह सारा शिखर-प्रान्तर।

और लो, आसमान के पटलों पर से उतर रही हैं रंगारग रत्न-प्रभाओं से झिलमिलाती देव-सृष्टियाँ। अपार्थिव संगीत-नृत्य, वाजित्रों की झंकारें और तालें। इन्द्र-इन्द्राणियों, देव-देवांगनाओं के विमान मन्दार फूलों की राशियाँ बरसाते हुए विपुलाचल पर उतर रहे हैं। उन विमानों के रेलिंगों पर नाचती-गाती अप्सराएँ पंचशैल के कँगूरों पर उतरकर उन्मादक अँगड़ाइयाँ तोड़ रही हैं। हजार-हजार भंगों में बल खाकर विपुलाचल की हवाओं में निछावर हो रही हैं।

...मृदंगों और डमरुओं के सृजन के ध्रुपद-धमार मेघ मन्द ध्वनि से घहराने लगे। वीणा का खरज पृथ्वी के गर्भों में टंकारने लगा। और विश्वकर्मा ऋभुदेव नाद की गहनगामी टाँकियों से विपुलाचल के नील शून्यों में धर्म-चक्रवर्ती तीर्थंकर महावीर

का समवसरण उभारने लगे।

...देखते-देखते, योगी ऋषभसेन की आँखों के समक्ष खुलने लगी एक महामंडलाकार, हजारों जगमगाती महेराबोंवाली धर्मसभा।...

"ओह, कैसा खो गया था मैं विन्ध्यारण्य की वीरानियों में! पता ही न चला मुझे, और लोक की सर्वोपरि घटना आर्यावर्त में घटित हो गयी। वैशाली के राजर्षि महाश्रमण महावीर नित्य, बुद्ध, अनुत्तर केवली हो गये। राजगृही के विपुलाचल पर स्वर्गों ने उतरकर उनकी तीर्थंकरी वाणी को झेलने के लिए विराट् समवसरण की रचना की है। भगवान् पार्श्वनाथ के कैवल्य-कल्याणक और समवसरण की गाथा हम बालपन से ही सुनते आये थे। पर कल्पलोक की दन्तकथा से अधिक तो वह कभी लगी नहीं। फिर भी उस भव्य कल्पना और स्वप्न से कैसी अजस्र प्रेरणा और शक्ति सदा मिलती रही है। उसी मिथक-माया ने मेरे भीतर सर्वोच्च शुक्लध्यान की अभीप्सा जगायी। उसी महामाया ने परम पुरुष होने के लिए मुझे लाचार कर दिया। और आज... ? आज क्षपक-श्रेणी के प्रथम सोपान पर खड़ा होकर, मैं अलौकिक ऐश्वर्य के उस महास्वप्न को अपनी खुली आँखों के सामने साकार होते देख रहा हूँ। माया ही मूर्तिमान सत्य होकर सामने आ गयी है।

...पर सुवर्ण-रत्नों के इस इन्द्रजाल में कहाँ खो गये वे प्रभु ? कहाँ अन्तर्धान हो गये वे शुभ्र निरंजन कैवल्यनाथ ?...केन्द्र में सर्वोपरि गन्धकुटी का अखंड हीरक सिंहासन अब भी सूना है। वह त्रैलोक्येश्वर की प्रतीक्षा में है। किसी भी क्षण वे प्रभु वहाँ आरोहण कर विराजमान हो सकते हैं।

लेकिन यह समवसरण भी तो उसी अनन्त पुरुष की महिमा और सौन्दर्य का प्रकटीकरण है। इसकी सर्वप्रकाशिनी कलाओं का साक्षात्कार कर रहा हूँ। जैसे सहस्रार का महासुख-कमल ठीक मेरी आँखों आगे पंखुरी-पंखुरी खुल रहा है। हर पाँखुरी में, हजार पाँखुरी। हर रेशे में, बेशुमार रेशे। आँखों का देखना यहाँ समाप्त है। चाक्षुष सौन्दर्य का यह चूड़ान्त उत्कर्ष है।

...यह तीर्थंकर का समवसरण है। यहाँ सर्व को समाधान है, निखिल को शरण है। यहाँ सकल चराचर स्वरूपस्थ और सुखी होकर उपस्थित हैं। यहाँ सर्वकाल के सारे प्रश्नों के उत्तर अपने आप ध्वनित होते हैं। यहाँ समत्व की गोद में आश्रय पाकर प्राणि मात्र निश्चिन्त, निर्भय, निर्द्वन्द्व हो गये हैं।

यहाँ माहेन्द्रों और अहमिन्द्रों के स्वर्ग उतरे हैं, अपने समस्त वैभव के साथ।

सौन्दर्य, कला और शिल्प की यह पराकाष्ठा है। यहाँ कला, कविता, नाट्य, शिल्प, शृंगार प्रतिपल अपूर्व नूतन आयामों में प्रकट हो रहे हैं। यहाँ उत्पन्न और अनुत्पन्न, सम्भूत और सम्भाव्य तमाम रत्नों और पदार्थों में होड़ मची है—त्रैलोक्येश्वर के सिंहासन में जड़ित हो जाने के लिए, उनके छत्र और भामंडल में प्रभास्वर होने के लिए। त्रिकाल और त्रिलोक के समस्त वस्तु-परिणमन का सार-सौन्दर्य यहाँ सर्वसत्ताधीश तीर्थंकर-देव के समवसरण की रचना में प्रस्तुत है।

वस्तुमात्र को जिसने अपने स्वरूप में स्वतन्त्र रक्खा है, और आप जो स्वरूप में लीन हो गया है; जिसे कोई चाह नहीं, जो परम वीतराग है, आप्तकाम है; जिसे किसी चीज की कामना नहीं रह गयी है, उसके श्रीचरणों में अनन्तों का ऐश्वर्य यहाँ समर्पित हुआ है। कृतार्थ होने के लिए, स्वरूप में लौट आने के लिए। विशुद्ध परिणमन के इस ज्योतिर्मान दर्पण में, हर सत्ता यहाँ अपनी सूरत देखने आयी है। यह पार्थिव और दिव्य की मिलन-द्वाभा का सीमान्त है। यह धर्मचक्रेश्वर भगवान महावीर का समवसरण है।

...ध्यानस्थ योगी ऋभषसेन के भीतर जैसे मन्त्रोच्चार हो रहा है। और उससे उन्मेषित होकर उनका वैक्रयिक शरीर समवसरण के आकाश में मँडरा रहा है। अपनी परिक्रमाओं में से वे देख रहे हैं।...पार्थिव भूगोल में यह समवसरण केवल कुछ योजनों में सीमित है। लेकिन सार्वलौकिक भूगोल में, यह परमाणुओं के बेशुमार मंडलों में संक्रान्त होता जा रहा है। जम्बूद्वीप और अढ़ाई द्वीप को पार करता हुआ, अन्तिम लोक-समुद्रों का अतिक्रमण करता हुआ जैसे यह ब्रह्मांड के छोरों तक चला गया है। कैवल्य के दर्पण से बाहर कहीं कुछ नहीं है।...देख रहा हूँ मैं समग्र समवसरण को, असंख्य रंगों के बेशुमार मंडलों में। रंग-तरंगों का एक मंडलाकार महासागर।

...आर्य ऋषभ समवसरण के पुखराज प्रांगण में उतर आये हैं। और वे स्तब्ध विभोर खड़े देखते रह गये हैं :

''देखता हूँ : यह समवसरण की भूमि है। यह प्राकृतिक भूमि से एक हाथ ऊँची है। उससे और एक हाथ ऊँची वह कल्प-भूमि है जो चौकोर है, और जिसके चार आयामों में सारे सौन्दर्य और सुखभोग घनीभूत होकर समाहित हैं। चिन्मयी है इस कल्पभूमि की माटी।

इस कल्पभूमि के चतुष्कोण में, विराट् कमलाकार फैली है समवसरण की प्रकृत भूमि। उसके केन्द्र में प्रभु की गन्धकुटी फूटने को आकुल कमलकोरक की तरह उन्नीत है। और समवसरण का बाह्य विस्तार अपार कमल-दलों के रूप में विकासमान है। यह कमलाकार भूमि इन्द्रनील मणि की आभा से दीपित है। इसका प्रांगण बिल्लौरी दर्पणों की तरह स्वच्छ है। उसमें सब कुछ अनायास प्रतिबिम्बित है। असंख्य मनुष्य,

देव, पशु, पक्षी, नाना तिर्यंच समवसरण में उमड़े चले आ रहे हैं। पर यह सीमित भूमि सबको समाये चली जा रही है। यह माँ है।

मानांगना भूमि में मरुओं की हारमाला की तरह खड़े हैं आकाशगामी मानस्तम्भ। लोक के तमाम अस्तित्वों के ये मानदंड हैं। नीलम और हीरे के ये मानस्तम्भ मानो आकाश में से ही उत्कीर्ण हो आये हैं। इनके चारों ओर उरेहे आलयों में जिन-मुद्राएँ शिल्पित हैं। उनके आधार कुम्भ में पृथ्वीधर शेषनाग लिपटे हैं। इनके शीर्ष पर जिनेश्वर प्रभु की चतुर आयामी ब्रह्ममूर्ति विराजमान हैं —जिसके आभावलय को दूर से देखकर ही, सारे इन्द्रों, माहेन्द्रों, चक्रवर्तियों, धन-कुबेरों, विजेताओं के अहंकार पानी-पानी हो जाते हैं। यह समवसरण का मानस्तम्भ है, इसकी दीवारों, गवाक्षों और आलयों में त्रिलोक की सारी विभूतियाँ मणियों में तरंगित हैं। इसके समक्ष आते ही मन शान्त, वीतराग, निराकुल हो जाता है। चित्त का चांचल्य सहसा ही विराम पा जाता है। यह विश्वम्भर का मूर्तिमान आश्वासन है।

यति ऋषभ की उन्मनी चितवन बारीक से बारीक होती जा रही है। वे समवसरण के इस तमाम रचना-लोक में जाने कितने प्रतीकों और रहस्यों के संकेत पढ़ रहे हैं।

...मानांगना भूमि के चारों ओर जाने कितनी वीथियाँ, एक-दूसरी को काटती हुई, और भीतर, और आगे के परिप्रेक्ष्य दिखा रही हैं। और उनके बीच कहीं वह आस्थांगना भूमि है, जो पद्मराग माणिकों से जड़ी है। यहाँ पहुँचते ही सुर, असुर, मनुष्य, तिर्यंच आस्था में स्थित होकर साष्टांग प्रणिपात में नत हो जाते हैं। यहाँ पहुँचने पर घोर नकारवादी और सन्देही के चित्त में भी अनायास श्रद्धा का उदय हो जाता है। संशयात्मा यहाँ विनाश को प्राप्त होकर, नवजन्म पाता है। यह आर्हती अनुगृह की वेदी है।

योगी ऋषभ देख रहे हैं, दूर-दूर जाती अनेक वीथियों और परिक्रमाओं को। उनके चौराहों पर जगह-जगह जाने कितने ही रत्न-तरंगित मानस्तम्भ मेरुओं और कुचालकों की तरह खड़े हैं, जो सारी पृथ्वियों और लोकों को एकत्र बाँधे हुए हैं। श्रीदेवी के चूड़ामणि तेज से भी अधिक जाज्वल्यमान हैं ये मानस्तम्भ। इनकी पन्निम पालिकाओं के मुखाग्र पर तमाम पृथ्वियों की मिश्रित माटियों से बने विशाल कुम्भ हैं। उनमें सारे ही समुद्रों और नदियों के पानी संचित हैं। जगत् की हर प्यास का प्याऊ हैं, ये मानस्तम्भ।

मानस्तम्भों की चारों दिशाओं में, सरल स्फटिक जैसे निर्मल सरोवर हैं। उनके उज्ज्वल पानियों में शुद्ध परिणमन की गहन सारंगी बज रही है। कमल वहाँ हंस हो गये हैं। हंस वहाँ चक्रवाक हो गये हैं। चक्रवाक-मिथुन वहाँ देव-मिथुन हो गये हैं।

ये कल्पकाम सरोवर हैं। यहाँ हर कल्पना मूर्त होती है। यहाँ हर स्वप्न साकार होता है। यहाँ हर कामना अपने ही सम्भोग में मोक्ष पा जाती है।

...फिर एक के बाद एक ये कई परकोट हैं। कहीं स्फटिक के परकोट हैं। कहीं नीलम और पुखराज के परकोट हैं। जाने कैसे-कैसे अजूबा रत्नों, पत्थरों, जलकान्त शिलाओं के परकोट हैं। सूर्यकान्त, चन्दकान्त, चट्टानों के परकोट हैं। अयस्कान्त मणियों के परकोट हैं। प्राकृत हीरक-दर्पणों के परकोट हैं। इनके भीतर नाना रंगी मणिपुंजों जैसी कितनी ही नगरियाँ हैं। उनमें नदी-तड़ाग हैं, पेड़-पालो हैं, वनांगन हैं। पर्वत-पाटियाँ हैं। झरने हैं। नर-नारी हैं। क्रीड़ा-केलि हैं। कर्म-व्यापार है। हाट-बाट है। हर नगरी अपने में स्वाधीन है। पराश्रित नहीं है। लेन-देन का हिसाब नहीं है। मनचाहा दे दो, मनचाहा ले लो।

परकोट के बाद परकोट हैं—सुवर्ण के, चाँदी के, ताँबे के, लोहे के, वज्र के। तन और तन के बीच परकोट है। मन और मन के बीच परकोट है। पर इन सारे परकोटों के आज झरोखे खुल गये हैं। इनमें रोशनी की पच्चीकारियाँ हो गयी हैं। और हर परकोट के चारों ओर निर्मल जलों की परिखाएँ हैं। वैदूर्य मणि की चट्टानों को काटती हुई वे पारदर्श जलों से उमड़ती रहती हैं। उनके समरस शान्त भागों में कहीं-कहीं दिगंगनाएँ झुककर अपने आरक्त मुख निहार रही हैं। इन परिखाओं के तट-प्रदेशों में एला और लवंग लताओं के वन हैं। उनकी विरल-शीतल छाया में देव-गन्धर्व युगल जलकेलि में लीन हैं।

कई परकोटों और परिखाओं के पार वे चारों दिशाओं में खुलते चार उत्तुंग गोपुर दिखाई पड़ रहे हैं। खगोल का समस्त सौर-मंडल उन विराट् तोरणों के शिखरों में परिक्रमा दे रहा है। उन गोपुरों के बुर्जों और गवाक्षों में अनेक यक्ष, किन्नर, गन्धर्व, व्यन्तर, पिशाच सतत सावधान रहकर पहरा दे रहे हैं। जो यहाँ आये, उसे अप्रमत्त और जागरूक हो जाना पड़ेगा। अहंकार, प्रमाद और अन्धकार का प्रवेश यहाँ असम्भव है। पाप स्वयं यहाँ जागकर, प्रहरी हो गया है। मान के पर्वत इन गोपुरों की तोरण-देहरी पर चूर-चूर हो जाते हैं। यह सर्व चराचर-वल्लभ त्रिलोकीनाथ की राजसभा है। यह धर्मचक्रेश्वर महावीर की धर्म-सभा है।

देख रहे हैं योगी ऋषभ। प्रत्येक गोपुर के शीर्ष पर छत्र, चमर, भृंगार आदि एक सौ आठ मंगल-द्रव्यों की पंक्ति देदीप्यमान है। हर गोपुर के दोनों पार्श्वों में नाट्य-शालाएँ खुली हुई हैं। हर नाट्यशाला में तीन-तीन खंड हैं। सर्वोपरि खंड में बत्तीस-बत्तीस देवांगनाएँ निरन्तर नृत्य करती रहती हैं। नीचे के दोनों खंडों में किन्नर और गन्धर्व जाति के देवता अपनी अंगनाओं के साथ संसार जीवन की बहुमुखी लीला को

नाना नाट्य-प्रयोगों में व्यक्त करते रहते हैं।

इन गोपुरों को पार कर जो परिमंडल है, उसमें चार महावन एक मेखला की तरह संकलित हैं। पूर्व दिशा में अशोक वन है, जिसकी छाया में पहुँचते ही आत्मा वीतशोक हो जाती है। दक्षिण में सप्तवर्ण वन हैं, जिसके पल्लव-मर्मर में जिनेश्वर कथित सप्त-तत्त्व का बोध अनुगुंजित होता रहता है। पश्चिम में चम्पक वन है, जिसके पीले सफेद चम्पक फूलों की बहुत महीन भीनी गन्ध में अन्तश्चेतना की शीतल ऊष्मा वाष्पित होती रहती है। और उत्तर दिशा में है वह आम्रवन। उसकी श्यामल छाया में झुकी डालों पर पियराते आमों के लटालूम झुमके हैं। उन आमों की गहरी केशरिया माधुरी में स्पर्श-सुख अमूर्त हो गया है।

ये चारों वन चैत्य-वृक्षों के हैं। इनकी पन्निम हरियालियों में चिति-शक्ति किरणों से हल्के फेनिल रंगों में बहुआयामी चित्र आँकती रहती है। यहाँ हवाएँ आकाश की निरंजनता को मनमाना शिल्पित करती रहती हैं। इनके पल्लवों की नसों में निसर्ग से ही लोक-लोकान्तरों की विविध रचनाएँ अंकित होती हैं। इनकी पुखराजी डालियों और इनके तनों की छालों में असंख्य जिन-मुद्राएँ सहज ही उत्खनित हैं। इनकी कोटरी के गहराव में बेशुमार जिन-प्रतिमाएँ मणियों-सी झिलमिलाती दिखाई पड़ती हैं। इन बिल्लौरी गुहाओं में, श्वेत रंग अनेक रंगों में फूटता है : और वे अनेक रंग, फिर उस एक श्वेत रंग में निर्वाण पाते रहते हैं।

और इन वनों के प्ररिप्रेक्ष्यों में जहाँ-तहाँ तिकोनी, चौकोनी, वर्तुलाकर, मणि-तोरण मंडित बावड़ियाँ हैं। कहीं मत्स्याकार, कहीं मकराकार, कहीं शंखाकार। उनकी नीली, हरी, भूरी ललौहीं सीढ़ियों पर, लहराते पानियों ने अपनी लयें अंकित कर दी हैं। गहराइयों की इस लय-भाषा के अक्षरों के अनेक भंग मूर्त होते रहते हैं। हंसों, चकवों और अनेक जल-पंखियों के कलरव में उन बावड़ियों की गोपनताएँ प्रेमालाप करती हैं।...

आर्य ऋषभ का मन सौन्दर्य से इतना उर्मिल हो उठा है, कि चारों महावनों की बावड़ियों के नाम अनेक भावार्थों के साथ उनके मन में स्फुरित हो रहे हैं।...वहाँ वे अशोक वन की नन्दा, नन्दोत्तरा, आनन्दा, नन्दवती, अभिनन्दिनी और नन्दघोषा नामा छह बावड़ियाँ हैं। उनकी लहरों में आनन्द नाना रूपों, आकृतियों, आयामों में ध्वनित और तरंगित है। और वह सप्तवर्ण वन की विजयी बावड़ी जाने कब अभिजया हो गयी। अभिजया की कोख से जयन्ती बावड़ी फूट पड़ी। जयन्ती के जल उछल-उछलकर वैजयन्ती हो गये। वैजयन्ती उलटकर उसका तल आकाश में खुल गया, तो वह अपराजिता हो गयी। और अपराजिता पर एक अन्तरिक्षीय वट उग आया, तो वह जयोत्तरा हो गयी।

और कितनी रंगिम नीहारों से छाया है वह चम्पक वन का प्रदेश। वहाँ की कुमुदा

बावली में संकोचिनी लज्जा रहती है। वहाँ की नलिनी बावली में प्राणियों के नील स्नायु-जाल चित्रित हैं। पद्मा और पुष्करा बावलियाँ सहेलियों-सी गलबाहीं डाले, मन की कुंचित गाँठे खोल रही हैं। और वह विकलोत्पला बावड़ी अपने उद्दाम यौवन वक्ष को उछालती हुई, कमला हो गयी। इस कमला बावली की जल-कंचुकी में से निधियाँ उफनाती रहती हैं।...

और यति ऋषभ चकित हैं देखकर कि आम्रवन के कादम्ब झरते गहरे अन्धकार की बावड़ियाँ ही सबसे उज्ज्वल हैं। उस रसाल अँधियारे की गलियों में प्रभासा, भास्वती, भासा, सुप्रभा, भानुमालिनी और स्वयंप्रभा बावलियाँ, उत्तरोत्तर संक्रमणशील हैं। वे ज्योति की नाना आभाओं वाली कन्याओं-सी विचर रही हैं।

यति ऋषभ की आँखें देखते-देखते जैसे स्वयं यह रचना हुई जा रही हैं।

...गोपुरों के पार, अनेक तोरणों की परम्परा में से वज्रमयी वेदी का वर्तुल विस्तार दिखाई पड़ रहा है। उसकी परिक्रमा के दोनों पार्श्वों में केशरिया, लाल, श्वेत ध्वजाएँ पंक्तिबद्ध रूप से फहरा रही हैं। उनके किनारों में गुँथी छोटी-छोटी घंटियाँ हवा में रुनझुना रही हैं। हंस, गरुड़, माला, सिंह, हाथी, मगर, कमल, वृषभ और चक्रों के दस विभिन्न चिह्नों से ध्वजाएँ चिह्नित हैं। प्रत्येक दिशा में एक करोड़, सोलह लाख, चौसठ हजार ध्वजाओं के पट घंटियों की शीतल वायवी रुनझुन के साथ अनुपल फड़फड़ा रहे हैं, और यों चारों दिशाओं की वीथियों में करोड़ों ध्वजाएँ, एक से एक आगे बढ़ती हुई अछोर में लीन होती जाती हैं। रंग और ध्वनियों के इस विस्तार में योगी ऋषभ एक शून्य के किनारे आ खड़े हो जाते हैं। और अधर में से रंग और ध्वनियों के सोते फूटते देख लेते हैं।...वह साक्षात्कार की अटारी है!

वज्रमयी वेदी की चारों दिशाओं में पाँच खंडों वाली गोल नृत्यशालाएँ हैं। उनमें भवनवासी देवों की देवांगनाएँ अविराम नृत्य करती रहती हैं। उनकी तालों और झंकारों में मुक्ति के लिए छटपटाती आत्मा की विकल वासना, अनेक कुंचित भंगों और मीड़-मूर्च्छनाओं में निवेदित होती रहती है। इसके अनन्तर फिर चार तोरण-द्वारों वाला सुवर्णिम प्राकार है। उस प्राकार के कंगूरों पर रत्नमालाओं से शोभित, श्रीफल-कमल से आच्छादित, पन्ने के जल भरे कलशों की हारमाला है। इस कलश-मंडल को देखते ही सुन्दरियों के स्तनों में नितनव्य यौवन हिलौरें लेने लगता है। द्वार-पक्षों में भवनवासी देव-कल्पवृक्षों की डालें छड़ियों की तरह धारण किये रात-दिन पहरा दे रहे हैं। 'जागते रहो, जागते रहो' की पुकारों से वे हजारों आगंतुक आत्माओं को उद्‌बोधित करते रहते हैं।

प्राकार के भीतर प्रवेश करते ही, जो परिमंडल है, उसमें जगह-जगह नाना

विचित्र उपलों की कुम्भियों पर इन्द्रगोप शिला के भव्य धूपायन अवस्थित हैं। उनमें से अष्टांग-धूप की धूम्र-लहरें उठ रही हैं। मानो कि रमणी के लहरदार केशपाश में, उसकी मोहिनी नग्न होकर, अपनी आहुति दे रही है।

उसके आगे की मध्यमा भूमि में सिद्धार्थ नामा कल्पवृक्षों के वन हैं। उनकी जामुनी उजियालों में, जहाँ-तहाँ ऊँची क्षीर-स्फटिक शिलाओं के आरपार सिद्धों की प्रतिमाएँ उत्कीर्ण हैं। क्षण-क्षण रंग बदलते इस क्षीर-स्फटिक में अमूर्त और मूर्त एक-दूसरे में संक्रान्त हो रहे हैं। आरपार कटी ये निराकार सिद्ध पुरुषाकृतियाँ खड्गासन हैं। इनमें से मानो निरन्तर देश-कालों का रंगीन कारवाँ चलता रहता है।

इसके उपरान्त आती है, गुहाकार द्वारों वाली 'मनोकाम' नाम वनदेवी। उसकी प्रत्येक वीथी में तोरणों से युक्त नौ-नौ स्तूप हैं। उनके अलिन्दों में मुनियों और देवों के सभा-कक्ष हैं। भोगी और योगी के बीच वहाँ सतत संवाद चल रहा है।

और सामने ही दिखाई पड़ रहा है सतखंडे द्वारों वाला रत्नों से उत्कीर्ण तृतीय प्राकार। इस प्राकार के पूर्वीय द्वार को कोई विजय कहता है, कोई विश्रुत कहता है। कोई कीर्ति, विमल, उदय, विश्वधुक नाम से इसे पुकारते हैं। कोई-कोई इसे वासवीर्य या वरद्वार भी कहते हैं। पश्चिम द्वार जयन्त, अमित, सार, सुदामा, अक्षोभ्य, सुप्रभ, वरुण और वरद, इन आठ संज्ञाओं से पहचाना जाता है। और उत्तरद्वार अपराजित, अर्च, अतुलार्थ, अमोघ, उदित, अक्षय-उदित, कौवेर और पूर्णकाम नामों से अंकित है। दक्षिण द्वार वैजयन्त, शिव, ज्येष्ठ, वरिष्ठ, अनघ, धारण, याम्य, अप्रतिघ जैसे नामों से बोधगम्य होता है। हर व्यक्ति आत्मा अपनी प्रकृति, रुचि, वासना के अनुसार इन द्वारों को पुकारती हुई, इनमें प्रवेश करती है। हर चेतना की अत्यन्त निजी खोज के उत्तर में खुले हैं ये द्वार।

इन द्वारों से प्रवेश करते ही, सामने एक गोलाकार दर्पण-लोक आता है। इसके सारे ही आयाम दर्पणमय हैं। जगह-जगह मणिमय दर्पणों के महल हैं, अटारियाँ हैं। दर्पणों की फर्श, दर्पणों की दीवारें, दर्पणों के ही द्वार-वातायन, दर्पणों की ही छतें। और बीच-बीच बने उद्यानों में माणिक्य-वेदियों पर विशाल लोकाकार दर्पण खड़े हैं। इनके समक्ष खड़े होते ही, देव-मुनि, नर-नारी अपने आपको भीतर-बाहर नग्न देख लेते हैं। और मन की, मन से भी गोपन चाह को साक्षात् कर लेते हैं। और उस अत्यन्त निजी चाह की, अत्यन्त निजी पूर्ति पाकर वे क्षण भर ही सही, पूर्णकामता अनुभव करते हैं।

...अचानक यति ऋषभसेन को श्रवण की संचेतना हुई। और चारों ओर के मंडलों

से तथा समस्त गोपुरों के गवाक्षों से तुमुल जयकारें सुनाई पड़ने लगीं :

जय हो, कल्याण हो, मंगल हो!
त्रिलोकीनाथ महावीर प्रतिपल प्रतीक्षित हैं;
जयवन्तो, जयवन्तो, जयवन्तो!
चरम तीर्थंकर महावीर हमें पुकार रहे हैं;
जयवन्तो, जयवन्तो, जयवन्तो!

...नाना उक्तियों और भवार्थों वाली अविराम जयध्वनियों से समस्त समवसरण-भूमि आन्दोलित है। और योगिराट् ऋषभसेन को दिखाई पड़ रहे हैं, कई हिरण्य स्तूपों के पुष्पराग-मणियों से आलोकित शिखर। इस स्तूपों की जगती की चारों दिशाओं में रत्न-वेदियों और द्वारों से मंडित चार विशाल वापिकाएँ हैं। इनमें स्नान करनेवाले जीवात्मा, तत्काल अपने पूर्व के एक भव को जान लेते हैं। इनके पवित्र चन्दनी जलों में सर्वज्ञ प्रभु के स्पर्श प्रवाहित हैं। जो मनुष्य इनमें अपना प्रतिबिम्ब देखते हैं, उन्हें बीते हुए तीन भवों, आगामी तीन भवों तथा वर्तमान भव के सारे जाने-अनजाने आत्मीयों के ममताकुल मुखड़े दिखाई पड़ जाते हैं।

इसके आगे 'इन्द्रध्वज' नामा एक जयांगन है। वहाँ विपुल जाज्वल्यमान चित्रकारियों से शोभित अनेक निकेतन हैं। उनमें सुर, असुर, मनुज, दनुज, राक्षस-पिशाच अपने वृत्ति-भेदों को भूलकर साथ-साथ रहते हैं, और धर्मचर्चा करते हैं। इन भवनों की दीवारों पर पुराण-इतिहास की अनेक मार्मिक कथाएँ, नाना-भावी संवेदन-रंगों में चित्रित हैं। पाप और पुण्य यहाँ आलिंगन-बद्ध हैं। वे दोनों ही निराविल चैतन्य के जल से विसर्जित हो रहे हैं। देखते-देखते यहाँ स्वर्ग के चित्र नरक के चित्र हो जाते हैं और नरक के चित्र स्वर्ग के चित्र हो जाते हैं। पुण्य और पाप दोनों ही यहाँ पराजित हो गये हैं।

इन्द्रध्वज के मध्य में एक विशाल हिरण्य-पीठ विद्यमान है। यह भगवान की जयलक्ष्मी की मूर्तिमान देह-सा प्रतापी और आकर्षक है। इसके बाद एक हजार प्रवाल स्तम्भों के मध्य में 'महोदय' नामक महामंडप है। उसमें 'मूर्तिमती' नाम की श्रुतदेवी निवास करती है। यह श्री भगवान की पारमेश्वरी प्रिया महासरस्वती का राज्य है। श्रुतदेवी के आसपास अनेक मनीषियों से परिवरित भगवान श्रुतकेवली बिराजते हैं। और वे सर्वकाल पवित्र श्रुत का व्याख्यान करते रहते हैं। 'महोदय मंडप' की परिक्रमा में पान के आकार वाले कई कथा-मंडप है। उनमें बैठकर मुक्ति-कामी कथा-प्रेमी जन आक्षेपिणी, विक्षेपिणी, संवेदनी, निर्वेदिनी नामा चार प्रकार की कथाएँ करते रहते

हैं। ये काव्य और साहित्य की जगतियाँ हैं। इनसे लगे हुए आदि ऋद्धियों के स्वामी ऋषियों के सिद्धपीठ हैं। वहाँ वे ऋषिगण नाना अज्ञात ऋद्धियों-सिद्धियों, तन्त्र-मन्त्र-यन्त्रों और विद्याओं के निगूढ़ रहस्य खोलते रहते हैं।

यहाँ से आगे चलने पर, वैक्रयिक देहधारी यति ऋषभ नाना लता-वितानों से मंडलित एक हेमकूट के प्रान्तर में आ खड़े हुए हैं। उसकी मुक्ता-सम्पुट जैसी तूलिका में श्रीकल्पा नामा एक अप्सरा रहती है। उसके उरोजों के गहराव में ऐसी गहन वापी है, जिसकी सम्भोग-सुरा पीकर सारस्वत ऋषिगण दीर्घकाल कैवल्यरस के नशे में झूमते रहते हैं। बड़े-बड़े विरागी, ध्यानी मुनि अपने व्रत-संयम को भूलकर इस मायावती के स्तनपान को तरस जाते हैं। पर ऐसी मानिनी और महिमावती है यह प्रमदा, कि कवि की सिद्ध वाणी के आघात बिना इसके द्वार नहीं खुल सकते हैं। यह हेमकूट-राज्य 'वारुणी' नाम की अनेक नाट्यशालाओं से घिरा हुआ है। इन रंग-शालाओं में सारे समय कल्प-वासिनी देवियाँ नृत्य-लास्यों में झूमती रहती हैं। उनकी नूपुर-झंकारों में काव्य की प्रेरणा उज्ज्वल जल के स्रोतों की तरह उमड़ती है।...

और ऋषभ मुनि ने अचानक ही अपने को अब विजयांगन के नील-बिल्लौरी प्रसार में खड़े पाया। इसके कोनों पर एक-एक योजन ऊँचे चार लोक-स्तूप खड़े हैं। वे मूल भाग में वेत्रासन के आकार हैं, मध्य भाग में झल्लरी के समान हैं, ऊपर मृदंग-तुल्य हैं। और इनके स्फटिक-शिखर आकाश में अधर लहराते सरोवरों जैसे निर्मल, फिर भी रंगीन हैं। स्तूपों की पारदर्श दीवारों में से नाना लोक-रचनाएँ, हर क्षण नवीन होती हुई झलकती रहती हैं। इनके आगे मध्य-लोकों के स्तूप हैं। वे माटी, जल और हरियाली की आभा वाले हैं। उनके वातायनों पर जैसे नदियों के पर्दे लहराते हैं। और उनकी लहरों में मध्य-लोक की त्रैकालिक जीवन-चर्या का दर्शन होता रहता है।

और आगे मंदराचल के समान देदीप्यमान मन्दर नाम के स्तूप हैं। वे सत्ता के सत् के साक्षी हैं। वे निश्चल चेतना-स्थिति के ध्रुव हैं। इन स्तूपों की पालिका में सहस्रकूट चैत्यालय हैं, जिनमें उत्कीर्ण हजारों जिन-मुद्राएँ निस्पन्द दृष्टि से निखिल को निहार रही हैं।

और ऋषभ आगे बढ़े तो 'कल्पवास' स्तूपों का जगत् सामने आया। इनमें कल्प स्वर्गों की सारी रचनाएँ, चंचल चित्रपट की तरह फेरी देती रहती हैं। निपट भोग का यह संसार, कितना संकीर्ण और उबाऊ लगता है। इसमें संघर्ष की टक्कर नहीं, इसी से प्रतिरोध नहीं। इसी से नवीन की खोज का पुरुषार्थ नहीं।...और फिर ये 'ग्रैवेयक-स्तूप' हैं। यह नौ ग्रैवेयक के उच्चात्मा देवों का राज्य है। इनकी सारी वासनाएँ अन्तर्मुखी हो गयी हैं। ये आत्म-सम्भोग में समर्थ हैं। लेकिन इस ऊँचाई से भी ये गिरकर चौरासी लाख योनियों में भटक सकते हैं।...योगी ऋषभ सहम आये। ऐं...ऐसा भी हो सकता है? और उनकी यौगिक भूमिका में भूकम्प आ गया। और वे आगे बढ़

गये।

आगे अनुदिश और अनुत्तर स्तूपों का अति सूक्ष्म वायवीय प्रदेश है। इन विमानों के वासी देवात्मा शरीरी होते हुए भी अशरीरी और अस्पृश्य जैसे लगते हैं। मानो अपनी परम काम चेतना के अनुरूप नित नव्य शरीर धारण करते रहते हैं। देह से उत्तीर्ण अनिर्भर रति-सुख की निरन्तर तरंग-केलि ही मानो इनका अस्तित्व है।

उसके आगे 'सर्वार्थसिद्धि' नामक स्तूपों की श्रेणियाँ हैं। इन देवों के सर्व अर्थ सिद्ध हो जाते हैं। यति ऋषभ को यहाँ तक आकर ही परितोष नहीं है। वे और जरा ऊपर की ओर निहारने लगे। तो वहाँ जल-स्फटिक की तरह निर्मल 'सिद्ध' नामा स्तूप हैं। उनमें दर्पणों की आभा जैसे सिद्धों के स्वरूप दिखाई पड़ते हैं। उसके बाद सूर्यकान्त मणियों से जगमगाते 'भव्यकूट' नामा स्तूप हैं, जिनकी प्रभा इतनी प्रखर होती है कि अभव्य जन उसकी ओर निहार भी नहीं सकता।

...आर्य ऋषभ को एक विचित्र आकर्षण का खिंचाव महसूस हुआ। वे बरबस आगे बढ़ गये।...ओह, ये 'प्रमोह' नामा स्तूप हैं। मोह की शुद्ध कस्तूरी से ये निर्मित हैं। मोह यहाँ पूँजीभूत और समाधिस्थ है। इसी से वह स्वयं को अतिक्रान्त कर गया है। मोही जीव उन्हें दखते ही अपने आदिम घर लौट आने का सुख अनुभव करते हैं। और वे तत्काल निर्मोह हो जाते हैं। सर्वत्र भटककर घर लौट आना ही क्या कम मुक्तिदायक है। मोह स्वयं अपने ही राज्य में, यहाँ मोक्ष हो गया है। अद्‌भुत अनेकान्तिक है यह साक्षात्कार! और यति ऋषभ गहरे आश्वासन से भर आये हैं।...

और फिर ये 'प्रबोध' नामा स्तूप हैं। आकाश के प्याले में जैसे बोध की सुरा छलक रही है। उसमें तमाम पदार्थ-जगत् अपनी शुद्ध तन्मात्राओं में आँखों आगे खुलता चला जाता है। तब राग क्षीण होने से भीतर रस के समुद्र उछलने लगते हैं। आँखों में तत्त्व का चन्द्रोदय छाया रहता है।

और हठात् आर्य ऋषभ एक आकस्मिक आलोक से चौंक उठे।...ओह, यह नवम और अन्तिम प्राकार है समवसरण का। इसका प्रभाव बड़ा शीतल और सुखकारी है। जैसे आकाश में नीले-मोतिया बादलों के झरोखे कटे हुए हों। अतीन्द्रिक के राज का यह ऐन्द्रिक सीमान्त है। यहाँ चिति-शक्ति अपने सूक्ष्मतम रूप-सौन्दर्यों में व्यक्त हो रही है। विराट् नीलिमा के केशर के फूल लहक रहे हैं। यह जैसे किसी परात्पर चन्द्रमा का प्रभामंडल है।

योगी ऋषभ पर अकस्मात् गहरी ध्यान-तन्द्रा छा गयी। और उन्हें अपने मूलाधार के आज्ञा-चक्र के बीच सुषुम्ना में एक बिजली की लहर खेलती अनुभव हुई। ओ, यह कोई ऊर्जा-तरंग है! यह किसी चरम निर्माण की महेच्छा है, जो अन्तरिक्षों के आरपार कौंध रही है। सारे लोकाकाश पर एक ही अभीप्सा छायी है : कोई ऐसा चरम निर्माण रूपाकार में हो, जिसमें जड़ पुद्‌गल भी अपने सूक्ष्मतम ज्योतिर्मय

परमाणुओं में विघटित हो जाए। वह चैतन्य की अखंड प्रभा में निर्वाण पा जाए। उसके सारे ही रूपों, आकारों, बिम्बों और शरीरों में द्रव्य महीन रोशनी के बादलों-सा नर्म हो जाए, नम्य हो जाए।

और योगारूढ़ ऋषभ को सिर से पैर तक एक प्रकम्पन हिला गया। निर्माण की यह वैश्वानरी इच्छा एक विभ्राट उल्कापात की तरह नीरव टंकार कर उठी।...और वहाँ अचानक एक 'शिवपुरी' अवतीर्ण हो गयी। रूपी शब्दों में उस महाभाव सौन्दर्य के निरंजन अवयवों का वर्णन कैसे हो? यहाँ गुण ही रूप हो गया है : रूप ही गुण हो गया है। यहाँ मानो देह को आत्मा हो जाना पड़ा है। यहाँ मानो आत्मा को देह हो जाना पड़ा है।

युग-युग के योगदर्शी महाकवियों ने इस 'शिवपुरी' को सौ नामों से पुकारा है। और योगी ऋषभ के सहस्रार में वे नाम जैसे कमलों की तरह फूट रहे हैं :

त्रिलोकसार, श्रीपुर, लोक-कान्ति, लोकालोक-प्रकाशाद्यौ।

...फिर बीच में कई नाम दूरियों में डूब जाते हैं। फिर कई नाम सुनाई पड़ते हैं :

पुष्पकास्पद, भुवःस्वर्भूः, तपःसत्य, लोकालोकोत्तम, शरणावती, अमृतेश्वरी, अमृत-प्रभा, आदित्य-जयन्ती, अंचल-संपुर, परार्घ्य, महिमालय, स्वायम्भुव...

...फिर प्रकाश के कुछ बिन्दु। फिर प्रस्फुटन ध्वनियाँ—कुछ और नाम : कामभू, गगनाभोगा, कलिनाशिनी, पद्मावती, प्रभाचला, ज्योतिरांगी, स्वायम्भुवा, सुखावती, अमरावती, विरजा, वीतशोका, विनयावनि, भूतधात्री, पुराकल्पा, अजरा, अमरा, ऋतम्भरा...

...फिर ऊपर जाती नील-सिन्दूरी सीढ़ियों जैसे कुछ और भी नाम योगी ऋषभ की ध्यान-समाधि में झलके :

प्रतिष्ठा, ब्रह्मनिष्ठोर्वी, केतुमालिनी, अनिन्दिता, मनोकाम्या, तमःपारा, अरत्ना, संरत्ना, रत्नकोशा, अयोध्या, अपरा, परा, ब्रह्मपरा, शिवायनी, शिवेश्वरी, नादिनी, बैन्दवी, कलावती, नाद-बिन्दु-कलातीता, परा कला, परब्राह्मी, सरस्वती।

और जैसे ये सारी मन्त्र-ध्वनियाँ अनुलोम चक्रवेध करती हुई मूलाधार की अन्तिम भूमि में गहराने लगीं। पिंडस्थ और रूपस्थ होने लगीं। अक्षरायमान होकर पदस्थ होने लगीं। अनेक बीजाक्षर वातमंडल में मूर्त होकर तैरने लगे। और उनकी विचित्र अग्नि-प्रभाओं से समवसरण की मूल भूमि उभरने लगी, जैसे आधी रात में समुद्र के किसी दूरवर्ती प्रदेश में अचानक कोई जगती अवतीर्ण हो जाए, और अपने असंख्य दीपालोकित कक्षों के रंग-बिरंगे आलोक से तमाम चराचर लोक को चकित

कर दे।

महासत्ता के इच्छा करने मात्र से यह विराट् निर्माण सहसा ही आविर्मान हो उठा है। सारे शिल्प, कला, विद्या, कविता, वास्तु, स्थापत्य, सारे निर्माण यहाँ स्थगित हैं। क्योंकि सारे सृजनों के मूल स्रोत स्वयं यहाँ सीधे प्रकट होकर, अपनी अभिव्यक्ति का चूड़ान्त स्पर्श कर रहे हैं। सारे ऋषि, कवि, कलाकार, द्रष्टा, ज्ञानी, योगी, यहाँ अपनी कारयित्री प्रतिभा के छोर पर पहुँचकर स्तम्भित हैं।

माहेश्वरी, सरस्वती और लक्ष्मी यहाँ अपने चरम सौन्दर्य को अनावरित कर निवेदित हैं। नाना गुणों, शक्तियों, विभूतियों की सारी ही देवियाँ यहाँ अपने वैभव और लावण्य के वसन उतारती हुईं जैसे नग्न ज्योतियों की तरह मंडलाकार नृत्य कर रही हैं। और महा अवकाश में सृजन के ज्वार तरल रत्न-राशियों की तरह हिलोरें ले रहे हैं।

...योगी ऋषभ अपने हर्ष को हिये में समा नहीं पा रहे हैं। कब जाना था कि इसी जीवन में वे सत्ता के मूल स्रोतों तक पहुँच जाएँगे। वे उन्हें आँखों आगे फूटते और बहते देखेंगे। उनके निर्झरों की मौलिक विद्युत्-तरंगों में नहाएँगे, डूबे-उतराएँगे। शुक्लध्यान की लक्ष्मी उन्हें अपने वक्ष पर खींच रही है। यहाँ क्या अशक्य है ? इस महा सम्भवा भूमि के तट पर सारे असम्भवों की कतारें ढह गयी हैं। सारी निराशाओं, विफलताओं के काले मस्तूल यहाँ अचानक सिरा गये हैं।

और ऋषभदेव मुनि एक मूलगामी धक्के के साथ, उस प्राचीर के महागोपुरम् में प्रवेश कर गये। जिसके परिमाण आकार-प्रकार और माप से परे बेशुमार होते जा रहे हैं। जो किसी ज्यामिति, ज्योतिर्विद्या या लोक-विज्ञान की परिगणना में नहीं आते। और एक पर एक ऊपर जाती हुई अनेक प्राकारों की सरणियाँ आँखों के पार चली गयी हैं। नव रत्न, सात तत्त्व, नव पदार्थ के सारांशिक तत्त्व में से यह पूरी रचना अनुपल नव-नवीन रूपों, आकारों, रंगों में आकृत होती लग रही है। सारे प्राकारों पर अष्ट मंगल-द्रव्यों की पंक्तियाँ कई रंगों की तरंगित नदियों-सी लगती हैं।

रूप, रस, गन्ध, वर्ण, स्पर्श मानो यहाँ, स्थूल पदार्थों के आश्रित न रह कर, सुनग्न तन्मात्राएँ मात्र रह गये हैं। उन्हीं में से पहले नाना रंगी सूक्ष्म रत्न फूटते हैं। फिर वही रत्न पदार्थों में परिणत होते हैं।...पर वह क्रमिक प्रक्रिया भी यहाँ समाप्त है। असंख्य रत्न और असंख्य पदार्थ-द्रव्य यहाँ तरल बहते जल-लोकों में रंगीन लहरों के भंगों और छल्लों में छहरते हुए, अपने फेनों की श्वेत-प्रभा में रंगातीत चित्रकारी कर रहे हैं। अन्तरिक्ष के बारीक विवर कुमारी के गर्भ की तरह खुल रहे हैं। उनमें से निधियाँ और विभूतियाँ, ऋद्धियाँ सुन्दरियों की राशि की तरह उमड़ रही हैं। मूर्त और अमूर्त, सूक्ष्म और स्थूल, आत्मा और शरीर की यह तात्त्विक सम्भोग-शैया है।

और ऋषभ ने देखा कि यहाँ की भूमि निरन्तर प्रवाहित होकर भी, छोर पर,

निश्चल दीखती है। यहाँ के नदी-निर्झर अंगूरी नीहारिका में रंगों की लयावलियों से चित्रित होते रहते हैं। यहाँ रत्न नहीं है, स्वर्ण नहीं है, धातु नहीं है, पदार्थ नहीं है। उनके अर्कों और रसायनों से यहाँ रंगसारी हो रही है। यहाँ हरी आभाओं के वृक्ष हैं। मेघ-मेदुर विभा की गिरिमालाएँ हैं। उनके शिखरों पर नील प्रभा के मयूर नाच रहे हैं। उन गिरियों के हार्द में पीले कमलों के केसर से झड़ती वापियाँ हैं। कुन्द-पारिजात की कर्णिकाओं जैसे सरोवर हैं। मर्कत की नदी में से पन्निम शीतल वृक्षावलियाँ आविर्मान हैं। उनमें गुलाबी, पीली, मोतिया, काशनी, सन्दली, केसरिया ज्योतियों के फल-फूल अंकुरित होते रहते हैं। प्रभा के मानसरोवरों में पद्मराग ज्योति के कमल खिले हैं। वे मन के गोपन घर की तरह दीपित हैं। उनके किनारों पर फूटते उजाले के बादलों जैसे हंस क्रीड़ा कर रहे हैं।

इस अन्तरिक्षीय जगती का शब्दों में साक्षात्कार शक्य नहीं। योगी ऋषभ के भीतर एक अनहद नाद चल रहा है, वही एक नाद अनेक पक्षियों में कलरव कर रहा है, नाना सुरों में, बोलियों में भाव-भंगिमओं में, सूरत-सीरत में, चित्र-विचित्र भूगोल-खगोल में आकृत हो रहा है। भीतर के इस एकाग्र बोध में से ही ऋषभ इस अनन्त रंगी, अनन्त आयामी और आयाम से भी अतीत हो रही जगती का एकाग्र ऐन्द्रिक अनुभव कर रहे हैं। ऐन्द्रिक सुख इससे आगे नहीं जा सकता। वही यहाँ अपनी चरम वासना की विदग्ध अँगड़ाई तोड़कर अतीन्द्रिय हो जाता है। इस अवबोधन और रसास्वादन में, ऐन्द्रिक और अतीन्द्रिक की सीमाएँ डूब गयी हैं, खो गयी हैं...आनन्द के इस समुद्र में।

...अवबोधन और संवेदन के इस अनुत्तर बिन्दु पर खड़े होकर, योगी ऋषभ ने अचानक देखा :

विराट् सिद्धचक्र-मंडल की तरह हिरण्य आभा से झलमलाता श्रीमंडप सम्मुख तैर आया है। ऐसी गहरी आत्मिक सुगन्ध से महक रही है यह भूमि, जैसे केशर यहाँ सुवर्ण हो गयी है : सुवर्ण यहाँ केशर हो गया है। आद्या माँ पृथा यहाँ अपनी ही नाभि के कमल पर नग्न लेटी है, पराग के चीर उतारती हुई अपनी योनि को अपने उरोजों के बीच विलीन करती हुई, अपने उरोजों को अपने हृदय के पद्म-कोरक में समेटती हुई।

श्रीमंडप की परिक्रमा में बेशुमार ध्वजाएँ और तोरण, नानारंगी अग्नि-मंडपों की रचना कर रहे हैं। उनमें यज्ञों के हुताशन हैं। प्राणों की गहन अँधेरी नाड़ियों में से नीराजन उजल रहे हैं। सुगन्धित धूम्र-लहरों में से सुवर्ण-रत्नों की धूपायनों की पंक्तियाँ उठ-उठकर लीन हो रही हैं। उनकी छाया में देव-देवांगना, गन्धर्व-

किन्नरियाँ, उर्वशियाँ, रम्भाएँ, अज्ञात अन्तरिक्षीय संगीत की सुर-मालाओं में नाचते-गाते उल्लास से मूर्च्छित होते जा रहे हैं।

...ओह, भूगर्भ में यह कैसा गर्जन हो रहा है! यह कैसा अनाहत मेघनाद गड़गड़ा रहा है! ओह, समस्त ब्रह्मांड अथाह नक्काड़े की तरह बज रहा है! यह अविराम, अखंड दुन्दुभि घोष न देवों का है, न दानवों का है, न मानवों का। यह विशुद्ध नाद तत्त्व है। सर्वथा स्वाधीन, स्वतन्त्र, वाद्यों से परे, वीणाओं, मृदंगों, शंख-घंटाओं से परे। आकाश से भी परे, यह निरालम्ब शून्य में से उठा आ रहा है। यह सर्वतन्त्र-स्वतन्त्र, मुक्त, स्वच्छन्द नाद तत्त्व है। इसमें एक साथ असंख्य दुन्दुभियाँ, असंख्य वीणाएँ, अनगिनत डमरू, पणव, तुणव, काहल, कांस्य घंट, शंख, शहनाइयाँ एक महा समवेत में बज रही हैं। संगीतकार यहाँ कहीं कोई नहीं है।...और स्तब्ध आकाश, समुद्रों को बजा रहा है। अतल-वितल को झंकृत कर रहा है, समस्त ऊँचाइयों को गलाकर त्रिलोकीनाथ के पादप्रान्त में बहाए दे रहा है।

योगी ऋषभ के आनन्द और आश्चर्य का पार नहीं है। रूपी और ऐन्द्रिक सौन्दर्य भी कितना सूक्ष्म, अनन्त और अव्याहत हो सकता है। भंगुर कही जाती यह लीला भी कितनी अविरल और नित्य लग रही है। मानो मृत्यु और विनाश है ही नहीं। तत्त्व में और सत्ता में हर चीज, हर जीवन, सतत जारी है। अनाहत और अक्षय है अस्तित्व की यह धारा। जड़ और चेतन का भेद-विज्ञान यहाँ लुप्तप्राय है। यहाँ तो कुछ भी जड़ नहीं दिखाई पड़ता है, सभी कुछ यहाँ चिन्मय और चेतन है। हर आविर्भाव यहाँ आत्म-संचेतन है। स्वयं को देख रहा है। स्वयं को भोग रहा है। सबकुछ यहाँ जीवन की ऊष्मा से भावित है, अचूक है, अक्षुण्ण है।

...और इस हिरण्याभा के विराट् प्रसार के केन्द्र में एक पर एक कई कटनियों और परिक्रमाओं वाला गोलाकार विशाल सिंहासन उदय हो रहा है। जैसे सुवर्णिम आभा की सरणियों पर सरणियाँ उठ रही हैं। मंडल में से मंडल उठ रहा है। और ये मंडल एक-दूसरे से उत्तीर्ण होते ऊर्ध्वों के छोर तक मानो चले जा रहे हैं। और इस महान आरोहण प्रक्रिया में अचानक ऋषभ को एक कूट के आकार का सिंहासन स्तब्ध दिखाई पड़ा। उत्पाद और व्यय के निरन्तर जारी खेल के भीतर, यह सत्ता का ध्रुवासन है। यह नित्य-शाश्वत का अविनाशी राज्य है। यह त्रिलोकीनाथ का सिंहासन है। तीनों लोक, तीनों काल के निरन्तर परिणमनशील द्रव्यों के सद्भूत सारांश ने यहाँ एकत्र होकर रूप-परिग्रह किया है। यहाँ शुभ्र-निरंजन सत्ता-पुरुष में भंगुर पुद्गल को अमर के सौन्दर्य से भास्वर कर दिया है। यहाँ मृण्मय स्वयं ही चिन्मय हो उठा है।

अनन्त कोटि ब्रह्मांडों के मस्तक पर बिछा है यह सिंहासन। स्वर्ग, नरक, नरलोक, पशुलोक के चार पायों पर यह आसीन है। तीनों लोकों में मंडलाकार व्यापता हुआ, यह मानो ऊँचाई में लोकाग्र की प्राग्भार-पृथ्वी को स्पर्श कर रहा है। सिद्धालय

की अर्द्ध-चन्द्राकार परब्राह्मी भूमि पर ही मानो इसकी चूड़ान्त गन्धकुटी उठी है।

इसकी अनेक परिक्रमाओं और कटनियों के रेलिंगों में रत्न-प्रभाएँ तरंगित हैं। असंख्यात द्वीप-समूह उनके ओर-छोर भाँवरें दे रहे हैं। सोलहों स्वर्गों की देव-सृष्टियाँ उन कटनियों में विहार कर रही हैं। ग्रैवयेक, अनुदिश, सर्वार्थसिद्धियों के विमान उन रेलिंगों और अलिन्दों में झूम रहे हैं। वे रत्नों की बन्दनवारों की तरह जगमगा रहे हैं। दिव्य संगीतों में बज रहे हैं।

डमरू के आकार उठे इस हिरण्य सिंहासन की मूर्धा पर विस्तृत 'ब्राह्मी' नाम की भूमि है। उसके वक्ष-प्रमाण परकोट, घूमते सौरमंडल और तारामंडल से निर्मित हैं। कितने ही सूर्य और चन्द्रमा उन तारा-मंडलों के बीच-बीच में परिक्रमायित हैं। और एक महाचन्द्र तथा महासूर्य से बना है इसका गोपुर, जिसकी मूर्धा पर ब्रह्मांड-गोलक घूम रहा है।

इस वैदूर्य रत्नाभा वाली भूमि की शोभा ऐन्द्रजालिक है। बादलों की उजली जालियों में जैसे इन्द्रधनुष तैर रहे हैं। शुभ्र ज्योति के मैदानों में जैसे प्रकृत रंगों की नदियाँ बह रही हैं। इन्द्रगोप के इस माया-राज्य में यह कौन जादूगरी खेल रही है? रोशनी की नावों में जैसे कई हरियाली पृथिवियाँ उठी हैं। और ऐसी ही एक पृथिवी के कालागुरु पर्वत पर चारों दिशाओं में मुख किये चार सोनहले सिंह यों मस्तक उठाये बैठे हैं, मानो स्वस्तिक रच रहे हों। उनके मस्तकों पर प्रोद्भासित है उषा के वक्षदेश जैसा सहस्रदल कमल, जिसकी किंशुकी पंखरियाँ, दिगन्तों के उस पार का पता दे रही हैं। इसकी केसर-कर्णिका में शिव-शक्ति के शाश्वत परिरम्भण पर आरूढ़ है, त्रैलोक्येश्वर तीर्थंकर की गन्धकुटी। आकाश-स्फटिक की चन्द्रिम आभा से यह निर्मित है। यह एक ऐसा स्फटिक है, जो चन्द्रमा की चट्टान में से कटकर आया है। इसके भीतर विशुद्ध जल लहराता रहता है। इसी से अपनी आभा में स्थिर होकर भी यह गन्धकुटी अपने ही आप में प्रवाहित है : बहते जल का-सा आभास देती है। अपने ही आप में ऊर्मिल कोई चाँदनी का सरोवर। द्रव्य का शुद्ध और नग्न परिणमन ही इस गन्धकुटी में साकार हुआ है।

इस गन्धकुटी की मूर्धा पर एक स्थिरीभूत रक्त ज्वाला का आसन है, जो कभी विशाल केशरिया कमल-सा प्रतिभासित होता है। कभी पद्मराग आरक्त शतदल-सा। मानो सृष्टि के सारांशिक रक्त से उद्भिन्न हुआ है यह कमल।

यह रक्त-लोहित कमलासन चारों ओर से खुला है। यहाँ कोई कटनी, आधार, अवलम्ब, रेलिंग, द्वार नहीं। सुनील चिदाकाश में वह उन्मुक्त बिछा है। दिशा, देश काल यहाँ से नीचे छूट गये हैं।...लेकिन फिर भी इसके परिप्रेक्ष्य में विद्यमान है, यह जीवन्त मर्कत-पल्लवों से मंडित, अशोक-वृक्ष। उसकी हरिताभ चूड़ा में मुक्ति रमणी के उज्ज्वल गौर चरण झलक रहे हैं। और ऊपर के अनाहत अन्तरिक्ष में से झूल रहे

हैं, एक के नीचे एक तीन प्रोज्ज्वल छत्र, उस कमलासन के ऊपर। यहाँ आकाश अपने ही दर्पण में अपने को देख रहा है।...मानो कि सिद्धालय की चन्द्र-शिला से ही कटकर झूल आये हैं ये तीन छत्र, अखिलेश्वर के मस्तक पर।

...पर कहाँ है वह अखिलेश्वर? लोहित कमलासन सूना है। वह प्रतीक्षमान है। दिशाएँ प्रतीक्षमान हैं। काल चक्र स्तम्भित होकर महाकालेश्वर प्रभु की प्रतीक्षा में है।

कहाँ अटक गये वे देश-कालों के राजराजेश्वर? उन्हें और अटक कैसी? कैवल्य-ज्योति का वह महासमुद्र कहाँ स्तम्भित और ओझल है? लोकालोक के सूर्य ने क्यों अपने को छुपा रखा है? कहाँ अन्तरित रह गया वह?

त्रिलोक, त्रिकाल चौंककर ताक रहे हैं, दिशाओं के छोरों में। क्या सृष्टि को रुक जाना होगा?

सार्वलौकिक समवसरण का विभ्राट वसन्तोत्सव सहसा ही स्तम्भित हो गया है। हर परकोट, गवाक्ष, प्रांगण, अलिन्द पर नाचती अप्सराएँ चित्र-लिखित-सी रह गयी हैं। संगीत-वाजित्रों की विस्फोट ध्वनियाँ और अनवरत गूँजती जयकारें विकल-पागल होकर अन्तरिक्षों में भटक रही हैं। गन्धकुटी की कटनियों और सीढ़ियों में इन्द्र-इन्द्राणियाँ, देव-देवांगनाएँ साँस रोककर उद्ग्रीव बैठे हैं। सर्वार्थसिद्धियों के पार ताक रहे हैं। कहाँ हैं प्रभु, कहाँ हैं वे सर्वसत्ताधीश्वर? कहाँ हैं वे सर्ववल्लभ भगवान, जिनके वियोग में सृष्टि शून्य होकर ताक रही है?

एक विराट् प्रतीक्षा एकाग्र, एकायन होकर निःसीम के पटल बींध रही है।

सबकुछ उसमें तिरोधान पा गया है।

चरम विरोधी की प्रतीक्षा

सन्त्रस्त संसार का गहन आर्त्तनाद शून्य के मंडलों में घहरा रहा है। कहीं एकाकी बैठी पृथ्वी अन्तहीन आलाप में अपनी शोकान्तिका गा रही है। सर्व देश और काल के प्राणियों की दुःख-कातर पुकारों का समवेत नाद, दूरियों में डूबकर फिर-फिर उठ रहा है।

विन्ध्याचल के दुर्गम्य कूट पर ध्यानस्थ योगी ऋषभ की समाधि हठात् टूट

गयी। वे भी सारे संसार की पीड़ा के साथ संवेदित हो आये। बेचैन होकर वे पुकार उठे : हे भगवान, हे समवसरण-नाथ, तुम कहाँ हो? तुम्हारे स्वागत में बिछा, तुम्हें धारण को तत्पर वह समवसरण इन्द्रजाल की तरह कहाँ लुप्त हो गया? तुम्हारी अनुपस्थिति में त्रिलोक का सारभूत ऐश्वर्य भी शून्य होकर रह गया है। वह ठुकराया, परित्यक्त हो पड़ा है।

...अभी-अभी मैंने तुम्हें विपुलाचल से उस निर्जन निरालय में देखा था। गहन के नीलम में से अवतीर्ण वह अमिताभ मुख-मंडल।

...और फिर तुम्हारी समवसरण की देवोपनीत माया में खो गया। ऐसा खोया, कि हे सुमेरु-पुरुष, तुम्हीं मेरे हाथ से निकल गये। पर क्या यह समवसरण तुम्हारा ही वैश्विक शरीर नहीं है? इसी महा शरीर के माध्यम से तो हम तुम्हें देख सकते हैं, सुन सकते हैं, छू सकते हैं। नहीं तो तुम्हारी उस प्रभाविल देह से अपने दूखते अंगों को सहलाने का और कोई उपाय नहीं है। हमारी ये इन्द्रियाँ, हमारे मांसल हाथ-पैर कैसे तुम्हें समूचा ग्रहण कर सकते हैं?

नहीं, अब तुम्हारे उस ब्रह्मांडीय शरीर के संस्पर्श से मैं दूर नहीं रह सकता। तुम्हारे स्पर्श की उस ऊष्मा से वंचित रहकर, हे नारायण, मैं शुक्लध्यान और क्षपक श्रेणी पर भी आरूढ़ होना नहीं चाहता।...

योगी ऋषभ एक क्षण भी और वहाँ ठहर न सके। उनकी उत्कट और अनिर्वार वेदना के उत्तर में चारण-ऋद्धि वहाँ प्रस्तुत हो गयी। तत्काल उस पर आरूढ़ होकर, खड़े-खड़े ही आकाश-गमन करते हुए योगी ऋषभ विपुलाचल के समवसरण में सदेह समूचे आ उतरे। किसी अलक्ष्य दूर कोने में अन्तरित खड़े हो रहे। वहीं से गन्धकुटी के मूर्धन्य कमलासन की सूनिमा में आँखें गड़ा स्तब्ध हो रहे। —नहीं, वह अभाव का रिक्त नहीं है। वह महाभाव की पूरम्पूर सभरता है। किसी परात्पर आविर्भाव की ऊर्जस्वल तरंगें उस रक्त कमल में उठ रही हैं। आद्या का वह आलय है। परम सविता का वह उदयाचल है। अनन्त कोटि सूर्य और चन्द्रमा उसकी कोरों में उदय होने को कसमसा रहे हैं।...

हठात् योगी ऋषभ को सुनाई पड़ा। सन्त्रस्त संसार का वह आर्त्तनाद स्वयं ही किसी अनहद नाद में परिणत हो रहा है...सहसा ही देव-दुन्दुभियों, शंखों, घंटाओं, विपुल वाजित्रों के घोष से समस्त समवसरण-भूमि थर्रा उठी। स्तुतियों और वन्दनाओं की असंख्य गान-ध्वनियाँ उठने लगीं। मानस्तम्भों, कूटों, स्तूपों, गोपुरों, गवाक्षों, अलिन्दों के हर कँगूरे और किनारे पर अप्सराओं और देवियों की हारमालाएँ नृत्यों में ठुमक उठीं। स्वर, ताल और झंकारों के दरिये धसमसा कर बहने लगे। मस्ती में उछलने लगे। गन्धकुटी के अशोक-वृक्ष से लगाकर, मानांगना भूमि के मानस्तम्भों तक से असंख्य एकाकार जय-ध्वनियाँ उठने लगीं। अविराम जयकारों से दिग्गज डोलने

लगे, अन्तिम समुद्रों के पानी उछलने लगे :

चरम तीर्थंकर भगवान महावीर जयवन्त हों!
कलिकाल के महाकालेश्वर शंकर जयवन्त हों!
अनन्त-कोटि ब्रह्मांडों के राजराजेश्वर जयवन्त हों!
काल-कालान्तर के विधाता जयवन्त हों!
लोक-लोकान्तर के द्रष्टा और स्रष्टा जयवन्त हों!
अवसर्पिणी के चरम तीर्थंकर जयवन्त हों!
त्रैलोक्येश्वर, सर्वज्ञ, सर्वशक्तिमान महावीर जयवन्त हों!

और अचानक ही समस्त समवसरण की भूमि पर एक विराट् आलोक की छाया पड़ी। गन्धकुटी का कमलासन रक्त-ज्वालाओं से स्पन्दित हो उठा। असंख्य देवों, मुनियों, दानवों, मानवों, पशुओं की आँखों ने एक साथ देखा :

समवसरण की वीथियों और परिक्रमाओं में सुवर्णिम पद्म-पाँवड़ों के आभास चमकारने लगे।

सहसा ही मानांगना भूमि का मानस्तम्भ नम्रीभूत हो गया। एक हिमाचल के समान उत्तुंग ज्योति-पुरुष ने उसे बाँहों में भरकर, अपने मस्तक से भी ऊँचा कर दिया।...

'भगवान आ गये, भगवान आ गये, भगवान आ गये...' की विह्वल-पागल आनन्द-ध्वनियों में प्राणि मात्र के शरीर जैसे गल-गलकर बहने लगे। हर किसी ने हाथ पसारकर उस त्रिभुवन-मोहन के सौन्दर्य को अपनी छाती में समा लेना चाहा।...

आ गये हमारे जगन्नाथ : ममनाथ जगन्नाथ।
आ गये हमारे सर्वस्व, हमारे हृदयनाथ, हमारे आत्मनाथ।
आ गये हमारे अंग-अंग के दुलार, हमारी पीड़ाओं की पुचकार,
हमारे अणु-अणु की चीत्कार, हमारे अन्तरतम की पुकार,
हमारे जनम-जनम के वियोगों के प्यार आ गये।
आ गये आ गये आ गये...

सृष्टि के सारे तन-मन पुलकित-कम्पित हो आये। सब के प्राणों में ऐसी ही ममता के पारावार छलक रहे हैं। ऐसी ध्वनियाँ, गुहारें, निवेदन पोर-पोर, कोर-कोर, में से फूट रही हैं।

...पूर्व द्वार में से अकस्मात् भगवान ने समवसरण में प्रवेश किया। मिलन के आनन्द-वेदन की सिसकारियाँ सर्वत्र फूट पड़ीं। अन्तरतम की कातर आत्मीय ध्वनियाँ मानो प्रभु के उस ज्योतिर्मय निश्चल शरीर को भी रोमांचित करने लगीं।

प्रभु ने प्रथम सम्मुख आये प्रतिच्छन्दक चैत्य-वृक्ष की तीन प्रदक्षिणाएँ कीं। फिर वे उल्लम्ब बाहु भगवान अर्हत् मानो सर्व को दूर से ही आलिंगन देते समवसरण की वीथियों में विहार करने लगे। उनके हर चरणपात को झेलने के लिए कदम-कदम पर सोने के विशाल कमल तैर आते हैं। प्रभु अविकल्प पग, तृतीय नेत्र से सबको एकाग्र चितवन-सुख देते हुए, इस सारी रचना में से गुजरने लगे। 'संसार-सारम्' वे जिनेश्वर इस संसार के अणु-अणु को स्वतन्त्र और सार्थक करने आये हैं।

पर यह क्या, कि धरिणी उन्हें धारण करने में असमर्थ हो गयी है। वह सँकुचा जाती है, उनके अनंग चरणाघात से। और लो, वे प्रभु तो अधर में, अस्पृष्ट चल रहे हैं। धरतो पर चलते दीख रहे हैं। पर वे आकाश के भी ऊपर चल रहे हैं। वे अपने ही भीतर चल रहे हैं। फिर भी वे समवसरण की तमाम परिक्रमाओं में चल रहे हैं।

...और औचक ही असंख्य दृष्टियों को अपनी आँखों में समाकर योगी ऋषभ देख उठे : जाने कब वे अर्हत् गन्धकुटी की सीढ़ियाँ चढ़कर उस लोहिताक्ष कमलासन के एक ओर नग्न ज्योति की तरह दण्डायमान दिखाई पड़े।

तब निखिल चराचर के प्रणम्य उन त्रिलोकीनाथ प्रभु ने ईषत् नम्रीभूत होकर :

विश्व-तत्त्व को प्रणाम किया।

फिर अपने कैवल्य में झलक रहे त्रिलोक और त्रिकाल के समस्त परिणमनों को प्रणाम किया।

फिर अपने युग-तीर्थ का वन्दन किया।

और तब वे झुक आयी प्राग्भार पृथ्वी की तरह गन्धकुटी के रक्ताभ कमलासन पर आरूढ़ हो गये। यद्यपि ये भगवान अब सारे ही रूपी, पर्यायी ऐश्वर्य से ऊपर उठ गये हैं। फिर भी त्रिलोक की समग्र सौन्दर्य-लक्ष्मी को अपनी कल्पा और नियोगिनी जान, उन्होंने सहज ही उसको अंगीकार किया। उसका वरण कर लिया।

लेकिन पृथ्वी के गुरुत्वाकर्षण से अब वे अर्हत् परे जा चुके हैं। योगीश्वर का यह चरम सुन्दर शरीर निर्भार हो गया है। कैवल्य-क्षण से ही उनका आसन उत्थान हो चुका है। उनके श्वास-प्राण और समग्र नाड़ी-मंडल, उनके भ्रूमध्य-चक्र में संकेन्द्रित हैं। उनकी तमाम इन्द्रियाँ उसी एकाग्र बिन्दु से संचारित होती और काम करती हैं।

सो कमलासन पर पद्मासन में बैठे दिखाई पड़ रहे वे भगवान उससे अस्पर्शित हैं। उसकी रक्तिम-केशरिया कान्ति से वे उत्तीर्ण हैं। उनकी यह निरंजन गौरांग मूर्ति अधर अन्तिरिक्ष में आसीन है। उनके सर्व चराचर-मोहन मुख मंडल के चारों ओर एक विशाल भाममंडल अनायास प्रोद्भासित है। उनमें अनन्त कोटि सूर्य, चन्द्र, ग्रह-तारा-मंडल, खमंडल, भूमंडल अविरल चक्रायमान हैं। उसमें विश्व-तत्त्व अमन्द आभा के साथ निरन्तर परिणमनशील है। उसमें से सर्वकामपूरन पदार्थ-प्रभाएँ प्रवाहित होकर

जन-जन, कण-कण की अन्तरतम कामना को इस क्षण पूरी कर रही हैं। उसके सर्व-काल व्यापी विराट् किरण-बिम्बों से समस्त अन्तरिक्ष आच्छादित है।

वे सर्वेश्वर प्रभु पूर्वाभिमुख विराजमान हैं। पर सभी दिशाओं की ओर वे उन्मुख जान पड़ते हैं। हर दिशा में प्राणियों को लगता है, कि वे उन्हीं की ओर देख रहे हैं। वे अपने में ध्रुव, निश्चल हैं। पर हर किसी को लगता है कि वे समूचे उसी की ओर प्रवाहित हैं। सृष्टि का प्रत्येक अणु-परमाणु रोमांचित होकर अनुभव करता है, कि वे ज्योति-पुरुष उसके आरपार यात्रा कर रहे हैं। सारे अन्धकार और अतल-वितल जाने किस स्पर्श से भास्वर हो गये हैं।

समवसरण की 'शिवपुरी' नामा मौलिक भूमि के परिमंडल के चारों निकाय के जीवात्मा बारह सभाओं में उपस्थित हैं। ये सभाएँ जैसे आकाशी पीठों से विभाजित हैं। जिनके भीतर वे सारे प्राणी अनायास एक-दूसरे में अपने को प्रतिबिम्बित देख लेते हैं। एक-दूसरे में पूर्ण अवकाश पा जाते हैं। परस्पर के लिए आत्मोपम भाव से भर उठते हैं।...वे अनजाने ही सर्वात्म-भाव से आप्लावित हैं। एक ही अखंड संवेदन के भीतर वे अपने निजत्व को अभिव्यक्त पा रहे हैं। इसी से उनके अहम्-स्वार्थ, राग-द्वेष आपोआप शान्त हो गये हैं। वृक्षों की तरह फलदरूप होकर, वे एक गहरी सभरता से नम्रीभूत हो गये हैं। यह आत्म-शास्ता की धर्म-सभा है। इसी से सब वहाँ स्वतः अनुशासित हैं। संयम, मर्यादा और अनुशासन का यह स्वयंभू राज्य है। हीन-महत्, गुरु-लघु, छोटा-बड़ा, ऊँच-नीच, धनी-निर्धन के भेद यहाँ समाप्त हैं। रात और दिन का अन्तर यहाँ विलुप्त हो गया है। अहर्निश यहाँ सर्वत्र प्रकाश ही व्याप्त रहता है। उदय और अस्त, उत्थान और अवसान यहाँ एकाकार हो गये हैं।

'शिवपुरी' के प्राकार-मंडल में निर्मित बारह सभाओं में एक अनोखी संकलना चल रही है। पहली सभा में मुनि-यति, आचार्य-उपाध्याय विराजमान हैं। 'णमो लोए सव्वसाहूणं' का बोध यहाँ प्रत्यक्ष है। वे तपोज्ज्वल श्रमण, भगवान के स्वरूप के अंश जैसे भासित हो रहे हैं। दूसरी सभा में पीत कमल जैसी रूपाभा वाली कल्पवासी देवों की देवियाँ बैठी हैं। वे भगवान की बाह्य विभूतियों के साक्षात् प्रकटीकरण जैसी लगती हैं। तीसरी सभा में लज्जा, क्षमा, धृति, शान्ति, तितिक्षा, मुमुक्षा की मूर्तियाँ बैठी हैं। ये साध्वी आर्यिकाएँ हैं। ये धर्म की संवाहक पंक्तियों जैसी प्रतीत होती हैं।

चौथी सभा में तीक्ष्ण प्रभा से देदीप्यमान ज्योतिष देवों की अंगनाएँ शोभित हैं। उनकी नाना भंगिम देहों से, भीतर छुपे मोह की काजल झड़ रही है। और वह अर्हत् की सूर्याभा से निर्वापित हो रही है। पाँचवीं सभा में वनवासिनी व्यन्तर देवियाँ फूलों के उत्तरीय ओढ़े, वनमाला धारण किये, नम्रीभूत बैठी हैं। मानो कि लोक की तमाम

सुरम्य प्रकृति वहाँ श्रीभगवान के चरणों में समर्पित है। छठी सभा में भवनवासी देवियाँ प्रभु की दिव्यध्वनि को झेलने के लिए आँचल पसारे बैठी हैं। वे आत्मोत्सर्ग की दीप-शिखाओं-सी लगती हैं। वे हज़ारों जोत वाली आरती की तरह भगवान की ओर उठी हुई हैं। सातवीं सभा में सर्प-फणों की छाया में बैठे भवनवासी देव भयार्त्त स्वर में भगवान से प्रार्थना कर रहे हैं।

आठवीं सभा में मायिक सौन्दर्य से सदा चंचल रहने वाले व्यन्तर देव, एकाएक स्थिर हो गये हैं। वे बोध पाने को समुत्सुक बैठे हैं। उन्हें नहीं पता है, कि वे यहाँ क्यों आये हैं। फिर भी वे पृच्छा के कौतूहल से स्तब्ध ताक रहे हैं। नवमी सभा में सूर्य-चन्द्र, तारा लोकों के वासी ज्योतिष देव बैठे हैं। त्रिलोक-सूर्य के प्रभा-मंडल में लीन होकर, वे और भी अधिक प्रकाशनमान होने को व्याकुल हैं। दसवीं सभा में भगवान के आत्मज-स्वरूप परम सुन्दर, सुखी सौधर्म आदि स्वर्गों के कल्पवासी देव बैठे हैं। उनके विमानों की छतों पर ग्रैवयेक, अनुदिश और सर्वार्थसिद्धियों के वासी उच्चात्मा देवर्षि बैठे हैं। वे भगवान के पद-नखों में अपने स्वरूप-दर्शन को व्याकुल हैं।

ग्यारहवीं सभा में चक्रवर्ती, राजा, राजवंशी, श्रेष्ठी और सर्व-सामान्य सारे ही नर-नारी समान भाव से बैठे हैं। यहाँ उनके बीच वर्ग, पदस्थ, प्रतिष्ठा, सत्ता, सम्पत्ति, वैभव की दीवारें नहीं हैं। यह सार्वभौमिक मनुष्य का राज्य है। यहाँ जन-जन अपना ही राजा है, अपना ही स्वामी है। कोई भी किसी से छोटा नहीं है। कोई किसी के अधीन नहीं।

बारहवें प्रकोष्ठ में तिर्यंच पशु-पक्षियों का विशाल साम्राज्य उपस्थित है। लोकालय, जंगल, पर्वत, नदी-समुद्र, बिल-बाम्बी और और खतरे की घाटियों से निकल-निकलकर वे यहाँ एकत्र उमड़ पड़े हैं। गाय, भैंस, चौपाये, सिंह, हरिन, रीछ, भेड़िये, अष्टापद, सर्प, मयूर, नकुल, खरगोश—सब का ऐसा शम्भू-मेला कभी देखने में न आया। वन-वनान्तर के रंग-बिरंगे मासूम पंखी अष्टापद के अयाल-वन में निर्भय कलरव कर रहे हैं।

गाय के स्तनों की दूध भरी ऊष्मा में सिंह गुड़ी-मुड़ी होकर सो गये हैं। गौवत्स सिंहनी का दूध पी रहे हैं। मृगी व्याघ्र के आलिंगन में सुख से अचेत हो गयी है।

गरुड़ महाविष्णु का वाहन बनने को तत्पर पंख पसारे है। और उसकी टाँगों में सर्प लिपट रहे हैं। नाचते मयूर की नील-हरी पंख-प्रभा में वासुकी नाग चित्र-लिखित-सा रह गया है। रीछों के गर्म झबरीले लोमों में, लावा पक्षियों ने नीड़ बाँध लिये हैं। जलाशयों से बाहर निकलकर मगर, मच्छ, कछुवे बड़े सुख से धूप सेंक रहे हैं। अवकाश की लहरों में रंग-बिरंगी मछलियाँ उन्मुक्त तैरती हुई गन्धकुटी के पादमूल में विलीन हो रही हैं।

मूषक मार्जारी की कोख में चिपक कर जैसे सदा को निर्भय हो गये हैं। जलचर, थलचर, नभचर, सारे ही तिर्यंच प्राणी एक-दूसरे से रूपान्तरित होते-से दिखाई पड़ रहे है। आर्य ऋषभ विस्मय से अवाक् हैं, कि ये अज्ञानी जीव ज्ञान के गर्वी मनुष्य को पराजित कर अपनी निर्दोषता के कारण, भगवान के अधिक प्रियपात्र हो गये हैं। वे गन्धकुटी की रेलिंगों पर तीर्थंकर के चिह्न बनकर प्रतिष्ठित हो गये हैं।

और ये चारों निकाय और चौरासी लाख योनियाँ उदग्र हैं। स्तब्ध हैं। कैवल्य-सूर्य की दिव्यध्वनि सुनने के लिए। कण-कण में जैसे कान उग आये हैं। दिशाएँ चौकन्नी और उत्कण्ठित हैं। लेकिन सर्वज्ञ प्रभु त्रिकालेश्वर भगवान मौन हैं। लोक के पुराण और इतिहास में अपूर्व है यह घटना। यह एक महाश्चर्य है। महासत्ता का नियम है, कि कैवल्य-लाभ होते ही तीर्थंकर वाक्मान हो जाते हैं। उनके तपश्चर्याकाल का वर्षों व्यापी अखंड मौन हठात् भंग हो जाता है। कैवल्य-सूर्य के उदय होते ही, अगम-निगम के ज्ञान-निर्झर सर्वज्ञ प्रभु के श्रीमुख से फूट पड़ते हैं।

किन्तु यह कैसा अपलाप घटित हुआ है, द्वापर-युग के इस अन्तिम पर्व में! कि केवली होकर भी तीर्थंकर महावीर निर्वाक् हैं। ऋजुबालिका के तट पर देवेन्द्रों के समवसरण उन्हें पाने में असमर्थ रहे। त्रिलोकीनाथ गन्धकुटी से पलायन कर गये। वह उनके पीछे दौड़ती फिरी,, वे हाथ न आये। ज्ञान की त्रिपदी वहाँ हवा में गूँजती हुई व्यर्थ हो गयी। भोग-मूर्च्छित देव-सृष्टियाँ उससे प्रतिबद्ध न हो सकीं, जाग न सकीं।

फिर भगवान विद्युत्-तरंग की तरह मध्यम पावा के होम धूम्राच्छन्न आकाश में संचारित हुए। विश्व-तत्त्व यज्ञ के हुताशन पर उच्छ्वसित हुआ। पर ज्ञान-गर्व से प्रमत्त ब्राह्मणों की खोखली मन्त्र-ध्वनियों में वह खो गया। क्या आज के इस अराजक लोक में अर्हत् को पहचानने वाला कोई नहीं है?

तब भगवान विपुलाचल के शिखर पर आ खड़े हुए। एकाकी, अदृश्य, निस्तब्ध...और उस निस्तब्धता में अनहद नाद घुटता रहा। पंचशैल देखकर थरथराते रहे। तब विपल मात्र में ही असंख्य देवलोक यहाँ उत्सव-कोलाहल के साथ उतर आये। त्रिलोक और त्रिकाल का सारांशिक ऐश्वर्य यहाँ सर्वसत्ताधीश महावीर के समवसरण में मूर्त हो गया। चारों निकाय और चौरासी लाख योनियाँ यहाँ उमड़ आयीं। हर प्राण, हर साँस, हर दृष्टि प्रभु के दर्शन को आकुल उदग्र थी। क्षण, मुहूर्त, घड़ियाँ बीत रही थीं। समस्त लोक प्रतीक्षामान था; किन्तु प्रभु का वह अमिताभ मुख-मंडल गन्धकुटी के कमलासन पर उदय नहीं हो रहा था।

तब स्वयं विश्व-तत्त्व जैसे वाक्मान होने को छटपटा उठा। अणु-परमाणु रो आये। समस्त लोकालोक एक अन्तहीन आर्त्तनाद में फूट पड़े। और ठीक उसके उत्कट छोर पर प्रभु समवसरण में उतर आये। लोक में इस पुंजीभूत वैभव को अपनी दृष्टि और चरण-रज से कृतार्थ किया। दृष्टि मात्र की केन्द्र गन्धकुटी में अब वे विश्वम्भर आसीन हैं। लेकिन फिर भी अवाक्! आश्चर्य, महाश्चर्य, अपूर्व अपवाद।

सार्वलौकिक नियम-विधान का ऐसा भंग कभी नहीं न हुआ।

अनन्त ज्ञान के समुद्र अन्तरिक्ष के मर्म में घुमड़ रहे हैं। सत्ता जैसे टूट पड़ने की अनी पर है। सत्ता-पुरुष मौन है। निस्तब्ध है। निस्पन्द है। पर भीतर जैसे उसके सूरज उबल रहे हैं, चन्द्रमा कसक रहे हैं। फिर भी वह चुप है, और चुप रहने को विवश है। कौन समझेगा त्रिलोकीनाथ के इस दर्द को? यह निखिल के दर्दी का दर्द है। इसे कोई योगी नहीं समझ सकता। कोई कवि ही इसका समवेदी और संगी हो सकता है। अरे, त्रिलोकी का सूर्य आज कुछ बोलना चाहता है। वह बोलने को बेबस है। और अणु-परमाणु सुनने को व्याकुल हैं।

...पर..., कहाँ है वह गणधर, कहाँ है वह पात्र, वह माध्यम, वह संक्रान्ता, जो सर्वज्ञ की अनन्तिनी वाणी को ग्रहण कर सके, झेल सके, सहन कर सके, प्रसारित कर सके, सर्व चराचर तक पहुँच सके। उस निरक्षरी दिव्य-ध्वनि को अक्षर, शब्द, भाषा में सम्प्रेषित कर सके? कहाँ है वह मर्मी, जो 'मुझे पहचान सके, समझ सके, सुन सके, सबको सुना सके?'

असंख्य गान-नृत्य लीन, जय-जयकार करते देवेन्द्रों और माहेन्द्रों से परिवरित भगवान अधर में निस्तब्ध हैं। गन्धकुटी की सर्वोपरि सीढ़ी पर बैठा सौधर्मेन्द्र अवाक् उदग्र भगवान की ओर ताक रहा है। कोई ध्वनि नहीं, स्पन्दन नहीं। शक्रेन्द्र ने व्यग्र होकर समवसरण के तमाम मंडलों पर निगाह डाली। उत्सव और वाद्यों के सारे कोलाहल में जैसे कसक भरी खामोशी घुल रही है। धूपायनों से उठती धूम्र-लहरियों में अप्सराओं के केशपाश विक्षुब्ध नागिनियों-से छटपटा रहे हैं। इन्द्राणियों, देवनांगनाओं, किन्नरियों की नाचती नुपूर-झंकारें रो आयी हैं।

चारों दिशाओं के गोपुरों के आरपार, हजारों आरों वाले हिरण्य-रत्निम धर्मचक्रों की सरणियाँ जैसे लोकान्त तक चली गयी हैं। वे चलायमान होने को अधीर हैं। पर कहाँ हैं उनका चक्रेश्वर? कौन उनका परिचालन करे? कौन इस अराजक विश्व में स्वभाव-धर्म का चक्र-प्रवर्तन करे? सारथी वल्गा खींचकर, हाथ कन्धे पर टिकाये, उस पर सिर ढाले है। रथासीन त्रिलोकपति का इंगित नहीं मिला है। लोक का रथ चले तो कैसे चले?

सारे ही इन्द्र, माहेन्द्र, अहमिन्द्र, सिंहासन की सीढ़ियों पर और कटनियों में उद्विग्न हैं, पृच्छा भाव विकल हैं। सुरेश्वर बलीन्द्र और असुरेश्वर चमरेन्द्र भगवान के दोनों ओर चामर ढालते हुए रह-रहकर अटक जाते हैं। सनत् कुमार और ईशान इन्द्रों के हाथों में डुलते मर्कत-मणि के विजन रह-रहकर ढुलक पड़ते हैं।

इन्द्राणियाँ, देवांगनाएँ और अप्सराएँ गन्धकुटी के पादप्रान्त में नृत्य-गान करती हुई जाने कैसी असह्य विरह-व्यथा से मूर्च्छित हुई जा रही हैं।

और सौधर्मेन्द्र गम्भीर चिन्ता में पड़ गया है। आज पैंसठ दिन हो गये, भगवान

को कैवल्य-लाभ हुए। उनकी कैवल्य-ज्योति से लोकालोक प्रकाशमान और आनन्दित हो गया है। निखिल के प्राण भी ये मन-मन के मोहन, प्राण-प्राण के प्रीतम चुप क्यों हैं?

सौधर्मेन्द्र की पृच्छा छोर पर पहुँचकर निदारुण पीड़ा हो गयी। वेदना से उसकी तहें भिदने लगीं। और उसे अपने अन्तश्चेतन के केन्द्र में से ध्वनित सुनाई पड़ा :

''जानो स्वर्गपति, सर्वज्ञ तीर्थंकर को अपने गणधर की प्रतीक्षा है। ब्रह्म-पुरुष की अनाहत वाणी को लोक का कोई मूर्धन्य ब्राह्मण ही आत्मसात् करके उसे लोक-विश्रुत बना सकता है। त्रिकाल ज्ञानेश्वर प्रभु इस क्षण लोक के उसी महाब्राह्मण की प्रतीक्षा में हैं!''

''कौन है वह? कहाँ है वह? उसे कहाँ खोजना होगा?''

''मध्यम पावा में आर्य सौमिल, वैदिक धर्म की लुप्तप्राय धारा को फिर से प्रतिष्ठित करने के लिए एक महान यज्ञ कर रहे हैं। इन्द्रभूति गौतम हैं उसके महायाजनिक। आर्यावर्त का यह ब्राह्मण-श्रेष्ठ श्रमण धर्म का कट्टर विरोधी और शत्रु है। वही है, शक्रेन्द्र, वही है महावीर का गणधर। विश्व-वल्लभ प्रभु अपने उस सबसे बड़े प्रतिरोधी और विरोधी की प्रतीक्षा में हैं। वही उनका एकमेव प्रतिस्पर्धी, उनका एकमेव प्रथम श्रोता हो सकता है। उसके आये बिना सर्वज्ञ की दिव्य-ध्वनि शब्दायमान नहीं हो सकती!''

''ऐसे दुर्दान्त विरोधी को यहाँ लाने का उपाय?''

''वह तुम जानो, शक्रेन्द्र! वह तुम्हारा कर्तव्य है। उसे तुम देखो।''

और शक्रेन्द्र सौधर्म-पति और भी गहरी चिन्ता में डूब गया।...और हठात् उसे कुछ सूझा। वह प्रफुल्लित हो आया...उपाय करने को उद्यत होकर शक्रेन्द्र चुपचाप वहाँ से अन्तर्धान हो गया।

भगवत्पाद इन्द्रभूति गौतम

मगध में आर्य सोमिल पूर्वीय भारत के ब्राह्मणों के प्रतापी नेता हैं। उनकी विद्वत्ता और प्रतिष्ठा की धाक सुदूर पश्चिमांचल तक जमी हुई है। वे स्वयं एक कीर्तिमान याजक हैं और श्री-सम्पन्न भी।

मध्यम पावा में उन्होंने ही इस विराट् यज्ञ का आयोजन किया है। उद्देश्य यह है कि चारों ओर चल रहे वेद-विरोध का निराकरण हो, और वैदिक धर्म की भव्य

पुनःप्रतिष्ठा की जाए। तमाम आर्यावर्त के दिग्गज भू-देवता उसमें आमन्त्रित हैं। द्विवेदी, त्रिवेदी, चतुर्वेदी, कृष्ण यजुर्वेदी, शुक्ल यजुर्वेदी, याज्ञवल्की, नचिकेतसी सारे भेदभाव भूलकर यहाँ एकत्र हैं। कि समस्त ब्राह्मणत्व एकीभूत हो जाए, और आत्म-रक्षा का उपाय करे। स्वैर-विहारी श्रमणों ने ब्राह्मण प्रभुता की जड़ें हिला दी हैं। वेद और उपनिषद् के सम्मुख चुनौती है। सविता और सावित्री के छन्दकार ऋषियों के वंशज यह कैसे सह सकते हैं। उनकी भृकुटियाँ टेढ़ी हो गयी हैं।

उन्होंने विद्रोही श्रमणों की इस चुनौती को स्वीकारा है। और उसी का एक अमोघ उत्तर देने के लिए इस पुनर्नवा सोमयाग का आयोजन किया है। वेद-वेदान्त, संहिता, श्रुति, स्मृति आदि समग्र वैदिक वाङ्मय के धुरन्धर अधिकारी पंडित यहाँ उपस्थित हैं। उनका वचन प्रमाण माना जाता है। श्रुति और स्मृति पर उनका निर्णय अन्तिम होता है।

आज की वस्तु-स्थिति यह है, कि ऋषि-कुलों में फूट पड़ गयी है। उनके वंशज ब्राह्मण अनेक उपगोत्रों और शाखा-प्रशाखाओं में बँट गये हैं। उनमें परस्पर विग्रह है, कलह है, सिर-फुड़ौवल है। अपनी नयी इयत्ता स्थापित करने के लिए, विभिन्न गोत्रीय ब्राह्मणों ने मन्त्रों और सूत्रों तक में मन-माने पाठान्तर कर लिये हैं, कपोल-कल्पित ऋषियों के नाम पर बेशुमार मन्त्र रच डाले हैं। अपने-अपने राजा, क्षत्रिय, वणिक यजमानों की स्वार्थ-पूर्ति और प्रसन्नता के लिए ऊलजलूल नये मन्त्रों और कर्मकाण्डों तक की रचना कर डाली गयी है। गिरती हुई ब्राह्मण-प्रभुता को थामने के लिए और ब्राह्मणत्व के दुर्ग को अभेद्य बनाने के लिए, यजुर्वेदियों ने कठोर नियम-विधान गढ़ लिये हैं। नयी आचार-संहिताएँ और ब्राह्मण-ग्रन्थ रचकर समस्त सवर्णी प्रजा को अपने अँगूठे तले दबा रखने के क्रूर षड्यन्त्र चल रहे हैं।...अपने ऐहिक स्वार्थों और लिप्साओं की तृप्ति के लिए इन ऋषिवंशियों ने धर्म को वाणिज्य की हाट बना दिया है। इसी से भार्गवों, वाशिष्ठों और पाराशरों का आदिकालीन ब्रह्म-तेज मन्द पड़ गया है।

कहाँ है आज ऋक्-साम-यजुर्वेद के वे मन्त्रकार, जो अपने मन्त्रोच्चार, स्पर्श या जल-छिड़कन मात्र से असाध्य रोग हर लेते थे, मृतकों को जिला देते थे? जो अपने सूर्य-सोम रसायनों से पारद को बाँध देते थे। लोह को सुवर्ण बना देते थे। क्षर माटी की काया को सिद्ध अक्षर शरीर में परिणत कर देते थे। धूलिकणों को रत्न की ढेरियों में बदल देते थे। जिनकी मन्त्र-ध्वनियों से वनस्पतियों में अमृत संचार होता था। जो सोम-वल्ली और कल्प-वल्ली के रहस्यों को जानते थे। जंगलों में जड़ी-बूटियाँ जिन्हें पुकारकर अपने-अपने औषधिक गुणों की ज्योति से उन्हें चमकृत कर देती थीं। पीढ़ी-दर-पीढ़ी उन्होंने दुर्द्धर्ष तप किये थे। उनके तपस्तेज से ही अमृत नितर कर सोम वनों की रसों में व्याप जाता था। और उसी सोमरस को पीकर के वे अगम-निगम के

रहस्यों को प्रकाशित करते थे। पूषन् के ऊर्ध्व मंडलों में उड़ाने भरते थे। आज उन्हीं मृत्युंजयी ऋषियों की सन्तानें राजाओं, श्रेष्ठियों और वणिकों के द्वार की भिखारी हो गयी थीं। भाट, चारण और भोजन-भट्ट होकर रह गयी थीं।

ब्राह्मणत्व के पतन और भ्रष्टाचार की इसी पराकाष्ठा पर से ये श्रमण उठे हैं। इन्होंने तमाम परम्परागत श्रुतियों को नकार दिया है। विकृत ब्राह्मणत्व का भंडाफोड़ किया है। इन्होंने वेद-वेदान्त के नाम पर चल रहे शोषण और अनाचार के विरुद्ध विद्रोह का बवंडर जगाया है। इनकी वह बगावत नकार की चरम सीमा तक पहुँच गयी है। इन्होंने सारी परम्परागत विद्याओं और ज्ञान की विरासत को झुठला दिया है। इन्होंने धर्म की बुनियाद में ही सुरंगें लगा दी हैं। इन्होंने अन्तिम समस्याओं पर तीखे प्रश्न उठाकर, सारी प्रजा को नास्तिक और अराजक बना दिया है।

छह प्रमुख श्रमण इस विद्रोह के नेता हैं। ये अपने को तीर्थक या तीर्थंकर कहते हैं। इन सब में परस्पर तीव्र मतभेद हैं, विवाद हैं। विचार में, आचार में, दर्शन में, पर सामान्यतः ये सभी उग्र तपस्वी हैं। वैदिक भोगवाद, और उपनिषदिक् ब्रह्मवाद तथा आनन्दवाद की निपट आत्मकेन्द्रित और आत्म-लिप्सु व्याख्यायों के विरुद्ध इन्होंने आचार, उपलब्धि और सामाजिक नैतिकता की तीखी चुनौतियाँ खड़ी की हैं। चिन्तन और दर्शन को जीवन में आना होगा। उसे प्रतिदिन की चर्या में उतरना होगा। ब्रह्म की धरती पर चलना होगा। अपनी इस सत्य-निष्ठा से वे ज्वलन्त हो उठे हैं, कि उसके बल उन्होंने धर्म, राज और समाज के तमाम सत्ताधिपतियों को ललकारा है। उनसे जवाब-तलब किया है। हजारों वर्षों से स्थापित धर्म और संस्कृति का प्रासाद भरभरा कर ढह जाने के खतरे में पड़ा है।

ये तीर्थक नंगे होकर चौराहे पर खड़े हो गये हैं। सत्य की आग से वह्निमान होकर इन्होंने तमाम भगवानों, वैकुण्ठों, देवों की सत्ता को ललकारा है। सत्य की जिज्ञासा और मुमुक्षा से ये इतने ज्वलन्त हैं, कि इन्होंने सत्ता के निष्क्रिय शून्यों में उतर जाने का खतरा उठा लिया है। ये सत्ता और सविता को ललकार रहे हैं, कि सामने आओ, सारे प्रतिबन्ध और पर्दे तोड़कर। ये ब्रह्मविलास पर नहीं रुक सकते। जीवन में ब्रह्म का प्रकाश चाहते हैं। तर्क के तीर पर से हर तत्त्व को तोलते हैं।

इसी विद्रोह की आँधी का मुकाबला करने के लिए समस्त आर्यावर्त के कोटि-भट ब्राह्मण और धर्माचार्य यहाँ एकत्रित हैं। इनके सर्वोपरि नेता हैं भगवत्पाद इन्द्रभूति गौतम, और उनके दो अनुज, महापंडित अग्निभूति गौतम और वायुभूति गौतम। इनके अतिरिक्त और भी आठ धुरन्धर धर्माचार्य और शास्त्र-वाचस्पति यहाँ उपस्थित हैं। उनके नाम हैं क्रमशः व्यक्त, सुधर्मा, मंडिक, मौर्यपुत्र, अकम्पिक, अचल भ्राता, मेतार्य और प्रभास। इनमें से तीनों गौतम-पुत्रों के पाँच-पाँच सौ शिष्य हैं। व्यक्त और सुधर्मा के भी पाँच सौ अनुगामी यहाँ आये हैं। मंडिक और मौर्यपुत्र, प्रत्येक साढ़े तीन सौ

शिष्यमंडल से परिवरित हैं। अकम्पिक, अचल भ्राता, मेतार्य और प्रभास तीन-तीन सौ शिष्य-सम्पदा से मंडित हैं। ये ग्यारह पंडित वेद-वेदांग के पारगामी हैं। ये वर्तमान वैदिक धर्म, वाङ्मय और संस्कृति के चूड़ामणि हैं। इन्हीं के नेतृत्व और निर्देशन में वेद-वेदान्त, श्रुति-स्मृति, सूत्र-संहिताओं का पुनर्वाचन, पुन:संकलन, संशोधन और नूतन विधायन यहाँ हो रहा है।

एक दिन उष:काल की पवित्र सुगन्धित वेला में उपर्युक्त ग्यारह ब्राह्मण श्रेष्ठ बड़ी तन्मयता से सामगान करते हुए विशाल यज्ञशाला का पौरोहित्य कर रहे थे। खुले आकाश के नीचे, आम्रवनों की छाँव में विशाल वर्तुलाकार यज्ञमंडप निर्मित है। विपुल फूल-पल्लव, कदली-स्तम्भ, तोरण-बन्दनवारों से वह सज्जित है। उसके केन्द्र में ओंकार का विग्रह-स्वरूप विशाल हवन-कुंड धगधगायमान है। उसी के एक ओर की वेदी पर आसीन हैं भव्य गौरांग तीनों आर्य-पुत्र गौतम इन्द्रभूति, अग्निभूति और वायुभूति। वही इस महायाग के प्रमुख अग्निहोत्री हैं। और सर्वोपरि महाऋत्विक् हैं भगवत्पाद इन्द्रभूति गौतम।

इस केन्द्रीय यज्ञ-कुंड के चारों ओर कुंडलाकार में, सैकड़ों हवन-कुंड धधक रहे हैं। केशरिया परिधानों से सज्जित सहस्रों ब्राह्मण प्रचंड घोष के साथ समवेत मन्त्रगान करते हुए उनमें आहुतियाँ दे रहे हैं। होमाग्नियों की अनेक मेखलाएँ जैसे परिक्रमा करती हुई फेरी दे रही हैं। आस्थावान चित्त अनुभव करता है, कि इन यज्ञों के हुताशनों पर साक्षात् प्रजापति अपने विशाल देवकुल के साथ उतर रहे हैं।

...कि अचानक ही आकाश में देव-दुन्दुभियों का गम्भीर घोष सुनाई पड़ा। अनेक देव-विमानों की कान्तिमान, वक्राकार पंक्तियाँ पृथिवी की ओर आती दिखाई पड़ीं। सारे यज्ञ-मंडप में हर्ष छा गया। महाऋत्विक् इन्द्रभूति गौतम सहित ग्यारहों प्रमुख अग्निहोत्री ब्राह्मण-श्रेष्ठ उल्लम्ब बाहु मन्त्रोच्चार करते हुए यज्ञ-मंडप के द्वार पर आ खड़े हुए। वे ऊर्ध्वबाहु होकर आगन्तुक देवसृष्टियों की ओर आवाहन के मन्त्रोच्चार करने लगे :

स्वस्ति नः इन्द्रो वृद्धश्रवाः स्वस्ति नः पूषः विश्ववेदाः।
स्वस्ति नस्ताक्ष्र्यो अरिष्टनेमिः स्वस्ति नो बृहस्पतिर्दधातु॥
पृषदश्वा मरुतः पृश्निमातरः शुभयावानो विदथेषु जग्मयः।
अग्निजिह्वा मनवः सूरचक्षसो विश्वे नो देवा अवसागमन्निह॥

उनके गम्भीर ऋचा-घोष में कृतार्थता का हर्ष छलक रहा था। उन्हें और सारे ही विशाल याज्ञिक ब्राह्मण-मंडल को स्पष्ट प्रतीति हो रही थी, कि हमारी यज्ञाहुतियों

और मांत्रिक आह्वानों से आकृष्ट होकर ही देव-सृष्टियाँ पृथ्वी पर आ रही हैं। उन्हें निश्चय हो गया था कि अभी-अभी वे यज्ञभूमि में उतर, वैदिक धर्म की विजय-पताका फहराकर सारे संसार को झुका देंगी। समस्त ब्राह्मण-जगत् उन देव-विमानों पर टकटकी लगाये प्रचंडतर वेग से मन्त्रध्वनियाँ उच्चरित कर रहा है।...

कि हठात् आकाश पर उठी हजारों आँखों ने देखा : कि वे देव-विमानों की पंक्तियाँ एक तिर्यक् मोड़ लेकर विपुलाचल की ओर धावमान हो गयीं। देखकर सारी यज्ञभूमि सनाका खा गयी। सहस्रों आँखें दूरियों में ओझल होती देव-सृष्टियों को हताश ताकती रह गयीं। उनमें शून्य के बगुले चक्कर काटने लगे। इन्द्रभूति गौतम और उनके सहवर्ती महायाजक पथराये-से धरती पर जड़ित रह गये।

इन्द्रभूति गौतम सोच में पड़ गये। देवों ने भी हमें धोखा दे दिया! हम अब तक व्यर्थ ही उनके आवाहन-मन्त्र लिखते रहे! सारे वेद, सारे ऋषि, सारे देव झूठे पड़ गये? या वे हैं ही नहीं? सत्, ऋत्, तपस् क्या मात्र एक कपोल कल्पना है? ब्रह्म केवल पलायन का आयतन है?

कि ठीक तभी एक ब्राह्मण दौड़ता हुआ आया और बोला :

"देवपाद इन्द्रभूति गौतम, सुनें! महाश्रमण वर्द्धमान महावीर सर्वज्ञ हो गये। ऋजुबालिका नदी के तट पर उन्हें परम कैवल्य-लब्धि प्राप्त हो गयी। विपुलाचल पर उनका समवसरण हो रहा है। ये सारे देव-विमान उन्हीं की वन्दना को विपुलाचल पर जो रहे हैं।"

भगवदार्य इन्द्रभूति गौतम का मूलाधार जैसे विस्फोटित हो उठा। वे काँप-काँप आये। भृकुटि-भंग कर वे गरज उठे :

"वैशाली का राजपुत्र श्रमण वर्द्धमान सर्वज्ञ हो गया? इससे बड़ा झूठ पृथ्वी पर क्या हो सकता है? वेद-पुरुष का उपहास कर रहा है रे, भामटे! तेरी जबान कट क्यों नहीं पड़ती! मेरे होते, दूसरा कोई सर्वज्ञ पृथ्वी पर कैसे चल सकता है? एक म्यान में दो तलवार नहीं समा सकतीं। यह झूठ है, यह एक महान भ्रान्ति है। यह मिथ्या प्रवाद है। यह बकवास है। यह सविता और सावित्री का घोर अपमान है। ऐसा नहीं हो सकता। मैं कहता हूँ ऐसा कभी हुआ नहीं, है नहीं, होगा नहीं। न भूतो न भविष्यति।"

तभी साहस कर एक और ब्राह्मण कम्पित स्वर में बोला :

"भगवत्पाद गौतम! जो प्रत्यक्ष है उसका नकार कैसा? हम लोग स्वयं अपनी आँखों देख आये हैं। विपुलाचल पर सर्वज्ञ महावीर तीर्थंकर होकर, गन्धकुटी पर आसीन हैं। असंख्य देवलोकों ने उनके चहुँ ओर विराट् समवसरण की रचना की है। ऋग्वेद की ऋचाओं में जिस अर्हत् के स्वरूप का वर्णन है, वह आज विपुलाचल पर साक्षात् प्राकट्यमान है। जैसे समूचा ब्रह्मांड वहाँ पिंड में उपस्थित है। और उसके शीर्ष

पर ब्रह्मांडपति स्वयं आसीन हैं। अपूर्व है वह दृश्य, देवार्य गौतम। वेद भगवान को हम अपनी खुली आँखों देख आये!''

इन्द्रभूति गौतम का वश चले तो वे इस प्रलापी ब्राह्मण को अस्तित्व में से पोंछ देना चाहते हैं। वे भीतर-ही-भीतर ज्वालामुखी हो उठे हैं। वे होंठ भींचकर दाँत पीस रहे हैं, और खून के घूँट उतार रहे हैं। यज्ञ की मन्त्र-ध्वनियाँ मन्द होकर जैसे अवसान पा रही हैं। एक अफाट खमोशी में एकाकी ओंकार ध्वनि उठकर जैसे उक्त संवाद का समर्थन कर रही है।

और इन्द्रभूति गौतम फिर मानो सँभलते हुए अट्टहास कर उठे :

''ठीक ही तो है। जैसा सर्वज्ञ झूठा है, वैसी ही ये देव-सृष्टियाँ झूठी हैं। सच्चे स्वर्ग और सच्चे देवता हमारे यज्ञ की अवज्ञा कैसे कर सकते हैं? वे स्वयं हमारे मन्त्रों के विग्रह हैं। वे ही हमारे मन्त्र, मन्त्रेश्वर हैं। वे अपनी ही अवहेलना कैसे कर सकते हैं? नहीं, ये देव-विमान नहीं थे, ये देव-सृष्टियाँ नहीं थीं। पिशाच और प्रेत, देवों का रूप धरकर हमें ठगने और भरमाने आये होंगे।''

इन्द्रभूति गौतम दाँत किटकिटाते हुए क्षण भर खामोश होकर आकाश ताकते रह गये। और सहसा ही वे फिर भभक उठे :

''सरासर यह भ्रान्ति है, यह मरीचिका है। यह कोई ऐन्द्रजालिक सर्वज्ञ है, कोई मायावी जादूगर है। अपनी माया का विस्तार कर सारे ही लोक की आँखों को बाँध दिया है, कीलक और वशीकरण करके, यह धूर्त पाखंडी अपना मनचाहा रूप और वैभव भोली-भाली प्रजाओं को दिखा रहा है। उन्हें भटका रहा है, भरमा रहा है।...''

तभी पास खड़े एक ब्राह्मण ने भगवत्पाद का समर्थन किया :

''सत्य कह रहे हैं, भगवत्पाद। परम सत्य। आपसे बढ़कर सत्यवादी और सर्वज्ञ पृथ्वी पर आज कोई नहीं। एक ही आकाश में दो सूर्य एक साथ कैसे रह सकते हैं?''

''दो सूर्य? इस प्रवाद को दुहराना भी पाप है, भूदेव। यह भर्ग और भूमा का अपमान है। यह परम सविता को अस्वीकार करना है।''

सुनो आर्यो, सुनो ब्राह्मणो, हमारा संकट और भी बड़ा हो गया। आसुरी अन्धकार की मायावी शक्तियाँ दल बाँधकर हम पर टूट पड़ी हैं। हमारे सोमवनों में पराक्रान्त दस्यु वाहिनियाँ घुस आयी हैं। इनका निराकरण करना होगा। महाअथर्वण के मन्त्रों द्वारा इस ऐन्द्रजालिक को ध्वस्त कर देना होगा। उठो ब्राह्मणो, उठो और असुर-संहार के मन्त्रोच्चार करो...''

...कि अगले ही क्षण शत्रुहारिणी रुद्राग्नि के आवाहन-मन्त्र उच्चरित होने लगे :

अग्ने यत् ते तपस्तेन तं प्रति तप योस्मान् द्वेष्टि यं वयं द्विष्मः।
अग्ने यत् ते हरस्तेन तं प्रति हर योस्मान् द्वेष्टि यं वयं द्विष्मः।
अग्ने यत् तेऽर्चिस्तेन तं प्रत्यर्च योस्मान् द्वेष्टि यं वयं द्विष्मः।
अग्ने यत् शोचिस्तेन तं प्रति शोच योस्मान् द्वेष्टि यं वयं द्विष्मः।
अग्ने यत् तेजस्तेन तमतेजसं कृणु योस्मान् द्वेष्टि यं वयं द्विष्मः॥

...कि ठीक उसी क्षण एक भोला-भाला तेजस्वी बटुक इन्द्रभूति गौतम के सामने आ खड़ा हुआ। उसकी मुद्रा नितान्त नाटकीय है। और आश्चर्यजनक है उस बटुक की कौतुक-क्रीड़ा। कभी वह निरा अबोध सुन्दर किशोर लगता है। कभी अत्यन्त जरा-जीर्ण आदि पुरातन ब्राह्मण लगता है। उसकी ओंडी आँखों में जलते तीर-सा एक तीखा प्रश्न है। पर बहुत अकिंचन, नम्र, जिज्ञासु है उसकी भंगिमा। इन्द्रभूति गौतम उसे देखकर स्तम्भित हो रहे।

उसने भगवत्पाद गौतम को साष्टांग प्रणिपात किया। फिर उसने निवेदन किया :

"देवार्य गौतम, मैं वेद विद्या का एक अकिंचन साधक और सेवक हूँ। परिव्राजन करता हुआ, जगह-जगह लोकजन को ऋकों का गान सुनाता हूँ। ऋतम्भरा प्रज्ञा को जन-मानस में प्रकाशित करने के लिए निरन्तर तीर्थाटन करता हूँ।"

सुनकर इन्द्रभूति गौतम आश्वस्त प्रसन्न दीखे। बोले :

"साधु, साधु बटुक, वेद-विद्या निश्चय ही जीवित है। तुमने साक्षी दी है। और कोई नया संवाद? कोई नया अनुभव?"

"भगवत्पाद गौतम, यात्रा में राह चलते, एक गुंजान अरण्य में मुझे कोई गाथा गूँजती सुनाई पड़ी!"

"गाथा? ऋचा नहीं? श्लोक नहीं? गाथा?"

"हाँ भगवन्, ऋचा नहीं, गाथा सुनाई पड़ी। उसका शब्दार्थ तो मैं समझ न सका। पर उसकी ध्वनि ने ही मुझे हठात् अपने मूल से उच्चाटित कर दिया। मेरे अब तक के सारे अर्जन को विसर्जन कर दिया। मेरी सारी साधना और ज्ञान को उलट-पुलट कर रख दिया। मेरी चूलें हिल गयी हैं। मैं खड़ा नहीं रह सकता। उस गाथा के अर्थ और तत्त्व को जाने बिना मुझे क्षण भर भी चैन नहीं, प्रभु!"

"ऐसी भी कोई गाथा हो सकती है? तुम्हें कोई भ्रम हो गया, बटुक!"

"नहीं देवपाद गौतम, यह भ्रम नहीं, यह सत्यों का सत्य है। इसके मर्म को समझे बिना अस्तित्व में नहीं रह सकता। इसका उत्तर पाना होगा, या मर जाना होगा। अपूर्व है यह तत्त्वज्ञान, पहले कभी सुना न गया!"

गौतम को फिर किसी षड्यन्त्र की गन्ध-सी आयी। वे जरा उत्तेजित हो अट्टहास कर उठे :

"इन्द्रभूति गौतम के ज्ञान से बाहर कोई तत्त्वज्ञान पृथ्वी पर नहीं। हमारे लिए कुछ अपूर्व नहीं। तुम वेद में अश्रद्धा कर रहे हो, बटुक, सावधान!"

"नहीं भगवन्, अश्रद्धा नहीं कर रहा। लेकिन मेरी श्रद्धा इस गाथा की चोट से और भी तीव्र और सतेज हो गयी है। वह अपना आधार खोजने को बेचैन हो उठी है। वही पाने को तो भट्टारक गौतम के पास आया हूँ। आपके ज्ञान की यशोगाथा से दिगन्त गूँज रहे हैं। आपके भीतर ही इस समय वेद-भगवान पृथ्वी पर प्रकाशमान हैं। आर्यावर्त आपके भीतर साक्षात् पूषन को लोक में विचरते देखता है। सारे ही जनपदों में भटक आया हूँ, इस गाथा को लेकर। बड़े-बड़े वेदान्ती और वागीश्वर भी इसे थाह न सके। सर धुनकर रह गये। तब सोचा कि भगवद्पाद गौतम के सिवाय इस अबूझ को कोई बूझ न सकेगा। सो सेवा में उपस्थित हूँ। देवार्य आज्ञा दें, तो गाथा प्रस्तुत करूँ!"

गौतम के आहत अहंकार को जैसे इस बटुक ने सहारा दिया, सहला दिया। वे उसके विनीत भाव से गद्गद हो आये। और बोले :

"आयुष्यमान् बटुक, तुम सच्चे जिज्ञासु हो। अपनी गाथा प्रस्तुत करो।"

और बालक-मुखी वृद्ध-ब्राह्मण ने गाथा उच्चरित की :

'पंचेव अत्थिकाया, छज्जीव-णिकाया महण्वया पंच।
अट्ठ यपवयण-मादा, सहेउओ बन्ध-मोक्खो य॥'

"यही वह गाथा है, आर्य गौतम। मुझे आलोकित करने का अनुगृह करें।"

गौतम को बहुत गहरे में कहीं भान-सा हुआ : जैसे ये शब्द अपरिचित नहीं है। जैसे कहीं सुनी है पहले यह गाथा। किसी अलक्ष्य में गूँजते वे शब्द! ऐसे ही कुछ तो थे, जिनको मैंने...मैंने...अनसुना कर दिया था। यह कैसा विचित्र योगायोग है! गौतम एक अज्ञात भय से सिहर आये।

गाथा के प्राकृत शब्दों को तिरस्कारपूर्वक ही सही, गौतम ने सुना, समझा। लेकिन उनका उद्गम, आशय, भावार्थ? उन्हें कुछ भी समझ न आया। उनका दिमाग चकराने लगा। विश्व-तत्त्व का ऐसा सुनिर्दिष्ट अभिनव व्याख्यान, सच ही उन्होंने पहले कभी न सुना था...गौतम ने पराजय का गहरा आघात अनुभव किया। वे झुंझला आये और बोले :

"ब्राह्मण, देश-भाषा प्राकृत में कोई तत्त्वज्ञान नहीं कहा जा सकता। हमने सुना, समझा, फिर भी इस अनार्य और अभद्र भाषा में दर्शन सुनने और समझने में हम इनकार करते हैं। देव-भाषा संस्कृत में इस गाथा का भाषान्तर करके कहो।"

"सुनें देवपाद गौतम, संस्कृत में सुनें :

त्रैकाल्यं द्रव्यषटकं नवपद सहितं जीव-षट्काय-लेश्याः।
पञ्चान्ये चास्तिकाया व्रत-समिति-गति-ज्ञान-चारित्रभेदाः॥
इत्येतन्मोक्षमूलं त्रिभुवनमहितैः प्रोक्तमर्हद्भिरीशैः।
प्रत्येति श्रद्दधाति स्पृशति च मतिमान् यः स वै शुद्धदृष्टिः॥

इन्द्रभूति गौतम सुनकर अवाक् रह गये। उनकी समझ में कुछ न आया। आँखें मीच ध्यानस्थ होने का बहाना कर, वे अपनी समझ को मथने लगे। लेकिन विश्व-तत्त्व का यह मौलिक विधान किसी भी तरह उनकी बुद्धि की पकड़ में न आ रहा था। मानो कि यह केवल बुद्धि या केवल संवेदन से गम्य नहीं। कौन है इसका प्रवक्ता? यह किसकी दुरभिसन्धि है? यह कौन है...जो मुझे...मुझे पुकार रहा है? खींच रहा है।...और जैसे मस्तक पीछे फेंककर उन्होंने उस दुर्निवार सम्मोहन से बचना चाहा। वे फिर झल्लाकर बोले :

"सुन आयुष्यमान्, यह साक्षात्कृत वेद-वाणी नहीं। यह शब्दों का इन्द्रजाल है। यह तत्त्वज्ञान नहीं, तत्त्वाभास है, तत्त्व-द्रोह है। इस कुज्ञान के चक्कर में पड़ेगा, तो अनन्त नरक का भागी होगा। तत्त्व-बोध चाहता हो तो मेरा अनुसरण कर।"

"मैं तो भगवत्पाद का अनुगामी हूँ ही। इसी से तो अपनी इस तीव्र और अटल पृच्छा का समाधान पाने को अन्ततः पूज्यश्री के पास आया हूँ।"

"अरण्य में सुनी इस प्रेतवाणी को तू मस्तिष्क से निकाल दे, बटुक। आजकल हमारे आर्यावर्त में सुरों के विरुद्ध असुर भयंकर अभियान चला रहे हैं। वे अनेक छल-प्रपंचों द्वारा लोकजन को ठग रहे हैं, भरमा रहे हैं। यह कोई तत्त्व-ज्ञान नहीं, अर्थहीन प्रलाप है।"

"भगवत्पाद गौतम, ऐसा नहीं है। मैं प्रत्यायित हूँ, मैं वेदना में हूँ। यह गाथा जैसे मेरे अस्तित्व के अतल में से उठ रही है। यह अनिर्वार है। इसका उत्तर मुझे पाना होगा, या फिर खत्म हो जाना होगा।..."

"तुम वेदच्युत हो गये, बटुक। यह वेद-विद्रोह है। और वेद-विद्रोह को मेरे सामने से हट जाना होगा, या हमारे प्रति समर्पित हो जाना होगा। और कोई विकल्प नहीं। निर्णय करो तुरन्त।"

"मुझे ऐसी आशा नहीं थी कि आर्यश्रेष्ठ गौतम इन्द्रभूति भी मुझे निराश कर देंगे। नहीं सोचा था कि आपकी सर्वज्ञानी प्रज्ञा से बाहर भी कुछ हो सकता है। लेकिन अब प्रमाणित है, कि कुछ ऐसा भी है, जो भगवत्पाद गौतम को भी गम्य नहीं। ठीक है प्रभु, जाता हूँ। यदि मुझे जीना है, तो इस जिज्ञासा का उत्तर पाना ही होगा। अच्छा, आज्ञा लेता हूँ, देवार्य!"

उस ब्राह्मण की निर्भयता और ध्रुव निश्चय को देख गौतम सिर से पैर तक सिहर उठे। नहीं, इस बटुक को वे छोड़ नहीं सकते, जाने नहीं दे सकते। जैसे यह अनिवार्य है, और उनके अस्तित्व की शर्त है।

"हमें छोड़कर कहाँ जाओगे बटुक, जरा जानना चाहूँगा!" गौतम के स्वर में भयंकर रोष और उपालम्भ था। और विवशता भी थी।

"विपुलाचल पर जाऊँगा, देवार्य गौतम। सुनता हूँ, महाश्रमण वर्द्धमान सर्वज्ञ हो गये हैं। वे विपुलाचल पर देवोपनीत समवसरण की गन्धकुटी में अधर पर आसीन हैं। पृथ्वी से ऊपर उठकर विहर रहे हैं वे पृथ्वीनाथ! हवाओं में खबर है कि सारे प्रश्नों के उत्तर उनके श्रीमुख से अपने आप ध्वनित होते हैं। ऐसा कोई प्रश्न आज तक न उठा, जिसका उत्तर उनके पास न हो। मुझे स्पष्ट प्रतीत हो रहा है, कि मेरी गाथा का गूढ़ार्थ कोई सर्वज्ञ ही खोल सकता है। सोचता हूँ, सर्वज्ञ अर्हत् महावीर मुझे निराश न करेंगे।"

"आत्मघाती कायक्लेश को ही तप माननेवाला वह नग्न श्रमण सर्वज्ञ हो गया? (निदारुण अट्टहास) वाह रे वाह उसकी सर्वज्ञता! मेरे सामने आये तो उसकी सर्वज्ञता क्षण मात्र में छूमन्तर हो जाये। अज्ञानी बटुक, तू नहीं जानता कि तू किसके सामने खड़ा है? मुझे महावीर की सर्वज्ञता को प्रमाणित करना होगा। नहीं तो इस वेद-विद्रोह का मूल्य अपने प्राणों से चुकाना होगा!"

"वेदमूर्ति भगवत्पाद गौतम को कौन नहीं जानता। आपके पांडित्य और प्रतिभा के प्रति मैं प्रणत हूँ। इसी से तो आपके निकट समाधान पाने आया हूँ। पर आप भी जब निरुत्तर हो गये, तो अपना उत्तर तो मुझे कहीं पाना ही होगा। चाहे फिर उसके लिए अगम-निगम को उलट डालना पड़े।"

"मतिमन्द ब्राह्मण, देख तेरे समक्ष कौन खड़ा है? वेद-वेदान्त, श्रुति-स्मृति, ब्राह्मण-संहिता, संसार के सारे ही ज्ञान-विज्ञान मेरे जिह्वाग्र पर हैं। आज तक ऐसी कोई श्रुति उच्चरित न हुई, जो गौतम से अनजानी हो। मैं शब्द का स्वामी और वाणी का वाचस्पति हूँ। स्वयं प्रजापति मेरे मन्त्रोच्चारों पर उतरते हैं। स्वयं बृहस्पति मेरी वाणी में बोलते हैं। और तू कहता है कि मेरे सिवाय भी कोई सर्वज्ञ है,कोई अर्हत् महावीर है, और मैं निरुत्तर हो गया, और वह तेरे प्रश्न का उत्तर देगा? प्रमाण दे बटुक, नहीं तो प्राण दे देना होगा!"

"हाथ कंगन को आरसी क्या, देवार्य? स्वयं ही विपुलाचल पर चलकर देखें, और प्रमाण पाएँ। सर्वज्ञता शब्द-प्रामाण्य कैसे हो सकती है? वह तो साक्षात्कार का विषय है। मेरे साथ विपुलाचल पर चलें प्रभु, और मेरा तथा आर्यावर्त का त्राण करें। नहीं तो हमारे त्रिकालज्ञानी ऋषि-पूर्वजों की ऋतम्भरा प्रज्ञा को बट्टा लग जाएगा!"

यह चुनौती इन्द्रभूति गौतम के अस्तित्व-मूल को बींध गयी। वे उत्तेजित होकर

चंक्रमण करने लगे। वे ज्वालागिरि की तरह भीतर-भीतर उबलने लगे। उन्होंने अपने को प्रतिबद्ध पाया।...ठीक कहता है यह बटुक। उस छद्म सर्वज्ञ का सामना करना होगा। उसे अन्तिम रूप में पराजित किये बिना वैदिक धर्म की पुन:प्रतिष्ठा सम्भव नहीं। उसे ध्वस्त किये बिना आर्यावर्त में धर्म को जीवित नहीं रखा जा सकता। महावीर, तुम रहोगे, या मैं रहूँगा! सत्ताएँ दो नहीं हो सकतीं, सविता दो नहीं हो सकते, सौरमंडल दो नहीं हो सकते, धर्म दो नहीं हो सकते। सावधान, सर्वज्ञ कहे जाते महावीर, मैं आता हूँ! महाकाल ऋक्-पुरुष का सामना करने को तैयार हो जाओ।

भट्टारक गौतम सन्नद्ध हो गये। भूमि पर अपने एक पैर से उन्होंने प्रहार किया और क्रोधानल से भभकते वे वहाँ से उठ खड़े हुए। याज्ञशाला में जाकर प्रजापति का वन्दन किया। फिर ललाट पर द्वादश तिलक अंकित किये। सुवर्णिम यज्ञोपवीत धारण किया। कमर पर पीताम्बर पहना, देह पर स्वर्ण-खचित केशरिया उत्तरीय धारण किया। दर्भासन और कमंडलु उठा लिया। और अपने पाँच सौ शिष्यों से परिवरित देव-कल्प इन्द्रभूति गौतम उस अज्ञात बटुक के साथ राजगृही के विपुलाचल की ओर प्रस्थान कर गये।

...ये वेदविद्या-निधान, वेदान्त-वाचस्पति भगवत्पाद इन्द्रभूति गौतम चल रहे हैं। श्रुतियाँ, स्मृतियाँ, ऋचाएँ, सूत्र चारों ओर से घेरकर चल रहे हैं। पर वे उनसे अछूते और अभावित हैं। वे अपने ही अहम् में आपाद-मस्तक डूबे हैं। गर्जन-तर्जन की बिजलियाँ उनके अंग-अंग में तड़क रही हैं। पर वे अपने को किसी तरह सँभाले हुए हैं। वे कसकर ओंठ भींचे हुए हैं, और दाँत पीस रहे हैं। जैसे पर्वतों को चबा जाएँगे।

वेद-वेदान्त के पारगामी, तर्क-वागीश्वर, दुर्दान्त वादीभगज-केहरी, सिद्धान्त-शार्दूल इन्द्रभूति गौतम चल रहे हैं। प्रलयकाल के समुद्र की तरह उनकी आत्मा विक्षुब्ध है। वे अपने सत्तामूल से उच्चाटित होकर, मानो शून्य की खन्दकों में छलाँगें भर रहे हैं। जैसे अपने ही बड़वानल से विदग्ध कोई महासागर चल रहा हो।

जिसकी माँ का नाम पृथ्वी है, जिसके पिता हैं विश्व-विख्यात महापंडित वसुभूति गौतम। पृथा और वसुओं के आत्मज वे जन्मजात देवांशी हैं। 'गोभिस्तो ध्वस्तं यस्य'—ऐसे गौतम वंश के वे मार्तंड हैं। ऋग्वेद के अनेक सूक्तों के रचयिता प्रख्यात गौतमों के वे वंशज हैं। पर कितनी अशान्त, कितनी मर्माहत है उनकी आत्मा। वे अजित-ज्ञानी सूर्यांशी आज विजित हो गये? अपार जलराशि का आगार, ज्ञान का यह पारावार क्या स्वयं ही प्यासा है?

उनके होते यहाँ दूसरा सर्वज्ञ और कौन हो सकता है? यों प्रभंजन की तरह विपुलाचल की ओर धावित देखकर, मगध के प्रजाजनों के भय और आश्चर्य का पार नहीं रहा। क्या प्रलयंकर महाकाल स्वयं शिवंकर शंकर से मिलने जा रहे हैं?

अनेकान्त का मानस्तम्भ

राजगृही के गर्वीले प्रासाद-शिखर चौकन्ने हो उठे। पंच शैल के तपोवन केशरिया आलोक से जगमगा उठे। शंख-ध्वनियों से आकाश उत्क्षिप्त हैं। पाँच सौ शिष्यों से परिवरित भगवत्पाद इन्द्रभूति गौतम विपुलाचल की ओर अग्रसर हैं। जैसे कम्पायमान मेरु पर्वत चल रहा हो। उसमें तूफान सम्हले हुए हैं। एक शिखर से टकराने के लिए, जिसे जय किये बिना वैदिक धर्म का पुनरुत्थान सम्भव नहीं।

आर्य गौतम को आज स्पष्ट साक्षात्कार हो गया है। सारे वेद-विद्रोही तीर्थकरों का पुंजीभूत विग्रह है, तथाकथित सर्वज्ञ महावीर। वही आज के लोक में, गौतम के मन, आदिकालीन वैदिक धर्म का सबसे बड़ा प्रतिरोधी, विरोधी और शत्रु है। आज उसका खुलकर सामना कर लेना होगा। उसे अन्तिम रूप से पराजित कर देना होगा। तब अन्य स्वैराचारी तीर्थक भी आप ही ध्वस्त हो जाएँगे। आर्य गौतम कृतनिश्चय हैं, कटिबद्ध हैं। उनकी मुद्रा और भंगिमा आक्रमणकारी की है। पराक्रम देव-सेनापति कार्तिकेय की तरह वे जाज्वल्यमान हैं। उनकी तूफानी अलकों में मधुच्छन्दा की मन्त्र-ध्वनियाँ लहरा रही हैं। उनके ललाट पर वैश्वानर धधक रहे हैं। महामंडलेश्वर देवपाद गौतम अपने सबसे बड़े प्रतिद्वन्द्वी और प्रतिरोधी से टक्कर लेने जा रहे हैं...

समवसरण की मानांगना भूमि में पहुँचते ही, आर्य गौतम को दूर पर खड़ा मानस्तम्भ दिखाई पड़ा। उस पर दृष्टिपात करते ही मानो उनका अहंकार कपूर की तरह छूमन्तर हो गया। जैसे भीतर-बाहर के कई कोष अनायास उतर गये। वे बहुत हल्कापन महसूस करने लगे। वे स्वस्थ और अधिक ऊर्जस्वल हो गये। स्नायुओं का तनाव यों ढीला हो गया, जैसे मुक्त-कुन्तला सावित्री ने उन्हें अपने हृदय में ढाँप लिया हो। वे निश्चल पग बढ़े, कि देखूँ, कहाँ है वह सर्वज्ञ तीर्थंकर। चलने में प्रयास नहीं रहा। जैसे वे तैर रहे हों।...यह कैसा खिंचाव है? नहीं, उन्हें कोई नहीं बाँध सकता। उनकी भृकुटियाँ तन गयीं। उनकी वैश्वानरी आँखें ऊपर उठीं। समवसरण की अपार वैभव-विभा के केन्द्र में, गन्धकुटी के अन्तरिक्ष में अधर आसीन हैं ज्योर्तिमय पूषन्। स्वयं महाविष्णु प्रजापति। क्या यही सर्वज्ञ महावीर हैं? पता नहीं।...लेकिन आर्य गौतम ने वह देख लिया, जिसे देख लेने पर देखना समाप्त हो जाता है, सोचना समाप्त हो जाता है।...परन्तु...नहीं, यह कोई मायिक इन्द्रजाल है। उन्होंने अपने शरीर के ठोस द्रव्य को महसूसा। कसकर पकड़ा। कहीं उड़ न जाए। यह मायावती है, किसी जादूगरनी का देश। लेकिन पता करना होगा। कौन है यह? किसका यह मोहक, कीलक और स्तम्भक उत्पात है?

आर्य गौतम के मन में स्फुरित हुआ : "ओ अन्तरिक्षचारी देव, तू सर्वज्ञ होगा तो मुझे नाम लेकर पुकारेगा!" और धर्मचक्रों की सुवर्ण-रत्निम प्रभाओं से आकृष्ट

होते-से भगवत्पाद गौतम आगे बढ़ते चले गये।...हठात् उनकी दृष्टि फिर गन्धकुटी पर जा लगी।

औचक ही उस अधरासीन पुरुषोत्तम के मस्तक के चारों ओर विराट् इन्द्रधनुषी मंडल प्रसारित होने लगे। वे मानो देश-काल को पार करते शून्य में लीन होने लगे। और उनमें से एक अनहद नाद उठकर समस्त लोकालोक में व्याप्त होने लगा; एक मंडलाकार गूँजती ओंकार ध्वनि से तमाम चराचर सृष्टि आप्लावित होने लगी।

आर्य गौतम की आत्मा में एक तीखा प्रश्न चीत्कार उठा। "मुझे पहचानते हो सर्वज्ञ? तो पुकारो मेरा नाम, और प्रमाण दो अपनी सर्वज्ञता का।"

और वह अनहद गर्जन शब्दायमान हुआ। गन्धकुटी के शीर्ष पर से आवाज आयी :

"इन्द्रभूति गौतम!"

आर्य गौतम निस्तब्ध हो रहे। वे अविचल उस उत्तान ज्योतीश्वर को ताकते रह गये। अकस्मात् उनके मुँह से बरबस ही फूटा :

"मैं प्रणत हुआ, सर्वज्ञ अर्हत्!"

"आर्यावर्त के ब्राह्मण-श्रेष्ठ, गौतम! कैवल्य-पुरुष को तुम्हारी प्रतीक्षा थी। तुम आये, अर्हत् आप्यायित हुए तुम्हें पाकर, हे ब्रह्मपुत्र!"

"ब्रह्मतेज मूर्तिमान है सामने! मेरे ब्राह्मणत्व का गर्व-खर्व हो गया, भगवन्!"

"अर्हत् केवली विकल्प नहीं बोलते। अपने को पहचानो, गौतम!"

"आप जानें, देवार्य।"

"आपे में आओ, ब्रह्मन्।"

"आपा तो मैं हार गया श्रीचरणों में। मैं मिट गया।"

"अब जो शेष है, वही तुम हो, ब्रह्मन्।"

"मैं...ब्रह्मन्? मैं और ब्रह्मन्? नहीं, साक्षात् परब्रह्म सम्मुख हैं। परम सविता, भर्गदेव, प्रजापति। मैं कोई नहीं।"

"केवली का वचन मिथ्या नहीं होता, गौतम। तत् त्वम् असि। दर्पण सम्मुख है, अपने को देखो गौतम।"

गौतम अपने को देखने से इनकार करते हैं। वे सिर झुकाकर चुप रह गये हैं। वे फिर शंकाकुल हो आये। भीतर से जैसे एक तीर फूटा आ रहा है। मन-ही-मन बोले : "नाम मेरा इस अर्हत् ने सुना होगा, इसी से पुकार लिया। पर जो चरम प्रश्न मेरी चेतना को रात-दिन उत्पीड़ित रखता है, उसे यह आर्य स्वयं ही बता दें तो जानूँ कि यह सर्वज्ञ हैं।"

"तुम्हें अपने होने में संशय है, गौतम?"

"देवार्य...यह क्या सुन रहा हूँ?"

"तुम्हारे मन में शंका है, पुरुष के अस्तित्व पर, आत्मा की सत्ता पर!"

"कैवल्य-सूर्य को प्रणाम करता हूँ।"

"तीर्थंकर को लोक के सबसे बड़े संशयात्मा की प्रतीक्षा थी। अमृत-पात्र के लिए प्रतीक्षमान था सो तुम आये गौतम, और शब्द-ब्रह्म वाक्मान हुए।"

"मेरी धन्यता वचनातीत है, प्रभु।"

"सर्वोपरि प्रश्न का सर्वोपरि उत्तर प्रस्तुत है, गौतम। सर्वोपरि संशय का सर्वोपरि समाधान प्रस्तुत है, गौतम।"

"भगवतो, अर्हतो, सम्बुद्धो..."

"अपने होने में संशय, यही सर्वोपरि संशय है। और तुम सर्वोपरि संशयात्मा। चरम संशय की धार पर ही परम समाधान उतरता है, गौतम।"

"मुक्त करें, प्रभु।"

"तुम्हें अपने होने पर शंका है? पूछता हूँ, यह शंका कौन करता है?"

"मैं प्रभु...?"

"इस मैं पर तुम्हें शंका है?"

"मैं...? मैं...मैं न होऊँ तो फिर शंका कौन किस पर करे?"

"तुम्हारा प्रश्न ही तुम्हारा उत्तर है, वत्स! अपने को स्वयं सुनो।"

गहन विश्रब्धता व्याप गयी। वाक् परावाक् में लीन हो गये। अखंड मंडलाकार ओंकार ध्वनि फिर निखिल में गुंजायमान होने लगी।

साष्टांग प्रणिपात में से उठकर बोले गौतम :

"मैं निःशंक हुआ, भगवन्।"

"तुम और अधिक स्वयं आप हुए, गौतम। अप्प दीपो भव।"

"किन्तु..."

"जानता हूँ, तुम वेद-वेदान्त के पारगामी हो।"

"वेदमूर्ति भगवान समक्ष हैं। मेरा अभिमान चूर-चूर हो गया, नाथ।"

"तुम्हारे मन में अब भी शंका है, कि पुरुष को लेकर श्रुति-वाक्यों में विरोध है!"

"विरोध स्पष्ट है, प्रभु। अन्तर्यामी से क्या छुपा है?...तो क्या मान लूँ कि वेद मिथ्या है?"

"वेद सम्यक् है, तुम्हारा ज्ञान सम्यक् नहीं। क्योंकि तुम्हारा दर्शन सम्यक् नहीं। तुम्हारी दृष्टि अनेकान्त नहीं। वेद अनेकान्त है। वेद आलोकित है, गौतम।"

"प्रतिबुद्ध करें, भगवन्।"

"*स वै अयमात्मा ज्ञानमयः*। एक ओर तुम्हारे मन में यह उपनिषद् वाक्य है, जो ज्ञानमय चैतन्य-पुरुष का उद्घोषक है। दूसरी ओर यह वेद वाक्य है : *विज्ञानघन*

एवैतेभ्यो भूतेभ्यः समुत्थाय तान्येवानु विनश्यति न प्रेत्य संज्ञास्ति। इसमें तुम यह सुनते हो कि भूत समुदाय से चेतन पदार्थ उत्पन्न होता है, और उसी में लीन हो जाता है। कोई अमर आत्मा नहीं। कोई जन्मान्तर नहीं। भूत-समुदाय के अतिरिक्त किसी पुरुष का अस्तित्व नहीं। तुम्हारे एक ओर भूतवादी वेद है, दूसरी ओर आत्मवादी उपनिषद् है। वेद और वेदान्त के बीच तुम्हें विरोधाभास रहा है। और तुम्हारी उलझन का अन्त नहीं। तुम्हारी वेदना की सीमा नहीं। तुम अपने प्रति पल के श्वास को टोक नहीं रहे हो, गौतम? पूछ रहे हो कि, यदि मैं कोई अक्षुण्ण सत्ता नहीं, तो क्यों जिया जाये, क्यों साँस ली जाये? तुम लोक के सबसे सचेतन और बेचैन व्यक्ति हो, गौतम। तुम्हारी पीड़ा को समझ रहा हूँ।''

''मेरे सुख-दुःख, जन्म-मरण के साथी! इससे अधिक कौन मुझे समझेगा! हर जीव यहाँ तुम्हें ही तो खोज रहा है।''

''तथास्तु, गौतम।''

''तो क्या मान लूँ देवार्य, कि वेद-वेदान्त में विरोध है? और जो ज्ञान अवरोध-वाक् न हो, वह ज्ञानाभास है, और वह त्याज्य ही हो सकता है?''

''विरोध तुम्हारी मति में है, श्रुति में नहीं। विरोध तुम्हारी ऐकान्तिक सीमित दृष्टि में है, वेद और वेदान्त में नहीं। श्रुति का हर कथन अनैकान्तिक होता है। श्रुति में एक बारगी ही, ज्ञान-विज्ञान की नाना कलाएँ प्रकट होती हैं। वह संयुक्त सत्ता को ध्वनित करती है।''

''सर्वज्ञ अर्हत् जयवन्त हों! और भी प्रबुद्ध हुआ, भगवन्।''

''यह वेद का विज्ञानघन वह आत्मा ही है, गौतम, जिसमें हर क्षण अनेक ज्ञान-पर्याय प्रकट हो रहे हैं। हर क्षण वह कुछ जान रहा है, और उस ज्ञान के आकार में परिणमन कर रहा है। जब वह पंचभूत को भोगता है, जानता है, तो उसमें व्यक्त होता है, प्रकट होता है। रूपायित होता है। प्रतिभासित होता है। फिर स्वयं में लीन हो जाता है। बाहर कुछ रहता नहीं। उस अनिरुक्त पुरुष के अतिरिक्त कहीं कुछ नहीं। उससे बाहर कुछ नहीं। वेद कहता है : जो एक और अव्यक्त है, वह अनिरुक्त प्रजापति है। जो व्यक्त और अनेक है, वह निरुक्त प्रजापति है। अस्ति और आविः के बीच विरोध कैसे हो सकता है। समझो, गौतम।''

''समाधीत हुआ, स्वामिन्।''

'एकं सद्विप्रा बहुआ वदन्ति'। यही अनेकान्त है। यही वेदवाणी है। अनेक ऋषि, अनेक द्रष्टा, अनेक देवता, एक ही बात अनेक छन्दों और मन्त्रों में कह रहे हैं। शब्द में कथन सापेक्ष ही हो सकता है। ग्रहण भी सापेक्ष ही हो सकता है। वृहदारण्यक 'स वै अयमात्मा ज्ञानमयः' कहकर उसी ज्ञानघन आत्मा के अनिरुक्त, अन्तस्थ स्वरूप का साक्षात्कार किया है। वेदों ने सत्ता के 'आविः', अभिव्यक्ति, गति, प्रगति का गान

किया। उपनिषद् से सत्ता के अस्ति, अव्यय, अव्यक्त, अन्तभुक्त का साक्षात्कार किया है। एक ही सत्ता के इन दो अनिवार्य पक्षों की अभिव्यक्ति भिन्न हो सकती है, पर उसमें विरोध कैसे हो सकता है। जानो गौतम, सर्वज्ञ वेद और वेदान्त में, एक और अनेक में, स्थिति और गति में कोई विरोध नहीं देखते।

"मैं मुक्त हुआ, निःशंक हुआ, निर्द्वन्द्व हुआ, नाथ। फिर लोग क्यों कहते हैं कि वर्द्धमान महावीर ऋक्-द्रोही हैं। वेद-विरोधी हैं। यह अपलाप क्यों?"

"वेद परम प्रवाही ज्ञान है। वह ग्रन्थ नहीं, निर्ग्रन्थ है। यह शब्दायमान होकर भी शब्द-बद्ध नहीं, सार्वभौम है। अर्हत् वेद-द्रोही नहीं, वाद-विद्रोही हैं। सत् अनेकान्त है, वस्तु अनेकान्त है, सो उसका ज्ञान भी अनेकान्त है। सर्वज्ञ अनेकान्त देखता है, अनेकान्त जानता है, अनेकान्त कहता है। सर्वज्ञ अविरोधवाक् होता है। वस्तु में तुम एकान्त देखते हो, एकान्त जानते हो, एकान्त बोलते हो। इसी से श्रुति में भी तुम एकान्त पढ़ते हो। इसी से भ्रम होता है। इसी से वेद का वेदाभास हो गया। महावीर वेद का विच्छेद करने नहीं आया, विरोध करने नहीं आया। वह वेदार्थ को अखंड और सम्पूर्ण प्रकाशित करने आया है।"

इन्द्रभूति गौतम सुनते-सुनते मानो बोध की एक गहरी समाधि में डूब गये। उनकी आत्मा में आनन्द का समुद्र उछल रहा है। वे निर्वाक् हो गये। केवल परावाक् प्रवाहित है। वे उसी में तल्लीन हो रहे हैं।

"श्रुति अविरल और अपरिछिन्न है, गौतम। क्योंकि सत्ता अविरल और अपरिछिन्न है। श्रुति महाभाव है। क्योंकि सत्ता स्वयं महाभाव है। इसी से श्रुति कविता है, वह नित-नव्य रमणीय है। विकल्प तुम्हारे मन में है, तुम्हारी दृष्टि में है। इसी से तुम श्रुति में विकल्प और विरोध देखते हो। प्रतिकृत हुए, सौम्य? प्रतिश्रुत हुए, देवानुप्रिय?"

"प्रतिबुद्ध हुआ, भन्ते, प्रतिकृत हुआ, भन्ते, प्रतिश्रुत हुआ, भन्ते।...सम्यक् देख रहा हूँ, सम्यक् जान रहा हूँ, सम्यक् हो रहा हूँ। मेरी त्रिकुटी में यह कौन तीसरी आँख खुल आयी!"

"महावीर कृतार्थ हुआ, गौतम!"

"मेरे त्रिलोकीनाथ प्रभु, मेरे सर्वस्व, मेरे सर्वान्तर्यामी।"

"तथास्तु, गौतम।"

"भन्ते ब्रह्मांडपति! 'ओम् भू र्भुवः स्वः। तत्सवितुर्वरेण्यं भर्गो देवस्य धीमहि धियो योः न प्रचोदयात्!'—सविता को आँखों आगे साक्षात् देख रहा हूँ। अनन्तों में वेद-पुरुष महावीर जयवन्त हों।"

"आयुष्मान् भव, आत्मसूर्य भव गौतम!"

"मैं अनुगत हुआ, भन्ते। मैं श्रीचरणों में समर्पित हुआ, भन्ते!"

''निर्ग्रन्थ दिगम्बर हो, देवानुप्रिय। चिदम्बरा का वरण करो, देवानुप्रिय।''

''ग्रन्थियाँ टूट रही हैं, भन्ते, आवरण उतर रहे हैं, भन्ते। मुझे अपने जैसा ही बना लो, स्वामी। आप्त बना दो प्रभु, अनाप्त में नहीं जिया जाता। मेरे स्वरूप, मुझे स्वरूप में लीन कर लो।''

''जिनेश्वरी सावित्री तुम्हारा वरण करने आयी है, भगवत्पाद इन्द्रभूति गौतम। इसे निरावरण होकर अंगीकार करो।''

...विपल मात्र में इन्द्रभूति गौतम के शरीर पर से सारे वसन यों उतर गये, जैसे सर्प ने अनायास कंचुल उतार दिया हो। उनके पाँच सौ शिष्य भी तत्काल उसी तरह अनावरण हो गये। और भगवान के रक्त कमलासन में से एक मयूर पिच्छी और एक कमंडल तैर आया। गौतम की फैली बाहुओं ने उन्हें झेल लिया। एक हाथ में कमंडलु और दूसरे हाथ में पिच्छी धारण कर वे भव्य गौरांग आर्यपुरुष कायोत्सर्ग मुद्रा में भगवान के सन्मुख खड़े हो गये। उनके मस्तक पर एक श्वेत कमल आ गिरा। उन पर चन्दन-वृष्टि हुई, पुष्पवृष्टि हुई, वासक्षेप-वृष्टि हुई। वे नम्रीभूत होकर अपने जगदीश्वर श्री गुरुनाथ के चरण-प्रान्तर में भूमिसात् हो गये।

''भगवत्पाद इन्द्रभूति गौतम!''

''आदेश, त्रिलोकीनाथ!''

''तीर्थंकर महावीर, अपने गणधर गौतम को पाकर कृतकाम हुए। गन्धकुटी के कमलासन की परिक्रमा में आसीन हों, वेदवाचस्पति इन्द्रभूति गौतम। सर्वज्ञ की दिव्यध्वनि को झेलें, आत्मसात् करें, आज के द्रव्य, क्षेत्र, काल, भाव अनुसार उसे खोलें, वागीश्वर गौतम।...आत्मा की अनादिकालीन प्रज्ञाधारा का संवहन करो, गौतम। आगामी युगान्तरों में। काल के आरपार। तुम्हारे भीतर से आर्यों का आगामी मनवन्तर फूटेगा। प्रतिश्रुत होओ गौतम, प्रतिकृत होओ गौतम।''

''मेरे भगवन्, मुझे तद्रूप बना लो, मुझे मनमाना तोड़ दो, और मोड़ दो। मुझे स्व-रूप में जगह दो। मुझे अपनी कैवल्य-ज्योति का भाजन बना लो, भगवन्! मैं प्रस्तुत हूँ।''

अगवानी में शक्रेन्द्र गन्धकुटी से नीचे उतर आया। उसने श्वेत कमलों के पाँवड़े रचाये, और भगवदार्य गौतम का आवाहन करता हुआ, उन्हें ऊपर लिवा ले गया। गौतम की आँख प्रभु की आँख से मिली, और वे एक अगाध सौन्दर्य के माधुर्य में डूब गये। ठीक त्रैलोक्येश्वर प्रभु के सर्व-प्रकाशी चितवन तले, वे रक्त कमलासन की परिक्रमा में, उज्ज्वल सिंहासन पर आसीन हो गये।

असंख्य देव-सृष्टियाँ और मानव-सृष्टियाँ हर्षायमान होकर जयध्वनि करने लगीं :

सर्वज्ञ अर्हन्त महावीर जयवन्त हों!
जगद्गुरु भगवान महावीर जयवन्त हों!
भगवद् इन्द्रभूति गौतम जयवन्त हों!
महाब्राह्मण, पट्टगणधर गौतम जयवन्त हों!

और गन्धकुटी पर से दिव्य-ध्वनि हुई :

''मध्यम पावा का पुनर्नवा सोमयाग, विपुलाचल के समवसरण में सम्पन्न हुआ, गौतम। यही है नूतन युग के विवस्वान् का आसन। यहीं से आगामी मनवन्तर की गायत्री गुंजित होगी। यहीं वे वेद और उपनिषद् को जीवन में साकार करने वाले नूतन सामगान की धाराएँ फूटेंगी।''

गौतम के श्रीमुख से लोकात्मा का अनादि सिद्ध मन्त्र उच्चरित होने लगा :

'ओम् णमो अर्हंताणं णमो सिद्धाणं णमो आयरियाणं णमो उवज्झायाणं णमो लोए सव्वसाहूणं। चत्तारि मंगलं—अर्हंत मंगलं, सिद्ध मंगलं...'

...और उसी में से मधुच्छन्दा की मन्त्र ध्वनियाँ अनायास, अनाहत प्रतिध्वनित होने लगीं।

असंख्य कंठों के समवेत मन्त्रोच्चारों, और जयकारों से दिक्काल के पटल हिलने लगे। उनमें नव्यमान सृष्टियाँ ज्वारों की तरह उमड़ने लगीं।

समस्त आर्यावर्त में बिजली की तरह खबर फैल गयी : वर्तमानलोक के मूर्धन्य ब्राह्मण, भगवत्पाद गौतम ने, श्रमण तीर्थंकर महावीर के श्रीचरणों में आत्मसमर्पण कर दिया। वे विपल मात्र में ही जिनेश्वरी दीक्षा अंगीकार कर दिगम्बर हो गये। वे सर्वज्ञ महावीर के गणधर पद पर आसीन हो गये।

...सुनकर, मध्यम पावा की यज्ञभूमि में सन्नाटा छा गया। मन्त्रोच्चार अचानक थम गये। सैकड़ों याजकों के आहुतियाँ होमते हाथ अधर में स्तम्भित हो रहे...लेकिन यह क्या, कि मन्त्र-ध्वनियों और आहुतियों के थम जाने पर भी, होम-कुंडों के हुताशन चंड से चंडतर होकर धधकने लगे। होमाग्नियाँ आकाश चूमने लगीं। यह कौन अलक्ष्य याजक आहुति दे रहा है?

देखकर, समस्त ब्राह्मण-मंडल किसी अपार्थिव भय से थर्रा उठा। अध्वर्युश्रेष्ठ अग्निभूति गौतम और वायुभूति गौतम चिन्तामग्न हो गये। उन्हें हठात् लगा कि परम अग्नि अंगिरा कोपायमान हुए हैं। तत्काल उपाय न किया गया, तो वे समस्त लोगों का भक्षण कर जाएँगे। वही सर्जक ब्रह्मा हैं, वही संहारक महेश्वर भी हैं। अनादिकालीन धर्म का अपलाप हुआ है। हम प्रलय के किनारे खड़े हैं।

अग्निभूति गौतम उद्विग्न हो आये। वे गर्जन कर उठे :

"आर्यावर्त का समस्त ब्राह्मण-मंडल सुने! वेद के इतिहास में संकट की यह घड़ी अपूर्व है। श्रमण ने राहु की तरह ब्रह्म और ब्राह्मण का खग्रास कर लिया है। आदि अग्नि अंगिरा प्रलयंकर हो उठे। कभी भी वे अपने ही सर्जे विश्व का ग्रास कर सकते हैं। तत्काल प्रतिकार करना होगा। कौन है यह महावीर, जिसने निखिल को उच्चाटित कर दिया है। ब्राह्मणो, सावधान!"

वायुभूति गौतम स्वभाव से ही गम्भीर हैं। इस समय उनमें उद्वेग से अधिक एक तीव्र जिज्ञासा है। वे बोले :

"आर्य अग्निभूत, क्या यह सच है कि ब्राह्मण-शिरोमणि इन्द्रभूति गौतम महावीर के शरणागत और शिष्य हो गये? सर्वज्ञ वर्द्धमान ने उन्हें अपना गणधर बना लिया?"

"अनुज वायु, ऐसी बात का उच्चारण ही वेद-हत्या का अपराध है। यह मिथ्या प्रवाद है। यह ब्रह्मद्रोहियों का षड्यन्त्र है।"

"किन्तु हे आर्यश्रेष्ठ, अग्रज देवपाद इन्द्रभूति गौतम जो महावीर को पराजित करने गये तो फिर लौटकर नहीं आये। इसका क्या रहस्य है?"

अग्निभूति खामोश प्रश्न चिह्न-से थमे रहे गये। फिर आर्त्त रोष के स्वर में बोले :

"निश्चय ही श्रमण पराजित हुआ है। इसी से उसके चरों ने प्रभु को पाँच सौ शिष्यों सहित कारागार में डाल दिया है। मैं जानता हूँ, सूर्य-नभ टल जाएँ, धुरियाँ हिल जाएँ, पर ब्रह्मपुरुष गौतम को लोक की कोई शक्ति पराजित नहीं कर सकती। मैं उस झूठे सर्वज्ञ का भंडाफोड़ कर दूँगा। सत्य का सूर्य प्रकट होकर रहेगा।"

धीर शीतल स्वर में बोले वायुभूति :

"तो फिर क्या विलम्ब है?"

"एक क्षण का भी विलम्ब नहीं। मेरे अंगभूत शिष्यो, प्रयाण को प्रस्तुत हो जाओ। महाअथर्वण मृत्युंजय होकर विपुलाचल को प्रस्थान करेंगे। अपने एक भ्रूभंग मात्र से समवसरण की मायापुरी को भूसात् कर देंगे!"

और अपने यज्ञोपवीत को तानते हुए, पृथ्वी को धमधमाते हुए महापंडित अग्निभूति गौतम, अपने पाँच सौ शिष्यों के मंडल से घिरे हुए साक्षात् अग्निदेव के समान विपुलाचल की ओर धावमान हो गये।

फिर ऋषि-पुत्रों के चुनौती भरे शंखनाद से पंचशैल की अरण्यानियाँ हिल उठीं। पर्वत चट्टानें रोमांचित हो उठीं। और अगले ही क्षण पाँच सौ शिष्यों से मंडलित महाअथर्वण अग्निभूति गौतम विपुलाचल पर चढ़ आये। मानांगना भूमि ने मानवती नायिका की तरह तीव्र कटाक्षपात कर उनका स्वागत किया।...अग्निभूति को अनुभव हुआ कि कोई बलात्कारी बाहुबन्ध उन्हें कस रहा है। वे पसीजकर अवश हुए जा रहे

हैं। उनका वह दुर्दान्त 'मैं' कहाँ अन्तर्धान हो गया?

उन्होंने जैसे ही आविष्टता को झँझोड़कर तोड़ देना चाहा। अपनी पूर्ण शिखा को लपटों की तरह उछालकर उन्होंने मानस्तम्भ पर यों भ्रूनिक्षेप किया, कि मानो अपने एक ही दृष्टिपात से वे समवसरण की इस नाक को तोड़कर, इस सारी ऐन्द्रिजालिक मायापुरी को भस्म कर देंगे। लेकिन मानस्तम्भ पर निगाह डालते ही, उनके पैरों तले की धरती जैसे खिसक गयी। माथे पर का आकाश विर्दीण हो गया। वे अपने अस्तित्व को रखने के लिए, चारों ओर कोई नयी धरती, नया आकाश खोजने लगे। कि हठात् उनकी भटकती निगाह, गन्धकुटी के अधर-पुरुष पर जा अटकी।

...ओ, यह कौन है, जो अनालम्ब अधर में आसीन है? सारे जाने हुए धरती-आकाश से परे, आप ही अपनी धरती, अपना आकाश हो गया है? लेकिन वह सर्वज्ञ... ? कहाँ है वह, कौन है वह? अपने परात्पर ज्ञान का प्रमाण दो, अर्हद् वर्द्धमान महावीर!

नादब्रह्म फिर शून्य में घहराने लगे। गन्धकुटी पर से आवाज आयी :

"आ गये महाअथर्वण अग्निभूति गौतम! शास्ता को तुम्हारी प्रतीक्षा थी। अकाल पुरुष महाकाल का स्वागत करते हैं।"

और एक परावाक् शक्ति के सम्मोहन से बँधे, अग्निभूमि गौतम सीधे श्रीमंडप की भूमि में खिंच आये। तरल सूर्य की तरह पारदर्शी महावीर को सम्मुख अन्तरिक्ष में आसीन देख वे हतबुद्ध, पराहत हो रहे। और श्रीचरणों में दायीं ओर विराजमान हैं अग्रज इन्द्रभूति गौतम। सर्वज्ञ की पुंजीभूत विभा के मूर्तिमान प्रतिबिम्ब। उनके सुनग्न सौन्दर्य में उन्हें देव-कवि उशनष् के दर्शन हुए। उन्हें स्पष्ट भान हुआ, कि यहाँ से लौटा नहीं जा सकता। और यह कैसी अनुभूति हो रही है, कि यहाँ न कोई विजेता है, न कोई विजित है। एक जिन वहाँ ऊपर है, जो आत्मजयी है, सर्वजयी है वह शिष्य बनाने नहीं बैठा। वह सबको अपने ही जैसा जिनेन्द्र बनाने बैठा है।

और एक तीखा प्रश्न अग्निभूति की आँखों में नग्न होकर चमक उठा। वे उसी जाज्वल्य दृष्टि से सर्वज्ञ को ताक उठे। और अचानक उन्हें सुनाई पड़ा :

"अग्निभूत गौतम, तुम्हारे चित्त में कर्म के अस्तित्व पर शंका है!"

"सर्वान्तर्यामिन्! गौतम-पुत्र अग्निभूति नमित हुआ।"

"कर्म अनुमान नहीं, स्वतः प्रमाणित ज्ञान है, गौतम।"

"आलोकित करें, स्वामिन्!"

"तुम जो भी कुछ हो, करते हो, उसका कोई परिणाम होता है, आयुष्मान्? तुम पर भी औरों पर भी?"

"होता भी है, नहीं भी होता है। वह ज्ञेय नहीं, कथ्य नहीं, प्रभु।"

"नहीं जानते हो, इसी से ज्ञेय नहीं, ...नहीं कह सकते, इसी से कथ्य नहीं!

ऐसा कैसे हो सकता है? सोचना, करना, सब परिणामहीन है, तो उसका होना व्यर्थ है। तब तन, मन, वचन, कर्म सब व्यर्थ हैं। तब जीवन भी व्यर्थ है। परिणाम के अभाव में, सत्ता के होने का प्रमाण क्या?''

''समझ रहा हूँ भगवन्, और भी प्रतिबुद्ध करें, भन्ते।''

''जैसा भाव, वैसी क्रिया, वैसा ही परिणमन चेतना में होता है। यही जीवन में प्रतिफलित होता है। शुभ भाव और शुभ क्रिया से शुभ परिणमन। उससे जीवन में अनेक लाभों का प्रतिफलन। शुद्ध भाव क्रिया से शुद्ध परिणमन। वही निर्बन्धन, वही मुक्ति-रमण। परिणाम प्रत्यक्ष है, अतर्क्य है, गौतम।''

''परिणाम अनिवार्य है, भन्ते। और भी स्पष्ट करें।''

''तुम्हारा वर्तमान, तुम्हारे विगत का परिणाम है, गौतम!''

''विगत तो विलुप्त हो गया, भन्ते। आज अभी जो हूँ, वही मैं हूँ, भन्ते!''

''तो कल तुम जो थे, परसों जो तुम थे, बरसों पहले जो तुम थे, वह कौन था, गौतम?''

''वह...वह...मैं ही था भन्ते, मैं ही हूँ भन्ते!''

''इसी न्याय से और भी पहले, और भी पहले, पूर्व जन्मान्तरों में, अनन्त काल में तुम नहीं थे, इसका क्या प्रमाण?''

''सो निश्चय कैसे हो, भन्ते?''

''अभी अपने होने का निश्चय तुम्हें है?''

''अभी तो मैं हूँ ही?''

''यह मैं कौन है, कहाँ से आया?''

''मैं मैं हूँ, और पितृ-संयोग से, मातृ-गर्भ से जन्मा हूँ!''

''वे माता-पिता कहाँ से आये, उनके रज-वीर्य में तुम कहाँ से आये?''

''वह दो पदार्थों के मिलन की प्रतिकृति है, भगवन्।''

''यह तीसरा पदार्थ पहले कहाँ था?''

''वह पदार्थों में कहीं अव्यक्त रहा होगा!''

''वह अव्यक्त कहाँ से आया?''

''कहीं कुछ है ही अन्ततः।''

''वह कुछ ही सबकुछ है, गौतम। वह शाश्वत है, और वह नाना रूपात्मक पदार्थों में परस्पर क्रिया-प्रतिक्रिया द्वारा परम्परित है। यही क्रिया-प्रतिक्रिया, कारण-कार्य की शृंखला, कर्म-शृंखला है। तुम और यहाँ का हर पदार्थ, हर व्यक्ति, इसी अनादि शृंखला की एक और कड़ी है। तुम्हारे सुख-दुःख, साता-असाता, रोग-द्वेष, हर्ष-विषाद, इसी पारस्परिक प्रतिक्रिया के परिणाम हैं। क्या तुम इन द्वन्द्वों से परे हो?''

''नहीं हूँ, भन्ते, लेकिन इस स्थिति से कैसे उबरूँ? उबरे बिना चैन नहीं। मैं

स्वतन्त्र होना चाहता हूँ। पर कैसे?''

''तुम्हारी वर्तमान स्थिति किसका फल है?''

''मेरी परिस्थिति का?''

''इस विशिष्ट परिस्थिति का जनक कौन?''

''अज्ञात पूर्व परिस्थितियाँ?''

''उनका जनक?''

''वह जानने का उपाय नहीं, भन्ते!''

''वही उपाय तो सर्वज्ञ है। देखो गौतम, तुम तीनों भाई एक की माता-पिता की सन्तान हो, एक ही परिवेश में रहते हो, एक ही गुरु से विद्या-लाभ किया है। फिर तुम्हारे रूप-रंग, आकार-प्रकार, सुख-दुःख, भाव-विचार, राग-द्वेष भिन्न-भिन्न क्यों हैं? एक ही परिस्थिति में उत्पन्न तुम तीनों की स्थितियाँ भिन्न क्यों?''

''भौतिक परमाणुओं के जोड़-तोड़ की विषमता से विभिन्न व्यक्तियाँ, विभिन्न स्थितियाँ, विभिन्न भाव-स्वभाव हैं, लाभालाभ हैं।''

''इस जोड़-तोड़ का कोई नियम-विधान नहीं? कोई नियन्ता शक्ति नहीं?''

''कौन जाने, ...सब अँधाधुन्ध लगता है, भन्ते। सब अनिश्चित है।''

''अनिश्चय और अराजकता के बीच जो राजकता और व्यवस्था अनायास लक्षित होती है, उसका नियामक कौन? राजकता बिना सत्ता कैसी?''

''कोई परम सत्य है ही, परम सत्ता है ही।''

''उसी का परिचालक नियम-विधान है कर्म। अपने-अपने क्षण-क्षण के भावानुसार, जीवन का अनेक रूपों में परिणमन होता है। यही परिणमन चार गति और चौरासी लाख योनि में निरन्तर प्रतिफलित और परम्परित हो रहा है। यह सब कर्म-सत्ता का खेल है, देवानुप्रिय गौतम!''

''प्रतिबुद्ध हुआ, भगवन्। लेकिन ऋग्वेद का पुरुष-सूक्त कहता है : 'पुरुष एवेदं ग्‍ंनि सर्वं यद्भूतं यच्च भाव्यम् उतामृतत्वस्वैशनो यदन्नेनातिरोहित।' यह श्रुति केवल एक अद्वैत पुरुष या आत्मा को सत्ता मानती है। इसके अनुसार तो दृश्य- अदृश्य, बाह्य, अभ्यन्तर, भूत, भविष्यत् सब कुछ पुरुष ही है। उसके अतिरिक्त और कोई सत्ता या पदार्थ है ही नहीं। फिर कर्म का अस्तित्व उससे भिन्न कैसे स्वीकारूँ? स्वीकारूँ, तो श्रुति मिथ्या सिद्ध होती है। क्या श्रुति को मिथ्या मान लूँ, भन्ते स्वामिन्?''

''श्रुति मिथ्या नहीं, तुम्हारी दृष्टि मिथ्या है, गौतम। उक्त श्रुति-वाक्य में केवल पक्ष का कथन है। पुरुष आत्मानुभव करता है, तो वह अपने अतिरिक्त और कुछ अनुभव नहीं करता। वह अखंड महासत्ता का अनुभव होता है। उसमें दर्शन, ज्ञान, चारित्र एकाकार हो जाते हैं। तत्त्व और पदार्थ मात्र उस एकमेव केवलज्ञान में तदाकार हो जाते हैं। ज्ञाता, ज्ञेय और ज्ञान वहाँ एकाग्र और एकीभूत हो जाते हैं। परम अनुभूति

में अद्वैत का ही साक्षात्कार होता है। क्योंकि वहाँ विकल्प, नय, दृष्टिकोण, भेद-विज्ञान की भिन्नता को अवकाश नहीं।''

''तब फिर कर्म की सत्ता को कहाँ अवकाश है, भन्ते?''

''स्थिति में अद्वैत है, गौतम। अनुभूति में अद्वैत है, गौतम। किन्तु अभिव्यक्ति में द्वैत है, अनेकत्व है, द्वन्द्व है, परस्पर क्रिया-प्रतिक्रिया है। यह महासत्ता के अन्तर्गत अवान्तर सत्ता का खेल है। इसी को जिनेश्वरों ने सात तत्त्व और नव पदार्थ का समुच्चय रूप विश्व कहा है। अभिव्यक्ति ही विश्व-लीला है। उसमें द्वैत और द्वन्द्व प्रत्यक्ष है। वह कर्म-विधान से चालित है। वह तो प्रत्यक्ष ही है, वह प्रतिपल अनुभवगम्य है, उसको प्रमाण क्या?

''आलोकित हुआ, भन्ते। श्रुति यह भी तो कहती है कि 'एकोऽहम् बहुस्याम्' : मैं एक ही बहु होता हूँ।''

''आयुष्यमान भव, गौतम। तू प्रबुद्ध हुआ, गौतम। एकान्त द्वैत भी सत्य नहीं, एकान्त अद्वैत भी सत्य नहीं। वह सत्ता द्वैत भी है, अद्वैत भी, एक भी है, अनेक भी। वह अनन्त काल प्रकाशी है। वह अनन्त गुण-पर्याय-विलासी है। वह अनन्त सम्भावी है। सो वह अतर्क्य और अनिर्वच है। वह केवल एकाग्र, समग्र, अनुभवगम्य है : वह कथ्य नहीं, शब्द-प्रामाण्य नहीं। वह केवल एक अविरल बोध है, अनुभूति है। अचिन्त्य प्रकाश है, द्रष्टा और दृश्य से परे का तल्लीन निजानन्द है। पूछ नहीं गौतम, चुप हो जा, स्तब्ध हो जा, केवल देख, केवल जान, केवल अनुभव कर। विकल्प न कर। केवल बोध कर, केवल बोध कर और चुप रह। केवल तू हो, तू होता रह। तू नहीं, वह हो जा। तत् त्वम् असि। और तेरे सारे प्रश्नों का उत्तर तुझे अनायास मिल जाएगा। सोऽहम्, सोऽहम्, सोऽहम्, गौतम।''

''जयवन्त हो त्रिलोकीनाथ, महावीर। मैं संचेतन हुआ, भन्ते। मैं सम्यक् देख रहा हूँ, मैं सम्यक् जान रहा हूँ, मैं सम्यक् हो रहा हूँ। नाद-ब्रह्म मुझ में रूपायमान हो रहे हैं। मेरी आत्मा के पात्र में अर्हत् का अमृत ढल रहा है। अपने को पहचान रहा हूँ, भन्ते।''

''देश-काल की मृत्यु-खेला में इस अमृत का संवहन कर, गौतम। आदि सूक्तों और ऋचाओं के गायक गौतमों के वंशधर गौतम, शास्ता तेरी प्रतीक्षा में थे। तू आ गया, तू सर्वज्ञ अर्हत् का एक और गणधर हुआ। कल्प-कल्प में कैवल्य-ज्योति को प्रवाहित कर, गौतम।''

''आदेश, आदेश, त्रिलोकीनाथ।''

''दिगम्बर होकर, ऋतम्भरा प्रज्ञा का वरण कर, गौतम।''

...और गन्धकुटी के पाद-प्रान्त में पाँच सौ शिष्यों सहित अंगिरस अग्निभूति गौतम, देखते-देखते दिगम्बर हो गये। मानो मध्यम पावा के यज्ञ-हुताशन, इस

श्रीमण्डप में धधक उठे। अनेक देव-देवांगना मयूर-पिच्छियाँ और कमंडल लिये गन्धकुटी के सोपान से उतर आये। उन्हें धारण कर, पाँच सौ शिष्यों से परिवरित महर्षि अग्निभूत गौतम अपने श्रीगुरुनाथ महावीर के चरणों में समर्पित हो गये।

इन्द्र ने पीत कमलों के पाँवड़े बिछाये और नमन कर गौतम का आवाहन किया। और अग्निभूति गौतम उन कमलों पर पग धारण करते, गन्धकुटी के सोपान चढ़ गये। भगवान की दृष्टि से दृष्टि मिलते ही वे जैसे एक ऊर्ध्व वलय में उत्क्रान्त हो गये। भगवत्पाद इन्द्रभूति गौतम के ठीक नीचे की परिक्रमा में, वे पीताभ सिंहासन पर आरूढ़ हो गये। उनका शिष्य-मंडल ज्येष्ठ गौतम के शिष्यों के साथ ही श्रीमंडप में उपविष्ट हो गया।

असंख्य जयकारों से समवसरण के सारे मंडल आन्दोलित हो उठे।

पर्जन्यों के मन्द्र गम्भीर स्वर में आर्य वायुभूति गौतम ने पावा की विशाल यज्ञ-सभा को सम्बोधित किया :

"यजमान-शिरोमणि महायाजक आर्य सोमिल सुनें। समस्त आर्यावर्त का ब्रह्मांड-मंडल सुने। तेजमूर्ति अग्रज अग्निभूति गौतम भी अर्हत् महावीर के समवसरण में जाकर लौट न सके। वे भी पल मात्र में समाधीत और रूपान्तरित होकर तीर्थंकर को समर्पित हो गये। महावीर की सर्वज्ञता इस क्षण सूर्य-चन्द्र की तरह आर्यावर्त के आकाश पर उजागर है। वह अब हमारे स्वीकारने या न स्वीकारने पर निर्भर नहीं करती। अब भी उसे न मानने की हठ करना, अपना ही सिर फोड़ने की तरह आत्मघातक है। आर्य सोमिल निर्णय करें, समस्त ब्राह्मण समुदाय निर्णय करे, कि हमारा अगला कदम क्या हो?"

"मरुत्पुत्र वायुभूति गौतम ही निर्णायक हों। उन्हीं का वचन अब हमें प्रमाण है।"

"मेरे मन में कोई विकल्प नहीं। हम सब संयुक्त होकर विपुलाचल पर जाएँ। जिस सत्ता को इन्द्र और अग्नि के अंशावतार दोनों ज्येष्ठ गौतम समर्पित हो गये, उसे आँखों देखें, कानों सुनें। सत्य का साक्षात्कार, उसके प्रत्यक्ष दर्शन और श्रवण बिना सम्भव नहीं। बेशक, हम सर्वज्ञ के आविर्भाव से आश्वस्त हुए हैं। पर उसका निश्चय तो उसके आमने-सामने खड़े होकर ही हो सकता है। वह निश्चय किये बिना अब हम अपने अस्तित्व को कहाँ रखें, कैसे रखें, यही आज तो प्रश्नों का प्रश्न हो गया है।"

"आदेश करें वायुदेव गौतम!"

"हम सब तत्काल विपुलाचल को प्रस्थान कर जाएँ।"

"क्या यज्ञ को हम अधूरा ही छोड़ जाएँगे? अनर्थ हो जाएग, वायुदेव गौतम।

चैतन्य अंगिरा सदा को सो जाएँगे। लोक जड़ हो जाएगा।''

''यज्ञ-पुरुष इस समय विपुलाचल की गन्धकुटी पर उतरे हैं। सहस्राब्दियों के बाद वहाँ अंगिरा देह धारण कर उपस्थित हैं। अपने एक हजार शिष्यों सहित देवांशी गौतमों ने गन्धकुटी के श्रीमंडप में शत-शत हवन-कुंड प्रज्वलित कर दिये हैं। वे सारे ब्राह्मण अपने आत्म को, अपने आत्म से ही ज्वलित कर, अपने आत्म में ही होम रहे हैं। परमाग्नि अनायास पावा से विपुलाचल पर अतिक्रमण कर गये हैं। ब्राह्मण और श्रमण के बीच एक ही चिदाग्नि अविरल प्रवाहित हो गयी।''

''...ब्रह्मलोक सुनें, भूदेव सुनें, मैं सर्वज्ञ महावीर के समवसरण की परिक्रमाओं में, एक साथ लक्ष-लक्ष यज्ञ-कुंड धगधगायमान देख रहा हूँ। देव, दनुज, मनुज, पशु-पंखी, वहाँ उपस्थित समस्त आत्माएँ उनमें अपने कर्ममल की आहुति दे रही हैं। परात्पर यज्ञ-पुरुष के श्रीचरणों में पावा का पुनर्नवा सोमयाग अपनी पूर्णाहुति पर पहुँच रहा है। वहाँ ब्रह्मज्ञानी ब्राह्मण का पुनर्जन्म हुआ है। वहीं सच्चे ब्राह्मणत्व की पुन:प्रतिष्ठा हो रही है। आओ, हम चलें वहाँ और सर्वज्ञ का साक्षात्कार कर अपने चरम प्रश्नों का समाधान पाएँ।''

...और हजारों उत्तम ब्राह्मणों से परिवेष्ठित आर्य वायुभूति गौतम और महायजमान सोमिल, विपुलाचल की ओर प्रस्थान कर गये। शंख, घंटा, मृदंग, भेरियों के तुंग और तुमुल नाद से सारा आर्यावर्त यों चमत्कृत हो उठा, जैसे अचानक आकाश में वेदों के देवता प्रकाशमान हो उठे हों।

श्रीमंडप के उपान्त भाग में आकर पावा की यज्ञ-सभा स्तब्ध और प्रणिपात में नत है। सबसे आगे गन्धकुटी के पाद-प्रान्त में खड़े हैं वायुभूति गौतम। उनके ठीक अनुसरण में क्रमश: खड़े हैं आठ अन्य ब्राह्मण-श्रेष्ठ परम श्रोत्रिय : व्यक्त, सुधर्मा, मंडिक, मौर्यपुत्र, अकम्पिक, अचल भ्राता, मेतार्य और प्रभास। उन सबका विशाल शिष्य-मंडल उपान्त की परिक्रमा में नम्रीभूत होकर उपविष्ट है। सबकी दृष्टियाँ एकाग्र गन्धकुटी के चूड़ान्त पर अधरासीन प्रजापति पर लगी हैं। उन सब के अन्तरतम के संशय और प्रश्न, उनके नासाग्र पर तैर आये हैं। वे उदग्र हैं, व्याकुल हैं कि उन्हें पहचाना जाए। वे उत्कंठित हैं, जिज्ञासु हैं, कि उन्हें नाम देकर पुकारा जाए।

और हठात् अन्तरिक्ष में वरुण के जल लहराने लगे। और उनमें से पर्जन्य घोषायमान होने लगे। उद्‌गीथ ध्वनित होने लगे। और केन्द्र पर से पुकार आयी :

''मरुतों के संवाहक वायुभूमि गौतम! शास्ता को तुम्हारी प्रतीक्षा थी। तुम आये। त्रिलोकीनाथ कृतार्थ हुए।''

''श्रीचरणों में शरणागत हुआ, भन्ते। पीड़ा का पार नहीं। समाधीत करें, सर्वज्ञ

अर्हन्त।''

''तुम्हारे मन में शंका है गौतम, कि क्या देह से परे कोई देह है? क्या शरीर से भिन्न कोई आत्मा है?''

''वल्लभ हैं, स्वामिन्। मुझे मुझसे अधिक जानते हैं। मेरे जी का काँटा निकालकर मुझे दिखा दिया, प्रभु। इस शंका के रहते, जीना दूभर है। यदि विनाशी शरीर से भिन्न कोई अविनाशी आत्मा नहीं, कोई अमर मैं नहीं, तो कोई क्यों जिये, कैसे जिये, किसलिए जिये? जब नष्ट हो जाना ही मेरी एकमात्र नियति है, तो जीवन का अर्थ क्या, प्रयोजन क्या?''

किंचित् रुककर वे फिर बोले :

''लेकिन मर्त्य शरीर से भिन्न किसी अमर आत्मा के होने का प्रमाण क्या? श्रुति में भी विरोधी कथन है। फिर प्रत्यय कैसे हो, भगवन्?''

''तू मरना चाहता है, गौतम?''

''नहीं मरना चाहता, भन्ते।''

''जो नहीं मरना चाहता, वह कौन है, आयुष्मान्?''

''वह मैं हूँ, भन्ते।''

''और जो मरता है, वह कौन है आयुष्मान्?''

''मैं, मेरा यह शरीर, जो मैं है!''

''तू शरीर और आत्मा को भिन्न कह रहा है, गौतम! इसी से परस्पर विरोधी कथन कर रहा है। भिन्न अनुभव कर रहा है, इसी से भिन्न की भाषा बोल रहा है। भाषा मात्र अव्यक्त की अभिव्यक्ति है। अपनी भाषा आप ही सुन और अवबोधन प्राप्त कर।''

''यह जो मेरा शरीर है, यही तो मैं हूँ, भन्ते। भिन्न कहाँ कोई हूँ?''

''क्या विवशता है कि शरीर को 'मैं' कहने की कोई भाषा ही अस्तित्व में नहीं। सावधान गौतम, तू शरीर को 'मेरा' कह रहा है, मैं नहीं कह रहा। मैं शरीर हूँ, यह मुझे अलग से कहना पड़ रहा है। यह परोक्ष कथन है। यह तेरा प्रत्यक्ष अनुभव नहीं, परोक्ष आग्रह है। यह बुद्धि का विकल्प है, बोधि का साक्षात्कार नहीं।''

''भाषा का यह बोध अपूर्व है, भन्ते। यह व्याकरण नहीं, अव्याकरण है। यह विश्लेषण नहीं, संश्लेषण है। यह भेद भी है, अभेद भी है।''

''सत्ता अनेकान्त है, इसी से भाषा भी अनिवार्यत: अनैकान्तिक है, गौतम। सत् द्वैताद्वैत है, भेदाभेद है—एक बारगी, इसी से भाषा भी अनेकार्थी है, ध्वन्यात्मक है। अपने ही आत्यन्तिक अवबोधन से जान, गौतम। अपने ही ब्रह्मनाद में सत्ता को सुन, गौतम। भाषातीत का निर्णय भाषा में सम्भव नहीं। वह मात्र ध्वनित करती है, साक्षात्कृत नहीं कराती।''

"सर्वज्ञ प्रभु ही बनें मेरा अवबोधन। मुझे शून्य करें, भन्ते, मुझे आप करें, नाथ। मेरी बुद्धि समाप्त हो गयी।"

"और भी सोच देख, गौतम। और समझ देख, गौतम।"

"सोच समाप्त हुआ, भन्ते। समझ थम गयी, भन्ते। जो है, उसे केवल देख रहा हूँ, केवल जान रहा हूँ, केवल वह हो रहा हूँ। प्रश्न भी नहीं रहा, उत्तर भी नहीं रहा। बस उत्तीर्ण हो रहा हूँ। और आनन्द का पार नहीं, नाथ।"

"सर्वज्ञ कृतार्थ हुए, गौतम!"

"आदेश, आदेश, हे निखिलेश्वर भगवान!"

"निसर्ग हुआ तू, तो निसर्ग चर्या कर, दिगम्बर, दिगम्बर। वही चिदम्बर, वही विश्वम्भर। हे मरुतवाहन, सकल चराचर के श्वासों में कैवल्य-ज्योति प्रवाहित कर।"

...और ना कुछ समय में ही पाँच सौ शिष्यों के मंडल सहित, विश्व के श्वास रूप मरुतों के संवाहक वायुभूति गौतम दिगम्बर हो गये। वे तीर्थंकर द्वारा प्रदत्त पीछी-कमंडल से मंडित हो सर्वेश्वर भगवान के श्रीचरणों में समर्पित हो गये। इन्द्र ने नील कमलों के पाँवड़े बिछाये, और उन पर पग धारण करते, गन्धकुटी के सोपान चढ़कर, आर्यश्रेष्ठ वायुभूति गौतम तृतीय कर्णिका के नीलाभ सिंहासन पर आरूढ़ हो गये।

"व्यक्त भारद्वाज का स्वागत है।"

"प्रभु ने मुझे पहचाना। अनन्त कोटि ब्रह्मांडों के अधीश्वर ने मेरा नाम पुकारा। मेरा होना सार्थक हुआ।"

"कोल्लाग सन्निवेशी। वारुणी और धनमित्र के पुत्र। महर्षि भारद्वाज के वंशावतंस। तुम आर-पार समक्ष हो।"

"मेरे जी में खटक है, भगवन्। अशान्ति का पार नहीं।"

"व्यक्त होकर भी, व्यक्त को अस्वीकार करोगे भारद्वाज? तुम्हें ब्रह्म के सिवाय अन्य भूत पदार्थों की वास्तविकता में सन्देह है, आयुष्मान्।"

"आत्मन्, सर्वज्ञ के सिवाय कौन मेरे भीतर यों समवेदित हो सकता है! शंका का निरसन करें, श्रीगुरुनाथ।"

"मुझे समक्ष देखकर भी देखने से इनकार करोगे, सौम्य? मैं भी नहीं, तुम भी नहीं, नाम-रूप-संज्ञात्मक पंचभूत नहीं? केवल ब्रह्म? केवल अव्यक्त, अरूप, अनाम? तो कौन हो तुम, कौन हूँ मैं? तुम यहाँ क्यों आये? शंका किस पर कर रहे हो? ब्रह्म के सिवाय भूत है ही नहीं, तो उस पर शंका कैसी? यह 'अव्यक्त' संज्ञा कहती है, कि वह भी है,जो व्यक्त नहीं है। तो स्थापित हुआ। भाषा स्वयं भूत की साक्षी दे रही है। भाषा प्रतिपल के व्यक्त संवेदन का व्यंजन है। इसी से तो शब्द को

भी ब्रह्म कहा गया है। शब्द में जो सहज ही व्यक्त है, उसे बुद्धि के तर्क से तोड़-मरोड़कर क्यों दुर्बोध बना रहे हो, भारद्वाज? भूत को ब्रह्म तक पहुँचे बिना निस्तार नहीं। और ब्रह्म को भूत हुए बिना जानने का उपाय नहीं। हमारे वास्तविक जीवन के प्रति पल की अभिव्यक्ति में भूत और ब्रह्म परस्पर एक-दूसरे को प्रमाणित कर रहे हैं। व्यक्त भारद्वाज, भूत को देख, मुझे देख, अपने को देख। सत्ता समक्ष खड़ी है, नग्न। देहधारी के बिना देही का साक्षी कौन दे? देख देख, जान जान, जी जी, व्यक्त भारद्वाज। सत्ता प्रत्यक्ष है, उसे प्रमाण क्या?''

''सर्वसत्ताधीश भगवान को साक्षात् कर रहा हूँ।''

''तथास्तु, आयुष्यमान्।''

''विकल्प समाप्त हो गया, भन्ते। वस्तु को केवल देख रहा हूँ, केवल जान रहा हूँ, केवल जी रहा हूँ। तन्मय हुआ भन्ते। तद्गत, तथागत, वास्तव मूर्ति भगवान मेरे समक्ष हैं। भूत और ब्रह्म का निर्णय उनमें आपोआप हो रहा है। वही मुझ में झलक रहा है, इस क्षण। वचनातीत है यह सौन्दर्य, हे समय-सुन्दर भगवान्।''

''तद्रूप भव भारद्वाज, मद्रूप भव भारद्वाज!''

''आदेश, आदेश, अनिरुक्त प्रजापति श्रीगुरुनाथ।''

''दिगम्बर हो जा और देख,कि ब्रह्म क्या है, भूत क्या है। नग्न होकर ही नग्न तत्त्व का आलिंगन सम्भव है। तत्त्व को पाये बिना अस्तित्व असह्य हो जाता है।''

''हे परम आप्त, मैं अपने पाँच सौ अन्तेवासियों सहित श्रीचरणों में शरणागत हूँ। हमें अपने ही-सा बना लें, भगवन्!''

चारों ओर से जयकारें गूँज उठीं :

त्रिलोकगुरु भगवान महावीर जयवन्त हों!

त्रिकाल गुरु भगवान अर्हन्त जयवन्त हों!

व्यक्त भारद्वाज अपने पाँच सौ शिष्यों सहित जिनेश्वरी दीक्षा का वरण कर दिगम्बर हो गये। भगवान को साष्टांग प्रणिपात कर शिष्यमंडल परिक्रमा में उपनिविष्ट हुआ। व्यक्त भारद्वाज को इन्द्र ने पुष्प-वृष्टि के साथ गन्धकुटी के चतुर्थ गणधर के सिंहासन पर आसीन किया।

शब्द फिर ब्रह्मलीन होकर स्तब्ध हो रहा।

परावाक् फिर वाक्मान हुए।

''सुधर्मा अग्निवैश्यायन! तुम प्रतीक्षित थे, वत्स। अतिथि देवो भव!''

''निरंजन ज्योति ने मुझे पुकारा। अपने अस्तित्व का प्रथम बार बोध हुआ, भगवन्!''

"भद्दिला और धम्मिल के पुत्र, कोल्लाग सन्निवेशी उत्तम ब्राह्मण। हव्यवाहन के वंशज। तुम्हें पाकर अर्हत् आप्यायित हुए।"

"हे सर्व के आधार, मुझे आधारित करें।"

"अग्निवैश्यायन सुधर्मा, अग्नियों के आत्मज। अग्नि आद्या हैं, वे निराधार में से ही प्रकट हुए हैं। वे आप ही अपने आधार हैं। स्वयमान हो, देवानुप्रिय।"

"लेकिन कैसे, भगवन्! आज मनुष्य हूँ, कल पशु भी हो सकता हूँ। श्रुति कहती है : *श्रृंगालो वै एष जायते यः सपुरीषो दह्यते*। यानी आज मनुष्य हूँ, तो भवान्तर में सियाल भी हो सकता हूँ। कितना अनिश्चित और भयावह है यह अस्तित्व! इससे मन बहुत विषण्ण और उचाट है, भगवन्।"

"निर्णायक नियति नहीं, नियन्ता है, सुधर्मा। तू यह शरीर नहीं, इसका स्वामी और नियन्ता पुरुष है। संकल्प तू कर सकता है, शरीर नहीं। तू श्रृंगाल न होना चाहे, तो कोई नियति तुझे वह नहीं बना सकती। तू ही अपना नियन्ता, सो तू ही अपनी नियति है, अग्निवैश्यायन!"

"लेकिन श्रुति में भी परस्पर विरोध है, भगवन्। वेद कहता है : *पुरुषो वै पुरुषत्वमश्नुते*। पुरुष सदा पुरुष होता है, पशु सदा पशु होता है। आप्त-वाक्यों में ही विरोध हो, तो निश्चय कैसे हो भगवन्। लगता है, ज्ञान मात्र अनुमान है। इसी से हर ज्ञान एक हद के बाद मिथ्या हो जाता है। अज्ञान की ऐसी लाचारी में कब तक जीऊँ भगवन्? कैसे...कैसे?"

"श्रुति में कोई विरोध नहीं, सुधर्मा। विरोध तेरी एकांगी दृष्टि में है। वेद-वाक्य का भाव ग्रहण कर, सौम्य। *पुरुषो वै पुरुषत्वमश्नुते पशवः पशुत्वम्* : अर्थात् जो पुरुष-भाव में जिएगा, वह पुरुष जन्मेगा, जो पशु-भाव में जिएगा, वह पशु जन्मेगा। आत्मकामी सदा पुरुष होगा, परकामी सदा पशु होगा। बुज्झह, बुज्झह, अग्निवैश्यायन।"

"आलोकित हुआ, भन्ते। दूसरा श्रुति-वाक्य भी खोलें, भन्ते।"

"*श्रृंगालो वै एष जायते यः स पुरीषो दह्यते*।...जो पुरुष होकर भी श्रृंगाल की तरह कपट-चेष्टा में जिएगा, वह श्रृंगाल होगा ही भवान्तर में, सुधर्मा। जैसा भाव, विचार, वैसा ही होगा तुम्हारा आकार-प्रकार, अवतार। तू सम्बुद्ध सर्वसमर्थ आत्मा है, सौम्य। जो चाहेगा, वही तू हो जाएगा। अपने अस्तित्व का निर्णायक तू स्वयं ही है,तू स्वयं ही कर्ता, धर्ता और हर्ता है। फिर भय किस बात का?"

"आश्वस्त हुआ, भन्ते। अभय हुआ, भन्ते। अप्रमत्त हुआ, भन्ते!"

"स्वायम्भुव, स्वयंप्रकाश, स्व-नियन्ता हो जा, आयुष्यमान्!"

"अधिक-अधिक स्वयं को देख रहा हूँ, स्वयं को जान रहा हूँ, स्वयं हो रहा हूँ, भन्ते। श्रीगुरु को पाकर अपने को पा गया, भन्ते।

ब्रह्मानन्दं परमसुखदं केवलं ज्ञानमूर्तिं,
द्वन्द्वातीतं गगनसदृशं तत्त्वमस्यादि लक्ष्यम् ।
एकं नित्यं विमलचलं सर्वधीसाक्षिभूतं।
भावातीतं त्रिमलरहितं सद्गुरुं तं नमामि॥

"तथास्तु, सुधर्मा। यही तुम्हारा स्वरूप है, इसे साक्षात् करो।"

"अपने पाँच सौ शिष्यों सहित श्रीचरणों में समर्पित हूँ, त्रिलोकीनाथ प्रभु! आदेश, आदेश!"

"निरंजन आत्मरूप दिगम्बर हो जा, अग्निवैश्यायन। अग्नि तो सदा दिगम्बर हैं। आवरण मात्र उन्हें असह्य हैं। जो उन्हें ढाँकेगा, वह जलकर भस्म हो जाएगा। पशु भी नहीं, मनुष्य भी नहीं, गति भी नहीं, योनि भी नहीं। वह हो जा, जिसमें से सब योनियाँ आती हैं, सब लिंग उठते हैं : और फिर उसी में सब निर्वाण पा जाते हैं। जोत निरंजन, जोत दिगम्बर। एवमस्तु, आयुष्यमान्।"

जयकारें गूँज उठीं :

"गुरुणां गुरु त्रैलोक्येश्वर भगवान महावीर जयवन्त हों!"

...पाँच सौ-एक जातरूप दिगम्बर पुरुष पशुपतिनाथ महावीर के समक्ष नतमाथ समर्पित हैं। प्रभु-प्रदत्त पिच्छी-कमंडल से मंडित हैं, वे आर्हत् धर्म के भावी परिव्राजक।

आदेश सुनाई पड़ा :

"अग्निवैश्यायन सुधर्मा, तुम्हीं काल-शेष में अवशिष्ट रहकर, जिनेश्वरों की कैवल्य-ज्योति को कलिकाल में प्रसारित करोगे। तुम्हीं देवात्मा अग्नि हो, पाप के नरकों में ले जाकर, पापियों को अनायास अपने ही आलोक से उज्ज्वल और पवित्र कर दोगे। उपनिषत् होओ, अंगीरसो!"

अग्निवैश्यायन सुधर्मा गन्धकुटी के पाँचवें गणधर के आसन पर आरूढ़ हुए। पाँच सौ शिष्य परिक्रमा में उपविष्ट हुए।

"आ गये मंडिक वासिष्ठ! मैत्रीवरुण के वंशज! तुम्हें बन्ध और मोक्ष के विषय में शंका है?"

"सर्वज्ञ प्रभु से क्या छुपा है। मेरे तन-मन के एक-एक परमाणु में रमण कर रहे हो, स्वामिन्। मेरी ग्रन्थियों का मोचन करो, अर्हत्। मेरे हर प्रश्न का उत्तर केवल तुम दे सकते हो, हे जातवेद।"

"बन्ध और मोक्ष नहीं मानता, तो ग्रन्थि-मोचन किसका चाहता है? तेरी वेदना साक्षी है, तेरा अनुभव प्रत्यय है, तेरे शब्द प्रमाण हैं, बन्धन और मोचन के। तेरी अभीप्सा स्वयं तेरा उत्तर है, आत्मन्।"

"लेकिन शास्त्र तो आत्मा को त्रिगुणातीत, अबद्ध और विभु बताता है, भन्ते। श्रुति-वाक्य है : '*न एष त्रिगुणो विर्भुन बध्यते संसरति वा न मुच्यते मोचयति वा, न वा एष बाह्याभ्यन्तरं वा वेद।*"

"श्रुति त्रिकाल सत्य है, वासिष्ठ। पर अनुभव से उसे भावित करना होगा। तभी वह बोध हो सकती है। विगुण, विभु और अबद्ध जिसे कहा है, वह मुक्तात्मा है। 'अबद्ध' में बन्धन का कहीं, कभी होना गर्भित है। और बन्धन के अनुभव में, मोक्ष की कामना और सम्भावना गर्भित है। ग्रन्थि कहीं है, कि निर्ग्रन्थ है कहीं। बद्ध कहीं है, कि 'अबद्ध' कहीं है।"

"लेकिन भगवन्, ब्रह्म-विद्या कहती है कि इन दोनों से जो परे है,केवल वही सत् है, और सब अविद्या है, आभास है, माया है। उपाधि के कारण ही सुख-दुःख, अपना-पराया, राग-द्वेष आदि द्वन्द्वों का अनुभव है। वह माया है, उसका अस्तित्व नहीं। सत् केवल एक वह ब्रह्म है, अन्य सब पदार्थ और अनुभव असत् हैं। हैं ही नहीं।"

"जो नहीं है, उसका कथन क्यों करना पड़ा? इस नकार में उस 'असत्' का स्वीकार है। उस असत् को उपाधि और माया कहना पड़ा। अन्य शब्द का आविर्भाव स्वयं, अन्य सत्ता का पता दे रहा है। जो अभी और यहाँ का यथार्थ है, वास्तव है, जो प्रत्यक्ष अनुभव्य और संवेद्य है, उसका नकार सत्ता का अपूर्ण साक्षात्कार है। वह मिथ्या है और पीड़क है। उसमें समाधान नहीं। मंडिक वासिष्ठ, सत्ता केवल स्थिति नहीं, गति भी है। केन्द्र में भी वही है, प्रसार में भी वही है। गति में प्रसारित होना विश्व-विस्तार है। वह सीमा और बन्धन का खेल है। स्थिति में लौटना, मोक्ष है। मुक्तात्मा स्थिति और गति में एक साथ खेलता है। इसी से वह बन्ध-मोक्ष से रहित है। वह पूर्ण पुरुष है। लेकिन बन्ध है, अपूर्णता है; कि मोक्ष है, पूर्णता है। सत्ता अनेकान्त है। उसे सापेक्ष जानो, सापेक्ष कहो, मंडिक वासिष्ठ। जो निरपेक्ष पूर्ण सत्ता है, वह केवल अनुभव्य है। वह अनिर्वच है। पूछो नहीं, जानो नहीं, केवल अनुभव करो, मंडिक!"

और भगवान की भृकुटी में से एक किरण फूटकर मंडिक का अन्तस्तल बींध गयी। वह मौन, पृच्छाहीन, समाधिस्थ हो रहा। उसके साढ़े तीन सौ अन्तेवासी भी क्षण भर निर्विचार, प्रश्नातीत, ध्यानस्थ हो रहे।

"स्थिति में उपविष्ट हुए तुम, तत्त्व हुए तुम। अब बाहर आओ। अस्तित्व हो ओ, गति से विहरो तुम। दिगम्बर होकर गतिमान विश्व में निर्बाध विचरण करो। गतिमान लोक के आर्त्त और बद्ध जीवात्माओं को स्थिति का मन्त्र-दर्शन प्रदान करो। स्थिति और गति में संवाद के स्वर साधो। ताकि मेरे युग-तीर्थ में मनुष्य जीवन्मुक्त होकर, जीवन को जी चाहा भोगे और खेले। कर्म-संकुल कलिकाल में, कर्म-बन्धन के बीच ही मोक्ष की लीला होगी। भर्ग की उसी नूतन अग्नि के संवाहक बनो, मंडिक

वासिष्ठ। तथास्तु।''

...तीन-सौ इक्यावन परिव्राजक नितान्त नग्न बालकों की तरह भगवान के श्रीपाद में यथास्थान उपविष्ट हो गये।

जयकार गूँज उठी :

''महर्षि मैत्रावरुण-वसिष्ठ जयवन्त हों।

परम वासिष्ठ भगवान महावीर जयवन्त हों।''

''आ गये काश्यप मौर्यपुत्र! शास्ता के एक और गणधर! काश्यप वर्द्धमान के रक्तवंशी। केवली को तुम्हारी प्रतीक्षा थी। अर्हत् अप्यायित हुए।''

''अपूर्व है मिलन की यह अनुभूति, देवार्य! मेरी आत्मा चिरकाल से इसी को खोज रही थी। लेकिन... ?''

''सारे देवलोक यहाँ उपस्थित हैं, फिर भी तुम्हें उनके होने में संशय है, काश्यप ?''

''ऐन्द्रिक ऐश्वर्य की यह सीमा है, भन्ते। और अन्तीन्द्रिक ऐश्वर्य की यह भूमा है, भन्ते। इसे देखकर भी, इसके होने पर विश्वास नहीं होता। क्योंकि देश-काल में यह अपूर्व और असम्भव है।''

''यह कैवल्य की भूमा का राज्य है,कश्यप। यहाँ असीम भी सीमा में उदीयमान है, प्रतीयमान है। प्राकट्यमान है। किन्तु वत्स, तुझे अपनी आँख और अनुभूति तक पर भरोसा नहीं ? इसी चरम नकार पर, परम सकार उतरेंगे, देवानुप्रिय!''

''प्रत्याशी हूँ जिनेश्वर! किन्तु श्रुति कहती है कि...''

''हाँ,आयुष्यमान् श्रुति कहती है कि : *को जानाति मायोपमान् गीर्वाणनिन्द्रयमवरुण कुबेरादीन्* अर्थात् इन्द्र, यम, वरुण, कुबेर सब स्वप्न-माया हैं, इन्हें कौन जानता है। और फिर ऋग्वेद संहिता यह भी कहती है : *अपाम सोममृता अभूमागमन् ज्योतिरविदां देवान्। किं नूनमस्मातृणवदरातिः, किमु धूर्त्तिरमृत मर्त्यस्य।* यह कथन स्वर्ग को सकारता है। इन दो विरोधी कथनों के बीच तुम्हारी उलझन का अन्त नहीं? परम समाधान तुम्हारे समक्ष मूर्तिमान है, काश्यप।''

''मेरे अन्तर में रेंगते वाक्यों तक को प्रभु पढ़ रहे हैं! मेरी हर उलझन और संघर्ष के साथ चल रहे हैं। वेद और उपनिषद् ने जिसके स्वप्न देखे, जिसकी अभीप्सा की, वह यहाँ मूर्तिमान है।''

''फिर भी प्रत्यायित नहीं हो रहे, काश्यप?''

''प्रश्न तो सारे सिरा गये, परमात्मन्। पर ऐन्द्रिक बोध अपनी सीमा पर अटल है। देखकर भी अनदेखा करे, यह आदत है हठीले मन और बुद्धि की, जो इन्द्रियों

के चालक हैं। क्या स्वर्ग का कहीं कोई मूर्त अस्तित्व है, या अपने अभीसिप्त परम सुख का यह स्वप्न या आदर्श मात्र देखा है, चिरन्तन इन्द्रिय-सुख की लालसा ने?''

''वह मूर्त है, काश्यप, लोक में यथा स्थान। वह सभी परिवर्तनशील पदार्थों की तरह भंगुर होकर भी, अस्तित्वमान है। वह तुम्हारे समक्ष यहाँ प्रत्यक्ष है, फिर भी तुम संदिग्ध हो?''

''अपूर्व को आँखों से देखकर भी, अन्तर में प्रतीति नहीं हो रही। असम्भव को सम्भव देखकर मन की शंका परकाष्ठा पर है।''

''विश्व अनन्त है, पदार्थ अनन्त है, सो वह सदा अपूर्व है, काश्यप। उसकी क्षण-क्षण की हर नयी पर्याय अपूर्व है। यह सर्वज्ञ का राज्य है, यहाँ हर अपूर्व प्रत्यक्ष हो रहा है, हर असम्भव सम्भव हो रहा है। सृष्टि के इस रहस्य को अवलोको, काश्यप, बूझो काश्यप।''

''तत्त्व के सूक्ष्म परिणमन का किंचित् बोध हो रहा है, स्वामिन्।''

''सुख, और सुख, और भी सुख! इसी ऐन्द्रिक उत्कंठा का मूर्तन है स्वर्ग, काश्यप। अरबों वर्ष इस सुख का भोग करके भी वे देव आखिर मर जाते हैं, मौर्य, शाश्वत और अविनाशी सुख की अभीप्सा लेकर। उसी अभीप्सा का मूर्तन है अर्हत्, काश्यप। देख, देख, देख। समझ, समझ, समझ। प्रबुद्ध भव, काश्यप।''

''प्रत्यायित हुआ, सर्वज्ञ जातवेद। शब्दातीत ज्ञानी ने शब्द तक को मेरे लिए आलोकित कर दिया। सत्य को उसमें मूर्त कर दिया। मेरे लिए स्वर्गों का साक्षात्कार हुआ, भन्ते, उन्हें समग्र, एकाग्र भोग रहा हूँ, जी रहा हूँ, इस क्षण। पर हे अनन्त सुख, केवल तुम्हें पाना चाहता हूँ!''

''तद्रूप भव, काश्यप। मद्रूप भव काश्यप!''

''हो रहा हूँ, भगवन्। आदेश, आदेश, शास्ता।''

''अपने साढ़े तीन-सौ शिष्यों सहित, दिगम्बर होकर दिक्काल का निरन्तर सुख भोग काश्यप। दिगम्बर हुए बिना, दिग्जया काम्या का आलिंगन सम्भव नहीं!''

और अगले ही क्षण तीन-सौ इक्यावन मौर्य-पुत्र दिगम्बर होकर जिनेश्वर के परिव्राजक हो गये, युग-युगान्तरों के आरपार आर्हती प्रज्ञा का संवहन करने के लिए।

जयध्वनि गुंजायमान हुई :

'सर्वस्वर्गेश्वर महावीर जयवन्त हों!
गणधर काश्यप मौर्य जयवन्त हों!'

मौर्यपुत्र काश्यप इन्द्र के आवाहन पर सप्तम गणधर के सिंहासन पर आसीन हो गये। शिष्य, शिष्य-मंडल में समाहित हो गये।

"जयन्ती-पुत्र अकम्पिक गौतम! तुम्हारे मन में शंका है कि नरक है या नहीं?"

"मुझे अपना लिया। मुझे आरपार देख लिया। मेरा नवजन्म हो गया, भन्ते!"

"तुम नरक चाहते हो गौतम?"

"नहीं चाहता, भगवन्।"

"तुम नरक से डरते हो, गौतम?"

"डरता हूँ भगवन्!"

"जो है ही नहीं, उसका भय क्यों गौतम?"

"भ्रान्ति भी तो भय उपजाती है, भगवन्।"

"भय और भ्रान्ति जब तक है, तब तक नरक ही है, गौतम?"

"क्या वह ब्रह्मांड में कोई स्थान है, स्वामिन्? क्या वह कहीं प्रत्यक्ष और मूर्त है?"

"भय और भ्रान्ति स्वभाव नहीं, विभाव है, गौतम। वह मोहजन्य है। राग और मोह में से ही संसार परम्परित है, सौम्य। कषाय के सूक्ष्म कर्म-परमाणु ही स्थूल पुद्‌गल में मूर्त हो जाते हैं। स्वर्ग, मन्द मोह का मूर्तन है। नरक तीव्र मोह का मूर्तन है। मध्य का मानव-लोक मन्द और तीव्र मोह के मिश्रण और संघर्ष का मूर्तन है। इसी से यहाँ मोक्ष का पुरुषार्थ सम्भव है। नरक की सात पृथ्वियों को मैं हथेली पर रखे केंकड़े की तरह प्रत्यक्ष देख रहा हूँ, गौतम।"

"नरक से बचने का कोई उपाय, महाकारुणिक प्रभु?"

"विभाव से स्वभाव में लौट आ। नकार से सकार में प्रतिक्रमण कर। समय से निकलकर समयसार हो जा। समय का खिलौना जब तक तू है, नरक का खतरा सदा है। स्व-समय होकर समय को खेल, तो नरक भी खेल हो जाएगा। कृष्ण ने नरक को भी खेला था। स्वयं नरक भोगकर उसने नरक को जय किया। निश्चिन्त हो जा, गौतम। अकम्प हो जा, अकम्पिक। फिर नरक कहीं नहीं है।"

"अकम्प देख रहा हूँ, अकम्प जान रहा हूँ, अकम्प हो रहा हूँ, स्वामिन्। अनुगत हूँ, शरणागत हूँ। आज्ञा करें, शास्ता।"

"निर्भय, निश्चिन्त होना है, तो निरावरण हो जा, अकम्पिक।"

"निश्चिन्त हो रहा हूँ भन्ते, निर्भय हो रहा हूँ भन्ते, निरावरण हो रहा हूँ भन्ते।"

...और अपने तीन सौ अन्तेवासियों के साथ अकम्पिक गौतम ने दिगम्बरा भूमा का वरण किया। अकम्पिक अष्टम गणधर के पद पर अभिषिक्त हुए। शिष्यगण परिक्रमा में उपविष्ठ हुए।

जयध्वनि हुई :

'नरकजयी निर्ग्रन्थ जयवन्त हों!'

"अचल-भ्राता हारीत, तुम आ गये, देवानुप्रिय! शास्ता के नवम गणधर! आप्त भव हारीत।"

"मुझे नाम देकर पुकारा, मुझे अपनाया, नाथ। मैं आप्त हुआ, भगवन्।"

"तेरा सोच है, वत्स, कि पुण्य और पाप पृथक् नहीं हैं।"

"क्योंकि श्रुति कहती है, भगवन्..."

"हाँ, श्रुति एक ओर तो : *पुरुष एवेदं ग्निं सर्वं यद्भूतं यच्च भाव्यं*—कहकर एक अद्वैत पुरुष के अतिरिक्त अन्य हर अस्तित्व को नकार देती है। दूसरी ओर '*पुण्यः पुण्येन, पापः पापेन कर्मणा*' वेद-वाक्य है। जब पुरुष के सिवाय कुछ है ही नहीं, तो पुण्य-पाप क्यों? यही तुम्हारी उलझन है, हारीत अचल भ्राता!"

"मुझे बूझा, मुझे पकड़ लिया प्रभु ने।"

"समयसार आत्मा में पाप-पुण्य, और अन्य पदार्थ मात्र सारांशभूत होकर तल्लीन हो जाते हैं। वह महासत्ता का साक्षात्कार है। पर वह समयसार समय में प्रसारित होकर अनेक होता है। नाना भाव, नाना पदार्थ, नाना पुरुष होता है। वह अरूप महासत्ता का, रूपायमान अवान्तर सत्ता में व्यक्तिकरण है। '*एकोऽहं बहुस्याम्*' श्रुति-मन्त्र है। एक भी, अनेक भी। अभेद भी, भेद भी। व्यक्त सत्ता जीवन है, उसमें भाव के परिणमन अनुसार, पदार्थ और पुरुष परिणाम उत्पन्न करते हैं। असद् भाव अशुभ में मूर्त होकर दुःख देते हैं, सद् भाव शुभ मूर्त होकर सुख देते हैं। यही पाप-पुण्य का द्वन्द्व है। परम पुरुष पाप-पुण्य दोनों से परे होता है।...तुम्हें वह होना है, हारीत।"

"पुरुषाद्वैत का अनुभव इतना प्रबल है, भन्ते, मुझ में कि यह द्वन्द्व भासता नहीं।"

"यह पारमार्थिक अवस्था है, तू भव्य है, देवानुप्रिय। तू दिव्य है, आयुष्यमान्। पर एकान्त परमार्थ ही सत्य नहीं, प्रपंच भी उतना ही सत्य है। परमार्थ ही प्रपंच में व्यक्त होकर खेल रहे हैं। अस्ति और आविः में विरोध नहीं है। द्वन्द्व भी सत्य है, द्वन्द्वातीत भी सत्य है। अनेकान्त देख, जान और हो, भव्यमान्।"

"अनेकान्त देख, जान और हो रहा हूँ, मेरे भगवान्।"

"पुण्य-पाप के कोष उतारकर, निर्ग्रन्थ हो जा, हारीत। चिदम्बर हो जा, हरीत।"

और अपने तीन सौ शिष्य-परिकर सहित अचल भ्राता हारीत जिनेश्वरी दीक्षा में प्रव्रजित हो गये। देवराज ने हारीत को नवम गणधर के पद पर अभिषिक्त किया। शिष्यवर्ग परिक्रमा में उपविष्ट हुआ। जयध्वनि गुंजित हुई :

'पाप-पुण्यातीत परम पुरुष जयवन्त हों!'

"वरुणदेवा के पुत्र मेतार्य कौडिन्य! शंकित हो कि पुनर्जन्म है या नहीं?"

"मेरे मन-मनान्तर के द्रष्टा, मुझे पूरा जान लिया। मेरा दर्द छू दिया, स्वामिन्! जब पुनर्जन्म नहीं, तो जीने का अर्थ क्या? और वेद आत्मा को केवल पंचभूत की एक विनाशी तरंग मानता है। जब आत्मा ही नहीं, तो पुनर्जन्म कैसा? मैं हूँ ही नहीं, मेरा कोई भवितव्य नहीं, तो जिया कैसे जाये, भगवन्?"

"जीने की चाह तुम में है, तो जीवन अनिवार्य है। और जीवन में अमरत्व की अभीप्सा है, तो अक्षर अक्षुण्ण आत्मा है ही। और आत्मा है तो सातत्य और जन्मान्तर है ही। अमर जीवन है ही। लोक-परलोक है ही, आयुष्यमान्।"

"उद्गत हुआ भन्ते, उद्बुद्ध हुआ भन्ते। तद्गत हुआ भन्ते। नित्य भी हूँ, और सतत हो रहा हूँ भन्ते। जन्म-जन्मान्तर, लोक-लोकान्तर, काल-कालान्तर के द्वार मुझ में खुल रहे हैं, भगवन्।"

"जिनेश्वरी कृपा ने तुम्हें कृतार्थ किया, मेतार्य। शास्ता के दसवें गणधर का पद तुम्हारी प्रतीक्षा में है। मुझ जैसे होकर, मेरे पास आओ।"

और तीन सौ अन्तेवासियों सहित मेतार्य हारीत भगवान की तरह ही दिगम्बर होकर, उनके समक्ष प्रणिपात में विनत हो गये। भगवान ने मन्त्र-दर्शन दिया :

"ॐ णमो अर्हंताणं...ॐ णमो उवज्झायाणं...'

जयध्वनि गुंजायमान हुई :

'लोकालोक के ज्ञाता प्रभु जयवन्त हों!'

"अतिभद्रा के पुत्र प्रभास कौडिन्य! सोलह वर्ष के सुकुमार कवि! तुम्हें मोक्ष पर सन्देह है।"

"मोक्ष परिकल्पना मात्र लगता है, प्रभु। वह पदार्थ नहीं, वह सत्ता नहीं। सो अनुभव्य नहीं, गम्य नहीं, प्राप्य नहीं। रूपातीत में मेरी आस्था नहीं, प्रभु। मैं रूप और सौन्दर्य में ही मोक्ष देखता हूँ, भन्ते।"

"तुम कवि हो, वत्स, मुक्तिकामी नहीं, भुक्तिकामी हो। मोक्ष नहीं, भोग चाहते हो। लेकिन नित्य भोग, नित्य काम चाहते हो न?"

"मेरी पीड़ा बोल रहे हैं, प्रभु। मेरे वल्लभ।"

"पीड़ा ही प्रज्ञा की जनेता है, प्रभास। पूछता हूँ, वत्स, मोक्ष तेरा काम्य ही नहीं, तो पीड़ा किसलिए? क्या पाने के लिए?"

"नित्य भोग, नित्य काम, नित्य सुख।"

"रूप-सौन्दर्य में वह नहीं मिला तुम्हें?"

"मिलता है, पर रह-रहकर भंग हो जाता है, उसमें सातत्य नहीं। वह टिकता नहीं, बदल-बदल जाता है। उसमें ठहराव नहीं, मुकाम नहीं, उद्वेग है। परायापन है। अनिश्चय है, आकुलता है, भंगुरता है।"

"रूप सौन्दर्य में ही नित्य, निराकुल, निरन्तर भोग और काम चाहता है, आयुष्यमान्?"

"आपने मेरे मन की अन्तिम बात बता दी, भन्ते। मेरे सर्वकामपूरन प्रियतम, प्रभु!"

"रूप और अरूप, दोनों में उस सुख को केवल मुक्तात्मा भोग सकता है, देवानुप्रिय। मुक्त हो, वत्स, और सारी भुक्तियाँ तेरी चरण-चेरियाँ होकर रहेंगी। देख वत्स, अर्हत् के इस समवसरण में लोक का कौन-सा रूप-सौन्दर्य, भोग और काम नहीं है? क्या इससे बड़ा और परे कोई सौन्दर्य, ऐश्वर्य, भोग कहीं है?"

"नहीं है, भगवन्। मैं प्रतिबुद्ध हुआ, भन्ते।"

"बाल भागवत कवि प्रभास, मोक्ष का विकल्प भी त्याग दे। जीवन को पूर्ण योग पूर्वक, तल्लीन भाव से भोग, जान और जी जा, प्रभास। और मुक्ति स्वयं तुझे खोजती हुई आ जाएगी, सौम्य। वह अनायास तेरा आलिंगन कर लेगी। *कविर्मनीषी परिभुः स्वयम्भुः*। तेरे लिए कोई बन्धन नहीं। निःशंक, निर्द्वन्द्व और निर्बन्ध होकर जीवन को जियो कवि, तो जिनेश्वर सदा मोक्ष बनकर तुम्हारे साथ विचरेंगे। कवि-योगी विधि-निषेध से ऊपर है। उसी में जीवन को जीता जा, रचता जा कवि, और मोक्ष तेरे लिए अनावश्यक हो जाएगा। तेरा हर भोग, तेरी कर्म-निर्जरा होगी। निश्चिन्त विचर, प्रभास। तू अनुगृहीत हुआ तू निर्द्वन्द्व हुआ, कौडिन्य। तू अनायास मुक्त हो जाएगा।"

"मैं मुक्ति नहीं जीवन चाहता हूँ, भगवन्। सतत और निरन्तर, अमर और अबाध जीवन!"

"एवमस्तु, आयुष्यमान्। यही कवि के योग्य है। जिनेश्वरी सरस्वती का कवि, अनन्तकाल जीवन में ही मुक्त होकर, निरन्तर भुक्त होता रहेगा, देवानुप्रिय। एवमस्तु।"

"हे, मेरे एकमेव आत्मन्, सारे भोगों में मैं केवल तुम्हारा ही आस्वादन करूँ!"

"नग्न होकर निखिल रूप-सौन्दर्य में नित्य-निरन्तर रमण कर, कवि-योगी प्रभास।"

"मैं नित्य सौन्दर्य, नित्य भोग को सम्यक् देख रहा हूँ, जान रहा हूँ, सम्यक् भोग रहा हूँ, प्रभु। मैं नग्न से नग्नतर हो रहा हूँ।"

"शास्ता के ग्यारहवें गणधर का पद तुम्हारी प्रतीक्षा में है, बाल भागवत प्रभास। रूप-सौन्दर्य के सर्जनकारों के बीच शाश्वती सुन्दरी का वहन करो, आयुष्यमान्।"

...और विपल मात्र में ही प्रभास कौडिन्य, अपने तीन सौ शिष्यों सहित दिगम्बर होकर 'कविनाम् कवि' भगवान् के अनुगत, शरणागत हो गये। अन्तिम गणधर प्रभास को ऐन्द्रिला ने अपनी कोमल बाहु का सहारा दे, पद्मराग फूलों के सिंहासन पर अभिषिक्त किया। उनके शिष्य, समुदाय में अनुप्रविष्ठ हो गये। जयध्वनि गुंजित हुई :

'शाश्वती सुन्दरी के नित्य भोक्ता भगवान जयवन्त हों!'

वह आषाढ़ी पूर्णिमा का दिन था। उस एक दिन में ही आर्यावर्त के चार हजार चार सौ ग्यारह श्रेष्ठ ब्राह्मणों ने श्रीगुरुनाथ महावीर का अनुग्रह प्राप्त कर, जिनेश्वरी दीक्षा का वरण किया। तब वे 'एकोऽहं द्वितीयो नास्ति भगवन्', 'एकोऽहम् बहुस्याम्' होकर सारे लोक और काल में व्याप जाने को प्रस्तुत हुए।

चार हजार चार सौ ग्यारह शिष्य समुदाय से मंडित उन प्रभु के भीतर, मानो लोक का विराट् शरीर सामने प्रत्यक्ष हो उठा था।

कहते हैं कि उसी दिन से आषाढ़ी पूर्णिमा लोक में गुरु-पूर्णिमा के नाम से प्रतिष्ठित हो गयी। क्योंकि उस दिन सकल चराचर लोक को श्रीगुरु की प्राप्ति हुई थी।

प्रथम धर्म-देशना

[श्रावण कृष्णा प्रतिपदा : ई. पू. छठी सदी]

आषाढ़ी पूर्णिमा की सन्ध्या। निरभ्र आकाश में सहसा ही बादल गहराने लगे। हठात् उनमें एक प्रच्छन्न महासमुद्र गरजने लगा। सारा ब्रह्मांड जैसे एक प्रकांड मृदंग की तरह बजने लगा। तुमुल गर्जना करते मेघों की गोद में बिजली कामिनी की तरह बल खाने लगी। वह छटपटाती हुई, सौ-सौ भंगों में समर्पित होने लगी।

और सारी रात अविराम झड़ियाँ बरसती रहीं। समवसरण का चैत्य वृक्ष हहराता हुआ डोलता रहा। पर उसके तले ध्रुव 'प्रतिच्छन्दा' नामा कक्ष में भगवान निश्चल, अपने आप में विश्रब्ध हैं। और उनके भीतर मानो सारी सृष्टि एक विराट् वीणा की तरह बज रही है। यह परम मिलन का महोत्सव है। आकाश गल-गलकर माटी में मिल रहा है। और माटी आकाश हो रही है।

श्रावण कृष्णा प्रतिपदा की पौ फूटने के साथ ही अचानक झड़ियाँ रुक गयीं।

आकाश क्षीर-स्फटिक की तरह स्वच्छ हो गया। समवसरण में देवों के वृन्द-वाद्य बजने लगे। शंख, घंटा, घड़ियाल की एकतान ध्वनियाँ सारे लोकालय को मंगल आवाहन देने लगीं। अप्सराओं और इन्द्राणियों की नृत्य-झंकार तमाम चराचर को आनन्द से उन्मेषित करने लगी।

देखते-देखते मुनि, मानुष, पशु, तिर्यंच और देवों के समूह समवसरण की सभाओं में उमड़ने लगे। सारे लोकालोक जैसे नाकुछ समय में ही वहाँ आकर उपस्थित हो गये।

औचक ही एक गहन प्रतीक्षा की निस्तब्धता सर्वत्र छा गयी। विपुलाचल के शीर्ष पर एकाएक धीरे से दिवो-दुहिता ऊषा ने अपना घूँघट उठाया। और सहसा ही प्रभु गन्धकुटी की सीढ़ियाँ चढ़ते दिखाई पड़े। अगले ही क्षण वे अपने कमलासन पर विराजमान दिखाई पड़े। उनकी मस्तक-पीठिका से सूर्य भामंडल की तरह उदय होते आये।

पट्ट गणधर इन्द्रभूति गौतम ने सम्मुख होकर, साष्टांग प्रणाम किया। फिर नतशिर खड़े होकर विनती की :

"हे लोकालोक के स्वामी, प्राणि मात्र स्वभाव से ही निरन्तर सुख खोज रहे हैं। वे दुःख से हर क्षण पीड़ित और भयभीत हैं। आदिकाल से ही सारे लोक-परलोक आर्त्त और संत्रस्त क्यों हैं? यह इतनी सुन्दर सृष्टि क्या सदा दुःख में ही रहने को रची गयी है? हर जीव यहाँ अपने को अनाथ, अरक्षित अनुभव करता है। कालान्तरों में अनेक अर्हत्, सर्वज्ञानी, तीर्थंकर, तारनहार यहाँ आये, पर इस संसार की नियति न बदल सके। इसका दुर्भाग्य सुमेरु की तरह अटल रहा।

"आज फिर तीनों कालों और लोकों के नाथ हमारे समक्ष हैं। चिरकाल के अनाथ अशरण जीव मात्र इस क्षण अपने को सनाथ और सुरक्षित अनुभव कर रहे हैं। उनके सुख का पार नहीं। नारकीय जीव तक इस क्षण सुख की अनुभूति से रोमांचित हैं। पर क्या यह मात्र क्षणिक माया है? सदा की भाँति फिर लोगों को उसी तरह अपने कुटिल भाग्य के भरोसे छूट जाना होगा?

"हे निखिल के नाथ, सर्व परित्राता, कोई ऐसा त्राण का उपाय हमें बताएँ, कि हर जीवात्मा स्वतन्त्र, स्वाधीन होकर, नित्य सुख में अवस्थित हो सके। और हे देवाधिदेव, जब तक विनाश, क्षय, जरा, रोग और मृत्यु है, उनकी अधीनता है, तब तक सुख कहाँ? क्या इन्हें जय किया जा सकता है? क्या प्राणी इनसे परे होकर अमर जीवन जी सकता है? इनसे निस्तार का कोई चरम उपाय बताएँ, हे महाकारुणिक प्रभु!"

एक असीम नीरवता में सब स्तब्ध हो रहे। बोध पाने को उत्कंठित, उद्ग्रीव।...और योगी ऋषभदेव के ध्यान में अकस्मात् झलका :

सृष्टि के केन्द्र में अवस्थित महाबिन्दु की अस्मिता प्रकम्पित हुई। उसमें से विस्तारित होते बिम्ब की तरह नाद उत्सरित होने लगा। वह गहन से गहनतर होता हुआ सर्वत्र व्यापने लगा। और सहसा ही उसमें से असंख्य कलाएँ फूटने लगीं। दो त्रिकोण परस्पर आलिंगित दिखाई पड़े। अनादि लिंग और आद्या योनि का परिरम्भण। उसमें से निखिल को आप्लावित करती ओंकार ध्वनि उठने लगी। अव्यय अक्षर, स्वयं क्षरित होने लगे। और उनमें से आदिम सृष्टि मानो प्रत्यक्ष आँखों आगे उमड़ने लगी। तुरीयातीत प्रभु तुरीयमान हुए। और सहसा ही तुरीया वाक्मान हुई। निरक्षरी दिव्य-ध्वनि अनाहत सुनाई पड़ने लगी...।

अर्हत् महावीर की धर्म-देशना आरम्भ हो गयी :

"सकल चराचर सुनें, यह विश्व एक वास्तविकता है। यह माया नहीं, भ्रान्ति नहीं। यह परम सत् वस्तु है। यह ठोस पदार्थों का समुच्चय है। पदार्थ यथार्थ है। वह मात्र आभास नहीं। वह अपने आप में सक्रिय, स्वयंभू सत्ता है। वह अनादि अनन्त है। उसका कोई कर्ता, धर्ता नहीं। वह आप ही अपना कर्ता, धर्ता, हर्ता है। स्वयं ही अनुपल अपने को उत्पन्न करता है, स्वयं ही अपने को धारण करता है, स्वयं ही अपने को विसर्जन करता है। किन्तु अपने नित्य सत् स्वरूप में वह ध्रुव भी है। मूल में वह द्रव्य पदार्थ स्थिति रूप है। उस स्थिति के भीतर ही सर्जन और विजर्सन, गति और प्रगति का खेल निरन्तर चल रहा है।

"पर यह द्रव्य ध्रुव होकर भी कूटस्थ नहीं, परिणमनशील है। यह निरन्तर गति-प्रगतिमान है। इसी से अनन्तकाल में, नित-नव्य रूपों में सृष्टि प्रकट हो रही है। यह सृष्टि, यह जीवन, यह जगत् नित्य है, शाश्वत है। इसका विनाश नहीं। विसर्जन केवल रूप और पर्याय का होता है। जो पुरुष है, जो पर्यायी है, वह अक्षर अविनाशी है। स्थिति के बिना गति-प्रगति सम्भव नहीं। गति-प्रगति है, तो सर्जन और विसर्जन की प्रक्रिया अनिवार्य है। जो नित नव्य है, वही सुखद और सुन्दर हो सकता है, गौतम। यदि पदार्थ कूटस्थ हो, अपरिवर्तमान हो, तो वह बासी हो जाएगा। वह उबा देगा। इसी से पदार्थ और उसका ज्ञाता-द्रष्टा, भोक्ता पुरुष, दोनों अपने आप में निरन्तर गतिमान हैं। प्रगतिमान हैं। उसी से सौन्दर्य, आनन्द, ज्ञान, सृष्टि और उसका भोग सम्भव है।

"उप्पन्ने इ वा, विगमे इ वा, धुवे इ वा, गौतम।

"वह उत्पन्न होता है, वह व्यय होता है, वह विसर्जन होता है, और वही ध्रुव भी होता है, गौतम। सत्ता जैसी सामने आ रही है, उसका निसर्ग स्वरूप यही है। यह अवधारणा नहीं, परिकल्पना नहीं, परिभाषा नहीं, यह साक्षात्कार है। सर्वज्ञ परिभाषा नहीं करते। परिभाषा परोक्ष ज्ञानी करता है। अर्हत् प्रत्यक्ष देखते हैं, प्रत्यक्ष कहते हैं, प्रत्यक्ष होते हैं।

''जो समक्ष है, और देखने जानने में आता है, वह सब सत्ता है। वह सब अस्ति है। वह सब आविः है। वह निरन्तर सम्भावी है। वह सदा है, वह सदा हो रहा है, सदा होता रहेगा। जब यह देखना और जानना इन्द्रिय और मन से होता है, तब भी वह सत्य ही होता है। पर वह अधूरा ही देखता-जानता है। वह अपूर्ण ज्ञान है। वह अर्द्ध सत्य है पर है वह सत्य। निरी भ्रान्ति नहीं।

''पदार्थों का यह जगत् जो, जितना, जैसा हमें प्राप्त है, समक्ष है, उसे एकाग्र देखो, एकाग्र जानो, एकाग्र अनुभव करो। पूर्ण संचेतना के साथ। तो पाओगे कि दो प्रकार की वस्तु हाथ आती है। कुछ है जो जानता है, देखता है; संवेदित होता है। सुख-दुःख का अनुभव करता है। वह अपने को भी देखता, जानता, संवेदित करता है, अन्यों को भी।

''यह चेतन तत्त्व है। यह जीव तत्त्व है। यही अपने शुद्ध रूप में आत्म तत्त्व है। कुछ है जो देखा, जाना; अनुभव किया जा सकता है। पर जो न तो अन्य पदार्थों को जानता, देखता, अनुभवता, संवेदता है, न अपने को। वह चित् नहीं, अचित् है। वह ज्ञायक आत्म नहीं, मात्र ज्ञेय पदार्थ है। यह अचेतन तत्त्व है। इसी को कोई जड़ भी भी कहते हैं। जिनेश्वरों ने इसे पुद्गल कहा है।

''सारे लोकाकाश में यह पुद्गल द्रव्य परमाणुओं के रूप में व्याप्त है। ये परमाणु स्वभावगत आकर्षण, संकर्षण, विकर्षण से जुड़ते और विलगते रहते हैं। इसी निसर्ग जोड़-तोड़ की प्रक्रिया में से यह नाना रूप, रंग, आकार, छाया, प्रकाश वाली सृष्टि-लीला सतत प्रकट हो रही है, और विलुप्त हो रही है। यह अचेतन पुद्गल भी अक्रिय नहीं है। इसी से जिनेश्वरों ने इसे जड़ नहीं कहा, स्व-सक्रिय पुद्गल कहा। इसमें से आपोआप निरन्तर अनेक रूप, पर्याय, आकार, प्रकार उत्पन्न हो रहे हैं। इसी को परिणमन कहते हैं। इस पुद्गल की नित्य परिणामी ऊर्जा में ही प्रकांड शक्तियाँ विस्फोटित होकर विश्व-लीला का परिचालन कर रही हैं। पर यह अचेतन पुद्गल स्वभावतः सक्रिय होकर भी, स्व और पर का दर्शक, ज्ञायक, संवेदक नहीं।

''इससे भिन्न जो चेतन है, वह स्वयं का और सर्व का ज्ञायक, दर्शक, संवेदक भी है। बद्ध अवस्था में जीव कहलाता है, मुक्त अवस्था में शुद्ध बुद्ध आत्मा कहलाता है। जीव और अजीव, चेतन और अचेतन के बीच निरन्तर एक आकर्षण-विकर्षण व्यापार चल रहा है। चेतन और अचेतन के इस अनवरत सम्भोग में से ही संसार संसरायमान है, गतिमान है, प्रगतिमान है।

''अपने शुद्ध और मूल रूप से चेतन और अचेतन दोनों ही द्रव्य स्वतन्त्र हैं। वे एक-दूसरे के बाधक नहीं, बन्धक नहीं। वे परस्पर एक-दूसरे के कर्ता, धर्ता, हर्ता नहीं। अपने प्रकृत रूप में वे इष्ट भी नहीं, अनिष्ट भी नहीं। अपने स्व-समय में, स्व-भाव में वे परम सुन्दर हैं, सहज ही आनन्दमय हैं।

"समस्त लोकाकाश में पुद्गल के परमाणु अदृश्य नीहारिका की तरह व्याप्त हैं। अपने समय में अव्याबाध। जीवात्मा प्राण, मन, इन्द्रिय, देह द्वारा उनसे अनुपल सम्पर्कित और संस्पर्शित होता रहता है। आलिंगित, आश्लेषित होता रहता है। तब उसमें प्रकम्पन होता है। वह राग, वेदन, संवेदन, सम्मोहन से आविल और विकल होता है। तब वे पुद्गल के सूक्ष्मातिसूक्ष्म कार्मिक परमाणु उस राग से आकृष्ट होकर, चेतन पर अनायास एक पाश या आवरण बुनते चले जाते हैं। इसी को कर्म-बन्धन कहते हैं। जब चेतन में राग का प्रकम्पन और स्पन्दन होता है, तो आसपास सर्वत्र व्याप्त कार्मिक परमाणुओं की अदृश्य रज उसमें धारासार प्रस्रवित होती है। इसी को जिनेश्वरों ने कर्मों का आस्रव कहा है। इस आस्रवण से ही कर्मावरण आत्मा पर छाता चला जाता है।

"इष्ट, अनिष्ट नाना कषाय रूप भावों के अनुसार, कर्म के आस्रव और बन्ध-विविध रूपों, आकारों, भावों में, सुरूप-कुरूप, सुन्दर-असुन्दर, इष्ट-अनिष्ट, सुख-दुःख, हर्ष-विषाद में प्रतिफलित होते हैं। इसी को कर्म-फल कहते हैं। यह कर्म-विधान अन्ध भाग्यवाद नहीं। स्वतन्त्र, स्वाधीन क्रियावाद है। हर आत्मा कोई भी भाव, संवेदन, कर्म न करने को स्वतन्त्र है। अपनी सत्ता और सम्भावना का वह सर्वतन्त्र-स्वतन्त्र विधाता है। वह चुनने को सदा स्वतन्त्र है। वह जो चाहे, वह हो सकता है।

"ज्ञाता और ज्ञेय दोनों ही अपने आप में अच्छे या बुरे नहीं। अपने शुद्ध स्वभाव में वे केवल अपने ही कर्ता या भोक्ता हैं। अन्य के नहीं। न चेतन अचेतन का कर्ता, न अचेतन चेतन का कर्ता है। उन दोनों में निरन्तर सम्बन्ध रागात्मक न होकर, ज्ञान-दर्शनात्मक हो, तो वे नित्य सौन्दर्य, आनन्द और प्रकाश में विचरण करेंगे। वही मुक्तावस्था है। वही जीवन-मुक्ति है।

"ज्ञायक और ज्ञेय, पदार्थ और पुरुष, नर और नारी, एक-दूसरे को देखें, जानें, तद्रूप संवेदन करें। देखते ही जाएँ, देखते ही जाएँ। जानते ही जाएँ, जानते ही जाएँ। आत्मस्थ भाव से अन्तहीन संवेदित करते चले जाएँ। तो एकाग्र और समग्र ज्ञायक, एकाग्र और समग्र ज्ञेय को सदा के लिए सुलभ कर लेगा। तब सारी कामनाएँ अपने ही आप में पूर्ण हो रहेंगी। अपनी तृप्ति के लिए उन्हें पर की अपेक्षा न रहेगी। देखने, जानने, संवेदने, अनुभवने की यह सम्पूर्ण संचेतना ही, सम्पूर्ण ज्ञान, प्रकाश, सौन्दर्य, आनन्द में निरन्तर और निर्बाध जीना है।

"इस प्रकार अपने स्व-भाव में, स्व-समय में संवरित होकर जीना ही आत्म-संवरण है।-अपने में सिमट रहना है। आत्म-समाहित, अकम्प रहना है। और फिर केवल देखना, देखते ही जाना। देखने से बड़ा कोई सुख नहीं, कोई व्याप्ति नहीं, आनन्द नहीं, देखते, देखते, देखते, देखते...एक चरम पर पहुँचकर देखना हठात् समाप्त हो जाता है। जो दर्शन का विषय है, वह आत्म में, ज्ञान में, अनायास सम्पूर्ण

प्रकाशित हो उठता है। चक्षु बाहर से बन्द हो भीतर खुल जाते हैं। और फिर जब आत्म-संचेतन होकर बाहर पर खुलते हैं, तो सृष्टि को सम्यक् ही देखते हैं, सम्यक् ही जानते हैं, सम्यक् ही जीते हैं। इसी बिन्दु पर ज्ञाता और ज्ञेय के बीच, प्रेमिक और प्रेम के बीच, अटूट मिलन सम्भव होता है। यही पूर्ण प्राप्ति है, पूर्ण काम है। यही पूर्ण भोग है, नित्य और निराकुल सुख है।

"इस स्थिति में जीने पर, भोग से भी कर्म का बन्ध नहीं होता, कर्म की निर्जरा ही होती है। तब भोग भी योग हो जाता है, भुक्ति ही मुक्ति और मुक्ति ही भुक्ति हो जाती है। क्षय, विनाश, रोग, जरा, मृत्यु, शोक,वियोग अपने आप में कोई सत्ता नहीं। ये स्वभाव नहीं, विभाव हैं। ये अभावात्मक, अनात्मिक स्थितियाँ हैं। ज्ञानी इन्हें केवल देखता और जानता है। अनुभव नहीं करता। मिथ्याज्ञानी इन्हें करता है, अनुभवता है, भोगता है। जब ज्ञाता ज्ञेय को, प्रेमिक प्रेम को और सम्यक् जीता है, देखता, सम्यक् जानता, सम्यक् संवेदता, सम्यक् अनुभवता और सम्यक् जीता है, तब क्षय, रोग, विनाश, जरा, मृत्यु, रोग, शोक, वियोग अनुभव में ही नहीं आते।

"यह सम्यक् दर्शन, सम्यक् ज्ञान, सम्यक् अवबोधन, सम्यक् चर्या का चेतना-स्तर है। इसे कहकर, अनुभव नहीं कराया जा सकता, गौतम। इसे उपलब्ध होकर ही, इसको प्रत्यक्ष साक्षात् और अनुभव किया जा सकता है। जिया जा सकता है। वह स्वभाव हो जाना चाहिए। वह जीवन हो जाना चाहिए।

"ओ लोकालोक की आत्माओ, ओ मेरे युगतीर्थ के लोगो, जो मैं देख और जान रहा हूँ, वही कह रहा हूँ। अविभाज्य समयाणु में अर्हत् एकबारगी ही दर्शन, ज्ञान और कथन कर रहे हैं। यही शुद्ध सत्ता को जीना है। यही मुक्ति है। यही अनाहत जीवन है। अर्हत् की उपस्थिति उसका प्रत्यक्ष प्रमाण है। उसकी प्रवृत्ति और अतिक्रान्ति उसका परिणाम है।

"ओ त्रिलोक और त्रिकाल की असंख्यात आँखो, मेरी आँखों में झाँको। और देखो स्वयं को, सर्व को, तद्गत, यथावत्। निश्चय, ध्रुव द्रव्य स्वरूप में। नित्य वर्तमान, निरन्तर प्रवर्तमान, अनवरत, वर्द्धमान। नित नव्य सुन्दर सत्ता, जो सतत हो रही है, फिर भी वही है। अपने और सर्व के अन्तिम, असली चेहरे देखो समक्ष। कैवल्य का दर्पण तुम्हारे सामने है।

"इससे आगे संप्रेषण नहीं, गौतम। केवल अवबोधन है, केवल अवगाहन है। केवल स्व-संवेदन है, केवल स्व का अनुभावन है। केवल देखो, देखो और देखो। केवल जानो, जानो और जानो। और 'केवल' हो जाओ। केवल होते रहो। यही मुक्ति है, यही मरण-जय है। यही अव्याबाध, नित्य भोग है। यही अनन्त मिलन है। यही अनन्त जीवन है, गौतम।

देखो देखो देखो : जानो जानो जानो अविकल्प अन्तहीन...

और हठात् यवनिका उठ जाएगी : देखना सम्यक् हो जाएगा, जानना सम्यक् हो जाएगा, जीना सम्यक् हो जाएगा।

पासह पासह, पासह गौतम
जाणह जाणह, जाणह गौतम
बुज्झह बुज्झह बुज्झह गौतम

प्रतिबुद्ध होओ, गौतम : सर्व को प्रतिबुद्ध करो, गौतम!

और भगवान चुप हो गये। उन्मनी दृष्टि से वे सर्व को निश्चल निहारते रह गये। और मुनि, मानव, देव, पशु सर्व निकाय के प्राणि मात्र की असंख्य आँखें प्रभु की उस एकाग्र दृष्टि से तद्रूप हो रहीं। उसमें उन्होंने अपने असली चेहरे देख लिये। अपने को और सर्व को क्षण भर आरपार देख लिया।

अर्हत् की निरक्षरी दिव्य-ध्वनि, अनायास उनकी आत्माओं में अक्षर हुई, शब्द हुई, भाव हुई, अर्थ हुई : और फिर अशेष बोध हो रही। नभचर, जलचर, थलचर सारे ही पशु-पंखी उससे, अक्षर और शब्द से परे भावित हुए, सहज समाधान और शान्ति पा गये। क्षण भर को केवल स्वयं हो रहे।

अरहंते सरणं पव्वज्जामि
सिद्धे सरणं पव्वज्जामि
साहू सरणं पव्वज्जामि
केवलिपण्णत्तं धम्मं सरणं पव्वज्जामि...

लेकिन पट्ट गणधर गौतम को सर्वज्ञ की प्रज्ञा का शब्दकार होना है। उसे मानव के लिए मनोगम्य और बुद्धिगम्य बनाना है। सो उन्होंने शब्दों की भाषा में समीचीन तत्त्वज्ञान पाना चाहा। वे प्रश्न करने को ही थे कि —

...हठात् तुरीयातीत प्रभु तुरीयवाक् हुए :

''सर्वज्ञ तत्त्व नहीं कहते, अस्तित्व कहते हैं, गौतम। अर्हत् सामने प्रस्तुत जीवन कहते हैं। अस्तित्व-बोध सम्यक् हो, तो तत्त्व स्वतः भीतर प्रकाशित हो उठता है।''

''फिर भी जाने बिना चैन नहीं, प्रभु। अनाहत शब्द को श्रुति होना है, ताकि वह देश-काल में सर्व को बुद्धिगम्य हो सके। इसी से मेरी जिज्ञासा को विराम नहीं। जानना चाहता हूँ, भगवन् कि...''

''...जानना चाहते हो, गौतम, कि चेतन और अचेतन यदि सर्वथा भिन्न हैं, तो प्रकट अस्तित्व में वे एक-दूसरे से आबद्ध, संयुक्त क्यों कर हैं? क्यों वे एक-दूसरे में क्रिया-प्रतिक्रिया करते दिखाई पड़ते हैं? तुम्हारा प्रश्न प्रस्तुत है गौतम, संगत है गौतम!''

"अर्हत् अन्तर्यामी हैं। मेरे प्रश्न भी वही, मेरे उत्तर भी वही।"

"प्रकट में देखते हो, बछड़े के गले में पड़ी रस्सी उसे बाँधे हुए है। पर यथार्थ में देखो, तो रस्सी, रस्सी को ही बाँधे हुए है। रस्सी की गाँठ रस्सी में ही पड़ी है। वह बछड़े को कहाँ बाँधे हुए है? वह बछड़े को बाँध सकती ही नहीं। वह स्वभाव नहीं, सो वह शक्य नहीं, देवानुप्रिय।"

"तो भन्ते, चेतन और अचेतन अन्तिम रूप से भिन्न हैं, दो हैं, कदापि एक नहीं हो सकते? द्वैत ही अन्तिम सत्य है? अद्वैत मात्र भ्रान्ति है?"

"सत्ता अनेकान्त है, गौतम। समग्र महासत्ता के रूप में वह अद्वैत है, गौतम। बहुरूपा अवान्तर सत्ता के रूप में वह द्वैत है, गौतम। अस्तित्व में चेतन और अचेतन द्रव्य, कभी भिन्न भासते हैं, कभी अभिन्न भासते हैं। केवलज्ञानी, उन्हें यथास्थान, तद्रूप देखता जानता है। इस अनेकान्तिनी लीला को, प्रस्तुत प्रसंगानुसार वह द्वैत भी कहता है, अद्वैत भी कहता है। व्यक्त और प्रकट ही बहुआयामिता का, शब्द में सापेक्षकथन ही हो सकता है।"

"तो फिर अन्तिम निश्चय कैसे हो, भन्ते?"

"निश्चय तत्त्व कथ्य नहीं, वह केवल अनुभव्य है, केवल बोधगम्य है। उसे केवल जिया जा सकता है, कहा नहीं जा सकता। वह तो बस जो है, वह है। कथन में अपलाप अनिवार्य है, ऐकान्तिकता अनिवार्य है। तत्त्व से अस्तित्व, और अस्तित्व से तत्त्व तक की यात्रा केवल ज्ञेय है, संवेद्य है, बोध्य है, कथ्य नहीं। वह महासत्ता का चरम गोपन रहस्य है।"

"मुझे तो कुछ भी अचेतन नहीं दीखता, भन्ते। *एको ब्रह्म द्वितीयो नास्ति* क्यों नहीं?

"है, गौतम। वह भी है। वही महासत्ता है। आत्मलीन होने पर, सर्वलीन होना अनिवार्य है। सर्वत्र चिति ही देखते हो, चेतन ही देखते हो, जड़ नहीं देखते? तथास्तु, गौतम। मूल में तो कुछ भी अचेतन नहीं, गौतम। जड़ काष्ठ मूलतः चेतन वृक्ष था। जड़ दीखता पत्थर अपनी खान में पृथ्वी-कायिक जीव था। जड़ दीखता रत्न अपनी खान में जीवन्त था। निर्जीव हो गयी वस्तु मात्र अपने मूल स्रोत में कभी जीव थी ही। पृथ्वी, जल, वायु, अग्नि, वनस्पति ये सब एकेन्द्रिय स्थावर जीव हैं। आकाश का रेशा-रेशा चिति-शक्ति की ऊर्जा से अव्याहत परिव्याप्त है। शब्द, छाया, प्रकाश कहीं मूलतः चित्ति के संघात से उत्पन्न हैं। सत्ता के मूल में चेतन और अचेतन के बीच कौन रेखा खींच सकता है? जड़ चेतन का भेद-विज्ञान अवान्तर सत्ता में है, महासत्ता में नहीं गौतम।

"किन्तु सुनो, गौतम, चेतन वृक्ष से कटा काष्ठ, चेतन पृथ्वी से बिछुड़ा पत्थर, पुद्गल है, अचेतन है। वह स्व-संवेदक नहीं। पर-संवेदक नहीं। यह प्रत्यक्ष

अनुभवगम्य है। शास्ता प्रस्तुत प्रासंगिक को भी देखते हैं, वे केवल परम, पूर्ण और निश्चय ही नहीं देखते। वे अन्तिम और उपस्थित को एकाग्र एक साथ देखते हैं। वे यथार्थदर्शी हैं, वास्तव ज्ञानी हैं। वे भेद-विज्ञानी भी हैं, भेदातीत ज्ञानी भी हैं। वे द्वन्द्व और द्वन्द्वातीत में एक साथ खेलते हैं।

"प्रतिबुद्ध हुआ भन्ते, आलोकित हुआ, स्वामिन्!"

"एवमस्तु, देवानुप्रिय।"

"और भगवन् प्रकृति और पुरुष, नर और नारी के इस चिरन्तन द्वन्द्व को आलोकित करें।"

"द्वन्द्व में से ही सृष्टि है। इस युग्म में से ही आविर्भाव है। इस संयुक्ति में से ही अभिव्यक्ति है। इस द्वैत लीला में भी प्रकृति और पुरुष के भीतर, नर और नारी के भीतर, अटूट मिलन की अनिर्वार पुकार सर्वत्र लक्षित है। वह क्या फिर से अद्वैत में तदाकार हो रहने की अदम्य महावासना ही नहीं है?"

"मेरी अदीठ ग्रन्थि खुल गयी, प्रभु। और भी आलोकित करें, देवार्य।"

"सत्ता-पुरुष स्वभाव से ही निरन्तर अनेक रूप-पर्याय में परिणमन कर रहे हैं। उस परिणमन की अभिव्यक्ति ही प्रकृति है। वैसे ही नारी यहाँ, नर के अनन्त स्वप्न और वीर्य की अभिव्यक्ति है। स्त्री, पुरुष की ह्लादिनी क्रिया-शक्ति है, गौतम। वह सच्चिदानन्द की चिदानन्दिनी कामायनी है। भवनाथ शिव के भीतर जब सृजन की ऊर्जा का उन्मेष होता है, तो वह विधात्री भवानी के रूप में यहाँ प्रकट होती है।..."

"यह तो आप ब्राह्मण वाङ्मय बोल रहे हैं, भन्ते!"

"प्रश्न जहाँ से आ रहा है, वहीं से उत्तर आ रहा है। प्रश्न भाव में से आ रहा है, तो उत्तर महाभाव में से आ रहा है। ब्राह्मण वाङ्मय सत्ता और आत्मा का विज्ञान है, गौतम। दोनों ही अस्तित्व के अनिवार्य, और परस्पर पूरक पहलू हैं, गौतम।"

"तो क्या ब्राह्मण-दर्शन और श्रमण-दर्शन में कोई भेद नहीं, भन्ते, विरोध नहीं भन्ते।"

"वस्तुतः कोई भेद नहीं, केवल दृष्टि-बिन्दु का भेद है, गौतम। भिन्न दृष्टि-बिन्दु से बात भिन्न रूप में कही जाती है। मूल महासत्ता में कोई विभाजन नहीं, विभिन्नता नहीं। अभिव्यक्ति भीतर की तात्कालिक पुकार और जिज्ञासा के अनुसार होती है।"

"किन्तु परात्पर सदाशिव महावीर तो एकाकी पुरुष हैं। वे एकल विहारी हैं। वे नारी-संग नहीं स्वीकारते। भवानी नहीं स्वीकारते। तो वे परम पुरुष यहाँ कैसे व्यक्त हों, इस सृष्टि में? संचारिणी क्रिया शक्ति नारी के बिना, वे अकेले धर्म-चक्र का प्रवर्तन कैसे करें, स्वामिन्?"

"महावीर एकल और युगल, नित्य एक साथ है, गौतम। वह अर्द्धनारीश्वर है।

उसके भीतर बैठी उसकी एकमेव नारी, ठीक समय पर सदेह प्रकट हो उठेगी।

"प्रवर्तिनी भगवती भगवन्?"

"अभीप्सा कर, गौतम!"

"माँ के बिना सृष्टि कैसे हो, हे लोकालोक के परम पिता?"

श्री भगवान ने कोई उत्तर न दिया।

प्रकम्पित महाबिन्दु अपनी अस्मिता में लीन हो गये। कला नाद में, नाद बिन्दु में विश्रब्ध हो गये।

युग-तीर्थ की स्थापना

कौशाम्बी के राजमहल की अटारी पर चन्दना अकेली खड़ी है। वह उन्मन और उदास है। भीतर वह नितान्त शून्य है। आरपार खाली और खुली है, भर जाने के लिए। पर कौन है वह, कहाँ है वह, जो उसे भर देगा? वह परम भर्तार!

और चन्दना मन-ही-मन बोली :

"...उस दिन तुम मुझ बन्दिनी को मुक्त कर गये। सर्वस्व ले गये। और सर्वस्व दे गये। और फिर अपनी राह लौट गये। एक बार मुड़कर भी नहीं देखा। निर्मम पीठ देकर निकल गये। मेरी छाती को निःशंक गूँधते हुए निकल गये। कितना तरस गयी! एक बार बोल जाते तो कुछ कम पड़ जाते?...

"...पर आज उस दिन के अबोले ही कितने भले लग रहे हो! तुम्हारे उस मौन में निरन्तर अवगाहन करती रही हूँ। केवल यही तो अब मेरा जीवन है।...लेकिन तुम्हारा वह चेहरा सामने पाने को तरस जाती हूँ। वह सौन्दर्य, वह आभा, जिसकी सीमा नहीं।...वह मुखड़ा, जिस पर सारे जगत् का विषाद छाया देखा था। दर्दीली आँखें, जिनमें सारी सृष्टि का दरद काजल की तरह अँजा हुआ था। वह चितवन, जिससे अधिक अपना और कुछ नहीं लगता। और इस सब पर खिली थी वह मुस्कान : सरोवर से उद्भिन्न कमल।

"...नारी हूँ, तुम्हें सदेह और समग्र, समीप पाये बिना मुझे चैन नहीं। कहाँ हो तुम, कितनी दूर, किस निर्जन में? ऋजुबालिका के तट पर तुम्हारी अखंड समाधि की खबरें सुनती रही हूँ। क्या वह कभी टूटेगी नहीं? उससे तुम बाहर न आओगे? तो...तो मैं उसे तोड़ दूँगी, मान। तुम्हें बाहर आना होगा। नहीं आते बाहर, तो मेरे यहाँ होने का प्रयोजन क्या? फिर नारी का अस्तित्व किस लिए?...

अटारी की रेलिंग पर दोनों हथेलियों में चिबुक टिकाये चन्दना, सामने फैले

यमुना के विस्तार को एकटक देख रही है। लहरों पर आरोहण करती उसकी आँखें, जल के दिगन्तों तक चली गयी हैं।...आगे-आगे जा रहे एक चरण-युगल की छापों का अनुसरण करती हुई एकाएक जैसे उस छोर के मोड़ पर वे अटक गयीं। मानो नदी स्वयं थम गयी। उसकी अन्तिम तरंग पर एक ज्वाला की पादुका छूट गयी। और आभा-पुरुष, सामने के अथाह में छलांग मार गया।...

"लो, मैं भी आयी, मान! अब नहीं रुक सकती...।"

और चन्दना रेलिंग फाँदने को हुई, यमुना के प्रवाह में कूद जाने के लिए। कि तभी किसी ने पीछे से उसे दोनों बाँहों में बाँधकर अपनी छाती पर भींच लिया।...

"...ओह, तुम, तुम...तुम कैसे चालाक और निर्मम खिलाड़ी हो! पर्दे के पीछे से खेलते हो, और हाथ नहीं आते। बस, पीड़ित किये चले जाते हो। छीलते चले जाते हो। पर्त-पर्त बींधते चले जाते हो। रग-रग में धँसे चले जाते हो। एक-एक रक्ताणु को फोड़ते चले जाते हो।

"छोड़ दो मुझे। छोड़ दो, मैं नहीं रुकूँगी। मैं...मैं...नहीं पुकारूँगी तुम्हें, वर्द्धमान!"

...और अचानक दिव्य वाजिन्त्रों की ध्वनियों से कौशाम्बी का आकाश भर उठा। मणिप्रभा देव-विमानों की उड्डीयमान पंक्तियाँ। मन्दार मालाएँ बरसाती हुईं देवांगनाएँ। जयकारों से गुंजायमान दिगन्तों का मंडल।

और कौशाम्बी के राजपथ पर से मानव-मेदिनी की हर्षाकुल सहस्त्रों जय-ध्वनियाँ सुनाई पड़ीं—

सर्वज्ञ अर्हत् महावीर जयवन्त हों!
त्रैलोक्येश्वर भगवान महावीर जयवन्त हों!
विपुलाचल का समवसरण जयवन्त हो!
चर-अचर, जड़-जंगम, लोकालोक सुनें,
विपुलाचल के शिखर पर से सर्वज्ञ की
दिव्य ध्वनि निरन्तर प्रवाहित है।...

चन्दना की पर्त-पर्त में प्रकम्पन की हिलोरें दौड़ गयीं।

"...तुम मुझे बोले बिना ही चले गये। कण-कण से बोल रहे हो आज। और मैं तुम्हारी कोई नहीं, कहीं नहीं? मेरे बिना भी तुम बोल सके? मेरा क्या मूल्य? और जो कण-कण का हो गया, वह मुझे क्यों पहचानेगा? तुम्हारे विराट् समवसरण में, एक अनजान स्त्री की क्या हस्ती?

"नहीं, मैं नहीं जाऊँगी वहाँ! मैं नहीं पुकारूँगी तुम्हें...!"

...और चन्दना एक गहन माधुर्य की मूर्च्छा में डूबती-उतराती चली

गयी।...एकाएक उसे अपने नाभि-कमल में सुनाई पड़ा—

"चन्दन, तुम प्रतीक्षित हो। महावीर की अनाहत वाणी थम गयी है। वह सृष्टि होने के लिए तुम्हारे आँचल की प्रतीक्षा में है।"

"ओह, तुमने मुझे पुकारा! मैं...मैं आयी..."

और वह दौड़ी, फिर रेलिंग पर चढ़कर यमुना में कूद जाने के लिए। ज्यों ही उसने छलांग मारी, तो शक्रेन्द्र के विमान ने उसे झेल लिया। शची ने उसे अपनी छाती से चाँप लिया। और वह पुष्पक विमान हवाओं को चीरता, आकाश को तराशता, विपुलाचल की ओर उड़ा जा रहा है।

"भगवन्, वैशाली की राजबाला चन्दना, श्रीचरणों में उपस्थित है।"

अधर पर आसीन अर्हत् मौन, निरुत्तर। मौन गहराता गया। सारा समवसरण स्तब्ध। अपार चुप्पी। दिगन्त तक व्याप्त।

हंस की पाँखों जैसा उज्ज्वल परिधान। दोनों कन्धों पर लहराते मुक्त केशों का वैभव एड़ियाँ चूम रहा है। पूनम के उगते चन्द्रमा-सा तपःकान्त विशाल चेहरा। अर्द्धोन्मीलित तल्लीन दृष्टि। चन्दनबाला एकाग्र उन्मुख, प्रभु की उस निश्चल मुख मुद्रा को निहारती रह गयी। हाथ जोड़े नहीं, हाथ उठाये। सर झुकाये नहीं, उन्नत शीश। उद्यत, उस रक्त-कमलासन की एक पंखुरी हो जाने के लिए। आरपार, खुली, फैली। विश्वम्भर से भर उठने के लिए।

इन्द्रभूति गौतम ने उस अनाहत मौन को तोड़ा —

"भगवती आ गयीं, भगवन्?"

अर्हत् चुप, मौन, अकम्प, निश्चल।

"अर्द्धनारीश्वर की अर्द्धांगिनी, उन्हीं के भीतर से प्रकट हो गयी?"

अनुत्तर पुरुष निरुत्तर है, स्वयं लीन है। यही उसका उत्तर है।

"भगवती भगवान के वरण को प्रस्तुत है, भन्ते स्वामिन्।"

रोमांचन से चन्दना विदेह, विभोर हो रही। आँखें मुँद गयीं। बड़ी-बड़ी मुद्रित पलकों की बरौनियों में बिजली बरस जाने को विकल थमी है।

"माँ आ गयीं, हे त्रिलोक-पिता परमेश्वर। तुम्हारी सृष्टि को अपने गर्भ में धारण करने के लिए।"

तीर्थंकर के प्रभामंडल में एक विद्युल्लेखा टंकार उठी। जल, थल, आकाश, प्राणि मात्र हिल उठे। हठात् सुनाई पड़ा—

"निर्ग्रन्थ और निरावरण होकर सम्मुख आओ, चन्दन!"

चन्दना नतशीश हो गयी। मुँदी बरौनियों से गालों पर आँसू बहते आये। जनम-

जनम की ग्रन्थियाँ जैसे एक साथ गल आयीं।

"दिगम्बरी होकर सम्मुख आओ, माँ। सकल चराचर तुम्हारे स्तन-पान को तरस रहा है!"

और चन्दना के ऊपर से जैसे एक अन्तहीन वसन उतरता चला गया। ढेर-ढेर श्वेत वसन नीचे गिरता हुआ चारों ओर नदियों की तरह फैल चला। स्वयं सत्ता के यज्ञ-हुताशन के बीच, लोकालोक ने दिगम्बरी माँ के दर्शन किये। माँ का वह अनन्त चीर आँचल बनकर फैल गया। निखिल को अपनी ऊष्मा में ढाँपकर, वह आँचल अकाल-पुरुष की नूतन सृष्टि झेलने को प्रस्तुत हो गया।

"अर्हत् आप्यायित हुए, देवी!"

"किंकरी कृतार्थ हुई, नाथ।"

"किंकरी नहीं माहेश्वरी। जगदीश्वरी। निखिल की महारानी-माँ?"

चन्दना गन्धकुटी के सोपानों पर साष्टांग प्रणिपात में ढलक पड़ीं। वे फूटकर रो पड़ीं।

"अपने लिए नहीं, मेरे लिए नहीं, प्राणि मात्र के लिए रोओ, चन्दन। हर दुखिया के आँसू में रोओ, चन्दन। हर पीड़ित के हृदय का चन्दन-लेप हो जाओ, चन्दन।"

"नाथ, वह सब तुम्हारे हाथ है।"

सोपान पर घुटनों के बल उठकर, चन्दना अंजलि की तरह प्रभु की ओर उठी रह गयीं।

"आर्य गौतम, महासती चन्दन बाला प्रवर्तिनी के सिंहासन पर आसीन हों!"

प्रभु के रक्त कमलासन के बायीं ओर की परिक्रमा में भगवती का जलकान्त सिंहासन प्रस्तुत हुआ। दायीं ओर विराजमान हैं, पट्टगणधर भगवत्पाद इन्द्रभूति गौतम। गौतम विनीत, नम्रीभूत भाव से भगवती का स्वागत करने गन्धकुटी के सोपान उतर आये। इन्द्रेश्वरी शची, देवी चन्दनबाला को बड़े ही गौरव-सम्भ्रम से उठाकर, उन्हें अपने वक्ष का और बाँह का और अवलम्बन देतीं, ऊपर ले आयीं।...और विपल मात्र में असंख्य आँखों ने देखा : भगवती चन्दन बाला प्रवर्तिनी के सिंहासन पर आसीन हैं।

देव दुन्दुभियाँ घोषायमान हुईं। शंख, घंटा, वाजित्र सहसा ही बज उठे। अछोर जयध्वनियाँ होती चली गयीं—

महासती चन्दनबाला जयवन्त हों!
जगदीश्वरी चन्दनबाला जयवन्त हों!
परमेश्वरी महाशक्ति जयवन्त हों!
त्रिभुवन-मोहिनी माँ जयवन्त हों!

...और हठात् फिर नीरवता व्याप गयी।

"शास्ता के साथ संन्यासिनी ही रह सकती है, गौतम। देवी चन्दनबाला संन्यस्त होकर पिच्छी कमंडलु धारण करें।"

"भगवती, और संन्यास? वे माँ तो सर्वातीत हैं ही प्रभु।"

"संन्यास बिना नूतन विन्यास सम्भव नहीं, गौतम।"

"सो कैसे, भन्ते महाप्रभु?"

"विगत और वर्तमान के सारे संस्कार-बन्धनों को तोड़े बिना नव्य जीवन की ऊषा कैसे फूट सकती है? भगवान स्वयं संन्यस्त हुए, गौतम, ताकि लोक के आचार और मुक्ति का राजमार्ग प्रशस्त हो। धर्म-प्रस्थापना के लिए चारित्र्य-चक्रवर्ती अर्हत् स्वयं चारित्र्य में लीला भाव से विचरते हैं। लोक में मुक्तिपथ की उज्ज्वल रेखा खींचने के लिए, भगवती को संन्यस्त होना पड़ेगा।..."

"लेकिन भगवन्, वैदिक आर्यों की परम्परा में, स्त्री के लिए संन्यास वर्जित है।"

"शास्ता सारे जड़ीभूत भेदों और निषेधों को तोड़ने आये हैं। वे मृत हो चुकीं। पुरातन मर्यादाओं का भंजन करने आये हैं। वे नूतन देश-काल अनुसार, नव्य मर्यादाओं का सृजन करने आये हैं। क्या सावित्री सविता की ही उत्तरांशिनी नहीं? क्या नारायणी, नारायण की ही अर्द्धांगिनी नहीं? ब्राह्मणों ने अपनी भोग-लालसा और प्रभुता के दुर्ग को सुदृढ़ बनाने के लिए, नारी को उसकी मौलिक महिमा से पद-च्युत किया है। एक ओर माँ और भगवती कहकर वे उसकी पूजा करते हैं। दूसरी ओर जीवन में वे उसे अपनी वासना-दासी बनाकर, उसको अनेक विधि-निषेधों के कारागार में बन्दिनी बनाकर रखते हैं।

"शास्ता पुरुष-सत्ताक सभ्यता के उस नागपाश को तोड़ने आये हैं। वे नारी को उसकी मौलिक मुक्त भगवत्ता के आसन पर आसीन करने आये हैं।..."

"प्रबुद्ध हुआ, भगवन्। अपूर्व है यह विधान, हे तारनहार। लेकिन महाश्रमण तथागत गौतम भी स्त्री-प्रव्रज्या का निषेध करते हैं। उनके पट्ट गणधर आनन्द ने कई बार उनसे अनुरोध किया, कि अनेक महारानियाँ और राजबालाएँ तथागत की भिक्षुणियाँ होने की प्रार्थिनी हैं। पर शास्ता गौतम बुद्ध ने कोई उत्तर न दिया। वर्जना का हाथ उठाकर मौन हो गये।..."

"देवानुप्रिय गौतम, अर्हत् केवली आप्तकाम होते हैं। वे काम और कामिनी से भयभीत नहीं। वे नारी से पलायन नहीं करते। वे उसकी परम कामिनी आत्मा का वरण करते हैं। निगंठ नातपुत्त उसे, निर्ग्रन्थ भाव से अंगीकार करते हैं।

"तथागत बुद्ध महाकारुणिक हैं, गौतम। देखोगे, नारी की मुमुक्षा से वे अनुकम्पित हुए बिना न रह सकेंगे। और एक दिन स्त्री उनके धर्मसंघ में भिक्षुणी होकर

रहेगी, देवानुप्रिय। स्वभाव के अधिकार से कौन किसी को वंचित कर सकता है।

''और सुनो गौतम, जिनेश्वरी सरस्वती के कवियों ने आदिकाल से मुक्ति को भी रमणी कहकर गाया है। परम तत्त्व रमण ही है। परम ऊर्जा रमणी ही है। पर-रमण नहीं, आत्म-रमण। पर-रमणी नहीं, आप्त-रमणी। ऐसी उदार और उन्मुक्त है, जिनेश्वरों की मर्यादा। वे नैतिक प्रवचनकार नहीं। वे स्वभाव के साक्षात्कार हैं। सो वे निर्ग्रन्थ सहज ही संयत, संवेगवान, स्वैराचारी हैं। विधि-निषेध नहीं, उन्मुक्त आत्म-विलास, यही जिनों का एकमेव प्राप्तव्य है, गौतम। संयम पर मुक्ति की सहज यति है, उसका मुक्त छन्द है, उसकी लयकारी है। हे ब्राह्मणोत्तम गौतम, सविता और सावित्री के उस अटूट युगल को साक्षात् करो यहाँ। सारे भेदों और निषेधों से परे। और धर्म के नव-मनवन्तर का वहन करो, गौतम...।''

प्रव्रज्या के नियमानुसार, देवी चन्दनबाला के समक्ष केश-लुंचन के लिए सुवर्ण पात्र प्रस्तुत हुआ। देवी दोनों हाथ उठाकर उस भुवन-मोहन केशपाश को उखाड़ फेंकने को प्रस्तुत हुईं।

सहसा ही परम आदेश सुनाई पड़ा :

''नहीं, नहीं, त्रिभुवन-सुन्दरी माँ की केश छाँव में लोक के प्राणि मात्र आश्रय पाएँगे। यह सौन्दर्य पार्थिव नहीं, दिव्य है। यह त्याग और भोग के ऊपर है। यह शुद्ध और शाश्वत सौन्दर्य है। इसमें ममता ही अनायास समता हो उठती है। मोह ही न जाने कब मुक्ति को उठता है। यह सौन्दर्य चिरकाल अक्षुण्ण रहेगा, गौतम।''

भगवान चुप हो गये। उनके पद्मासन के गोपन में से अनायास पिच्छी कमंडलु तैर आये। सम्मुख प्रस्तुत होकर, महा भिक्षुणी चन्दनबाला ने उन्हें नतशिर होकर शिरोधार्य किया। फिर वे भगवान को तीन प्रदक्षिणा देकर, प्रवर्तिनी के आसन पर बिराजमान हो गयीं।

भूतभावन भगवान महावीर जयवन्त हों!
भूतभावनी भगवती चन्दनबाला जयवन्त हों!

धर्म-पर्षदा स्थगित हो गयी। भगवान गन्धकुटी से उतरकर, चैत्यवृक्ष के तले स्थित 'देवच्छन्दक' में विश्राम करने चले गये।

अगले प्रात:काल की धर्म-पर्षदा में भगवान को किसी ने आते न देखा। वे अनायास ही ऊर्ध्व में उत्थिष्ठ दिखाई पड़े। भगवत्पाद गौतम प्रभु के कमलासन की तीन प्रदक्षिणा देकर, सम्मुख प्रणिपात में नत हो रहे। अखंड मौन व्याप रहा। सहसा ही अनुशास्ता गौतम ने निवेदन किया—

"आदि काल के तीर्थंकर महावीर, अपने युग-तीर्थ का प्रवर्तन करें, भगवन्।"

नीरवता गहराने लगी। और वही एक गहन नाद में तरंगित हो उठी—

उप्पन्ने इ वा, विगमे इ वा, धुवे इ वा
उप्पन्ने इ वा, विगमे इ वा, धुवे इ वा
उप्पन्ने इ वा, विगमे इ वा, धुवे इ वा

प्रभुपाद गौतम को स्मरण हो आया : मध्यम पावा के यज्ञ-मंडप में हठात् यही ध्वनि तो गुंजित सुनाई पड़ी थी। ओह, तो प्रभु का साढ़े बारह वर्ष व्यापी अखंड मौन, सर्वप्रथम इसी त्रिपदी में फूटा था?...और गौतम इस नव्य गायत्री में गहराने लगे। सृष्टि का स्रोत और उसकी सारी अभिव्यक्तियाँ, तमाम आयाम इन शब्दों में खुलने लगे। स्वयं गौतम तो शब्दातीत भाव से प्रबुद्ध हुए। पर सर्वजन के प्रतिबोध और कल्याण के भाव से प्रेरित होकर उन्होंने प्रश्न किया—

"भन्ते, तत्त्व क्या है?"

"अर्हत् तत्त्व नहीं कहते, अस्तित्व कहते हैं, पदार्थ कहते हैं, गौतम।"

"तो वही कहें नाथ।"

"पदार्थ उत्पन्न होता है।"

"भन्ते, पदार्थ उत्पन्न होता ही जाएगा, तो वह लोक में कैसे समाएगा?"

"पदार्थ व्यय होता है।"

"भन्ते यदि पदार्थ व्यय होता है, तो वह उत्पन्न होगा और नष्ट हो जाएगा। फिर शेष क्या रहेगा?"

"पदार्थ ध्रुव है, देवानुप्रिय।"

"भन्ते, जो उत्पाद-व्यय धर्मा है, वह ध्रुव कैसे होगा? क्या उत्पाद, व्यय, और ध्रौव्य में विरोध नहीं?"

"वह विरोध नहीं, विरोधाभास है, गौतम। वह द्रव्य का अनैकान्तिक स्वभाव है, गौतम। यही उसकी मौलिक स्थिति है। द्रव्य एक आयामी नहीं, बहु आयामी है। वह अनन्त गुण और अनन्त पर्याय-धर्मा है। शास्ता उसे यथावत् देखते हैं, यथावत् जानते हैं, यथावत् कहते हैं। वे अनुमानी नहीं, प्रत्यक्ष ज्ञानी हैं। इसी से वे पदार्थ की व्याख्या नहीं करते, परिभाषा नहीं करते। वे उसे साक्षात् करते हैं। और उसी प्रत्यक्ष दर्शन-ज्ञान को कहते हैं। उनके लिए द्रव्य स्वयं ही दर्शन, ज्ञान, चारित्र्य और कथन हो गया है। सत्ता स्वयं उनके भीतर से ध्वनित होती है, शब्द में अवतरित होकर, सर्व को बोधगम्य होती है। वह सत्ता एकमुखी नहीं, नानामुखी है। वह सरल नहीं, संकुल है। वह वियुक्त नहीं, संयुक्त है। इसी से विरोधाभासी होते भी, वह स्वयं में अविरोधी और समन्वित है। वह सर्व समावेशी है, सर्वतोमुखी है।"

"ऐसा लगता है प्रभु, कि जैसे यह सब सामने खुल रहा है। जैसे ताले टूट रहे हैं, जंजीरें गिर रही हैं। पर्दे हट रहे हैं, द्वार खुल रहे हैं।"

"वही वही, गौतम। तुम अनुगृहीत हुए, तुम धर्म-चक्षु हुए, सौम्य।"

"लेकिन लोकजन तो क्रमशः समझना चाहेंगे, स्वामिन्!"

"पूछो, गौतम।"

"आपने द्रव्य का स्वरूप कहा। उसका लक्षण कहें, भन्ते। उसकी सबसे बड़ी पहचान क्या?"

"*सल्लक्षणं द्रव्यं।* द्रव्य का लक्षण सत् है। वह है। और जो है, वह सदा है। उसका विनाश नहीं, अभाव नहीं।"

"उस सत् का लक्षण कहें, स्वामिन्।"

"*उत्पाद-व्यय-ध्रौव्य युक्तं सत्*। वह सत् एकबारगी ही उत्पाद, व्यय, ध्रुवत्व से युक्त है। वह प्रतिक्षण उत्पन्न हो रहा है, व्यय हो रहा है, फिर भी सदा वही है। हर व्यक्ति, हर वस्तु, हर पदार्थ की यही मौलिक स्थिति है। यही सत् है, गौतम।"

"धर्म क्या है भन्ते?"

"*वत्थु स्वभावो धम्मो*। वस्तु का स्वभाव ही धर्म है, देवानुप्रिय।"

"वह धर्म जीवन में कैसे आये, भन्ते?"

"वस्तु का जो उत्पाद-व्यय-ध्रौव्यात्मक स्वभाव है, उसके अनुसरण में जीना ही, धर्म को जीना है।"

"इसे स्पष्ट करें, देवार्य।"

"प्रत्येक व्यक्ति और वस्तु में अनुक्षण कुछ बीत रहा है, कुछ नया आ रहा है, कुछ है जो सदा वही है। तब आवश्यक है कि हर अन्य वस्तु और व्यक्ति के साथ अपने सम्बन्ध और व्यवहार में, हम उसके स्वभाव के साथ तन्मय जिएँ। उसमें जो बीत रहा है, उसके साथ हम बीतें, उसमें जो नया आ रहा है, उसके साथ हम भी नये हों, उसमें जो ध्रुव है, उसके साथ हम ध्रुव रहें। मेरा भी यही स्वभाव है, अन्य का भी यही स्वभाव है। स्वभावों की इस संवादिता में जीना ही, धर्म को जीना है। वही जीवन का सौन्दर्य है, संगीत है, आनन्द है, मोक्ष है, आयुष्मान्।"

"इस धर्म और मोक्ष के मार्ग को सुनिर्धारित करें, भगवन्"

"*सम्यग्-दर्शन-ज्ञान-चारित्राणि मोक्षमार्गः*। वस्तुओं और व्यक्तियों को सम्यक् देखना, सम्यक् जानना, उनके साथ सम्यक् सम्बन्ध और व्यवहार में जीना, यही मोक्ष-मार्ग है। जो इस प्रकार जीता है, वह अनुपल मुक्त होता रहता है। वह जीवन में ही मोक्ष को जीता है। वह जीवन्मुक्त है।"

"इसका अर्थ हुआ, वीतराग जीवन जीना। लेकिन राग न हो, तो कोई जीवन क्यों जिये, कैसे जिये? राग ही तो जीवन है, भन्ते प्रभु।"

"राग जीवन नहीं, मृत्यु है। राग होते ही वस्तु हाथ से निकल जाती है। व्यक्ति से वियोग हो जाता है। जीवन की अनाहत धारा, आहत हो जाती है। ज्ञायक और ज्ञेय, भोग्य और भोक्ता, दोनों ही अनुक्षण बदल रहे हैं। तो उनके बीच का सम्बन्ध भी अनुक्षण नवीन हो सकता है। अवस्था विशेष से राग हो जाये, तो जो जीवन आ रहा है, उससे हम वंचित रह जाएँ। राग आते ही, वस्तु और व्यक्ति से विच्छेद अनिवार्य है, गौतम। नित नव्यता ही जीवन है, गौतम। राग है, जड़ विगत पर्याय से चिपटे रहना। वही दुःख है। वही मृत्यु है।"

"सत्ता के साथ, अटूट संयोग में जीना चाहता हूँ, भन्ते। हर प्राणी यही तो चाहता है। सबके साथ सदा जुड़ाव में जीना।"

"प्राणी मात्र की वह जिजीविषा परम सत्य है। पर अज्ञानजन्य मोह के कारण वह सम्पूर्ण जीवन नहीं जी पा रहा है। और अपूर्ण जीवन उसे सदा आर्त्त और तृष्णाकुल बनाए रखता है। सत्ता के साथ संवाद में जीना ही सम्पूर्ण जीना है। ऐसा संवादी अनायास वीतरागी होगा ही। क्योंकि सत्ता स्वयं ही वीतराग है। कण-कण, जन-जन अपनी सत्ता में स्वतन्त्र हैं। वे एक-दूसरे में हस्तक्षेप नहीं करते, नहीं कर सकते। फिर भी हम बलात् हस्तक्षेप करते हैं तो हाथ लगता है विग्रह, कलह, संघर्ष, रक्तपात, महायुद्ध। हिंसा का दुश्चक्र। यह पूरा इतिहास।

"जानो गौतम, व्यक्तियों और वस्तुओं के बीच का मौलिक सम्बन्ध, राग का नहीं, परस्पर अवकाश और अवगाहन का है। हम एक-दूसरे को अवकाश दें। हम सह-अस्तित्व में जिएँ और स्वतन्त्र रहें। अवकाश यह कि, हम सब सबको समाएँ। प्रतिरुद्ध न रहें, टकराएँ नहीं, अव्याबाध मार्दव से एक-दूसरे को परस्पर में समाते जाएँ। परस्पर के स्वभावगत स्वातन्त्र्य को अक्षुण्ण रखते हुए। यही प्रेम है। यही सर्व के साथ अटूट संयोग में जीना है।"

"लेकिन यह तो वैयक्तिक सुख और मुक्ति का मार्ग हुआ, भगवन्। समाज में जो अनेक विग्रह हैं, संघर्ष हैं, उनका निरसन कैसे हो, स्वामिन्?"

"समाज भी तो सत्ता का ही एक सामुदायिक रूप है। हर व्यक्ति एक सत्ता है, हर वस्तु एक सत्ता है, उनका समुदाय एक विराट सत्ता है। यदि जन-जन सत्ता-स्वरूप के साथ संवाद में जीने की कला सीख जाएँ, तो अर्थ, समाज, राज के सारे वैषम्य अनायास समता में परिणत हो जाएँ। सत्ता के साथ संवाद में जीना ही, समत्व में जीना है। सत्ता अपने मूल में ही समत्व में विराजमान है। अपने अहंजन्य राग-ममकार, अधिकार से हमने उसे विषम और व्यभिचरित कर दिया है।"

"आज के आर्यावर्त में यह वैषम्य पराकाष्ठा पर है, भगवन्। धर्म लुप्तप्राय है। इसका निराकरण कैसे हो, प्रभु?"

"यह व्यवस्था, सत्ता के स्वभाव पर आधारित नहीं। राज्य और वाणिज्य परम

सत्ता और उसकी सम्पत्ति पर बलात् अधिकार करते हैं। के कब्जा करते हैं। ये सत्ता को कैद करते हैं। उसकी हत्या करते हैं : उसके स्वातन्त्र्य का अपहरण करते हैं। तो ऊँच-नीच, धनी-निर्धन, शासक-शासित, शोषक-शोषित के भेदों और वर्ग-विग्रहों का अन्त नहीं। पूरा इतिहास वही दुश्चक्री शृंखला है। सत्ता के सम्यक् दर्शन और सम्यक् ज्ञान के साथ, स्वभाव के तारतम्य में जीने से जो व्यवस्था प्रतिफलित होगी, वह उस दुश्चक्र को तोड़ सकेगी। वही इतिहास को उलट सकेगी। वही टिकाऊ होगी। सत्ता का मौलिक समत्व, जब सही दर्शन, ज्ञान, चर्या द्वारा जन-जन में उदित हो उठेगा, तो समाज और संसार की व्यवस्था आपोआप ही संवादी हो उठेगी।''

''इसे जीवन के स्तर पर सीधा कहें, स्वामिन्!''

''हम वस्तु और व्यक्ति का आदर नहीं करते, उसे प्रेम नहीं करते, उसका उपयोग करते हैं—अपने अहं-रागजन्य स्वार्थों की पूर्ति के लिए। यही शोषण है। जीवों में परस्पर उपग्रह हो सकता है, शोषण कैसे हो सकता है। वह स्वभाव नहीं, उसकी हत्या है।

''मैं कहता हूँ, गौतम, हम अपने को केन्द्र में रखकर, सर्व को परिधि में रखते हैं। हम एकमेव भोक्ता होकर रहते हैं, और सर्व को भोग्य बनाते हैं। मेरा भोजन, मेरा वसन, मेरा शयन, मेरा मैथुन, मेरा कीर्तन, मेरा धन सबसे ऊपर और आगे है। उसकी प्राप्ति के लिए अन्य सब साधन हैं। वस्तु और व्यक्ति मात्र यहाँ परस्पर एक-दूसरे के उपयोगी साधन हो गये हैं!''

''मेरी आँखें खुल गयीं, भन्ते। मैं इतिहास की पूरी सड़ाँध को आरपार स्पष्ट देख रहा हूँ।''

''वस्तुत यहाँ कोई किसी का साधन नहीं, गौतम। हो नहीं सकता। वह स्वभाव नहीं। हम साधन बनने और बनाने के भ्रम में जीते हैं, कि नष्ट-भ्रष्ट होते हैं। अपार दुःखों की सृष्टि करते हैं। सारा लोक असुन्दर हो उठता है।

''मैं कहता हूँ गौतम, यहाँ हर सत्ता, फिर वह चेतन हो कि अचेतन हो, स्वयं ही अपना साध्य है। यहाँ मूलतः हम परस्पर एक-दूसरे के साधन नहीं, साध्य ही हो सकते हैं। अर्थात् उस अन्य को भी उसी के लिए उपलब्ध करना है, तभी उसे अपने लिए भी हम उपलब्ध कर सकेंगे। अन्य का स्वार्थ ही मेरा स्वार्थ हो जाये, तो यह परमार्थ हो जाये।''

''इस जीवन-प्रक्रिया को और भी स्पष्ट कहें, भगवन्।''

''उस अन्य के स्वभाव से संगत जीना है। उसके साथ सुर-संवाद में जीना है। उसके छन्द लय ताल में, अपने छन्द लय ताल को मिलाकर जीना है। यही पूर्ण प्रेम है, यही पूर्ण भोग है।''

''हर आत्मा पूर्ण भोग, नित्य संभोग में ही तो जीना चाहता है, नाथ। प्राण-

प्राण के वल्लभ प्राण-प्राण की दाह और चाह बोल रहे हैं।''

''हाँ गौतम, परस्पर पूर्ण भोग, अटूट और नित्य। केवली उसी परम रस के आस्वादक और भोक्ता हैं। ऐसे भोग में हम परस्पर का उपयोग नहीं करते, शोषण नहीं करते, परस्पर को उपलब्ध होते हैं। परस्पर को सम्पूरित करते हैं, आप्यायित करते हैं, कृतार्थ करते हैं।''

''यह किस प्रक्रिया से सम्भव है, प्रभु?''

''प्रकृति और सृष्टि को पूर्ण संचेतना से देखो और जानो, गौतम। तो पाओगे कि चेतन-अचेतन हर सत्ता यहाँ स्वभाव से ही आत्मदानमयी है। सब अपने को अन्यों के प्रति दे रहे हैं। मानो देकर ही वे जी सकते हैं, सुखी, सार्थक और मुक्त हो सकते हैं। पृथ्वी, जल, वायु, अग्नि, आकाश और वनस्पतियाँ। लताओं से लिपटे वृक्ष-वन। सारे धातु, सारे खनिज, जलचर, थलचर, नभचर प्राणि मात्र किसी-न-किसी रूप में अपना आत्मदान करके ही सर्व के साथ एकात्म्य भाव से जी रहे हैं। यहाँ तक कि प्राणियों के बीच जो यौन लालसा है, वह भी आत्मदान की ही एक प्रकृत पुकार है। समाज, समुदाय, विश्वजीवन इसी संयुक्ति में से सम्भव है। जंगल हैं, पशु हैं, कीट-पतंग हैं, कि मानवलोक जीवन-धारण करता है। सभी निकाय, हम सब, यहाँ एक-दूसरे के लिए अनिवार्य हैं। सह-अस्तित्व से ही स्व-अस्तित्व सम्भव है।''

''ओह प्रभु, निखिल के साथ अद्भुत, तादात्म्य अनुभव कर रहा हूँ।''

''वीतराग, निष्काम, नैसर्गिक आत्मदान। ये फूटते झरने, ये पर्वत, नदियाँ, सागर। पंखियों कूजते आकाश। ऋतु-वातास, हवा-उजास। वसन्त की वनश्री। कूकती कोयल। बरसते बादल। कड़कती बिजली। हर नर-नारी के प्राण में अपने को दे डालने की व्याकुलता। वीतराग, निष्काम, नैसर्गिक आत्मदान। सारी सृष्टि में निसर्ग से ही, परस्पर आत्मदान का यह यज्ञ निरन्तर चल रहा है। इसी उमड़न में से सृष्टि का उद्भव, आविर्भाव और विकास है। इसी में उसकी सम्पूर्ति और मुक्ति है।''

''लेकिन यह यज्ञ हर पल भंग हो रहा है, भन्ते। यह कैसे अखंड रहे?''

''अपने अहंजन्य मोह-ममकार, राग-द्वेष के कषाय से हम हर क्षण इस यज्ञ को भंग करते हैं। हम अनुपल सत्ता के स्वभाव को अपने स्वार्थ-राग से विकृत करते रहते हैं। हम हवा, पानी और अन्तरिक्षों पर भी अपने स्वामित्व और अधिकार की मोहर मारना चाहते हैं। हम नदी को, माँ के दूध को, सागर के रत्नकोष को, अपने खजाने में बन्द करते हैं। हम करोड़ों को वंचित कर और अभाव में जिलाकर, सारे जगत् के ऐश्वर्य को अकेले भोगना चाहते हैं। हमने पृथ्वी माँ के स्तनों को बलात् उसकी असंख्य सन्तानों के हाथों और होठों से छीनकर, उसे अपने ठेके और भोग की वस्तु बना लिया है। अन्य को वंचित किये बिना जीना हमारी आदत में नहीं। यह अहंकार-ममकार ही, हर समय महासत्ता के इस '*परस्परोपग्रह जीवानाम्*' यज्ञ को भंग कर रहा है।''

"यह यज्ञ कैसे अभंग हो सकता है भन्ते?"

"फिर कहता हूँ, वही सर्व के साथ स्वभावगत संवाद में जीकर। वाणिज्य और राज्य की आसुरी शक्तियाँ उस यज्ञ को सतत भंग करने में लगी हुई हैं। वाणिज्य और राज्य को समाप्त हो जाना पड़ेगा। स्वयं यज्ञपुरुष ही, अपनी निरन्तर आत्माहुति से इस बुनियादी बलात्कार की जड़ों को निर्मूल कर सकता है। उसके आत्मदान का प्रवाह चराचर को आप्लावित कर दे, तो अनायास विप्लव हो जाये। सिंहासन उलट जाएँ, और खजाने खुलकर रास्तों पर बह जाएँ। सब सबका हो जाये।

"यह शक्य हो जाये, गौतम तो व्यक्ति, समाज, राष्ट्र से लगाकर समस्त भूमंडल, इतिहास तक के सारे वैषम्य और संघर्ष, आपोआप समाप्त हो जाएँ।"

"त्रिलोकीनाथ यज्ञपुरुष सम्मुख हैं। स्वयं जातवेद, परम हुताशन जगत् में चल रहे हैं। लोक और इतिहास उनके धर्म-चक्र-प्रवर्तन की प्रतीक्षा में हैं।"

"तथास्तु, गौतम!"

"हे युगन्धर तीर्थंकर प्रभु, ये असंख्य संसारी जन, धर्म-मार्ग की कोई स्पष्ट रेखा सम्मुख पाना चाहते हैं। सर्वजन इस विचार को आचार में कैसे लाएँ, प्रभु। उसका कोई सहज मार्ग?"

"यह विचार नहीं, साक्षात्कार है, गौतम। विचार वैकल्पिक और अनुक्रमिक होता है। साक्षात्कार आकस्मिक, अविकल्प और सामग्रिक होता है। शास्ता विचार नहीं बोलते, साक्षात्कार बोलते हैं।

"जानो आयुष्मान, पदार्थ और विश्व के स्वभाव को साक्षात् करना होगा। उनकी संगति में जीना होगा। कण-कण, जन-जन के प्रति निरन्तर प्रस्तुत और खुले रहना होगा। अपने और सृष्टि के हर भाव, स्पन्दन, वृत्ति-प्रवृत्ति, क्रिया-प्रतिक्रिया के प्रति संचेतन रहो। अनुक्षण अप्रमत्त, जागृत भाव से जियो। यही मार्ग है।"

"लेकिन तीर्थंकर पार्श्वनाथ ने तो चतुर्याम धर्म मार्ग का प्रवर्तन किया था। उन्होंने लोक को आचार-संहिता प्रदान की थी। वह क्या मार्ग नहीं प्रभु?"

"आचार जब संहिता बनता है, विधि-निषेध में बद्ध होता है, तो वह अन्ततः जड़-रूढ़ि होकर रह जाता है। पार्श्व के चतुर्याम धर्म की भी वही गति हुई। वह कुछ श्रमणों और श्रेष्ठियों की साठगाँठ का सौदा होकर रह गया। आचार की रेखा, स्वयं सत्ता में से प्रतिक्षण जीवन्त प्रकाशित हो रही है। निःसन्देह सत्य, अहिंसा, अचौर्य, अपरिग्रह और ब्रह्मचर्य का सर्वतोमुखी आचार मार्ग जिनेश्वरों ने निर्धारित किया है। पर वह कोई बाह्य नैतिक विधान नहीं। ये स्वयंसत्ता में से उद्भूत, प्रवाहित प्रतिज्ञाएँ हैं। वे पालने की चीज नहीं, जीने की चीज हैं।

"सुनो देवानुप्रिय, जो स्वभाव है, वह बलात्कार कैसे हो सकता है, वह स्वैराचार ही हो सकता है। सर्व के प्रति अनुक्षण संचेतन भाव से जीना ही, सत्य,

अहिंसा, अस्तेय, अपरिग्रह, ब्रह्मचर्य को अनायास प्रतिपल जीना है। यह नैतिकता नहीं, आत्मिकता है। यह विधि-निषेध नहीं, आत्म-संवेद है। यह निरा तत्त्व नहीं, आत्मत्व है, निजत्व है, स्वयं अस्तित्व है। यही अमरत्व है।

"इसी से कहता हूँ, गौतम, एक क्षण के लिए भी प्रमाद न कर। प्रमाद ही मृत्यु है। निरन्तर संचेतन भाव से जीना ही, सर्व के प्रति हर समय सत्य, अहिंसा, अचौर्य, अपरिग्रह, ब्रह्मचर्य में जीना है। संचेतना, संचेतना, अखंड संचेतना, अविकल संचेतना। इसी में जिनेश्वरी द्वारा कथित सारे अणुव्रत और महाव्रत समाये हैं। यही एक मात्र सच्चा व्रत है। अन्य सब व्रताभास और बाह्याचार है। उससे प्रदर्शन और पाखंड निपजता है।

"व्रती वह गौतम, जो विचक्षण हो। विचक्षण वह गौतम, जिसका चक्षण विशिष्ट हो, एकाग्र हो, सम्पूर्ण हो। जो अभीक्ष्ण ज्ञानोपयोग में जिये। जो अबाध, अनाहत संचेतना में जिये।

"जानो अनुशास्ता, जो इस संचेतना को खंड रूप से जी पाते हैं, वे अणुव्रती हैं। जो इसमें अखंड जीते हैं, वे महाव्रती हैं। जो धर्म का श्रवण कर, उसे जीने के प्रयासी हैं, वे श्रावक हैं। जिनकी चर्या ही ऐसी हो, कि उसमें धर्म, अनुक्षण कर्म होकर प्रवाहित हो, वे श्रमण हैं। श्रमण अपने हर श्वास में सावधान है, हवा, पानी, माटी तक को उनकी अनुमति से ही ग्रहण करता है। उसका जीवन निरन्तर आत्माहुति का यज्ञ होता है।

"देवानुप्रिय गौतम, धर्म के संवहन के लिए, संघ अनिवार्य है। संघ ही महासत्ता का समष्टिक प्रतिनिधि है। वह संघ स्वभावतः चार आयामों में संघटित है। श्रावक और श्राविकाएँ, श्रमण और श्रमणियाँ। श्राविका और श्रमणी-संघ की अधिष्ठात्री हों, महासती चनन्दबाला। श्रावक और श्रमण-संघ के अधिष्ठाता पद पर तुम नियुक्त हुए, गौतम। यह चतुर्विध धर्म-संघ ही आगामी कलिकाल में जिनेश्वरों के '*वस्तु-स्वभावो धम्मो*' का संवहन करेगा। शास्ता अपने आत्म-हवन के हुताशन पर इस धर्म-संघ को प्रस्थापित करते हैं।

"भगवती चन्दनबाला, भगवत्पाद गौतम, इस चतुर्विध संघ के साथ, महावीर के युग-तीर्थ का नेतृत्व करें।"

और जयध्वनि गुंजायमान हुई :

'त्रिलोक और त्रिकाल के अधीश्वर, परम परमेश्वर, तीर्थंकर महावीर जयवन्त हों!'

और अनुसरण में असंख्य कंठों से जयकारें गूँज उठीं :

'आदेश, आदेश, हे कलिकाल के परित्राता। जीव मात्र के एकमेव हितंकर, और आत्म-स्वरूप भगवान!'

"महासत्ता के इस परम मूहूर्त में, एकल महावीर सकल हो गया, गौतम। व्यष्टि समष्टि हो गयी। व्यक्ति स्वयं समाज हो गया। पिंड ब्रह्मांड हो गया। अवान्तर सत्ता की इस द्वन्द्व-खेला के बीच द्वन्द्वातीत महासत्ता स्वयं विचरण करेगी। एकमेव पुरुष अनन्त धाराओं में प्रवाहित होंगे।

"यह संघ ही अर्हत् का वह ब्रह्मांडीय शरीर है। इसमें तुम सब एकाग्र, एकाकार हो रहो। सुनो, सुनो, दसों दिशाओं से ऋग्वेद गा रहे हैं :

सङ्गच्छध्वं सं वदध्वं सं वो नमांसि जानताम।
देवा भाग यथा पूर्वे सञ्जानाना उपसते ॥
सामानो मन्त्रः समितिः समानी समानं मनः सह चित्तेषाम्।
समानं मन्त्रमभि मन्त्रये वः समानेन वो हविषा जुहोमि॥
समानी व आकूतिः समाना हृदयानि वः।
समानमस्तु वो मनो यथा व सुसहासति॥

समस्त लोकाकाश इस ऋचागान से आप्लावित हो गया। सहसा ही फिर जयध्वनियाँ गूँज उठीं :

परम सत्ताधीश अर्हन्त जयवन्त हों!
त्रैकाल्येश्वर महाकाल पुरुष जयवन्त हों!
वेदपुरुष महावीर जयवन्त हों!

फिर आदेश सुनाई पड़ा :

"निखिल की माँ भगवती चन्दनबाला, शास्ता के प्रथम धर्मचक्र को संचालित करें! कलिकाल के धर्म-धुरन्धर अनुशास्ता इन्द्रभूति गौतम द्वितीय धर्मचक्र का संचालन करें।"

और अगले ही क्षण शची के कन्धे पर हाथ रख, शक्रेन्द्र द्वारा वाहित महासती चन्दनबाला गन्धकुटी के सोपान उतर आयीं। माँ की उस धीरगामी मार्दवी भंगिमा से प्राणि मात्र अथाह ऊष्मा में आश्वस्त हो गये। श्रीमंडप के पूर्व द्वार में, ठीक शास्ता के सम्मुख बिराजमान हिरण्य-रत्निम धर्मचक्र को जब माँ ने हाथ उठाकर चक्रायमान कर दिया, तो समवसरण की सभी दिशाओं में वीथियों में बिराजित शत-शत धर्मचक्र चलायमान हो उठे। अनेक प्रभामंडलों की श्रेणियाँ एक साथ सारे समवसरण में कौंध उठीं। जैसे परम सत्य का सुदर्शन चक्र, अज्ञान के जड़ीभूत ध्वान्तों को आरपार चीरता हुआ, लोकत्राण के लिए दिगन्तों तक व्याप्त हो गया।

उनके अनुसरण में अनुशास्ता गौतम ने, द्वितीय धर्मचक्र का संचालन किया। और धर्मचक्रों की एक अन्तहीन परम्परा चारों दिशाओं में, इतिहास में, भूगोल में,

खगोल में एक बारगी ही व्याप्त होती हुई दिखाई पड़ी।

अनगिनत श्रावक-श्राविका, श्रमण-श्रमणी, आबाल-वृद्ध, नर-नारी, श्री भगवान के अनुग्रह से उन्मेषित हो उठे। वे श्रीमंडप की विशाल प्रांगण-भूमि में उमड़ आये। प्रभु के उद्बोधन और त्राण का हाथ उठा दिया। वे सब आँसुओं में पिघलकर गन्धकुटी के प्रादप्रान्त में नमित हो गये। श्रीगुरु कृपा से वे क्षण मात्र में ही संचेतन हो उठे। वे विचक्षण व्रती हो गये। उनकी भृकुटि में धर्मचक्षु उजल उठा। वे अनायास ध्यानस्थ हो गये।

उत्पाद-व्यय-ध्रौव्य-युक्तं सत्
उत्पाद-व्यय-ध्रौव्य-युक्तं सत्
उत्पाद-व्यय-ध्रौव्य-युक्तं सत्
सम्यग्-दर्शन-ज्ञान-चारित्राणि मोक्षमार्गः
सम्यग्-दर्शन-ज्ञान-चारित्राणि मोक्षमार्गः
सम्यग्-दर्शन-ज्ञान-चारित्राणि मोक्षमार्गः

का महामन्त्र अविरल अविराम उनके रक्तछन्द में ध्वनित होता चला गया। और आँखें खोलते ही उन्होंने एक गहन हर्षाघात के साथ अनुभव किया—

कि जगत् और जीवन को
वे एक अपूर्व नूतन आलोक में भास्वर देख रहे हैं,
मर्त्य पृथ्वी का चेहरा इतना सुन्दर तो
पहले कभी नहीं दिखाई पड़ा था!

अहम् के वीरानों में

इधर महावीर वन से निकलकर जन में प्रकट हो गये। उधर श्रेणिक जन से पलायन कर, विजन में खो गये। पर वे इस भूगोल से भागकर जाएँ, तो कहाँ जाएँ। मगध का सीमान्त लाँघकर, वे इस चम्पारण्य में भटक पड़े हैं। पर यहाँ भी सब कुछ कितना उजागर, उज्जीवित, चौकन्ना है। यहाँ भी चप्पे-चप्पे पर एक अविराम पगचाप गूँज रही है। कण-कण और क्षण-क्षण के भीतर कोई चल रहा है। इससे बचत कहाँ?

चम्पारण्य के ऐसे भयावह नैर्जन्यों तक में वे घुसते चले गये हैं, जहाँ कभी मनुष्य

का पद-संचार ही नहीं हुआ। अड़ाबीड़, पथहीन अटवियों में वे अन्धाधुन्ध भटक रहे हैं।...पर यह क्या, कि जहाँ वे पैर रखते वहीं पगडंडी प्रकट हो उठती। दूरियों में जाता एक प्रशस्त रास्ता खुलता दिखाई पड़ता है।...जिधर देखते हैं, उधर ही रास्ते खुलते दिखाई पड़ते हैं।

लेकिन यह क्या, कि एक रास्ता विपुलाचल को जा रहा है। श्रेणिक की आँख में बिजली की तरह कौंध जाता है, वह शिखर। और वे उल्टे पैरों लौट पड़ते हैं। तो उधर भी वही रास्ता सामने पड़कर, पैरों को बेतहाशा खींचता है।...या तो वे उस रास्ते पर चल पड़ें और चले जाएँ, जहाँ वह ले जाये। या फिर वे अपने ही आत्म के परम निभृत में लीन हो जाएँ। और कोई विकल्प सम्भव नहीं।

लेकिन उन्हें चैन नहीं, विराम नहीं कि वे कहीं रुक सकें, थम सकें। बैठना और लेटना तक उनके वश का नहीं रह गया है। चलते ही चले जा रहे हैं, निर्लक्ष्य, बदहवास, चम्पारण्य के सुनसान और खूँखार जंगलों में। उनके अत्यन्त निजी परिकर के कुछ लोग, शस्त्रास्त्रों से लैस दूर-दूर रहकर उनका पीछा कर रहे हैं। अपने इस दुर्दान्त यायावर सम्राट के सामने पड़ने का साहस उनमें नहीं है।

उस दिन का वह विस्फोटक प्रभात सम्राट के मन में रात-दिन चक्कर काट रहा है।...पंचशैल की घाटियाँ और उपत्यकाएँ उस सवेरे हठात् देव-दुन्दुभियों से घोषायमान हो उठी थीं। दिव्य वाजित्रों से अन्तरिक्ष गुंजरित हो रहे थे। मगध के आकाश उतरते देवमण्डलों के विमानों से झलमला उठे थे।...और श्रेणिक ने अपने प्रासाद के सर्वोच्च वातायन से देखा था : विपुलाचल और वैभार के कँगूरों पर अप्सराएँ नाच रही थीं। दिन-रात सौन्दर्य और विलास को तरसती श्रेणिक की आत्मा को वे उर्वशियाँ और तिलोत्तमाएँ अन्तिम रूप से उच्चाटित किये दे रही थीं। ओह, असह्य दाहक था लावण्य का वह प्रज्वलित लोक। मानो कि उसमें आहुत हो जाना होगा, और उपाय नहीं। किसने उजाली है यह होमाग्नि?

...और राजगृही के पण्यों और चौक-चौराहों में अविराम जयध्वनियाँ उठ रही थीं। राह-राह पर सारी प्रजा एक जुलूस में उमड़ पड़ी थी। ठीक मगधेश्वर के राज-प्रासादों के सामने से गुजरती भीड़ का दिगन्त-भेदी घोष उठ रहा था —

वैशाली के राज-संन्यासी वर्द्धमान महावीर सर्वज्ञ हो गये!
विपुलाचल पर देव-सृष्टियाँ उतर रही हैं,
वे कैवल्यसूर्य प्रभु का समवसरण रच रही हैं,
त्रैलोक्यश्वर भगवान महावीर जयवन्त हों!
सम्राटों के सम्राट, अनन्तकोटि ब्रह्मांडनायक

तीर्थंकर महावीर जयवन्त हों!

सुनकर सम्राट अपने गोपन-कक्ष के गवाक्ष में स्तम्भित हो रहे। जैसे किसी ने मारण, मोहन, वशीकरण, कीलन उन पर एक साथ किया हो। उनके कान का अन्तिम पर्दा भेदकर उनकी स्तब्ध चेतना में केवल एक ही ध्वनि गूँज रही है: 'सम्राटों के सम्राट अनन्तकोटि ब्रह्मांडनायक भगवान महावीर!' '...ऐसी भी कोई सत्ता हो सकती है? तो मेरी सत्ता समाप्त हो गयी! मेरी ही धरती में धँसकर, किसी ने मुझे धराशायी कर दिया! मेरे ही राजनगर राजगृही में, मेरी नहीं, उसकी जयकारें गूँज रही हैं!

'...ओह, मेरे रत्नकक्ष का वैभव यह मेरी विलास--शैया ही मुझसे छिटककर दूर खड़ी हो गयी है। अपने ही बाहुबल से जीती मेरी यह पृथ्वी तक मेरे पैरों के तले से खिसक गयी है। मुझे सहारा देने को वह तैयार नहीं। यहाँ तक सब कुछ मेरे लिए पराया, बेगाना हो गया है। हर शै ने मुझे धोखा दे दिया है। एक नग्न और निष्क्रिय भिक्षुक ने, एक उँगली तक हिलाये बिना, आँख तक उठाये बिना, अपार बाहुबल और पौरुष से जीते मेरे साम्राज्य पर अनायास कब्जा कर लिया!

'...ऐसा कैसे हो सकता है? इतिहास में ऐसा सुना नहीं गया। यह वास्तविक नहीं, मायिक लगता है। यह किसी तान्त्रिक विद्याधर का इन्द्रजाल है।

'...मेरे सर पर मंडरा रहे ये देव-देवांगनाओं के रत्नों झलमलाते विमान। पंचशैल के मर्मों में गाज रहे मृदंग और नक्काड़े। विपुलाचल की शिखरमाला पर नाचती ये अप्सराएँ!...और इनकी झंकारों में से उठता आ रहा रंगारंग आभाओं का एक विराट् भवन, जिसे लोग सर्वज्ञ महावीर का समवसरण कह रहे है। उसकी धर्म-सभा। धर्म-साम्राज्य-नायक का राज-दरबार।

''...लेकिन यह सब वास्तविक नहीं। ठोस नहीं। ग्राह्य नहीं। बुद्धिगम्य तक नहीं। निश्चय ही महावीर ने निदारुण तपस्या करके कोई चरम तन्त्र-विद्या सिद्ध कर ली है। और उसी के बल पर उसने ये सारे इन्द्रजाल दिखाकर मेरी प्रजाओं को सम्मोहित और मूर्च्छित कर दिया है। और सबके तन-मन, इन्द्रियों को कीलित कर, उनको अपने मायावी ऐश्वर्य की महिमा से दिग्भ्रमित कर दिया है।'

...और अपने ही अट्टहास को सुनकर श्रेणिक स्वयं से भयभीत हो उठा था। पर्वतों को हिला देने वाला उसका वीर्य थरथर काँप रहा था। उसकी भुजाएँ मानो पक्षाघात से लुंठित-सी हो रही थीं।

...उसने चीखकर पुकारा था : चेलना! रह-रहकर कई बार। पर कोई उत्तर नहीं लौटा था। कोई दास-दासी या परिचारिका तक उसकी पुकार पर उपस्थित न हुई। वह अन्धड़ की तरह भागा हुआ, चेलना के अन्तःपुर में गया था। महारानी के कक्ष में फूलों का वसन्तोत्सव छाया था। धूपायनों से अगुरु-धूप के छल्ले उठकर वातावरण में जैसे

सपनों की चित्रसारी कर रहे थे। सम्राट ने पुकारा : 'चेलना...चेलना... चेलना!' निस्तब्ध कक्ष में से कोई उत्तर न लौटा। गहराव खुल रहा है। और उसमें श्वेत परिधान किये, खुले बालों हाथ उठाये चेलना एक तेज:काय नग्न पुरुष के पीछे भागी जा रही है।

...उल्टे पैरों लौट पड़ा था सम्राट। कांचन, कामिनी, साम्राज्य, सम्राज्ञी, सब उससे पीठ फेरकर जैसे उस नंगे भिक्षुक के पीछे दौड़ रहे हैं। उस पर निछावर हो रहे हैं, उसका भोग्य हो जाने के लिए। और वह है, कि लौटकर उनकी तरफ देखता भी नहीं। बुद्धि और बाहुबल दोनों से परे है यह घटना!

और अपराजेय श्रेणिक, ऐसी चौमुखी पराजय के बीच ठहरे तो कैसे ठहरे। नहीं, नहीं, नहीं, हर्गिज नहीं। इस वस्तु-स्थिति को ही वह नहीं स्वीकार सकता। जिस पृथ्वी पर वह सर्वोपरि नहीं, सबसे बड़ा नहीं, वहाँ वह नहीं ठहर सकता। श्रेणिक के लिए वस्तु और विश्व को अपनी राह बदल देनी होगी। या फिर वह उनसे इनकार कर देगा।...

वस्तु और विश्व अपनी गति में अटल दीखे। वे महावीर के ओरेदारे घूमते दीखे। तो सम्राट निमिष मात्र में वेश बदलकर महल के बाहर हो गया। अश्वशाला में जाकर स्वयं ही अश्व खोल लिया। और पहने कपड़ों, निहत्था और बेसरंजाम, वह घोड़ा फेंकता हुआ, राजगृही के सीमान्तों पर ओझल हो गया। लेकिन कोट्टपाल ने सम्राट के वल्गा खींचने के अन्दाज से उन्हें पहचान लिया। सो तुरन्त सारे सरंजाम के साथ शस्त्र-सज्जित अंग-रक्षकों का एक दल पलक मारते ही सम्राट के पीछे हो लिया।

...चेलना मन-ही-मन समझ गयी थी। गहरे में वह कहीं निश्चिन्त थी, कि अब 'उनका' कोई अमंगल नहीं हो सकता। त्रिलोक की सबसे बड़ी पुण्यप्रभा राजगृही के विपुलाचल पर बिराज रही है। मृत्युंजयी महावीर उसके शिखर पर से बोल रहे हैं। वह अच्छी तरह जानती थी कि वे प्रभु ही श्रेणिक के सबसे बड़े मित्र, परम प्रेमिक और प्रेमास्पद हैं। उनके होते अकल्याण कैसा?...लेकिन कहाँ चले गये वे? पहने कपड़ों गये हैं। निहत्थे और नि:संग गये हैं। और जितने उच्चाटित वे गये हैं, तो सिंहों की माँदों, और मौत के खन्दकों के इधर नहीं अटकेंगे।...तो चेलना कहाँ रुके? कैसे थमे? सुकोमल, सुगन्धी शैयाओं को कैसे सहे? भोजन का ग्रास कैसे उठाये? साँस क्यों कर ले?

...वे साथ नहीं हैं, तो जीवन और जगत् उसके जीने, रहने, चलने योग्य नहीं। वे साथ नहीं हैं, तो अपनी सत्ता के स्वामी, त्रिलोकीनाथ महावीर के पास भी वह नहीं जा सकती! '...नहीं नाथ, मैं अकेली नहीं आऊँगी तुम्हारे पास। तीन लोक, तीन काल के कण-कण को तुम आज सम्बोधित कर रहे हो। तीर्थंकर से बड़ी सत्ता और महिमा पृथ्वी पर अन्य नहीं।...जानती हूँ, मेरे ही कारण तुम पंचशैल में सबसे अधिक तपे।

यहीं चरम समाधि में उतरे। यहीं तुम अर्हत् केवली होकर प्रकट हुए।

'...और मेरे ही प्रांगण में विपुलाचल पर, तमाम देवलोकों ने उतर कर तुम्हारा समवसरण रचा। और मैं अपने 'एकस्तम्भ प्रासाद' के चूड़ान्त वातायन पर से, दूर गन्धकुटी पर आसीन तुम्हारे परम लावण्य और भामंडल को अहर्निश टकटकी लगाये देख रही हूँ। मेहराब पर माथा ढलकाये, रेलिंग पर बाँहें ढाले, तुम्हारी वाणी को क्षण-क्षण पी रही हूँ।...मानो कि तुम मेरी आँखों में ही बैठे हो, और मेरे नाभि-कमल में से ही बोल रहे हो।

'...फिर भी कितनी विकल हूँ तुम्हारे सम्मुख आने को। पर तुम कैसे निष्ठुर खिलाड़ी हो। ठीक इस महामुहूर्त में तुमने मुझे उनसे बिछुड़ा दिया। कि अकेली ही आऊँ तुम्हारे पास?...नहीं, ऐसा नहीं हो सकता। चाहो तो अटूट युगल में ही हमें स्वीकारो, या हमें छोड़ दो। तुम्हारे प्यार के ये चक्रावर्ती पीड़न और अत्याचार अब नहीं सहे जाते, मेरे प्रभु।'

और चेलना यों ढलक पड़ती है अपनी शैया में मूर्छित होकर, मानो कि अपने सर्वस्व के चरणों में आ पड़ी हो।

समुद्रजयी मगधेश्वर का साम्राजी सिंहासन सूना पड़ा है। राजसभा सन्नाटा खींच रहा है। मन्त्री, सामन्त, तमाम राज परिकर विपुलाचल के समवसरण में चले गये हैं। सिंहतोरण के नौबतखाने तक खामोश पड़े हैं। समय सूचक घड़ियाल बजाने वाले भी, समय को भूल, समयसार श्री भगवान की दिव्य-ध्वनि में तल्लीन हो गये हैं। अन्य सारी महिषियाँ, राजपुत्र, समस्त राज-परिवार विपुलाचल पर उपस्थित है। एकाकिनी चेलना अपनी प्रासाद-चूड़ा में अकेली बैठी, एक ओर विपुलाचल को एकटक निहार रही है। दूसरी ओर गंगा पार के चम्पारण्य की खंदकों और वीरानियों में अपनी आँखों के गीले नर्गिस बिछा रही है।

श्रेणिक परेशान है, कि इस वीराने में भी देव-माया उसका पीछा कर रही है। यह क्या, कि पूर्वाह्न और सायाह्न की दोनों भोजन-वेला में, अचानक किसी वृक्ष-छाया में भोजन की थाली रखी दिखाई पड़ जाती है। क्या इस अरण्य का कोई अदृष्ट राजा उसकी सेवा में नियुक्त है? उसकी सत्ता प्रकृति तक में व्याप्त है?...और श्रेणिक की भूख उजल उठती है। अज्ञात में प्रस्तुत थाली पर वह झपट पड़ता है, और भोजन कर लेता है।

और दोपहरी के विश्राम के समय किसी छायालस वन में, वन-कदली और फूलों की सुखद शैया बिछी दिखाई पड़ जाती है। सम्राट विजयोन्माद में झूमता उस शैया पर लेटकर विश्राम-सुख अनुभव करना चाहता है। लेकिन करवटें बदलते ही

दोपहरी बीत जाती है। विजेता को विश्राम कैसा? अनन्त कोटि ब्रह्मांडों की चुनौती सामने मँडराती है। और वह पृथ्वीपति, पृथ्वी के गर्भ को रौंदता हुआ, अभेद्य जंगल को भेदने के लिए, उसमें धँस पड़ता है।

...और यह क्या, कि रात गहरी होते ही, किसी मैदानी चट्टान पर कोई तम्बू गड़ा दीख जाता है। उसके ऊपर टँगा है आकाश-दीप। भीतर आलोक है, उजली सुख-शैया है। कितनी तत्परता से यह जंगल उसकी रक्षा और सेवा कर रहा है! लेकिन उस सुख शैया पर लेटते ही सम्राट आशंकित हो उठता है।...यह सब मानुषिक नहीं, दैविक है! जरूर कोई षड्यन्त्र उसे चारों ओर से घेरे हुए है। वर्ना...वर्ना, इस मानुषहीन निर्जन में सभ्य जगत् के से सुख-साधान क्योंकर हो सकते हैं?...नहीं, यह मेरी विजय का प्रताप नहीं, यह एक विराट् कारागार है, जिसके चक्राकार परकोटों का अन्त नहीं। इस कैदखाने को भेदना होगा। लेकिन कैसे? बाहर टकराने और तोड़ने को कोई दीवार तो हो!...

सम्राट का गुप्त संरक्षक-सैन्य जंगलों की ओट रहकर, हर समय उनका पीछा करता रहता है। वही अपने स्वामी के लिए ठीक समय पर भोजन-शयन तक अन्य जीवन-साधन उपस्थित कर देता है। पर वे अनुचर देखते हैं, कि उनका सम्राट खाकर भी खाता नहीं, सोकर भी सोता नहीं। बैठकर भी बैठता नहीं। अशान्त, परेशान, वह तीर खाये सिंह की तरह इन वीरानों में दौड़ा फिरता है। पर वे कर ही क्या सकते हैं। अपने कर्तव्य के आगे उनकी गति नहीं। यह राजेश्वर अपना ही सगा नहीं, तो दूसरे की क्या बिसात।

सावन का महीना है। चाहे जब मन्द्र गर्जन के साथ बादल घिर आते हैं। और पहरों समरस भाव से झड़ियाँ बरसती रहती हैं। श्रेणिक उनमें भींजता चला जाता है, कि शायद उसके भीतर की रात-दिन धधकती भट्टी शान्त हो जाये। वह गल जाये, शीतल हो जाये। बह जाये। लेकिन नहीं, वैसा कुछ नहीं होता। वन के प्रगाढ़ पल्लव-परिच्छद में, जलधाराएँ मर्मराती रहती हैं। पल्लव-जालों की भीतरिमा उसे खींचती है। मानो वहीं कोई मार्दवी शैया है।...ओह, वह उसे मूर्च्छित कर देगी। नहीं, यह नहीं होगा। यह सृष्टि की अन्तिम कोमलता से भी हार नहीं मानेगा।

और रात में उद्दंड बरसाती हवाएँ चलती हैं। सारा वनस्पति-राज्य हहर उठता है। दारुण गर्जन के साथ कहीं बिजली टूटती है। विश्व-विजेता चक्रवर्ती दहल उठता है। वह किसी ऊष्म बाहुमूल की अतल मृदुता में छुप जाना चाहता है।...लेकिन नहीं, झूठ है वह। चेलना दगा दे गयी, तो अब जगत् की कौन-सी कोमलता सत्य हो सकती है?...वह अपने ही भीतरतम में निभृत कक्ष में सुरक्षा खोजना चाहता है। पर वहाँ तो घुप् अँधेरा है। और उसमें बीहड़ चट्टानें सिर धुन रही हैं। राजा जड़, मृतवत् होकर पड़ रहता है। मन, चेतन, विचार सब हारकर निर्वापित हो जाते हैं। वह कोई नहीं,

कुछ नहीं। इयत्ता काफूर हो जाती और शरीर गायब हो जाता है। और सम्राट नींद के समुद्र में गर्क हो जाता है।

...कभी सबेरे ही, सावन की सुहानी मुलायम धूप निकल आती है। सारी भींगी वनश्री पन्नों की आभा से जगमग उठती है। हरियाली धानी ओढ़नी में यह कौन नवोढ़ा, सम्राट के सामने समर्पित बैठी है। उसके गोपित शरीर का सघन मार्दव श्रेणिक को चारों ओर से चाँपे ले रहा है। आपोआप ही राजा के शरीर में रभस-सा ज्वारित होता रहता है। कितनी परिचित है इस गोपित शरीर की गन्ध और ऊष्मा! आदिम दूध की सुगन्ध। सोम-लता की मादक महक। वही एकमेव देह-गन्ध, जिससे अधिक उसे कुछ भी प्रिय न रहा।

'...चेलना, तुम्हारे इस छल और पीड़न से मैं आजिज आ गया हूँ। मुझे अकेला छोड़कर, उस नग्न श्रमण के पीछे भागी फिर रही हो!...और फिर भी यह कैसी कपट-माया है, कि हर पल मेरे आसपास भाँवरे दे रही हो। पास नहीं आती, लेती नहीं मुझे, और फिर भी कसकर बाँधे हो मुझे, अपनी बाहुओं के नागपाश में।...तुम्हें अपनी छाती में भींच लेने को होता हूँ, तो देखता हूँ कि मेरी बाँहों का घेर शून्य पड़ा है।...उफ, मायाविनी, स्पष्ट है कि आज तक तुम मेरे आलिंगन में कभी न आयीं! किसी मायावी शरीर से मेरे समस्त को बहलाती, भरमाती रही। छलती रही।

'...मैं तुम्हारे कामराज्य की दीवारें फाँदकर इस जंगल में मुक्त विचरने चला आया। मगर यहाँ भी डाल-डाल पात-पात, तुम मुझसे पकड़ा-पाटी खेल रही हो। मूल से चूल तक मुझे कसकर पकड़े हुए हो, और स्वयं कहीं से भी मेरी पकड़ाई में नहीं आती। ओह, यह सारा भेदी जंगल मेरे विरुद्ध एक भयानक षड्यन्त्र है। दिगन्त-व्यापी यह विशाल और सुन्दर प्रकृति अपने समस्त यौवन को उभारकर मेरी आत्मा पर हर पल चोट कर रही है।

'आक्षितिज लेटे सिंह जैसी यह सामने की प्रकांड पर्वत-पाटी। यह हर क्षण रंग बदल रही है। यह कौन प्रचंड चट्टानी पुरुष इतमीनान से लेटा है? यह सारा जंगल जैसे इसकी वज्र-कठोर और कुसुम-कोमल काया है। इसके पिंड में सारे ब्रह्मांड हर पल चक्कर काट रहे हैं—अनन्त-कोटि ब्रह्मांड।

'...ओह असह्य! इस पर्वत को मूल से उखाड़कर, मैं...मैं इसे पछाड़ दूँगा। कहाँ, किस पर? कहीं कोई प्रतिरोध नहीं, कुछ ठोस नहीं!...है, है...मैं इन अनन्त कोटि ब्रह्मांडों को महाकाल की चट्टान पर पछाड़ दूँगा।'...और हठात् सम्राट की आँखों के जाले फट जाते हैं : वे देखते हैं कि महाकाल भी इस ब्रह्मांडीय शरीर से बाहर कहीं नहीं। वह भी मात्र इसी के भीतर में प्रस्तुत इसका वाहन है।

...कोई बात नहीं। श्रेणिक काफी है अपने लिए। वह इस जंगल-शरीरी पर्वत-पुरुष से मल्ल-युद्ध करेगा। वह चुटकी बजाते ही इसे, इसी के कपाल पर पछाड़ देगा।

और भुवनजयी श्रेणिक भुजाएँ ठोंकता है, जाँघों पर हाथ फटकारता है, और सिंह-छलाँगे भरता हुआ, जैसे उस प्रचंड पर्वत काया पर टूट पड़ता है।...लेकिन पर्वत अचल है। वह उसके आक्रमण का जवाब नहीं देता। ये चट्टानें उसे प्रतिरोध नहीं देतीं। फूलों-पत्तों लदी एक गहन मार्दवी छाती उसे अपने में समाती चली जाती है।

पृथ्वी के अजेय शूरमा भंभसार श्रेणिक का ऐसा अपमान? कि उससे कोई लड़ने तक को तैयार नहीं? उसे एक कामिनी की छाती में कैद करके, मूर्च्छित कर देने का कूटचक्र रचा जा रहा है!...धरिणी का हरियाला आँचल गहरे से गहरा होकर, उसे अपनी पर्त्तों और पटलियों में लपेटे ले रहा है। उसमें एक महाकाम का हिल्लोलन हुआ, कि वह इस कुटिल कामिनी की अन्तिम गोपनता को भेदकर चैन लेगा।...और वह लावण्य और सौन्दर्य के उस लोक के आर-पार भ्रमण करता चला जाता है।

...उफनाती लताओं से आवेष्टित बड़े-बड़े वृक्षों के तने। रंग-बिरंगे फूलों छायी वीथियाँ। उनमें सुरपुन्नाग वृक्षों तले बिछी प्रकृत-शैयाएँ। लाल, नीली, हरी, पीली चोचों वाले विचित्र रंगी पक्षियों की क्रीड़ा और कूजन। कहीं अलक्ष्य में कोमल टहुक कर टोक देती है। कहीं बादल-छाया में नाचता मयूर, किन्हीं घनश्याम केशों के पाश की याद दिलाकर हृदय को चीर देता है।...और श्रेणिक एक दुर्वार, आकर्षण से उन्मत्त हो, उस अभेद्य लगती हरीतिमा में धँसता चला जाता है, धँसता चला जाता है। हठात् कहीं कोई कमलों छायी सरसी झाँककर उसे एक अदृष्ट गहराव से छुहला देती है। वह और भी दुर्मत्त होकर, उस गोपन आमन्त्रण को रौंद जाता है।...

...और सहसा ही दुर्भेद्य वनिमा के पन्नीले पटल भिद जाते हैं। और एक विशाल खुलाव सामने आता है। हरियाली का चीर खिसकाकर, सुनग्न और उन्मुक्त लेटी सुन्दरी-सी एक सावनी नदी की उफनती धारा दिखाई पड़ती है। ...राजा की नसें बलवा कर उठती हैं। वह आक्रामक ही तरह उस पर टूट पड़ने को होता है। कोयल नाम पूछती है। पपीहा पीहू-पीहू की रट लगा देता है। फूलों के खुलते अन्तःपुरों में, सारा जंगल चिड़ियों में गाता है।

...और राजा को लगा कि उसका आक्रमण नदी-सुन्दरी की बहती जंघाओं में बबूला होकर फूट पड़ा है। कहीं कोई प्रतिरोध नहीं। कहीं नहीं है वह वज्र कठोरता, जिससे जूझे बिना, टकराये बिना, जिस पर पछाड़ खाये बिना उसे चैन नहीं।

यहाँ का सब कुछ अविकल सुन्दर है। अपार और नित्य सुन्दर। रूप और लावण्य यहाँ सीमाहीन होकर बिखरा है। सम्राट को असह्य है यह सौन्दर्य। उसे प्रकृति और सृष्टि के इस अनन्त सौन्दर्य से ईर्ष्या है। भीषण शत्रुता है। उसका वश चले तो सौन्दर्य मात्र को वह लोक में से पोंछ देना चाहता है क्योंकि यह सारा रूप और सौन्दर्य उस एकमेव नारी का है, जिसके बिना वह जी नहीं सकता।

'...मेरे सामने से हट जाओ, चेलना। चप्पे-चप्पे पर तुमने अपने को बिछाकर

मेरी राह रूँध ली है। पर्त-पर्त तुम्हें बींधकर नि:शेष कर देना चाहता हूँ।...पर यह क्या, कि मेरे हर आघात के उत्तर में तुम अनन्त होती चली जाती हो। तुम मेरे हर क्रोध को काम में बदल देती हो। और मेरे काम के हर कषाघात को तुम अपने अबाध और अगाध मार्दव में व्यर्थ कर देती हो।

'...आखेट, आखेट, आखेट। मैं शिकार करूँगा। मैं मारूँगा। मैं हत्या करूँगा। मैं खून बहा दूँगा।'...'किसका?' 'तुम्हारे सौन्दर्य के इस विराट् राज्य का। एक-एक लता, गुल्म, पशु, पंखी, जल, थल और आकाश के इन सारे रम्य प्रदेशों को मैं अपने नाखूनों से चीकर लहुलूहान कर दूँगा।'...और सम्राट पंजे तानकर, आकाश पर तमाचे मारता है। हवा पर लातें फेंकता है। और दुर्दान्त व्याध की तरह प्रकृति के इस असीम सौन्दर्य-राज्य पर टूट पड़ता है। इसका आखेट करने के लिए।...

वह वृक्षों को उखाड़ने लगा, तो बिना ही जोर लगाये वृक्ष उखड़कर जैसे उसके कन्धों पर मित्र की तरह झूम उठे। लताओं को नोच-पाये, उससे पहले ही वे आप ही प्यार से घायल हो उससे लिपट गयीं। रंग-बिरंगी नन्हीं-नन्हीं चिड़ियों को पकड़कर मसल देने को झपटा, तो वे वन्याएँ खुद ही किलककर उसके तीखे पंजों पर आ बैठीं। उसकी बाँहों, कन्धों और केशों पर बैठकर उस पर यों बलि हो गयीं कि जो चाहे उनका करे, नोचे, मसले, उन्हें कोई आपत्ति नहीं। उनकी नन्हीं-नन्हीं निर्दोष आँखों में, यह किन अचीती आँखों की मोहन-माया है।

जंगलों में चौकड़ी भरते हिरनों के पीछे वह दौड़ता है, कि उन्हें पकड़कर उनका टेंटुआ मसक देगा। पर वे हिरन हैं कि स्वयं ही उसकी ओर दौड़ आते हैं। उसे उचकाकर अपनी पीठों पर चढ़ा लेते हैं। या उसे सम्मुख ले अपनी दोनों टाँगें, उसके गले में डाल उसकी आँखों में अपनी भोली आँखें गड़ा देते हैं।...ओह, उस एकमेव मृग-नयनी की कजरारी आँखों का वही पारदर्श भोलापन, वही सरलपन। वही समर्पण। वही अनाहत रक्तदान और आत्मदान की चाह : उन हिरनों की कस्तूरी आँखों में।

राजा की बुद्धि और समझ ने जवाब दे दिया है। वह स्तब्ध है। उसे अपने को रखना असह्य हो उठा है। निर्मन और निर्विचार वह केवल देखने को अभिशप्त है।

...कि हठात् चार-पाँच खरगोशों की एक टोली, किसी झाड़ी में से निकलकर उसकी ओर दौड़ी आ रही है। सम्राट ने उत्तेजित होकर जोर से एक पैर पटका। लेकिन वे नन्हें प्राणि जरा भी भयभीत न हुए। उफ् उससे ये क्षुद्र प्राणी तक भयभीत नहीं होते? जिस चक्रवर्ती के वीरत्व और प्रताप की धाक महाचीन से लगाकर, पारस्य और यवन देश ग्रीस तक व्याप्त है, उससे कोई डरता तक नहीं, इस बीहड़ वन के राज्य में?

राजा मन-ही-मन बेहद दैन्य और आकिंचन्य अनुभव करने लगा। वह निढाल और निरुपाय होकर एक चट्टान पर बैठ गया। वे खरगोश निधड़क उसके शरीर पर चढ़ आये। उसकी गोद और बाहुमूलों में दुबक रहे। उसे दुलारने और पुचकारने-से लगे। उनकी लोमश मसृण काया के गर्म स्पर्शों से राजा का जमा हुआ खून बह आया। उसे अपने रोमों में एक अजीब पुलक-कम्पन अनुभव होने लगा। उस अनूठी कोमलता के दबाव ने उसे चारों ओर से आवरित कर लिया।

...और यह क्या, कि उसकी बाँहों और कन्धों पर तोते आ बैठे हैं। उसके विपुल केशों के छतनार में बैठकर मैना गा रही हैं। सौन्दर्य, कोमलता, प्यार के इस साम्राज्य में वह अपने को बहुत बेबस और निरीह पा रहा है।

लेकिन अगले ही क्षण सम्राट को इसमें एक आखिरी हार का अनुभव हुआ। प्रकृति ने पुरुष को इतना निःसत्व और अधीन कर लिया? ओ नारी, तुझे अजेय तो कभी न जाना था। माँ? नहीं, श्रेणिक माँ को नहीं स्वीकारता। माँ और रमणी से बढ़कर पुरुष के पौरुष की कोई सीमा और नहीं। उसे ऐसी कोई कोमलता स्वीकार्य नहीं, जो उसकी प्रभुता को गला दे, विसर्जित कर दे। 'मैं...मैं, दुर्दान्त बर्बर, आदि पुरुष मैं। निःसंग, नारीहीन, एकाकी। मैं अयोनिज हूँ, अमातृक हूँ, अजन्मा हूँ। मैं एक शाश्वत अजेय सत्ता-पुरुष हूँ। और समय के आरपार अस्खलित जारी हूँ।'

और हठात् सम्राट खड़ा हो गया। उसने चारों ओर हाथ-पैर मारकर, मानो अपने ऊपर आ छायी सारी प्रकृति की रमणीयता को जैसे झँझोड़कर दूर फेंक दिया। एक लोमहर्षी हुंकार से वह दहाड़ उठा।

"...मैं...मैं...मैं, चक्रवर्तियों का चक्रवर्ती, एकमेव पुरुष श्रेणिक भम्भासार हूँ। मैं लोक का आदिम अहेरी हूँ। मैं सौन्दर्य, प्रेम, कोमलता का जन्मजात शिकारी हूँ। मैंने चिरकाल उन्हें भोगा, पर वे मुझे न भोग सके। और अब...आज, वे मेरा आहार किया चाहते हैं?

"आखेट, आखेट, आखेट...! ओ प्रकृति की अन्तिम क्रूरता, भयानकता, खुलकर मेरे सामने आओ। ओ चम्पारण्य, कहाँ हैं तेरे वे लोक-विश्रुत व्याघ्र, अष्टापद और भेड़िये, जिनकी झलक मात्र पाकर बड़े-बड़े शूरमा थर्रा उठते हैं। जिनकी कहानियों से उपद्रवी बच्चों का डराया जाता है। क्या वे मुझसे डरकर भाग गये हैं? ओ जंगल, देख देख, मैं अभी तेरे पहाड़ों, गुफाओं, खोहों और खन्दकों को कोमलता की लाशों से पाट दूँगा।...

"ओ आसमान, मुझे तीर-कमान दो। पहली बार मैं निहत्था और निष्कवच निकल पड़ा हूँ। मैं अब अनन्त कोटि ब्रह्मांडों पर राज नहीं करना चाहता। मैं उनका

शिकार करूँगा, उनकी हत्या करूँगा, उन्हें सदा के लिए जमींदोज कर दूँगा।

"मैं दुर्दान्त अहेरी, आखेटक, शिकारी, महाव्याध। मैं मारकर चैन लूँगा। हर शै को मारकर। अरे कहीं कोई है, जो मेरी आवाज सुनेगा? मुझे तीर-कमान दो, मुझे वह शार्ङ्गधर धनुष दो, जो कृष्ण वासुदेव की आयुधशाला में जन्मा था। तीर-कमान, तीर-कमान, तीर-कमान..."

सम्राट् के अनुचर दूर से उनको इतना कातर, त्रस्त, विक्षिप्त देखकर पसीज गये। रो उठे। वे अपने को रोक न सके। वे नत मस्तक हो श्रेणिक के सम्मुख आ खड़े हुए।

"आज्ञा दें प्रभु, आज्ञा!"

श्रेणिक पहले जरा खीजा, फिर उसे एक अजीब राहत अनुभव हुई। उसकी प्रभुता को सहारा मिला। सैनिकों के सरदार ने सम्राट के चरणों में एक प्रकांड धनुष और तीरों का तूणीर प्रस्तुत किया।...नहीं, ये मानुषिक धुनष-बाण वह न लेगा। आसमान से उतरना होगा उसके विश्वकोटि धनुष को, कालभेदी बाण को।...

और एक भयंकर गर्जना करके, सम्राट सामने के पर्वत पर चढ़ गया। एक शृंग पर खड़े होकर उसने अपने हुंकार के चम्पारण्य के राजेश्वर केसरी को ललकारा। उसकी दहाड़ों से खोहे और खन्दकें दहल उठीं। आदिम अन्धकारों के जन्तुलोक खलभला उठे।

हठात् किसी अगम्य अँधेरी माँद के मुहाने को चीरता, एक महाव्याघ्र प्रलयंकर गर्जना करता सामने की खन्दक में कूद पड़ा। और वहीं से सम्राट को ललकारने लगा। एक विचित्र खूनी मृत्यु-गन्ध से राजा मोहित और मत्त हो उठा। उसे अपने पौरुष की सार्थकता अनुभव हुई। हड़कम्पी गर्जना करते सिंह की विकराल डाढ़ों ने श्रेणिक को बेतहाशा खींचा। और छलाँग भरकर वह उसी डाढ़ों पर ही जैसे कूद पड़ा।

...लेकिन यह क्या, कि सिंह ने भी उसे दगा दे दिया। वहाँ खूँखार जबड़ा नहीं था। व्याघ्रराज की समर्पित पीठ थी, जिसके लोमों में राजा के पैर धँसक रहे थे। श्रेणिक ने अपनी समस्त क्रूरता से उसे खूँदा और कुचलकर भूसात् कर देना चाहा। मगर वह जंगल का राजेश्वर उसकी हर खूँदन से अधिक-अधिक नम्य और नर्म होकर, उसे अपने में धँसाये ले रहा था। राजा के क्रोध का पार न रहा। प्रकृति की यह अन्तिम क्रूरता और भीषणता भी उसे प्रतिरोध देने को तैयार नहीं? यहाँ उससे कोई भी लड़ना नहीं चाहता? कोई...कोई...कोई भी उसकी पकड़, उसके पंजे, उसकी हत्या को उत्तर नहीं देना चाहता? राजा व्याघ्र की पीठ के नीचे उतर आया। उसने एक लात मारकर सम्मोहित मूर्च्छितप्राय सिंह को झँझोड़ा, जगाया।

"अरे उठ ओ मरदूद, तूने भी अपना स्वधर्म छोड़ दिया? ओ जड़-जंगम के राजा, मैं तेरी दया और प्रीत पाने नहीं आया। तुझसे लड़ने आया हूँ। सावधान केहरी, तैयार हो जा, मैं तुझसे कुश्ती लड़ूँगा। मैं तेरी सर्वभक्षी अँतड़ियों को अपने पंजों से

फाड़कर, तेरे जंगल-राज्य को अनाथ कर दूँगा। आ...आ...आ...। ले मैं आया...''

सम्राट की ललकारी को मानो व्याघ्रराज ने स्वीकारा। वह अपने पिछले पैरों के बल उत्तान खड़ा हो गया। उसने अपने अगले पंजे, भुजाओं की तरह पसारकर मानो सम्राट को मल्ल-युद्ध के लिए आवाहन दिया। सम्राट ने सीधे एक भयंकर घूँसा मारकर, सिंह के वक्ष को विदीर्ण कर देना चाहा। अपनी मुट्ठियों से उसके गुर्राते जबड़े की दाढ़ों तोड़ देना चाहा।...लेकिन सब व्यर्थ।

सिंह ने अपने चारों पंजों के बीच राजा को जकड़ लिया। सम्राट के अनुचर सैन्य त्राहिमाम् कर उठे। सिंह पर तीर चलाये भी तो कैसे? राजा जो उसकी छाती पर जकड़ा है। सिंह को मारकर, राजा को नहीं बचाया जा सकता है। हाहाकार करते हुए वे सैन्य जन चीखते रह गये।

...और सिंह के आलिंगन में सम्राट को मृदुता और आनन्द की मूर्च्छा-सी आ गयी।

जब श्रेणिक की तन्द्रा टूटी, तो कोई भी व्याघ्र वहाँ नहीं था। और वह फूल-सा हलका होकर मौन की उस खन्दक में गुमसुम खड़ा था।

...ओह, उससे कोई भयभीत नहीं, कोई आतंकित नहीं? इस सिंह ने भी उसकी ललकार को व्यर्थ कर दिया। महाक्रूर, महाभयानक के इस चरम ने भी उसे प्रतिरोध न दिया? श्रेणिक लड़े तो किससे लड़े, जीते तो किसको जीते? यहाँ तो सब सहज ही विजित होकर, परस्पर समर्पित हैं। हिंस्रता के अवतार इस अष्टापद ने भी यहाँ हिंसा को त्याग दिया है। यह किसी सत्ता का प्रताप है?

...एक नारी है कहीं, मगध के अन्त:पुर के एकान्त कक्ष में। एक पुरुष है कहीं, मगध के विपुलाचल पर। पुरुष और प्रकृति ने मिलकर उसके विरुद्ध ऐसा दारुण षड्यन्त्र किया है, कि उसे अपनी इयत्ता कायम रखना मुश्किल हो गया है। वनस्पति और तिर्यंच, कीट-पतंग, जड़-जंगम, जलचर, थलचर, नभचर प्राणि मात्र इस षड्यन्त्र में शरीक हो गये हैं। अजेय बली श्रेणिक के विरुद्ध? ठीह है, वह उनका सीधा सामना करेगा। कालजयी श्रेणिक के वज्र को तोड़ दे, ऐसी कोमलता अस्तित्व में नहीं रह सकती। वह इसे देख लेगा।

...और मगधेश्वर लौट पड़े। उनका अंगरक्षक सैन्य उनका अनुसरण करने लगा। पीछे कई अश्व और सैनिक चल रहे हैं। सरंजाम का एक पूरा कारवाँ चल रहा है। और सबसे पीछे आ रहे हैं, पाँच सौ शिकारी कुत्ते। सम्राट के ठीक पीछे उनका अश्व चल रहा है। राजेश्वर कारणहीन विजयोन्माद से झूमते, एक अजीब नशे में लड़खड़ाते-से, पथहीन अरण्यानियों के झाड़ी-झंखाड़ों को गूँधते, फाँदते पार कर रहे

हैं...सदियों की सुप्त प्रकृति राजा के पैरों के धमाकों से जाग रही है।

...और हठात् उन धमाकों को किसी ने भंग कर दिया। चलते-चलते सम्राट ठिठककर देखता रह गया। वन के एक बहुत भीतरी नीरव एकान्त में, कोई पुरुष प्रतिमावत् निश्चल बैठा है। एक स्तन की तरह उभरी चट्टान पर वह सिद्धासन में अवस्थित है। ऊपर के खुले आकाश की तरह ही वह नग्न और निरावरण है। मानो उसी का वह एक मानुषिक मूर्तन है। जिस प्रकृति के बीच वह बैठा है, मानो उसी का वह उद्‌भिन्न व्यक्तिकरण है। या वह प्रकृति उसी के भीतर से प्रसारित है। लता, गुल्म, पेड़, पत्ते, शाखाएँ, सारा वन मानो उसके शरीर पर चित्रसारी की तरह उभर रहा है।

श्रेणिक के भीतर एक लपट-सी लहक उठी : 'ओ, महावीर? तुम यहाँ भी मौजूद हो? तुम सर्वत्र मेरा पीछा कर रहे हो? एक और महावीर, एक और महावीर, एक और...उससे बाहर, उससे परे, क्या सत्ता सम्भव नहीं...? नहीं, श्रेणिक को यह मंजूर नहीं। सत्ता दो नहीं, एक ही हो सकती है। या तो उसकी अपनी, या फिर किसी की नहीं।

"महावीर, सावधान! श्रेणिक बिम्बिसार आज दो टूक फैसला करके दम लेगा। चेलना के दो स्वामी नहीं हो सकते। पृथ्वी के दो अधीश्वर नहीं हो सकते। महावीर, तुम या मैं? शिकारी श्रेणिक के लिए, इस जंगल और जगत् की हर शै केवल आखेट है। ले झेल, मेरा बाण, या मेरी प्रभुता स्वीकार कर...!"

हठात् जंगल के मर्म में से एक आवाज सुनाई पड़ी :

"सावधान श्रेणिक! योगिराट यशोधर यहाँ तुरियातीत समाधि में लीन हैं। प्रशम, संवेग और समत्व के शिखर पर वे आरूढ़ हैं। ये महावीर के ही एक पूर्वाभास और प्रतिरूप हैं। ये सदा त्रिकाली योग धारण किये रहते हैं। मुनियों के बीच ये मुनीश्वर हैं। तप के ये हिमाचल हैं। असंख्याती पर्यायों का ये युगपत् ज्ञान कर रहे हैं।...आँख खोलकर देख श्रेणिक...देख...देख..."

राजा स्तब्ध हो रहा। योगिराट् यशोधर...? यह नाम कितना परिचित है!...ओ याद आया। चेलना के पार्श्वानुगामी गुरु, लिच्छवियों के कुल-गुरु! महावीर के धर्म-पूर्वज। अद्‌भुत है यह सुयोग। श्रेणिक को अपना सम्पूर्ण आखेट एक ही जगह उपलब्ध हो गया। जंगल की इस चट्टान पर। जिनों के वंशोच्छेद का एक ऐसा एकाग्र संयोग इस अरण्य के सिवाय और कहाँ मिल सकता था।

"सावधान, ओ धूर्त योगिराट्। देखूँ तेरे तप का प्रताप! सैनिको, हमारे ये पाँच सौ शिकारी कुत्ते इस मुनि पर छोड़ दो। अविलम्ब आज्ञा का पालन हो!"

इस क्रूरता से सैनिक दहल उठे। उनकी हिम्मत न हुई, उस निर्दोष, निरपराध बालकवत् योगी पर अपने हिंसक कुत्ते छोड़ देने की। सम्राट मूक क्रोध से पागल-सा हो गया। सैनिकों को उसने लातों से खदेड़ दिया। और एक सैनिक के हाथ से बल्लम लेकर हुंकारता हुआ, वह उन कुत्तों के झुण्ड पर टूट पड़ा। और उन्हें बल्लम की नोकों से कौंच-कौंच कर, बलात्, मुनिराज पर दौड़ा दिया। खूँखार कुत्ते एक साथ पंजे उठाकर, चीतों की तरह गुर्राते हुए मुनि पर टूट पड़े।

...लेकिन यह क्या हुआ, कि अगले ही क्षण कुत्ते मुनि के चारों ओर मंडल बाँधकर स्तम्भित, समर्पित से रह गये। उनके आक्रमण को उठे खूनी पंजे, जुड़े हाथों की तरह वन्दना की मुद्रा में उठे दिखाई पड़े। और विपल मात्र में ही मानो वे दण्डवत करते-से योगी के चरणों में लोट गये। आरति और प्रीति की सुबकियों और कराहों के साथ मुनीश्वर के अंगों से लिपटकर रभस करने लगे।

श्रेणिक के हृदय पर जैसे किसी ने एक घूँसा मारा हो। वह पराहत, म्लान, पराजित देखता रह गया। उसे दारुण निराशा का चक्कर-सा आ गया।

'...ओह, इस तापस ने अपनी किसी तपो-ऋद्धि से इन कुत्तों को भी स्तम्भित कर दिया है। मेरे चारों ओर जादूगरों और विद्याधरों का मायावी मन्त्रजाल फैला है।...ठीक है, अब मैं स्वयं ही, इस नग्न साधु की छाती बींधकर, इस खेल को सदा के लिए खत्म कर दूँगा...!''

और राजा ने एक सैनिक से चंड धनुष छीनकर उस पर बाण चढ़ा दिया। और पूरी ताकत से तीर को कान तक खींचकर ज्यों ही मुनीश्वर की छाती में भोंक देने को हुआ, कि एक फणिधर महासर्प धरती में से प्रस्फोटित होकर फुँफकार उठा। वह प्रतिमायोग से स्थिर योगी और राजा के बीच उत्थायमान हो अपनी फणाएँ फटकारने लगा।

सम्राट ने आपा खो दिया। वह धमक कर सर्प पर टूट पड़ा और उसके फनों को अपनी ठोकरों से हताहत कर, उस महानाग के विशाल डील को उसने अपने पैरों से रौंदकर कुचल दिया। फिर एक भयंकर अट्टहास करके उसने उस मृत सर्प को निश्चल योगासीन मुनीश्वर के गले में डाल दिया।

मुनि ने कोई बचाव नहीं किया। वे अप्रभावित और अकम्प, मानो वह चट्टान और सारा जंगल हो रहे।...पर राजा को कहीं विजय की गहरी तृप्ति अनुभव नहीं हुई। कालसर्प को उसने कुचलकर मार दिया। और महावीर के अग्रज, तथा चेलना के गुरु को उसने मृत सर्प की माला पहनाकर, सदा के लिए समाप्त कर दिया।...जिनों का वंशोच्छेद हो गया।

और सम्राट को लगा कि उसका लक्ष्य कहीं सिद्ध हुआ है। वह जीत गया है। वह सारे जंगल, प्रकृति और सृष्टि को पराजित कर दिया है। आज तक के अजित

अरण्य-राज्य की नीरन्ध्र निस्तब्धताओं को मानो उसने भेद दिया है। और मानो पाताली शेषनाग की उसने सदा के लिए हत्या कर दी है। चेलना और महावीर के दुर्ग का उसने भंजन कर दिया है।

...और उसका जी चाहा, कि वह फिर लौटकर मगध पर, और ससागरा पृथ्वी पर राज्य करे।

लौटकर सम्राट सीधा राजगृही नहीं आया। गंगातट के सीमान्तवर्ती महलों और उद्यानों में तीन दिन अपनी विजय का महोत्सव मनाता रहा। चौथे दिन सुबह उठते ही महाराज ने अनुभव किया कि जब तक चेलना उनकी विजय के इस संवाद को उन्हीं के मुँह से न सुन ले, तबतक उनकी विजय पर मुहर नहीं लग सकती।

...सम्राट ने राजगृही पहुँचकर सहसा ही, चेलना के मुद्रित कपाटों पर दस्तक दी। सम्राज्ञी ने दस्तक पहचान ली। रुद्ध द्वार खुला। मुक्त कुन्तल, उज्ज्वल वेशी तापसी जैसी महारानी ने सम्मुख होकर सम्राट की बलाएँ लीं। और उनके चरणों में नम्रीभूत हो गयी। सम्राट खिल-खिलाकर हँस पड़ा। फिर रानी के केश-कुन्तलों से खेलते हुए, उसने उपहास के स्वर में चम्पारण्य में घटित अपनी पराक्रम-कथा कह सुनायी।

सुनकर चेलना का रोंया-रोंया रो आया। वह गम्भीर रुदन में फूट पड़ी। फिर भयार्त, कम्पित आवाज में बोली —

"घोर अमंगल हो गया, देवता। महायोगी यशोधर की समाधि में आघात पहुँचाकर तुमने जनम-जनम के लिए अपना ही घात कर लिया। तपस्वी के रक्षक देवता महासर्प को मारकर उनके गले में डाल दिया! तुमने अपने लिए नरकों के द्वार खोल लिये, स्वामी। इस पाप का पृथ्वी पर कोई प्रायश्चित सम्भव नहीं। कर्म-विधान के परम नियम को अटल देख रही हूँ, आँखों आगे। हाय नाथ, मैं...मैं तुम्हें कैसे बचाऊँ, कहाँ छुपाऊँ?"

"कैसे घोर अज्ञान में तुम जी रही हो, देवी। वह धूर्त श्रमण, मेरे पीठ फेरते ही, उस सर्प को दूर फेंककर कहीं चम्पत हो गया होगा, कभी का। किस भ्रान्ति में पड़ी हो, महारानी!"

"यह त्रिकाल सम्भव नहीं, मेरे देवता। काश, वातरशना जिनों के तपस्तेज को तुम पहचान सकते!...प्रत्यक्ष मेरी आँखों आगे, वे क्षमा-श्रमण अपनी जगह अटल हैं। और वह सर्प उनके गले में वैसा ही अवचिल है। और...और...सहस्रों चींटियाँ मृत सर्प पर छाकर, उन योगीश्वर के शरीर को चलनी किये दे रही हैं।...आह, आह, असह्य है, असह्य है, अनुकम्पा के अवतार उन महातपस्वी पर होनेवाला वह

उपसर्ग... !''

और चेलना फूट-फूटकर रोने लगी। और गुड़ी-मुड़ी होकर फर्श पर पड़ रही। सम्राज्ञी की सिसकियों से महाराज पसीज उठे, बोले —

''तो चलो, देवी हम इसी क्षण चम्पारण्य को प्रस्थान करें। स्वयं चलकर देखो, और अपने भ्रम से मुक्त हो लो। तुम्हारी यह ग्रन्थि सदा को कट जाए, और हमारे बीच की दीवार टूट जाए!''

''चलो, चलो मेरे नाथ। और देखो प्रत्यक्ष, कि कौन भ्रम में है। चेलना के सत् की अन्तिम परीक्षा हो जाए।''

मध्याह्न की प्रखर धूप में योगिराट् यशोधर उस स्तनाकार तप्त चट्टान पर अविचल समाधिस्थ हैं। मृत काल-सर्प वैसा ही उनके गले में पड़ा है। और शत लक्ष चींटियों से उनका समस्त शरीर आच्छादित है।

देखकर श्रेणिक स्वयं स्थाणु की तरह अचल हो रहा। जैसे काठ मार गया हो। और उसके भीतर जमा वज्र अनायास ही गल-सा आया। अपने बावजूद, अपने को भूलकर, वह मुनीश्वर के चरणों में ढलक पड़ा। उसके माथे से माथा सटाकर चेलना भी ढलक पड़ी। अपने वेदना से विदीर्ण होते वक्ष और हृदय से वह अपने परम आप्त गुरु के एक-एक अंग-प्रत्यंग को सहलाने और चाँपने लगी। और उसकी नसों में जैसे शीतल गन्धजल की धाराएँ बहने लगीं।

राजा अथाह प्रायश्चित की आग में हवन होता, गुड़गड़ी धरती पर ढलक रहा। चेलना के सुबकते-सिसकते, कम्पित हाथों से सर्प को मुनीश्वर के गले से निकालकर पास की एक झाड़ी तले सादर लिटा दिया। क्योंकि वह योगी का एक प्रेम-पालित, स्व-नियुक्त सेवक था। अनन्तर चेलना पास ही के एक झरने से निर्मल शीतल जल का कलश भर लायी। फिर अपने केशों के मुदुल छोरों से मुनि के शरीर पर रेंगती तमाम चींटियों को बहुत ही हलके हाथों उतार-उतार कर पास ही हरियाली में विसर्जित कर दिया। फिर अपने आँचल को वनस्पतियों से महकते ताजा जल में भिगों-भिगोंकर अपने श्री गुरु के शरीर को स्पर्शातीत मार्दव से प्रक्षालित किया। अनन्तर अपने विपुल सुगन्धित केशपाश से उस तपस्वी की मलयोज्ज्वल देह का अंग-लुंछन किया।

...महारानी ने विह्वल रुदन के स्वर में, अपने स्वामी की ओर से अनेक तरह अनुनय-प्रार्थना, क्षमा-याचना की। श्रीगुरुनाथ अनुकम्पा से भावित हो मुस्करा आये। समता की उस मुस्कान में सारी सृष्टि को अभय का आश्वासन था। सम्राट एक अपार्थिव भय से थरथरा रहा था। उसने भी अनायास एक गहरी आश्वस्ति अनुभव की। फिर बालक की तरह मचलकर उसने जिज्ञासा की —

"श्रेणिक बिम्बिसार के पाप को कहीं क्षमा है, पृथ्वी पर, हे योगिराट्?"

प्रतप्त लू के झकोरों में ध्वनित सुनाई पड़ा :

"विपुलाचल, विपुलाचल, विपुलाचल। परम क्षमा, चरम शरण। वही एक समवसरण है। वहाँ नहीं, तो कहीं नहीं। निर्भय हो जा, राजन्।"

वीतराग योगी का हाथ उद्बोधन में उठ गया।

धीर गम्भीर गति से, हलके फूल की तरह चेलना, आगे-आगे चल रही है। और अनुताप से विकल, भाराहुत श्रेणिक चुपचाप उसका अनुसरण कर रहा है। उसकी अन्तर्वेदना केवली-गम्य है। अपने में लौटने को ठौर नहीं। और बाहर केवल विपुलाचल। केवल महावीर। और भीतर के शून्य में यह कौन एक तीसरी सत्ता उभर रही है...!

अनन्तशयन हमारी प्रतीक्षा में है

सम्राट बिम्बिसार श्रेणिक अपने 'महानील प्रासाद' की सबसे ऊँची छत पर अकेले खड़े हैं। सई साँझ ही विपुलाचल के शिखर पर पूनम का बड़ा सारा चाँद उग आया है। छत की स्फटिक रेलिंग और नीलमी फर्श में चाँदनी झलमला रही है। उद्यान के कामिनी-कुंजों की हल्की-हल्की महक हवा में सपने तैरा रही है।

रेलिंग पर खड़े सम्राट की निगाह, जहाँ तक जा सकती थी, उससे आगे चली गयी। और उन्हें नहीं पता कि वे कहाँ हैं, क्या खोज रहे हैं, क्या चाहते हैं।

एकाएक बहुत ही महीन नूपुर-रव से सम्राट का एकान्त चौकन्ना हो उठा। वैशाली की विचित्र फुलैल-गन्ध ने मगधेश्वर के अज्ञातों में यात्रित मन को सहसा ही टोक दिया :

"स्वामी, मैं ही हूँ, और कोई नहीं...।"

"आओ चेलना, मगध की महारानी को झिझक कैसी?"

"सम्राट का एकान्त मैंने भंग कर दिया।"

"सम्राज्ञी का उस पर निर्बाध अधिकार है।"

"देखती हूँ, बहुत दिनों से उस एकान्त की सहचारिणी नहीं रह गयी हूँ।"

"चेला, तुम तो अपनी जगह पर हो, शायद मैं ही वहाँ नहीं हूँ। विचित्र लगेगा

तुम्हें, नहीं?"

"कहाँ विचर रहे हैं, मेरे देवता?"

"तुम्हारी आँखों के मृग-वन में।"

"मृग-मरीचिकाओं में विहार करके क्या पाएँगे? क्या खोज रहे हैं वहाँ, मेरे प्रभु?"

"कस्तूरी...!"

"मेरे देवता को वहाँ कस्तूरी मिली?"

"रानी की कंचुकियों का अन्त नहीं, और नाभि-कमल की गहराइयाँ अथाह हैं। थाहते-थाहते थक गया हूँ।"

"फिर भी कस्तूरी नहीं मिली?"

"महारानी अपने मनोदेश में से जाने कहाँ चली गयी हैं। अभी तो उन्हीं की तलाश में हूँ।"

"मैं तो अपनी जगह पर हूँ! सो देवता के चरणों में भी हूँ ही। पर वे चरण ही वहाँ नहीं हैं।"

"कहाँ चले गये हैं, प्रिये?"

"मेरे अपने ही बहुत भीतर, जाने कहाँ विलीन हो गये हैं।"

"विपुलाचल के उदय होते उस जलाभ चन्द्रमा में देखो चेला, शायद वहाँ दिखाई पड़ जाएँ...!"

"देख रही हूँ, वे कमल-चरण दूर-दूर तक चले जा रहे हैं, आँखों के पार।"

"चेलना के बाहु-मृणाल,क्या उन्हें बाँधकर लौटा लाने में असमर्थ रहे?"

"शायद,...छोटे पड़ गये। मृणाल से छूटकर कमल जाने कहाँ भाग निकले।"

"तो छोड़ो चेला, उन्हें अपनी राह जाने दो। क्यों परेशान होती हो!"

"परेशानी अपने लिए नहीं, उनके लिए है। वे मुझमें न सही, अपने में ही लौट आएँ। फिर मैं तो वहाँ हूँ ही।"

"तुम तो अपनी जगह पर हो, तुम वहाँ कहाँ हो?"

"अपने में होकर भी मैं सब कहीं हूँ, और कहीं नहीं हूँ।"

"फिर तुम्हें कैसे पा सकता हूँ?"

"अपने में...!"

"काश, मैं अपने में रह सकता!"

"मगध के सम्राट को किस बात की कमी है?"

"तुम्हारी...!"

"अपनी चेला को क्यों लज्जित करते हैं? मैं कहाँ चली गयी हूँ!"

"तुम्हीं जानो, रानी।"

"छोड़िए मुझे, अपने बाहुबल से अर्जित विशाल मगध साम्राज्य की प्रभुता को देखिए। राजगृही के पण्यों में 'स्वयम्भू-रमण समुद्र' के रत्न परखे जाते हैं। उसके सुरम्य उपवनों की चाँदनी रातों में देव-देवांगना रमण करने को उतरते हैं। उसके विपुलाचल पर तीर्थंकर महावीर का समवसरण विहार करता है। उसके राजपथों पर धर्मचक्र प्रवर्तमान है। महाराज बिम्बिसार श्रेणिक ऐसी तीर्थ-भूमि के सम्राट हैं। उन्हें किस बात की कमी है!"

"चेलना जो इस साम्राज्य से निर्वासित हो गयी है...!"

"अपने भीतर के अन्तःपुर में आओ, देवता, मैं तो वहाँ चिरकाल से तुम्हारी प्रतीक्षा में बैठी हूँ।"

"मुझे वहाँ लिवा ले चलो, प्राण। मेरे बस का अब कुछ भी नहीं रहा...!"

"चलिए न कल सवेरे, 'सम्यक्-उपवन' में विहार किये कितने दिन हो गये। वहाँ के 'अन्तर-मणि सरोवर' में तुम्हारे साथ जल-क्रीड़ा करने को जी चाहता है। केतकी-कुंजों की पराग-शैया पर वहाँ मृग युगल परम केलि में लीन रहते हैं!"

"ऐसे किसी उपवन या सरोवर का नाम तो अपने साम्राज्य में हमने नहीं सुना, देवि।"

"सम्राज्ञी ने सुना है...! कल अपने 'सहस्रार रथ' पर आपको वहाँ लिवा चलूँगी। चलेंगे न मेरे साथ?"

"वहाँ कस्तूरी मिलेगी?"

"अथाह को थाहोगे, तो मिलेगी!"

"तुम्हारी आँखों की इस गहन कजरारी रात में आज कहाँ रहना होगा, प्राण?"

"चेलना के कमल-कक्ष का द्वार, आज रात देवता के पग-धारण की प्रतीक्षा करेगा।"

और अपने हीरक नुपूरों की झलमलाती झंकार से पूनम की चाँदनी में लहरें उठाती हुई, महारानी चेलना देवी धीरे-धीरे चली गयीं।

महाराज ने उमगकर, चाँद को आरसी की तरह आसमान के आलय पर से उतार दिया, और उसमें अपना चेहरा निहारने लगे। देखकर उन्हें अपने आप पर ही प्यार आ गया।

अस्ताचल पर विशाल भामंडल-सा चन्द्रमा निर्वाण की तट-वेला की ओर तेजी से बढ़ रहा था। द्राभा में छिटकी बहुत ही सूक्ष्म आँचल-सी चाँदनी में, मगध की महारानी चेलना, अपने 'सहस्रार' नामा रथ का स्वयं सारथ्य करती हुईं, महाराज बिम्बिसार को 'सम्यक् उपवन' में विहार कराने ले जा रही हैं। पारिजात फूलों का

भीना-भीना परिमल, ब्राह्मी वेला की संजीवनी हवा में अनजान गहराइयाँ खोल रहा है।

...'सम्यक् उपवन' के तमाल-कुंज की घनी छाँव में केवल नीली तारिका की अकेली किरन खेल रही है। वैशाली की विदेही के घने कुन्तल-पाश में वह भी अचानक खो गयी। इस सुरभित अन्धकार की जामुनी आभा में डूबकर श्रेणिकराज ने चेलना के वक्ष पर से सिर उठाया। पूछा प्रिया ने :

"कस्तूरी मिली... ?"

"मिलकर भी वह तो फिर-फर हिरन हो जाती है, चेला। तुम्हारी लीला अपरम्पार है। पाकर भी तुम्हें पा नहीं सका। तुम्हारे अणु-अणु में रमण करके भी, तुम्हें जान नहीं सका। कमल की पाँखुरी पर ओस बिन्दु ठहर नहीं पाता। तट की रेती को छलकर समुद्र फिर-फिर अपने क्षितिज में विलय हो जाता है।"

"तो आओ प्रियतम, 'अन्तर-मणि' सरोवर में जल-क्रीड़ा करें।"

चन्द्रमा अस्ताचल की घाटी में उतर गया। 'अन्तर-मणि' सरोवर के चारों ओर घिरी तमाल की वनाली में रात का आखिरी पहर जाते-जाते ठिठक गया है। आज की भोर उगने वाला सूरज, इस घड़ी विदेह-राजबाला चेलना की कंचुकी में बन्दी है।

चिदम्बरा आज यहाँ दिगम्बर के साथ रमण करने आयी है।...'अन्तर-मणि' सरोवर में नीलमी जलों में वसन तरल से तरलतर होते हुए, जाने कब आपोआप ही उतरकर अपने आप में लीन हो गये।

निर्ग्रन्थ वैदेही की बाहुओं में शरण खोजते-से श्रेणिकराज एक शिशु की तरह ढुलक पड़े।...और चेलना की अन्तिम कंचुकी के बन्द तोड़कर पूर्वाचल पर सूरज की रक्ताभ किरण फूट पड़ी।...महाराज ने अपने सिर को अपनी ही बाँहों में ढलका पाया। उनका अन्तस्तल आरपार बिंध गया।

...तट पर खड़ी महारानी पुकार रही थीं :

"दिन उग आया प्रभु, चलिए चैत्य-कानन में विहार करने की वेला आ पहुँची।"

महाराज एक विचित्र द्वाभा में खोये-से महारानी के साथ चलने लगे। रात भी नहीं। दिन भी नहीं। उनके अन्तर में कोई तीसरी ही वेला बाहर आने को सुगबुगा रही है। अखंड मौन में दोनों साथ-साथ चले जा रहे हैं। बाहर तपोवन तपे हुए हिरण्य की आभा से दीपित हैं, लेकिन मगधेश्वर की आँखें अपने भीतर ही जाने क्या खोजती चली जा रही हैं।

विहार करता-करता राजयुगल 'मंडित कुक्षि' नामक चैत्य से गुजरा। महाराज एकाएक बहिर्मुख हो आये। देखते क्या हैं, कि एक वृक्ष के मूलदेश में एक अति सुन्दर सुकुमार युवा दिगम्बर स्वरूप में समाधिस्थ है। देखकर महाराज का हृदय सहसा ही मर्माहत हो गया। चलते-चलते वे ठिठक गये। एकटक उस तरुण तपस्वी को निहारते

रह गये। मन-ही-मन वे सोचने लगे : अरे, स्वर्ग की कल्प-कुसुम शैया त्यागकर यह कौन देवकुमार, मर्त्यों की पृथ्वी पर ऐसी कठोर तपस्या करने को उतर आया है? अपने स्वर्ग में इसे किस सुख की कमी रह गयी? क्या अपनी देवांगना की केसर-कोमल बाँहों में भी इसे जी चाहा सुख न मिल सका? जानना चाहता हूँ, इसके मन में ऐसी कौन-सी व्यथा समायी है, जो वह अपनी सोने की तरुणाई को यों मिट्टी में मिला रहा है।

...युवा तपस्वी कायोत्सर्ग से फिर काया में लौट आये। उनकी आँखें दूर पर खड़े युगल की ओर उठीं। वीतराग स्मित के साथ वे सर्व चराचर के अंश रूप राजा-रानी को भी सम्यक् दृष्टि से देखते रहे।

तपस्वी के युगल चरणों में नमन कर, प्रदक्षिणा देकर, न बहुत दूर, न बहुत पास खड़े रहकर, सम्राट श्रेणिक ने पूछा, "हे आर्य, ऐसी कोमल कुमार वय में तुमने ऐसा उग्र तप क्यों धारण किया है? रत्नों के पलंग पर, फूलों की सेजों में क्रीड़ा करने लायक सौन्दर्य और यौवन लेकर, विजन अरण्यों की कंटक-शैया पर क्यों उतर आये हो?"

"इसलिए राजन् कि मैं अनाथ था। मैंने पाया कि कोई आत्मीय और मित्र यहाँ नहीं है। कोई अपना नहीं। मुझे पूर्ण सहानुभूति और अनुकम्पा कहीं न मिल सकी। इसी से मैं इस संसार से अभिनिष्क्रमण कर गया।"

सुनकर मगधेश्वर गम्भीर हो गये। ऐसे ऋद्धिमान और कान्तिमान युवा को किसी ने अपनाया नहीं? इसे कोई वल्लभ न मिला, कोई नाथ न मिला?...ऐसा हो नहीं सकता। कान्तार के काँटों और कंकड़ों में इसने आश्रय खोजा है। लड़का बहुत नादान मालूम होता है। महाराज करुणा से कातर हो आये।

"संयतिन्, ऐसे सौन्दर्य और वैभव को किसी ने अपनाया नहीं? उसे कोई नाथ और साथ न मिला? समझ में नहीं आता। मगधराज श्रेणिक के देश में कोई अनाथ नहीं रह सकता। मैं तुम्हें सनाथ करूँगा। चलो, मेरे महलों का ऐश्वर्य तुम्हारी प्रतीक्षा में है। और आर्यावर्त की सौन्दर्य-लक्ष्मी चेलना की गोद तुम्हें शरण देगी।"

"राजेश्वर, तुम, तुम्हारी राजेश्वरी और तुम्हारा वैभव, सभी तो अनाथ हैं। और जो स्वयं ही अनाथ है, वह दूसरे को सनाथ कैसे कर सकता है?"

मगधेश्वर से ऐसी दुःसाहसिक बात कहने का साहस तो आज तक किसी ने किया नहीं था। सुनकर वे विस्मय से अवाक् रह गये।

"सुनो आरण्यक, इन्द्रों और माहेन्द्रों के स्वर्ग राजगृही की रत्निम छतों पर निछावर होते हैं। अप्सराएँ मेरे अन्तःपुरों को तरसती हैं। और तुम मुझे अनाथ कहते हो? आश्चर्य!"

"हे पार्थिव, काश अनाथ और सनाथ के परम अर्थ को तुम जान सकते! वह केवल अनुभवगम्य है।"

"योगिन्, आपत्ति न हो तो तुम्हारा अनुभव सुनना चाहता हूँ।"

''राजन् लोक-विश्रुत प्राचीन नगरी कौशाम्बी का नाम तुमने सुना होगा। मैं वहीं के एक राजवी धनसंचय का पुत्र था। आरम्भिक तरुणाई में एक बार मेरी आँखों में असह्य पीड़ा उत्पन्न हुई और उसके कारण मेरे सारे शरीर में दाहज्वर व्याप गया। अंग-अंग में अंगार से धधकने लगे। किसी शत्रु के तीखे शस्त्रों के फल जैसे मेरे रोम-रोम को बींधने लगे। इन्द्र के वज्र की तरह उस दाह ज्वर की वेदना मेरी कमर, मस्तक और हृदय को उमेठने लगी। मेरी छटपटाहट देखकर मेरे स्वजनों की आँखें मुँद मुँद जातीं। मेरी आर्त चीत्कारें सुनकर वे अपने कानों में ऊँगलियाँ दे लेते। यही मेरा अनाथत्व था।

''समस्त देश के निष्णान्त वैद्य, मान्त्रिक-तान्त्रिक मेरी चिकित्सा के लिए बुला लिये गये। आयुर्वेद, मन्त्र-तन्त्र, जड़ी-बूटी सब पराजित हो गये। चन्द्रकान्त मणि के शीतल जल भी मेरी उस दाह को शान्त न कर सके। यही मेरा अनाथत्व था।

''मेरे पिता का अपार वात्सल्य और वैभव भी मुँह ताकता खड़ा रह गया। वह भी मेरा परित्राण न कर सका। यही मेरा अनाथत्व था।

''माँ की अगाध ममताली गोद से भी उछलकर मैं धरती पर आ गिरता। एकाकी और अनाथ चीखता रहता। सान्त्वना के शब्द फूट नहीं पाते थे। यही मेरा अनाथत्व था।

''एक ही माँ के जने भाइयों और बहनों के प्यार और परिचर्या ने भी हार मान ली। यही मेरा अनाथत्व था।

''और मेरी परम सुन्दरी पत्नी थी। वह मुझे परमेश्वर समझती थी। उसकी पति-भक्ति लोक में अनुपम थी। रात और दिन का मान भूलकर वह मुझी में रमी रहती। ऐसा लगता था कि उसकी आत्मा मेरी आत्मा से भिन्न नहीं है। अटूट वह, मेरे अंग-अंग से जुड़ी रहती। वह सच्चे अर्थ में मेरी अर्द्धांगिनी थी। भोजन, वसन, शयन, सुगन्ध, शृंगार, सभी का परित्याग कर, केवल मुझी में उसका प्राण अटका रहता। क्षण भर के लिए भी मेरे माथे को अपनी गोद से न उतारती। अपनी किसलय-कोमल बाहुओं से वह हर समय मुझे घेरे रहती। तुहिन से भी तरल और मृदुल अपनी ऊँगलियों के परस से वह मेरा पोर-पोर सहलाती रहती। अपनी भुवनमोहिनी आँखों से हर समय वह मुझे ही एक टक निहारती रहती। अपने मलयानिल जैसे कुन्तलों से वह मुझे छाये रहती। प्रीति के आँसुओं से वह मेरे हृदय को निरन्तर सींचती रहती।

''किन्तु हे पार्थिव, ऐसी परम वल्लभा प्रिया भी मेरी उस पीड़ा की सहभागिनी न हो सकी। उसके भीतर भी मेरी आत्मा को शरण न मिली।...तब अन्तिम रूप से मुझे यह प्रतीति हो गयी, कि संसार की बड़ी प्रीति भी मनुष्य को सनाथ नहीं कर सकती। यहाँ की हर वस्तु, यहाँ का हर व्यक्ति अनाथ है, अनालम्ब है। कोई किसी को सहारा नहीं दे सकता।

''एक रात, मध्य प्रहर में, मेरी पीड़ा पराकाष्ठा पर पहुँची। मृत्यु मेरे सामने

आकर खड़ी हो गयी। उस क्षण का आखिरी आँसू मेरे सिसकते ओठों पर गिरा, और व्यर्थ होकर लुढ़क गया।...मैं अन्तिम रूप से अनाथ हो गया। चरम विरह की अन्धकार रात्रि मेरे भीतर व्याप गयी।

"अन्तर मुहूर्त मात्र में अपने भीतर से भी भीतर के भीतर में मैं जाग उठा...

"मैंने मन-ही-मन संकल्प किया : इस रात के बीतने तक, यदि मेरी वेदना दूर हो जाएगी, तो कल सवेरे मैं अभिनिष्क्रमण करके अनगारी प्रव्रज्या ग्रहण कर लूँगा... ।

"हे देवानुप्रिय, इस संकल्प के साथ ही मेरी पीड़ा, उतरते ज्वार की तरह धीरे-धीरे कम होती चली गयी। ब्राह्म मुहूर्त में मैंने अनुभव किया कि मेरी पीड़ा सर्वथा तिरोहित हो गयी है। मैं पूर्ण स्वस्थ हो गया हूँ।...और सूर्य की पहली किरण के साथ ही, अपनी प्रिया और परिजनों के क्रन्दनों को पीठ देकर, मैं राजमहल से अभिनिष्क्रमण कर गया।"

क्षण भर को एक अफाट मौन से सारा वन-प्रान्तर विश्रब्ध हो गया। तब श्रेणिकराज की अन्तिम जिज्ञासा मुखर हो उठी :

"फिर कहीं शरण मिली, आर्य?"

"निर्ग्रन्थ ज्ञातृपुत्र महावीर के श्रीचरणों में जाकर मैं समर्पित हो गया। कैवल्य ज्योति का दर्पण सम्मुख था। उसमें अपना असली चेहरा पहली बार देखा। मैंने अपने को पहचान लिया।...मुझे शरण मिल गयी।"

"निर्ग्रन्थ ज्ञातृपुत्र के चरणों में?"

"नहीं, अपने भीतर। अपने स्वरूप में।"

"फिर क्या हुआ योगिन्?"

"मैं अन्तिम रूप से सनाथ हो गया। मैं स्वयंनाथ हो गया। और अपना नाथ होकर, मैं सर्व चराचर का नाथ हो गया।"

"सो कैसे, भगवन्?"

"अब निखिल चराचर मेरे भीतर है, और मैं उसके भीतर हूँ। बाहर कुछ भी नहीं रहा। विरह सदा को मिट गया। पूर्ण मिलन हो गया।"

"मैं प्रतिबुद्ध हुआ भगवन्, आपकी जय हो।"

और अब तक मौन खड़ी मगध की राजेश्वरी एकाएक पुकार उठीं :

"आर्यावर्त के बाल योगीश्वर जयवन्त हों!"

और राजदम्पती एक साथ, योगी के चरणों में साष्टांग प्रणिपात में नमित हो गये। जाने कितने क्षणों के बाद वे उठे, तो पाया कि योगी वहाँ नहीं थे। चैत्य कानन की वीथिका में एक अरूप आभा दूर-दूर चली जा रही थी।

प्रतिपदा का सुर्णाभ चन्द्र-मंडल, आज की सन्ध्या में चेलना के वातायन पर उतर आया है।

"चेला, आज तुम्हें पहली बार पहचाना!"

"अपने देवता को आज पहली बार मैं अन्तिम रूप में पा गयी!"

"मुझे भीतर ले चलो, आत्मन्।"

"चलो मेरे नाथ, विपुलाचल के शिखर देश पर, अनन्त शयन हमारी प्रतीक्षा में है!"

...दिगन्तवाहिनी हवा में जाने कैसी केसर महक रही थी।

अँधियारी खोह के पार

राजाधिराज बिम्बिसार श्रेणिक अपनी पट्टमहिषी चेलना के साथ, अपने 'त्रिभुवन-जयी' हाथी पर आरूढ़ हैं। विपुलाचल के समवसरण में जाने के लिए, विशाल शोभायात्रा धीर गति से चल रही है। सुवर्ण-मीना खचित अम्बाड़ी में, मरकत-मुक्ता के छत्र तले, सम्राज्ञी के कन्धे पर कोहनी टिकाकर, सम्राट एक घुटने के बल सिंह-मुद्रा में आसीन हैं। निगाह के पार तक चली गयी अपनी चतुरंगिनी सेना पर उन्होंने, धनुष-सन्धान के तेवर के साथ दृष्टिपात किया और इस वैभव और प्रताप के आगे, उन्हें क्षण-भर को विपुलाचल का समवसरण फीका जान पड़ा।

सम्राट अपने जाने तो, अपने तमाम ऐश्वर्य के साथ भगवान महावीर के दर्शन को ही जा रहे हैं। पर यह मुद्रा दर्शनार्थी की नहीं, जिज्ञासु और मुमुक्षु की नहीं। यह भंगिमा एक विजयोन्मत्त आक्रमणकारी की है। चतुरंग सेना लेकर यह पराक्रान्ता योद्धा, मानो अपने चरम शत्रु और अन्तिम भूखंड पर चढ़ाई करने को निकल पड़ा है।

'त्रिभुवन-जयी' हाथी के आगे तीन खंडवाले रथों की एक श्रेणी चल रही है। इन रथों की रत्न-छाया तले मगधेश्वर की अनेक महारानियाँ, उप-पत्नियाँ और वल्लभाएँ विपुल सिंगार-सज्जा के साथ विराजित हैं। उनके आगे, गुंजान जंगलों में संगीत से वशीभूत किये गये, अनेक दुर्वार हाथियों की कतारें झूम रही हैं। उन पर अभय राजकुमार, मेघकुमार, वारिषेण, हल्ल-विहल्ल आदि सम्राट के प्रमुख राजपुत्र और राजपुत्रियाँ आरूढ़ हैं। शेष हाथियों पर मगध के चोटी के धनुर्धर, कोटिभट योद्धा, सेनापति, सामन्त, शिरोमणि श्रेष्ठी और कई मन्त्रीश्वर आसीन हैं।

आदि वेदकाल से ही सुमागधी तटवर्ती मगध देश सम्राटों की स्वप्नभूमि रहा

है। यही वेदों का ऋषि-चरण चारित कीटक जनपद है। राजत्व यहाँ बार-बार ऋषित्व से मंडित हुआ है। यह चिरकाल से ही राजर्षियों के विलास और संन्यास की संयुक्त क्रीड़ाभूमि रही है।

द्वापर में वसुवंश के राजा बृहद्रथ ने यहाँ साम्राज्ञी शलाका स्थापित की थी। एक बार वृषभगिरि पर्वत पर, एक महा भयानक जंगली गेंडे ने बृहद्रथ को धर पकड़ा था। राजा ने मल्लयुद्ध में गेंडे को पछाड़कर उसका काम तमाम कर दिया था। उस गेंडे के पेट और पीठ से बने नक्काड़े आज भी मगध की आयुधशाला में सुरक्षित हैं। आज चतुरंग सैन्य के मोखरे पर वही नक्काड़े वज्रघोष करते हुए विपुलाचल के शिखर को मानो ललकार रहे हैं।

और उक्त बार्हद्रथ वंश में ही द्वापर के शेष में जरासन्ध हुआ। उसने साक्षात् नारायण कृष्ण तक को अपने आतंक से थर्राकर मगध में सर्वप्रथम एकराट् साम्राज्य की स्थापना की थी। और एक शती पूर्व इस मागधी भूमि पर राजा शिशुनाग ने शैशुनाग वंश की नींव डाली थी। और अपने संकल्प-बल से चक्रवर्तित्व का साका चलाया था। और उसी की पाँचवीं पीढ़ी में भम्भासार श्रेणिक ने इस भूमि के पीढ़ियों के स्वप्न को अपने अजेय बाहुबल से मूर्तिमान किया है।

मगध की आदि पुरातन राज्य-लक्ष्मी के भेदी खजाने आज पहली बार खुले हैं। सदियों से बन्द पड़ी भूगर्भी आयुधशालाओं के ताले आज तोड़े गये हैं। और उनमें अज्ञात काल से संचित शस्त्रों और अस्त्रों की अमूल्य सम्पत्ति ने, जाने कितनी अँधेरी शतियों के बाद दिन का उजाला देखा है। उनमें संगृहीत शंख, घड़ियाल, दमामे, भेरियाँ, तुरहियाँ आज उच्च घोषों में बज रही हैं। मानो काल के सारे अन्तरालों को पाटकर, उसे एक धारा में प्रवाहित कर रही हों।

इससे पूर्व मगध के आदिकालीन ज़मींदोज़ शस्त्रागारों की ओर श्रेणिक का ध्यान कभी न गया था। लेकिन आज उसे यह क्या सूझा, कि एक पूरी साम्राजी परम्परा के अटूट सिलसिले को एक साथ प्रदर्शित करके वह मानो अपने आदिम अधिकार का दावा किया चाहता है। राज-तन्त्रिकों ने गिरव्रज के मणिमान नाग का आवाहन कर उससे दैवी नागपाश प्राप्त किया है। वैभार और गृध्रकूट के गन्धर्वों को जगाकर उनमें संग्राम का मारू और जुझारू बाजा आज बड़ी भोर से ही बजवाया जा रहा है।

हजारों चुनिन्दा अश्व-रत्नों पर आरूढ़ अश्वारोहियों ने धरती में से उत्खनित महापुराचीन शस्त्रास्त्रों को धारण किया है। उनके बल्लमों और भालों पर उड़ती रक्त-श्वेत पताकाओं से दिगन्त जैसे रोमांचित हो रहे हैं। और सबसे आगे विशाल पदाति सैन्य एक हाथ में जलते खप्पर और दूसरे में नग्न तलवारें लिये, या धनुष-कमान चढ़ाये, एकोन्मुख भाव से विपुलाचल की ओर धीर गति से अग्रसर हैं। सैनिक अभियान-वाद्य के साथ मिलकर, मारू बाजों का झंझाघोष पंचशैल की तलहटियों को

जैसे प्रलय के ज्वार से आलोड़ित किये दे रहा है। अनाद्यन्त इतिहास का लोहा और फ़ौलाद नग्न होकर, इस सैन्य-समुद्र पर वाहित है।

और सम्राट बिम्बिसार श्रेणिक बारम्बार उस पर निगाह डालता हुआ, अपनी प्रभुता के शिखर पर अपने को उत्तोलित अनुभव कर रहा है। उसे विश्वास हो गया है कि उसकी सत्ता को मात करनेवाली कोई सत्ता अभी धरती पर नहीं जनमी।

...राजराजेश्वरी चेलना सब कुछ को साफ देखती हुई निर्मन और निर्विचार, अपने में अवस्थित है। अपने स्वामी के तन, मन, चेतन, भीतर-बाहर को उससे अधिक कौन अनुक्षण जानता है। आखिर तो उसी के कन्धे पर कोहनी टेककर यह विजेता अपनी प्रभुता की चोटियों पर मँडरा रहा है, इतरा रहा है। चेलना यदि अपना कन्धा वहाँ से हटा दे तो?...

...लेकिन प्रकट में यह सत्य है कि, आज पहली बार मगध के सम्राट और सम्राज्ञी अपने समस्त परिकर और वैभव के साथ सर्वज्ञ महावीर प्रभु के समवसरण में वन्दना के लिए जा रहे हैं।

श्रेणिक के शरीर के एक-एक अणु में जैसे भूकम्प थमे हुए हैं। और वह अपने अन्तरतम में जान रहा है, कि उसके भीतर एक विस्फोट घुमड़ रहा है। वह फूटा तो, इतिहास को एक बार शीर्षासन में उलट कर रख देगा।

...आगे-आगे चल रही हैं राजराजेश्वरी चेलना देवी। और उनका अनुसरण कर रहे हैं, राजाधिराज बिम्बिसार श्रेणिक।

समवसरण के परिसर में पहुँचते ही श्रेणिक को लगा, जैसे उनके पैर बहुत मुलायम हवा में पड़ रहे हैं। भीतर की हठीली हड्डियाँ मानों एकाएक तरल हो आयी हैं।

हाथ से निकले जा रहे अपने प्रचंड शरीर को श्रेणिक ने थामकर रखना चाहा। अपने सिराते अस्तित्व को कसकर भींचने की बेचैनी से वे छटपटा रहे हैं।

...मानांगना भूमि में पहुँचते ही वे चौकन्ने हो गये। उनकी निगाहें कोई सहारा खोजने लगीं, कि टिकी रह सकें। और हठात् वे मानिनी आँखें, मानस्तम्भ पर जा टिकीं तो हट न सकीं। कुछ ऐसा देखा, जिसमें उनके सारे स्वप्न एक साथ मूर्त दिखाई पड़े।

सम्राट के सीने में अकस्मात् एक खामोश विस्फोट हुआ। कोई आदिम चट्टान टूटकर छूमन्तर हो गयी। अपने भीतर के उस अथाह रिक्त में वह पृथ्वीपति बेसहारा छूट गया। वह पानी से बिछड़ी मछली की तरह तड़पने लगा। कि सहसा ही उस शून्य में कोई बहुत ही नम्य द्रव्य उभरने लगा। उसका स्पर्श इतना गहरा और सुखद है, कि उसमें एक विचित्र विसर्जन की अनुभूति होती है। अन्तर-सुख की इस धारा

में मन के सारे आसंग और अवरोध जादू की तरह लुप्त हो गये हैं।

राजा इतना आह्लादित हो आया, कि वह आगे बढ़कर चेलना के दायीं ओर चलने लगा। उस संग चलती दो देहों के बीच की हवा कैसी चन्दनी और पावन है। श्रेणिक का जी चाहा कि सटकर और अटूट चले चेलना के साथ।...लेकिन बीच का यह अवकाश ऐसा तरल और सुखद है, कि छुवन उसमें अविरल जारी है।

...सम्राट की आँखों में औचक ही ऐसा नशा छा गया है, जिसके आगे सारी पार्थिव मदिराएँ फीकी पड़ गयी हैं। और उसी आनन्द के नशे में झूमते हुए सम्राट ने देखा, कि उसके चारों ओर अनन्त और अनाहत ऐश्वर्य का राज्य फैला है। और अपनी माहेश्वरी के साथ वह इसके बीच निर्द्वन्द्व विहार कर रहा है। पता ही न चला कि कब कितने परकोट और रत्न-तोरण पार हो गये। कितने मानस्तम्भ और धर्मचक्र उनके लिए, एक के बाद एक द्वारों की तरह खुलते चले गये।

श्रीमंडप में प्रवेश करते हुए, श्रेणिक को लगा कि वह नम्रीभूत हो आया है। उसका अंग-अंग फलभार के झुके वृक्ष की तरह लचीला हो गया है। और चेलना कल्पलता की तरह उस पर चारों ओर से छा गयी है।

गन्धकुटी के श्रीपाद में पहुँचते ही, दोनों अचानक थम गये। शीर्ष के कमलासन पर उनकी निगाहें उठीं, तो अपलक निहारती रह गयीं। वे दोनों नयन मात्र रह गये। चेलना आँसुओं से पिघल चली, और श्रेणिक उस भीगी ऊष्मा में आत्महारा हो गया।

...और हठात् चेलना पीछे छूट गयी। और राजा ने उस रक्त कमलासन पर करोड़ों कामदेवों को लज्जित कर देनेवाला सौन्दर्य देखा। एक ऐसा मुखमंडल, जो लावण्य का समुद्र है। और त्रिकाल की सारी सुन्दरियाँ और कामिनियाँ जिसकी तरंगें मात्र हैं। वहाँ एक साथ हजारों चेलनाएँ हैं, हजारों महारानियाँ हैं, हजारों वल्लभाएँ हैं। उस कामेश्वर अर्हत् की आँखें अनिमेष चेलना और श्रेणिक को भ्रूमध्य में एकाग्र होकर देख रही हैं। और प्रभु की पलकों की उन कजरारी कोरों पर उर्वशियाँ विदग्ध अँगड़ाइयों के साथ निछावर हो रही हैं। श्रेणिक का कामाकुल मन, निश्चिन्त और उपशान्त हो गया।

श्रेणिक और चेलना और अधिक वह स्वरूप सहन न कर सके। उनकी आँखें मुँद गयीं। साष्टांग प्रणिपात में वे समर्पित हो गये। फिर गन्धकुटी की तीन प्रदक्षिणा देकर वे पुनः श्रीभगवान के सम्मुख खड़े हो गये।

भगवत्पाद गौतम ने आह्लादित होकर घोषित किया :

"मगधेश्वरी चेलना और मगधेश्वर श्रेणिक बिम्बिसार श्रीचरणों में उपस्थित हैं, भन्ते।"

भगवान चुप, अविचल रहे। उनके ओठों पर समत्व की एक अतिसूक्ष्म मुस्कान व्याप गयी। जैसे पूर्वाचल का कोई अभिनव क्षितिज खुला हो। श्रेणिक के लिए विजय

का एक और शिखर सामने आया। वह हर्षित होकर फिर स्वयं आप हो उठा। उसका खोया आपा लौट आया। उसकी अस्मिता उसे लौटा दी गयी। उसका अन्तिम अहं भुजंगम की तरह फुँफकार कर जाग उठा :

"वहाँ अधर में, वह जो विराट् पुरुष बैठा है, वह मुझसे ऊपर है। और समुद्र-कम्पी मगधेश्वर यहाँ उसके पादप्रान्त में खड़ा है! आत्महारा, सर्वहारा, निपट अकिंचन।...ओ, मेरी सत्ता समाप्त हो गयी? तो...तो...फिर कहाँ खड़ा रहूँ? कैसे? कहाँ? मैं नहीं तो कौन?"

फिर आर्य इन्द्रभूति का उच्च स्वर गूँजा :

"राजराजेश्वरी चेलना और महाराजाधिराज श्रेणिक बिम्बिसार श्रीभगवान की कृपा-दृष्टि तले उपस्थित हैं। वे अनुगृह के प्रत्याशी हैं।"

श्री भगवान और भी गहनतर मौन में डूब गये। वह मौन बाहर भी अपार व्यापता गया। गहराता गया।

श्रेणिक को फिर मानभंग का आघात अनुभव हुआ। उसका जी चाहा कि यहाँ से चला जाये। लेकिन वह मूर्तिवत् स्तम्भित है। और तनता ही चला जा रहा है। एक सनातन साँकल टूट जाने की अनी पर तनकर कड़कड़ा रही है। और चेलना अकम्प समर्पित है। उसे अपने-पराये की सुध बिसर गयी है। और श्रेणिक इस क्षण उस चेलना से सटकर थमना चाहता है।

"हे त्रैलोक्येश्वर, श्रीचरणों में उपस्थित हैं, मगध के सम्राट और सम्राज्ञी।"

"वे अनुपस्थित कब थे, गौतम? वे अनुगृहीत और स्वीकृत हैं।"

और भगवान ने उद्बोधन का हाथ उठा दिया।

राजा और रानी को सामीप्य और जुड़ाव की एक अकथ्य अनुभूति हुई। सम्राट ने उन्नत मस्तक, सीना तानकर महावीर को मुकाबिल देखना और पाना चाहा। और उसे लगा कि कोई आकाश बनकर उस पर छाया है, उसके ऊपर वह हो तो कैसे हो। आकाश को कहाँ से पकड़ा जाये, उसे कैसे दबाया जा झुकाया जाये? श्रेणिक निरुपाय वेदना से विक्षिप्त हो उठा। कि अचानक ही सुनाई पड़ा :

"केवल भूताकाश को देख रहा है, श्रेणिक? अपने भीतर के चिदाकाश को देख। वहाँ ऊपर-नीचे, आगे-पीछे, भीतर-बाहर कुछ नहीं है। वहाँ केवल तू है, आयामहीन तू। वहाँ मैं नहीं, केवल तू है, मुझ-निरपेक्ष तू। उस सत्ता का तू एकमेव और शाश्वत स्वामी है। वहाँ तू जय और पराजय से परे का स्वायत्त सम्राट है, श्रेणिक।"

"देख रहा हूँ, केवल तुम्हें, भन्ते प्रभु। और अपनी सत्ता रखना कठिन हो गया है।"

"शास्ता तेरी सत्ता छीनने नहीं आये। वे तुझे सर्वसत्ताधीश बनाने आये हैं। हर

अस्तित्व को जिनेश्वरों ने एक स्वतन्त्र सत्ता के रूप में पहचाना है। यहाँ कोई किसी के अधीन नहीं। यहाँ किसी पर किसी का कोई आधिपत्य नहीं।''

''लेकिन देख रहा हूँ सामने एक प्रभुता, जिसके आगे इतिहास की तमाम प्रभुताएँ पराजित खड़ी हैं। लोक की समस्त सत्ताएँ यहाँ छोटी पड़ गयी हैं। तो मैं कौन?''

''तू केवल स्वयं आप। तू छोटा भी नहीं, बड़ा भी नहीं। किसी से बड़ा होकर रहना चाहेगा, तो किसी से छोटा होना ही पड़ेगा। तू किसी से बड़ा भी नहीं, किसी से छोटा भी नहीं। तू स्वयं-पर्याप्त है। अपने होने के लिए तू किसी अन्य पर निर्भर नहीं। ऐसा मैं जानता और कहता हूँ, श्रेणिक।''

''लेकिन महावीर के सामने होते, श्रेणिक नहीं ठहर पा रहा, भन्ते। मेरी पीड़ा को कौन समझेगा?''

''मैं हूँ तुम्हारी पीड़ा, श्रेणिक। मेरी ओर देखो। देखो, देखो, देखो, श्रेणिक। देखो यहाँ, इस गन्धकुटी की मूर्धा पर। देखो मेरी आँखों में।...और पहचानो कि तुम महावीर हो। और मैं श्रेणिक हूँ। इस समयातीत मुहूर्त में। तुम अर्हत् के इस रक्त-कमलासन पर अधर में उत्तान विराजमान हो। और मैं श्रेणिक हूँ, तुम्हारे पादप्रान्त में उपस्थित।...पश्य पश्य, बुज्झह बुज्झह, जाणह जाणह श्रेणिक।''

और श्रेणिक ने ठीक यही दृश्य देखा। श्रेणिक महावीर हो गया है, महावीर श्रेणिक हो गये हैं। अब वह जीते तो किसे जीते, मारे तो किसे मारे? एक श्रेणिक मरता जा रहा है, एक और श्रेणिक उसकी लचीली माटी में उठ आ रहा है। और उसे सहसा ही सुनाई पड़ा :

''जिसे तू बड़ा देखता है, वह तू ही है। जिसे तू छोटा देखता है, वह भी तू ही है। जिसका तू हनन करना चाहता है, वह तू ही है। जिसे तू अधीन करना चाहता है, वह भी तू ही है। जिसे तू परिताप देना चाहता है, वह भी तू ही है। जिसे तू दबाना चाहता है, वह भी तू ही है। जिसे तू हराना चाहता है, वह तू ही है। जिसे तू जीतना चाहता है, वह भी तू ही है। जिस पर तू प्रहार करना चाहता है, वह तू ही है। जिसका तू आखेट करना चाहता है, वह भी तू ही है। जिसे तू मार डालना चाहता है, वह तू ही है। जिसे तू मिटा देना चाहता है, वह भी तू ही है। तेरे सिवाय अन्य कोई नहीं, जिस पर तू कोई कार्यवाही कर सके। वह तेरा अधिकार नहीं। वह तेरा स्वभाव नहीं, श्रेणिक।''

''तो मेरे उस स्वभाव का स्वरूप कहें, भन्ते स्वामिन्।''

''वह कथ्य नहीं, केवल अनुभव्य है। वह केवल नेति-नेति से जाना जा सकता है।...वाणी वहाँ से लौट आती है। वहाँ कोई तर्क नहीं पहुँच सकता। बुद्धि वहाँ प्रवेश नहीं कर सकती। जो आत्मा है, वही विज्ञाता है। जो विज्ञाता है, वही आत्मा है।

"वह लम्बा नहीं है, छोटा नहीं है, गोल नहीं है, टेढ़ा नहीं है। वह चौरस भी नहीं, मंडलाकार भी नहीं। वह ऊपर भी नहीं, नीचे भी नहीं। आगे भी नहीं, पीछे भी नहीं। वह शरीर नहीं है, संगी नहीं है। वह स्त्री नहीं है, पुरुष नहीं है, और नपुंसक भी नहीं है। वह ज्ञाता है, विज्ञाता है, उसकी कोई उपमा नहीं। वह शब्द नहीं है, रूप नहीं है, गन्ध नहीं है, रस नहीं है, स्पर्श नहीं है। फिर भी वह यह सब एक साथ है। वह इन्द्रियाँ नहीं हैं, फिर भी सारी इन्द्रियाँ एक साथ है। ऐसा मैं प्रत्यक्ष देखता हूँ, और कहता हूँ, श्रेणिक!

"जो यह देखता है, वह देखता है। जो यह जानता है, वह जानता है, देवानुप्रिय श्रेणिक।"

सुनते-सुनते श्रेणिक के मन का चिरकाल का कोलाहल शान्त हो गया। वह नीरव से नीरवतर होता चला आया। वह पल भर जैसे निर्मन, विश्रब्ध हो रहा। और फिर सहसा ही बोला :

"सत्य देख रहा हूँ, सत्य जान रहा हूँ, सत्य हो रहा हूँ, हे अर्हन्त। मैं कृतकृत्य हुआ, मैं धन्य हुआ, मैं कृतार्थ हुआ, भन्ते त्रिलोकीनाथ।"

"श्रेणिक भम्भासार अर्हत् को उपलब्ध हुए। अर्हत् उन्हें उपलब्ध हुए। श्रेणिक राजेश्वर का ग्रन्थिछेद हो गया, गौतम। सम्यक्त्व-चक्षु उनके भ्रूमध्य में खुल गया, गौतम।"

फिर एक अखंड शान्ति व्याप गयी। सारे जीवात्मा उसमें गहरे सुख से आप्लावित हुए। अचानक श्रेणिक ने पूछा :

"और मेरा भविष्य प्रभु?"

"पहले अपने भूतकाल को जान, तो भविष्य भी जानेगा, सौम्य। काल की अखंड धारा में अपने समग्र का बोध प्राप्त कर। अनेक कालों में तू अनेक रूप जनमा, खेला। आगे भी खेलेगा। इन सारे व्यतीतमान जन्मों और रूपों में, तू कौन, यह जान श्रेणिक। तो भविष्य ही नहीं, जन्मान्तर जानेगा। पिछला भी, अगला भी।"

"वह कैसे जानूँ, स्वामिन्? वैसी सामर्थ्य कहाँ?"

"तू त्रिकाली ध्रुव सत्ता है। जन्मों और जीवनों की सारी गुजरती अवस्थाओं में, तू तो सदा वही है, एक वही। वही न हो, तो विविध का यह ज्ञान कौन कर रहा है? क्या ऐसा भी है कि तू कभी था, और अब नहीं है? और आगे नहीं होगा?"

"वह तो असह्य है, भन्ते। मैं वही एक न होऊँ, तो प्रश्न ही आगे नहीं जाता।"

"तू उत्तम भव्यात्मा है, श्रेणिकराज।"

"अपने विषम वर्तमान को देखता हूँ, तो जानने को आकुल हूँ, कि मेरी यह स्थिति क्यों है? भव्यात्मा होकर मैं इतना विमूढ़ क्यों?"

"वह तू नहीं, केवल तेरी एक भंगुर पर्याय, एक अवस्था। जो आयी है, तो बीत

जाएगी। जो आता नहीं, वह जाता भी नहीं। वह बीतता नहीं। फिर जो सदा वही रहता है, वही तू है, राजन्। तू विमूढ़ नहीं, विज्ञाता है, अभी और यहाँ। जो विमूढ़ है, वह केवल एक वीतमान अवस्था। ऐसा मैं देखता हूँ, और कहता हूँ।''

श्रेणिक के भीतर जैसे रोशनी के कई कमरे पार होते चले गये।...लेकिन फिर एक अँधेरी खोह सामने आ गयी। राह रुँध गयी। इसके पार वहाँ मैं कौन हूँ, कौन था।

''अपने पूर्व जन्म को जान श्रेणिक। तभी ग्रन्थिमोचन होगा।''

''कैसे, कैसे जानूँ, हे केवलिन्?''

''जा, अपने भीतर जा। भीतर के समुद्र की यात्रा कर। भीतर के अन्तरिक्षों को पार कर। जा, जा, जा चला जा, अपने को भूलकर चला जा, अपने पारान्तर में।...''

...और श्रेणिक को लगा कि कोई अत्यन्त लोच भरी देहयष्टि, अपनी बाँहों पर उसे उठाये, पार-पारान्तर को भेदे जा रही है।...और अचानक जैसे एक ठोस तट पर जहाज का लंगर पड़ गया। और श्रेणिक ने अपने पोत-गवाक्ष से सामने देखा :

'...यह भरतक्षेत्र का वसन्तपुर नगर है। यहाँ के राजा जितशत्रु और रानी अमरसुन्दरी का पुत्र सुमंगल सामने खड़ा है। रूप में कन्दर्प और कलाओं का चन्द्रमा। मन्त्रीपुत्र सेनक उसका परम मित्र है। उल्लू जैसी चपटी नाक, मार्जार जैसी पिंगल आँखें, ऊँट-सी लम्बी गर्दन, चूहे जैसे कान वाला सेनक कुरूपता का अवतार है। लोक में वह सबसे हास-परिहास का खिलौना है। राजपुत्र सुमंगल के लिए भी वह बहलाव का उत्तम साधन है। सेनक के सामने आते ही, राजपुत्र उसके विकृत रूप पर व्यंग-विद्रूप की झड़ियाँ बरसाता है। सेनक तिलमिला कर रह जाता है।

'रात-दिन के इस अपमान से पीड़ित होकर सेनक का चित्त संसार से विरक्त हो गया। उन्मत्त की तरह हृदय-शून्य होकर वह नगर से निकल पड़ा। गुंजान अटवी में घूमते-भटकते, उसे एक कुलपति तापस मिल गया। उससे उसने उष्ट्रिका व्रत ग्रहण कर लिया। और ऊँट की तरह सूर्य की ओर गर्दन उठाकर, वह तीव्र तप से अपनी आत्मा का दमन और पीड़न करने लगा। निरन्तर अपनी विडम्बना और कदर्थना करता हुआ, सेनक वनचारी तापस का जीवन बिताने लगा।

'एकदा अचानक वह अटन करता हुआ वसन्तपुर के उपान्त भाग में आ पहुँचा। वहीं चर्या करने लगा। मुद्दत बाद तापस मन्त्रीपुत्र की वापसी से लोग हर्षित हुए। उसका दारुण उष्ट्रिका तप देख वे उसकी पूजा करने लगे। उसके इस कठोर वैराग्य का कारण पूछने पर उसने बताया कि : सुमंगल कुमार के निरन्तर हास-व्यंग से ग्लान होकर ही उसने संसार त्याग दिया था। राजपुत्र के परिहास ने उसे तपोबल प्राप्त करा दिया। वह उनका कृतज्ञ है।

'...सुमंगल अब वसन्तपुर के राजा थे। सेनक तापस की विनम्र वार्ता सुन, वे

उसके दर्शन को आये। उसके तप को नमित हुए। अनेक प्रकार क्षमा याचना कर उसे आदरपूर्वक पारण का निमन्त्रण दे गये।...मास-क्षपण पूरा होने पर तापस को राजा की प्रार्थना का स्मरण हो आया। वह शान्त भाव से राजभवन के द्वार पर पारण-गोचरी को आया। पर राजा के उस दिन अस्वस्थ होने से राजद्वार बन्द दिखाई पड़ा। भिक्षुक अनपहचाना, अवहेलित लौट आया। उसने रंच भी रोष न किया और फिर एक और मास-क्षपण धारण कर उष्ट्रिका-तप में अहर्निश तपने लगा।

'राजा को किसी सूत्र से पता चल गया, कि महातपस्वी सेनक उसके द्वार से अभुक्त लौट गया था। वह दौड़ा आया और अनेक विध क्षमा-याचना कर फिर अगले पारण का आमन्त्रण दे गया। सुमंगल पारण-दिन को ऊँगलियों पर गिनता प्रतीक्षा करने लगा।...लेकिन ठीक वह तिथि आने पर फिर राजा अस्वस्थ हो गया। सेनक ने फिर द्वार बन्द पाया। वह फिर भूखा ही लौटकर और भी कठोर संकल्प से उष्ट्रिका तपने लगा। राजा फिर उसी प्रकार अनुताप-विह्वल हो सेनक के निकट नम्रीभूत और क्षमा-प्रार्थी हुआ। फिर उसने मास-क्षपण के अगले पारण का आमन्त्रण दिया।

'तीसरा मास-क्षपण पूर्ण होने पर फिर सेनक मुनि राजद्वार पर भिक्षार्थ आये। इस बार फिर राजा व्याधिग्रस्त था, और राजभवन के द्वार वज्र-कपाट की तरह अचल जड़े दीखे। तापस एक दुर्धर्ष संकल्प-बल से जड़ित द्वार को निर्निमेष तकता रहा।...कि अचानक द्वार खुला और द्वारपाल बाहर आया। सेनक को देख उसे बहुत क्रोध आया। निश्चय ही उस तापस के आगमन से ही महाराज बारम्बार रुग्ण हो जाते हैं। उसने रक्षकों को चुपचाप आज्ञा दी कि वे उस ऊँट-तपस्वी को राजांगन से बाहर कर दें, और फिर कभी उस अमंगली की छाया राजद्वार पर न पड़ने दें।...

'दुर्दाम तपस्वी की तपाग्नि दारुण क्रोध में फूट पड़ी। उसने निदान किया कि : मैं अपने तपोबल से राजा का वध करने के लिए उत्पन्न होऊँ!'

...श्रेणिक उस उग्र तपस्वी के इस निदान से थर्रा उठा। उसके मूलाधार में प्रलय गर्जन करने लगा। और वह फिर देखता ही रह गया।...उसने प्रत्यक्ष देखा : तापस सेनक उस आर्त्तध्यान से मरकर अल्प-ऋद्धि वाला वानव्यन्तर देव हुआ।...और यथाकाल सुमंगल राजा भी मर कर उसी गति में जनमा। और फिर दो प्रेत व्यन्तरों का वह पैशाचिक संघर्ष...!

श्रेणिक की साँसों में प्रश्न की आरी-सी चलने लगी। कौन है यह सुमंगल? कौन है यह सेनक?...और इनके बैर के दुश्चक्र का क्या कोई अन्त नहीं कहीं? और...और आगे क्या होगा इन दोनों का...? प्राणान्तक पीड़ा से श्रेणिक की चेतना में ऐंठन और उमेठन बढ़ती ही चली गयी।...कौन है यह सुमंगल, कौन है यह सेनक, और मेरा इनसे क्या लेना-देना कि मैं...मैं इनके दुश्चक्री वैर की भट्टी में जीते जी झोंक दिया गया हूँ। मैं कौन...मैं कौन...मैं कौन?

...और अधर में आसीन श्रीभगवान ने उत्तर दिया :

"तू ही वह सुमंगल राजा है, श्रेणिक। वानव्यन्तर के भव से चयित होकर तू महाराज प्रसेनजित की रानी धारिणी के गर्भ में श्रेणिक नामा पुत्र जनमा है।"

श्रेणिक को लगा कि वह सामने आ गयी अँधियारी खोह पार हो गयी है। और वह इस उजियाले तट पर श्री भगवान के समक्ष खड़ा है।... कि हठात् फिर एक तीखे प्रश्न के बाण ने बिंधकर, उसकी चेतना को हताहत कर दिया :

"और वह सेनक क्या हुआ, भगवन्?"

"वह चेलना के कोख से तेरे ज्येष्ठ पुत्र कूणिक अजातशत्रु के रूप में जनमा है।"

श्रेणिक अगली साँस न ले सका। और पूछ बैठा :

"तो क्या सेनक का संकल्प सिद्ध होगा? क्या कूणिक मेरा वध करेगा, देवार्य?"

"तपस्वी का अन्तिम निदान व्यर्थ नहीं हो सकता, श्रेणिक। जो तपाग्नि परम निर्माण करती है, वही निमित्त पाकर चरम विनाश भी करती है।"

"तो क्या अपने ही पुत्र के हाथों मेरा वध होगा, नाथ?"

"नियति का विधान अटल है, और तू अभिशप्त है उसे झेलने को, कूणिक तुझे बन्धन में डालेगा, और तू आत्मघात करेगा!"

"आपके होते, भगवन्, मेरा भविष्य, मेरा अन्त इतना भयंकर?"

"कर्म के परम नियम-विधान को अर्हन्त भी नहीं काट सकते। अपने कर्म-विपाक को महावीर ने भी चुपचाप सहन किया है। उसकी तपस्या के साढ़े बारह वर्ष इसके साक्षी हैं। एक ही पुरुषार्थ तेरे हाथ है। संसार का दुश्चक्र काटकर तू मुक्त हो सकता है। अपने बन्ध और मोक्ष का स्वामी, तू चाहे तो स्वयं हो सकता है।"

"पर कोई संकल्प, कोई व्रत, कोई चारित्र्य मेरे वश का नहीं, प्रभु। तुम्हारी तरह तप और संयम मैं नहीं कर सकता। तो फिर मेरा क्या होगा?"

"तुझ में उत्तम सम्यक्त्व की दृष्टि खुल गयी है। इसी से तू जो करेगा, उसका सम्यक् ज्ञान तुझे होता रहेगा। और उसी के बल तू भव का तमोसागर तर जाएगा।"

"निरन्तर पाप करते हुए भी?"

"...और निरन्तर पाप का फल भोगते हुए भी! निश्चय ही तू तर जाएगा।"

"अबूझ है यह रहस्य, भन्ते!"

"व्रती तू नहीं हो सकता। व्रत से मिलता है स्वर्ग। उस सुवर्ण की साँकल में अब तू नहीं बँधेगा। तू नरकाग्नि में नहाकर, सीधा, मुक्ति-सुन्दरी की बाहुओं में रमण करेगा।"

"नरक? मैं आपके होते नरक जाऊँगा, त्रिलोकीनाथ?"

"अपना विधाता तू आप है। अपना स्वर्ग, अपना नरक, अपना मोक्ष तू आप है। कोई त्रिलोकीनाथ उसमें हस्तक्षेप नहीं कर सकता।"

"मैं नरक क्यों जाऊँगा, भन्ते आर्य?"

"अपने अहम् से पूछ। तपस्वी के रक्षक सर्प-देवता को कुचलकर मार देने वाली अपनी एड़ी के फौलाद से पूछ। और फिर यशोधर मुनि के गले में डाले हुए उस मृत सर्प से पूछ। जगज्जयी भम्भासार के हिंसक युद्धों, षड्यन्त्रों, विजय के दुर्मत्त अभिमानों से पूछ? और कोई नहीं, तू ही निरन्तर अपना घात करता चला गया है। तू ही अपना हत्यारा है। तेरे सिवाय तुझे और कौन बचा सकता है?"

"मैं कुछ नहीं कर सकता, प्रभु। मैं केवल देखने, जानने, भोगने को अभिशप्त हूँ। मेरे त्राता हैं केवल महावीर। वे मारें या तारें, मैं समर्पित हूँ। मैं नहीं, केवल तुम हो मेरे वल्लभ!"

"जो है, वही रह श्रेणिक। कोई विकल्प न कर, ग्लानि न कर। चिन्ता न कर, चेष्टा न कर। जो तू है, वही रह। और वह तू संसार, नरक, स्वर्ग, मोक्ष से भी परे त्रिकाली ध्रुव है। केवल इतना जान, और इसमें रह, देवानुप्रिय।"

"प्रतिबुद्ध हुआ, भगवन्। आश्वस्त हुआ, भन्ते। फिर भी पूछे बिना चैन नहीं। मेरा अगला भव कहाँ होगा, प्रभु?"

"रत्नप्रभा नामा प्रथम नरक की पृथ्वी में। आत्मघात करके तू मरेगा। और अपने से बिछुड़कर तू रत्नप्रभा के पंकिल अन्धकार में दीर्घकाल आलोड़न करेगा।"

"आत्मघात करूँगा? नरक के अन्धकार में बिलम जाऊँगा! आह, जगज्जयी श्रेणिक का ऐसा अन्त?"

"वह तेरा अन्त नहीं, वह मात्र एक अवस्था है, जिसमें से यात्रा करना तेरी नियति है। अपना आदि और अन्त तू आप है। और तू अनन्त है। फिर चिन्ता क्या?"

"मेरे नरक का कोई अन्त, कोई किनारा, भन्ते?"

"तू आज क्षायिक सम्यग्-दृष्टि हो गया, आयुष्मान्। अब तू जो कुछ भी करेगा, वह बन्धक नहीं होगा, बन्ध का क्षायक होगा, मुक्तिदायक होगा। तेरी हर क्रिया से अब कर्म झड़ेंगे, बँधेंगे नहीं, बढ़ेंगे नहीं। तू आसन्न भव्यात्मा है, नरनाथ। निर्भय हो जा।"

"क्या है वह मेरी भव्यता, मेरा वह भवितव्य?"

"तुझे अब क्षायिक सम्यक्त्व लाभ हो गया, श्रेणिक। यह निश्चल अविनाशी और उत्कृष्ट सम्पदा है। भव्योत्तम राजेश्वर, अब तू किसी बात का भय न कर। तू निर्द्वन्द्व भोग, और मुक्त होता जाएगा। तेरी भुक्ति ही तेरी मुक्ति होती जाएगी। नरों में तू सदा श्रेष्ठ रहा, तो एक दिन नरोत्तम नारायण होकर लोक की मूर्धा पर भी आसीन होगा। उस दिन जगत् की सारी सत्ताएँ तुझे झुकेंगी।"

"मेरे हर स्वप्न को सिद्ध कर दिया, प्रभु! लेकिन क्या होगा उसका रूप? मेरा भवितव्य?"

"भविष्यातीत महा भविष्यत्। सम्यग्-दर्शन की कृपा से आगामी उत्सर्पिणीकाल में, तू इसी भरतक्षेत्र में पद्मनाभ नामा प्रथम तीर्थंकर होगा। आज जहाँ महावीर बैठा है, कल तू भी उसी अन्तरिक्ष पर आसीन होगा।"

सम्राट का हर्ष उसके हिये में न समाया। उसे अपने वर्तमान में ठहरना असम्भव प्रतीत हुआ। एक प्रबल संवेग से वह उन्मेषित हो उठा। उसे लगा कि वह लोकालोक के ऊपर शून्यों में चल रहा है। और इस ऊँचाई से यदि वह गिरा तो, पातालों में भी उसका पता न चलेगा। श्रेणिक भय से काँप उठा।

"नहीं, अब तू गिर नहीं सकता, श्रेणिक। अब तू नीचे नहीं आएगा, ऊपर ही जाएगा। अब तू पाप से परे जा चुका। अब तू कुछ भी असुन्दर नहीं कर सकता। नरक में भी चलेगा, तो कमल खिलेंगे। सारे कर्म-व्यापार और भोगों के बीच भी तू प्रशम, संवेग और समत्व में आसीन रहेगा। जा, इस पृथ्वी को त्यागकर इसे सम्पूर्ण भोग। जो सर्वस्व त्याग देता है, वही सर्व को अविकल भोग सकता है।

'अकिंचनोऽहमित्यस्मि त्रैलोक्याधिपतिर्भवे:।
योगिगम्यं तव प्रोक्तं रहस्यं परमात्मन:॥'

—इस भाव से जीवन जी, श्रेणिक, कि कुछ भी मेरा नहीं है, और तू तीन लोक का अधिपति हो जाएगा। भगवत्ता के इस रहस्य को केवल योगियों ने जाना है। वही मैं तुझसे कहता हूँ, राजेश्वर।"

"साक्षात् देख रहा हूँ, जान रहा हूँ, कि कुछ भी मेरा नहीं है। लेकिन...लेकिन..."

"चेलना?"

"मेरी अन्तिम ग्रन्थि को पकड़ लिया, प्रभु ने।"

"तू स्वयं ही जानेगा, चेलना तेरी कौन है?"

"चेलना मेरी है, भन्ते?"

"तेरी है, फिर भी तेरी नहीं। समत्व में सब कुछ तेरा है, ममत्व में कुछ भी तेरा नहीं है। सत्ता मात्र स्वतन्त्र है। उसे उपलब्ध किया जा सकता है, उस पर अधिकार नहीं किया जा सकता। त्याग दे चेलना को, और वह चिरकाल तेरी है!"

"त्याग दूँ? हमें बिछुड़ जाना होगा? और चेलना महावीर की भिक्षुणी हो जाएगी? और मैं...मैं...अकेला रहने को अभिशप्त हूँगा?"

"शान्तम्, शान्तम्, शान्तम्, आयुष्मान्। अर्हत् युगल को तोड़ने नहीं आये, उसे अखण्ड में जोड़ने आये हैं। उसे आत्म में संयुक्त और कृतार्थ करने आये हैं। उसे वियोग, शोक और मृत्यु से परे शाश्वती में अजर, अमर, सुन्दर करने आये हैं। चेलना

तुम्हारी भुक्ति और मुक्ति एक साथ है, और रहेगी। पर अपने आत्म में वह स्वतन्त्र है। तुम भी अपने आप में स्वतन्त्र हो। प्रणय वह चिदाकाश है, जिसमें दो युगल आत्माएँ, एक-दूसरे के अस्तित्व को पूर्ण अवकाश देती हैं। वे अव्याबाध एक-दूसरे के पार होती चली जाती हैं। और एक दिन लौ के भीतर लौ लीन हो जाती हैं। एकल और युगल से परे उस परम मिलन में जियो, राजन्।''

चेलना की मुँदी आँखों से अविरल आँसू बह रहे हैं। जैसे हिमाद्रि की शिखर-गुहा से गंगा फूट पड़ी है। और श्रेणिक ह्लादिनी चेलना की उस उज्ज्वल धारा में मुक्त तैर रहा है। क्षण भर को वियोग, व्यथा, जरा, मृत्यु का सर्वत्र तिरोभाव हो गया। जीवों ने मुक्त मिलन के निर्बाध सुख को अनुभव किया।

''भगवन्, चेलना को जानकर भी न जान सका। पाकर भी पूरी न पा सका। क्या कारण है, भन्ते?''

''क्योंकि पूरी पाये बिना तुम्हें चैन न था। जो पूर्ण प्रिया को पाने की अभीप्सा रखता है, उसे वियोग और व्यथा की शैया पर ही सदा सोना होता है। देह की सीमा में मिलन नहीं। देह के भोग में नित्यत्व नहीं। तू अविरल मैथुन चाहता है, तू नित्य भोग चाहता है, राजन्। तू पूर्ण और आप्त नारी भोग चाहता है। वह देह-राज्य की सीमा में सम्भव नहीं। वह आत्म-राज्य की भूमा में ही सम्भव है। जहाँ तेरी काम्या ही तेरी आत्मा हो जाती है। जहाँ तेरी आत्मा ही, तेरी एकमेव काम्या हो जाती है। जो प्रिया बाहर है, वह पराधीन सत्ता है। और पराधीनता में सुख कहाँ, मिलन कहाँ, निश्चिति कहाँ।...तेरी चेलना तेरे भीतर बैठी है, वह बाहर कहीं नहीं है, राजन्।''

''प्रभु का ऐसा अनुगृह हो, कि उसे बाहर न खोजूँ, भीतर ही पा लूँ।''

''तेरा सम्यक्त्व ही तुझ पर वह अनुगृह करेगा। वह तुझसे तेरा अनचाहा भी करवा लेगा। तेरी अब कोई चाह नहीं हो सकती। तेरा विधाता है, अब केवल तेरा सम्यक्त्व। वह जो स्वरूप दिखाएगा, वही तू देखेगा। वह जो जनाएगा, वही तू जानेगा। वह जो देगा, वही तेरा परम भोग्य होगा। भोग, और जान ले अपनी चाह के चरम छोरों को। तब चाह मात्र समाप्त हो जाएगी। और बिना चाहे ही, चिरकाल का सारा मनचाहा तुझे मिल जाएगा। निर्विकल्प, निर्विचार होकर जी, निर्द्वन्द्व और तन्मय होकर जी। तो हर अनुभव के छोर पर अपने को ध्रुव, अविचल खड़ा पाएगा। फिर भय कैसा, श्रेणिक?''

''अर्हत् की अशोक-छाया में, निर्भय हुआ, नाथ। और प्रभु, चेलना का भविष्य?''

''उत्कृष्ट क्षायिक सम्यक्त्व लेकर ही जनमी है, चेलना। वह जन्मजात योगिनी है। तू धन्य है, कि तू उसे सहयोगिनी के रूप में पा गया। आत्मसहचरी पाने को ही तो सृष्टि का हर प्राण तरस रहा है। उसे तू पा गया। मुक्ति का आस्वाद कराने आयी

है चेलना।''

''लेकिन जब मैं न रहूँगा, तो वह कहाँ होगी? क्या करेगी? किसके साथ चलेगी? उसे कष्ट तो न होगा? उसकी संकट-रात्रियों का संगी कौन होगा?''

श्री भगवान किंचित् मुस्कुरा आये :

''उत्तम सम्यक्-दृष्टि होकर भी, तू कितना मोह में डूबा है, आत्मन्? जब तू और चेलना नहीं मिले थे, तब भी वह थी, और तेरे बिना वह रह सकती थी। और तब तू भी था, और उसके बिना भी जीता रह सकता था। यहाँ कोई किसी के अस्तित्व की शर्त नहीं। सब स्वायत्त और स्व-निर्भर हैं। कोई किसी पर अवलम्बित नहीं। परावलम्बन नहीं, स्वावलम्बन ही नैसर्गिक है। वही स्वभाव है। अन्य सब मोहजन्य भ्रान्ति है।''

''लेकिन चेलना कहाँ रहेगी, क्या करेगी, कैसी जिएगी, किसके साथ चलेगी? कौन होगा उसका संगी?''

श्री भगवान फिर किंचित् मुस्कुरा आये।

''वह अपने में रहेगी। अपने उपादान में से जो आएगा, उसे ही वह करेगी। अपने स्वभाव में, स्वभाव से जिएगी। अपने साथ चलेगी। आप ही अपनी संगी होगी। चेलना ऐसी चेतना लेकर ही जनमी है, राजन्। तुम्हारा आश्रय वह हो सकती है, पर तुम में वह आश्रय नहीं खोजती। तुम्हें वह सहारा दे सकती है, पर तुम्हारे सहारे पर वह अवलम्बित नहीं। वह निर्मोह और निर्भ्रान्त है, राजेश्वर।''

''निर्मोह होकर भी वह मुझे इतना प्यार कर सकी, प्रभु?''

''निर्मोह होकर ही कोई ऐसा अमोघ प्यार दे सकता है। ऐसा असीम भोग दे सकता है जैसा चेलना ने तुम्हें दिया है। रमणी के राज्य में, चेलना अप्रतिम है, श्रेणिक। वह आप्त काम है। इसी से वह निर्ग्रन्थ और परम रमणी भी है। जिस सुख को अथाह भोगा, उसे दर्शन और ज्ञान में पाओ, राजन्। स्वानुभव के आलोक में ही उस रहस्य को साक्षात् करोगे।''

''और जब मैं नरक में हूँगा, तब चेलना कहाँ होगी, भगवन्?''

''वह महावीर के आर्यिक-संघ में सहज तप के तेज से, लोक में चन्द्रमा की तरह प्रकाशित होगी। वह अनेकों का आश्रय होगी। वह दुखी मात्र की शरण-दात्री, पूर्ण धात्री माँ होगी।

''और जानो श्रेणिक, जब तुम नरक की अग्नियों में जलोगे, तब वह सर्वार्थ-सिद्धि के अनुत्तर विमान में उच्च देवात्मा होगी। वह लिंगातीत अर्द्ध-नारीश्वरी होगी। तुम्हारी दु:सह नरक-यात्रा में भी वह तुम्हारे पीछे सदा सुरक्षा का कवच होकर रहेगी। वह तुम्हारे उन क्रन्दन भरे अन्धकारों में समत्व की रागिनी होकर बजती रहेगी। और पद्मनाभ तीर्थंकर के रूप में तुम्हें लोकचूड़ा पर बैठाकर, वह अन्तर्धान हो जाएगी।''

"सदा के लिए खो जाएगी, अदृष्ट हो जाएगी?"

"कैवल्य-सूर्य में कुछ भी खोता नहीं, कुछ भी अदृष्ट नहीं होता। सब सुलभ हो जाता है, सब हथेली की रेखावत् आँखों के आगे दृष्ट और प्रकट हो उठता है। जो जो देखता हूँ, जो जानता हूँ, वही कह रहा हूँ, श्रेणिक।"

"और फिर चेलना भी मोक्ष-लाभ कर जाएगी? तो उसके बाद?"

भगवान एक वत्सल चितवन से श्रेणिक को देख उठे।

"निरा बालक है, श्रेणिकराज तू! उत्कृष्ट सम्यग्-दृष्टि का मोह भी कितनी दूर तक जाता है! फिर भी वह बन्धक नहीं, मोक्षक है। अपने इस बालक स्वभाव से ही तू चेलना को पा गया, उत्तम सम्यक्त्व रत्न पा गया। तेरी पृच्छा और जिज्ञासा का अन्त नहीं। तेरे मोह की मानुषोत्तर तीव्रता ही, तेरी मुक्ति का द्वार बन गयी, श्रेणिक। विचित्र है सत्ता का यह खेल, अगम्य हैं आत्मा के रहस्य। तू पूछ और प्रज्ञायित हो। तू जान और आत्मस्थ हो।"

"चेलना के मोक्ष लाभ के बाद?"

"उसके बाद, कोई कालक्रम नहीं। पहले और बाद नहीं। पद्मनाभ तीर्थंकर स्वयं जानेंगे और तुझे साक्षात् कराएँगे, कि तब तू कहाँ होगा, चेलना कहाँ होगी। मुक्त से, मुक्त के मिलन के रहस्य को कौन कह सकता है। वहाँ तू वह हो जाता है, वह तू हो जाता है।"

"मैं पूर्ण निःशंक हो गया, भगवन्। मैं पूर्ण निश्चिन्त हो गया। मैं पूर्ण आश्वस्त हो गया। मैं पूर्ण निर्भय हो गया, भन्ते। मेरे चरम प्रश्न का परम उत्तर मिल गया!"

चेलना उन्मनी समाधि में निमज्जित है। वह प्रभु की कैवल्य-ज्योति के साथ मानो तदाकार हो गयी है।

"बाहर आओ, चेलना। समाधि में बन्द न रहोगी, उसके समाधान को लोक-जीवन में संचारित करोगी। महावीर की मौसियाँ, जगन्माता होकर चलने को ही इस पृथ्वी पर जनमी है।...

"समस्त लोक सुने। श्राविका-संघ की अधीश्वरी होंगी, सम्राज्ञी चेलना। श्रावक-संघ का नेतृत्व करेंगे, सम्राट श्रेणिक भम्भासार। श्रेणिक की जिज्ञासा अन्तहीन है। उसकी पृच्छा सर्वभेदी है। उसकी मुमुक्षा भोगाग्नियों से प्रतप्त है।

"इसी से भगवत्पाद गौतम के बाद आर्य श्रेणिक ही, लोक में शास्ता के सबसे बड़े श्रोता और प्रश्नकर्ता हैं। यह श्रेणिक साठ हजार प्रश्न पूछेगा। और इसे मिलने वाले उत्तर इतिहास की नाड़ियों में व्याप जाएँगे। जन-जन, कण-कण की शिराओं में वे संचरित होंगे। कलिकाल के दीर्घ प्रसार में, वे अनेक शलाकापुरुषों और ज्योतिर्धरों द्वारा नाना भाविनी वाणी में उच्चरित होंगे। ऐसा मैं जानता और कहता हूँ, गौतम।"

भगवान चुप हो गये। एक विराट् निस्तब्धता व्याप गयी।...लगा कि भगवान

उठने ही वाले हैं कि तभी सुनाई पड़ा :

"आयुष्मान् अभय राजकुमार, मेघकुमार, वारिषेण, हल्ल-विहल्ल! मगधेश्वर की अनेक महारानियो, राजकुमारियो! तुमको देख रहा हूँ, जैसे सबको देख रहा हूँ। आसन्न भव्यात्माओं का एक पूरा परिवार देख रहा हूँ। देवानुप्रियो, तुम सब कृतकाम होओ।"

"हमारे लिए धर्म कहें, भगवन्। मार्ग कहें भन्ते।"

"धर्म श्रवण करो और उसे सीधे कर्म में श्रवित करो। वस्तु-स्वभाव के अनुसार ही जियो। वही एकमेव धर्म है, वही एकमेव आचार है। जीव मात्र को निर्बाध जीने दो, स्वयं निर्बाध जियो। यही स्वभाव है, यही अहिंसा है। वस्तु जैसी है, वैसी यथार्थ जानो, वही कहो, वही जियो, यही स्वभाव है, यही सत्य है। जो सर्व का है, उसे चुराकर उस पर अधिकार न जमाओ, यही स्वभाव है, यही अचौर्य है। ममकार की मूर्च्छा से ऊपर रहो, यही अपरिग्रह है, यही स्वभाव है। रमण पर में नहीं, अपने में करो। यही स्वभाव है, यही ब्रह्मचर्य है। इन पाँचों में ही तुम विश्व से योग करते हो। इसी से वह पंच-आयाम धर्म कहा गया।

"जो लोक में कर्म करते हुए, इन पंच धर्मों में विचरते हैं, वे अणुव्रती हैं। जो बाह्य कर्म में संन्यस्त होकर प्रतिपल वस्तु-स्वभाव और आत्म-स्वभाव में ही विचरते हैं, वे महाव्रती हैं। यह आरोपित विधान नहीं, वस्तु-सत्ता से निर्गत स्वाभाविक आचार-मार्ग है। यह पालने की चीज नहीं, स्वभाव में सहज विचरण करना है। इसे जो देखता है, वह देखता है। इसे जो जानता है, वह जानता है। ऐसा मैं कहता हूँ, हे राजवंशियो...

"राजभोग और राजलक्ष्मी क्या तुम्हारी है? जानो श्रेणिक, जानो अभिजात-पुत्रो, तुम जिस सम्पत्ति पर अधिकार किये हो, वह चोरी और बलात्कार की है। परायी वस्तु का स्वामित्व कब तक भोगोगे? जो इस क्षण अपना लग रहा है, वह अगले ही क्षण पराया हो जाता है। चीजें बदल जाती हैं, निगाहें बदल जाती हैं। सौन्दर्य और यौवन ढल जाते हैं। साम्राज्य श्मशान हो जाते हैं। सत्ताएँ उलट-पलट जाती हैं।

"भोग? स्वामित्व? कौन, किसका कर सकता है? संचेतन, संचेतन, संचेतन। सावधान गौतम, सावधान राजवंशियो, एक क्षण को भी प्रमाद न करो। जागो, जियो और जानो। जी कर जानो, जानकर जियो। बदलती अवस्थाओं की इस बादल-खेला में, त्रिकाली ध्रुव रहकर, सुख-समाधि में मगन रहो।

"वही अमरत्व है, अन्य सब मर्त्य है, मृत्यु है, गौतम। ऐसा अर्हत् जानते हैं और कहते हैं। आत्मवान् भव! आप्तकाल भव!"

...और निमिष मात्र में वाणी की वह अनाहत धारा, वह विराट् ओंकार ध्वनि में लीन हो गयी। और वह ओंकार ध्वनि, अनायास चिदाकश में मौन हो गयी।

भगवान पलक मारते ही गन्धकुटी की सीढ़ियाँ उतरते दिखाई पड़े। और सारा ही राजपरिवार आँसुओं की महाभाव धारा में विसर्जित हो गया।

और जयध्वनि गुंजायमान हो उठी :

सम्राटों के सम्राट श्री भगवान जयवन्त हों!
अनन्त-कोटि-ब्रह्मांड नायक महावीर जयवन्त हों!

और श्रेणिक को सहज ही प्रबोधन प्राप्त हुआ :

"...उन भगवान ने मुझे अपने संग एकतान कर लिया। मुझमें अपना रूप दिखा दिया। उनसे भिन्न मैं अन्य कहाँ रह गया? जो वे हैं, वही तो मैं हूँ। अनन्त कोटि-ब्रह्मांड-नायक, सर्वसत्ताधीश उन परम पिता का आत्मज मैं। मैं नहीं, केवल वे। तत्-त्वम्-असि।"

और सम्राट सुषुम्ना में सुखलीन हो गया।

और चेलना ने खुमारी में डूबे सम्राट के कन्धे पर हाथ रख दिया। और श्रेणिक चुपचाप महादेवी का अनुसरण करने लगा।

वह कोई नहीं रह गया

मगध का युवराज मेघकुमार। रानी धारिणी की कोख से जनमे श्रेणिक का एक श्रेष्ठ राजपुत्र। उस दिन विपुलाचल के समवसरण में महावीर को देख लेने के बाद वह मानो घर न लौट सका। लौटा था उसका छाया-शरीर, जो उसके एकान्त कक्ष को सुरभित शैया में रात-दिन छटपटा रहा है।

गन्धकुटी के कमलासन पर वह एक ऐसे पूर्णत्व को देख और सुन आया था, जिसे पाने और भोगने की तीव्र अभीप्सा उसमें बालपन से ही जाग उठी थी। उस पूर्णत्व को शरीर में प्रत्यक्ष देख लेने के बाद, वह इस अपूर्ण के जगत् में घर कैसे लौट सकता था। मेघकुमार स्वभाव से ही अनगार था। इस दुनिया में वह कहीं घर पा ही नहीं सका था। फूलों के चादरों और इत्रों में बसे रेशमी लिहाफों की मुलायमियत में भी, उसके मन को सुरक्षा और विश्राम का अनुभव नहीं हो पाता था। अपनी आठ रानियों के अथाह आलिंगनों में भी, वह बेचैन और अतृप्त ही रह जाता था।

...यहाँ कहीं सुरक्षा नहीं, शरण नहीं, घर नहीं, मुकाम नहीं। घर और कहीं है, असंख्यात लोक-समुद्रों के पार। वहीं जाना होगा। इस देवोपम भोग और ऐश्वर्य में

भी ठहराव नहीं, केवल गुजर जाना है, केवल बीत जाना है। केवल रीत जाना है। और फिर आगे बढ़ जाना है।

पर उस दिन श्रीभगवान की जो उन्मीलित चितवन और अकारण मुस्कान उसने देखी, तो उसे तत्काल प्रत्यय हो गया, कि घर यहाँ है, शैया यहाँ है, विश्राम यहाँ है। फिर भी वह छायावत् यन्त्रवत् सबके साथ न जाने क्यों राजगृही के महलों में लौट आया है। लेकिन क्या सच ही लौटा है?

चाहे जब सावन के बादल टुपुर-टुपुर बरसते रहते हैं। और उस यकसा ध्वनि में, ठीक वातायन के सामने का कचनार वृक्ष झड़ता रहता है। ढेर-ढेर कासनी फूल फुहारों में बरसते रहते हैं। उनकी ऊष्म और शीतल गन्ध घर और प्रिया की ममता से व्याकुल है। मेघकुमार के जी में क्षण भर, किसी रानी के वक्ष में डूबकर विश्रब्ध हो जाने की चाह कसक उठती है। पर यह नयी बात तो नहीं। उस कादम्ब रस में भी क्या कभी वह पूरा डूब सका? ऊब गया, और तैरता हुआ किसी विदेशी तट की खोज में भटक गया।

सावन की हवाएँ और फुहारें। सारी रात उद्यान के कचनार और कामिनी के फूलवन झरते रहते हैं। और कुमार अपने गोपन कक्ष की शैया पर बेचैन करवटें बदलता रहता है। पीड़ा चरम तक पहुँचती है, और एक-एक मोह-ग्रन्थि चटककर टूटती रहती है। उससे हड्डियाँ तक तिड़कती रहती हैं।

मेघ अपने अतीत में दूर तक निगाह डालकर देख रहा है। वह अपने पूरे व्यतीत को फिर गहरी करुणा और अवसाद के साथ इस वक्त जीने को विवश है। ताकि उससे मुक्त हो सके।

उसे याद आ रहा है, कि स्मृति और समझ जागने से पहले से ही, उसका मन इस जगत् से उचट-सा गया था। उसने लोगों को रोगी और बूढ़े होते देखा था। उसने मनुष्य को मरते देखा था। और उस कारण आत्मीयों को होनेवाले शोक-सन्ताप की आँच में वह सदा जलता रहा था।

यदि मृत्यु है, और यहाँ का सब विनाशीक है, तो जीवन का क्या अर्थ और प्रयोजन रह जाता है? जब हर वस्तु और व्यक्ति में मृत्यु का कीट लगा है, तो वह क्यों जिए? मरण-धर्मा जीवन के अविश्वसनीय और दगाबाज सुखों को वह कैसे भोगे? भोजन के आस्वाद, शीतल सुगन्धित हवा की लहर, फूलों की सेज, और प्रिया के स्पर्श सुख में डूबा ही चाहता है, कि कोई उसे टोक देता है : 'मेघ, इस सुख में विराम कहाँ? इसका आधार क्या? बहती हवा और लहर को बाँधना चाहता है, उसमें बँधना चाहता है? वह स्वभाव नहीं, मेघ, तू अनहोनी में कैसे लिप्त हो सकता है!' और उसकी साँस में व्यथा की आरियाँ चलने लग जातीं। हर समय मृत्यु का सोच उसका पीछा करता रहता था। और उसे यहाँ के हर मर्त्य-सुख को भोगने की अनी

पर उचाट कर देता था।

उसे लगता था कि वह अपने भीतर की वेदना, विषाद और करुणा लेकर ही जनमा था। रोग, जरा, मृत्यु, शोक, वियोग के बीच रुल रहे इस संसार के हाल पर इसके जी में बहुत हाहाकार था। प्राणी मात्र की करुणा-व्यथा से वह रात-दिन संतप्त रहता था।...कितना महान है मनुष्य, कितना समर्थ! उसके पौरुष और पराक्रम की जयलेखाएँ काल के भाल पर अंकित हैं। फिर भी कितना असमर्थ, कि एक दिन वह मर जाता है। और उसके बाद... ?

...रात और दिन का भेद मिट गया है। मेघकुमार की चेतना चिन्ता और चिन्तन की एक नदी होकर रह गयी, जो सारे किनारे पीछे छोड़ती हुई, उस अन्तिम किनारे की ओर दौड़ रही है, जिसे वह दूर से देख आया है। रातो-दिन कामिनी और कचनार के फूल झरते रहते हैं। तलदेश में फूलों की भीनी शैया महकती है। और उसमें से एक अन्तहीन करुणा की रागिनी उठती रहती है। मेघकुमार करवटों की कठोर चट्टानों को भेदता, किसी अज्ञात की ओर हाथ-पैर मार रहा है।

लेकिन यह विरागी युवराज, विलासी भी कम नहीं था। जितना ही तीव्र उसका विराग था, उतना ही निविड़ उसका विलास भी था। वह इस देह के सुख-भोग में ही पूर्णत्व का खोजी और अभिलाषी था। क्यों नहीं इन्द्रियों के सुख ही अनन्त और अचूक हो जाएँ? क्यों न इस देह में ही ऐसी पूर्णता आ जाये, कि देह का काम ही पूर्णकाम हो जाये? अपने अन्तःपुरों की सुरभित शैयाओं में, अपनी रानियों के अबाध आलिंगनों में, वह इस पूर्णत्व की खोज में, पराकाष्ठाओं तक गया है। लेकिन हर बार, वह बिछुड़कर अकेला छूट गया है। क्षण भर पूर्व की आलिंगन-बद्ध रमणी, शैया पर त्यक्त और परायी-सी ही पड़ी है। वह अपने में अवसन्न और बन्द हो गयी है। और मेघ की काम-व्यथा तड़पने को अकेली छूट गयी है।

उसने अपने विलास-महलों की तमाम सुख-सामग्री को बार-बार एक पूर्णत्व और संवाद में सँजोना चाहा है। लेकिन हर भोग की सीमा सामने आते ही, संवाद एक झटका देकर अचानक टूट जाता है। एक बेसुरी रागिनी बजने लगती है। यहाँ का निविड़तम सुख भी कितना अधूरा है? हर सुख में कहीं बाधा है, सीमा है, उपाधि है। यहाँ का कोई सुख, भोग और तृप्ति निरुपाधिक नहीं। छोर पर एक निःसारता सामने आ खड़ी होती है। और वह एक गहरी आह भरकर, फिर किसी अन्य ऐन्द्रिक सुख में पूर्णत्व टोहने लगता है।

उसके अन्तःपुर में आठ रानियाँ हैं। उसका सौन्दर्य-खोजी विलासी मन, लावण्य, की ये आठ विलक्षण मुद्राएँ द्वीप-द्वीपान्तर से खोज लाया है। उनमें से हरएक का सौन्दर्य एक-दूसरी से बढ़कर है, फिर भी अपने आप में अप्रतिम है। हर रानी की अपनी एक निराली भंगिमा है। हर एक का अपना एक लौनापन है। हर एक की अपनी

अनोखी देह-गन्ध है। हर एक का अपना एक रमण-आस्वादन है।...पर हर एक में कुछ चूकता नजर आता है। कुछ अधूरा भास होता है। कोई ऐसी फाँस अचानक कसक जाती है, कि वह उसे दोटूक अपनी रमणी से अलग कर देती है। वह समग्र, एकाग्र, सब रानियों को पूर्ण पा लेना चाहता है। पर वे टूटी माला के मनकों की तरह उसके हाथ से बिखर पड़ती हैं। सारे संसार का रमणीत्व एक साथ क्यों न पा लूँ? पर कैसे? और अपनी सीमित देह को देखकर वह हाय-हाय कर उठता है।

कमल-नाल की तरह कोमल और नम्य है यह मेघकुमार। हवा और पानी की तरह यह चंचल है। एक के बाद एक नाना ऐन्द्रिक सुखों में उसका मन भटकता चला जाता है। कोई पूर्णत्व, कोई किनारा, कोई विराम, कोई शैया, कोई सुगन्ध, कोई रमणी कहीं है, जो अन्तिम हो और परम हो, कि वह उसमें लीन होकर आपा भूल जाये। बस एक मात्र 'वह' होकर रह जाये। पर वैसा हो नहीं पाता। उसकी लवंग-लता जैसी लचीली सुकुमार काया के भीतर कहीं एक निश्चल ध्रुव की चट्टान भी है। उसी पर अकेला छूट, स्थिर हो, वह इस मर्त्य जगत् की विनाश-लीला का मात्र द्रष्टा हो रहता है।

...देखते-देखते यौवन-दीप्त चेहरे की यह स्निग्धता और तराश ढीली पड़ जाती है। उत्फुल लावण्य के कमल मुरझा जाते हैं। कामिनी की सुघर सलौनी बाँहों के तकियों में सिलवटें पड़ जाती हैं। वे शिथिल हो जाती हैं, और कामना का उत्तर नहीं देतीं। तो क्या इस देह में पूर्णत्व सम्भव ही नहीं? और देहातीत कोई पूर्णत्व कहीं हो, तो उसे किसने देखा जाना है? जिसका कोई रूपाकार नहीं, उसमें सौन्दर्य कैसे सम्भव है, लावण्य और भंगिमा कैसे सम्भव है? जो इन्द्रिय-भोग्य नहीं, जो मूर्त नहीं, उसमें सुख की क्या कल्पना हो सकती है?

भोग की उस चरम तन्मयता में, उसने परम और पूर्ण को छूना, पाना, आलिंगन करना चाहा है। पर उस मूर्च्छा में जाने कब बाहु-बन्ध छूट गये हैं, आलिंगन टूट गये हैं। और वह बहुत-बहुत वीरान, अवसन्न, अकेला, छूट गया है।

उसने अपने रमण के छोर पर चाहा है, कि उसकी यह भोग-शैया अनन्त और विराट् पर बिछ जाये। पर हुआ यह कि वह शैया सिमटकर स्वल्प और शून्य हो गयी है। वह खन्दक में लुढ़क पड़ा है। उसकी वेदना अबूझ हो गयी है। पर उसकी रमणी उसमें सहभागी नहीं। कभी न हो सकी।

वातायन के बाहर टुपुर-टुपुर वृष्टि के कचनार और कामिनी के फूल बराबर फूल रहे हैं, और झर रहे हैं।...मेघकुमार की वेदना छोर पर पहुँचकर अपना ही अतिक्रमण कर रही है।

अन्तःपुर में हर रानी, हर रात फूलों की अगाध शैया में, आँखों के कुमुद बिछाये, कुमार की प्रतीक्षा करती थक जाती है। पर उसके कक्ष पर दस्तक नहीं होती। दस्तक

देता है एक निष्फल, निःसार सवेरे का उजाला। और कुम्हलायी फूल-राशियों के बीच, वह अपने को ठुकरायी लता-सी अनुभव करती है।

...और फिर हर रानी, बारी-बारी से आधी रात आकर कुमार के निज-कक्ष के द्वार पर अपना सिर पछाड़ गयी। लेकिन मेघकुमार की विषाद-समाधि नहीं टूटी, तो नहीं टूटी।

उसकी आँखों में एक पूर्णकाम सौन्दर्य का चेहरा छाया हुआ है, जिसे देखने के बाद उसकी आत्मा इस महल में नहीं लौट सकी है। लौटा है केवल उसका काम-मानसिक शरीर। अपूर्ण, अतृप्त वासनाओं का एक पिण्ड, एक प्रेत। और वह ऐश्वर्यों के इस रत्नालोक में, अपनी इयत्ता खोजता, रातो-दिन काल की चट्टान पर अपना सिर मार रहा है।

और रात-दिन के भेद से परे मधु-मालती और कामिनी-कचनार के कुंजों में फूलों की राशियाँ झर रही हैं। व्यर्थ और निष्फल। वे अपनी नियति का पता पूछती हुई महक रही हैं। और मेघकुमार उन पर से लुढ़कता हुआ, अन्तरिक्ष के नील में खोया जा रहा है।

...नहीं, अब वह इस महल में, क्षण-भर भी नहीं ठहर सकता।

महारानी धारिणी के पावस-प्रासाद का सुरम्य उद्यान। उज्ज्वल मर्मर पाषाण की एक पच्चीकारी वाली बारादरी में सम्राट देवी के सामीप्य में बैठे हैं। ऊदे-ऊदे बादल आकाश में छाये हैं।

कि हठात् एक विद्युत्-शलाका की तरह मेघकुमार सामने आ खड़ा हुआ।

"मैं अब यहाँ नहीं रुक सकता, सम्राट!"

श्रेणिक और धारिणी हक्के-बक्के से रहे गये। बोले श्रेणिकराज :

"तुम मेघ, इस समय, यहाँ? मैं समझा नहीं। तुम किसी संकट में हो?"

"अन्तिम संकट। और मैं इसके चक्रव्यूह को तोड़ जाना चाहता हूँ।"

"तुम किसी उलझन में हो? स्पष्ट कहो, अपनी मनोव्यथा।"

"मैं इस कारागार में अब छिन-भर नही नहीं ठहर सकता। मुझे चले जाना होगा। इसकी दीवारें मुझे असह्य हो गयी हैं।"

"कारागार?"

"यह संसार। यह महल।"

पूछा धारिणी देवी ने :

"लोक के बाहर कौन जा सका है? उससे बाहर तो सिद्ध और सत्ता की भी गति नहीं, बेटा।"

"लोक सत्ता है, वह सत्य है। संसार अज्ञान है, वह असत्य है। वह मिथ्या है। जन्म और मरण का दुश्चक्र ही संसार है। इसे जानकर जो भेद जाता है, वह ज्ञाता-द्रष्टा होकर सत्ता और लोक को पूर्णत्व में भोगता है, जीता है, जानता है। संसार से मुक्त होने का अर्थ, किसी निर्वाण में कैद होना नहीं है। लोक से परे हो जाना नहीं है। संसार से बाहर हो जाने का मतलब है, जन्म-मरण की जंजीर तोड़कर, पूर्ण ज्ञान में जीना। इस लोक के सौन्दर्य को पूर्णत्व में भोगना। शाश्वत और त्रिकाली ध्रुव में जीवन धारण करना।"

चकित और मुग्ध होकर श्रेणिक बोले :

"तुम इतने ज्ञानी हो गये हो, युवराज, यह तो हमने सपने में भी नहीं सोचा था।"

"मैं ज्ञानी कहाँ, तात! बस, केवल अपने अज्ञान को देखने लगा हूँ...!"

"तो इसमें कहीं चले जाने की बात कहाँ आती है?"

"वर्तमान का अतिक्रमण करने के लिए, किसी खास देश और काल से भी अभिनिष्क्रमण करना होता है। मुझे इस मोह की अन्धी गली से बाहर चले जाना होगा।"

"कहाँ जाओगे बेटे?"

"मैं जहाँ का हूँ, जहाँ से आया हूँ, वहीं। अपने घर लौट जाना चाहता हूँ।"

"घर तुम्हारा यहाँ नहीं, तो और कहाँ है?"

"जहाँ हम सब अनाथ हैं, अरक्षा और अनिश्चय में जी रहे हैं जहाँ अपनी साँस भी सगी नहीं, वहा मेरा या किसी का भी घर कैसे हो सकता है! आकाश को बाँधने, और तारे तोड़ने के अज्ञान में कब तक जीऊँ! बिखरते बादलों में घर कैसे बसाऊँ, महाराज!"

धारिणी देवी बेटे की इस ऊँचाई पर मन-ही-मन आँचल वार गयीं। गौरव से उनकी छाती उमगी आ रही है। पर यह बेटा आँचल झटक जाएगा, यह उन्हें निश्चय हो गया है। वे चुप न रह सकीं। कातरस्वर बोलीं :

"जानती हूँ, तुम्हें रोक न सकूँगी। पर जहाँ भी जाना है, वह कह कर जाओ।"

"उससे क्या अन्तर पड़ेगा, माँ?"

"आखिर देश और काल के बाहर तो नहीं जा रहे। जा भी नहीं सकते। तो पूछती हूँ उस स्थान का पता, जहाँ जाने को तुम उद्यत हो।"

"देश-काल में होकर भी, उससे बाहर। तीर्थंकर महावीर के श्रीचरणों में। वे भगवान देश-काल में सदेह विद्यमान हैं, फिर भी उसके ऊपर हैं, अपनी चेतना में। मेरा घर वहाँ है। क्योंकि वहाँ मृत्यु नहीं।"

"समझ रही हूँ तुम्हें। पर मेरी इन आठ युवरानियों ने क्या अपराध किया है,

कि उनसे उनका सर्वस्व छीन जाओगे? समुद्रों को पार कर, तुम जिन्हें खोज लाये, ऐसी वे विलक्षण सुन्दरियाँ। यौवन की मझधार में, उन्हें दगा दे जाओगे?''

''सौन्दर्य और यौवन? दर्पण में अपना चेहरा देखता हूँ तो लगता है,मेरा वह लावण्य से दीप्त, स्निग्ध चेहरा, हर क्षण मुझे धोखा दे रहा है। देखते-देखते यह क्षय हो रहा है। और एक दिन यह बूढ़ा हो जाएगा। झुर्रियों से भरकर विरूप हो उठेगा, माँ!

''उफ़, मेरा यह कोमल कान्त चेहरा एक दिन बुढ़ापे से जर्जर हो जाएगा! यह मुझे असह्य है। मेरा रूप-यौवन ही जब अपना नहीं, तो युवरानियों के रूप यौवन का मैं क्या करूँगा? और सर्वस्व यहाँ कौन किसी का हो सकता है, सिवाय अपने आपके, और उसे कौन किसी से छीन सकता है!''

''तुम्हारी यह फूलों में लालित सुकुमार काया। तुम्हारा यह विलासी मन। और तुम कंकड़ -काँटों पर चलोगे? कठोर शिलाओं पर लेटोगे?''

''कोमल शैया, और विलास में भी चैन कहाँ आया, माँ? जाना चाहता हूँ उस शैया, विलास और रमणी की खोज में, जो क्षय न हो, दगा न दे। जो स्वाधीन हो। प्रिया, जो अन्या न हो, अपनी ही अनन्या हो।''

''शरीर में वह सम्भव नहीं। यह कोरी हठ है, बेटा। भ्रान्ति है, केवल एक उद्दाम उड़ान का नशा है।''

''अर्हत् महावीर सदेह, शाश्वत सौन्दर्य और यौवन में, आँखों के आगे विद्यमान हैं। तुम स्वयं उन्हें देख आयी हो। क्या महावीर हठ हैं, भ्रान्ति है, नशे की उड़ान मात्र हैं?''

राजा और रानी निरुत्तर, मूर्तिवत् रह गये। सम्राट ने शतरंज की चाल की तरह एक विकल्प सरकाया :

''सुनो बेटे, अभय राजकुमार आगामी मगध साम्राज्य का सूत्रधार है। फिर भी मैं जानता हूँ कि वह सिंहासन नहीं स्वीकारेगा। कुणीक अजातशत्रु ने चम्पा में मगध के विरुद्ध प्रति-साम्राज्य की नींव डाली है। तो फिर मगध के राज्यासन का उत्तराधिकारी तुम्हारे सिवाय और कौन हो सकता है, बेटा? क्षत्रिय होकर राज्य के दायित्व से मुँह मोड़ना, तुम्हारे जैसे ज्ञानी के योग्य नहीं।''

''राज्य किस लिए, राजा किस लिए, बापू?''

''प्रजा के पालन, परित्राण, और संरक्षण के लिए।''

''पृथ्वी पर इससे बड़ा कोई झूठ नहीं, महाराज। हजारों वर्ष के पुराण और इतिहास में, हर राजा ने केवल अपने अहं और स्वार्थ की तुष्टि के लिए राज किया है। हर सत्ताधारी अपनी सत्ता, महत्ता, प्रभुत्ता के भोग के लिए यहाँ राज्य करता है। प्रजा का परिपालन और परित्राण तो एक ओट और बहाना मात्र है।''

''तो क्या सारा इतिहास मिथ्या है, केवल तुम सत्य हो?''

"इतिहास अपनी जाने। मैं किसी भ्रान्ति में नहीं हूँ। महावीर ने इस भ्रान्ति को तोड़ा है। इसी से वे तीनों लोक और काल के ऊपर आसीन हो गये।"

"लोक का परिपालन तो राजलक्ष्मी के आसन से ही हो सकता है, बेटे। वह माँ है, जगत् की धात्री है।"

"उस राजलक्ष्मी के आसन पर बाप और बेटे के बीच तलवारें तनी हुई हैं। अजातशत्रु की साम्राज्य-लालसा श्रेणिक के रक्त की प्यासी है। जिसे आप राज-लक्ष्मी कहते हैं, वह माँ नहीं, वारांगना है। वह कभी किसी की हुई नहीं, होगी नहीं। उसके मायाजाल और दुश्चक्रों का अन्त नहीं।...

"और सुनें महाराज, हर शासक सत्ता पर आते ही प्रजा को गुलाबी सपनों में भरमाता है। धरती पर स्वर्ग लाने का आश्वासन देता है। और उसका अन्त होता है, अहम् और स्वार्थ की मोहक कुहेलिका में। अन्ततः वह शोषक और पीड़क होकर रहता है। राज्य और राजनीति के इस वारांगना-विलास ने, मनुष्य के तमाम इतिहास को खूँखार शूली बनाकर छोड़ दिया है।"

"राज्य धर्म का भी हो सकता है, मेघ। श्रेणिक ने कुछ भी किया हो, वह परित्राता है, और धर्म की मर्यादा उसने नहीं लोपी है।"

"आदिकाल से यह धर्म-राज्य की बात चलती आयी है, सम्राट। ऋषभ, रघु, राम और कृष्ण ने धर्मराज्य की स्थापना के लिए अपराजेय संघर्ष किया। अपनी सम्पूर्ण आत्माहुति दे दी। फिर भी कुत्ते की दुम टेढ़ी ही रह गयी। राम को भी एक दिन विषाद व्यापा ही। अस्तित्व के संत्रास और निष्फलता ने उन्हें उदास कर दिया। स्वयं भगवान राम, राज्य त्यागकर वन चले गये। अपनी आत्मा की खोज में। पूर्ण पुरुषोत्तम कृष्ण ने, असुर शक्ति की पराजय और धर्मराज्य की संस्थापना के लिए महाभारत के खूँखार युद्ध का सारथ्य किया। परिणाम क्या हुआ, महाराज? वेदव्यास साक्षी हैं, युद्ध के बाद द्वारिका लौटकर स्वयं भगवान कृष्ण, अपनी स्वप्न-नगरी को आत्मनाश की लपटों से न बचा सके। निदान खुद ही, इस कामराज्य से निर्वासन लेकर, गुंजान बीहड़ों में निकल पड़े। एक अज्ञानी व्याध के तीर से जंगल में एकाकी मर जाना पसन्द किया!"

"तो क्या कृष्ण हार गये, धर्म हार गया, मेघ?"

"वासुदेव कृष्ण हार-जीत के ऊपर ही जनमे थे। पर मर्त्य मानव की हार-जीत की लीला में अपना खेल वह ठीक मनुष्य होकर खेले। और आखिर 'अनित्यम् असुखम्' कहकर इस संसार का उपसंहार कर गये। अस्तित्व की त्रासदी को उन्होंने मनुष्य की तरह झेला, खेला, स्वीकारा, और एक ही छलाँग में फिर उसे लाँघ गये। दिखा गये, कि यह संसार इससे आगे नहीं जा पा रहा।!"

और भी उत्तेजित होकर बोलता ही चला गया मेघकुमार।

"तो पूछता हूँ कृष्ण से, इतना बड़ा महाभारत किसलिए? ऐसा निघृण रक्तपात,

ऐसी अमानुषी श्मशान-लीला किसलिए? इसीलिए कि अपनी विजय में भी धर्मराज युधिष्ठिर को आखिर हार की ग्लानि अनुभव हुई! लाखों के रक्त से नहाये सिंहासन पर धर्मराज को कभी चैन न आया। धर्मराज्य केवल एक स्वप्न होकर रह गया, महाराज!

"और जानें महाराज, इस धरती का और कुछ भी युधिष्ठिर के साथ न गया। साथ गया एक अज्ञात कुत्ता, जिसे छोड़कर उन्होंने स्वर्ग में प्रवेश करने से भी इनकार कर दिया। वह कुत्ता ही उनका धर्म था। वही उनकी अस्मिता थी। पर राज्य? उसमें तो जन्मेजय के नागयज्ञों की परम्परा अटूट रही। उस पृथ्वी पर मुझे राज्य करने को कहते हैं, बापू?"

श्रेणिक की आँखें खुल गयीं। धारिणी देवी उमड़ती आँखों पहचानती रह गयीं। क्या यह उन्हीं की कोख बोल रही है? एक अटूट चुप्पी व्याप रही।

आह दबाकर, सम्राट ने कातर स्वर में कहा :

"अन्तिम अनुरोध करता हूँ। एक दिन के लिए मगध के सिंहासन पर राज्य कर जाओ, ताकि धर्म-साम्राज्य की परम्परा अटूट रह सके।"

"वैसी कोई परम्परा यहाँ नहीं, बापू। होती तो मैं क्यों जाता यहाँ से?"

"तो कहीं और है वह सम्भावना?"

"अन्तिम और असम्भव में मेरा विश्वास नहीं, भन्ते तात। महावीर में सब सम्भव है, यह प्रत्यक्ष देख-सुन आया हूँ। मैं उस संवादी सत्ता की खोज में ही महावीर के पास जा रहा हूँ, जिसके आधार पर यह विश्व स्वयं ही, बिना किसी राजा या सत्ताधीश के स्वायत्त कल्याण-राज्य हो जाये। उस सत्ता को पाये बिना मुझे जन्मान्तरों में भी विराम नहीं।"

"एक दिन के लिए मगध के सिंहासन पर पग-धारण करो। उसमें अपना यह मन्त्र संचरित कर जाओ, आयुष्मान्!"

"जयवन्त होओ, बेटा!" कहते-कहते माँ का गला रुँध गया।

अगले दिन ही ब्राह्म-मुहूर्त बेला में, तुमुल शंखनादों, मंगल वाजित्रों, जयकारों के बीच मेघकुमार का मगध के सिंहासन पर राज्याभिषेक हो गया।

पहले और अन्तिम दिन की अपनी राजसभा में सम्राट मेघकुमार पूरे दिन अखंड मौन, अकम्प बैठे रहे। चुपचाप उस राज्यलक्ष्मी को देखते रहे, जानते रहे और उसके सत्व को भोगते रहे।

...साँझ हो आयी। सूर्य अस्ताचल पर अटके रह गये, किसी आदेश की प्रतीक्षा में।

और अचानक सम्राट मेघकुमार का मौन भंग हुआ। गगन-गम्भीर स्वर में उद्घोषणा हुई :

"यहाँ किसी की किसी पर सत्ता नहीं। यह सिंहासन मेरा नहीं, किसी सम्राट का नहीं, स्वयं सत्ता का है, स्वयं धर्म का है। जो इस पर अपनी प्रभुता स्थापित करता है, वह सत्ता-माँ पर बलात्कार करता है, वह परम पिता की चोरी करता है। राज्य वही करे इस पृथ्वी पर, जो पहले अपना राजा हो सके, अपना स्वामी हो जाये।

"यही मेरा मुद्रालेख है। यही मेरी एकमात्र वसीयत और राजाज्ञा है। इसे इस राज्य-सभागार के द्वार-शीर्ष पर प्रकृत चट्टान में अंकित कर दिया जाए।"

जयकारों के बीच मेघकुमार जाने कब अपने अन्तःपुर में चले गये। आठों रानियों के बीच एक साथ जो वह अन्तिम रात बीती, वह विराग की थी या विलास की, इसका निर्णय क्या भाषा में सम्भव है?

एक भाषातीत प्रीति में आठों रानियाँ रम्माण हो रहीं। उन्हें पता ही न चला कि कब अचानक बड़ी भोर ही सम्राट मेघकुमार उनके मोहन-राज्य से निष्क्रमण कर गये।

श्री भगवान विपुलाचल से उतर आये हैं। राजगृही के गुणशील उद्यान में वे समवसरित हैं। प्रातःकाल की धर्मसभा में गहन-गम्भीर ओंकार ध्वनि मँडरा रही हैं। वह धीरे-धीरे ऊपर उठती हुई असीम में विस्तारित हो रही है।

सहसा ही उसमें से श्री भगवान की वाणी सुनाई पड़ी :

"आ गये मेघकुमार! तुम प्रत्याशित थे!"

"देवार्य का अनुगृह प्राप्त हुआ। मैं धन्य हुआ।"

"हूँ" कहकर भगवान चुप रह गये। मेघकुमार आभा से वलयित प्रभु के उस सर्वस्वहारी सौन्दर्य में खोया-सा रह गया।

"अपने मनचीते पूर्णत्व को देह में साकार देख रहा हूँ, भगवन! इसी की खोज में बचपन से ही सदा व्यथित रहा हूँ। क्या अर्हत् का यह सौन्दर्य सदा अजर-अमर रहेगा?"

"जिस पदार्थ से यह बना है, उस द्रव्य का तो त्रिकाल विनाश नहीं। उसी में नये-नये रूप-पर्याय प्रकट और विलय होते रहते हैं। क्या तू चाहेगा कि एक ही रूप सदा बना रहे? क्या नित नव्यता के बिना सौन्दर्य सम्भव है? जो अनुक्षण नवीन न हो, वह सौन्दर्य अमर और अनन्त कैसे हो सकता है!"

"तो प्रभु का यह पूर्ण सौन्दर्य भी एक दिन लुप्त हो जाएगा? यह दिव्य चरम शरीर भी क्षय हो जाएगा? फिर वही शून्य। रूपाकार के बिना पूर्णत्व का प्रमाण कैसे मिले?"

"पर्याय का परिवर्तन भले ही हो, रूप भी यहाँ उतना ही सतत है, जितना कि अरूप निरंजन आत्मा।"

"तो शरीर में कोई नित्य पूर्णत्व सम्भव नहीं, स्वामिन्?"

"शरीर के भीतर शरीर है, उसके भीतर एक और भी शरीर है। एक और शरीर, एक और शरीर। जितने रक्तकोश, उतने शरीर। हर शरीर में अपार रहस्यों और शक्तियों के स्रोत हैं। शक्तियों, नानारंगी ज्योतियों, अनेक भावों और रसों के शरीर हैं। मर्त्य और विनाशी लगनेवाला यह शरीर अगम-निगम के अनन्त रहस्यों का आगार है। सारे शरीर पार होने पर जो देहातीत सिद्ध है, वह भी अपने अन्तिम शरीर के परिमाण में ही नित्य विद्यमान है। शरीर का सम्पूर्ण विनाश सम्भव होता, तो मुक्तात्मा में विगत देह का परिमाण क्यों?"

"तो अन्ततः कहीं शरीर भी अमर है, नाथ? कहीं मैं सदेह पूर्ण और अखंड हूँ ही।"

"तेरा दर्शन सम्यक् है, मेघकुमार, इसी से ज्ञान और चारित्र्य भी मौलिक और विलक्षण है। तू एक आत्यन्तिक व्यक्ति है। निराला है तेरा भाव, तेरी प्रज्ञा। बोल क्या चाहता है?"

"उस पूर्णत्व में अपने को साक्षात् करना चाहता हूँ। उसमें जीना चाहता हूँ, यहाँ पृथ्वी पर, जैसे मेरे प्रभु उसे जी रहे हैं।"

"तेरा स्वप्न सिद्ध होगा, देवानुप्रिय!"

"देह-सिद्धि पा सकूँगा? अजर-अमर देह को उपलब्ध हो सकूँगा?"

"तेरी माँग बहुत स्वल्प, बहुत सीमित, बहुत छोटी है, सौम्य। तू सीमा में रहना चाहता है, भूमा में आने से भयभीत है।...कि कहीं खो न जाऊँ! मेरी अस्मिता का क्या होगा? यहीं न, मेघ?"

"मेरे अणु-अणु के स्वामी, आश्चर्य! मैं आरपार समूचा प्रभु की हथेली पर हूँ।"

"अपनी अभीप्सा को अक्षुण्ण रहने दे। इस देहकाम की तीव्रता में से ही, एक दिन तू देह से उत्तीर्ण आत्मकाम हो रहेगा। विकल्प त्यागकर, अपनी उत्कंठा को अग्नि को सारे लोकाकाश में छा जाने दे। जो होना चाहता है, उस पर दृष्टि अटल रख। और अन्ततः आपोआप वह हो जाएगा, जो तू मूलतः है, जो तू होना चाहता है। तब देह और देही के रहसिल योग का गोपन अनुभव तू पा जाएगा। सारे प्रश्न तब निर्वाण पा जाएँगे। उस पूर्णत्व को तू जिएगा, सदेह, अनेक देहों में—और अन्तिम देह तक।...

"आकार और निराकार में अन्ततः भेद नहीं, मेघकुमार। केवल दो अलग-अलग वातायन। सूक्ष्मतम से स्थूलतम तक एक सातत्य प्रत्यख देखेगा। स्वभाव में स्थित हो, और जान कि तू क्या है, तेरी चाह क्या है, और उसका उत्तर क्या है?"

मेघकुमार को लगा कि तर्क, प्रश्न, संकल्प के किनारे हाथ से छूट रहे हैं। शरीर खोल की तरह उतारा जा रहा है। भीतर से एक के बाद एक, नव्य से नव्यतर शरीर

प्रकट हो रहे हैं। अनन्त, असंख्य शरीर। और हठात् एक देह, एक पर्याय की मोह-ग्रन्थि विगलित हो गयी। वह श्रीचरणों में आपाद-शीश विनत हो गया।

"मैं समर्पित हूँ, हे अनन्त देह भगवान। सहस्राक्ष, सहस्रबाहु, सहस्रपाद विराट् पुरुष को साक्षात् कर रहा हूँ।"

"तथास्तु, देवानुप्रिय!"

"मैं श्रीचरणों में जिनेश्वरी दीक्षा अंगीकार करना चाहता हूँ, भगवन्।"

भगवान ने कोई उत्तर नहीं दिया। एक निस्तरंग मौन में सब स्तब्ध हो रहा।

"आज्ञा दें स्वामिन्। आवरण-वसन अब असह्य लग रहे हैं।"

"तुझे जिनमें सुख हो, वही कर वत्स।"

"क्या प्रभु ने मुझे अपनाया नहीं? मुझे अपने ही ऊपर छोड़ दिया?"

"निदान वही सत्य है, मेघ राजकुमार। शास्ता का आदेश भी तुम्हारे ही उपादान में आता है।"

"तो मेरा उपादान इतना निर्बल है, कि भगवान आदेश नहीं दे रहे?"

"तू निरा कोमल ही रह गया, मेघ। परुष की टक्कर से अनजाना है। तू कठिन और दुर्गम से पलायन करता है। दुःख, जरा, मृत्यु, वियोग को तूने स्वीकारा नहीं। उन्हें यथास्थान स्वीकारे बिना, उन्हें जय कैसे कर सकता है? अस्तित्व की त्रासदी का सामना करना होगा। उससे सीधे आँख मिलाते हुए, उसे हड्डी-हड्डी में झेलते हुए, उससे पार हो जाना होगा। विषम के चूड़ान्त पर ही समत्व का सिंहासन बिछा है। दुर्गम खड़ी चढ़ाई चढ़े बिना, अगम में कैसे पहुँच सकता है? मृत्यु को आलिंगन दिये बिना अमरत्व में कैसे उत्तीर्ण होगा?"

"तो मैं प्रभु की कसौटी पर खरा न उतरा?"

"शास्ता कसौटी नहीं करते, वे केवल दर्पण सामने रखते हैं कि अपने को सम्यक् देखो, जानो और पाओ। अपने रन्ध्र को भी देख, अपने नीरन्ध्र को भी देख।"

पल भर को फिर एक गहरी निस्तब्धता व्याप गयी। उसमें कोई अलक्ष्य स्पन्दन, कोई अचूक क्रिया कहीं होती रही।

"दर्पण में ढेर-ढेर कोश उतर रहे हैं, देवार्य। अपनी सारी सीमाओं, दुर्बलताओं को देख रहा हूँ। पर उन पर रुकूँ कैसे? यह गति अरोक और अनिर्वार है। प्रभु का प्रतिरूप न हो जाऊँ, तो अस्तित्व में ठहरना नहीं हो सकता।"

"तू निर्वसन हो गया, मेघकुमार! पर इतना ही पर्याप्त नहीं। तलवार की धार सामने है। इससे अब बचत नहीं। चल इस पर, और जान अपनी सामर्थ्य।"

शची आर्य गौतम द्वारा प्रदत्त मयूर-पीछिका और कमंडल लेकर प्रस्तुत हुईं। मेघकुमार गन्धकुटी की तीन प्रदक्षिणा दे, गन्धकुटी के अन्तिम सोपान पर साष्टांग प्रणिपात में नत हो गया। फिर उठकर उसने शची के हाथ से पीछी-कमंडल अंगीकार

किया। वह जिनेश्वरी प्रव्रज्या में दीक्षित हो गया। आर्य गौतम के इंगित पर वह श्रमणों के प्रकोष्ठ में जाकर बैठ गया।

इस बीच भगवान के श्रमण संघ का पर्याप्त विस्तार हो गया था। उच्च संवेदनशील आत्माएँ एक बार श्रीभगवान के सम्मुख आकर लौट नहीं पाती थीं। अनेक राजा, राजपुत्र, श्रेष्ठी, राजवंशी और सर्व साधारण जन तथा अन्त्यज सर्वहारा तक समान रूप से प्रभु के भीतर अपना परम आत्मीय देख, उनके अंगभूत श्रमण हो गये थे।

...प्रभु के श्रमणागार में आज मेघकुमार के लिए दीक्षा के बाद ही पहली रात्रि थी। अनुशासन के अनुसार, छोटे-बड़े के क्रम से मुनि मेघकुमार अन्तिम संथारे पर लेटे थे। इसी से अँधेरे में बाहर आते-जाते मुनियों के पैर सुकुमार श्रमण मेघ के अंगों पर पड़ जाते थे। उसे लगा कि वह अनेकों की ठोकरों में लेटा है। मानो उसे कई पैर गूँधते हुए निकल रह जाते हैं।

इसमें मेघ ने भारी अवमानना अनुभव की। सुख और वैभव के मृदुल आच्छादन में रसा-बसा अहं जागकर द्रोह कर उठा। मेघ में एक तीव्र प्रतिक्रिया हुई : "आज मैं वैभवहीन हो गया, इसी से मनुष्य की ठोकरों में आ पड़ा हूँ। मगध के युवराज के रूप में यही श्रमण मेरा कितना सम्मान करते थे। वह आवरण उतर गया, तो मैं असंग अनगार श्रमणों की निगाह में भी कौड़ी मोल का हो गया। क्या समत्व-मूर्ति महावीर के श्रमणगार में भी वैभव की ही पूजा है? क्या ये निर्ग्रन्थ कहे जाते श्रमण भी सत्ता और सम्पदा से आतंकित हैं? तो फिर मेरे यहाँ होने की क्या सार्थकता?"

और कुंठित होकर मेघ ने निर्णय लिया : "नहीं, मैं यहाँ नहीं ठहर सकूँगा। कल प्रातः ही प्रभु के निकट प्रव्रज्या का परित्याग कर यहाँ से प्रस्थान कर जाऊँगा।"

प्रातः की धर्म-पर्षदा में, तरुण मुनि मेघकुमार, नत-मस्तक भगवान के समक्ष उपस्थित हुए। उनकी आत्मा प्रतिक्रिया और विद्रोह से विक्षुब्ध है। उनकी नस-नस में ऐंठन हो रही है। उनका बोल फूट नहीं पा रहा।...जिसे चरम शरण जाना था, वहाँ भी क्या उसे शरण नहीं?...और उसे एकाएक सुनाई पड़ा :

"शरण न महावीर में है, न श्रमणागार में है, मेघ। वह स्थान तेरे भीतर है, बाहर के किसी भी व्यक्ति और संस्थान में नहीं। किसी भूगोल में नहीं।"

मेघ को लगा कि जैसे यह आवाज उसके अपने भीतर के भीतर से आ रही है। ये प्रभु कितने अनन्य अपने हैं। ठीक उसकी पीड़ा और कुंठा को छूकर बोल रहे हैं।

"पूर्णत्व का खोजी, अपूर्ण की स्वल्प सीमा के एक ही आघात से चूर-चूर हो गया? अपूर्ण की टक्कर से प्रतिक्रियाग्रस्त हो गया? प्रतिक्रिया जब तक है, अखंड और पूर्ण में अवस्थान कैसे सम्भव हो। जो अप्रतिकृत रहता है, वही अखंडित रह

सकता है, मेघ। जिसकी महिमा औरों पर निर्भर हो, वह महिम कहाँ?''

''लेकिन स्वयं प्रभु का परिवेश इतना विषम हो, तो श्रद्धा कैसे हो, आस्था कहाँ टिके?''

''जो विषम हैं, वही तो यहाँ सम होने आये हैं। वे सम होते, तो यहाँ आते ही क्यों? अर्हत् के परिवेश में सारे वैषम्य अन्तिम रूप से उभरते हैं। देख, तेरा मान कषाय भी यहाँ नग्न होकर सामने आ गया!...

''और सुन देवानुप्रिय, जान-बूझकर किसी ने तुझे नहीं गूँधा है। कई शरीर जहाँ एक साथ अस्तित्व और आत्म-रक्षा के संघर्ष में हैं, वहाँ टक्कर तो कदम-कदम पर है, सुकुमार श्रमण मेघ। वहाँ सब अज्ञानवश ही एक-दूसरे का पीड़न, अवहेलन कर रहे हैं। नहीं चाहते भी, अनजाने सब एक-दूसरे को चोट दे रहे हैं। इसका एक ही निराकरण है : हम एक-दूसरे को अवकाश दें। परस्पर की सीमाओं को जानें और सहें। सह-अस्तित्व ही एकमात्र धर्म्य है। हम एक-दूसरे के लिए बलि देकर, एक-दूसरे को समाएँ। तितिक्षा से ही इस वैषम्य को तरा जा सकता है।...''

''अवस्थित हो रहा हूँ, भन्ते देवार्य। पर भीतर ध्रुव की वह चट्टान अभी हाथ नहीं आ रही।''

''अपनी उस तितिक्षा को देख, अपनी उस अनुकम्पा को जान, जिसके कारण आज तू यहाँ है। अपनी महिमा को तू स्वयं साक्षात् कर!''

...मेघकुमार पर सहसा ही अति सुकोमल फूलों की राशियाँ बरसने लगीं। वह शीतल, शान्त, निस्तरंग हो गया। वह केवल दृष्टि मात्र रह गया। उसने भगवान के श्रीवत्स चिह्नित वक्ष देश में आँखें स्थिर कर दीं। श्रीवत्स में एक अथाह अन्धकार का समुद्र खुल आया। और मेघकुमार उन वीरान पानियों में गोते लगाता, मृत्यु से जूझता, हाथ-पैर मारता, तैरता चला गया...

...और सहसा ही वैताढ्यगिरि की तलहटी में उतरकर, उसने पाया कि वह मेघकुमार नहीं, मेरुप्रभ नामा हाथी है। अचानक वन में दावानल सुलग उठा है। सो तृषार्त होकर मेरुप्रभ हाथी सरोवर में पानी पीने चला गया। वहाँ कीचड़ में फँस गया। उसे निर्बल, निढाल देख, उसके शत्रु हस्ति ने आकर उसे दन्त-प्रहार से लहू-लुहान कर दिया। सातवें दिन उस पीड़ा से मरकर वह फिर विन्ध्याचल में हाथी हो गया है।

...एकदा यहाँ भी दावानल जागा देख, उसे पूर्व जन्म की वेदना की स्मृति हो आयी। उसे जाति-स्मरण हो गया। वह प्रतिबोध पा गया। वह विन्ध्याचल के समस्त हस्ति-मंडल का हस्तिराज है। उसे अपने यूथ की रक्षा की चिन्ता हुई। उसने झाड़-झाड़ियों का उन्मूलन करके, यूथ के संरक्षण हेतु नदी किनारे तीन स्थंडिल बनाये, जिनमें उसकी हस्ति-प्रजा दावानल के प्रकोप से बचकर शरण पा सकती है।

...अन्यदा फिर दावानल प्रकटा। हस्तिराज मेरुप्रभ अपने रचे उन स्थंडिलों की

ओर भागा। वहाँ पहले ही मृगादि अनेक निर्दोष प्राणियों ने शरण खोज ली थी। दो स्थंडिल खचाखच भर चुके थे। तीसरे स्थंडिल में उसे कठिनाई से खड़े रहने भर की जगह मिली। वहाँ एकाएक शरीर खुजाने को उसने एक पग ऊँचा किया। ठीक तभी परस्पर अनेक प्राणियों के संघर्ष में कुचला जा रहा एक खरगोश, हस्तिराज के पैर वाली जगह में आ खड़ा हुआ। हस्तिराज ज्यों ही पैर टिकाने को हुआ, तो वहाँ मृदुल खरगोश को देख उसका पैर उठा ही रह गया। अनुकम्पा से उसका सारा प्राण स्पन्दित हो उठा। वह तीन पगों ही अकम्प खड़ा रह गया। ढाई दिन में दावानल शान्त हुआ। ढाई दिन हस्तिराज तीन पगों पर ही टँगा रहा। दावानल शान्त होते ही, वह शशक और अन्य सारे प्राणी अपनी राह चले गये।

...भूख प्यास से पीड़ित हस्तिराज भी पानी की टोह में दौड़ पड़ा। पर ढाई दिन तक न टिकने के कारण उसका चौथा पैर सुन्न हो गया था। वह टिक न सका, और हास्ति-राज धरती पर लुढ़क गया। भूख प्यास से तड़पते घायल हस्तिराज ने तीसरे दिन प्राण त्याग दिये।...

और अचानक गन्ध-कुटी के शीर्ष पर से सुनाई पड़ा :

"वही मेरुप्रभ हस्तिराज, अनुकम्पा की वेदना में तपकर, मगध का ऐश्वर्य लालित राजपुत्र मेघकुमार हुआ। तेरे गर्भकाल में तेरी माँ को दोहद पड़ा था, कि अकाल ही मेघ-वर्षा हो, और वह उसमें नहाये। उसकी साध पूरी हुई, सारी सृष्टि मेघ-वर्षा में नहाकर शान्त हो गयी। और मेघकुमार का जन्म हुआ।...

"जिसमें अनुकम्पा होती है, उसके चरणों में ऐश्वर्य अनाहूत आता है। पर तू उसे छिलके की तरह उतारकर फेंक आया। अज्ञानी पशु मेरुप्रभ हाथी में भी जब ऐसी अनुकम्पा और तितिक्षा थी, तो ज्ञानी मेघकुमार क्या उससे कमतर हो जाएगा? अपने निजत्व को पहचान, देवानुप्रिय। हाथी से यहाँ तक की यात्रा में, जो सदा तुझमें ध्रुव रहा, उसे देख। देख, देख, देख! जान, जान, जान!"

एक महामौन के मंडल में ओंकार ध्वनि के छोर लीन होने लगे। मेघकुमार को लगा कि उसे प्रभु के श्रीचरण-कमल में उठा लिया गया है। वह प्रहर्षित होकर बोला :

"मैं अपनी धुरी पर निश्चिल हो गया, भन्ते भगवान। मन्दराचल हिल जाये, पर यह सम्यक् श्रद्धा चलित नहीं हो सकती। महावीर का चरण मेरे वक्ष पर छप गया है। पूर्ण पुरुषोत्तम प्रभु जयवन्त हों!"

"अपने पूर्णत्व को देख, सौम्य। वह सदा वहाँ है। तू उसमें विराजित हो।"

मौन। उसकी तरंगों में एक उत्सव-रागिनी उठ रही है।

"लगता है, प्रभु, चंचल शरीर तक ने भीतर के अचल में लंगर डाल दिया है। जैसे मैं क्षुण्ण हो ही नहीं सकता। यह अनुभव इतना प्रत्यक्ष और शारीरिक है, कि देह

और देही का भेद ही समाप्त हो गया है। यह कैसा ऐश्वर्य है, स्वामिन्!''

''अर्हत् के राज्य में ऐसे अनेक ऐश्वर्यों के महल देखेगा। अमृत के स्रोतों पर क्रीड़ा करेगा। स्वयंम्भुव हो, देवानुप्रिय। शाश्वत में जी, आयुष्मान्!''

मेघकुमार को अनुभव हुआ, कि वह पूर्णत्व के समुद्र में सम और स्वच्छन्द तैर रहा है। और तट पर खड़ा होकर, अपनी उस क्रीड़ा को देख भी रहा है।

सहसा ही भगवत्पाद गौतम का आदेश सुनाई पड़ा:

''आर्य मेघकुमार श्रमणों के बीच उपविष्ट हों।''

और मेघकुमार धीर गति से चलता हुआ, श्रमण-प्रकोष्ठ में विराजमान अनेक श्रमण-मुंडों के वन में खो गया। वह उन्हीं में से एक हो गया। उनमें से हर कोई ही हो गया।...और उसे लगा कि वह कोई नहीं रह गया है!

सौन्दर्य और यौवन के सीमान्त

महारानी चेलना का द्वितीय पुत्र वारिषेण अपनी दृष्टि में एक तीखा प्रश्न लेकर जनमा है। बचपन से ही वह अपने आसपास की तमाम चीजों का नाम-पता पूछता रहता था। पर चीजें उत्तर में मूक, कुंठित रह जातीं। उनके साथ उसका कोई योग सम्बन्ध स्थापित नहीं हो पाता। मानो वे स्वतन्त्र नहीं हैं, उनकी स्वतन्त्रता छीन ली गयी है। उनके सौन्दर्य को दबा दिया गया है, मसल दिया गया है।

उसे लगा कि रत्न-कक्ष की सुखद शैया में आवाहन नहीं है। सुवर्ण थालों में सम्मुख आये रसाल भोजन नीरस माटी से लगते हैं। राजोद्यान के वृक्ष, गुल्म, लता, फल विमुख और उदास लगते हैं। उन्हें झपटकर तोड़ लेना पड़ता है, वे स्वयं अपने को कुमार के प्रति समर्पित नहीं होते। सरोवर के जलों में शीतल सुगन्ध और ताजगी नहीं, एक बासीपन है, एक अस्वाभाविक ताप है। क्या जल ने भी इस राजोद्यान में अपनी शीतलता त्याग दी है?

वह मन-ही-मन पूछ उठता : ''ओ जल, तुम्हें जुर आ गया है क्या? ओ फूल, तुम मेरे गालों को प्यार क्यों नहीं करते, मुझे अपने पराग से क्यों नहीं नहलाते? ओ सरोवर के हंस, मैं तुम पर सवार होना चाहता हूँ, तो तुम भाग क्यों खड़े होते हो? ओ क्रीड़ा पर्वत के हरिणो, मैं तुम्हारी काली भोली आँखों को चूमना चाहता हूँ। पर तुम मुझसे आँखें चुराकर सल्लकी वन में जा छुपते हो। ओ शशक, तुम्हारे मुलायम रोयें, एकाएक मेरी बाँहों में काँटे क्यों हो उठते हैं?'' पर वारिषेण को कोई उत्तर न

मिलता। सारे ही सौन्दर्य, कोमलता, स्वाद, भोग्य पदार्थ जैसे उदास होकर उससे मुँह फेर लेते हैं।

वारिषेण इसी व्यथा में किशोर से तरुण हो चला। समझ जागने के साथ उनका सन्ताप और भी बढ़ता ही गया। उसके जी में भाव और प्रीति की लौ-सी जल उठती। वह अपनत्व देना और पाना चाहता था। पर वह देखता था कि इस साम्राजी परिवेश में कहीं अपनत्व की ऊष्मा नहीं, गन्ध तक नहीं। यह एक सर्वथा पराया देश है। यहाँ वस्तुओं और व्यक्तियों के बीच कोई स्वाभाविक सम्बन्ध नहीं। वे परस्पर को अवकाश नहीं देते, स्वीकारते नहीं। सजीव और निर्जीव सारे पदार्थ, प्राणी और मनुष्य यहाँ एक-दूसरे को अजनबी हैं।

निरन्तर की प्रश्न-वेदना के कारण, कभी-कभी उसका दर्शन और अवबोधन बहुत सूक्ष्म और गहरा हो जाता। वह इस अपार राज्यैश्वर्य की विषम स्थिति को नग्न देख लेता था। उसे हठात् अहसास होता कि, यहाँ की सारी चीजें, सारे व्यक्ति, तमाम चेहरे एक विक्षिप्त विद्रोह से रात-दिन उबल रहे हैं। जैसे वे किसी दारुण बन्धन और बलात्कार के अँगूठे तले दबे हैं। वे सहज स्वयं रहने या क्रिया करने को स्वतन्त्र नहीं। यहाँ वे निरन्तर एक हत्या और मृत्यु में जीने को अभिशप्त हैं।

इतना बड़ा हो गया वारिषेण, पर अब भी उसे अपनी माँ का आँचल खींचता है। माँ का दूध उसे मिला ही नहीं। धाय-माताओं और दासियों के खरीदे स्तनों का दूध पीकर ही वह बड़ा हुआ है। जब वह धावन करता तो उन क्रीताओं के रक्त में उबाल न आता। उनकी छाती में दूध की उमड़न न होती। मातृ-पयस् के लिए आर्त्त, तृषित वारिषेण के अंगों में और दाँतों में एक किरकिरी-सी होती। क्यों नहीं ये बाँहें कसकर मुझे अपनी छाती से चाँप लेतीं? क्यों नहीं इनके स्तन मेरे मुँह में बरबस उमड़ आते? और कुमार अपने रक्त की कुलन से विवश हो, धाय-माँ के स्तनों को दाँतों से भींच, बलात् उनसे दूध खींचकर पीता। वह दूध होता था, या खून होता था, कौन जाने? मातृ-स्तन की गन्ध और ऊष्मा, तथा उसके दूध का वह निविड़ ममताकुल सुख उसने मानो जाना ही नहीं। सम्राज्ञी के वक्षदेश पर पहला और अन्तिम अधिकार सम्राट का था।

समझदार होकर वारिषेण इन कटु सत्यों को गहराई में बूझने लगा था। शैशव में माँ उसे कितना चाहती थी, यह वह देख सका था। माँ अचानक मौका पाकर विह्वल गाय-सी रँभाती आती, और अपने बछड़े को छाती में भींच-भींच लेती कि सहसा ही परिकर की हजार आँखें उसे पकड़ लेतीं, माँ का मन कुंठा से भर जाता। महारानी का रौरव-सम्भ्रम ऊपर आ छा रहता। आज्ञा में प्रस्तुत धाय-दासी के हाथ बालक को थमा, वे छाती में रुदन दबाती हुईं, अपने विलास-कक्ष में जा लेटतीं। पर माँ का रोना, उसकी ममता वहाँ वैध न थी। क्योंकि सम्राट कभी भी आ सकते थे। और सम्राज्ञी की शैया

अपनी नहीं, रमण की थी, सम्राट की थी।

बढ़ती हुई वय के साथ वारिकुमार साम्राज्य, सत्ता, सम्पत्ति के गुँथीले नाग-चूड़ को बहुत साफ और आरपार देखने लगा था। यहाँ जैसे साँस भी कपटकूट में ही ली जा सकती है। संवेदन और भाव भी उठते हुए डरते हैं। लुक-छुपकर उठते हैं, और व्यक्त होने से पूर्व ही घुटकर मर जाते हैं। यहाँ व्यक्तियों और वस्तुओं के बीच अनेक अनुबन्ध हैं, प्रतिबन्ध हैं। उनके बीच एक बाजार है। वे खुलकर एक-दूसरे से घुल-मिल नहीं सकते, एक-दूसरे को दे नहीं सकते। जीव-जीव के बीच में यहाँ परस्पर उपग्रह नहीं। यहाँ सब बेचा और खरीदा हुआ है।

सबके बीच यहाँ शर्त और सौदा है। सम्राट की अनेक रानियाँ हैं। देश-देशान्तरों से आयी एक-से-एक सुन्दरी प्रियाएँ हैं। लोकमोहिनी गणिकाएँ हैं। उनके साथ राजा का सम्बन्ध सीधा, सरल और स्वाभाविक नहीं। उनके उद्दाम यौवन और लावण्य शर्तों की कंचुकियों में जकड़े हैं। मुक्त रक्त और नग्न देहों के बीच यहाँ सीधा सम्पर्क नहीं, त्वचा से त्वचा बोलती नहीं, कामिनी का सौन्दर्य और काम यहाँ कांचन से आवरित है। त्वचा से त्वचा एक जीव नहीं होती, सुवर्ण से सुवर्ण टकराता है। मांस के पीपों के बीच, बारूद के अदृश्य गोले हैं, जो कभी भी फट सकते हैं। और सौन्दर्य यहाँ केवल उसमें भस्म हो जाने को है।

साम्राजी सिंहासन के तल में अतल अँधियारी खन्दक खुली है। उसमें इतिहास का सड़ा खून खदबदा रहा है। उसमें से आक्रन्द करते प्रेतों की चीत्कारें सुनाई पड़ती हैं। वारिषेण राजसभा में बैठा अचानक उन्हें सुनता है। उसका दम घुटने लगता है। वह भाग जाने की दिशाएँ टोहता है। पर चारों तरफ भालों और तलवारों के जंगल हैं। बल्लमों और तीरों के परकोट हैं। हवा में फाँसियों के फन्दे हैं। और सम्राट के रत्नछत्र पर औंधी शूली सदा तुल रही है।...वारिषेण ललकार उठना चाहता है :

"ओ राजा, तू सम्राट नहीं, गुलाम है। तू एक विराट् कारागार में कैद है। तेरे क्रीड़ा-कुंजों और विलास-शैयाओं में सर्पों की स्निग्ध राशियाँ बिछी हैं। उनमें नीले-हरे कालकूट की नीहारिकाएँ टँगी हैं। तेरी रमणियों की जाँघों में रभस नहीं, रिलमिलाते भुजंगम हैं, दंश करते वृश्चिक हैं। चौदह पृथ्वियों के चक्रवर्ती, तू हर पल एक विराट् षड्यन्त्र के बीच साँस ले रहा है!..."

और इस साक्षात्कार की ऊर्जा वारिषेण को कहीं और ही उत्क्रान्त करके मुक्त कर देती है।

वारिषेण के अन्त:पुर में कई युवरानियाँ थीं। पर जिस रति-सुख का पूर्व-आस्वाद उसके मन में था, उसे वह अपने रनिवास में कभी पा न सका था। उसे प्रतीति हुई कि साम्राजी अन्त:पुर की रानियों और प्रियाओं को छुट्टी ही नहीं थी, कि वे अपने को व्यक्त कर सकें।

महारानी नन्दश्री के आत्मदान की संसार में तुलना नहीं। चेलना ने क्या बचाया श्रेणिक से? नन्दा और धारिणी के लावण्य-समुद्र आकाशों में अवारित छटपटाये। पर उनका भोक्ता हिरण्य के पात्र में कैदी था। इसी से उसके प्यार और वासना की अनन्त पुकार किसी रानी की आत्मा के तट को बींध नहीं पाती थी। कितने विवश हैं ये सब इस जड़त्व के अन्धकार में, कीड़ों की तरह बजबजाने के लिए! परस्पर एक-दूसरे से व्यर्थ ही टकराने के लिए।

यहाँ उगने के दिन से ही वारिषेण अपनत्व खोजता रहा है। और उत्तर में सामने आया है, रेत का समुद्र। उसकी दूरियों में मोहक लहरों की तरंगें हैं, आकर्षण के भँवर हैं, शीतल जलाशय और छाँव का आमन्त्रण है। पर पास पहुँचते ही वहाँ, एक निचाट वीरान सूनाकार ही उसाँसें भरता सामने आता है।

वारिषेण अपने आपको ही पराया और अजनबी हो गया। वह जाये तो कहाँ जाये, करे तो क्या करे?

अचानक ही ठीक मुहूर्त आ पहुँचा। कुमार वारिषेण अपने साम्राजी परिवार के साथ श्रीभगवान के समवसरण में गया।

वैभव और ऐश्वर्य के बेशुमार मंडल। स्वर्ग और पृथ्वी के सारभूत सौन्दर्य के केन्द्र में उसने अर्हत् महावीर को गन्धकुटी की मूर्धा पर आरूढ़ देखा। कामिनी और कांचन उनके चरणों में लोट रहे थे। और वे उससे अछूते, अधर में आसीन थे। उस केन्द्र के उत्स में से ही मानो यह सारी सम्पदा प्रवाहित है। फिर केन्द्र उन्हें क्यों बटोरे? हिरण्यमय पुरुष की पद-रज से ही तो यह सारा हिरण्य झड़ रहा है।

वारिषेण ने वन्दना करके, मस्तक ऊपर उठाया। उसे लगा कि प्रभु एकटक केवल उसे ही देख रहे हैं। उनकी वह उन्मीलित चितवन मानो एक मात्र उसी के लिए है। वारिकुमार की नसों में एक खामोश बिजली कड़की। और हठात् उसके देह, प्राण, मन में एक विप्लवी उथल-पुथल-सी हुई। उसका नाड़ी-मंडल झनझना उठा। उसके स्नायुजाल में एक अजीब सुखद सरसराहट हुई। फिर हठात् उसका समग्र अस्तित्व एक स्तब्धता में निश्चल हो गया।

...और अगले ही क्षण उसे लगा कि उसकी साँसों में नन्दनवन की सुरभित हवा बह रही है। उसके रक्त में मधुच्छन्दा की गान लहरी उठ रही है। उसके तन, मन, चेतन में एक अजीब और अपूर्व सुरावट सध गयी है। चारों ओर की तमाम प्रकृति और सृष्टि मानो उसके साथ सुसंवादी हो गयी है। हर वस्तु और व्यक्ति की मौलिक संवादिता उसकी इन्द्रियों में ध्रुपद के आलाप की तरह बज रही है। उसके अंग-अंग में जाने कैसा मार्दव ज्वारित हो रहा है। जैसे उसके शरीर में से अस्थियों का अवरोध

छूमन्तर हो गया है। एक सुनम्यता में वह विसर्जित होता जा रहा है।

उसे लगा कि यहाँ पदार्थ और प्राणि मात्र मुक्त हैं, स्वाधीन हैं। एक-दूसरे को जकड़े हुए नहीं है। एक-दूसरे में सहज समाहित हैं, फिर भी अपने आप में स्वतन्त्र अवस्थित हैं। यहाँ का वैभव, ऐश्वर्य और भोग, किसी के अँगूठे तले दबा नहीं है। वह बलात्कृत नहीं, व्यभिचरित नहीं, प्रकृत है। सभी एक-दूसरे को यहाँ सहज ही दे रहे हैं। कोई किसी को भोगता नहीं। एक भीतरी योग है, स्वाभाविक संयुति है। उसमें वे परस्पर सहज ही भुक्त हैं, फिर भी मुक्त हैं। वारिषेण ने उस सौन्दर्य और संवाद को अपने रक्त-छन्द में उपलब्ध कर लिया, जिसके लिए मानो जन्मों से उसकी आत्मा तरस रही थी।

उसने प्रभु के श्रीमुख से सुना :

"राजभोग और राजलक्ष्मी क्या तुम्हारी है? जानो अभिजात पुत्रो, तुम जिस सम्पत्ति पर अधिकार किये हो, वह चोरी और बलात्कार की है। परायी वस्तु का स्वामित्व कब तक भोगोगे? और भोग? स्वामित्व? वह कौन किसका कर सकता है? स्वयं ईश्वर हुए बिना ऐश्वर्य का मुक्त और शाश्वत भोग कैसे सम्भव है?..."

राजगृही के राजप्रासादों में जिस त्रासदी से वह जन्म से ही पीड़ित रहा, उसके मूल स्रोत को उसने खुली आँखों स्पष्ट देख लिया। उसमें वह अब कैसे लौट सकता है?

फिर भी तो संस्कार पूरे होने थे। औपचारिक रूप से उसका शरीर राजगृह लौटा ही। अपनी नयी आँखों से एक बार वह उस परित्यक्ता राजलक्ष्मी को देखना चाहता था।

वह आया, और सारे महलों, उद्यानों, अन्तःपुरों में अकारण ही फेरी देता रहा। वह सब-कुछ को केवल देखता रहा, जानता रहा। हर वस्तु और व्यक्ति के छोरों तक अबाध यात्रा करता रहा। हर पदार्थ और प्राणी के असली चेहरे के सौन्दर्य को उसने प्रथम बार देखा।...और उस परिप्रेक्ष्य में यह भी देखा, कि कैसे उसका विरूपन हो रहा है, नया आकार पा रहा है। शुद्ध से व्यभिचरण तक की सारी प्रक्रिया में से वह बेहिचक गुजरा।

अपने अन्तःपुरों से भी उसने अब पलायन न किया। उनमें गया, रम्माण हुआ। अपनी रानियों को उसने पहली बार, मुक्त अकुण्ठित हृदय से प्यार किया। उन चिर दिन की अवहेलिताओं ने एक अजीब और अपूर्व मुक्ति तथा तृप्ति का अनुभव किया। उन्होंने नहीं चाहा कि वे अपने पति और प्रीतम को अपनी बाँहों में बाँधकर रख लें। उन्हें लगा कि उनकी अपनी वस्तु है, कहीं जाने वाली नहीं। उनके बीच की आपसी

ईर्ष्या के दंश उभर ही न सके। हर रानी को सहज आश्वस्ति महसूस हुई, कि स्वामी उसका एकमेव और एकान्त अपना है। हर रानी सब रानी है। सौत है ही नहीं।

और वारिषेण यों अपने अन्तःपुरों से सहज ही निष्क्रान्त हो गया। वियोग मानो हुआ ही नहीं, अपने योग में सबको अनायास आत्मसात् कर गया। उसे प्रतीति हुई कि अर्हन्त का अनुगृह कितना व्यापक और दूरगामी होता है।

...लेकिन रुकना अब यहाँ सम्भव नहीं। कहीं भी, और किसी पर भी रुका नहीं जा सकता। किसी पर भी रुकना, उसे बाँधना और उससे बँधना है। और बन्धन जहाँ है, वहाँ बिछुड़न है ही। लंगर नहीं डाला जा सकता, किसी भी किनारे में। वह ध्रुव में ही सम्भव है, जहाँ असख्यात द्वीप-समुद्र, उनकी सृष्टियाँ, ये सारे अन्तःपुर और सुन्दरियाँ, देश-काल की बाधा से परे, उसे प्रतिपल सहज सुलभ हो जाएँगे।

कितना मोहक सपना है? पर इसका जीवन में रूपायन क्या इतना सरल है?...और हठात् उसके सामने मृत्यु प्रश्नचिह्न की तरह आ खड़ी हुई। उसके अज्ञात और अथाह अन्धकार को सम्मुख पाकर वह थर्रा उठा। क्या यह सुन्दर जीवन-जगत्, इसके सारे ऊष्म सम्बन्ध, इसके सारे आकर्षण और सौन्दर्य केवल मृत्यु में समाप्त हो जाने के लिए हैं? क्या वे मृत्यु से आगे नहीं जाते? उसे पार करके, क्या वे किसी सुन्दरतर आगामी जीवन में अतिक्रान्त नहीं होते?

मृत्यु की इस अबूझ भयावनी खोह के छोर तक जाना होगा। जानना होगा कि उसके पार क्या है?

एक रात उसने अपने प्राण-तल में एक विस्फोटक धक्का अनुभव किया। वह संचेतन और सन्नद्ध हो उठ खड़ा हुआ। उसमें स्फुरित हुआ : मृत्यु-चिन्तन करना ही मृत्यु का ग्रास होना है। उसे मृत्यु का आमना-सामना करना होगा। उसकी चुनौती को झेलना होगा।

और ब्राह्म-मुहूर्त में सहसा ही अपनी सुख-शैया त्यागकर, अपनी युवरानी के बाहुपाश को औचक ही सिराकर वह श्मशान में चला गया। एक चिता के अवशेष में अपने वस्त्र झोंक दिये। श्मशान की राख को अपने केश, मुख और शरीर पर पोत लिया। और एक बुझी हुई चिता के भस्मावशेष में बैठकर, अपनी महावेदना में सिर के बल सीधे डूबता चला गया। उसका होश चला गया। तमिस्रा के एक अपार्थिव अधोलोक में, वह पटल के बाद पटल भेदता, बेतहाशा नीचे, और नीचे, और नीचे उतरता चला गया। वह साक्षात् मृत्यु की गोद में समाधिस्थ हो गया।

...अगले दिन श्मशान यात्रियों ने एक अघोरी को श्मशान-सिद्धि में तपोमग्न देखा। उनके कौतूहल और भयादर का पार न रहा।

उस दिन रात के प्रथम प्रहर में, राजगृही का प्रसिद्ध चोर विद्युत, अपनी गणिका-प्रिया मगध-सुन्दरी से उसके भूगर्भ-गृह में मिलने गया। गणिका ने आज शर्त बदी, कि सम्राज्ञी चेलना का अकूत रत्नहार चुराकर लाओ, तभी मुझे छू सकते हो, वर्ना नहीं। चोर के सामने असाध्य की चुनौती थी। पर उसकी विकल वासना ने उसे अपराजेय शक्ति और निश्चय से कटिबद्ध कर दिया।

चोर मानो अनंग कामदेव की तरह महारानी चेलना के शयनकक्ष में प्रवेश कर गया। सोई रानी के कंठ में से धीरे से हार निकालकर रफू-चक्कर हो गया। लेकिन कोट्टपाल ने उसे महल के छज्जे-झरोखे फाँदकर भागते देख लिया। उसने तत्परता से विद्युत का पीछा किया। विद्युत पकड़े जाने के भय से थर्रा उठा। वह श्मशान की ओर दौड़ा। वहाँ उसने एक नंग-धड़ंग अवधूत को ध्यानस्थ देखा। विद्युत ने हार चुपचाप वारिषेण के पैरों के पास गिरा दिया, और नदी पार की झाड़ियों में गायब हो गया।

कोट्टपाल अपने सिपाहियों के साथ चोर को टोहता श्मशान में आ लगा, कि अचानक उसने ध्यानस्थ वारिषेण के पद्मासन तले रत्नों की एक राशि जगमगाती देखी। उठाकर पाया कि, अरे यही तो महादेवी का अनमोल रत्नहार है। और यह चोर साधु का ढोंग रचकर, यहाँ ध्यानलीन हो गया है। कोट्टपाल बिजली की तरह कड़का : ''सिपाहियो, इस धूर्त कपटी साधु को गिरफ्तार कर लो।'' सिपाहियों ने पलक मारते वारिषेण के हाथ-पैरों में हथकड़ी-बेड़ी डाल दी। और उसे धकेलते हुए ले जाकर कारागार में बन्द कर दिया।

वारिषेण को लगा कि मृत्यु के राज्य की कोई भीषण ड्योढ़ी पार हो रही है। मगध का साम्राज्य वही तो है जहाँ चोरों के श्रीपूज्य स्वयं, साहूकार और लोकपाल दाता बने बैठे हैं। स्वतन्त्र पदार्थ और सत्ता पर जब अधिकार की मुहर मार दी जाती है, तो वहीं से मृत्यु का तमस्-राज्य आरम्भ हो जाता है।

प्रातःकाल की राजसभा में, महादेवी के दिव्य हार के तस्कर को सम्राट श्रेणिक के समक्ष न्याय-निर्णय के लिए उपस्थित किया गया।

वारिषेण का तेज छुपा न रह सका। सम्राट ने विपल मात्र में पहचान लिया। सामने स्वयं उनका प्राणाधिक प्रिय बेटा, अपनी माँ के हार के चोर के रूप में नग्न खड़ा है। सम्पत्ति मात्र की राख जिसने तन पर लपेट ली है, ऐसा यह निर्मोह पुरुष सम्पत्ति का चोर कैसे हो सकता है? सम्राट की तहें काँप उठीं, उन्हें ठण्डे पसीने आ गये। वे आश्चर्य से दिग्मूढ़ थे।... वारिकुमार को माँ का हार चुराने की क्या जरूरत थी? वह चाहता तो सीधे माँ से माँग लेता, या उनके गले से उतार खुद पहन लेता।...लेकिन न्याय के आसन पर पिता के विकल्प को कहाँ अवकाश!

सम्राट ने तनकर अपनी ममता को झटक दिया। चोर से जवाब तलब किया गया। चोर मूढ़, मौन, अविचल रहा। उसने न्यायावतार राजा के राज्य और न्याय दोनों की

अवहेलना कर दी। उसने मानो इस न्याय को स्वीकारा ही नहीं। अन्याय पर टिके साम्राज्य का स्वामी औरों का न्यायाधीश कैसे हो सकता है?

सम्राट-पिता ने वज्र का हृदय करके, न्यायानुसार सम्राज्ञी के हार के चोर को गम्भीर स्वर में प्राणदंड सुना दिया। और क्षण मात्र में उठकर वे लड़खड़ाते-से राजसभा के नैपथ्य में गायब हो गये।

...वारिषेण वधस्थल की चट्टान पर यन्त्रवत् आसीन हो गया। चांडाल वधिकों ने ज्यों ही उसके वध के लिए तलवारें तानीं, तो तनी की तनी रह गयीं। वधिक प्रस्तरीभूत जड़ित-से रह गये। कहीं ऊपर अलक्ष्य में वारिषेण की जयकारें गूँजीं। अदृश्य में से उस पर फूलों की राशियाँ बरसने लगीं।

वधिक विस्मय से विमूढ़ और रोमांचित हो गये। भागकर उन्होंने सम्राट के पास यह संवाद पहुँचाया। शोक-मग्न सम्राज्ञी और सम्राट सुनकर आनन्द से उछल पड़े। वे पैदल ही चलते हुए वधस्थल पर दौड़े आये। वधस्थल की काली-सिन्दूरी चट्टान-वेदी पर वारिषेण को ध्रुव, अचल ध्यानस्थ देख वे आनन्द वेदना से रो उठे।

सम्राट ने विनत होकर क्षमा याचना की। महारानी माँ दूर से ही इस अनोखे बेटे का अपने अविरल बहते आँसुओं से अभिषेक करती रहीं। बोल उनका फूट न सका। उनके आँचल में अपूर्व ज्वार-से उमड़े आ रहे थे।

सम्राट ने इस महामहिम बेटे से महलों में लौट चलने की विनती की। वारिषेण ने आँख उठाकर भी न देखा। वे पर्वत की तरह निस्पन्द, अटल, निरुत्तर रहे। सम्राट ने बार-बार अपनी विनती दोहरायी। वह मानो किसी अगम गुहा में से प्रतिध्वनि बनकर लौट आयी। हार मानकर माता-पिता चुपचाप आँसू ढालते खड़े रह गये। वे मन-ही-मन अनुनय करते ही चले गये...हठात् उत्तर सुनाई पड़ा :

"चोरी और बलात्कार पर टिके राज्य के ऐश्वर्य में अब वारिषेण नहीं लौट सकता। उस रत्नहार पर मगध-सुन्दरी वेश्या का भी उतना ही अधिकार है, जितना सम्राज्ञी चेलना देवी का। सम्राट ने वह हार देकर अपनी महारानी को प्रीत किया, तो विद्युत चोर भी अपनी गणिका प्रिया को क्यों न उससे प्रीत करे? हार पर सम्राट ने अधिकार किया है, तो विद्युत चोर उसे चुराएगा ही।"

"...इस दुश्चक्र का अन्त नहीं, महाराज। मैंने गयी रात उसे तोड़ दिया। अब मैं उसमें नहीं लौट सकता। श्मशान की चिता में मैंने साम्राज्य को मानवता के एक महामरघट के रूप में सुलगते-दहकते देखा। मैं पीड़न और शोषण की निरन्तर हिंसा और हत्या के उस वधस्थान में अब नहीं लौट सकता। मुक्त जीवन का तट मुझे पुकार रहा है। मैं वहीं जा रहा हूँ।"

"कुमार वारिषेण, कहाँ है वह तट? किसी परलोक में?"

"नहीं, इसी पृथ्वी पर। इसी मागधी के हरियाले आँचल में। अर्हत् महावीर के समवसरण में, जहाँ का ऐश्वर्य मर्त्य नहीं, चुराया हुआ नहीं, जंजीरों में जकड़ा हुआ नहीं। जहाँ द्रव्य और सत्ता मुक्त साँस ले रहे हैं। आज्ञा दें, माँ और भन्ते तात।"

...सम्राट और सम्राज्ञी आनन्द के आँसुओं में विश्रब्ध, अवाक् हो रहे। वारिषेण कुमार अचल पीठ दिये दूर-दूर, दूर-दूर चला हा रहा था। राजा और रानी ने भूकम्पी आघात के साथ अनुभव किया : पृथ्वी उन्हें धारण करने से मुकर गयी है। नहीं, इस वसुन्धरा पर उनका कोई अधिकार नहीं।

वारिषेण को नतमाथ सामने खड़े देख, अकाल पुरुष महावीर की दिव्य-ध्वनि उच्चरित हुई :

"श्मशान को पार कर आये, आयुष्ममान्। मृत्यु को पहनकर आये हो। दिगम्बर से परे तुम चिदम्बर हो आये। सहज सिद्ध को साधना क्या? संघ के अनुशासन से मुक्त, सर्वत्र स्वतन्त्र विचरण करो। स्व-सत्ताधीश अनुशासन से ऊपर है।...

"संसार में जाओ, वारिषेण। इस भवारण्य में अनेक सुन्दर आत्माएँ, अपनी मुक्ति की खोज में स्वच्छन्द भटक रही हैं। उन्हें इंगित मात्र से उनके स्व-छन्द में स्थिर कर दो। उपदेश द्वारा नहीं, अपने आचार के सौन्दर्य द्वारा। विराग उन पर लादो नहीं, उनके अनुराग को ही आत्मराग में मोड़ दो। जाओ वारिषेण जयवन्त होओ। महावीर तुम्हारे साथ है।"

श्रीभगवान की सौन्दर्य-विभा से दूर विचरने का आदेश सुन, वारिषेण क्षणभर कातर हो आया। उसकी आँखों में आँसू आ गये। कि तत्काल उसे प्रभु का कठोर बज्राघात अनुभव हआ। वह हठात् निर्विकल्प हो, मुँह फेरकर समवसरण के मंडलों को पार कर गया। देव, दनुज, मनुज स्तम्भित देखते रह गये।

निर्लक्ष्य और अकारण मुनि वारिषेण लोक में भ्रमण कर रहे हैं। और अनजाने ही अज्ञात सुन्दर आत्माओं को खोजते विचर रहे हैं।

एक दिन वे पोलासपुर की राह पर विहार कर रहे थे। तभी अचानक राज-मन्त्री का पुत्र और उनका अभिन्न मित्र सोमदत्त सामने आ खड़ा हुआ। वह यात्रा पर था, और पास ही एक आम्र-कानन में तम्बू तानकर ठहरा हुआ था। सुकुमार मित्र वारिषेण को इस निर्ग्रन्थ मुद्रा में कठोर चर्या करते देख, वह मोह से भर आया। उसने मुनि को साश्रुनयन नमन किया। उनका पड़गाहन-आवाहन कर, उन्हें अपने डेरे पर ले गया, और उन्हें आहारदान किया।

अनन्तर वारिषेण को एक शिलासन पर आसीन किया। मुनि कुछ बोले नहीं, चुपचाप वे सोमदत्त की ओर मुस्कुराते रहे। उन्होंने भव-समुद्र की एक मोहक मछली को अपने जाल में फँसा लिया था। वे जाने को उद्यत हुए।

सोमदत्त रो उठा। कठिनाई से बोला :

"जनम-जनम के सखा हो मेरे। मुझे छोड़ जाओगे? पत्थर कहीं के!"

"चल सकते हो मेरे साथ, सोम, लेकिन मेरी ही तरह अनगार होकर। सागार और अनगार का साथ कैसे निभे? जाओ, सुखपूर्वक अपने अन्तःपुर में क्रीड़ा-केलि करो। फिर मिलेंगे।"

कहकर वारिषेण चल पड़े। सोम फूट पड़ा। उसने वारिषेण के पैर पकड़ लिये। बोला, "नहीं, मुझे छोड़कर तुम नहीं जा सकते, वारिषेण!"

और अगले ही क्षण उसने अपने सारे वस्त्राभरण उतारकर तम्बू पर फेंक दिये। सेवकों को आदेश दिया, "डेरा उठाकर महालय लौट जाओ। अब हम लौट नहीं सकेंगे।"

वारिषेण का कमंडलु सोमदत्त ने उठा लिया। वारि मुनि ने मयूर-पीछी से उसके सर्वांग को स्पर्श-स्नान करा दिया। वह पावन हो गया, और वारिषेण को अनुगमन करने लगा।

मार्ग में नदी-तट पर एक सुरम्य वेतस-कुंज और केतकीवन दिखाई पड़ा। सोमदत्त भावित हो आया :

"वारिषेण, याद करो, यह वही लताकुंज है, जहाँ हम अपनी वधुओं और वल्लभाओं के साथ क्रीड़ा किया करते थे। ठीक वैसी ही कोयल सुदूर में बोल रही है।...और मेरी श्यामा ने एक दिन यहाँ अपनी वीणा पर वसन्त राग गाया था।..."

और सोमदत्त का गला रुँध गया। वारिषेण कुछ न बोले, मित्र की कातरता में चुपचाप सहभागी होते रहे। उसके संवेदन को स्वयं से सहते रहे। तभी सोमदत्त ने किंचित् स्वस्थ होकर पूछा :

"क्या महावीर के संघ में क्रीड़ा-केलि का आनन्द है, वारिषेण? क्या वहाँ भी संगीत की सुरावलियाँ हैं?"

"सुनो सोम, यहाँ क्रीड़ा-केलि और संगीत में रमने के लिए, मनुष्य को काल से छीना-झपटी करनी पड़ती है। यह रमण प्रतिपल जरा, रोग, मरण और पराधीनता से बाधित है। और देखते-देखते यह सुख काल में विलीन हो जाता है।...लेकिन महावीर के परिसर में निरन्तर निर्बाध क्रीड़ा-केलि चल रही है। वहाँ के अनन्त आलाप संगीत में जगत् के सारे संगीत निर्वाण पा जाते हैं, स्वर्ग और पृथ्वी के सारे काम-भोग, रूप-सौन्दर्य और कला-विलास अर्हन्त के समवसरण में सार्थक होने को समर्पित हैं। चाहो तो चलकर स्वयं ही देखो, सोमदत्त! हाथ कंगन को आरसी क्या?"

उदास आतुर स्वर में सोमदत्त बोला :

"मुझे तुरन्त वहाँ ले चलो वारिषेण। केलि और संगीत के बिना मुझे चैन नहीं। मेरी श्यामा, जाने कहाँ...होगी? वह वियोगिनी मेरे विछोह में छीज रही होगी, रो रही

होगी, वारिकुमार...!''

और सोमदत्त का कंठावरोध हो गया। वह छाती में सिसकी दबाता-सा वारिषेण के पीछे चल पड़ा।

सोमदत्त समवसरण की शोभा को देख-अवाक् रह गया। देवांगनाओं, अप्सराओं इन्द्राणियों के रूप-लावण्य, समुद्रों की तरह उमड़कर, अर्हत् महावीर के श्रीचरणों में विसर्जित हो रहे हैं। देव-गन्धर्वों और किन्नरों की संगीत-सुरावलियों पर उर्वशियों के उत्तेजित यौवन नृत्य-भंगों में निछावर हो रहे हैं।

श्रीभगवान की वन्दना कर दोनों मुनि श्रमणों के सभा-कोष्ठ में उपविष्ट हो गये। सोमदत्त को दिखाई पड़ा : श्रीभगवान की भ्रूलताओं पर रति और कामदेव प्रत्यक्ष शाश्वत क्रीड़ा-केलि में लीन हैं। उसकी वासना और संवेदना उभरकर तीव्रतम हो आयी। उसे अपनी प्राणेश्वरी पत्नी श्यामा की याद ने अत्यन्त विह्वल और बेचैन कर दिया।

ठीक तभी, सोमदत्त की डूबन और तल्लीनता को देख, पास बैठे एक श्रमण ने कहा :

''धन्य हो श्रमण सोमदत्त, प्रभु के श्रीमुख को निहारते-निहारते ही तुम समाधि-सुख में लीन हो गये! तुम निश्चय ही शीघ्र शुक्लध्यान के उच्च शिखर पर आरोहण करोगे।''

तभी एक और पास बैठे विद्वेषी श्रमण ने कटु व्यंग्य स्वर में कहा :

''सोम और शुक्लध्यान! हद हो गयी। इसे क्या मैं जानता नहीं। मेरा पुराना मित्र है। अपनी काली-कलूटी स्त्री के यौवन में ही रात-दिन लिप्त रहता था। मुनि होकर यहाँ शायद भगवान से अपनी प्रिया के लिए अमृत माँगने आया है।...तब से बराबर सुन रहा हूँ, यह बिसूर रहा है।''

विद्विष्ट श्रमण के इस व्यंग ने सोम के विदग्ध हृदय पर जैसे लवण छिड़क दिया। ठीक तभी उसे अपने पिछले प्रवास में सुना किन्नर-किन्नरों का गीत याद आ गया। उसमें उसी अपनी श्यामा की वियोग-व्यथा का बड़ा करुण और सांगोपांग चित्रण था। किन्नर-युगल गा रहा थ :

कुवलय नवदल सम रुचि नयने
सरसिज दल विभव कर चरणे
श्रुति सुखकर परभृत वचने
कुरु जिन नुति मयि सखि विधु-वदने।

बहु मत्त मलिन शरीरा मलिन कुचेलाधि विगत तनु शोभा
तद्गमनदग्ध हृदय शोकातप शुष्क मुख कमला
विगता गत लावण्या वरकान्ति कलाकलावषीर मुक्ता
किं जीविष्यत्यवनिका नाथेति गते वयं योयम्।

इस विदग्ध प्रणयगीत की स्मृति में सोमदत्त पागल-सा हो गया। 'ओह, कैसे हैं ये भगवान! इनकी मुख छवि ने मेरी काम-वासना, मिलनाकुलता और विरह-व्यथा को हजार गुना कर दिया।' एकाएक वह उच्चाटित हो उठा। पास बैठे वारिषेण से बोला :

"वारिकुमार, तुम मेरे चिर दिन के अन्तर-सखा हो। मेरी प्राण-पीड़ा को तुम से अधिक कौन समझेगा! मैं यहाँ एक पल भर भी नहीं ठहर सकता। श्रीभगवान की आँखों में मैंने सुना है, देखा है, मेरी श्यामा मुझे अनन्तों में डाक दे रही है। उसकी विरह वेदना मैं सह नहीं सकता। मैं चला वारिषेण!"

कहकर प्रकोष्ठ के पिछले द्वार से सोमदत्त निकल पड़ा। तत्काल वारिषेण भी उसके पीछे चल पड़ा। समवसरण से बाहर निकलकर, मार्ग में वारिषेण ने कहा :

"मित्र सोम, ऐसी उच्चाट मनोदशा में तुम्हें अकेला न जाने दूँगा। चलो मैं तुम्हें तुम्हारे घर पहुँचा आऊँ। एक विनती मानोगे? रास्ते में राजगृही पड़ेगी। कृपया, कुछ देर मेरे घर का आतिथ्य स्वीकार करना। फिर हम आगे बढ़ जाएँगे।"

"तुम कितने सहृदय हो, वारिकुमार। मेरी व्यथा के सच्चे सहचर हो। जो तुम कहोगे, वही होगा।"

और दोनों मित्र पगों से राजगृही की राह पर बढ़ते चले गये।

अपने महल के अलिन्द में असमय ही दो तरुण मुनियों को अतिथि रूप में खड़े देख, चेलना विस्मय से विमूढ़ हो रही। क्या वारिषेण अपने असिधारा पथ से च्युत होकर घर लौट आया है? और यह एक और सुकुमार श्रमण? यह कौन है? क्या ये दोनों ही योग-भ्रष्ट होकर इस अन्तःपुर में शरण खोजने आये हैं? लेकिन उसका तेजांशी पुत्र वारिषेण, और योग-भ्रष्ट हो जाये? उसकी कोख क्या उसे ही दगा दे गयी? वारिषेण तो जन्मजात योगी है। उसके अभिनिष्क्रमण के समय उसका जो तेजोमान रूप देखा था, क्या वह मात्र भ्रान्ति थी?

रानी के असमंजस को वारिषेण कुतूहल की मौन-मुस्कान के साथ देखता रह गया। फिर उसने पहेली को एक और तरह दी। वह बोला :

"जन्मजात योगिनी चेलना देवी, श्रमण की निर्बन्ध अतिथि-चर्या को नहीं

समझ पायीं?''

रानी आसमान से नीचे आ गिरी। उसे स्पष्ट लगा कि यह परीक्षा की घड़ी है। वह आपे में आयी, सम्हली, और स्वागत को प्रस्तुत हुई। बोली —

''अतिथि वातरशनाओं को प्रणाम करती हूँ। उनका स्वागत है।'' और झुककर महारानी ने मुनियों का वन्दन किया। फिर तत्काल दो आसन सम्मुख बिछा दिये, एक डाभ का आसन, दूसरा रत्नजटित सुवर्ण-तार का आसन।

''बिराजें, भगवन्!''

वारिषेण ने सोमदत्त को आसन ग्रहण करने का इंगित किया। सोम कुछ झिझका, चुनाव करता-सा दिखा। फिर काँपता-सा रत्नासन पर बैठ गया। वारिषेण ने अपने सर्वथा योग्य डाभ के आसन को अंगीकार किया। हठात् वारिषेण बोले :

''महादेवी से एक अनुरोध है। विगत के युवराज वारिषेण की सब युवरानियाँ सोलहों सिंगार कर यहाँ प्रस्तुत हों!''

रानी को किसी दुर्घटना की आशंका हुई। पर वारिषेण का स्वर सत्ताशील था। उसमें ऐसी आज्ञा थी, जिसका उल्लंघन नहीं किया जा सकता था। महादेवी ने युवरानियों के अन्तःपुर में सन्देश भेज दिया। फिर वे घुटनों के बल फर्श पर उपविष्ट हुईं। क्षण भर सोच में पड़ी इस रहस्यमयी घटना की थाह लेती रहीं। फिर बोलीं :

''वारिषेण, एक कहानी सुनोगे?''

''माँ के पास कहानी सुनने तो आया ही हूँ। ताकि अपने बालपन को फिर एक बार जी जाऊँ।''

''तो सुनो कहानी, वारिषेण। सुभद्रा ग्वालिन का पुत्र सुभद्र था। वह गाय चराकर अपनी आजीविका सम्पन्न करता था। एक दिन उसके साथी ग्वालों ने उसे खीर खिलायी। सुभद्र को वह खीर बहुत अच्छी लगी। उसने घर आकर माँ से वैसी ही खीर खाने का आग्रह किया। गरीब माँ ने पुत्र की हठ को पूरा करने के लिए, अड़ोस-पड़ोस से याचना करके खीर बनायी। रसना-लोलुप सुभद्र ने इतनी अधिक खीर खायी कि उसे वमन हो गया। तब भी वह खीर खाता गया, और वमन करता गया। जब माँ के पास उसे खिलाने को और खीर न बची, तो उसने झल्लाकर वमन की गयी खीर को ही उसके सामने रख दिया। रसना-लम्पट सुभद्र उसे भी खा गया। मुनीश्वर वारिषेण, क्या उसने उचित किया?''

वारिषेण चेलना के गूढ़ अभिप्राय को समझ गया। वह हँस पड़ा, और कौतुकी मुद्रा में बोला :

''सुनो माँ, एक कहानी मैं भी कहता हूँ। एकदा उज्जयिनी का राजा था वसुपाल, उसकी रानी थी वसुमति। दोनों में प्रगाढ़ प्रेम था। एक दिन रानी को सर्प ने डँस लिया। मन्त्रवादी बुलाये गये। एक मन्त्रवादी ने उस सर्प को बुला लिया, जिससे

रानी को डँसा था। परन्तु वह सर्प इतना क्रोधी था, कि उसने रानी को निर्विष न किया। उसने स्वयं अग्नि में जल मरना ही उचित समझा। सर्प का हठ अपनी जगह है, पर कोई तो हो, जो संचेतन करने को, अग्नि में अपना हाथ झोंक दे? क्या यह उचित नहीं?''

रानी चकरा गयी। गूढ़ार्थ को वह समझ न पायी। ठीक तभी वारिषेण की सारी युवरानियाँ, सम्पूर्ण शृंगार किये, प्रस्तुत हुईं। पति के आगमन और दर्शन का सौभाग्य पाकर, उनका सौन्दर्य और यौवन पूर्णिमा के समुद्र की तरह कल्लोलित और हिल्लोलित दिखाई पड़ा। रानियाँ अपने योगी प्रियतम का मार्दव और तेज देख आत्मविभोर, ठगी-सी रह गयीं। वन्दना करना तक भूल गयीं, बस मर रहीं, मिट रहीं। उत्सर्ग हो रहीं।

तभी हठात् वारिषेण ने अपने मित्र सोमदत्त को सम्बोधन किया :

''देखते हो मित्र, इन रमणियों का रूप और यौवन? क्या तुम्हारी श्यामा इनसे भी अधिक सुन्दर है? सौन्दर्य ही भोगना है, तो श्रेष्ठ भोगो। भोग भी अन्ततः योग की तल्लीनता को स्पर्श कर जाता है। वहाँ नाम, रूप, देह का अन्तर व्यर्थ हो जाता है। भोग, भोग है, इस देह का हो या उस देह हो। क्या अन्तर पड़ता है? भोगो वारिषेण के अन्तःपुर को, और भोग के चरम को जानो। तुम मेरे अभिन्न केलि-सखा रहे हो। काम के कादम्बी अन्धकार में तुम भोगो या मैं भोगूँ, क्या फर्क पड़ता है। विषय मात्र एक है, विषयी मात्र एक है, सोमदत्त!''

और वारिषेण ने देखा कि सोमदत्त धरती में गड़ा जा रहा है। सिमट कर गठरी हुआ जा रहा है।

''संकोच में पड़े हो, सोम? ज्ञान में पर-पुरुष और पर-नारी का भेद नहीं। भेद है केवल ब्रह्मभोग और अब्रह्मभोग का। निर्भय होकर चुनाव करो। और अपना पाथेय, जहाँ भी दीखे, उसे निर्विकल्प अंगीकार करो। पाप विकल्प में है, निश्चय में नहीं। पाप का भय जब तक है, पाप से निस्तार कहाँ? ऐसा भोगी जो भी भोगेगा, वैध या अवैध, वह पाप ही होगा। पर जो निर्विकल्प है, वह कुछ भी भोगे, भोगकर भी भोगातीत होता जाएगा। भोगता है वह केवल अपने को।...

''सोमदत्त, अपनी ही आग में चलने से डरोगे? अपनी ही वासना से भागोगे? उसे पाप कहकर गुणानुगुणित करोगे?...तो जानो, कि मैं झोंक दूँगा अपने को तुम्हारी आग में!''

''ओह वारिषेण, मेरी ऐसी कड़ी परीक्षा न लो। मैं...मैं...''

''श्यामा के पास गये बिना, तुम्हें चैन नहीं? यह सौन्दर्य तुम्हें तुच्छ दीखता है?''

''वारिषेण, मुझे पाताल में न ढकेलो। सौन्दर्य और यौवन के सीमान्त सम्मुख

हैं। श्यामा अब और कहीं नहीं। यहाँ नहीं, तो अन्यत्र उसका अस्तित्व ही नहीं।''

''तो उसे उपलब्ध होओ। उसे भोगो, जानो और तर जाओ। वारिषेण का अन्त:पुर आज की रात तुम्हारी प्रतीक्षा में खुला है।''

''...वह मेरे भीतर खुल गया, वारिषेण! और ये सारी रमणियाँ, मेरे रोम-रोम में एकाग्र, समग्र रमण कर रही हैं। इन युवरानियों के सौन्दर्य का चिर कृतज्ञ हूँ। मातेश्वरी चेलना देवी ने मुझे अपना लिया। वारिषेण, तुम...तुम...तुम कौन हो? कोई नहीं, केवल महावीर। वे भगवान सम्मुख हैं, तुम्हारे चेहरे में, तुम्हारी आँखों में। इन सारी सुन्दरियों की आँखों में। अब कहीं जाना नहीं है। सब अभी, यहाँ मुझमें जैसे परिपूर्ण छलक रहा है।''

महादेवी और युवरानियाँ, सब जैसे उसी एकमेव महासमुद्र की तरंगें हो रहीं। वे नाम रूप से परे अपने निजत्व में लीन हो गयी हैं।

अगले ही क्षण दोनों सुन्दर सुकुमार श्रमण, राजगृही के प्रशस्त राजमार्ग पर लौटते दिखाई पड़े। देखते-देखते उनकी पीठें जन के महावन में विलीन हो गयीं।

युगल मुनि वारिषेण और सोमदत्त जब समवसरण में लौटकर, श्रीभगवान के चरणों में नमित हुए, तो देवों ने पुष्प-वृष्टि करते हुए जयनिनाद किया :

पूर्णकाम योगी वारिषेण जयवन्त हों!
आप्तकाम भोगी सोमदत्त जयवन्त हों!

भगवत्पाद गौतम का गम्भीर स्वर हठात् सुनाई पड़ा :

''स्थितिकरण के मन्दराचल हैं, मुनीश्वर वारिषेण। चंचल में अचल और अचल में चंचल का वे मूर्तिमान स्वरूप हैं। विलक्षण है उनका व्यक्तित्व। भोग और त्याग के भेद से परे वे सहजानन्द योगी हैं। अनन्त कला-पुरुष भगवान की एक और कला उनके द्वारा विश्व में उद्भासित हुई। परम रसेश्वर भगवान महावीर जयवन्त हों...

जयवन्त हों!
जयवन्त हों!

वह गणिका गायत्री : सौन्दर्य, काम और कला

विश्रान्तिर्यस्य सम्भोगे, सा कला न कला मता।
लीयते परमानन्दे ययात्मा सा परा कला॥

अपने महल के आकाशी वातायन पर बैठा मगध का राजपुत्र नन्दिषेण गहरे सोच में डूबा है।

...मेघकुमार और वारिषेण जो महावीर के समवसरण में गये, तो फिर लौटे ही नहीं। वे अनगार संन्यासी हो गये। वे जगत् और जीवन के सुख और सौन्दर्यों को वमन की तरह त्यागकर चले गये। इस घटना ने नन्दिषेण को जैसे छेद दिया है। उसका सारा भीतर मानो उलटकर बाहर आ गया है। और प्रश्न है कि आगे इस आर्द्र तरल भीतर को इस बाहर के जगत् में कहाँ रक्खे? मेघ और वारि के निष्क्रमण ने जैसे सारे संसार पर पाण्डुर सन्ध्या की उदास चादर डाल दी है।

नन्दिषेण के मन में अविराम मन्थन चल रहा है...क्या यह जीवन और जगत् जीने योग्य नहीं, भोगने योग्य नहीं? क्या यह संसार केवल माया-मरीचिका है? क्या इसके होने और चलने का कोई अर्थ ही नहीं? क्या यह असत् है? असत् है, तो इसका अस्तित्व क्यों कर है? क्या असत् में से आविर्भाव और सृष्टि हो सकती है? महावीर ने तो विश्व को एक वास्तविकता कहा है। यहाँ के पदार्थ और प्राणी मात्र को सत् कहा है। और जो सत् है, वह निरर्थक और त्याज्य कैसे हो सकता है?

...संसार है कि सारे तीर्थंकर, अवतार और शलाकापुरुष जनमे हैं। उन्होंने इस जगत् के सुखों और ऐश्वर्यों को छोरों तक भोगा है, और इस पृथ्वी पर खड़े रहकर ही उन्होंने मोक्ष तक का अनाहत पराक्रम किया है। और सिद्धालय के मोक्ष धाम में बैठकर भी आखिर वे क्या कर रहे हैं? जिनेश्वरों ने कहा है कि वे सिद्धात्मा निरन्तर इस जगत् और जीवन को देख और जान रहे हैं। देखना-जानना ही उनका एकमात्र अस्तित्व है, उनका जीवन है। उनका तो शरीर भी ज्ञान है, और आत्मा भी ज्ञान है। यह जगत-जीवन और संसार न हो, तो वे क्या देखें, क्या जानें? यह विश्व-सत्ता, यह निरन्तर गतिमान सृष्टि ही तो उनके ज्ञान का विषय है, ज्ञेय है। तब क्या यह ज्ञेय ही उनका सार-सत्त्व नहीं? तो फिर उसे त्याग जाने का क्या अर्थ है? यदि वह निरर्थक मिथ्या-माया है, तो अजीब हैं वे सिद्ध, जो हर पल इसे जानने के प्रमाद और गोरखधन्धे में पड़े हैं।

नन्दिषेण को लग रहा है, कि वे सारे संन्यासी और सिद्ध इस जगत् को पूर्णत्व तक रचने और भोगने में असमर्थ, पराजित होकर इससे पलायन कर गये हैं। उसके मन में एक अटल हठ है, कि नहीं, वह इस सृष्टि से भागेगा नहीं, हो सके तो इसे बदलेगा। इसकी सारी त्रुटियों और सीमाओं का अतिक्रमण कर इसे पूर्णत्व में जिये और

भोगेगा। इसमें अपने स्वप्न और अभीप्सा को रचेगा, साकार करेगा।

मगधेश्वर की अज्ञात कुल-शील रानी बिन्दुमती का पुत्र नन्दिषेण बड़ी ही सूक्ष्म सुकोमल संवेदना का कवि है। वह अलौकिक रंग-प्रभाओं का चित्रकार है। वह अन्तरिक्ष के गूढ़तम प्रकम्पनों का संगीतकार है। उसका वेदन-तन्त्र इतना संवेदनशील और संस्पर्शी है, कि हवा की एक बेमालूम लहर, एक पत्ती का हिलना तक उसे विचित्र स्पन्दनों से कँपा देता है। प्रकृति के विराट् सौन्दर्यों के बीच जब वह खड़ा होता है, तो उसके शरीर में रोमांचनों के हिलोरे आते हैं। किसी चेहरे की विचित्र विदग्ध भंगिमा, किन्हीं गुजरती आँखों की चितवन से वह अनायास घायल हो उठता है। एक अजीब अलक्ष्य विरह से वह कातर हो जाता है। उसकी आँखों में आँसू आ जाते हैं।

उसने अपने सर्जन में इस सृष्टि के सूक्ष्मतम और अदृश्य सौन्दर्यों तक को रचा है। अगम के रहस्यों को अपने चित्रों और शिल्पों में खोला है। अनहद को अपने संगीत के स्वर-ग्रामों में बाँधा है। अपनी 'समुद्र-मेखला' वीणा में उसने चेतना के अब तक अगम्य प्रदेशों को पकड़ने के लिए नये तारों और सप्तकों का आविष्कार किया है। कुछ भी दोहराना उसे रुचिकर नहीं है। शास्त्र के बन्धनों और तन्त्रों को तोड़कर उसने कलाओं को पर्वती हवाओं की तरह स्वच्छन्द बनाया है।

सम्भव के जगत् में उसका पैर नहीं टिक पाता। वह अपने छन्दों, रंगों, टाँकियों और टंकारों से असम्भव के शून्यों में छलाँगें भरता है, अगम्यों के द्वारों को खटखटाता है, वीरानियों को अपने उच्छ्वासों की तड़प से बेचैन कर देता है। परिणाम यह हुआ कि पार्थिव में वह नितान्त अकेला पड़ गया है। यहाँ कोई संगी-साथी न पा सका है। मगधेश्वर के दरबार और रनिवासों में वह कौतुक, कौतूहल और परिहास का विषय बना रहता है। पर वह इतना गुमशुदा और खोया है, कि उसे पता ही नहीं कि उसके बारे में कोई क्या कहता है।

नन्दिषेण की सबसे बड़ी वेदना यह है, कि जिन सौन्दर्यों, पूर्णत्वों, दिव्यताओं के सपने वह अपनी कला में रचता है, उन्हें जीवन में कैसे साक्षात् और साकार किया जाए। सृजन और जीवन के बीच एक अथाह खाई पड़ी हुई है। जो वह जीवन में देखता है, भोगता है, अनुभव करता है, उसकी संवेदना को वह अपनी कला में केवल ज्यों-का-त्यों आलेखित कर चैन नहीं पाता। वह केवल प्रतिक्रिया पर नहीं रुकता। अपनी अत्यन्त निजी क्रिया के उपोद्घात से यहाँ के सारे भोगे हुए संवेदन को किसी ऊर्ध्व में उत्क्रान्त करना चाहता है, जहाँ वह अनुभव रह सके। पर उस ऊर्ध्व में जो शाश्वती खुलती है, जो एक अपूर्व विभा का सोता फूटता है, उसे वह जीवन की माटी में क्यों नहीं खींच और सींच पाता?

अभी-अभी अपने वातायन से वह देख रहा है : सुदूर वैभार पर्वत की वनालियों में पूनम का बड़ा सारा चम्पई चन्द्रमा उगा आ रहा है। उसकी आभा में वनिमा की

पत्तियाँ और बारीक डालें हिल रही हैं।...और ठीक वहीं मानो किसी अवनद्या का अपूर्व सौन्दर्य-मुख झाँक रहा है।...और वह छटपटा कर रहा जाता है। वह मुख उसके अन्तःपुर में क्यों नहीं आता? वह निरा वायवीय क्यों है? वह ठोस पदार्थ में आकृत होकर उसकी बाँहों में क्यों नहीं आ पाता?

सामान्य लोग जैसे इस जगत् के यथार्थ को देखते और स्वीकारते हैं, उस तरह नन्दिषेण नहीं कर पाता। यहाँ की जिन त्रुटियों और सीमाओं पर औरों की निगाह तक नहीं जाती, वे उसके चित्त में फाँस की तरह गड़कर, कसकती रहती हैं। लावण्य और यौवन की आभा से दीप्त चेहरों में जो ह्रास की प्रक्रिया बेमालूम चलती रहती है, उस पर उसकी दृष्टि निरन्तर लगी है।...कभी किसी सुन्दरी को पीले गुलाबी आम्र-फल की तरह ताजा, स्निग्ध, रसाल और सुगन्धित देखा था।...उसकी चितवन से चितवन मिली थी, तो कैसी मधुर चोट हुई थी। भाव और कल्पना की अपार तरंगें उठी थीं। मिलन की अद्भुत ऊष्मा जागी थी। मानो कि कोई अलौकिक घटना घटी थी। कुछ अर्से बाद देखा है कि वही सुन्दरी कई बच्चों की माँ हो गयी है। उसके चेहरे का वह ओप कुम्हला गया है। नाक-नक्श की धार कुंठित हो गयी है। कमनीय बाँहों की पेशियाँ ढीली पड़ गयी हैं। वक्षोज के उन्नत कुम्भ ढलक आये हैं। उसकी आँख से आँख मिलने पर अब कोई आश्चर्य-घटना नहीं घटती। कोई भाव या स्पन्दन नहीं जागता।

...चारों ओर सर्वत्र यही दीखता है। रक्त-मांस की वह जादुई माया देखते-देखते अवसन्न हो जाती है। फैले पड़े हैं चारों ओर रूप-यौवन के ठीकरे, खंडहर, ढलते मांस के भांड, जिनमें से सड़ान और दुर्गन्ध आने लगती है। सब कुछ साधारण हो जाता है। सबकुछ निरन्तर क्षयग्रस्त है। लोग इसे सहज स्वीकार कर इसमें जिये चले जा रहे हैं।

लेकिन नन्दिषेण का मन इसको स्वीकारने में असमर्थ है। इस मांस, मल, वमन, विष्ठा, दुर्गन्धि में उसका जी घुटने लगता है। संसार की इस अनिवार्य नियति पर उसके प्राण सदा सन्त्रस्त और उदास रहते हैं, वह इस नाशलीला से भागकर बाहर खड़ा हो गया है। इसका द्रष्टा हो गया है, और इससे निरन्तर सन्त्रस्त होता रहता है।

पूर्ण कामिनी को उसने प्रथम दिन से ही खोजा है। एक के बाद एक अनेक स्त्रियों को वह खोज-खोजकर ब्याह लाया है। हर नयी रानी के सौन्दर्य में कोई रन्ध्र, कोई त्रुटि देख वह उच्चाटित हुआ। भाग निकला है और भी नयी की खोज में। वेत्रवती के तीर गन्धर्वसेना को किन्नरियों के साथ क्रीड़ा करते देख, कैसे दिव्य सौन्दर्य-संवेदन से वह अभिभूत हो गया था। फिर उसे ब्याह कर, वह उसके रूप-समुद्र में कैसी गहरी समाधि में मूर्च्छित हो गया था।...एक दिन वह उसके नीलम जटित स्नानागार में छुपकर बैठ गया था। उसके स्नान करते सुनग्न अंगों की मरोड़ों में कैसी अश्रुत संगीत-

लयों का उसने अनुभव किया था। अचानक उसकी निगाह अपनी परम प्रिया की बगलों में उगे केशपुंजों पर चली गयी थी। उसे कैसी ग्लानि हो गयी थी। कंचुकी में आबद्ध जिन भुजमूलों की मोहोष्म गहराई में सिर डुबाकर वह परम सुरक्षा अनुभव करता था, वहाँ कैसे काले कदर्य बालों के गुच्छ उग आते हैं। मैल के पुंज।...और उसके बाद गन्धर्वसेना से वह मुँह बचाता था। उसकी रूपश्री और प्रीति उसकी निगाह में फीकी पड़ गयी थी।

...अपनी एक और रानी मधुगन्धा के सुगोल स्तन के नीचे उसे अचानक एक बड़ा-सा काला मस्सा दीख गया था, जिसमें दो-तीन छोटे केश उगे थे। तो उन स्तनों की वह सुगोल आकृति काफूर हो गयी थी। ग्लानि से उसका जी कसैला हो गया था। आलिंगन टूट गया था। मन्दारवती के शरीर में एक स्वाभाविक मलय-गन्ध-सी बसी हुई थी। पर एक रात शैया से सहसा ही उसने वायु-विसर्जन कर दिया। एक सड़ी गन्ध से सारा सुगन्धित वातावरण विकृत हो गया। वह बहाना बनाकर, तुरन्त भागा था, और दूसरी रानी के पास चला गया था।

रानी केतुमती के दाँतों में मुक्ताफलों की राशि का सौन्दर्य था। उसके ओठों में आम की फाँक-सी तराश और मिठास थी। वासना की वारुणी से वे छलकते रहते थे। एक बार चुम्बन-क्षण में उसके मुख से ऐसी तीव्र दुर्गन्ध की लपट आयी, कि नन्दिषेण को मतली हो आयी। वह स्नानागार में दौड़ गया। उसे वमन हो गया। और अपने ही वमन की दुर्गन्ध से उसका माथा फटने लगा। अपनी ही देह के सारे मल-मूत्र, श्लेष्म, विकार के द्वार उसे प्रत्यक्ष हो उठे। अपनी ही काया की सारी कुरूपताओं, दुर्गन्धों का उसे साक्षात्कार हो गया। वह एक तीव्र ग्लानि, विचिकित्सा, विरक्ति से भर उठा।

नन्दिषेण को अस्तित्व असह्य हो गया। उसे प्रत्यक्ष हो गया कि, यहाँ हर सुन्दर की परिणति अनिवार्यतः असुन्दर में होती है। मोहक देवतुल्य शिशु मरने को ही जन्म लेता है। हर यौवन यहाँ बूढ़ा होने के लिए है। हर लावण्य यहाँ मुरझा जाने के लिए है। हर रम्य कोमलता की नियति कठोर और भयानक हो जाना हैं। हर सुरूप को एक दिन कुरूप होना ही है। दिव्य भोजन की भी अन्तिम परिणति भिष्टा है। मधुरान्न, आम्रफल, सौंधे शाक-सब्जी सबको आखिर मल में बदल जाना है। हर आहार को अन्ततः निहार होना है। उस आहार से बचने वाले रस और सप्तधातु स्वास्थ्य और कान्ति में परिणत होकर भी, अन्ततः क्षय होते हैं, बुझ जाते हैं।

...दिव्यतम देह के भीतर से भी निरन्तर मल प्रवाहित है। और एक दिन उसे जरा और मृत्यु का ग्रास होना ही है। माना कि अन्नमय कोश में से ही प्राण और मन की भव्य भूमिकाएँ उठती हैं। रक्त की ऊष्मा में से ही संवेदन और ज्ञान के आकाशगामी

शिखर उत्थान करते हैं। पर क्या वे हमें अमरत्व दे पाते हैं? गहरे से गहरे प्रणय और प्यार के संवेदन भी निदान चुक जाते हैं, रुक जाते हैं, छूँछे हो जाते हैं। इस विराट् विद्रूप और विरोध के बीच कोई क्यों जिए, कैसे जिए?

नन्दिषेण ने इसका निराकरण कला और सर्जना में खोजा है। रक्त-मांस में व्यक्त सौन्दर्य की द्युति को उसने कविता में अमृत पिलाना चाहा है। भाव-संवेदन की तीव्र लौ को उसने संगीत के आलाप में अनन्त कर देना चाहा है। प्रिया की चितवन के दरद को उसने अनेक गीतों में बाँधकर, उसे मन्त्र बना देना चाहा है। रमणी देह के उभारों, गहरावों, भंगों और मोड़ों को उसने चित्र और शिल्प में सातत्य प्रदान करने की चेष्टा की है। प्रायः ही सर्जना के इन क्षणों में उसे अमरत्व का कैसा अचूक अनुभव और अहसास हुआ है।

रक्त-मांस के सान्निध्य, संस्पर्श और ऊष्मा में डूबकर उसे बारम्बार लगा है कि अथाह और अन्तहीन है यह सुख, यह आनन्द, यह तृप्ति। उन क्षणों में उसे कैसी अटल प्रतीत हुई है, कि नहीं, नहीं, नहीं—यह रति, यह आरति विनाशिक नहीं, भंगुर नहीं, यह अक्षुण्ण और अनन्त है। वह घर पर है, यहाँ विराम है, मुकाम है, प्रश्रय है। और अपनी कला में उसने इस सचोट और ज्वलन्त अनुभूति को शाश्वती में उत्क्रान्त और उन्नीत किया है। अपनी कृति में उसे स्पष्ट लगा है, कि वह मृत्यु को तर गया है, अमृत में उत्संगित हो गया है।

लेकिन यह क्या, कि सौन्दर्य, संवेदन, भाव, अनुभूति, मिलन, भोग, आलिंगन का यह कला-विलास भी अगले ही क्षण कपूर के महलों की तरह विलय होता लगता है। कविता का दिव्य वैभव जीवन में नहीं उतर पाता है। कला की बादल-खेला आकाश में चित्रित होती रहती है, और धरती पर जीवन, मृत्यु, क्षय, विनाश, दुर्गन्ध, सड़ाँध में कराहता चीखता रहता है।

...नन्दिषेण उस सारी रात घुटता रहा, रोता रहा, आक्रन्द करता रहा। हाय, वह कहाँ जाए, क्या करे, कैसे अपने अस्तित्व को इस मर्त्यता में से उठाकर किसी सम्भाव्य अमरत्व में आरपार मुक्त और मूर्त करे। विदेह निर्वाण में नहीं, प्रत्यक्ष मूर्त ऐन्द्रिक जीवन के चंचल, गतिमान स्तर पर।

उसके जी में उत्कट और अपराजेय प्रश्न है, कि कविता, कला, सर्जना की राह ही अभीष्ट मुक्ति, रूपान्तर, परम प्राप्ति क्यों न सम्भव हो? अपने रचना-क्षणों की तन्मय प्रक्रिया में, उसे अचूक रूप से अपने भीतर अमृत का स्राव और साक्षात्कार अनुभव होता रहा है। क्या वह प्रतीति निरी भ्रान्ति है? क्या उसका वह साक्षात्कार केवल क्षणिक इन्द्रजाल है? नन्दिषेण के भीतर एक अनिर्वार हठ है, अचल संकल्प है : वह कला के माध्यम से ही अपने मन चाहे पूर्णत्व को उपलब्ध करके चैन लेगा। उसे नहीं लगता कि उसके लिए अभिनिष्क्रमण, गृह-त्याग, वैराग्य, देहदमन,

मनोदमन, कृच्छ् तपोसाधना अनिवार्य है। निवृत्ति के द्वारा वह निर्वाण में शून्य हो जाने को तैयार नहीं। वह रूप, रंग, नाम, वैविध्य के इस लीला-चंचल जीवन-जगत् में ही निरुपाधिक निर्बाध सुख को उपलब्ध होना चाहता है। पर कैसे? आज तक के सारे सिद्ध निवृत्ति की राह पर ही गये हैं। उससे यह ठीक उलटी दिशा में अपना प्राप्य खोजने को उद्यत है। वह असम्भव पर अपना दाव लगाये है। वह शून्य में खो जाने का खतरनाक खेल खेल रहा है।

...अरे कौन उसकी इस महावेदना को समझेगा? मनुष्य की सहानुभूति से परे है, उसकी यह पीड़ा। वह नितान्त अकेला पड़ गया है अपनी राह पर। कहाँ मिलेगा उसे कोई कूल-किनारा? उसकी उच्चाटित आत्मा को कहाँ मिलेगा कोई घर, आधार, आयतन?

नन्दिषेण राजकुल के साथ श्री भगवान की वन्दना को नहीं गया था। वह अपने वीरानों में लापता, लामुकाम खोया था। किसे पड़ी थी उसे खोज निकालने की? उसकी माँ रानी बिन्दुमती राज-परिवार के साथ भगवन्त के समवसरण में गयी थी। उसके मुँह से उसने सुना था कि अर्हन्त महावीर के पास ऐसा रसायन है, जिससे अस्तित्व और देह का रूपान्तर हो जाता है। वे स्वयं उसके प्रमाण हैं। उस प्रभु के आहार भी नहीं, सो निहार भी नहीं। उनके भीतर ही अमृत का सोता बहता रहता है। उससे वे सहज ही पोषण पाकर परितृप्त रहते हैं, और जीवन धारण करते हैं। पृथ्वी के गुरुत्वाकर्षण से उनका शरीर मुक्त हो गया है। सो उनकी काया अब पृथ्वी-बद्ध नहीं। वे फूल-से हलके होकर अन्तरिक्ष में रम्माण हैं। वे अधर में ही उठते-बैठते, चलते-फिरते हैं। पार्थिव माटी से वे कुछ ग्रहण नहीं करते। इसी से भारहीन होकर, पृथ्वी से ऊपर उठ गये हैं और अन्तरिक्ष में विचर रहे हैं।

आज मध्य रात्रि की निस्तब्ध बेला में, चरम उच्चाटन की पीड़ा में, नन्दिषेण को माँ की वह बात स्मरण हो आयी। उसे एक सहारा-सा मिला। उसने एक दुरन्त खिंचाव अनुभव किया। एक अरोक सम्मोहन से वह आकृष्ट होता चला गया।

...और बेला-अबेला का भान भूलकर, वह उस असूझ अँधियारी रात में बियाबान की राह पर निकल पड़ा। वह अपने बावजूद अपने मोह-राज्य से अभिनिष्क्रमण कर गया।

राजगृही के गुणशील उद्यान से भगवान कभी के विहार कर चुके थे। मगध के अनेक ग्रामों, नगरों, वनों, उद्यानों को अपनी धर्म-देशना से प्लावित करते हुए, वे प्रभु इस समय विदेह देश के सीमान्त पर अशोक-वन चैत्य में समवसरित थे।

नन्दिषेण ने समवसरण में पहुँचकर, सुखद आश्चर्य का अचूक आघात अनुभव

किया। उसे प्रतीति हुई कि उसका चिर दिन का स्वप्न यहाँ साकार हुआ है। उसने अपनी सर्जना में भाव और सौन्दर्य का जो विश्व साक्षात् किया था, वह मानो यहाँ मूर्त और प्रत्यक्ष हो उठा है। ये देवांगनाएँ, ये इन्द्राणियाँ, ये देवकुल, ये अप्सराएँ, यह रत्नों का आभालोक, ये नाट्यशालाएँ, ये किन्नर-गन्धर्वों के गान-नृत्य! सौन्दर्य यहाँ पूर्ण और शाश्वत में आकृत दीखता है। कला और कविता यहाँ निरी वायवीय नहीं, उसने स्पृश्य देह धारण की है। अतीन्द्रिक ऐश्वर्य, भोग, सौन्दर्य यहाँ इन्द्रियों द्वारा संवेद्य, आस्वाद्य और ग्राह्य हो गया है।

नन्दिषेण मन्त्र-सम्मोहन-सा श्रीमंडप में चला आया। सहसा ही उसकी आँखें गन्धकुटी की मूर्धा पर जा अटकीं। उस चिद्घन सौन्दर्य की विभा को उसने ठोस शरीर में आकृत और संवरित देखा। एक ऐसा शरीर जिसे वह अभी-अभी छू सकता है। उसके सान्निध्य और सुखोष्मा से संवेदित होकर वह तरल हो आया। उसे किसी ने अपना लिया, अपने वक्ष के श्रीवत्स में चाँप लिया। उसकी आँखें छलक आयीं।

वह गन्धकुटी के पाद-कमल को ललाट और बाहुओं में भींचकर, बिछ गया। कसकर पकड़ता ही चला गया किन्हीं चरणों को, जो उसके हृदय पर उतर आये थे। और उसे अचानक एक झटका अनुभव हुआ। किसी ने वे चरण खींच लिये। वह अपने खाली हाथों को ताकता स्तब्ध खड़ा रह गया।

सहसा ही उसने साहसपूर्वक रुद्ध कंठ से अनुरोध किया :

"मेरी अन्तिम पीड़ा के सहभागी, मेरे नाथ। मुझे अपने ही जैसा बना लें!"

उसे कोई उत्तर न मिला। एक सन्नाटे में वह अकेला छूट गया। वह बार-बार अपनी विनती को दुहराता रहा। पर उस अधर पर बैठे कामदेव ने कोई उत्तर न दिया। नन्दिषेण सिर धुनता रहा, भीतर-ही-भीतर आक्रन्द में फूटता रहा। मानो कि उस अर्हत् के रक्त-कमलासन पर अपना ललाट रगड़ता रहा। उत्तर में व्याप्त रही एक निःसंग, निर्मम चुप्पी। हार कर वह निढाल समर्पित, जानुओं के बल बैठ गया। विचार और विकल्प की धारा खामोश हो गयी। वह केवल श्रवणेन्द्रिय होकर, शून्य में उदग्र हो रहा। हठात् सुनाई पड़ा :

"नन्दिषेण, अभी समय नहीं आया!"

"सर्वज्ञ ने मेरे अकिंचन नाम-रूप को स्वीकारा। मेरी धन्यता का पार नहीं। मुझे अपना लें, मेरे स्वामी!"

"नहीं तो यहाँ कैसे आ सकता, देवानुप्रिय!"

"मुझे जिनेश्वरी दीक्षा प्रदान करें, भगवन्!"

भगवान फिर मौन रह गये। एक निस्पन्द नीरवता में नन्दिषेण छटपटाता रहा। मन-ही-मन उसने रट लगा दी : "मुझे श्रीचरणों में अंगीकार करें, देवार्य। मुझे अपना ही बिम्ब प्रदान करें, भन्ते। मैं अब प्रभु से अलग अस्तित्व में ठहर नहीं सकता।..."

नाना तरह से वह कातर विनती करता रहा। वे सभी प्रार्थनाएँ उस कठोर वीतराग के तट से टकराकर घायल लौट आयीं। वह रो उठा। दोनों घुटनों में अपनी बिलखती छाती और आँसू डूबे चेहरे को छुपा लिया। अचानक सुनाई पड़ा :

"नन्दिषेण, प्रतीक्षा कर, अभी वह परम मुहूर्त नहीं आया!"

"अबूझ है यह पहेली, नाथ। प्रति क्षण जीना दूभर है, और त्रिलोकीनाथ तक मुझे शरण नहीं दे रहे?"

"शरण किसी त्रिलोकीनाथ में नहीं। स्वयं तुझमें है। वहाँ उपस्थित हो, देवानुप्रिय।"

"वह मेरे वश का नहीं, भन्ते परम पिता।"

"है, मैं देख रहा हूँ। निर्णायक तू है, अर्हत् नहीं।"

"दिगम्बर हुए बिना, अब देह धारण सम्भव नहीं मेरे लिए, स्वामिन्।"

"दिगम्बर हो भी जाये, तो भी भोगानुबन्ध पूरे होकर रहेंगे। तुझे जिसमें सुख हो वही कर, आयुष्मान्।"

"तो प्रभु ने मुझे ठेल दिया? अपनाया नहीं?"

"ठेल दिया है कि जा, अपनी वासना के छोर छू आ। लौटकर घर तो आएगा ही। चिन्ता किस बात की?"

"पार्थिव में मेरी वासना का उत्तर कहीं नहीं, प्रभु। उसे चरम तक भोग आया।"

"तो परम तक भोग आ। दिगम्बर होकर दिगम्बरी का आश्लेष कर। उस द्वार से ही हम में प्रवेश कर सकेगा।"

"मेरे तन, मन, चेतन की सब तुम जानते हो, अन्तर्यामिन्। मेरे वश का कुछ न रहा।"

"तथास्तु... !"

"मुझे प्रव्रजित करें, भगवन्।"

भगवान ने कोई उत्तर न दिया। अन्तरिक्ष में से ध्वनि हुई :

"नन्दिषेण, अभी समय नहीं आया। मोह की अन्तिम महारात्रि सम्मुख है। उसमें जा।"

"तो मैं कहाँ जाऊँ, क्या करूँ?"

प्रभु की विधायक मृदु वाणी सुनाई पड़ी :

"अपना निर्णय आप कर, सौम्य। जिसमें तुझे सुख हो, वही कर। स्वच्छन्द में रह और स्वच्छन्द विचरण कर।"

नन्दिषेण ने हृदय कठोर करके, प्रभु के आदेश से ही, प्रभु के निषेध की अवज्ञा कर दी। उसने स्वयं ही दिगम्बरी दीक्षा धारण कर ली। उसने पीछी-कमंडलु के लिए हाथ पसार दिये। कोई प्रत्युत्तर न मिला।

भगवती चन्दन बाला को उस पर करुणा आ गयी। उन्होंने शची के हाथों उसे पीछी कमंडलु प्रदान किये। अगले ही क्षण नन्दिषेण वहाँ से निकल पड़ा। अनाथ, कातर, अशरण वह अपने ही आत्म की खोज में जन और विजन में अविराम अटन करने लगा।

नन्दिषेण मुनि बेखटक स्वतन्त्र चर्या कर रहे हैं। उन्हें अपने साथ सदा महावीर की उपस्थिति अनुभव होती है। अनेक वन, कान्तार, पर्वत पार करते, नाना देशान्तरों में विचर रहे हैं। वे किसी भी द्वार पर भिक्षा को नहीं जाते। अयाचित भिक्षा का कठोर व्रत वे धारण किये हैं। अनायास कोई दाता सम्मुख आ जाये, तो उसके दिये आहार को प्रासुक जान ग्रहण कर लेते हैं। इन्द्रियों पर उन्होंने उत्कट निग्रह कर लिया है। चारों ओर से चेतना के द्वार बन्द कर लिये हैं। दुर्घर्ष ब्रह्मचर्य का पालन कर रहे हैं। अनिन्द्य सुन्दरी भी सामने से गुजर जाये, तो आँख उठाकर नहीं देखते। स्त्री की छाया तक से वे बचकर निकलते हैं। सामने कोई योषिता आ रही हो, तो मुँह फेरकर उलटी दिशा में चल पड़ते हैं।

दिगम्बर पुरुष ब्रह्मचर्य को कवच की तरह ऊपर ओढ़कर, अपने शीलरत्न को बचाता फिर रहा है। उसके आत्म-दमन और आत्म-संक्लेश का पार नहीं। दारुण तप से उसने अपनी देह को गला दिया है। राजपुत्र का वह कोमल कान्त सौन्दर्य, निरन्तर आतापना से कठोर और शुष्क हो गया है।

एक दिन तीसरे पहर नन्दिषेण मुनि आलम्भिका नगरी के एक चौहट्टे से गुजर रहे थे। अचानक किसी अट्टालिका के तिमंजिले से एक बहुत ही महीन, लरज-भरी गान-लहरी सुनाई पड़ी। तिलक-कामोद की रागिनी में विरह की बड़ी विवश व्यथा निवेदित की जा रही थी। मिलन के लिए जो तड़प उसमें थी, उसमें निःशेष समर्पण की अति आकुल विनती उमड़ रही थी।

नन्दिषेण मुनि चलते-चलते अटक गये। उस दर्दीले संगीत के आलाप में वे समाधिलीन से हो गये। किसी राहगीर ने व्यंग-बाण मारा : "यह तो नगरवधू इन्द्रनीला की अट्टालिका है। धन्य है यह ढोंगी श्रमण, जो गणिका के गान से बेहोश हो गया है!"

नन्दिषेण पर इसका कोई प्रभाव न पड़ा। वे अविकल्प उस रसधारा में लीन रहे। गणिका को नहीं, वे मानो गायत्री की सन्ध्या-रागिनी को साक्षात् सुन रहे थे। उन्हें प्रत्यय हो रहा था, कि कला यहाँ मोक्ष के सिद्धाचल पर आरोहण कर गयी है...'ओह, मेरा अभीष्ट यही है, यहाँ है, यहाँ है।'

वहाँ तिमंजिले पर गाते-गाते इन्द्रनीला भी जाने किस जन्मान्तर की मोहरात्रि

में मूर्च्छित हो गयी। मानो कि उसका गान, अपने लक्षित प्रीतम तक पहुँच गया है।...हठात् एक गहरे आघात से उसकी मूर्च्छा टूटी, किसी अदृष्ट ने उसे अरोक खींचा। वह आविष्ट-सी अन्धड़ की तरह भागी, और द्वार पर आ खड़ी हुई।

नन्दिषेण की समाधि टूट गयी। उन्होंने अपने सम्मुख उस संगीत के दर्दीले सौन्दर्य को मूर्तिमान देखा। आँखों से आँखें मिलीं। ठगौरी पड़ गयी, प्राण में प्राण बिंधने लगे।

...अचानक नन्दिषेण मुनि संचेतन हो आये। वे वीतराग और तटस्थ दीखे। उनके मुख से निकला :

"धर्मलाभ, देवी!"

वेश्या घायल नागिन की तरह फुँफकार उठी :

"यहाँ धर्म-लाभ का क्या काम! यहाँ तो अर्थ-लाभ चाहिए, महाराज। गणिका का द्वार श्रमण के लिए नहीं, श्रेष्ठी के लिए खुलता है।"

नन्दिषेण की सुकुमार संवेदना को जैसे किसी ने खड़ा चीरकर फेंक दिया। व्यथा और रोष से वे रुद्र और विक्षुब्ध हो उठे। क्रोध से तपस्वी की ऊर्जा अपने चरम पर पहुँच गयी। ऐसी कि वह जो चाहे, वही हो जाये। उन्होंने एक तिनका धरती पर से उठाया, और उसे बीच से दो टूक तोड़कर गणिका के पैरों पर डाल दिया, और बोले :

"ले यह अर्थ-लाभ!"

और अन्तर-मुहूर्त मात्र से उस टूटे तिनके के भीतर से सुवर्ण और रत्नों की राशियाँ बिखर पड़ीं।...उधर नन्दिषेण मुनि तत्काल मुँह मोड़कर चल दिये। वे सुदृढ़ कदमों से दूर पर जाते दीखे।

इन्द्रनीला ने जाल बिखेर लिये। कंचुकि-बन्द तोड़ दिये। और वह आक्रन्द विलाप करती श्रमण के पीछे दौड़ी :

"हाय प्राणनाथ, मुझसे भारी भूल हो गयी। अपराध क्षमा करें। मेरे जनम-जनम के स्वामी द्वार पर आये, और मैं उन्हें पहचान न सकी। रुको, रुको मेरे सर्वस्व। नहीं, तुम अब कहीं नहीं जा सकते। तुम्हारी याद और तलाश में ही तो संगीत के सप्तक तोड़ रही हूँ।...मेरे प्रभु, लौट आओ, लौट चलो। मेरी शैया चिरकाल से तुम्हारी प्रतीक्षा में है। उसे अंगीकारो, मुझे दिवा-रात्रि भोगो, मेरी जनम-जनम की प्यास हरो। मुझे कृतार्थ करो, मेरे देवता।"

और रुदन में बिसूरती हुई, वह श्रमण के उन लौटते चरणों में लोट गयी। उसने संन्यासी के उन धूल भरे और बिवाइयाँ फटे पैरों को, अपनी कमनीय बाँहों में जकड़ अपने वक्ष के गहराव में समेट लिया। संन्यासी कीलित, बेबस, कैदी हो रहा। किसी चिर परिचित प्रीति की रति-रात्रि में वह मूर्च्छित हो गया। उसका आत्म-भान चला

गया। वह जैसे किसी अन्य ही जन्म के तट पर जाग उठा।...वह चुपचाप कीलित-सा इन्द्रनीला का अनुसरण करता, उसकी अट्टालिका में चला आया।

...कब उस नग्न तापस को स्नान-अंगराग करवा कर, बहुमूल्य वस्त्रों और आभरणों से मंडित कर दिया गया, उसे पता ही न चला। कब रात हुई और वह इन्द्रनीला के बाहुपाश में आश्लेषित हुआ, इसका उसे भान ही नहीं रहा।

...इसी प्रकार कई दिन बीत चले। काल-चेतना में जैसे वह नहीं रह गया है। दिन और रात का भेद लुप्त हो गया है। एक अति निगूढ़ आप्त भाव से, वह इस कामिनी के भोग-समुद्र में स्वच्छन्द सन्तरण कर रहा है। बस, जैसे परिमल-पराग में तैर रहा हो। देह-चेतना और आत्म-चेतना की एक अनोखी सान्ध्य द्वाभा में वह अनायास विचरण कर रहा है। उसे लगता ही नहीं कि वह देह है। यदि वह कुछ है, तो बस एक चेतना है, जो विवर्जित है, और सहज बह रही है।

यह रम्भा जैसी वारांगना, उसकी चरण-दासी होकर रह गयी है। हर समय उसके आसपास भाँवरे देती रहती है। नाना सिंगार, नित-नूतन भाव-भंगिमा और लीला-कटाक्ष से उसे रिझाती रहती है। अपने संगीत और नृत्य के अति सूक्ष्म गोपन प्रदेशों में उसे ले जाकर, अपने बाहुपाश में उसे समाधिस्थ कर देती है। वह जितनी ही अधिक चंचल है, नन्दिषेण उतना ही अपनी जगह अचल है। उसे मानो कुछ करना ही नहीं है, यह रमणी ही उससे सब कुछ करवा लेती है। फिर भी नन्दिषेण अक्रिय नहीं है। उसमें ऐसी एक शुद्ध क्रिया है, जो भोग तक को चिन्मय और आलोकित कर देती है। इन्द्रनीला को लगता है, कि इस सुख का ओर-छोर नहीं।

नन्दिषेण अपने में थिर और पूर्ण संचेतन है। वह जो भी कुछ करता है, भोगता है, उस सबको वह निरन्तर देखता रहता है। फूलों की शैया में अविराम केलि-क्रीड़ा चलती रहती है। साक्षात् कामदेव की तरह वह इस रति में भ्रमण करता है। कामकला के नित-नव्य आयाम उसकी कविता और कला में प्रकट होते है। और नीला के विस्मय और विमुग्धता का अन्त नहीं। उसे लगता है, कि यह पुरुष हर पल उसमें एक नया शरीर रच रहा है, नया सौन्दर्य अनावरित कर रहा है। क्रीड़ा में लीन जब वह छत और दीवारों के दर्पणों में अपने को देखती है, तो पहचान नहीं पाती है।

नन्दिषेण रति में आप्राण डूब जाता है, फिर भी तट पर खड़े होकर उस डूबन को देखता है। उसे एकाग्र और समग्र महसूसता है। प्रिया के अंगों के तोड़ों, मरोड़ों, भंगों की एक-एक सूक्ष्मतम चेष्टा को, उसकी तमाम बारीकियों में वह तन्मय होकर देखता रहता है। उसके शरीर के गोपन प्रदेशों में वह हर दिन नित नये रहस्यों की गुफाएँ खुलती देखता है। उनके निविड़ अन्धकारों में वह बेधड़क यात्रा करता चला जाता है। इन्द्रनीला के एक-एक अंग और अवयव के सौष्ठव में, वह जाने कितनी कविताएँ पढ़ता है, जाने कितने चित्र आँकता है, जाने कितने शिल्प उरेहता है। उसे लगता है

कि उसकी कला ने मर्त्य माटी की देह में अमृत के सोते खोल दिये हैं।

हर दिन सवेरे इन्द्रनीला उसे अपने हाथों नाना सुगन्ध-जलों और अंगरागों से नहलाती है। फिर स्वयं उसकी गोद में बैठ नहाती है। न्हान की जलधाराओं में देह मानो उड़-सी जाती है। बस, एक सुगन्ध में दूसरी सुगन्ध सरसराती रहती है। स्नानोपरान्त इन्द्रा नन्दिषेण को हर दिन नये ताजे अंशुक का अन्तर्वासक और उत्तरीय पहनाती है। फिर उसे फुलैल में बसाकर, पुष्पहार पहना देती है। अनन्तर घर के कामों में लग जाती है। अपने हाथों स्वयं रसोई बनाती है। उसकी हर सेवा स्वयं करती है। दासियों का उसमें कोई काम नहीं। काम में लगी होकर भी, बार-बार झाँककर एक दरदभरा कटाक्ष दे जाती है।

नन्दिषेण चुपचाप मुस्कराता हुआ, इस मोहमाया के नये-नये आयामों और कोणों का ईक्षण करता रहता है। उन्हें अविराम अधिक-अधिक जानता रहता है। नयी-नयी पर्तें खुलती जाती हैं, जैसे कमल के बेशुमार दल एक एक कर खुल रहे हों...और अनायास विषयानन्द ही आत्मानन्द हो रहता है। महावीर के शब्द, मन्त्र की तरह उसके रोमों में गूँजते हैं। वह उनके प्रति कृतज्ञता से सजल हो आता है। कभी-कभी एकाएक लगता है, कि वह कहीं नहीं है, वे महावीर ही हैं, जो यहाँ उपस्थित हैं।...वह हठात् अपनी देह में महावीर को क्रीड़ा करते देख लेता है।

नन्दिषेण को लगता है, कि उसका भोग ही ज्ञान हो गया है। उसका अनुभव ही प्रकाश हो गया है। उसे अपने में से ज्ञान बहता दीखता है। वह स्वयं नहीं, कोई तीसरी सत्ता उसमें यहाँ सक्रिय है। उसने संकल्प कर लिया है, कि वह प्रति दिन प्रातः दस व्यक्तियों को प्रतिबोध देकर, श्रीभगवान के समवसरण में भेजेगा, तभी भोजन ग्रहण करेगा। उसके ज्ञान की सुगन्ध आसपास के लोक-जन में फैल गयी है। हर दिन अनेक व्यक्ति उसके पास प्रतिबोध पाने को खिंचे चले आते हैं। उनके प्रति अपने को निवेदन कर वह कृतकामता अनुभव करता है।

एक दिन की बात। नौ आत्माएँ प्रतिबुद्ध होकर प्रभु के समवसरण में चली गयीं। दसवाँ व्यक्ति नहीं आया। नहीं आया तो नहीं आया। जैसे कहीं अटक लग गयी है। शर्त बद गयी है। बेला टलती चली गयी। नन्दिषेण उदग्र द्वारापेक्षण करता रहा। पर कोई परछाँही तक न झाँकी। नन्दिषेण उदास और विकल हो आया।

उधर पाकशाला में इन्द्रा ने उसके लिए पाटा-चौकी बिछाये। दिव्य रसवती सँजोकर, उसे बुलाने आयी। नन्दिषेण ने उसकी ओर ध्यान न दिया। उसके सारे निहोरे, और स्नेह-कटाक्ष पराजित हो गये। नन्दिषेण ने उसकी ओर आँख उठाकर तक न देखा। इन्द्रा थक गयी, झल्ला गयी। उसने अपने नारीत्व को अवलेहित अनुभव किया। एक मर्मान्तक अपमान से वह घायल हो गयी। रोष से उत्तेजित होकर, उसने पास आकर नन्दिषेण को झकझोर दिया :

"तुम्हें आज क्या हो गया है? कुछ होश है कि नहीं! रसवती का थाल लगा है, भोजन ठंडा हो रहा है। और मैं पुकारते-पुकारते थक गयी। पर तुम्हारे कान पर जूँ तक नहीं रेंगती?...उठो...उठो न...!"

नन्दिषेण टस से मस न हुआ। उसकी दृष्टि किसी पथ पर एकटक लगी है। उसकी आँखें पथरा गयीं। वह अचल दिङ्मूढ़-सा बैठा है, एक ही आसन में अडिग। उसे प्रलय भी नहीं हिला सकता।

इन्द्रनीला रो आयी। उसने फिर झुँझलाकर नन्दिषेण को झँझोड़ा।

"सुनोगे कि नहीं? वर्ना मैं अपना सिर फोड़ लूँगी।"

"इन्द्रा, दसवीं आत्मा आज प्रतिबोध पाने नहीं आयी। उसके आये बिना ही मैं अन्न-जल कैसे कर सकता हूँ। मैं प्रतिबद्ध हूँ।"

"किसके प्रति? मेरे प्रति कि महावीर के प्रति?"

"अपने प्रति!"

इन्द्रा सुनकर सन्न रह गयी। वह दारुण ईर्ष्या से जल उठी। उसने तीखी आवाज में पूछा :

"और वह दसवीं आत्मा आये ही नहीं तो?"

"तो...तो...मैं अन्न-जल ग्रहण नहीं कर सकता!"

"कब तक?"

"जब तक वह आ न जाये!"

"कभी न आये तो?"

"...कभी नहीं!"

इन्द्रनीला का धैर्य टूट गया। वह चीख उठी :

"तो तुम्हीं वह दसवीं आत्मा हो जाओ। और मेरा पिंड छोड़ो!"

नन्दिषेण क्षण भर स्तब्ध रहकर, उस इन्द्रनीला को ताकता रह गया। फिर मानो किसी अपूर्व प्रकाश में जागकर बोला :

"ओह, मेरी सती रानी, तुमने मेरा तृतीय नेत्र खोल दिया! मेरी अवरुद्ध राह को मुक्त कर दिया! तुम गणिका नहीं, सच ही मेरी गायत्री हो। मैं चला, देवी।"

और तत्काल उठकर नन्दिषेण ने इन्द्रनीला के चरण छू लिये, और वह गरुड़ पक्षी की तरह उसके हाथ से उड़ निकला। इन्द्रा निरुपाय, हतचेत ताकती रह गयी। और नन्दिषेण जैसे आकाश-पथ पर कहीं विलीन हो गया। इन्द्रनीला धड़ाम से मूर्च्छित होकर गिर पड़ी।

और नन्दिषेण को पंख लग गये थे। वह पवन के वेग से प्रभु के समवसरण की ओर धावमान था।

श्रीभगवान फिर मगध में विहार कर रहे हैं। नालन्द के उपान्तवर्ती श्रीपद्म उद्यान में वे समवसरित हैं।

मंडलाकार ओंकार ध्वनि अचानक रुक गयी। नन्दिषेण श्रीपाद में उपस्थित है।

''तेरा भोगानुबन्ध पूरा हुआ, सौम्य।''

''समाप्त हो गया, भगवन्?''

''सम्पूरित हुआ। समाप्त कुछ होता ही नहीं, केवल आप्त होता है।''

''प्रभु के अनुग्रह से मैंने कविता और कला को देह में जिया भोगा। मर्त्य माटी में अमरत्व का आस्वाद पाया।''

''अभी बहुत कुछ शेष है। अनन्त है।''

''तो मैं भ्रान्ति में था, भगवन्?''

''नहीं तो लौटकर यहाँ क्यों आता, नन्दिषेण?''

''तो प्रभु, इन्द्रनीला का वह संगीत, वह सौन्दर्य, वह कला मात्र माया थी, जिसे मैंने महीनों भोगा, रचा, जिया, जाना?''

''माया तो कुछ भी नहीं यहाँ। सब सघन पदार्थ हैं, जो पश्य हैं, ज्ञेय हैं, इसी से भोग्य हैं। होता है केवल अतिक्रमण, उच्चतर में आरोहण।''

''तो भगवन्, क्या कला द्वारा चरम लब्धि सम्भव नहीं?''

''कला स्वयं एक योग है, देवानुप्रिय। उससे कुछ भी असाध्य नहीं। पर तब, जब वह चित्कला हो जाये। जिस कला की साधना तुम कर रहे हो, वह उच्च प्राण और उच्च मन से आगे नहीं जाती। वह पार्थिव और दिव्य की सन्ध्या है। वह मिश्र रंगों और प्रकाशों का अराजक लोक है। वह परम मानसी कला है। पर अपरा कला भी परा कला के ज्योतिर्मय तट चूम आती है। पर यहाँ रह नहीं पाती। उस तट पर उतरकर जो वहीं रम जाये, वही कला तुम्हें सीखना है, नन्दिषेण।''

''प्रभु के अनुगृह से आपोआप सीख जाऊँगा। पर पूछता हूँ प्रभु, यह अपरा कला कहाँ तक ले जा सकती है? आलोकित करें, प्रभु!''

''यह अपरा कला इस अपारदर्श पुद्गल को पारदर्श बनाने की दृष्टि दे सकती है। मृणमय के तमस में चिन्मय का दिया जला सकती है। लेकिन अन्धकार के आवरणों को अन्तिम रूप से छिन्न नहीं कर सकती। दर्शन, अवबोधन, सर्जन एक बात है, तद्रूप हो जाना दूसरी बात है।''

''प्रतिबुद्ध हुआ, नाथ। काम और कला को और भी आलोकित करें।''

''सर्जन में काम-कला का विलास होता है। बिन्दु से नाद, और नाद से कला का प्रकटीकरण होता है। मानुषी कला आत्माभिव्यक्ति तक ही जा पाती है। आत्म-संस्थिति तक नहीं पहुँच पाती। वह कला प्रसारण मात्र है, अपसारण नहीं। जब एक

ही अविभक्त क्षण में प्रसारण और अपसारण सम्भव होता है, तब जानो कि आत्मकला का उत्सृजन हुआ है। उसमें प्रतिक्रिया रुक जाती है, और शुद्ध क्रिया प्रकट होती है।''

''तो मानुषी कला की उपलब्धि क्या, भगवन्?''

''वह पश्यन्ती है। वह वस्तुओं और व्यक्तियों की अन्तरिमा में झाँकती है। उसे उजालती है, आलोकित करती है। उसे परा-भौतिक दर्शन और अनुभूति का विषय बनाती है। वह पारान्तर तक दिखा सकती है। पर उसमें भीतर बाहर नहीं हो पाता, बाहर भीतर नहीं हो पाता। उसमें भीतर-बाहर एक नहीं हो पाता। वह सिर्फ कैवल्य-द्वारा सम्भव है। वही परा कला है।''

''तो पूछता हूँ प्रभु, क्या मानुषी कला और कविता किंचित् भी अस्तित्व और मनुष्य का मनचाहा रूपान्तर नहीं कर सकती? क्या वह हमें चैतन्य में अवस्थित नहीं कर सकती?''

''ऐन्द्रिक कला से वह शक्य नहीं। अतीन्द्रिय सृजन में ही वह सम्भव है?''

''मैंने गणिका इन्द्रनीला के संगीत और उत्संग में, ऐन्द्रिक सुख को ही अतीन्द्रिक में परिणत होते अनुभव किया। क्या वह मेरा भ्रम था?''

''उसमें तेरी चेतना का उदात्तीकरण हुआ, प्रशस्तीकरण हुआ। ऊर्ध्वीकरण हुआ। ऐन्द्रिक बोधजन्य कला वहीं तक जा सकती है। पर तू वह नहीं हो सका। तू स्वयं 'रसो वै सः' नहीं हो सका।''

''पूछता हूँ, प्रभु क्या कला देह, प्राण, इन्द्रिय, मन का रूपान्तरण नहीं कर सकती? क्या वह हमारी देह की कोशिकाओं को बदलकर एक नये मनुष्य को नहीं रच सकती।''

''विकास हो सकता है। एक उच्चतर दैहिक, मानसिक, ऐन्द्रिक मनुष्य क्रमशः प्रकट हो सकता है। यहाँ उपस्थित यह देवसृष्टि वही तो है। पर यह सब केवल जैविक-मानसिक विकास और उत्क्रान्ति है। यह समूल अतिक्रान्ति नहीं।''

''वह कब, कैसे सम्भव है, भगवन्?''

''जब आत्म अपने में अवस्थित होता है, देह को उसी में अवस्थित रहने देता है। जब देह, प्राण, मन, इन्द्रिय परस्पर संवादी होकर भी एक-दूसरे में हस्तक्षेप नहीं करते। तब स्वतः ही मनुष्य की ऊर्जा-ग्रन्थियों का स्राव नीचे की ओर होना बन्द हो जाता है। वह उलटकर ऊपर की ओर होने लगता है। इसी को तो पराविज्ञानी योगियों ने ऊर्ध्वरेतस् होना कहा है।''

''ऊर्ध्वरेतस् होने पर क्या होता है, प्रभु?''

''बिन्दु स्थिर होकर ऊपर की ओर आरोहण करता है। ऊर्जा अव्यय और अक्षय्य हो जाती है। वह व्यय और क्षरित हुए बिना ही, अनन्त और अपार सौन्दर्य का सृजन करती है। पारे में डूबा लोह स्वयं सिद्ध-रस में लीन हो जाता है। तब भोग और सृजन

स्वयं सत्ता में ही मौलिक रूपान्तर उपस्थित करता है। तुम्हारे सम्मुख उपस्थित अर्हत् का पारदर्श दिव्य शरीर उसका प्रमाण है। यही आत्मकला है, चित्कला है, परा कला है।"

"तो मानुषी कला स्वयं ही अपनी साधना में उत्तरोत्तर परामानुषी हो सकती है?"

"निर्भर करता है, साधक की अभीप्सा पर, उसकी साधना के सातत्य पर। जो चाहेगा, वही तो पा सकेगा। रमणी पर ही तेरी चाह रुकी हो, तो वही तो पा सकेगा!"

"तो रमणी अनन्तिनी नहीं हो सकती, स्वामिन्?"

"तू वह चाहेगा तब न? रमणी में अनन्त रमण करने को उसकी देह के सीमान्त से निष्क्रमण कर जाना होता है। तू कर आया न, अपनी पुकार और अभीप्सा से बेचैन होकर!"

"तो आत्मा और काम में विरोध है भगवन्?"

"कैवल्य-द्रष्टा कवियों ने, आत्मा का एक नाम काम भी कहा है!"

"आश्चर्य, भन्ते भगवान्।"

"वह आत्मा काम है, क्योंकि वह राम है, रमण उसका स्वभाव है। लेकिन स्व में रमण, पर में नहीं। अत्र अन्यत्र नहीं। काम ही यहाँ राम का साक्ष्य प्रस्तुत करता है। काम का एक मात्र और अनिवार्य गन्तव्य है, राम। काम है ही इसलिए, कि वह राम हो जाये। वही उसकी एकमेव नियति है। काम है, तो वह राम होकर रहेगा। फिर उससे भय कैसा? दोनों में विरोध कैसा? केवल दर्शन और ज्ञान सम्यक् हो जाये, तो सारे विरोध और द्वन्द्व स्वतः समाप्त हो जाते हैं।"

"वह कैसे सम्भव है प्रभु? अशक्य लगता है। कल्पना में नहीं आता।"

"वह कल्प्य नहीं, मनोधार्य नहीं, चिन्त्य नहीं। वह केवल भव्य है, अनुभव्य है, उद्भव्य है। वह होकर जान, कि वह क्या है!"

"कैसे प्रभु, कैसे होऊँ?"

"पूछ मत, चुप हो जा। अप्रश्न, स्तब्ध, अक्रिय हो जा। अपने ही प्रति अपने को निर्बाध खोल दे। अपने ही में समर्पित, विसर्जित हो जा।"

"किस उपाय से?"

"निरुपाय हो जा। कुछ और होना है, वह अभीप्सा तक त्याग दे। बस जो है, अभी और यहाँ, वही रह। और देख...देख, जान...जान, हो...हो...। वह जो तू है ही।..."

"नन्दिषेण को लगा कि उसका शरीर अन्तरिक्ष में विसर्जित हो रहा है। वह अपने भीतर के अथाह में उतरा जा रहा है। वहाँ बाहर की सारी अनम्य आकृतियाँ सुनम्य हो रही हैं। पुद्गल में जो कुछ बाधित, हठीला और कठोर है, वह लचीला,

निर्बाध और नर्म हो रहा है। परिधियाँ जल-भँवर की तरह फैलती हुई, जाने कहाँ तिरोहित हुई जा रही हैं। द्रव्य मात्र लोचभरी माटी की तरह होकर, उसकी मनोकाम्य आकृतियों में ढल रहा है। उसमें इन्द्रनीला से लगाकर अतीत और अनागत जन्मान्तरों तक की सारी कामिनियाँ तरंगों की तरह उठ और मिट रही हैं। मिट-मिटकर फिर उठ रही हैं—उसके अपने ही भीतर। कहीं कुछ भी तो खोता नहीं, नष्ट नहीं होता। सब उसके भीतर नित्य विद्यमान और परिणमनशील है। नित नये परिणाम उत्पन्न कर रहा है। नित नव्य सृजन हो रहा है।''

''ओह, मुझे परा-कला उपलब्ध हो गयी? मैं अपने परा काम्य और भोग्य को स्वयं ही रच सकता हूँ? वही हो सकता हूँ?...''

उसे सुनाई पड़ा :

''एवमस्तु... !''

और नन्दिषेण बिन्दु-नाद-कला का अतिक्रमण करता हुआ, उनसे परे तुरियातीत समाधि में स्तब्ध हो गया।

ठीक उसी क्षण इन्द्रनीला आकर श्रीभगवान के चरण-प्रान्तर में शरणागत हुई। अर्हत् ने उसे अपना लिया...और विपल मात्र में ही वह प्रभु की साध्वी हो गयी।

मर्त्य मनुष्य की माँ को उत्तर दो, महावीर!

नाग रथिक की पत्नी सुलसा चन्दन लता की तरह लचीली, सुन्दर और पवित्र है। बहुत विचित्र मन पाया है उसने। नदी को देखती है, तो स्वयं नदी हो रहती है। और तन्मयता में हठात् वह जागकर देखती है कि वह नदी नहीं, उसकी स्थिर शैया है, और नदी उसमें से रात-दिन बहती रहती है। यह नदी मानो उसका वक्षोज है। और उसमें सब कुछ आलिंगित है।

वह पेड़ को देखती है, तो केवल उसे ही देखती है। उसकी नाम-संज्ञा तक भूल जाती है। केवल पेड़, एकाग्र। उसके बाहर कुछ भी नहीं।...और अचानक पाती है, कि वह केवल अपने को देख रही है। कितनी सुन्दर है वह स्वयं! कहाँ हैं वे आँखें, जो उसके इस रूप को देख और पहचान सकेंगी? उसका अपना वह चेहरा, जिसके बाहर और कुछ भी होने का आभास नहीं। केवल एकमेव वह स्वयं।

इतनी बड़ी गरिमा को वह सह नहीं पाती है। सहम-सहम जाती है। यह क्या हो रहा है उसके साथ? नदी से पानी भरकर लौटती है, तो कौन उसकी माथे की कलसी में छलक-छलक उठता है? कौन उसकी कमर पर धरी गागर के जल में उसे नाम देकर पुकारता है? गागर की गर्दन में पड़ी उसकी गलबाहीं किसी अज्ञात, अनाम प्रीतम की ग्रीवा में पड़ जाती है। उसके स्तनों पर कोई सिर धर देता है। उसके शरीर में कोई विद्युत्-पुरुष निर्बन्ध खेलता है। हाय, वह कैसे सहे, इतना उसका सामर्थ्य नहीं।

एक रात सुलसा को सपने में वह रूप दिखाई पड़ा। कितना स्पष्ट, सांगोपांग! लगा कि उस चेहरे को पहले कहीं देखा है। याद नहीं आता, कहाँ देखा है। कैसी आत्मीय मुद्रा है! जनम-जनम में सदा ही तो यह साथ चला है।...उसकी तहें उभरकर बाहर आ गयीं। और उन पर वह चेहरा, वह त्रिभंगी रूप छप गया। और जैसे किसी ने कहा :

"मेरा चित्र आँक, सुलसा, और पहचान मैं कौन हूँ!"

हठात् सुलसा की आँख खुल गयी। खिड़की में से ब्राह्म मुहूर्त का गोपन उजाला फूट रहा था। वह 'अर्हत्' कहती हुई उठ बैठी। वसन उठाकर नदी के एक अत्यन्त एकान्त प्रदेश में नहाने चली गयी। वह बेहिचक निर्वसन होकर, तैरती हुई, नदी की मझधार में जा पहुँची। नदी की बाहों में किसी ने उसे बाँध लिया। और उसे लगा कि वह स्वयं एक अनन्तिनी नदी हो गयी है।

तट पर आकर उसने वसन धारण किये। और ऊषा फूटने से पूर्व के जामुनी उजाले में, वह नदी-तट पर शंख, सीपी, रंगीन पत्थर चुनने लगी। कगार पर से अलग-अलग रंगों की मिट्टियाँ बटोर लीं। और अचानक उसे एक लिंगाकार स्निग्ध पत्थर दिखाई पड़ा। इतनी कोमल और संस्पर्शी है उस पत्थर की त्वचा, कि मानो उसे छूते ही, उसमें से रक्त छलक उठेगा। सुलसा मुग्ध, विस्मित हो रही। उसने बड़े समादर से उस सुगोल शिला के प्रकृत लिंग को अपने माथे से लगा, आँचल में बटोर लिया। फिर घूँघट डालकर आँचल के भीतर ही उस मृदु शिला को बहुत-ही हलके परस के साथ, जाने कैसे प्यार से सहलाने लगी...और देखते-देखते उस लिंगम् में यह कैसी मोहिनी मूरत उभरी आ रही है, नक्श की महीन-से-महीन रेखाएँ तक सजल हो आयी हैं। कौन है यह? वह वक्षभार से नम्रीभूत होती-सी घर की राह चल पड़ी।

घर लौटकर तुरन्त पति की रथशाला में गयी। वहाँ से टूटे रथ का एक पटिया उठा लायी। उसे धो, पोंछकर स्वच्छ कर लिया। और आँगन के मौलश्री वृक्ष तले बैठकर वह परों से उस पर चित्र आँकने बैठ गयी। नाना रंगी मिट्टियाँ, पानी की हरी काई, सीपी-शंख के चूर्ण। गेरू, खरिया, हल्दी, कुंकुम माटी के सकोरों में सामने फैले हैं। और वह परों की तूली चलाती रही। सपने में देखा वह रूप पट्टिका पर उभरता

आया। ओह, कितना परिचित और निकट का है यह जन! फिर भी कितनी दूर, अपरिचित, किसी अन्यत्रता का प्रवासी। कौन है यह?

सुलसा जैसे मन-ही-मन समझ गयी। उसके पति नागदेव नदी स्नान को गये थे। वह अपने अवकाश में मुक्त विचर रही थी। चुपचाप जाकर अपने पूजा-कक्ष को खोला। चौकी पर की मूलनायक अर्हत् प्रतिमा के पास ही उसने वह चित्रपट वहाँ विराजमान कर दिया। उसके सम्मुख वह प्रकृत 'लिंगम्' स्थापित कर दिया। उसका अभिषेक करके उसे अपने आँचल से पोंछ दिया। फिर पूजार्घ्य धरकर दीपक उजाला।...और लो, धूप-शलाका की गन्ध में देवता उत्थान करते दीखे। फल-फूल, कमल, पल्लव चढ़ाकर, केशर छिड़क दी। दोनों हाथों में थमी कर्पूर की झूलती आरती में वह स्वयं निवेदित हो रही। मन-ही-मन पुकारा :

"कौन हो तुम? ओ चित्रपट के पुरुष?"

और सुलसा को अपने भीतर ध्वनित सुनाई पड़ा : "वैशाली का योगी राज-पुत्र वर्द्धमान!"

सुलसा बिसूर कर आह भर उठी। ओह, मुझे ऐसा ही कुछ तो भान हो रहा था। "...स्वामी, मेरे चित्र में उतरकर तुम जीवन्त स्वामी हो गये! हर समय सामने ही तो बैठे हो, और बोल रहे हो। मुझ साधारण नारी पर ऐसी कृपा क्यों कर हुई? मैं एक कुटीरवासी अकिंचन रथिक की भार्या हूँ। और तुम वैशाली के अप्सरा-कूजित राजमहलों के निवासी हो। सुनती हूँ, पर्वतों और बियाबानों के प्रवासी हो। एकान्तों के विलासी हो। पता नहीं, किस नीलिमा के निलय में बिछा है तुम्हारा शयन! भला मैं तुम्हें कहाँ और कैसे देख सकती हूँ। उस राजेश्वर्य के लोक में मुझ किंकरी को कौन प्रवेश करने देगा...?

"आर्यपुत्र नाग रथिक ने एक बार तुम्हें अनोमा के तट पर अकेले विचरते देखा था। तुम्हारी जो भंगिमा उन्होंने बतायी थी, वह कभी भूल न सकी थी। रह-रहकर आँखों में उजल उठती थी। और यह क्या अनर्थ किया तुमने, कि तुम मेरी उँगलियों पर उतरकर, मेरे इस पूजा-कुटीर में आ बैठे?...

"...ओ, मुझसे भूल हो गयी, अपने रथिक पति को आर्यपुत्र कहने का अपराध हो गया। आर्यों के सूर्य वर्द्धमान मेरे इस बड़बोलेपन से नाराज हो गये? रथिक पति को आर्यपुत्र कैसे कहा जा सकता है, तुम्हारे सामने!"

और सुलसा का गला भर आया। हठात् भीतर सुनाई पड़ा :

"महावीर भी आर्य नहीं व्रात्य है, सुलसा, भारतों की इस भूमि का मूल आत्मज। इक्ष्वाकु ऋषभदेव का वंशज। आर्यों ने हमें व्रात्य कहकर नीचा आँका है। मैं भी एक छोटा-मोटा रथिक ही हूँ, सुलसा, तुम्हारी ही जाति का। पर तुम्हारे कुशल सारथी पति से छोटा। तुम्हारे स्वामी नाग, सचमुच ही आर्यपुत्र हैं। वे आत्मा के ऐश्वर्य

से मंडित हैं। अभिजात हो तुम दोनों। वैशाली का वैभव तुम पर वारी है, सुलसा। काश मैं भी तुम्हारा आर्यपुत्र हो सकता!''

और गहरे डूबते कंठ से कह पायी सुलसा :

''मेरे आर्यपुत्र!''

और सुलसा ने अकस्मात् देखा, पूजासन पर स्थित जीवन्त स्वामी के चित्रपट पर नाग रथिक की सजल मूर्ति उभर आयी। सुलसा पुकार उठी :

''तुम कहाँ चले गये, मेरे प्रभु?''

''तुम्हारे सामने तो हूँ, इस चित्रपट में!''

सुलसा के भीतर अचानक द्वैत और भेद की दीवारें टूट गयीं। वह देवता के चरणों में नत-विनत हो रही। कि सहसा ही, पूजा-गृह के मुद्रित कपाट पर दस्तक हुई। सुलसा ने कपाट खोले। सामने स्नान से पावन, तिलक धारण किये नाग रथिक खड़े थे। सुलसा के मुँह से बर्बस फूटा :

''आर्यपुत्र!''

और उसने झुककर पति के चरणों को अपनी आँखों से छुहला दिया।

यों तो सुलसा नित्य ही पूजा के बाद पति का पाद-स्पर्श करती है। पर आज नाग रथिक को लगा कि वह स्वयं कुछ बहुत अधिक हो गया है। वह एक और कोई इयत्ता हो गया है। दूर से ही उसने चौकी पर विराजित जीवन्त स्वामी का एक झलक दर्शन पाया।...ओह, अनोमा के तट पर प्रभु राजकुमार की जो मुद्रा देखी थी, वहीं तो सुलसा के पूजासन पर विराजित है। उसने गहरी दृष्टि से सुलसा की निवेदित आँखों में झाँका। और आँखों-ही-आँखों में दोनों ने समझ लिया, कि कुछ असम्भव घटित हुआ है।...देवर्षि राजपुत्र वर्द्धमान, और हमारे कुटीर में? और नाग रथिक चुपचाप दूर से ही नमन कर, वहाँ से अपने रथागार में चला गया।

नाग रथिक सम्राट बिम्बिसार, श्रेणिक का प्रियपात्र सारथी है। सम्राट के सारथी तो अनेक हैं, पर नाग रथिक को वे अपने दायें हाथ की तरह मानते हैं। अनेक दुर्गम राहों में, उन्होंने नाग की सारथ्य-कला की कसौटी की है। जहाँ राह अवरुद्ध हो गयी, वहाँ नाग ने अपने दिशा-ज्ञान और भू-विज्ञान से नयी राह खोल दी है। गंगा-शोण के संगम पर वैशाली और मगध के बीच बरसों से चल रहे शीतयुद्ध में, अनेक बार शत्रु की मोर्चेबन्दी का पता पाने के लिए, वह प्राणों की बाजी लगाकर वैशालकों के स्कन्धावार में सिर के बल घुसता चला गया है। उनके शिविरों में चल रही युद्ध की व्यूह-रचना की वार्ताओं का पता ले आया है।

सम्राट नाग रथिक की स्वामी-भक्ति पर मन-ही-मन निछावर हैं। वे केवल

उसी से अनेक गुप्त परामर्श तक करते हैं। कई बार युद्ध की विकट घड़ियों में जब सम्राट के प्राण खतरे में पड़े हैं, तो नाग उन्हें अँधियारी खन्दक के किनारे से उबार लाया है। ऐसे ही एक अवसर पर सम्राट ने उससे कहा था :

"भणे नाग, तू मेरे विजेता की आँख है। जैसे संजय सारथी अन्धे कौरव सम्राट धृतराष्ट्र की आँख था। जैसे संजय ने हस्तिनापुर के राज-सिंहासन पर बैठे-बैठे ही धृतराष्ट्र को पूरा महाभारत का युद्ध दिखा दिया था, वैसे ही तू मेरे सारे रण-क्षेत्रों को मेरी हथेली की रेखाओं में दिखा देता है। तिस पर तूने तो मुझे कौरवराज की अधोगति के संकट से भी बार-बार उबार लिया है। तू केवल रथिक नहीं नाग, तू मेरा संरक्षक और युद्ध-मन्त्री भी है।..."

उत्तर में नाग ने इतना ही कहा था :

"मैं तो अपना कर्तव्य मात्र कर रहा हूँ, महराज। शेष तो सब आपके बाहुबल और पुण्य का ही प्रताप है।"

और श्रेणिक उस साधारण सेवक की महिमा को देखकर मन-ही-मन विनत हो गया था।

मृत्यु के मुख से तुरत लौटे सम्राट के मुख से सुनी यह बात रथिक कभी भूलता नहीं था। पर उसे कभी कोई अभिमान न हुआ। वह केवल सारथी ही नहीं था, सांगोपांग रथ-विद्या और सारथ्य-कला में भी वह निष्णात था। वह रथ का एक विचक्षण वास्तुकार और शिल्पी भी था। यन्त्र, मन्त्र, तन्त्र विद्या का भी वह दुर्लभ जानकार था। उसने एक महारथी गुरु से ज्योतिर्विद्या भी सीखी थी। ग्रह-नक्षत्र की गति-विधियों को वह हस्तामलक वत् पढ़ता और समझता था। उसे सहज ऋतु-बोध भी था। आगामी ऋतु-संकट, वर्षा-तूफान, शीत-झंझाओं की उसे आगाही हो जाती थी। अड़ाबीड़, पथहीन जंगलों में भी ग्रह-तारों की स्थितियों से वह सही मार्ग का पता पा लेता था।

और अपनी इन सारी विद्याओं, विज्ञानों, कलाओं का उसे कोई मान-गुमान ही नहीं था। इन विद्याओं से आगे भी क्या कोई विद्या है, इसकी जिज्ञासा और संचेतना उसे सदा बनी रहती थी। भूगोल और खगोल की राहों से परे भी क्या कहीं कोई महापन्थ है ? वह अपनी हर दुर्गम यात्रा में अनजाने ही उस पन्थ को टोहता रहता था।

इस सबके बावजूद आखिर तो वह सम्राट का एक आज्ञापालक और साधारण सेवक था। दिशाएँ उसके भाल पर खुलती थीं, फिर भी वह भाल एक सम्राट के आगे आदेश पाने को नत-मस्तक था। राजगृही के उपान्त भाग में, एक सालवन के विशाल क्षेत्र में, प्रमुख साम्राजी सेवकों और कम्मकरों का पुरवा बसा हुआ था। उसी में उसने भी अपना एक अत्यन्त सुन्दर कलात्मक कुटीर बना रखा था। निकट में ही उसकी रथशाला थी, जहाँ वह केवल रथों का संरक्षण ही नहीं करता, बल्कि उनके शिल्प,

वास्तु और रचना में भी नये-नये आविष्कार करता रहता था। अनेक राजकीय वर्द्धिक और कम्मार उसकी कम्मशाला में काम करते थे। पर उसने अपने को एक साधारण सारथी से अधिक कभी नहीं माना।

कुछ ही दूर पर 'नीलतारा' नदी बहती थी। उसके कई एकान्त और निभृत प्रदेशों से वह परिचित था। अवकाश के समय वहीं जाकर, वह घड़ियों, पहरों नदी की धारा को ताकता, जाने क्या सोचता रहता था। उसके मन में एक पुकार-सी उठती : 'क्या वे जीवन्त स्वामी, कभी इस नदी की तरह हमारे घर आएँगे?' और जो उत्तर उसे मिलता, उससे वह मुदित, मगन, मौन हो रहता था। सुलसा के पूजा-गृह की बात को, तथा अज्ञात में से आते इन उत्तरों को वे दोनों ही दम्पती अत्यन्त गोपन रखते थे। परस्पर तक भी उसकी बात कभी न करते।

...इधर कई दिनों से नाग रथिक बहुत उदास लगता था। उसका आँगन सूना था। यह बात उसके हृदय को सदा सालती रहती थी। पड़ौस के सुन्दर बच्चों को जब वह अनेक चंचल क्रीड़ाएँ करते देखता, तो मुग्ध होकर उन्हें कोली भर लेता। उन्हें बहुत प्यार-दुलार करता। उसकी छाती में सिसकियाँ उठ-उठ आती थीं। वह आहें दबा लेता था। उसकी आँखें भर आती थीं।

इधर सुलसा में एक अपूर्व लावण्य का ओप प्रकट हुआ था। इतनी सुन्दर तो वह पहले कभी नहीं लगी थी। सबेरे जब पूजा-गृह से निकलकर आती, तो नाग को सचोट अनुभव होता कि, वह मांस-माटी की सामान्य नारी नहीं है। किसी पर-पार की अपार्थिव आभा से वह मानो वलयित दिखाई पड़ती थी। उसकी आँखों में असंख्यात द्वीप-समुद्रों की दूरियाँ झाँकती थीं। उसके चेहरे पर एक अचल शान्ति, दीप्ति और आश्वस्ति विराजती थी। उसे देखते ही नाग रथिक जाने कैसे विद्युत के वेग से भर उठता था। उसकी चितवन के निमन्त्रण को सहना उसे कठिन हो जाता था। 'वह मुझे किन अगम्यों में खींच ले जाना चाहती है?'—वह मन-ही-मन आक्रन्द कर उठता। हर रात उसके बाहुबन्ध में आकर भी वह सुलसा कितनी अस्पृष्ट, और हर पकड़ से बाहर है। इस महिमा को कौन-सा 'बाहुबन्ध' अपने में समेट सकता है?

और नाग रथिक की उदासी और भी अधिक बढ़ जाती। कैसे वह इस महीयसी की कोख तक पहुँच सकता है? पहोंच के पार है मानो इसका गर्भ! तो कैसे इसमें सन्तान उत्पन्न करे? क्यों न कर सका अब तक? आह! काश, इस कल्याणी के भीतर वह नवजन्म पा सकता, पिंड धारण कर सकता। कैसे वह इसके दिव्य सौन्दर्य में अपने को प्रतिमूर्त और शिल्पित कर सकता है? स्थायित्व दे सकता है? इसी वेदना से वह सदा विदग्ध होता रहता था।

सुलसा मन-ही-मन पति की इस निगूढ़ मनोवेदना को समझती रही है। उसी

के भीतर बसकर, उसे सहती रही है। उसकी सहभागिनी होती रही है। नाग ने प्राय: सुलसा की उस मनोवेधक व्यथित दृष्टि को देखा है। और वह अपनी पीड़ा में और भी गहरे डूबकर चुप्पी साधे रहा है। आखिर असह्य हो गयी सुलसा को, उनके बीच महीनों से गहराती चुप्पी।

एक दिन सन्ध्या समय नाग रथिक 'नीलतारा' के निकटवर्ती एक शिलाखंड पर एकाकी बैठा था। मानो नदी को अपनी मनोव्यथा सुना रहा था। तभी चुपचाप दबे पाँव सुलसा वहाँ पहुँच गयी। पीछे से कन्धों पर हाथ रख स्नेह-कातर स्वर में बोली :

"जानती हूँ तुम्हारी पीड़ा को। मैं कैसी अभागिन हूँ, एक सन्तान तक तुम्हें न दे सकी। मुझ वन्ध्या की राह कब तक देखोगे?"

नाग रथिक ने हाथ उठाकर, सुलसा के बोलते ओठों को दबा दिया :

"मुझे इतना पामर समझती हो?"

"पामर नहीं, परम पुरुष समझती हूँ। और तुम्हारे पौरुष के योग्य अपने को नहीं पाती। तुम्हारे तेज को मूर्त न कर सकी मैं हतभागिनी, अपने रक्त मांस में। इसका सन्ताप मन में कम नहीं है।"

"चुप करो सुलसा, चुप करो। मुझे अपने योग्य रहने दो...।"

और फिर उसने सुलसा के ओठों पर अपनी उँगलियाँ दाब दीं।

"नहीं, मुझे आज बोल लेने दो। बहुत दिन धीरज रखा। तुम्हारी व्यथा मुझसे सही नहीं जाती। सुनो, अनेक सुन्दरी स्त्रियों से विवाह करो। और उनसे सन्तान उत्पन्न कर अपने पौरुष को सार्थ करो।"

"ऐसा तुम सोच भी कैसे सकीं, सुलसा? नाग सारथी की अंगना एक ही हो सकती है। तुमसे बढ़कर पृथ्वी पर कुछ नहीं। ऐसे सौन्दर्य को पाकर मैं व्यभिचारी नहीं हो सकता, देवी।"

"इसमें व्यभिचार की क्या बात है। आदिकाल से पुरुष बहुस्त्रीगामी होता आया है। प्रकृति में पुरुष इसी तरह बना है। सम्राट श्रेणिक के अन्त:पुरों में कितनी सारी रानियाँ हैं, कितनी सारी प्रियाएँ हैं। किन्तु महाराज में किसी ने दोष तो देखा नहीं!"

"पर सम्राट श्रेणिक के अन्त:पुर में सुलसा नहीं है, जिस पर उनकी सारी रानियों को वार सकता हूँ। तुम एक नहीं सुलसा, अनगिनत रानियाँ हो मेरी। मेरे हर मनचाहे रूप और भंग में तुम मुझे मिली हो।...सम्राट बिम्बिसार, काश, चेलना को पहचान पाते!"

"सम्राज्ञी चेलना तो उसकी कौस्तुभ-मणि है ही।"

"फिर भी वे काँच-खंडों में रुलते रहते हैं।...और फिर वे सम्राट हैं, मैं ठहरा एक तुच्छ सारथी। सम्राट के अनेक पत्नियाँ भले ही हों, सारथी के एक ही पत्नी हो सकती है।"

''मुझ जैसी एक शंखिनी वन्ध्या, जो तुम्हारी गोद न भर सकी!''

''सुलसा, मुझे और नीचे न गिराओ। मुझे अपने योग्य बनाओ, कि इस क्षुद्र पार्थिव कांक्षा से ऊपर उठ सकूँ। मुझे तुमने अपनाया, सर्वस्व दिया—यह क्या कम है?''

''तो सुनो, पूजा-गृह में जो कौतुकी त्रिभंगी मुद्रा में बैठा है, उसे ही अपना बेटा हम क्यों न बना लें?''

''कहाँ हम साधारण राज-पथिक, और कहाँ वह वैशाली का देवर्षि राजपुत्र! पृथ्वी के महारथियों का भी महारथी। वैसा भाग्य हमारा कहाँ, सुलसा?''

''मूर्त स्थूल ही तो सब कुछ नहीं, देवता। भाव में आओ मेरे पास, और मेरी गोद में सोकर स्वयं वह हो जाओ।''

नागदेव एक गम्भीर रोमांचन से काँप-काँप आया। आविष्ट-सा वह सुलसा की गोद में ढलक आया। वह निरा बालक हो गया।...और उसने अपने ही उस बाल रूप को कोली भरना और चूम-चूम लेना चाहा। पर किसी आँचल की छाँव में, एक महाचुम्बन तले वह असम्प्रज्ञात चेतना में डूबता चल गया। और सुलसा को लगा कि उसके पूजा-गृह का वासी देवता, उसके अंगांगों में समुद्र की तहर उमड़ चला आ रहा है।

एक दिन अचानक एक विचित्र घटना घटी। नव मल्लिका की तरह विकसित सुलसा अपने पूजा-गृह से बाहर आयी। कुसुम्बी परिधान में वह प्रातःकाल की सन्ध्या जैसी, भवन द्वार में आ खड़ी हुई।

कि तभी अचानक 'धर्मलाभ!' कहता हुआ एक साधु उसके सामने आ खड़ा हुआ। सुलसा भक्तिभाव से द्रवित हो गयी। उसने नमित होकर मुनि की वन्दना की और बोली :

''क्या सेवा कर सकती हूँ, हे अतिथि महाभाग?''

''किसी वैद्य ने मुझे बताया है देवी, कि तुम्हारे घर में लक्षपाक तेल है। वह अनेक रोगों की रामबाण रसायन औषधि है। एक ग्लान साधु के लिए उसकी आवश्यकता है। उसी से उनकी प्राण-रक्षा हो सकती है।''

''मेरे लक्षपाक तेल को कृतार्थ करें, भन्ते श्रमण। मैं अभी लायी।''

कहकर वह हर्षित होती तेल का कुम्भ लेने गयी। लेकर आ रही थी, कि हठात् जैसे किसी ने झपट्टा मारकर वह कुम्भ गिरा दिया। महामूल्य तेल धरती पर बिखर गया। सुलसा चुप, अक्षुब्ध देखती रह गयी। फिर घर में दौड़ी, दूसरा कुम्भ लाने को। फिर उसी तरह जैसे अन्तरिक्ष में से किसी ने वह तेल-कुम्भ झटककर गिरा दिया। सुलसा की आँखों में चक्कर-सा आ गया। वह सँभली, और स्थिर निश्चल इस अघट दुर्घट को देखती रही। उसने हार न मानी, वह फिर तेल का तीसरा कुम्भ लेने गयी।

और फिर उसी दुर्घटना की पुनरावृत्ति हुई।

सुलसा क्षुब्ध होने के बजाय, अनुकम्पा से कातर होकर रो आयी।

"हाय मैं कैसी हत-पुण्या हूँ, कि द्वार पर भिक्षुक याचना में हाथ फैलाये खड़े हैं। मेरे घर में वह दुर्लभ चिन्तामणि तेल है। फिर भी श्रमण की याचना निष्फल हो रही है। सचमुच ही मैं वन्ध्या हूँ।"

वह साधु की ओर दौड़ी। उनके चरणों में गिरकर क्षमा-याचना करनी चाही। पर यह क्या, वहाँ साधु नहीं, एक देव खड़ा था! सुलसा आश्चर्य से स्तब्ध उसे ताकती रह गयी। देव प्रणत हो गया और बोला :

"नहीं, तुम वन्ध्या नहीं हो, देवी। सती सुलसा की तितिक्षा, अर्हन्त के आसन की तरह अटल है। और उनकी अनुकम्पा का पार नहीं। उनकी परदुख-कातरता लोक में अनुपम है। मैं उनके दर्शन पाकर धन्य हुआ।"

"महानुभाव देव, आपके अनुगृह के योग्य हो सकी, यह मेरी कम धन्यता नहीं।"

"मैं ईशान स्वर्ग से आया हूँ। देवसभा में शक्रेन्द्र ने एक दिन कहा, राजगृही में नाग सारथी की पत्नी सुलसा ने अपनी दिव्यता से, स्वर्गों के तेज को मन्द कर दिया है। सारे देवलोक और मनुजलोक में अतुल्य है उसका तपोतेज। वह तितिक्षा का हिमाचल है।...

"और देवी सुलसा, मैं उद्विग्न हो उठा। देवलोकों की प्रभा को अपने तेज से मन्द कर दे, ऐसी वह मर्त्य मानवी कौन है? देखूँ उसके धैर्य को...और मैं उद्धत सुलसा की परीक्षा लेने चला आया।...पर धन्य हो गया, महादेवी। मैंने देखा कि भगवती आत्मा देवत्व से भी ऊपर है। और वह पृथ्वी की मर्त्य माटी में ही देह धारण करती है। ताकि अमरत्व प्रमाणित हो सके।"

"देवानुप्रिय ईशान कुमार, आपकी अतिशय कृतज्ञ हूँ। प्रमाण तो आपके पास है, मैं क्या जानूँ!"

"मैं यहाँ सेवा-नियुक्त हूँ, देवी। मैं सती का क्या प्रिय कर सकता हूँ?"

"आप एक किंकरी के द्वार पर आये, यही क्या कम प्रिय किया आपने?"

"देवी की गोद सूनी है। आँगन उदास है। यह गोद भर जाये, यह आँगन चहक उठे। यही करने आया हूँ।"

"आर्यपुत्र नाग रथी की साध पूरी करें। वे पीड़ित हैं। उनकी गोद भर देना चाहती हूँ।"

"तथास्तु, महासती। वही होगा।"

और ईशान कुमार देव ने अपने मणिजटित कमर-पट्ट में से स्फटिक की एक छोटी-सी कुम्भिका निकाली। उसमें सुनहली गुटिकाएँ चमक रही थीं। उन्हें दोनों

हाथों से सुलसा को अर्पित करते हुए उसने कहा :

"इसमें ये बत्तीस गुटिकाएँ हैं। ये हिरण्य-बीज हैं। अनुक्रम से देवी इनका सेवन करें। हर गुटिका से देवी की गोद एक बत्तीस लक्षणे बालक से भर जाएगी। क्रमशः जितनी गुटिकाएँ हैं, उतने बत्तीस लक्षणे पुत्र इस आँगन में खेलेंगे। जब भी मेरा प्रयोजन हो, मुझे स्मरण करें। सेवा में प्रस्तुत हूँगा।"

और विपल मात्र में ईशान कुमार अन्तर्धान हो गया।

सुलसा ने अपने पूजा-गृह में एकान्त में विचार किया : अनुक्रम से सारी गुटिकाएँ खाऊँगी तो अनेक बालक जनमेंगे। उस अशुचि में क्यों पड़ूँ। एक साथ सब गुटिकाएँ खा जाऊँ, तो एक ही सर्वलक्षण मंडित पुत्र जनूँ, और आर्यपुत्र की साध पूरी कर दूँ। केवल एक पुत्र हो। केवल एकमेव। पूर्ण मनुष्य।

और सुलसा अपने 'जीवन्त स्वामी' का वन्दन कर, वे बत्तीसों गुटिकाएँ एक साथ निगल गयी।

कुछ मास बीत गये। काल पाकर, उसके उदर में एक साथ बत्तीस गर्भ उत्पन्न हुए। विपुल फलभार से झुक आयी द्राक्षा-वल्ली की तरह वह पृथ्वी से तदाकार हो रही। वह कृषोदरी वज्र के सार जैसे बत्तीस गर्भों को सहने में असमर्थ हो गयी। निरन्तर पीड़ा से उसकी पेशियाँ और स्नायुजाल फटने-से लगे। उस धृति ने अचल होकर कायोत्सर्ग धारण कर लिया। अपनी उस महा गर्भ-वेदना को प्रभु के प्रति समर्पित कर दिया।

कि तभी वह देवकुमार सम्मुख आ उपस्थित हुआ और बोला :

"देवी ने एक साथ सारी गुटिकाएँ भक्षण कर लीं, यह अनर्थ हो गया। सारे हिरण्य-बीज एक साथ अंकुरित हो उठे। भवितव्य अटल है। समान आयु वाले बत्तीस पुत्रों को देवी एक साथ तेज शिखाओं की तरह जनेंगीं। वह टल नहीं सकता। लेकिन अब आपको प्रसव-पीड़ा नहीं होगी। सहज ही यथा समय प्रसव हो जाएगा। देवी निश्चिन्त होकर सुख से काल-यापन करें।"

और तत्काल देव अन्तर्धान हो गया। सुलसा को लगा कि उसका कटिदेश फूल की तरह हल्का हो गया है। उसका शरीर निर्भार हो गया है। और जैसे वह सुगन्ध में तैर रही है। और उसी दिन से वह पृथ्वी की तरह गूढ़गर्भा होकर, मुक्त विचरने लगी।

गर्भवती सुलसा के चेहरे पर, पके आम की पीलिमा दमक उठी है। मानो उसके

तन-मन मधुर आम्र-गन्ध में ही बसे रहते हैं। इतना हलकापन तो उसने पहले भी कभी अपने शरीर में अनुभव न किया था। फिर भी जैसे वह रस से छलाछल भर उठी।

उस ईशान देव के आगमन की दैवी घटना उसे भूलती नहीं है। मानो वह एक सपना मात्र था। लेकिन वह जो उसके शरीर में मूर्त हो रहा है, उसे निरी स्वप्न-माया कहकर कैसे नकारे? उस अपार्थिव घटना का यहाँ पार्थिव में प्रमाण मिल रहा है। '...मेरा शरीर और बत्तीस गर्भ उसकी साक्षी दे रहे हैं। मेरे शरीर के तट पर, दिव्य ने पार्थिव में प्रवेश किया है।'

देव-सृष्टि और परलोक की धर्म-कथाएँ वह बचपन से सुनती रही है। सोचती थी वह सब एक भव्य कल्पना मात्र है, जो मनुष्य को उत्साहित करती है, प्रेरित करती है। वह कोई वास्तविकता नहीं, निरी दन्त-कथा है। लेकिन जो उसके जीवन में घटा है, उसने उसकी दृष्टि को ही बदल दिया है। उसका विश्व अब असीम तक विस्तृत हो गया है। हर चीज के पर-पार और भी बहुत कुछ है। अन्त कहीं नहीं है। असंख्य परोक्ष जगतियाँ हमारे आसपास के अवकाश में मौजूद हैं,जिन्हें हम अपने सीमित चक्षु से देख नहीं पाते। आगे और नहीं है, इसका किसी के पास क्या प्रमाण है?...सुलसा के चित्त में उस घटना से दर्शन और ज्ञान के नये वातायन खुल गये हैं। वह एक गहन आश्वस्ति अनुभव करती है। इस अनन्त में मृत्यु तो उसे कहीं दिखाई नहीं पड़ती।

गर्भकाल पूरा होने पर, सुलसा ने शुभ दिन और शुभ लगन में, एक साथ बत्तीस लक्षणों वाले बत्तीस पुत्रों को जन्म दिया। जैसे अचानक एक सुबह मधुमालती लता में अनगिनत फूल फूटे हों।

धात्रियों की सहायता से लालित वे बालक, विन्ध्यगिरि में जैसे हाथी के बच्चे अखंड मनोरथ रहकर पलते और बड़े होते हैं, वैसे ही परवरिश पाने लगे। उनकी बाढ़ असाधारण थी। सामान्य बालकों से कहीं बहुत अधिक। पूनम के समुद्र ज्वारों की तरह वे तेजी से बड़े होने लगे। किशोर वय में ही वे तेजस्वी, बलवान तरुणों की तरह दीखने लगे थे।

...वे देवांशी थे, और उनके सौन्दर्य और शूरातन की लोक में कहानियाँ चल पड़ी थीं। पिता नाग रथिक मोहवश हर समय उन्हें घेरे रहते थे। पर पिता और माँ की स्नेह-चिन्ता की अवगणना कर वे सदा संकटों से खेलते रहते थे। उनके वीरत्व और तेज से मगध के राजपुत्र भी उनकी ओर आकृष्ट हुए। राजसेवक के पराक्रमी पुत्रों को साम्राजी महलों का आमन्त्रण मिला। पर वे उत्सुक नहीं दीखे।

पिता की आज्ञा का पालन करने को, वे कर्तव्यवश राजगृही में गये। वहाँ के ऐश्वर्य और प्रताप का उन पर कोई प्रभाव न पड़ा। मानो कि वे किसी ऐसे वैभव-लोक

से आये हैं, जिसके सामने धरती के सारे ऐश्वर्य पानी भरते हैं।...उनके अपने ही शरीर बत्तीस लक्षणों से दीपित हैं। और उन्हें लगता है, कि वे किसी अपार्थिव सत्ता के उत्तराधिकारी हैं।

मगध के वैभव में आलोटते, इतराते राजदुलारों ने सुलसा के पुत्रों के साथ स्वामित्व का ही व्यवहार किया। प्रभु और सेवक की दूरी अक्षुण्ण थी, और इन सारथी कुमारों को मानो अवसर दिया गया था कि वे सम्राट और साम्राज्य की सेवा में अपने को अर्पित करके अपना जीवन कृतार्थ करें।

लेकिन सुलसा के जाये अप्रभावित, अनत ही लौट आये। उनमें कोई प्रतिक्रिया भी न हुई। वे हर पल ऊर्जा से छलकते रहते थे। पारे की तरह चंचल और प्रवाही थे। कोई मानवीय मानापमान उनकी चेतना तक पहुँचता ही नहीं था। वे तो हर दिन कोई नया पराक्रम करने को मचलते रहते थे।

राजाज्ञा होने पर वे सैनिक वेश में सज्ज होकर, बेधड़क भीषण और भयानक संकटों में कूद पड़ते थे। मगध के सीमान्त उनके शूरातन और प्रताप से अधिक सुरक्षित हो गये थे। मगर सम्राट, साम्राज्य और राजपुत्रों से उनका कुछ लेना-देना नहीं था। वे उनके लिए मानो अस्तित्व में ही नहीं थे। वे पराक्रम करते थे, केवल अपने बल को आजमाने के लिए। वे युद्ध करते थे, केवल अपने से अधिक बली किसी योद्धा का पता पाने को। उनके लिए यह सब खेल था। और यह खेल ही उनका जीवन था।

...तभी एक असाधारण घटना घटी। जब अभयकुमार चेलना का हरण कर लाये, तो लिच्छिवियों के क्रोध का पार न रहा। लिच्छिवियों की एक गुप्तवाहिनी सुरंग की राह चुपचाप मगध के महलों में पहुँचकर, चेलना को लौटा लाने के लिए चल पड़ी। सीमान्त प्रदेश में सिंहों की तरह विचरते सुलसा-कुमारों को सहज ज्ञान से पता चल गया कि भूगर्भ में कुछ हलचल है। उन्होंने ठीक जगह पर कुदाली मारी। भीतर से प्रतिरोध आया, और एक सुराख में से कोलाहल सुनाई पड़ा : 'मागध, मागध, मागध आ गये, आ गये, सावधान!'

सारथी-पुत्रों ने तुरन्त अपने खोदे गड्ढे में माटी डालकर, उसे पाट दिया। और उन्होंने तत्काल सम्राट को सूचना दी। युद्ध-प्रेमी सम्राट स्वयं ही एक वाहिनी लेकर दौड़े आये। नाग रथी उनके रथ का सारथ्य कर रहा था। सम्राट का रथ मोखरे पर आ लगा। रथी-पुत्रों ने विपल मात्र में सुरंग तोड़ दी। सैकड़ों लिच्छवि सुरंग के मुहाने पर चढ़कर, तीरों से मुकाबिला करने लगे। सम्राट अपनी वाहिनी के साथ अप्रतिहत शौर्य से प्रतिरोध देते रहे। नाग रथी का शरीर तीरों की बौछार से छिदा जा रहा था। पर वह था कि सम्राट के 'अजितंजय' रथ को अपराजेय शक्ति के साथ, सुरंग के मुहाने पर अड़ाये रहा और अपने अश्वों की टापों से लिच्छवियों के मस्तक भंजन करवाता रहा।

कि हठात् विस्फोट का भूकम्पी धमाका हुआ। और हजारों लिच्छवी मगध की

भूमि पर खूनी युद्ध खेलने लगे। ठीक तभी सारथी-कुमारों ने सम्राट के रथ को चारों ओर से घेर लिया, और श्रेणिक तथा मगध-साम्राज्य की रक्षा के लिए वे मरणान्तक युद्ध में जूझने लगे। इस बीच जाने कब मागधी वाहिनी भाग खड़ी हुई थी। और सहस्त्रों लिच्छवियों को केवल उन बत्तीस योद्धाओं ने कई घंटों तक नाकों चने चबवाये।...लेकिन, अवधि आ गयी उन मानवी के जायों के बल की। देखते-देखते, अन्तिम साँस तक जूझते एक के बाद एक वे बत्तीसों सुलसा-पुत्र लिच्छवियों की नृशंस तलवारों के आखेट हो गये।

...नाग रथिक चीत्कार कर उठा, और हतचेत होकर धराशायी हो गया। लिच्छवियों ने देखा कि श्रेणिक स्वयं हतबुद्ध-से रथ में प्रतिकार-हीन बैठे रह गये हैं कि चाहे तो कोई भी उनकी हत्या कर दे।

लिच्छवि देखकर दिङ्मूढ़ हो रहे। प्रतिकार-हीन योद्धा की हत्या करना उन्हें अपने गौरव के विरुद्ध लगा। सो वे सुरंग में उतरकर फिर वैशाली को लौट पड़े।

सम्राट को नहीं सूझा कि वह क्या करे, इस सन्तान-वियोग से मूर्च्छित पिता का, और उसकी रक्षार्थ कट गये इन बत्तीस कुमारों की लाशों का, जिनके बत्तीस लक्षण व्यर्थ हो गये हैं! उसकी आँखों में आँसू आ गये। पर...पर...वह कर ही क्या सकता है?

उत्कट अपराध-बोध से भारी हृदय लिये सम्राट, स्वयं रथ हाँकता महलों में लौट आया। तत्काल आदेश दिया कि नाग रथिक को घर पहुँचवाया जाए। और उन बत्तीस सारथी-पुत्रों की राजसी गौरव के साथ अन्त्येष्टि कर दी जाए।

...और श्रेणिक अपने अपराध-बोध से पलायन कर, अपने अन्तःपुरों की रूपसियों में बिलम गया।

यह संवाद जब सुलसा को मिला, तो उसके हृदय की धड़कन थम गयी। उसकी नाड़ियों का खून जम गया। शून्य आँखों से वह शून्य में ताकती रह गयी। उसकी आँख से एक भी आँसू न गिरा।

एक छायाकृति की तरह मूर्च्छित पति का सर गोद में लेकर, उनका उपचार करने लग गयी। जब नाग रथिक होश में आया तो बच्चे की तरह बिलखकर सुलसा से लिपट गया। उसके एक-एक अंग से सिर गड़ा-गड़ाकर, वह फूट-फूटकर रोने लगा। उसके आर्त्तनाद और विलाप से सारा पुरवा पसीज गया। नीलतारा नदी का प्रवाह भी जैसे रुककर पथरा गया। सुलसा मौन मूक, चुपचाप पति को निहारती, सहारती, सम्हालती, झेलती रही। केवल अपने स्पर्शों के मार्दव से उसे आश्वासन देती रही। पर शब्द उसमें नहीं था, उसकी आँखें एकदम सूखी और सूनी थीं।

...नाग रथिक के आँगन में उसके बत्तीस तेजोमान पुत्रों के शव, चीनांशुकों, फूलमालाओं, मणि-मुक्ताओं से सज्जित कर पंक्तिबद्ध बिछा दिये गये—अन्तिम दर्शन के लिए। मगध के वीरगति प्राप्त नरसिंहों को राजकीय सम्मान दिया जा रहा था। बाहर वाजित्रों में शोक का करुण गम्भीर, प्रच्छन्न संगीत बज रहा था। हजारों नागरिक उनके अन्तिम दर्शन को वहाँ एकत्रित थे। सब जार-जार रो रहे थे। पर सुलसा की आँख में आँसू नहीं था। वह स्तब्ध, अनाविल आकाश की तरह केवल देख रही थी। केवल देख रही थी, और समझ रही थी। केवल वस्तु-स्थिति की साक्षी दे रही थी।

...कि अचानक वह चीखकर, जहाँ खड़ी थी वहीं हतचेत होकर गिर पड़ी। और जाने कितने सर्वहारा दीन-दलित बुक्का फाड़कर रो उठे।

और थोड़ी ही देर बाद एक विशाल शवयात्रा राजसी तामझाम के साथ सालवन के उस पुरवे से श्मशान की ओर चल पड़ी। साम्राज्य और सम्राट की रक्षा के लिए, अन्तिम साँस तक जूझते हुए बलि हो जाने वाले मगध के वीरों को साम्राजी सम्मानपूर्वक अन्त्येष्टि के लिए ले जाया जा रहा था!

इधर राजगृही के राजमहालय में सम्राट श्रेणिक चेलना के साथ अपने गान्धर्व-परिणय का उत्सव रचा रहे थे। सारा नगर तोरण-पताकाओं से रंगीन हो उठा था। नाच-गान, सुरापान में मागध प्रमत्त हो रहे थे। उत्सवी वाद्यों की उल्लास-भरी तानों से दिशाएँ पुलक उठी थीं।

और उधर राजगृही के 'तमसावन' श्मशान में, सुलसा के हुतात्मा बेटों की चिताएँ धधक रही थीं। शोक-वाजित्रों की रुदन्ती ध्वनियाँ आकाश के पटल चीर रही थीं, पूर्वीय समुद्रेश्वर श्रेणिक के चक्रवर्ती साम्राज्य में, जहाँ राज्य और प्रजा के संरक्षण के नाम आये दिन हजारों मनुष्य कटते रहते थे, वहाँ एक अदना सारथी के बत्तीस पुत्रों के जीवन या मरण का क्या मूल्य हो सकता था?

...सुलसा अपने पूजा-गृह में बन्द होकर, अपने 'जीवन्त-स्वामी' प्रभु के सम्मुख जानुओं के बल बैठी थी। नाग सारथी निपट शरणार्थी बालक की तरह उसकी गोद में सिर ढाले लेटा था।

मद्धिम दीपालोक में प्रभु की वह मुख-मुद्रा निश्चल दीखी। निस्पन्द और स्तम्भित। अटल और अप्रभावित। पर उनके ओठों पर समत्व की एक मुस्कान खिली थी। मन-ही-मन सुलसा ने आवेदन किया :

'तुम मेरे कैसे प्रभु? इतने कठोर, इतने निर्मम, कि मुस्कुरा भर दिये हो! एक माँ पर होने वाले इस वज्रपात से तुम्हारा कोई सरोकार नहीं? तुम पर उसका कोई असर न पड़ा? एक दिन कृपावन्त होकर दायें हाथ से जो अपनी इस दासी को तुमने दिया था, उसे आज अकारण बायें हाथ से छीन लिया? तुम हमारे जीवनों के साथ खेलते

हो? तुम कैसे भगवान? तुम कैसे मेरे आर्यपुत्र?...'

सुलसा का गला रुँध आया। वह प्रभु की उस लीलायित त्रिभंगी मुद्रा को एक टक निहारती रही। फिर अनबोले ही कहती गयी:

'फूल से भी कोमल तुम, इतने कठोर और कराल भी हो सकते हो? आखिर तो विश्व की सिरमौर नगरी वैशाली के देवांशी राजपुत्र हो। श्रेणिक हो कि वर्द्धमान हो, वही एक राजवंशी रक्त है न! क्या अन्तर पड़ता है! राजा की जात सर्वत्र वही है। सारे इतिहास में। और उस इतिहास में सारथी सदा सारथी रहता आया है। उसके पुत्रों की हत्या पर, तुम अपने समत्व के योगासन पर चुप्पी साध ही सकते हो!

'तुम ठीक भगवान की तरह चोरी-चोरी बन्द दरवाजों के भीतर हो, मेरे पास आये। मेरे सपने की राह मेरे हृदय में आसन जमा बैठे, तो हटने का नाम न लिया।...मैंने तो तुम्हें अपना वल्लभ और स्वामी जाना था। वही पाया भी था। आज पता चला कि तुम आखिर तो भगवानों के वंशज, पाषाण के प्रभु हो। और सारे प्रभुओं ने हमारे कष्टों पर केवल करुणा का जल छिड़का है, पर उन्हें वे हर न सके। मेरे कलेजे के बत्तीस टुकड़े एक साथ चिता पर चढ़ गये और तुम सिर्फ वीतराग मुस्कान के साथ चुपचाप यह सारा दृश्य देख रहे हो? परित्राता होकर भी कुछ न किया। कुछ कर न सके...!'

सुलसा बिसूरने लगी। कि हठात् 'जीवन्त-स्वामी' के वे चित्रित ओंठ हिले। सुनाई पड़ा :

'हाँ सुलसा, कुछ न कर सका, कुछ कर नहीं सकता। तुम भी कुछ न कर सकी, कर नहीं सकती। अपने ही शरीर के टुकड़ों को, उनकी जनेता और धात्री न बचा सकी, तो कोई भगवान उससे बढ़कर क्या कर सकता है? मनुष्य की माँ के आगे हर भगवान छोटा पड़ जाता है।'...

'तुम्हारी इन व्यंग्योक्तियों को मैं क्या समझूँ? सर्वशक्तिमान सुनती रही हूँ भगवान को। और तुम कहते हो, कुछ नहीं कर सकते, तो मैं तुम्हारा क्या करूँ? क्या तुम कोई न्याय भी नहीं कर सकते? इतने तटस्थ कि अन्याय को भी स्वीकारते हो। बोलो, किसलिए कट गये मेरे बत्तीस बेटे? प्रजा और उसके प्रतिपालक की रक्षा के लिए? या साम्राज्य और सम्राट की रक्षा के लिए? या तुम्हारी सम्राज्ञी मौसी चेलना का गन्धर्व-परिणय रचाने के लिए? क्या पृथ्वी पर कभी इस सत्ताधीश और राजा की जात ने प्रजा-पालन के लिए राज किया है? या अपने ही लिए किया? तुम तो सच बोलो, महावीर! किसके लिए कट गये मेरे बत्तीस मासूम छौने?'

चित्रपट में से उत्तर सुनाई पड़ा :

'अपने लिए, अपनी आत्मा के लिए। अपने स्वधर्म के पालन के लिए। अपने क्षात्र-व्रत की आन के लिए।...'

बिजली की तरह तड़पकर जैसे सुलसा ने कहा :

'सारथी-पुत्र और क्षत्रिय? मेरा अपमान मत करो। चुप रहो...।'

'क्षत्रिय आत्मा से होता है, वंश से नहीं होता, सुलसा। तेरे बेटे राजवंशी नहीं, आत्मवंशी परित्राता थे। वे हजारों के विरुद्ध केवल एक अकेले व्यक्ति की प्राणरक्षा के लिए लड़े। अपने वीरत्व के लिए हवन हो गये। वे अपने ही लिए हुतात्मा हुए, किसी सम्राट के लिए नहीं। और जो अपने ही लिए अपनी आहुति देता है, वही सच्चा प्रजापति होता है। ऐसे अनपहचाने विष्णुओं की जगत् में कमी नहीं, सुलसा। पर उनका नाम इतिहास में नहीं लिखा जाता। वह शाश्वत मनुष्य की नाड़ियों में व्याप जाता है।'

'एक माँ को उत्तर नहीं दिया तुमने, महावीर? मेरे हृदय के टुकड़े मुझसे छीन लिये गये, और तुम बचत निकाल रहे हो? तुम क्यों कुछ न कर सके? सुनती हूँ, मृत्यु से खेलते हो। तो मेरे बच्चों को उससे छीनकर क्यों न ला सके?'

'हर आत्मा स्वयं ही अपने जीवन और मरण का विधाता है, सुलसा। अपने ही राग-द्वेषों से वह अपना भाग्य रचता है। अपने किये का फल भोगे बिना छुटकारा नहीं। कर्म के इस अटल नियम-विधान में कोई भगवान या तीर्थंकर हस्तक्षेप नहीं कर सकता। कोई वैशालिक उन्हें काट नहीं सकता था।...फिर भी उन्हें काटा और कटवाया गया है, वह भी अपनी जगह उतना ही सत्य है। शोषक सम्राट और हत्यारे वैशालिक को परम न्याय क्षमा नहीं करेगा। निर्णायक वही है, मैं नहीं!'

'तो तुम जाओ, मुझे ऐसे भगवान की जरूरत नहीं है। तुम सत्य और न्याय के निर्णय तक से बचते हो?'

...और उस दिन जो अपने पूजा-कक्षा के किवाड़ सुलसा ने बन्द कर दिये, तो फिर खुल न सके।...अब और किसी को वह नहीं पूजेगी। अपने ही को पूजेगी...और हठात् उसे अपने भीतर सुनाई पड़ा था :

'हाँ सुलसा, केवल अपनी ही पूजा करो। मेरी नहीं। किसी भी भगवान की नहीं। अपनी विधाता स्वयं हो जाओ, तो मृत्यु तुम्हारी चेरी हो जाएगी।'

...उस दिन के बाद सुलसा ने एक भी आँसू न टपकाया। एक भी सिसकी न भरी। उसे अनुभव होता था, कि उसके वे देवांशी पुत्र कहीं गये नहीं हैं। उसी के भीतर लौट आये हैं। अपनी मातृ-छाती उसे भरी-भरी लगती थी। पर्याय से हटकर उसकी दृष्टि द्रव्य के ध्रुवत्व पर खुल गयी थी। इसी से वह अनायास ही वीतशोक हो गयी थी। उसे लगता था कि वह एक हरी घास के तिनके या तितली तक की माँ हो गयी है।

नाग रथी बहुत समय तक भी पुत्र-शोक से उबर नहीं पाया था। सुलसा को बोलना अच्छा न लगता। वह केवल सहलाकर पति को आश्वस्त करती रहती थी। बातें नहीं, केवल संवेदना से अपने आर्यपुत्र को अपनी छाती से सहेजे रखती थी।

एक दिन किसी पुरानी याद से नाग रथिक की वेदना काबू से बाहर हो गयी।

तब सुलसा से बोले बिना न रह गया :

"तुम तो जनक हो। ऐसे दिव्य बत्तीस पुत्र तुमने मुझसे उत्पन्न किये। तो और क्या नहीं कर सकते? मैं तुम्हारी हूँ, मुझ में अपने हर स्वप्न को रचो। सन्तान ही तो सब कुछ नहीं। और जो यहाँ उत्पन्न है, उसका विनाश है ही। और सन्तान भी किसकी हुई है? और कौन किसी को बचा सका है जब हमारे शरीर ही अपने नहीं? स्वयं नारायण कृष्ण जिसके मामा थे, वह अभिमन्यु भी कुटिल कौरवों के चक्रव्यूह का आखेट हो गया। क्यों स्वयं भगवान कृष्ण उसे बचा न सके? उसे जिला न सके? ...और वे कृष्ण क्या अपने ही को व्याध के तीर से बचा सके? भाई-भाई आपस में लड़ मरे, और कुरुवंश का मूलोच्छेद हो गया! सौ पुत्रों के पिता धृतराष्ट्र को पुत्र-वियोग के सिवाय और क्या मिला?...

"सन्तान हो कि कोई हो, अपनी मौत का क्षण हम साथ लाये हैं, जो टल नहीं सकता। ईश्वरों ने ठीक समय आने पर मृत्यु का वरण किया है।...

"लेकिन सुनो आर्यपुत्र, कुछ भी तो कहीं जाता नहीं। आओ यहाँ, देखो, ये रहे तुम्हारे बत्तीसों पुत्र!..."

और सुलसा ने असीम मार्दव के साथ, पति को छाती से चाँप लिया।

एक दिन राजमहल से अभय राजकुमार शोक-सान्त्वना देने आये थे। बड़ी देर तक चुप बैठे सन्तप्त माता-पिता को देखते रहे थे। फिर भारी स्वर में बोले थे:

"देवी, अभय के होते तुम्हारे पुत्र बलि चढ़ गये। मेरी लज्जा का अन्त नहीं। काश, मैं आपके पुत्रों को बचा पाता। पर नहीं बचा सका। शायद बचा सकता ही नहीं था। मृत्यु का तर्क समझ से बाहर है। सम्राट और सेवक दोनों के लिए वह एक ही तरह का काम करता है। कर्म का विधान अटल है,कल्याणी। तीर्थंकर और अवतार भी उसके अधीन होते हैं। तो हमारी क्या बिसात?"

बहुत दिनों से शान्त हो गयी सुलसा एकाएक तप आयी थी।

"इस उपदेश के लिए मगध के पाटवी युवराज ने एक किंकरी के कुटीर तक आने का कष्ट किया, आभारी हूँ। किन्तु महाराजकुमार, मुझे किसी उपदेश या तीर्थंकर की जरूरत नहीं। मैं अपने लिए काफी हूँ। आप सर्वत्र जयवन्त हों!"

कहकर सुलसा ने आँसू भीगे आँचल से अभय राजकुमार की आरती उतार ली। अभय देखते रह गये। यह स्त्री उनकी सान्त्वना से परे है। यह हमारे साम्राज्य से बाहर खड़ी है। मगध का यायावर और सर्वजयी राजपुत्र इस नारी की गरिमा देखकर पानी-पानी हो गया।

दिन और रात के सफेद-काले घोड़े पर सवार होकर, जाने कितने ही बरस काल की धारा में लीन हो गये। सुलसा की दृष्टि इस व्यतीतमान पर नहीं थी। वह सहज ही नित्य वर्तमान में जीने की अभ्यस्त हो गयी थी। जो भी सामने आता, उसे देखती थी। और देखते-देखते उससे गुजरकर आगे बढ़ जाती थी। पर्यायी रहकर पर्याय में अविकल्प जीना उसे सुलभ हो गया था।

इन पन्द्रह वर्षों में स्थितियाँ कितनी बदल गयी थीं। उसके 'जीवन्त स्वामी' वे वैशाली के योगी राजपुत्र गृहत्याग कर गये थे। सुनकर उसे विच्छेद का आघात भी लगा था। अपना ही घर-आँगन सूना लगा था। मन-ही-मन कहा था : 'तुम भी बियाबानों में खो गये? तो अब लोक में मुझे किसका सहारा रहा?'...फिर सहसा ही वह आशा से भर आयी थी।...'राजमहल छोड़कर निकल पड़े हो, तो शायद किसी दिन मेरी कुटिया के द्वार पर आ खड़े होओ! शायद किसी दिन नीलतारा नदी के तट तुम्हारी पगचापों से रोमांचित हो उठें।'...और सुलसा हर राह-बाट में प्रतीक्षा की आँखें बिछाये चलती रही।

फिर श्रमण महावीर के विकट उपसर्गों के उदन्त आये दिन सुनाई पड़ते थे। चंडकौशिक नाग द्वारा उन्होंने अपना हृदय डँसवा लिया सुना, तो उसे मूर्च्छा आ गयी थी। चाहे जब लग आता, कि उसके अपने हृदय से रक्त टपक रहा है, आँचल भींज गया है।

जब भी कोई उत्कट उपसर्ग प्रभु को होता था, वह आधी रात सपनों में डरकर जाग उठती थी। सोचती थी : 'तुम जरूर फिर किसी संकट की खाई में कूद गये हो।...तुम जरूर फिर मृत्यु की कराल डाढ़ पर चढ़ बैठे हो।' और तब हारकर वह अपना पूजा-कक्ष खोलने को विवश हो गयी। हर उपसर्ग का वृत्तान्त सुनकर, या रात में दुःस्वप्न आने पर, वह पूजा-कक्ष में धूप-दीप करके अपने स्वामी के चेहरे की बलाएँ लेती। तन्तर-टोने करती, नीबू और मिर्च उतारती। कच्चे सूत में बँधी हँड़िया पर अपने स्वामी की सारी अलाय-बलाय उतार देने की युक्तियाँ करती।

कभी जी बहुत ही बेकाबू हो जाता, तो राह-बाट में सब कहीं वह मन-ही-मन अपने प्रभु के यात्रा-पन्थ पर अपनी छाती बिछाती हुई चलती। कि 'इस पर चलो, इसे अपना पदत्राण बना लो। मेरी छाती यों नंगे पैरों से कब तक छीलोगे?' कटपूतना के उपसर्ग की उस रात सुलसा को जाने कैसी उद्विग्नता हो गयी थी, कि वह आधी रात बाहर निकलकर, भयंकर शीत-पाले और कोहरे में जाने कहाँ भटकती फिरी थी। तेज ज्वर से थर्राती लौटी थी। और कई दिन खटिया से उठ न सकी। उसे अपने हर कष्ट, रोग, बाधा में लगता था, कि वह सारा कुछ अपने 'उनके' लिए ही सह रही है। और इससे अपने दुःख में उसे एक गहरी संतृप्ति और परिपूर्ति अनुभव होती थी।

कर्णवेध के उपसर्ग के दिन उसे अचानक लगा था, कि एक के बाद एक कई तपती शलाकाओं से उसके शरीर को दागा जा रहा है। फिर ऐसा दाह-ज्वर उठा था, कि हर पल प्राण निकलने की अनी पर ही वह कई दिन जीती रही थी। नाग रथिक अविश्रान्त चिकित्सा कराता, सेवा-उपचार में लगा रहता। उस असह्य वेदना में भी वह रथिक के शीतल लेपों और औषधि-प्रयोगों पर हँस पड़ती। कहती : ''व्यर्थ है यह सब, मेरा वैद्य कोई और ही है। उसके पास महामृत्युंजय रसायन है। वह जब आएगा, तो पल मात्र में मेरे सारे रोग और कष्ट हर लेगा।''

पंचशैल की तलहटियों में महीनों-महीनों भगवान ने दुर्घर्ष तप किया। सुलसा के आँगन में ही वे तप रहे थे। अनेकों को अचानक दर्शन हो जाता था। अनेक स्त्री-पुरुष उनकी झलक भर पाने को वैभार और गृध्रकूट के कान्तारों को छानते फिरते थे। उनकी काल-कम्पी तपश्चर्या के अनेक वृत्तान्त आये दिन सुनाई पड़ते थे। सुनकर सुलसा के स्तनों में दूध उमड़ आता था। छुपाकर आँसू पोंछ लेती थी। पर वह प्रभु की खोज में नहीं गयी। नहीं गयी नहीं जाएगी। '...आना चाहेंगे, तो वे स्वयं ही मेरे द्वार पर आएँगे!'

'...इस बीच कितना पुकारा तुम्हें अपने पूजा-कक्ष में, एक बार भी न बोले। बरसों-बरसों कोई सुध न ली मेरी। सदा-सदा पीठ फेरे दूर-दूर जाते दिखाई पड़े हो। पीड़ा से छाती दरकने लगती है, पर कभी मुँह फेरकर तक न देखा! नीलतारा नदी तुम्हें पुकार रही है, मैं नहीं महावीर...!'

फिर ऋजुबालिका के तट पर महाश्रमण की चरम समाधि की खबर सुनी थी। लोक-वार्ता चलती थी कि महावीर जड़, अचल, शिलीभूत होकर खड़े हैं उस नदी के कछार में। उस चट्टान-पुरुष की कायोत्सर्ग मुद्रा पर नदी मातुल उत्ताल होकर टूटती रहती है। तप के उस हिमाचल के भीतर से आँधियाँ उठकर पृथ्वी की धुरी को हिलाती हैं। सूर्य का प्रताप उसके तपस्तेज के आगे मन्द पड़ जाता है। जिन जिन लोगों ने प्रभु की उस अन्तिम तपो-समाधि का दर्शन पा लिया था, वे अपने भीतर शान्ति का कोई गूढ़ सोता फूटता-सा अनुभव कर रहे थे।

पर सुलसा को यह मंजूर न हो सका, कि महावीर की उस महासमाधि को वह देखने जाये।...'नहीं, मुझे नहीं देखनी तुम्हारी समाधि! मुझे नहीं चाहिए तुम्हारी अचल शान्ति। इस संसार के कष्टों पर मेरी व्याकुलता का अन्त नहीं। हम सब यहाँ एक अन्ध भाग्य के खिलौने हैं। हमारी हर साँस में यहाँ मृत्यु छुपी बैठी है। कितना अनिश्चित, अविश्वसनीय और अन्धा है यह जीवन और अस्तित्व। बलवान सदा निर्बल की छाती पर चढ़ा बैठा है।

'...क्यों जनमे थे सुलसा की कोख से बत्तीस-लक्षणे, बत्तीस पुत्र? केवल एक बलात्कारी सम्राट की रक्षार्थ कट जाने के लिए?...जब तक मनुष्य की इस नियति को

तुम न बदल सको, तुम्हारी समाधि की शान्ति मुझे नहीं चाहिए। मैं सारे संसार के त्राण के लिए सन्तप्त हूँ। केवल अपनी शान्ति, अपने मोक्ष की मुझे चाह नहीं। मैं माँ हूँ, महावीर! मैं तुम्हारी महासमाधि को देखने नहीं जाऊँगी।'

और फिर एक दिन महावीर अर्हन्त केवली हो गये। उनके कैवल्य के प्रभामंडल से लोकालोक प्रकाशित हो उठे। प्राणि मात्र के प्राण आनन्द से आप्लावित हो उठे। यह संवाद सुनकर सुलसा को लगा था कि उसकी रक्त-शिराओं में कोई आलोक का समुद्र उमड़ पड़ा है। एक महाज्योति के आलिंगन में वह निःशेष हो गयी है, अशेष हो गयी है। उसकी कोख बोल उठी थी : 'आज मेरे बत्तीस बेटे एक साथ भगवान हो गये।'

फिर उसने सुना कि उसके घर-आँगन के विपुलाचल पर ही, इन्द्रों और माहेन्द्रों के स्वर्ग उतरे हैं। उन्होंने चरम तीर्थंकर महावीर का समवसरण रचा है। तीनों लोक और काल के सारे ऐश्वर्य वहाँ पुंजीभूत हुए हैं। और उस समवसरण की गन्धकुटी पर से त्रैलोक्येश्वर अर्हन्त महावीर कण-कण और जन-जन का सम्बोधन कर रहे हैं। हजारों नर-नारी प्रति दिन उनके दर्शन-वन्दन को उमड़ते हैं। कितनी ही आत्माएँ उनके श्रीचरणों में भवसागर को तरने का उपाय पा गयी हैं।

हाँ, अनन्त कोटि ब्रह्मांडनायक महावीर की पारमेश्वरी राज-सभा उसके आँगन में बिराजी है। सारा लोक उनके दर्शनों को उमड़ पड़ा है। लेकिन सुलसा न गयी।

अपने पूजा-गृह को बन्द करके कई दिन वह उसी में बैठी रह गयी थी। दिवा-रात्रि धूप-गन्ध से बसे उस सौम्य दीपालोकित कक्ष में घुटनों के बल एकासन में अविचल हो रही थी। मन-ही-मन कहती चली गयी थी :

'कितना-कितना पुकारा तुम्हें, हवाओं पर, दिशाओं पर। अपनी फटती हुई छाती में से। मौत के पंजे में से। विनाश की बहिया पर से। तनु-वातवलय के तीर पर खड़े होकर तुम्हें पुकारा, कि एक बार मेरी राह आओ। मैं जनम-जनम से तुम्हारी प्रतीक्षा में छाती बिछाये बैठी हूँ। तुम यहीं-कहीं आसपास से गुजर गये होगे, सैकड़ों बार। मगर मेरे द्वार न आये। सुलसा की जख्मों से तार-तार छाती को देखने की हिम्मत तुम्हें न हुई। क्योंकि ओ अनुत्तर के योगी, सुलसा की उस वेदना का उत्तर तुम्हारे पास नहीं था।...

'फिर तुम्हारे ब्रह्मांडीय धर्म-दरबार में मेरे आने का क्या प्रयोजन हो सकता था? क्यों आऊँ आखिर? क्या है तुम्हारे पास मुझे देने को? और फिर लगता नहीं, कि मुझसे बाहर कहीं और तुम्हारे ईश्वरत्व का सिंहासन बिछा है। इन्द्रों और माहेन्द्रों के समवसरण में तो तुम आज आये हो। पर सुलसा की कुटिया में तो तुम तभी आ गये थे, जब तुम वैशाली के वैकुंठ-विलासी राजमहल में रहते थे। विपुलाचल के समवसरण में तो देश-काल के अनेक कूट-चक्रों का भेदन करते हुए तुम आये हो।

लेकिन मेरे भीतर तो तुम अनायास एक रात सपने की परागवीथी से चुपचाप आ गये थे।...

'उस दिन से आज तक तुम अनवरत मेरी शिराओं के रक्त में चल रहे हो। मेरे एक-एक रक्त-कोश में हर दिन तुम्हारी सैकड़ों समवसरणों की रचना हो रही है।

'मेरे रोम-रोम में से तुम्हारी दिव्य-ध्वनि निरन्तर झर रही है।

'मेरे उरुमंडल में तुम हर सवेरे नया जन्म ले रहे हो।

'मेरी त्रिवली की बुनियाद पर तुम्हारे अनाहत प्रकाश के महल झूम रहे हैं।

'...और मर्त्य मनुष्य की इस माँ को देने के लिए तुम्हारे पास कोई उत्तर नहीं है, महावीर।

'नहीं, मैं तुम्हारे समवसरण में नहीं आऊँगी, ओ त्रिलोकीनाथ तीर्थंकर। नहीं आऊँगी। नहीं आऊँगी। नहीं आऊँगी।'

सर्वहारा की प्रभुता

उस काल उस समय, पांचाल देश के अम्बड़ परिव्राजक पश्चिमांचल में वैदिक धर्म के एक प्रतापी नेता थे। वे भारद्वाज ऋषि-कुल की सन्तान थे। कुशल यजुर्वेदी शाखा के मुमुक्षु ब्राह्मण थे। राजर्षि प्रतर्दन को उन्होंने अपने ज्ञान-गुरु के रूप में पाया था। स्वभाव से ही वे अनगार संन्यासी और परिव्राजक थे। लोक में वे षडंग वेद-विद्या के परगामी विख्यात थे। काम्पिल्यपुर के निवासी थे। नगर से दूर अतिभद्रा नदी के वनांचल में उनका एक विशाल आश्रम था। उसमें उनके सात सौ शिष्य निवास करते थे। ये सब परिव्राजक चर्या से रहते थे, और परब्रह्म की पर्युपासना करते थे। निरन्तर वेद-वेदांग के अध्ययन में संलग्न रहते थे।

अम्बड़ परिव्राजक काषाय वेश परिधान करते थे। त्रिदंड, कमंडलु धारण करते थे। उनके गले में एकाक्षी रुद्राक्ष की माला शोभती थी। कलाई पर गणेत्रिका पहनते थे, और अनामिका उँगली में ताँबे की पवित्री। किन्तु मृत्तिका पात्र, काष्ठासन, आधारी, अंकुश, कैशरिका-प्रमार्जिक, छत्र, उपानह, पादुका आदि परिव्राजकों के नाना उपकरणों का परिग्रह उन्होंने त्याग दिया था। वे स्वतन्त्र चेतना के व्यक्ति थे। स्वतन्त्र आत्म का अनुसरण करते थे।

एक बार वे गंगा की घाटी में परिव्राजन कर रहे थे। तभी वहाँ विचरते कुछ पार्श्वापत्य श्रमणों से वे बेहद प्रभावित हुए। उनकी अनगार और अपरिग्रही जीवन-

चर्या से बेहद प्रभावित हुए। तभी से वे चुपचाप पार्श्वनाथ के चतुर् आयाम धर्म का आचरण करने लगे थे। वे बहती हुई नदी का केवल एक 'प्रस्थ' जल ग्रहण करते। अयाचित आने वाले आहार के कुछ ग्रास लेते। बिना दिया हुआ कुछ भी ग्रहण नहीं करते। अतिथि भाव से विचरते थे। चाहे जब चाहे जहाँ चल देते थे। निरन्तर परिव्राजक, अविराम यात्रा, यही उनके लिए स्वतन्त्र आत्मा की जीवन-चर्या हो सकती थी।

उन दिनों भगवान महावीर, चम्पा के जम्बूवन चैत्य में समवसरित थे। तभी अम्बड़ परिव्राजक अपनी निरुद्देश्य पद-यात्रा में वैशाली पहुँचे थे। वहाँ उन्होंने अर्हन्त महावीर की सर्वज्ञता और सर्वप्रियता के विषय में बहुत कुछ सुना। वे बहुत भावित हो आये। महावीर के स्मरण मात्र से उन्हें रोमांचन, प्रस्वेदन, अश्रुपात होने लग जाता। सो एक अदम्य आर्कषण से खिंचे वे चम्पा चले आये।

रक्त-कमलासन पर देदीप्यमान प्रभु की प्रेम-मूर्ति को देख वे हिल उठे। अर्हत् के कैवल्य-तेज को सामने पाकर उन्हें ऋक्-मन्त्रों और छान्दोग्य के सूत्रों का साक्षात्कार-सा हुआ। अम्बड़ स्वयं भी मन्त्र-द्रष्टा थे। उन्होंने स्वानुभव से प्रेरित होकर अनेक मौलिक ऋचा और सूत्रों की रचना की थी। महावीर की पारदर्श देह में उन्होंने अपने उन सारे मन्त्रोच्चारों को मूर्तिमान देखा और सुना।

तीन प्रदक्षिणा देकर उन्होंने प्रभु का अभिनन्दन किया, और सम्मुख होकर निवेदन किया :

''हे नाथ, ऐसा तो कैसे कहूँ कि मैं आपके चित्त में वर्तूं। किन्तु आप मेरे चित्त में वर्तें तो फिर मेरे लिए अन्य किसी का प्रयोजन न रह जाये। अनेक धूर्त गुरु कोप, कृपा, तुष्टि, अनुगृह आदि के नाना अभिनय करके सरल संसारियों को छलते हैं। कहते हैं, कि हमें प्रसन्न करो और फल पाओ। लेकिन चिन्तामणि रत्न तो अचेतन होते हुए भी फल देता है।

''देख रहा हूँ, अर्हत् महावीर तो निरन्तर कृपावन्त हैं, फलवन्त हैं, प्रेमवन्त हैं। वे प्रेम करते नहीं, अनुगृह करते नहीं, वह उनमें से अयाचित ही सदा प्रवाहित होता रहता है। इसी से हे वीतराग, आपकी सेवा से भी अधिक आपके आदेश का पालन कृतकृत्य करता है।

''पाया है जिनेश्वर का उपदेश। कि आत्मा के भीतर कर्म-फल का आस्रव संसार का कारण है। कि आत्म-संवरण कर उसे रोक देना, मोक्ष का कारण है। संसार दुःख है। मोक्ष सुख है। जिसमें सुख दीखे वही करो।...अर्हतों के इस धर्मोपदेश से अनन्त काल में अनन्त आत्माएँ तर गयीं। दीनता का त्याग कर प्रसन्न चित्त से, जो केवल अर्हत् के इस आदेश पर चलता है, वह अनायास कर्म के पंजर से मुक्त हो जाता है।...दर्शन पाकर अनुगृहीत हुआ, परमात्मन्।''

और अम्बड़ परिव्राजक देव की भाँति अनिमेष दृष्टि से प्रभु के प्रेमास्पद श्रीमुख को ताकते रह गये...। अचानक उन्हें सुनाई पड़ा :

"आत्मरूप होने के लिए अर्हत् और उसके आदेश का भी अतिक्रमण कर जाना होता है, देवानुप्रिय अम्बड़!"

"अपूर्व सुन रहा हूँ, भगवन्!"

"स्वभाव का हर अगला अनुभव अपूर्व और अभिनव होता है, आयुष्यमान्।"

"यह वाणी अनन्य है, अश्रुतपूर्व है, मौलिक है, भन्ते।"

"तुझे पता नहीं, सौम्य, पर तू अनायास भीतर की आभा से मंडित है। तेरे मुख पर आर्हती मुद्रा है।"

रोमांचन से अम्बड़ परिव्राजक सिहर आये। उनकी आँखें किसी अबूझ प्रीति से छलक आयीं। श्रीभगवान उल्लसित हो आये :

"काम्पिल्यपुर में तू एक साथ सौ घरों में आहार लेता है, और सौ घरों में निवास करता है, सौम्य। फिर भी तू एषणा से ऊपर है, और अनगार है। तू आत्मा है। तू अनिर्बन्ध है।"

"प्रभु का अनुगृह पाकर मैं कृतकाम हुआ। कदाचित् प्रभु का प्रेम भी पा सकूँ!"

भगवान निरुत्तर, अनुत्तर हो रहे। उनके कृपा-कटाक्ष से आँख मिलते ही अम्बड़ को लगा कि उनका शरीर उड़ा जा रहा है। वे अनंग हुए जा रहे हैं। वे थमकर ठौर पाना चाहते हैं। कहीं अपनी इयत्ता को रखना और देखना चाहते हैं।

ठीक तभी भगवान बोले :

"राजगृही जा रहे हो, आयुष्मान अम्बड़ परिव्राजक?"

"परिव्राजक की प्रत्येक पथ-रेखा प्रभु के करतल में प्रकाशित है। सर्वज्ञ महावीर से क्या छुपा है?"

"राजगृही के सालवनवर्ती सेवक-ग्राम में नाग रथकार की पत्नी सुलसा रहती है। मृदु वचन से उसकी कुशल पूछना। और उसे हमारा धर्मलाभ कहना।"

सुनकर अम्बड़ परिव्राजक आश्चर्य से स्तम्भित हो रहे। सारे समवसरण में सन्नाटा छा गया। तीनों लोकों ने सुना। तीनों कालों ने सुना। हवा, पानी, आकाश, प्रकाश भी सुनकर चौकन्ने हो रहे। सुर, असुर, मनुष्य, नाग, गन्धर्व, यक्ष, किन्नर, जलचर, नभचर, थलचर सब देखते रह गये। सुनते रह गये। लोकालोक की असंख्यात जगतियों में से, त्रिलोकीपति महावीर ने नाम लेकर याद किया, केवल राजगृही की एक अकिंचन रथिक पत्नी सुलसा को? उसका कुशल पूछा? उसे धर्मलाभ प्रेषित किया।

जिस महावीर के किंचित् कृपा-कटाक्ष को पाने के लिए बड़े-बड़े राजाधिराज, तपस्वी, शक्रेन्द्र और माहेन्द्र तक तरसते हैं। जिनके श्रीमुख से एक-बार 'धर्म-लाभ'

का आशीर्वचन सुनने के लिए आर्यावर्त की सम्राज्ञियाँ, महारानियाँ, राजकन्याएँ कठोर व्रत और तपस्याएँ करती हैं, उस चक्रवर्तियों के चक्रवर्ती ने सुलसा जैसी एक अदना, अनजान, अनसुनी नारी का कुशल-क्षेम पुछवाया? एक नगण्य रथिक-पत्नी को धर्म-लाभ भेजा? एक त्रिदंडी परिव्राजक के हाथ, खुले आम, असंख्य मनुज, दनुज, देव, सम्राट, तिर्यंजों की भरी सभा में?

अम्बड़ परिव्राजक के आश्चर्य की सीमा नहीं है। वे राजगृही की राह पर पवन के वेग से पदयात्रा कर रहे हैं। वे व्यग्र हैं कि कब पहुँचें उस सालवन के सेवक पुरवे में, और कब उस अद्भुत स्त्री को देखें, जिस पर त्रिलोकीनाथ महावीर अकारण ही कृपावन्त हैं। अम्बड़ का चित्त इस एक मात्र जिज्ञासा और वासना में ही संकेन्द्रित है। वे अनुक्षण यह जान लेने को आतुर हैं, कि सेवक वर्ग की एक सामान्य नारी ने, किस शक्ति के बल आत्मजयी महावीर का हृदय जीत लिया है। अपने किस सौन्दर्य की चितवन से उसने वीतराग अर्हत् के हृदय-पद्म पर ऐसा अक्षुण्ण आसन जमा लिया है? ऐसा अचूक एकाधिकार स्थापित कर लिया है?

अम्बड़ परिव्राजक अपने जीवन की एक सर्वोपरि जीवन्त उपलब्धि को देखने जा रहे थे। उनके पैर मानो धरती पर नहीं, हवा में पड़ रहे थे।

दूर पर राजगृही के हंस-जैसे उजले सौध, भवन और सुरम्य उद्यान दीखने लगे हैं। रत्निम राजप्रासाद और मन्दिरों के सुवर्ण शिखर। उन पर उड़ती केशरिया ध्वजाओं की परम्परा। वैभव की इस अलकापुरी में आर्यावर्त का चक्रवर्ती सम्राट श्रेणिक रहता है। राजमाता चेलना देवी रहती हैं। समुद्रपर्यन्त पृथ्वी के हर तट पर जिनके पोत लंगर डालते हैं, ऐसे धनश्रेष्ठी रहते हैं। दिग्गज सूरी और सूरमा यहाँ निवास करते हैं। इनमें से किसी को भी सर्वज्ञ प्रभु ने याद न किया, अपना 'धर्मलाभ' न कहलाया। याद किया है कि अनजान सारथी-पत्नी सुलसा को। केवल उसी की कुशल पूछी है। केवल उसी को भेजा है 'धर्मलाभ'। जिसका नाम, गाँव, घर भी राजगृही में कोई न जानता होगा। इस भव्य महानगरी की रत्न-छाया में कहाँ होगी वह सुलसा?

...अम्बड़ ऋषि संवेदित हो आये। वेद की अदिति, गायत्री, सावित्री उन्हें याद आने लगी। उनके तेज कदम जैसे पृथ्वी से हटकर पड़ रहे हैं। लेकिन वे सालवन के उस सेवक-ग्राम में जा रहे हैं, जहाँ शुद्ध पृथ्वी है। जहाँ प्रकृति स्वयं है। जहाँ माटी के घर हैं, जिनमें माटी के दीये जलते हैं। जहाँ वनस्पति मनुष्य के साथ जुड़ी हुई है।

अम्बड़ परिव्राजक की गति स्थिर और धीमी हो गयी। वे आश्वस्त भाव से धरती पर चलने लगे।

शरद ऋतु के सवेरे की मुलायम धूप में पुरवा प्रसन्नता से नहा रहा है। शाल

वृक्षों में शीतल नीली हवा डोल रही है। आर्य अम्बड़ ने अपने लक्षित घर का अनुसन्धान पा लिया है।

...थोड़ी ही देर में वह द्वार उन्हें खुला दिखाई पड़ा, जहाँ सुलसा रहती है। द्वार जैसे किसी की प्रतीक्षा में है। आर्य अम्बड़ एक शाल वृक्ष के तने की ओट हो रहे। वे खुलकर सीधे सामने आना नहीं चाहते। वैसा करेंगे तो सुलसा के हृदय की गुहा तक कैसे पहुँच सकेंगे। उन्हें जानना है, पहचानना है उस नारी को, उसकी उस चुम्बकीय शक्ति को, जिसने मुक्त महावीर को खींच लिया है, बाँध लिया है।

अम्बड़ द्वार पर टकटकी लगाये रहे। कि हठात् पूजा-कक्ष से निकलकर सुलसा द्वार पर आ खड़ी हुई। दिवो-दुहिता ऊषा को ऋषि ने सामने खड़े देखा।

सुलसा अतिथि के लिए द्वारापेक्षण कर रही है। अतिथि को आहार-दान दिये बिना वह भोजन नहीं करती।

अम्बड़ ने अपनी वैक्रिय-लब्धि से अपना रूप बदल लिया। अपनी असलियत को छुपा लिया।

...और सुलसा को द्वार पर अचानक एक साधु खड़ा दिखाई पड़ा। उसने पुकारा :

''भिक्षां देहि अन्नपूर्णे!''

सुलसा स्थिर चुप एकटक उस साधु को चीह्नती खड़ी रह गयी। उसे लगा, यह असली व्यक्ति नहीं है। उसने दासी को बुलाकर आज्ञा दी कि वह साधु को भिक्षा दे दे। और वह स्वयं द्वार-पक्ष में चली गयी।

अम्बड़ सुलसा के अतिथि न हो सके। विक्रिया-लब्धि के चमत्कार को सुलसा न झुक सकी। अम्बड़ को प्रत्यय हुआ कि यह कोमल कमलनाल किसी चट्टान में से फूटी हुई है।

अम्बड़ दासी से भिक्षा लेकर चल पड़े, और उन्होंने वैभार की तलहटी के एक तापस-आश्रम में डेरा जमाया। और वे सोच में पड़ गये कि कैसे सुलसा के हृदय तक पहुँचा जाये? कोई अचूक युक्ति उन्हें नहीं सूझ रही थी।

अम्बड़ परिव्राजक कोई मान्त्रिक-तान्त्रिक नहीं थे। किन्तु उनकी तपोलक्ष्मी की सेवा में ऋद्धि-सिद्धि, मन्त्र-तन्त्र हाथ बाँधे खड़े रहते थे। अपने सत्, ऋत्, तपस् के तेज से उन्हें महाअथर्वण की कई विद्याएँ स्वतः सिद्ध हो गयी थीं। पर इनका उपयोग उन्होंने कभी न किया था। लेकिन इस समय वे एक ऐसे दुर्गम से गुजर रहे थे, कि जहाँ रास्ता असूझ हो गया था। तभी शुक्ल यजुर्वेद की एक अमोघ विद्या उनके भीतर प्रकट हुई। उसने कहा : ''ब्रह्मर्षि अम्बड़ देव, मुझे आज्ञा दें, और मैं आपकी राजगृही में कहीं भी, बड़े से बड़े देवता, देवाधिदेव, तीर्थंकर के रूप में प्रकट कर दूँगी। तब आपको पता चल जाएगा कि सुलसा का आराध्य कौन है?''

विद्या अन्तर्धान हो गयी। और आर्य अम्बड़ को मार्ग का संकेत मिल गया।...

एक सवेरे सारी राजगृही में उदन्त फैल गया, कि नगर के पूर्व द्वार पर साक्षात् ब्रह्मा प्रकट हुए हैं। वे पद्मासान में विराजमान हैं। उनके चार मुख और चार भुजाएँ हैं। उन्होंने ब्रह्मास्त्र, तीन अक्षसूत्र तथा जटा-मुकुट धारण किये हैं। उनके बायीं ओर सावित्री बिराजी हैं। और पास ही उनका वाहन हंस खड़ा है। और वे वर्तमान काल की विधात्री वाणी बोल रहे हैं।

सो ब्रह्मा के दर्शनार्थ राजगृही के तमाम आबाल-वृद्ध-वनिता नर-नारी, नगर के पूर्व द्वार की ओर उमड़ पड़े हैं। सुलसा की सहेलियाँ भी दर्शन को चलीं तो उनके द्वार पहुँची और बोलीं कि : "चलो देवी, नगर के पूर्व द्वार पर साक्षात् ब्रह्मा अवतरे हैं, हम भी उनके दर्शन का पुण्य-लाभ करें।"

सुलसा चुप रही। उसने कोई उत्तर न दिया। सहेलियों के बहुत निहोरा करने पर वह धीरे से बोली :

"मुझे किसी ब्रह्मा के दर्शन नहीं करने। मैं जान गयी हूँ कि मेरा कर्ता, धर्ता, हर्ता कहीं अन्यत्र कोई नहीं। वह मैं स्वयं हूँ। यदि कहीं कोई सृष्टि के कर्ता, विधाता ब्रह्मा होते, तो ऐसी गलत सृष्टि क्यों कर रचते, जिसमें मेरे निर्दोष बत्तीस बेटे, बिना किसी अपराध के ही काट डाले गये। ऐसी विषम सृष्टि जिन्होंने रची है, ऐसे कोई ब्रह्मा सचमुच कहीं हों भी तो मुझे उनके दर्शन नहीं करने।"

सहेलियाँ मुँह ताकती रह गयीं। उनके पास सचमुच ही सुलसा को देने को कोई उत्तर नहीं था। वे बहुत निराश होकर ब्रह्मा के दर्शन को चली गयीं।

...राजगृही के लाखों नर-नारी ब्रह्मा के दर्शन को आये। उनकी वाणी में नहाये, और कृतार्थ हुए। लेकिन ब्रह्मा ने स्पष्ट किया : कि केवल सुलसा ही उनके दर्शन को नहीं आयी है।

निखिल के विधाता ब्रह्मा अपनी इस पराजय से म्लान और उदास हो गये। वे सबके देखते-देखते वहाँ से अन्तर्धान हो गये।

फिर एक सवेरे राजगृही में एक उदन्त फैला, कि नगर के दक्षिण द्वार पर गरुड़ के वाहन पर आरूढ़ साक्षात् लोक-प्रतिपालक विष्णु भगवान प्रकट हुए हैं। वे सहस्रबाहु, सहस्राक्ष और सहस्रपाद जनार्दन हैं। उन्होंने शंख, चक्र, गदा, पद्म, खड्ग आदि लोकत्राण के अनेक उपकरण धारण किए हैं। उनके वाम कक्ष में भगवती लक्ष्मी विराजी हैं। वे वर्तमान लोक के परित्राण की अमोघ मन्त्र-वाणी उच्चरित कर रहे

हैं।...और लो, राजगृही की समस्त प्रजा उनके दर्शन को उमड़ पड़ी है।

उस दिन फिर सुलसा की कुछ अन्तरंग सहेलियों ने आकर उससे अनुरोध किया कि : "चलो सुलसा, परित्राता नारायण स्वयं तुम्हें दर्शन देने आये हैं। वे तुम्हारे पुत्रों को जीवनदान देकर तुम्हारे कष्ट को हर लेंगे।"

सुलसा को सुनकर हँसी आ गयी। वह दृढ़ किन्तु कातर रोष के स्वर में बोली :

"कैसे विचित्र हैं वे परित्राता, प्रतिपालक विष्णु कि मेरे पुत्रों को उन्होंने अपनी मौत मरने को छोड़ दिया। और अब वे उन्हें जीवनदान देने आये हैं! नहीं, मुझे ऐसे विष्णु के दर्शन नहीं करने। मैं अच्छी तरह जान गयी हूँ, कि मेरा कोई कर्ता, धर्ता, हर्ता नहीं। मेरा कोई प्रालनहार या तारनहार नहीं। वह मैं स्वयं ही हूँ। वह मेरे दिवंगत बेटे स्वयं ही हैं। यदि ऐसे कोई तारनहार विष्णु सचमुच कहीं अस्तित्व में हों भी, तो मुझे उनके दर्शन नहीं करने, मुझे उनकी वाणी नहीं सुननी। मुझे उनकी जरूरत नहीं है। मैं अब किसी भ्रान्ति में नहीं हूँ।"

सहेलियाँ निरुत्तर हो गयीं। सच ही सुलसा के प्रश्न का उत्तर किसी के पास नहीं। वे सहेलियाँ बहुत हताश और किंकर्तव्यविमूढ़ हो, अपनी राह लौट गयीं।

नगर के दक्षिण द्वार पर सारी राजगृही साक्षात् नारायण महाविष्णु के दर्शन को उमड़ पड़ी। उनकी त्राणदायिनी वाणी सुनकर आश्वस्त हुई।

किन्तु महाविष्णु ने स्पष्ट लक्षित किया, कि सारा आसपास का लोक उनके दर्शनार्थ आया, लेकिन अकेली सुलसा ही उस लाखों की भीड़ में कहीं न दिखाई पड़ी।

लोक के पालनहार और तारनहार नारायण इससे बहुत हताश और उदास हो गये। हार मानकर वे सबके देखते-देखते अन्तर्धान हो गये।

फिर एक दिन राजगृही में उदन्त फैला कि नगर के पश्चिम द्वार पर साक्षात् महाकालेश्वर शंकर अवतरित हुए हैं। वे वृषभ के वाहन पर आरूढ़ हैं। उनके ललाट पर चन्द्रमा शोभित है। उनकी जटा में गंगा फूट रही है। भगवती पार्वती उनके अंग-संग अटूट जुड़ी हैं। वे महेश्वर गजचर्म परिधान किये हैं। वे त्रिलोचन हैं। उनकी दिगम्बर देह पर भस्म का अंगराग आलेपित है। भुजाओं में खट्वांग, त्रिशूल और पिनाक धारण किये हैं। उनकी नीलकंठ गर्दन रुंड-मुंडों की माला से मंडित है। उनके गणों के रूप में नाना भूत-पिशाच, वैतालिक उनकी सेवा में प्रस्तुत हैं।

वे वर्तमान काल की वक्र और विषम धारा को अपने तांडव-नृत्य से छिन्न-भिन्न कर, मंगल-कल्याण की नूतन शंकरी धारा प्रवाहित करने आये हैं। उनकी वाणी में एक साथ रुद्र-रोष, और सर्वतोष के मन्त्र उच्चरित हो रहे हैं।

इस बार तो सारा मगध शायद उनके दर्शनों को उमड़ आया है। जन-जन को सर्वकामपूरन शाम्भवी कृपा और दीक्षा प्राप्त हो रही है।

सुलसा की एक अभिन्न सहेली आज फिर उससे देवाधिदेव शंकर के दर्शन का अनुरोध करने आयी : "चलो सुलसा, महाकाल के स्वामी स्वयं तुम्हारे पुत्रों को काल के कवल से छीनकर तुम्हारी गोद में लौटा देने आये हैं। अनेकों मृतकों को पुनर्जीवन देकर वे अपनी संजीवनी शक्ति का प्रमाण दे रहे हैं।"

सुलसा अपनी जाज्वल्य एकाग्र दृष्टि से आकाश के शून्य को भेदती-सी बोली :

"नहीं वैजयन्ती, मुझे किसी महाकालेश्वर के दर्शन नहीं करने। यदि वे स्वयं महाकाल होते, और काल के स्वामी होते, यदि वे दावे के अनुसार मृत्युंजयी होते, तो किस न्याय से उन्होंने मेरे निरपराध बेटों को अपने आज्ञाकारी काल का ग्रास हो जाने दिया। और अब किस न्याय से वे मेरे काल-कवलित बेटों को लौटाने आये हैं ?...नहीं वैजयन्ती, मैं नहीं आऊँगी। ऐसे कोई महाकलेश्वर शंकर सचमुच सत्ता में विद्यमान भी हों, तो मुझे उनसे कोई प्रयोजन नहीं।

"मुझे निश्चित प्रतीति हो गयी है, कि मेरा और मेरे पुत्रों का कर्ता, धर्ता, हर्ता मेरे और उनके स्वयं के सिवाय, अन्यत्र कहीं कोई नहीं। हम स्वयं ही अपने कर्ता, धर्ता और हर्ता हैं। स्वयं ही अपने जीवन और मरण के स्वामी, विधाता, परित्राता हैं। हम स्वयं ही महाकाल मृत्युंजय होकर, अपने को मृत्यु से उबार सकते हैं। किसी अन्य ईश्वर, देव दनुज-मनुज की ऐसी सत्ता नहीं, जो मुझे मृत्यु दे सके, या उससे तार सके। मेरा तरण-तारण, मेरे सिवाय अन्य कोई नहीं।"

वैजयन्ती सुनकर स्तब्ध रह गयी। सुलसा के इस प्रश्न का सचमुच कोई उत्तर उसके पास नहीं। वह बहुत पराहत, श्लथ पगों से अपनी राह लौट गयी।

दूर-दूर के अनेक जनपद महाकालेश्वर भगवान शंकर के दर्शन को उमड़े। उनकी प्रलयंकारी तांडव लीला, और शंकरी वाणी से उनके सारे पाप-ताप शान्त हो गये। पर महेश्वर शंकर ने स्पष्ट किया, कि लक्ष कोटि मानवों के इस मुंड समुद्र में सुलसा का वह तपोज्ज्वल चेहरा कहीं न दिखाई पड़ा। मनुष्य मात्र उनके दर्शनार्थ आये, केवल सुलसा नहीं आयी।

देवाधिदेव शंकर ने पहली बार अपने परमेश्वरत्व को, अपनी मृत्युंजयी महाकाल सत्ता को पराजित पाया। वे एक अकिंचन मानवी से हार गये। वे बहुत हतप्रभ और आहत होकर लाखों आँखों के देखते, हठात् अन्तर्धान हो गये।

आर्यपुत्र नाग रथिक सदा एकाग्र चित्त से अपनी रथशाला के भीतर, नाना आविष्कार, निर्माण और शिल्प में संलग्न रहते थे। बाहर की दुनिया से कोई प्रयोजन नहीं रखते थे। वे जो भी कुछ करते, उसमें मात्र सुलसा के इंगित का अनुसरण करते

थे।

एक दिन नाग रथिक स्वयं आश्चर्य से भरे सुलसा के पास, पूजा-गृह में दौड़े आये। हर्षित और रोमांचित होते बोले :

"देवी, राजगृही की उत्तर दिशा में ठीक हमारे पुरवे के प्रांगण में जिनेन्द्र भगवान का भव्य-दिव्य समवसरण देवों ने रचा है। उसकी गन्धकुटी पर आसीन तीर्थंकर प्रभु भव्यों के कल्याण हेतु धर्म-देशना कर रहे हैं। विपुलाचल पर हम महावीर प्रभु के समवसरण में न गये, तो जान पड़ता है वे स्वयं हमें दर्शन-उपदेश और आश्वासन देने को हमारे पुरवे के ठीक बाहर आ उपस्थित हुए हैं। चलो देवी, दर्शन करें, और उन प्रभु का अनुगृह प्राप्त करें।"

क्षण भर सुलसा चुप रही। फिर तपाक से बोली :

"आप किस भ्रान्ति में पड़े हैं, आर्यपुत्र। किसी तीर्थंकर को हमारी पड़ी नहीं, वह महावीर हो कि और कोई। और महावीर क्यों आने लगे? आते तो तभी आ जाते मेरे द्वार, जब विपुलाचल पर उनका प्रथम समवसरण हुआ। जानती हूँ, हमारी जीने-मरने से उन्हें कोई प्रयोजन नहीं। नहीं, मुझे किसी महावीर के दर्शन नहीं करने। उसे दर्शन देना होगा तो स्वयं मेरे द्वार पर आएगा!"

कहती हुई वह पूजा-गृह से बाहर आकर, द्वार पर अतिथि की प्रतीक्षा करने लगी। नाग रथिक मन मारे, मूक उसके पीछे खड़े रह गये। तभी सुलसा की एक अन्तरंग प्रिय सखी जयना आकर बोली :

"प्यारी सुलसा, भूल जा महावीर को। हमारे पुरवे के बाहर पच्चीसवें तीर्थंकर प्रकट हुए हैं। अनेक देवेन्द्रों और माहेन्द्रों के स्वर्गों द्वारा वे समवसरित और सेवित हैं। चन्दन लेप-सी शीतल वाणी बोलते हैं। उनके दर्शन मात्र से सारे भवताप शान्त हो जाते हैं। चलो रानी, उनके दर्शन-श्रमण द्वारा अपनी पीड़ा से निस्तार पाओ।"

सुलसा अट्टहास करके हँस पड़ी :

"आज तक तो चौबीस तीर्थंकर ही सुनती आयी हूँ। ये पच्चीसवें तीर्थंकर अचानक कहाँ से टपक पड़े? चौबीसवें और चरम तीर्थंकर तो इस समय लोक में केवल वर्द्धमान महावीर हैं। उनके होते और कोई पच्चीसवाँ तीर्थंकर कैसे हो सकता है। जान पड़ता है, जयना, कोई छद्म तीर्थंकर अपने इन्द्रजाल से सरल लोकजनों को ठगने निकल पड़ा है। मैं किसी भ्रान्ति में नहीं, जयना, और मुझे किसी जिनेन्द्र की दरकार नहीं!"

जयना ने सुलसा की छाती में दबे दुःख से कातर होकर कहा :

"एक बार स्वयं ही चलकर देख, सुलसा, तभी तो पतिया सकेगी कि सत्य क्या है और असत्य क्या है?"

"मैं देखकर भी नहीं पतिया सकती, जयनी। स्वयं चरम तीर्थंकर महावीर का

समवसरण विपुलाचल पर हुआ। तीनों लोकों और तमाम चराचर सृष्टि ने उनका साक्ष्य प्रस्तुत किया। नरेश्वर, सुरेश्वर, असुरेश्वर, कीड़ी-कुंजर तक ने उनकी सर्वज्ञता का प्रमाण पाया। मैंने अपनी आँखों विपुलाचल पर देव-सृष्टियों के जाज्वल्यमान विमानों को उतरते और समवसरण रचते देखा। फिर भी मैं त्रिलोकीपति अर्हन्त महावीर के समवसरण में न गयी। फिर इस पच्चीसवें तीर्थंकर का मैं क्या करूँगी!''

''तुम जैसी सती और ज्ञानिनी को ऐसा हठ नहीं शोभता, सुलसा। साक्षात् सर्वज्ञ अर्हन्त से तूने मुख मोड़ लिया। क्या सारी मनुष्य की जाति से तुम इतनी अलग हो, कि जीव मात्र प्रभु के दर्शनार्थ उमड़े और तुम न गयी?''

''हाँ जयना, मैं सबसे बहुत अलग जनमी हूँ, अपनी माँ के गर्भ से ही। मुझ जैसी हतभागिनी और कहाँ पाओगी? लेकिन अपनी ही आत्मा की पुकार को अनसुनी कर, किसी तीर्थंकर की वाणी में सान्त्वना कैसे खोज सकती हूँ? किसी अर्हन्त ने आज तक यह आश्वासन नहीं दिया, कि वह अपने सिवाय किसी अन्य आत्मा का उद्धार कर सकता है।...''

सुलसा की वाणी एक साथ तरल और अनल हो आयी :

''महावीर को तब से जानती हूँ, जब वे तीर्थंकर नहीं हुए थे। जब वे वैशाली के निरे स्वप्न-विहारी राजपुत्र थे। उनकी मृत्युंजयी तपस्या की भी साक्षी रही मैं। और उनके अर्हन्त रूप से भी अपरिचित नहीं हूँ मैं। और उन त्रिकालज्ञानी से मेरा दुःख अनजाना नहीं है। पर मुझे पता है कि हतपुत्रा मनुष्य की माँ को देने के लिए उनके पास कोई उत्तर नहीं है। वे अपने लिए मृत्युंजयी हो सकते हैं, मेरे और मेरे बेटे के नहीं, आर्यपुत्र नागदेव के नहीं, तुम्हारे नहीं, किसी के नहीं। केवल अपने। उनका स्पष्ट वचन है, कि हर आत्मा अपनी कर्ता, धर्ता, हर्ता स्वयं ही है। वह किसी अन्य का दुःख हरने का त्राण करने में समर्थ नहीं।

''तो सुनो जयनी, अब अपनी कर्ता, धर्ता, हर्ता मैं स्वयं ही हूँ। फिर किसी जिन या तीर्थंकर के पास क्या झक मारने जाऊँ? ऐसे असमर्थ अर्हन्त से मेरा क्या प्रयोजन हो सकता है? जब अपने आँगन में बैठे महावीर तक को देखने-सुनने नहीं गयी, तो यह पच्चीसवाँ तीर्थंकर किस खेत की मूली है? नहीं जयना, मैं अपने लिए काफी हूँ, मुझे किसी त्राता उपदेष्टा, अर्हन्त की जरूरत नहीं।''

कहकर सुलसा लौटकर द्रुत गति से अपने पूजा-गृह में जाकर बन्द हो गयी। नागदेव और जयना आहत, पीड़ित ताकते रह गये।

उधर उत्तर के प्रांगणवर्ती समवसरण की मूर्धा पर विराजित पच्चीसवें तीर्थंकर ने अपनी यौगिक दूर-श्रवण शक्ति से सुलसा, नागदेव ओर जयना के इस सारे वार्तालाप को सुन लिया।

और फिर तीन दिन से अजस्र वाणी में दिव्य ध्वनि करते हुए लक्ष-लक्ष नर-

नारी को मरण से तर जाने का अमृतोपदेश पिलाते रहे। साँस रोककर पल-पल सुलसा की प्रतीक्षा करते रहे। पर उन हजारों-लाखों मानवों के महासागर में सुलसा का वह ऊषा-मुख उन्हें कहीं न दिखाई पड़ा। सारा जगत् पच्चीसवें तीर्थंकर के दर्शन और प्रतिबोध-लाभ को आया। केवल सुलसा नहीं आयी।

आखिर वे पच्चीसवें तीर्थंकर अन्तिम रूप से निराश और उदास हो गये। और लक्ष-लक्ष आँखों के देखते उनका वह देवोपनीत समवसरण, बादल के महलों-सा बिखर गया। और उसमें से तीर्थंकर स्वयं ही जाने कहाँ लुप्त हो गये।

शुक्ल यजुर्वेद की देवंकरी विद्या कारगर हो गयी। महानुभाव अम्बड़ परिव्राजक को पता चल गया कि सुलसा किसकी पर्युपासना करती है। वह अपने से बाहर के किसी ईश्वर, देवता या अर्हन्त की आराधना नहीं करती। वह अपने ही स्वाधीन आत्म की आराधिका है। क्या अपने ही को प्यार करने और पूजने की सामर्थ्य वह पा गयी है?

महावीर तक की शरण में जाना उसने स्वीकार न किया! अम्बड़ ऋषि को स्पष्ट प्रतीति हो गयी, कि यही तो सुलसा की वह शक्ति है, जिसके बल उसने महावीर के हृदय में आसन जमा लिया है। और अपनी भक्ति से महावीर को उसने अपने ही भीतर उपलब्ध कर लिया है। उसकी चेतना में प्रेम ही प्रज्ञा और शक्ति में ज्वलित हो उठा है। भक्ति उसके चित्त में अनायास शक्ति के साथ समन्वित हो गयी है। 'कस्मै देवाय' के अनादि प्रश्न का उत्तर उसने अपने सन्त्रास में से स्वयं ही प्राप्त कर लिया है। स्वयं महावीर उसके उसी केन्द्र में से बोले थे। सो वह भीतर समाधान पा गयी थी, पर बाहर सृष्टि की माँ नारी का दावा रुद्र और अटल प्रश्न बनकर खड़ा था।

अम्बड़ परिव्राजक को 'बृहदारण्यक उपनिषद,' का वह सूत्र स्मरण हो आया :

अथ योऽन्यादैताम् उपास्ते
अन्योऽसौ अन्योऽहम् अस्मीति
न स वेद, यथा पशुरेवं स देवतानाम्।

—कि 'जो व्यक्ति भगवान को अपने से बाहर की सत्ता के रूप में पूजता है, वह उन्हें नहीं जानता। वह देवताओं के पशु के समान है।'...क्या सुलसा इस जीव भाव से शिवभाव में उत्तीर्ण हो गयी है? एक सरल प्रेमिका नारी अपने प्यार के बल स्वयं भगवान से बलवा करके उनके प्यार की सबसे अधिक अधिकारिणी हो गयी?...विचित्र है इस चैतन्य शक्ति का खेल! कहते हैं कि अर्हन्त अनुग्रह नहीं करते। पर भाविक ही इस मर्म को समझेगा, कि इससे बड़ा अनुग्रह क्या हो सकता है? केवल ज्ञान ही सत्य नहीं। महाभाव भी उतना ही सत्य है। अर्हन्त प्रकटतः

अनुग्रह न करके भी चरम अनुग्रह करते हैं।...

आर्य अम्बड़ के आश्चर्य और आनन्द की सीमा नहीं है। वे सुलसा के हृदय-पद्म की सुगन्ध को पा गये हैं। उन्हें पता चल गया है कि क्यों त्रिलोकीनाथ ने सारे लोक को आँख से ओझल कर केवल सुलसा को 'धर्मलाभ' भेजा है।

...और एक प्रात:काल सुलसा अतिथि की राह देख रही थी। तभी एक तुंग काय भव्य और त्रिदंडी संन्यासी ने 'नैषेधिकी' बोलते हुए उसके द्वार में प्रवेश किया। देखकर सुलसा आह्लादित हो उठी। आवाहन करती हुई बोली :

"अहा, मेरे प्रभु के परिव्राजक मेरे आँगन में पधारे। मेरा तन-मन, घर-बाहर सब पावन हो गया।"

आर्य अम्बड़ को यह स्वर आत्मीय और सुपरिचित लगा। जैसे सुदूर अतीत में कहीं इस कल्याणी को देखा है। इसकी आवाज सुनी है। उनके हृदय में महावीर की वीतराग स्मित झलक मार गयी। एक अननुभूत गूढ़ संवेदन से वे सिहर आये।

सुलसा ने अपने आँगन के चबूतरे पर अतिथि को पुष्पासन पर बैठाया और वन्दन करती हुई नमित हो गयी। अम्बड़ स्वयं प्रतिवन्दना में झुक-से आये। सुलसा भावुक होकर बोली :

"एक अकिंचन नारी पर इतना भार न डालें, आर्य। कृपा हुई, आप पधारे।"

"जिस पर स्वयं अर्हन्त महावीर कृपावन्त हैं, उस पर मैं क्या कृपा कर सकता हूँ, भद्रे!"

सुलसा चौंकी। उद्ग्रीव, उत्सुक सुनती रह गयी।

"त्रिलोक में तुम एक ही नारी हो, जिसकी कुशल स्वयं त्रैलोक्येश्वर महावीर ने भरी सभा में पूछी है, जिसे उन परम परमेश्वर प्रभु ने 'धर्मलाभ' कहला भेजा है। श्रीभगवान का वही सन्देश मैं देवी सुलसा तक पहुँचाने को आया हूँ। मेरा अहोभाग्य! मैंने महावीर की एक परम सती का दर्शन पाया।"

सुनते-सुनते सुलसा एक अचिन्त्य आत्मराग में लीन-सी हो रही। समाधि लग जाने की अनी पर वह सावधान हुई। कहीं अतिथि की अवमानना न हो जाये, वह डूबे कंठ से बोली :

"आप स्वामी का सन्देश लेकर आये हैं। उन्हीं के प्रतिरूप हैं आप मेरे मन, हे देवार्य!"

सुलसा ने बड़े भक्तिभाव से आये अम्बड़ के चरण धोये। मातृवत्सल भाव से उन्हें अपने आँचल से पोंछा। उन पर फूल केशर बरसाये। और उन्हें अपने गृह-चैत्य की वन्दना कराने ले गयी।

...पूजागृह में जीवन्त स्वामी के उस राजसी का रूप दर्शन कर अम्बड़ ऋषि को जगन्नियन्ता ईश्वर का मानो साक्षात्कार-सा हुआ। लगा कि आत्मधर्म और भागवद् धर्म में कोई विरोध नहीं है। सुलसा को 'धर्मलाभ' उन्हीं परम भागवत प्रेमिक प्रभु ने भेजा है। और उन्हीं अर्हत् ने उसे असंग अकेली कर दिया है।

चैत्य-वन्दना करके महानुभाव अम्बड़ ने सुलसा से कहा :

"देवी, मेरा वचन है, तुम शाश्वत के चैत्यों में विराजोगी। मैंने आर्हती सरस्वती के दर्शन पाये। धन्य भाग!"

कहकर संन्यासी तुरन्त उठकर चलने को हुए कि तभी सुलसा पयस् की झारी लेकर सम्मुख प्रस्तुत हुई। परिव्राजक ने पाणि-पात्र पसारकर तीन अंजुरि पयस् का आहार किया। सुलसा ने चन्दनवासित लुंछनों से संन्यासी के अंगों का प्रक्षालन-लुंछन किया और विनत हो रही। उसकी झुकी आँखों से ढरक कर आँसू आर्य अम्बड़ के चरणों पर टपकते रहे।

आर्य अम्बड़ भारी पैरों वहाँ से प्रस्थान कर गये। मुड़कर उन्होंने नहीं देखा। जहाँ स्वामी के वे सखा खड़े थे, वहाँ सुलसा ने अपना आँचल बिछाकर माथा रख दिया।

...फिर उठकर धीरे-धीरे वह पूजा-गृह में चली गयी। द्वार उड़का लिये। स्वामी के सम्मुख जानुओं पर ढलकी-सी बैठी रह गयी। मन-ही-मन बोली :

'तुमने अपनी दासी को याद किया। तुमने उसे बुलाया, पुकारा...त्रिलोकी में केवल इस अकिंचन की कुशल पूछी? उसे धर्मलाभ भेजा?...किन्तु तुम्हारे प्रति मेरे रोष और प्रतिकार का अन्त नहीं। तुमसे सदा लड़ती ही तो रही हूँ। तुम्हें कम नहीं कोसा मैंने। तुम्हारे प्रति मेरी नाराजी की सीमा नहीं। लेकिन तुम हो, कि मेरे हर प्रहार के उत्तर में प्यार से मुस्कराते रहे।'

'...उत्तर मिला या नहीं, मुझे नहीं मालूम। पर मेरे आर्यपुत्र ने मेरा नाम लेकर मुझे खुले आकाश में डाक दी है। मुझे बुलावा भेजा है। लिवा लाने आये, उनके सखा अम्बड़ परिव्राजक।'

सुलसा की छाती जाने कैसी एक मीठी रुलाई से उमड़ती आयी। बहुत धीरे से बोली :

'आऊँगी तुम्हारे त्रिलोक चक्रवर्ती दरबार में। तुमसे कम नाराज नहीं हूँ। मेरी लाज रख लेना।...'

सुलसा पर एक गहरी योग-तन्द्रा छा गयी। उसे अपने गहराव में से सुनाई पड़ा :

'तुम क्यों कष्ट करोगी? मैं स्वयं आऊँगा तुम्हारे आँगन में भिक्षुक होकर। क्या दोगी मुझे?'

और सुलसा जैसे मनातीत सुख की सौरभ-सेज में विसर्जित हो रही।

अगले दिन बड़ी भोर ही, शंखनाद और तूर्यनाद के साथ सारी राजगृही में संवाद फैल गया : परम भट्टारक तीर्थंकर महावीर ने फिर हमारे नगर को पावन किया है। वेणुवन उद्यान में श्रीभगवान का समवसरण विराजमान है।

शालवन के सेवक-पुरवे में भी इस खबर से हर्ष रोमांच की लहर दौड़ गयी।

सुनकर सुलसा और नाग रथिक जहाँ खड़े थे वहीं प्राणिपात में नत हो गये। वे इस सुख को शरीर में कैसे समाएँ। डूबी-डूबी आँखें ऊपर उठाकर मन-ही-मन सुलसा ने कहा, 'नहीं जाना था कि इतनी जल्दी आ जाओगे। भिनसारे ही आकर दासी का द्वार खटखटा दिया!'

फिर प्रकट में अपने पति को बहुत ममता से निहारती हुई बोली :

"श्रीभगवान स्वयं हमारे आँगन में आये हैं। चलो देवता, वे हमारी प्रतीक्षा में हैं।"

लोक के तनु-वातवलय से सिद्धालय तक व्यापती हुई ओंकार ध्वनि वेणुवन उद्यान के समवसरण में केन्द्रीभूत होकर गूँज रही है।

भगवत्पाद गौतम ने उद्घोष किया :

"प्रभु की सती सुलसा और आर्य नाग रथिक श्रीचरणों में उपस्थित हैं।"

श्रीभगवान की चुप्पी इतनी गहरी हो गयी कि सबने उसकी छुवन को अनुभव किया। अनगिनती सजल आँखें प्रभु पर केन्द्रित हो गयीं।

सुलसा आँखें न उठा सकी। जिस तेज को एक दिन अपने मुँदे गर्भ में चुपचाप धारण किया था, उसे वह खुली आँखों से कैसे सहे? उसे तो समर्पित ही हुआ जा सकता है।

प्रभु की निरक्षरी दिव्य ध्वनि में एक निजी गोपनता आ गयी। वह शब्द में अनुगुंजित न हुई। वातावरण में केवल भाव और संवेदन स्फुरित होता रहा। सारे श्रोता उसमें भींजते रहे। एक अनबोला संवाद चल रहा था :

'तुम आयीं सुलसा!'

सुलसा डूबती-सी भरे गले से बोली :

'आने और न आने वाली मैं कौन होती हूँ। स्वामी स्वयं ही आये।'

'तुम्हारी सत्ता पर अधिकार करने नहीं आया मैं। तुम स्वतन्त्र हो।'

'वह सत्ता मैंने अपनी नहीं रखी। रख सकती, तो कभी न आती।'

'निदान तुम आयीं, सुलसा!'

'मैं तो आज भी नहीं ही आयी। आर्यपुत्र को ही आना पड़ा।'

'अर्हत् प्रसन्न हैं, कि तुम अपनी सत्ता में ध्रुव अटल रहीं। इसीलिए तो प्रभु तुम्हारी प्रीति के प्रार्थी हो गये।'

'उसमें मेरा क्या है? वह सब तुम्हारा दिया हुआ है। तुम्हारी प्रीति ने ही प्रतीति जगा दी।'

'प्रभु यदि न आते आज, तो क्या तुम कभी न आती, सुलसा, उनके पास?'

'किंकरी जाती कहाँ? किसी दिन हारकर आती ही। लेकिन आज वह जीत गयी। जिनेश्वर स्वयं आये।'

'न आते तो?'

'सच तो है, त्रिलोकी सत्ता के अधीश्वर एक दासी की कुटिया में कैसे आ सकते थे?'

'आया न! जब मुझे कोई नहीं पहचानता था, तभी आ गया था। वैशाली के स्वप्न-विहारी राजपुत्र की किसको पड़ी थी?'

'कहीं कोई तो थी ही। कि सपनों की राह तुम उसके सर्वस्व के स्वामी हो बैठे।'

'फिर क्या हुआ सुलसा?'

'तुम उसकी रक्तवाहिनियों में तरंगित हो उठे। तुमने उसकी सूनी गोद भर दी।'

'अनन्तर सुलसा?'

...और हठात् दिव्य-ध्वनि का गोपन मुखर हो उठा। प्रकट में शब्द सुनाई पड़ने लगे :

''त्रिलोकपति ने एक अकिंचन नारी के साथ मनमानी की। उसे प्रकाश के बत्तीस पुंज देकर उससे वापस छीन लिये। वह सर्वसत्ताधीश का खिलौना हो गयी!''

''अर्हत् तुम्हारा अभियुक्त है। तीनों लोक के सारे अपराध उसके हैं। क्योंकि वह उनको सतत देख, जान और सह रहा है। अभियुक्त सम्मुख है, देवी, सारे आरोप शिरोधार्य हैं।''

''यह नारी-माँ के प्रश्न का उत्तर नहीं, स्वामी। उसके कष्ट का निराकरण नहीं।''

''निराकरण और निर्णय तो दूसरा कोई किसी का कर नहीं सकता, सुलसा। कोई माँ अपने जाये तक के अस्तित्व की निर्धारक नहीं। अपने अस्तित्व और स्थिति के अन्तिम निर्णायक हम स्वयं ही हैं।''

''सो तो सुनती ही रही हूँ। इसमें नया क्या है?''

''नया भी नहीं, पुराना भी नहीं। वह शाश्वत सत् का शाश्वत विधान है।''

''...कि सैनिक कटते रहें, और सम्राट तथा उसका साम्राज्य फलते-फूलते रहें?

वे गर्व से इतराते रहें?"

"सैनिक हो कि सेवक हो कि सम्राट हो, वह यहाँ अपने पूर्वार्जित कर्म को ही भोग रहा है। यहाँ कोई किसी का तारनहार और मारनहार नहीं। अपने पीड़क, हत्यारे या परित्राता हम स्वयं ही हैं।"

"पूर्वार्जित कर्म ही सब कुछ हैं? मुनष्य होकर हमारा कोई कर्तृत्व नहीं? परस्पर के प्रति हमारा कोई कर्तव्य नहीं? तो सत्ता की स्वतन्त्रता क्या? अहिंसा और अपरिग्रह का आचार-मार्ग किस लिए?"

"कर्तृत्व और कर्तव्य ही प्राथमिक है, देवी। उससे जब हम च्युत होते हैं, तभी तो आत्म पर कर्म का आवरण पड़ जाता है। हम स्वरूप और स्व-भाव को भूलकर पर में राग और द्वेष करते हैं। सोचते हैं, हम अन्य के कर्ता, धर्ता, हर्ता हैं। अन्य को बना या बिगाड़ सकते हैं। लेकिन यह यथार्थ का सम्यक् दर्श नहीं, सम्यक् ज्ञान नहीं। वह मिथ्या दर्शन है, मिथ्या ज्ञान है। वह मोहजन्य भ्रान्ति है। उसके वशीभूत होकर हम कर्म के कर्ता होते हैं, और उनके बन्धनों में बँधते चले जाते हैं।"

"तो अभी और यहाँ जो हर सबल दुर्बल पर चढ़ा बैठा है, जो करोड़ों जीवनों की कीमत पर सत्ता और सुख भोगता है, क्या उसे केवल अपना कर्मोदय जान मूक पशु की तरह सहते ही जाना होगा? उसका कोई प्रतिकार या संहार मानुषिक कर्तव्य नहीं?"

"अभी और यहाँ कर्तव्य है, कि समत्व में अचल होकर, हम आततायी को अपने ध्रुवत्व की धृति से पराजित कर दें। वही तो तुमने किया है, सुलसा। कौन-सी तलवार वह कर सकती थी?"

"महावीर के लिच्छवियों की तलवार मेरे बत्तीस बेटों को काटकर भी क्या हार गयी?"

"हार गयी, देवी, नहीं तो लिच्छवि महावीर तुम्हारे सामने अभियुक्त होकर न आता! वह क्षमा का याचक है, तुम्हारे द्वार पर।"

मनुष्य की क्या बात, वायुकाय के अदृश्य सूक्ष्म जीव तक इस समवेदना से सिहर आये। कण-कण, तृण-तृण रोमांचित हो गया। सुलसा के मुँह से चीख निकल पड़ी :

"मेरे भगवान, इतना अत्याचार न करो अपनी चरण-रज पर।...मुझे क्षमा न कर सके?"

"मैं कौन वह करने वाला? चाहो तो स्वयं ही अपने को खमाओ, सुलसा। तो महावीर को भी क्षमा मिल जाएगी।"

"तुम्हारी रीतियाँ निराली हैं, नाथ। कुछ समझ नहीं आता..."

"महावीर अपने स्वभाव में कर्तव्य कर रहा है। तुम अपने स्वभाव में कर्तव्यमान

हो। और परिणाम देखो कि सम्राट और साम्राज्य तुम्हारे निकट पराजित हैं।''

''सम्राट और श्रेष्ठी की हार कभी नहीं हो सकती, भगवन्। हार होती है सदा सारथी-पत्नी सुलसा की। आदिकाल से यही तो होता आया है। इतिहास साक्षी है।''

''इतिहास पर अस्तित्व समाप्त नहीं, सुलसा। इतिहास का अजेय सम्राट श्रेणिक, कल उससे परे, नरक की सर्वभक्षी आग में झोंक दिया जाएगा। उसके रोम-रोम में दंश करते बिच्छू उससे पूछेंगे : 'सुलसा के बत्तीस बेटे क्यों कट गये? तूने अपनी साम्राज्य लिप्सा में लाखों को क्यों स्वाहा कर दिया?...ले भोग श्रेणिक, तू जल अपनी ही सुलगायी ज्वालाओं में!' और सर्वसमर्थ श्रेणिक हार जाएगा। कोई उत्तर न दे सकेगा। उससे बस जलते ही बनेगा।

''और जानो, सुलसा, यह श्रेणिक इसी जन्म में अपने ही वीर्यांश के हाथों हना जाएगा। बेटे के प्रहार का भय खाकर, स्वयं ही आत्मघात कर लेगा। यह महासत्ता का न्याय-विधान है। तुम्हें अपने पुत्रों के हत्यारों से प्रतिशोध मिल गया, सुलसा! इसी जन्म में वह तुम्हें मिल जाएगा। देखोगी।''

क्षण-भर चुप्पी व्याप रही, फिर भगवान बोले :

''लिच्छवि महावीर और सम्राट श्रेणिक दोनों यहाँ उपस्थित हैं। अपने इन राजवंशी पुत्र-घातकों से और जो प्रतिशोध चाहो, लो कल्याणी!''

मुनष्यों के प्रकोष्ठ में बैठा श्रेणिक अपराध-बोध और पश्चाताप से मूर्च्छित हो धरती में गड़ा जा रहा था। प्रभु के वीतराग नयनों से चिनगारियाँ फूट रही थीं। सुलसा आर्तनाद कर रो उठी। विह्वल होकर वह बेहिचक गन्धकुटी की सीढ़ियाँ चढ़ गयी। प्रभु के रक्त-कमलासन में सिर गड़ाकर बोली :

''नहीं, नहीं, नहीं मेरे नाथ! मुझे कोई प्रतिशोध नहीं चाहिए। एक ही प्रतिशोध चाहती हूँ, कि यह श्रेणिक पुत्र के प्रहार और आत्मघात से बच जाये। इसे नरकाग्नि से उबार लो, नाथ। मुझे सहन नहीं होता। चाहो तो मेरा जीवन ले लो, पर इतना कर दो।''

''महासत्ता के न्याय-विधान में उसका विधाता भी हस्तक्षेप नहीं कर सकता। फिर मैं कौन? यह ध्रुव की लकीर है। इसे अपने ध्रुव से देख, जान और इससे उत्तीर्ण हो, कल्याणी।''

''ऐसे अमोघ न्याय-विधान के होते, जगत् में सर्वत्र असत्य और अन्याय की ही विजय क्यों है, भगवन्? वैशाली और मगध अपनी सत्ता और सम्पदा को अक्षुण्ण रखने के लिए और उसे सौगुना करने के लिए वर्षों से खूनी युद्ध लड़ रहे हैं। हजारों सैनिकों को कटवा कर ये सत्ताधीश अपने सुख-भोग को सुरक्षित और अक्षुण्ण रखने में मगन हैं। यह किस न्याय के अन्तर्गत? कब तक, प्रभु?''

''सुनो सुलसा, सुने सारा आर्यावर्त, वैशाली यदि महावीर के होते भी न जागेगी,

तो वह दूर नहीं कि वह अपनी ही आग में जलकर भस्म हो जाएगी। और मगध की साम्राज्य-लिप्सा यदि न अटकी, तो राजगृही का साम्राजी सिंहासन एक दिन धूलिसात् हो जाएगा। जिसने तलवार उठायी है, उसे स्वयं उससे कट जाना होगा!''

''यह सब होकर भी सम्राट अन्ततः सम्राट ही रहेगा, भन्ते त्रिलोकीनाथ। स्वयं सर्वज्ञ महावीर का वचन है, कि आगमी उत्सर्पिणी काल की चौबीसी में श्रेणिक प्रथम तीर्थंकर पद्मनाभ होंगे। और वे स्वयं, आपकी ही तरह, लोक की मूर्धा पर बैठेंगे।...तब सुलसा काल के प्रवाह में जाने कहाँ खो जाएगी। उसे कौन जानेगा?''

''उसे भी जानता है महावीर, और सदा जानेगा। सकल चराचर सुने, आज की यह रथिक-पत्नी सुलसा भी आगामी उत्सर्पिणीकाल की चौबीसी में पन्द्रहवाँ तीर्थंकर होगी! वह भी एक दिन त्रिलोकीपति के सिंहासन पर विराजमान होगी। और आर्य नाग रथिक उनके पट्ट गणधर होंगे, जैसे यहाँ भगवत्पाद गौतम हैं।''

सारा श्रोता-मंडल सनाका खा गया। त्रिलोक में आश्चर्य का सन्नाटा छा गया। सुलसा ने आँचल पसारकर अपने स्वामी के ओवारने ले लिये। वह भगवती चन्दनबाला के श्वेत कलमासन तले समाधिलीन हो गयी।

एक कालातीत शान्ति में जाने कितना समय बीत गया।...सुलसा श्रीमंडप में उतर आकर, प्रभु के उस कोटिसूर्य मुख-मंडल की अनन्त आभा में खोयी रही। फिर अचानक धीरे से बोली :

''परम न्यायाधीश और परम न्याय-विधान का साक्षात्कार हुआ, नाथ। मैं निःशंक हुई। मैं अपने से निकल आयी। मुझे श्रीचरणों की अनुगामिनी बना लें। सुलसा को भगवती दीक्षा प्रदान करें, स्वामिन्।''

''अनुगामिनी नहीं, महावीर के श्राविका-संघ की अग्रगामिनी होकर रहेगी। गृहिणी रह कर ही, लोकमाता के आसन पर विराजेगी, महासती सुलसा। उसकी आत्माहुति के समक्ष अनेक श्रमण-श्रमणियों के तप-संयम और महाव्रत फीके पड़ जाएँगे। श्रमणी हुए बिना ही वह एक दिन अपने मातृतेज से सिद्धालय के सिद्धों तक को अपनी अनुकम्पा से रोमाचिंत कर देगी।''

''अब लौटकर कहीं जाना मेरे वश का नहीं स्वामी! श्रीचरणों में ही रह जाने दो।''

''मेरे सखा नाग पथिक की देखभाल कौन करेगा, माँ? पीड़ित लोक-जनों को अपनी अनुकम्पा से कौन आश्वस्त और दुःख-मुक्त करेगा?...और उधर देखो, वे श्रेणिक और चेलना तुमसे आश्वस्त होना चाहते हैं। उनकी ओर नहीं देखोगी सुलसा?''

सुलसा चौंकी और पीछे मुड़कर देखा।...मगध के सम्राट और सम्राज्ञी सुलसा के चरणों में नतशीश हो गये। बोले :

"हमारे अपराध का अन्त नहीं, भगवती। हमारे राजवंशी रक्त की हजारों पीढ़ियाँ तुम्हारी अपराधी हैं। हमें क्षमादान नहीं करोगी?"

सुलसा अवाक् रह गयी। उसके सर्वांग में जाने कैसी प्रीति की रुलाई-सी उमड़ आयी। उसका रोम-रोम अनुकम्पा से हर्षित हो आया। बोली सुलसा :

"श्री भगवान की एक किंकरी पर, इतना गुरुतर भार न डालें, महादेवी और महाराज! मैं तो त्रिलोकपति के न्यायासन की एक चेरी मात्र हूँ। प्रभु का एक पायदान हूँ, जहाँ निखिल को शरण है। मैं कोई नहीं।"

और औचक ही सुलसा चेलना को भुजाओं में भरकर रो पड़ी। नाग रथिक की छाती पर ढलककर सम्राट बालक की तरह सुबकने लगे। अन्तरिक्ष से चन्दन, केशर और कल्प-कुसुम की वर्षा होने लगी।

दूरान्त व्यापी जयकारों में सारे लोक का प्राण डूब गया।

अगले दिन ब्राह्म मुहूर्त में अचानक द्वार पर दस्तक हुई। सुलसा उस समय नित्य नियमानुसार गहरी ध्यान समाधि में निमग्न थी। वह आसन पर अटल रही, और उसे लगा कि उसी ने जाकर किवाड़ भी खोल दिये हैं।...सामने बालकवत् अबोध एक दिगम्बर सूर्य खड़ा था।

"हाय स्वामी, आप, यहाँ? हो नहीं सकता। क्यों? किसलिए? कौन हो तुम? क्या चाहते हो?"

"भिक्षार्थी हूँ, तुम्हारे द्वार पर!"

"मेरा तो सर्वस्व ले चुके, अब देने को क्या बचा मेरे पास, मेरे नाथ?"

"बहुत कुछ बचा है। तेरे बत्तीस बेटे अभी तेरी छाती से नहीं छूटे। उन्हें मुझे दे दे, और जो चाहे माँग ले। त्रिलोक का साम्राज्य तुझे दे दूँगा!"

"मेरी सत्ता के स्वामी, उन्हें तो तुम पहले ही ले चुके। उनकी याद भी चाहो तो ले लो। और बदले में..."

"बदले में तीन लोक का साम्राज्य कम पड़ेगा?"

"हाँ, कम पड़ेगा। वह नहीं चाहिए। मुझे वह त्रिलोकपति स्वयं चाहिए। वह...वह...मेरा...मेरा...मेरा बेटा हो जाये! मेरा एक मात्र बेटा।"

"तथास्तु, सुलसा। तेरा यह बेटा कलिकाल में सर्वहारियों पर सर्वहारा की प्रभुता स्थापित करेगा!"

सुलसा एक गहरे हर्षाघात से समाधि निर्गत हो गयी। दौड़कर द्वार पर आयी। वहाँ कोई नहीं था।

पूजा-गृह से उषःकालीन आरती की घंटा-रव आ रहा था।

सचमुच, आ गये मेरे यज्ञपुरुष!

श्री भगवान अविराम विहार कर रहे हैं। निरन्तर बोल रहे हैं। उनके मौन में से भी सतत वाणी प्रवाहित हो रही है। अतिथि और अनायास वे स्वच्छन्द विचर रहे हैं। चाहे जब चाहे जहाँ चल पड़ते हैं।

...समवसरण प्रतीक्षा में उदग्र ताकता रह जाता है। गन्धकुटी का कमलासन प्रत्याशा में स्तब्ध, सूना ही पड़ा रह जाता है। अबेला हो गयी, उसके स्वामी आज उस पर आकर नहीं बैठे। हठात् घोषणा होती है, श्री भगवान विहार कर गये।

समवसरण उनके पीछे भागता है। इन्द्रलोक के ऐश्वर्य उनके आसपास भाँवरें देते हैं। लेकिन वे उस सारी गतियों के स्वामी को घेर नहीं पाते, पकड़ नहीं पाते। हारे, पराजित देखते रह जाते हैं, उस गतिमान महापीठ को। उस आकाशवाही भव्य मस्तक को।

अन्तरिक्ष में अधर और अविराम चल रहे हैं वे प्रभु। पृथ्वी बार-बार उझककर उन चरणों को पकड़ना चाहती है, पर वे हाथ नहीं आते। जल, वायु, अग्नि, वनस्पति, सारे तत्त्वों से गुजरते हुए वे आगे बढ़ते चले जाते हैं। पर कोई उस वात्याचक्र को रोक नहीं पाता, बाँध नहीं पाता।

रात-दिन, ऋतु काल की कोई मर्यादा नहीं है। वर्षा की तूफ़ानी अँधियारी रात हो, कि शीतकाल का झंझानिल और हिमपात हो, अर्हन्त महावीर उसके रुकने की प्रतीक्षा नहीं करते। कण-कण उन्हें निरन्तर खींच रहा है, पुकार रहा है। अलोकाकाश से लगाकर, लोकाग्र की सिद्धशिला तक उन्हें हर पल डाक दे रही है। और वे अनिर्धारित चाहे जब, चाहे जहाँ चल पड़ते हैं। समय उनका वाहक नहीं, वे समय के वाहक हैं। काल उनके इंगित पर अपना प्रवाह बदलता है।

ग्राम, नगर, पुर, पत्तन, अरण्य, अटवी, पर्वत, नदी, मैदान, हाट-बाट, सर्वत्र वे उन्मुक्त विचर रहे हैं। प्रमत्त भी नहीं है, अप्रमत्त भी नहीं है यह अवधूत। कुछ भी लक्षित नहीं, फिर भी सब कुछ निर्धारित है। आवश्यक नहीं कि समवसरण जनालय में और बस्तियों में ही हो। वह मानुष के अगम्य कान्तारों में भी हो सकता है। वनस्पतियाँ कीट-पतंग, जंगल के सारे पशु-पंखी, आसपास के जलचर अनायास उनके समवसरण के एकाग्र श्रोता हो रहते हैं। वे प्रभु निचाट मैदानों के आर-पार पर्वतों से बोलते हैं। नदी और जलाशय सुनते हैं। समुद्र रुककर कान लगा देते हैं। चांडाल, शूद्र, कम्मकारों की बस्तियों से लगाकर, महानगरों और महाराज्यों तक, श्रेष्ठियों और सम्राटों तक वे समान भाव से विचरते हैं।

अवसर्पिणी के चरम तीर्थंकर महावीर, अपने काल की मूर्धा पर आरूढ़ होकर, अपने युग-तीर्थ में धर्मचक्र का प्रवर्तन कर रहे हैं।

ब्राह्मण-कुण्डपुर के परिसर में दूर से जयकारें सुनाई पड़ रही है :

ज्ञातृपुत्र भगवान महावीर जयवन्त हों!

त्रिशलानन्दन अर्हन्त महावीर जयवन्त हों!

जालन्धरी देवानन्दा ने निगाह उठाकर दूर पर देखा। हिरण्यवती के पानी थम गये हैं, और उन पर एक आभा-वयलित बालक चल रहा है। देवा का जी चाहा कि दौड़कर उसे पकड़ ले, सुदूर अतीत के उस एक सवेरे की तरह। और...और...उसे...। नहीं, नहीं, यह नहीं सोचा जा सकता। उसकी छाती टीस उठी।...नहीं इसे नहीं पकड़ा जा सकता। यह किसी का हुआ नहीं, होगा नहीं।...'नहीं तो उस दिन, मेरे उफनते अकुलाते स्तन को झटककर भाग न खड़ा होता। वैशाली के बालक राजा को उस दिन बलात् इसी हिरण्या के तट पर मैंने अपनी छाती में आत्मसात् कर लेना चाहा था। पर...।' देवानन्दा की आँखें भीनी हो आयीं।

आँगन के उद्यान में संगमरमर का एक चौकोर चबूतरा है। उस पर उज्ज्वल मर्मर की ही अर्द्धचक्राकार सिद्धशिला आकाश में उन्नीत है। पृष्ठभूमि में दूर हटकर खड़े एक नीलाभ पाषाण में निरंजन निराकार सिद्ध की पुरुषाकृति आर-पार कटी हुई है। अर्द्धचन्द्र सिद्धशिला पर वह मानो अधर में थमी-सी लगती है। उसमें से काल और अवकाश सदा बह रहा है।

यही ब्राह्मणी देवानन्दा का खुला चैत्यालय है। यही उसकी यज्ञशाला है। यहीं अंगिरा और सारे देव-मंडल बिराजित हैं। देवानन्दा ने झारी उठाकर सिद्धशिला और सिद्धप्रतिमा का अभिषेक किया। उन पर केशर-चन्दन और कुन्द-फूल बरसाये।

...नहीं, वह सदेह अर्हन्त की पूजा नहीं करती। क्योंकि वह उसके हृदय-कमल में गर्भधारण करके भी, उसे धोखा दे गया था। फिर सुनाई पड़ा :

त्रिशलानन्दन भगवान महावीर जयवन्त हों!

निग्गंठनातपुत्त महावीर जयवन्त हों!

देवानन्दा पसीजकर धप्प से अपने पूजासन पर बैठ गयी। उसकी आँखें मुँदकर आज से चवालीस वर्षों के पार खुल गयीं। उस स्मृति को सहना अग्नि-स्नान करना है। पर उससे बचत कहाँ। मन-ही-मन अपने से बात कर, वह उस यज्ञ की ज्वाला को सह्य बना रही है। जाने क्यों, कितना कुछ उसमें से उच्छ्वसित हो रहा है।

'...सच ही तो है, त्रिशला के नन्दन हो! वैशाली के इक्ष्वाकु क्षत्रिय राजपुत्र हो। ऋषभ और राम के वंशज हो। एक ब्राह्मणी के गर्भ में तुम कैसे पिंड धारण कर सकते थे? वेदभ्रष्ट ब्राह्मण-वंश के रक्त-मांस को अंगीकार कर तुम नूतन उद्गीथ का गान कैसे कर सकते थे?

'कोई अनुयोग मन में कभी न आया। तुमने उसी क्षण इतना समाहित, आत्मस्थ कर दिया था, कि अपने-पराये की बात मन में कभी उठी ही नहीं। नहीं सोचा, कि तुमने मेरी गोद क्यों न भरी? मेरे आँगन में क्यों न खेले?...पर आज मेरे भीतर की नारी-माँ जागकर ईर्ष्यालु क्यों हो उठी है? सच ही तो त्रिशला के नन्दन हो। इस ब्राह्मणी को कौन पहचानाता है?...

'कोई नहीं जानता, कोई कभी नहीं जानेगा, कि उस रात के अन्तिम प्रहर में मेरी कोख की आक्रन्द-भरी पुकार को तुम ठेल नहीं सके थे। अम्भोज की तरह उठकर आकाश को त्रस्त कर दिया था मेरे चीखते गर्भ ने। और तब तुम रुक न सके थे, ओ यज्ञपुरुष! सुवर्ण के सिंह पर सूर्य की तरह सवार होकर, मेरे उस धधकते अम्भोज में उतर आये थे। और तुम्हारी उस आहुति से परिपूरित होकर, वह निश्चल समाधीत और शान्त हो गया था। और फिर तुम अनायास क्षत्रिय कुंडपुर की ओर धावमान दिखाई पड़े थे। पर उस क्षण कोई अभियोग, अनुयोग तुम्हारे प्रति मन में नहीं जागा था। मेरी पुकार का उत्तर तुमने दे दिया था। ब्राह्मणी में उतरकर ब्राह्मणत्व का नया गर्भाधान कर दिया था। मुझे और क्या चाहिए था?...

'लेकिन उस बात को कौन जानता है? तुम्हारे और मेरे सिवाय। लोक में और इतिहास में कभी कोई नहीं जानेगा, नहीं कहेगा 'देवानन्दन भगवान महावीर जयवन्त हों!' समय के अन्त तक यही सुना जाएगा : 'त्रिशलानन्दन भगवान महावीर जयवन्त हों!' और यही तो वैध और उचित है। यज्ञपुरुष की माँ कीर्तिमान क्यों कर हो? आहुति होना ही जिस ब्राह्मणी का उत्तराधिकार है, उसका यशोगान और जयकार क्यों हो? इतिहास में राजरानी त्रिशला ही तीर्थंकर की जनेता होने पर गौरव पा सकती हैं।...ओ री देवा, अंगिरा और भार्गवों की अग्नि-जाया होकर शिलापट्ट पर नाम लिखवाना चाहती है? धिक्कार है तुझे!

'...सुनो मेरे वरेण्य सविता, मुझे इस अध:पात से बचा लो। मुझे इस कांक्षा के ऊपर उठा लो। मैं तुम्हारे यज्ञ की आहुति हूँ, तुम मेरे यज्ञ की आहुति हो। मुझे यह शोभा नहीं देता कि मैं उस त्रिशला से ईर्ष्या करूँ, जिसने मेरे तेजांश को लोक-सूर्य का भव्य शरीर प्रदान किया है।

'...पर मेरे आँगन में आये हो, तो मेरी व्यथा का निवेदन सुनोगे? तुम्हारी माँ को तुमसे शिकायत है।...पांचाल की नदी-घाटियाँ आज भी अश्वमेघ और नरमेघ यज्ञों की चीत्कारों से संत्रस्त हैं। वितस्ता के पानी अभी भी उसकी सन्तानों के निर्दोष रक्तपात से सिसक रहे हैं। तुम्हारे होते, अब भी मेरी सृष्टि सर्वभक्षियों के लोभ, स्वार्थ और अहं का आखेट बनी हुई है। अभी भी वेदों की मन्त्रवाणियाँ बलात् हवन होते प्राणियों की चीखों में परिणत हो रहीं हैं...

'...जानती हूँ, ग्यारह ब्राह्मण-श्रेष्ठों ने तुम्हारे नव्यमान वेदोच्चार को प्रणति दी और स्वीकारा है। ब्राह्मणत्व एक नवोत्थान के तट पर उद्गीर्ण हुआ है।...फिर भी,

मेरी घायल कोख का रक्तस्राव जारी है। मैं अब भी तुम्हारी निरुत्तरता के वीरान में विवश छटपटा रही हूँ। कब तक महावीर कब तक?

'मेरी गुहार और कौन सुनेगा यहाँ? मुझे यहाँ कौन पहचानता है? कौन जानता है उस रात की वह गोपन बात? कोई कभी नहीं जानेगा कि तुम...तुम...मेरे...!

ब्राह्मण-कुंडपुर के उपान्तवर्ती बहुशाल चैत्य-उपवन में श्रीभगवान का समवसरण विराजित है। नगर और पास-पड़ौस के सारे सन्निवेशों की प्रजा प्रभु की धर्म-सभा में उपस्थित है। ओंकार ध्वनि हिरण्यवती के जलों को रोमांचित करती हुई, लोकालोक में व्याप रही है। अनायास नीरवता छा गयी। अर्हन्त ऋचायमान हुए :

"ओ अंगिरस के वंशजो, गायत्री के पुत्रो, ब्राह्मणत्व लुप्त नहीं हुआ। उसका पुनराभ्युदय हो रहा है। देख सको तो देखो, महाब्राह्मण सम्मुख उपस्थित है! सुनो सावित्री और सविता, त्रिशलानन्दन अतीत की बात हो गयी। जालन्धर वासिष्ठ देवानन्दन महावीर बोल रहा है। हिरण्या के जल उत्तोलित हैं, सप्तसिन्धु की घाटियाँ कम्पायमान हैं। शस्त्र और शास्त्र, दोनों ही पराजित हैं। वेद चुप हैं, वेदान्त वाक्मान हैं। द्वैत विसर्जित है, अद्वैत कैवल्य प्रोद्भासित है। ब्राह्मण और क्षत्रिय के वंशाभिमान व्यर्थ हो गये हैं। वंशातीत ब्रह्मपुरुष प्राकट्यमान है। फिर क्षोभ किसलिए, भेदाभेद किसलिए, अपना-पराया कब तक...?"

औचक ही चुप्पी व्याप गयी। श्रोतामंडल इस वाणी का गूढ़ार्थ बूझता-सा स्तब्ध रह गया है। गन्धकुटी के पाद-प्रान्त में आये ऋषभदत्त और आर्या देवानन्दा प्रणिपात में विनत हो गये हैं। और फिर मस्तक उठाकर समुत्सुक दृष्टि से प्रभु को एकाग्र निहार रहे हैं। भगवत्पाद इन्द्रभूति गौतम उन्हें एकटक देख रहे हैं। उनकी सूक्ष्म-दृष्टि ने कुछ अपवाद घटते देख लिया है। वे संशय और विस्मय में पड़े हैं। सहसा ही उन्होंने प्रभु से जिज्ञासा की :

"हे प्रभु, अर्हत् को निहारती इस जालंधरी देवानन्दा की दृष्टि देववधु की तरह निर्निमेष क्यों हो गयी है? यह विरह-विधुरा माँ की तरह विकल और रोमांचित क्यों है? इसका आँचल दूध से भीना हो गया है! क्या कारण है, भन्ते प्रभु?"

"देवानुप्रिय गौतम, यह ब्राह्मणी देवानन्दा अर्हत् महावीर के ब्रह्मतेज की गर्भ धारिणी माता है।"

"तो फिर महारानी त्रिशला देवी कौन हैं, भगवन्!"

"वह क्षत्राणी त्राता तीर्थंकर के क्षात्रतेज की पिंड-दात्री जनेता है, गौतम।"

आज तक जिस रहस्य को कोई नहीं जानता था, उसे प्रभु ने स्वयं ही खोल दिया। सारा लोक इस रहस्योद्घाटन से चकित और स्तम्भित रह गया। सुनकर देवानन्दा के लिए मानो शरीर में ठहरना दूभर हो गया। इस कृतार्थता और आनन्द को

वह कैसे छुपाये, कहाँ समाये! उसकी आँखें विनत हो गयीं। आँसू बरौनियों में थमे रह गये। मन ही मन बोली : 'तुम तो मेरे अणु-अणु की जानते हो। मेरी क्षणिक-सी वेदना भी तुम से अछूती नहीं। तुम्हारी माँ होकर भी मैं छोटी क्यों हो गयी? मेरा हाथ झालो, मैं गिर जाऊँगी!'

और उसे ऊपर से सुनाई पड़ा :

"आर्या देवा, आर्य ऋषभ! अर्हत् की परब्राह्मी चर्या तुम दोनों का आवाहन करती है। सावित्री और सविता के अटूट युगल की तरह, अर्हत् के संग रहकर, ब्रह्मज्ञान का नवोत्थान करो!"

आर्य ऋषभदत्त ने कृतज्ञ स्वर में निवेदन किया :

"हमारा ब्राह्मणत्व कृतकाम हुआ, नाथ। हमें भर्ग प्रजापति ने अब्रह्म और अविद्या के अन्धकार से उबार लिया। हमारी सारी ब्राह्मणपुरी श्रीचरणों की अनुगामिनी है।"

"तथास्तु। जातवेद अंगिरस के वंशजो! लोक के यज्ञकुंड पुकार रहे हैं। वे दिगम्बर और दिगम्बरी की आहुति माँग रहे हैं। देवानन्दा और ऋषभ ही अर्हत् के इस महायज्ञ के पुरोधा होंगे। वर्ना यह यज्ञ सम्पन्न नहीं हो सकता!"

देवानन्दा के भरे गले से अनायास उच्छ्‌वसित-सा हुआ :

"सचमुच, आ गये मेरे यज्ञ-पुरुष? मुझे कृतार्थ करने को स्वयं ही मेरे द्वार पर आये। प्रभु की आज्ञा शिरोधार्य है। हम अस्तित्वमान हुए, भन्ते नाथ!"

"आर्य गौतम! देवा और ऋषभ को भागवती दीक्षा से अभिषिक्त करो।"

...श्री भगवान के आदेश का तत्काल पालन हुआ। देवानन्दा ने भगवती चन्दनबाला के निकट जिनेश्वरी प्रव्रज्या स्वीकार की। ऋषभ ने आर्य गौतम के हाथों आर्हती दीक्षा का वरण किया।

"आर्या देवानन्दा, जानता हूँ, तुम चराचर की माँ हो। तुम्हारी वेदना से शास्ता अपरिचित नहीं। जो चाहोगी, पूरा होगा।"

और दीक्षा-ग्रहण कर देवा और ऋषभ यथास्थान उपविष्ट हुए। और सारे उपस्थित ब्राह्मण सन्निवेश पुकार उठे :

"महाब्राह्मण भगवान् महावीर जयवन्त हों!"

महासत्ता का विस्फोट

प्रभु को कर्ण-वेध का उपसर्ग होने के बाद माँ त्रिशला देवी समूची अपने भीतर सिमट गयी थीं। इतना आत्म-समाहित हो गया था उनका जीवन, कि उनके कहीं होने तक का पता नहीं चलता था। वे जैसे सदा अपने अर्हन्त बेटे के साथ तन्मय रहती थीं। निरन्तर मानो उसके पीछे चलती थीं। उसकी सारी गतिविधियों को देखती थीं। उसकी वाणी को हर पल सुनती और अपने रक्त में झेलती थीं।

...और उसकी हर पगचाप, और क्रियाकलाप में अनजाने ही अपने प्रश्न का उत्तर खोजती थीं :

'क्या यह जगत् और जीवन यहाँ अपने आप में ही अन्तिम रूप से कृतार्थ होने को नहीं है? क्या यह अन्ततः हेय और त्याज्य ही है?...तो फिर एक माँ इस सृष्टि के प्रसव की पीड़ा क्यों सहे? क्यों वह अपनी छाती अपनी सन्तान की राह के शूलों से छिदवाये? केवल मृत्यु में खो जाने के लिए? या निर्वाण में अदृश्य और शून्य हो जाने के लिए?...'

'...दूर सन्निवेश के सीमान्त से जयकारें सुनाई पड़ रही हैं। और क्षितिज पर ये रत्नों से झलमलाते किसके अन्तरिक्ष-यान आवागमन कर रहे हैं? देव-विमान? क्या फिर स्वर्ग क्षत्रिय-कुंड पर उतर रहे हैं?'

'गृह-त्याग की पूर्व सन्ध्या में तुमने कहा था मान :

'मैं मुक्ति लेकर फिर घर लौट आऊँगा।...'
क्या सच ही तुम लौट आये, मेरे मान?
और क्या वह सहस्रपहलू हीरा लाये हो,
जिसमें तीनों काल और तीनों लोक
निरन्तर झलकते रहते हैं?

'...इस क्षण पता चला, कि मैं तुम्हारी प्रतीक्षा में ही अब तक जीती रही हूँ। वर्ना तो जीने को तुम छोड़ ही क्या गये थे? सो सदा तुम्हारे साथ ही तो भागी फिर रही थी, अपनी चेतना में। कोई अलग जीना तो अपना रहा नहीं था।

'फिर भी तो, यह शरीर इस महल में छूटा पड़ा था। और आर्यपुत्र महाराज को अकेले छोड़कर जा भी कैसे सकती थी!...तो प्रतीक्षा और टकटकी राजद्वार पर न भी लगी हो, पर अपने समाहित एकान्त में तो द्वार खोले, दिया उजाले बैठी ही थी।

'उठकर आयी हूँ और देख रही हूँ। राजद्वार, जो पन्द्रह वर्ष पहले सूना हो गया

था, वह हर्षित है, प्रत्याशित है। वहाँ एक उपस्थिति आकार लेती-सी लग रही है। और उसके शीर्ष पर के नौबतखाने नक्काड़ों और शहनाइयों से गूँज रहे हैं। ये किसकी पहुनाई में बाजे बज रहे हैं?

'और अपने वातायन से सारे क्षत्रिय-कुंडपुर पर मेरी निगाह दौड़ गयी।...देख रही हूँ, हमारे सिंहतोरण से लेकर नगर-द्वार तक के सारे पण्य और मार्ग फूलों के द्वारों, वन्दनवारों से भर उठे हैं।

'क्या मैं सपना देख रही हूँ?
या तुम सचमुच...अभी अभी
दिखाई पड़ जाओगे?'

हठात् प्रतिहारी ने आकर महादेवी पर फूल बरसाते हुए सूचना दी :

"महारानी माँ, आनन्द का संवाद सुनें। हमारे प्रभु-राजा वर्द्धमान कुमार तीर्थंकर होकर क्षत्रिय-कुंडपुर पधारे हैं। द्युतिपलाश चैत्य में अर्हन्त महावीर का समवसरण विराजमान है। महारानी माँ जयवन्त हों! हमारे प्रभु-राजा जयवन्त हों!"

त्रिशलादेवी निस्पन्द हो रहीं। निर्निमेष शून्य को निहारती रहीं। उनके पलक झपक न सके। फिर प्रतिहारी की ओर आत्मीय भाव से देखती हुई मुस्करा आयीं। बरौनियों में पानी की आरती-सी उजल उठी।

प्रतिहारी महादेवी को नमन कर, धीरे-धीरे चली गयी।...और त्रिशला को नहीं सूझा कि वह क्या करे। पैर उठता नहीं है। नहीं, उन्हें कहीं जाना नहीं है। बस, अपने में संवरित रहना है। उनकी आँखें मुँद गयीं। गालों पर ढलके आँसू थमे रह गये। वे नहीं रह गयीं। और जो अवकाश छूटा, वह भर उठा है। सारा आसपास कितना ऊष्म और घनीभूत हो गया है!

'तुम्हीं आ गये मेरे पास? मुझे न आना पड़ा।

'...पर तुम्हारे त्रिलोक चक्रवर्ती ऐश्वर्य को देखने आऊँगी।'

और महादेवी फिर वातायन पर आयीं। सारा राज-प्रांगण और सम्पूर्ण नगर उत्सव के तुमुल कोलाहल से भर उठा है। क्षत्रिय कुंडपुर के परकोटों, कँगूरों, महलों के छज्जों पर अप्सराएँ नाच रही हैं। दिव्य वाजिंत्रों की ध्वनियों से दिगन्त पुलकित हो उठे हैं।

अचानक महाराज का स्वर सुनाई पड़ा :

"तुम्हारा बेटा लोकालोक का राजराजेश्वर होकर आया है। उससे मिलने नहीं चलोगी, त्रिशला?"

क्षण भर त्रिशला बोल न सकी। फिर कम्पित स्वर में बोली :

"वीतराग महावीर किसी का बेटा नहीं। और उसके कोई माता-पिता नहीं। मिल तो वह सकल से रहा है। उस मिलन पर हमारा कोई विशेष अधिकार तो नहीं!

अर्हन्त का दर्शन-वन्दन ही हो सकता है।...तो आर्यपुत्र का अनुसरण करूँगी ही।"

"क्या सोचती हो त्रिशला, महावीर के होते लिच्छवियों की वैशाली... ?"

"वैशाली लिच्छवियों की हो, या और किसी की, महावीर का उससे क्या सरोकार? यह तीर्थंकर होकर सर्वप्रथम मगध की भूमि पर चला। वहीं के विपुल शैल पर उसका प्रथम समवसरण हुआ।...और इसीलिए तो तुम उदास हो गये थे। अपने अर्हन्त बेटे को देखने तक से मुकर गये थे।...लेकिन उसके लिए क्या मगध और क्या वैशाली। सब समझकर भी किस मोह में पड़े हो?"

"सच ही त्रिशला, सिद्धार्थ का राजवंश शेष हो गया। क्षत्रिय-कुंडपुर का सिंहासन सूना है। उसका कोई उत्तराधिकारी नहीं। फिर भी लिच्छवियों की वैशाली के मोह में पड़ा हूँ!"

"तुम्हारा राजवंश अशेष हो गया! तुम्हारा उत्तराधिकारी त्रिलोकी सत्ता का सम्राट है। उसका सिंहासन तो ब्रह्मांड पर बिछा है। कुंडपुर की राजगद्दी समस्त लोक की हो गयी। और वैशाली के संथागार में त्रिलोक-सूर्य का शासन उतरा है। और तुम इतने कातर हो गये, मेरे स्वामी? इतनी बड़ी महिमा पाकर भी मोह से उबर न सके?"

"सच ही तुम अर्हन्त की माँ हो, त्रिशला। मैं उसका पिता न हो सका अब तक? आश्चर्य!"

"ऐसा कहकर अपने तेजांशी बेटे को अपमानित न करो, देवता। चलो प्रभु, बेटे की वन्दना को चलें। अपना उत्तर उसी से पाओ। मैं कौन होती हूँ वह देनेवाली।"

"तथास्तु मातेश्वरी। सिद्धार्थ तुम्हारा अनुसरण करेगा।"

जिस काल, जिस क्षण, महारानी त्रिशला देवी और महाराज सिद्धार्थ श्रीमंडप में प्रवेश कर, प्रभु के समक्ष साष्टांग प्रणिपात में नत हो गये, तो सारा समवसरण पुकार उठा :

त्रिशलानन्दन भगवान महावीर जयवन्त हों!
सिद्धार्थनन्दन तीर्थंकर महावीर जयवन्त हों!

बड़ी देर तक जयध्वनि की पुनरावृत्ति होती रही। समस्त जड़-जंगम पसीज गये। त्रैलोक्येश्वर के रक्त कमलासन की पँखुरियाँ तक रोमांचित हो गयीं। लेकिन उन पर अधर बिराजित पुरुष के शरीर का एक परमाणु तक कम्पित न हुआ। उनका स्वाभाविक परिणमन भी इस क्षण जैसे थम गया है। हजारों आँखों ने देखा, कि मानो एक निश्चल ज्वाला अन्तरिक्ष में त्रिकोणाकार अवस्थित है।...वह किसकी आहुति माँग रही है?

राजपिता और राजामाता को उसके समक्ष, देह में रहना जैसे असह्य हो गया। उस अधरासीन मातरिश्वन् ने मानो उनके शरीर की पृथ्वी का अपहरण कर लिया है। अन्तर-मुहूर्त मात्र में वह अतिमानुष दृश्य अन्तर्धान हो गया।

माँ की आँखों ने स्पष्ट देखा कि वहाँ एक पारदर्श शिशु दोनों हाथ उठाकर ऊर्ध्व में क्रीड़ा कर रहा है। जो उनके आँचल में आकर भी, आकाश के पार खड़ा है। जो सिद्धालय की अर्द्धचन्द्र शिला पर लेटा है, फिर भी उनकी साँस को सहला रहा है।

भुवनेश्वरी माँ उच्छ्वासित हो आयीं। बहुत ही अस्फुट स्वर में कह सकीं :

"सच ही सहस्रपहलू हीरा लेकर लौट आये हो। कितना वज्र, फिर भी कितना तरल। इसके बाहर तो कोई लोक नहीं, कोई काल नहीं। कोई वस्तु नहीं, कोई व्यक्ति नहीं। कोई तन, मन, चेतन, अवस्था, पर्याय, संवेदना, एषणा इससे बाहर नहीं।...ब्रह्मांड को लाकर मेरी गोद में डाल दिया। फिर भी तो... ?'

ये शब्द केवल प्रभु तक सम्प्रेषित हुए। श्रोतामंडल में अटूट मौन छाया है। और एक सम्बोधि में प्राणिमात्र आश्वस्त हैं। फिर भी प्रश्नायित हैं। उत्तरापेक्षी हैं।

हठात् भगवत्पाद गौतम ने अनुरोध किया :

"यह दीर्घ मौन तो अपवाद है, भगवन्। सिद्धार्थराज और त्रिशला देवी पर्युत्सुक हैं। इतने कठोर तो प्रभु कभी न हुए!"

और अर्हन्त शब्दायमान हुए :

"यह मोहराज्य का सीमान्त है, गौतम, इससे टूटना होगा।"

एक वेधक सन्नाटा, अपने ही को चीरता रहा। गौतम ने उसे तोड़ा :

"प्रभु फिर चुप हो गये? तो यह कैसे टूटे?"

"जन्मान्तरों की श्रृंखला है यह, गौतम। वज्र से ही वज्र का भेदन सम्भव है।"

अनुकम्पित और कातर स्वर में बोल उठीं त्रिशला देवी :

"इस संसार की साँकल को आज तक कौन-सा वज्र तोड़ सका है, भगवन्?"

"जिनेश्वरों ने उसे सदा तोड़ा है, कल्याणी। अर्हत् जिनेन्द्र यहाँ उपस्थित हैं।"

"लोक को सत् और नित्य कहकर भी उसके विनाश को उद्यत हैं अर्हन्त?"

"अर्हत् लोकहारी नहीं, संसारहारी हैं। लोक शाश्वत है, सत्ता शाश्वत है, जीवन शाश्वत है। किन्तु संसार अशाश्वत है। वह मरण और विनाश के बीच चल रहा है। वह सद्भाव नहीं, अभाव है, विभाव है। वह जीवन नहीं, बन्धन है। वह जीवनाभास मात्र है। मोह टूटे तो मरण पराजित हो जाये, जीवन की धारा अखंड हो जाये।...शास्ता जीवन-जगत् को नकारने नहीं आये, उसे परिपूर्ण करने आये हैं। उसे अपने स्वभाव में स्थित कर, सत्य, नित्य, सुन्दर कर देने आये हैं।"

त्रिशला देवी के स्वर में तीव्रता आ गयी :

"शास्ता तो एक दिन सिद्धाचल में निर्वाण पा जाएँगे। और हमारा यह जगत्

वैसा ही मोह और मरण में रुलने को छूट जाएगा। अनन्त काल में कोड़ा-कोड़ी अर्हन्त आये, और अन्ततः सिद्ध होकर मोक्ष महल में लुप्त हो गये। उन्होंने फिर लौटकर नहीं देखा कि हम यहाँ कैसे जीते हैं?''

''देख तो वे अनुक्षण रहे हैं, इस लोक और इसके हर परिणमन को। पर वे इसमें हस्तक्षेप नहीं कर सकते। वह स्वभाव नहीं। उनका अनन्त दर्शन, अनन्त ज्ञान, अनन्त वीर्य, अनन्त सुख विद्यमान है, कि मनुष्य की यात्रा मरण के बीच भी ऊर्ध्व और अमृत की ओर है। प्रकाश और सौन्दर्य की ओर है। मनुष्य के ज्ञान-विज्ञान, विद्या, कला, सर्जन, सारे पराक्रम, उसके प्रमाण हैं।''

''फिर भी मृत्यु अपनी जगह पर अटल है, प्रभु। मनुष्य के सारे सौन्दर्यों सर्जनों, निर्माणों को एक दिन काल के गाल में समा जाना होता है।''

''मृत्यु को ही देखोगी कल्याणी? उस पर हर क्षण विजयी होते जीवन को नहीं देखोगी? वही आत्म है, वह सत्ता है, वही स्वभाव है, वह स्वरूप है। उसका सम्यक् देखना, सम्यक् जानना, सम्यक् जीना ही वह हो जाना है। वह जो नित्य, बुद्ध और सुन्दर है। जो अविनाशी है।

''सम्यक् श्रद्धा है कि तुम हो, और वह सब भी है। तुम भी बीतते हो, यह भी बीतता है। एक पर्याय जाती है, दूसरी आती है। अवस्थाएँ बदलती जाती हैं। पर जो आत्म इस सब का साक्ष्य दे रहा है, वह तो अपने में ध्रुव और अचल ही है। तुम जो आदिकाल से आज तक के लोक की साक्षी दे रही हो, अपनी योनि से, अपने गर्भ से। तुम कौन हो? तुम हो कि नहीं, अनेक जन्मों और मृत्युओं के होते भी?''

''हूँ, इसी से तो उत्तर माँग रही हूँ, भन्ते प्रभु! मैं सृष्टि की माँ हूँ, और सृष्टि में मृत्यु का अवसाद और विषाद सह नहीं सकती। अवसान, अवसान, सब कुछ निदान अवसान पा रहा है!''

''उत्थान भी तो कर रहा है। और कोई एक साथ अवसान और उत्थान को देख रहा है। और वह दोनों से ऊपर है कहीं। उस द्रष्टा को नहीं देखोगी, देवानुप्रिये?''

''उस द्रष्टा के होते भी तो सृष्टि मरणधर्मा है ही, भगवन्!''

''दृष्टि सम्यक् हो जाये, तो सारी सृष्टि सम्यक् और संवादी दीखने लगती है। उसमें मृत्यु कहीं दीखती नहीं। सृष्टि अपने मूल और समग्र में, अमर और संवादी ही है। हमारा ज्ञान-दर्शन मोह से आच्छन्न है, कि मृत्यु दिखती है, अनुभव में आती है। जब आत्म इस मोह से मुक्त हो जाता है, तो मृत्यु रह जाती है मात्र एक द्वार, और भी महत्तर और वृहत्तर के राज्य में प्रवेश करने के लिए।''

''तो क्या सारा जगत् कभी, ऐसे पूर्ण ज्ञान में जिएगा? वह मृत्यु की पीड़ा से उबर सकेगा?''

''विश्व अनन्त है, सत्ता अनन्त है, वस्तु अनन्त है। सो सम्भावना भी अनन्त

है। क्या वर्द्धमान की जनेता केवल क्षणिक पर्याय को ही देखेगी, उसी में जिएगी? अपने शाश्वत ध्रुव द्रव्य में स्थित नहीं होगी? वह हो जाये, तो प्रश्न उठेगा ही नहीं। सब स्वत: समझ में आ जाएगा। सत् का साक्षात्कार करो, और जानो कि यथार्थ क्या है। तब मृत्यु का तमस क्षण मात्र में विलय हो जाएगा। एक अचूक नैरन्तर्य में जीने लगोगी, देवानुप्रिये।''

''माँ के वश का कुछ नहीं। वह केवल सूर्य को जनना जानती है। सूर्य देखे कि उसकी जनेता कहाँ छूटी है। मैं तो सृष्टि हूँ, जो चाहो मेरा करो। मैं कुछ न करूँगी, कर नहीं सकती।''

''यही सम्यक् स्थिति है, त्रिशला वैदेही। कुछ न करो, बस रहो, होओ। अर्हत् के अनन्त वीर्य के प्रति खुली रहो। और तुम्हारी मनचीती रचना आपोआप होती जाएगी।''

एक पूरम्पूर मौन के गहन में सब डूब गया। अचानक अपने भीतर के पर-पार में से आविष्ट-सी बोलीं त्रिशला देवी :

'मेरे गोपन के अन्तरिक्ष में यह कौन पारावार उमड़ा आ रहा है? यह कैसा उभार है? यह कैसा सम्भार है? कटि के सीमान्त टूट गये हैं। मैं केवल हो रही हूँ वह, और अपने को होते देख रही हूँ। मैं नहीं हूँ, और केवल मैं ही तो हूँ। यह क्या...कि मैं स्वयं अपनी योनि को भेद गयी हूँ। अयोनिजा, अयोनिज की जनेता। नहीं, वह भी नहीं...। लिंगागीत, सम्बन्धातीत केवल मैं, और यह सब, स्वयं आप। स्वभाव। केवल।'

और महारानी भीतर के अगम में विश्रब्ध हो गयीं। श्रीभगवान के ओष्ठ-कमल पर एक मुस्कान-रेखा खिल उठी। महाराज सिद्धार्थ बिना कुछ पूछे ही अनायास जैसे प्रत्याशित हो गये हैं। वे आश्वस्त स्वर में बोले :

''वैशाली का सूर्य लोक-शीर्ष पर उद्‌भासित है। तो वैशाली को कौन नष्ट कर सकता है?''

''यह ममत्व भी क्यों, राजन्? इस सूर्य का प्रताप वैशाली को भस्म भी तो कर सकता है। एक ही वैशाली अजेय है, महाराज। वह जो आपके भीतर है, मेरे भीतर है। उसकी बुनियाद ध्रुव की चट्टान में पड़ी है, उसका परकोट-भंग कौन कर सकता है? इस वैशाली के परकोट बल्लमों और भालों के भरोसे खड़े हैं। तो कोई दूसरा बल्लम इसका बुर्ज-भंग कर ही सकता है। ढल चुका वह फौलाद। और वैशाली पर मँडरा रहा है। सावधान लिच्छवि!''

और समवसरण में उपस्थित हजारों लिच्छवियों के हाथों की तलवारें छूट गयीं। उनकी क्रोध से तनी भृकुटियाँ ढीली पड़ गयीं। और घायल सिंह की तरह अन्तिम बार जैसे गरज उठे महाराज सिद्धार्थ :

"तीर्थंकर महावीर क्या इसीलिए लिच्छवि कुल में जनमे हैं? अपने ही वंश का विनाश कर देने के लिए?"

"अर्हत् वंशोच्छेद करने ही आते हैं, राजन्। मिथ्यात्व की परम्परा का भंजन करके ही, अर्हत्ता प्रकट होती है। हम जोड़ने नहीं, तोड़ने आये हैं। हम बचने और बचाने नहीं, स्वाह हो जाने आये हैं। ताकि लोक में वस्तु और व्यक्ति मात्र स्वतन्त्र हो जाये। अधिकार और परिग्रह के ताले टूटें। ताकि महासत्ता का मुक्त और नित्य-सत्य राज्य पृथ्वी पर प्रकट हो —जहाँ शासक और शासित नहीं। स्वामी और आश्रित नहीं। जहाँ पर सत्ता अपनी राजा है, अपनी स्वामी है। जहाँ अपने विनाश और उत्थान हम स्वयं हैं। अन्य कोई नहीं।"

"तो महावीर तीर्थंकर और परित्राता किसलिए?"

"स्वयं आहुत होकर, प्रकाश की लकीर हो जाने के लिए। ताकि सब अपने को पहचानें, सर्व को पहचानें। अर्हत् कुछ करते नहीं, स्वयं प्रकाश होकर सर्वत्र विचरते हैं। और सब कुछ स्वयं प्रकाश होता चला जाता है। दिशाओं पर पन्थ खुलते हैं। कण-कण में आपोआप अतिक्रान्ति होती चलती है। चीजें अपने आप बदलती दिखाई पड़ती हैं।"

एक गहरी खामोशी व्याप गयी। और उसमें कहीं अतल में कुछ टूटने का-सा नीरव अहसास होता है। और गन्धकुटी के चूड़ान्त पर से सुनाई पड़ता है :

"यह महासत्ता का विस्फोट है, राजेश्वर। इसे झेलो और जानो कि तुम कौन हो! और होओ वह जो होना चाहते हो! जो हुए बिना रह नहीं सकते। ऐसा मैं जानता हूँ, ऐसा मैं देखता हूँ, ऐसा मैं कहता हूँ।"

महाराज सिद्धार्थ को कुछ ऐसा अनुभव हुआ कि अपनी ही चिता-भस्म में से वे फिर उठ रहे हैं, वैशाली फिर उठ रही है। सब उठ रहे हैं—एक नये ही आलोक के अन्तरिक्ष में।

शंखनाद और दुन्दुभिघोष अनहद के पटलों को हिला रहे हैं।

और श्रीभगवान हठात् गन्धकुटी की दक्षिणी सीढ़ियाँ उतरते दिखाई पड़े।

अनवद्या प्रियदर्शना

क्षत्रिय कुंडपुर के उपान्त में महाराजकुमार जमालि का आलीशान महल और उद्यान था। वह एक लिच्छवि अष्टकुलक वंश के राजवीर का इकलौता बेटा था। आसपास के कई सन्निवेशों का वह भावी स्वत्वाधिकारी था। महावीर की चचेरी बहन सुदर्शना का पुत्र होने के नाते, वह उनका भांजा था।

जमालि स्वभाव से ही स्वप्नशील था। उसका मन सदा कल्पना के आकाशों में उड़ता रहता था। उसकी आँखों में स्वयंभूरमण समुद्र के तटवर्ती देव-चैत्यों के सपने बसे थे। उद्दाम काम की तरंग पर खेलता उसका चित्त ईशान स्वर्ग की उर्वशियों के साथ क्रीड़ा करता रहता था। बड़ी विदग्ध और वेधक थी उसकी वासना। अनेक राजपुत्रियों से विवाह करके भी उसका मन विराम नहीं पा रहा था। वह एक ऐसा चेहरा खोज रहा था, जिसमें उसके सारे सौन्दर्य-स्वप्न एक साथ रूपायित हुए हों।

महावीर के चचेरे भाई जयवर्द्धन की बेटी प्रियदर्शना अपनी चितवन में एक अनोखा दरद लेकर जनमी थी। ऐसी विदग्ध और चुटीली थी उसकी भंगिमा, कि मानो सारी सृष्टि का विषाद संयुत होकर उसके अंग-भंग में अँगड़ाई लेता रहता था।

एक उत्सवी सन्ध्या में जमालि की खोजभरी दृष्टि अचानक प्रियदर्शना पर जा अटकी। वह आमोद-प्रमोद में डूबे स्त्री-पुरुषों के समुदाय से छिटककर, राजोद्यान की एक छोरवर्ती संगमर्मरी बारादरी के खम्भे पर सिर ढुलकाये एकाकी खड़ी थी। सुरेख उजली कोहनी के कोण पर ईषत् बंकिम-सा ठहरा था उसका माथा। प्रथम आषाढ़ के उमड़ते मेघों जैसा केशभार।...यह प्रियदर्शना उत्सव से पलायन कर यहाँ क्या खोजने आयी है? यह कितनी अकेली और बिछुड़ी-सी लगती है!

...प्रियदर्शना के उस उदास सौन्दर्य को देखकर जमालि आपे में न रह सका। अपनी ममेरी बहन की उन दर्दीली आँखों में उसे सारा जगत् डूबता दिखाई पड़ा। उसके जन्मान्तर जाग उठे। उसकी रातें निद्राहीन हो गयीं। उसने निश्चय कर लिया कि उसके होते प्रियदर्शना को और कोई नहीं ब्याह सकता। वह उसके स्वप्न की रूपसी है, उसकी आदिकाल की नियोगिनी नारी है।

उस जमाने के क्षत्रियों में यह टेक थी कि मामा की बेटी को भांजा न ब्याहे तो कौन ब्याहे? सो जमालि उस टेक की कोटि पकड़कर प्रियदर्शना को ब्याह लाया।

भगवान जब क्षत्रिय-कुंडपुर के राजमहालय में कुमार काल बिता रहे थे, तभी यह घटना घटी थी। प्रभु राजकुमार के जीवन में तब भी व्यक्तिगत या निजी सम्बन्ध जैसी कोई चीज बन ही न सकी थी। लेकिन न जाने किस पूर्व ऋणानुबन्ध से, प्रियदर्शना पर युवा भगवान की वत्सल दृष्टि हो गयी थी। काश्यपों के सारे राजमहालय में केवल एक इसी लड़की पर प्रभु के मन में एक विचित्र निजत्व का भाव था। वे

उसे 'अनवद्या' या 'आद्या' कहकर पुकारा करते थे। इसी से सारे परिवार में उसके दो नाम चलते थे—प्रियदर्शना और अनवद्या। और सबको ईर्ष्या होती थी, कि केवल उसे ही प्रभु ने नाम देकर पुकारा है।

...विवाह के बाद विदाई के समय, परिजनों के बीच जब अनवद्या को महावीर कहीं न दिखाई पड़े,तो वह कितनी-कितनी टूटकर रोयी थी। मन-ही-मन उसने कहा था : 'तुम मनुष्य हो कि पत्थर हो, वर्द्धमान? पिता की तरह अपनाकर भी, बेटी को तुमने हवा पर फेंक दिया।...मैं सदा के लिए तुम्हारे द्वार से विदा ले रही हूँ। और तुम्हारे दर्शन तक दुर्लभ हैं...!' कितनी पीड़ा लेकर वह पीहर से ससुराल गयी थी।

उसके बाद वह जब भी कभी पीहर में आती, तो महावीर के सामने पड़ने से सदा बचती थी। दूर से उनकी झलक देखकर एकान्त में रो पड़ती और मन-ही-मन पुकार उठती : 'मान बापू, तुम कब किसी के हुए हो? हो नहीं सकते।'...और फिर गृह-त्याग के उस उत्सवी प्रभात में, जब सारे लिच्छवि कुल प्रभु को विदा देने आये थे, तब अकेली प्रियदर्शना ही नहीं आयी थी। वह अपने कक्ष में बन्द होकर रोती पड़ी रही थी। और उसे हठात् लगा था, जैसे किसी ने पुकारा हो : 'बेटी अनवद्या, देखो मैं हूँ न!' कितनी परिचित आवाज थी!

कुमार जमालि आचूड़ विलास में डूबा रहता था। अपने रत्निम कक्षों के ऐश्वर्य, अपनी रमणियों के लावण्य और यौवन तथा अपने उद्यान के क्रीड़ा-कुंजों से बाहर वह झाँकता तक नहीं था। वर्द्धमान के विरागी और यायावर व्यक्तित्व से उसे चिढ़ थी। अनवद्या के परम प्रेमास्पद इस धर्मपिता से उसके मन में एक गुप्त ईर्ष्या भी थी।...इसी से उनके महाभिनिष्क्रमण पर वह अट्टहास कर उठता था। उनके तपस्या-काल के भीषण उपसर्गों के उदन्त सुनकर वह उन्हें 'सत्यानाशी' कहकर उनका मजाक उड़ाया करता था।

और अब आज?

क्षत्रिय कुंडपुर के सीमान्तों पर देवालोकों के वैभव उतरते देखकर जमालि बौखला गया था। द्युतिपलाश चैत्य में विराजित महावीर के समवसरण में वह किनारों से झाँक आया था। '...ओ, ऐसी भी कोई प्रभुता हो सकती है?' और उसके समक्ष उसे अपनी तमाम सत्ता, सम्पदा और लिच्छवियों की वैशाली मुर्झाये फूलों-सी निर्माल्य लगी थी।

उस सन्ध्या के पीताभ आलोक में, जमालि अपने अलिन्द में अकेला बैठा, मर्कत के चषक में मदिरापान कर रहा था। तभी अचानक प्रियदर्शना वहाँ आयी। जमालि की उस मातुल अवस्था को देख उसे आघात लगा। बोली :

"यह क्या हो गया है तुम्हें? तीन दिन से अविराम पी रहे हो। मुझसे भी वारुणी अधिक प्रिय हो गयी?"

जमालि चुपचाप पीता रहा। एकटक प्रियदर्शना को देखता रहा। फिर जैसे बुदबुदाया :

"तुम हो कि वारुणी हो कि वैशाली हो, क्या फर्क पड़ता है। मैं हार गया, दर्शा!"

"किससे... ?"

जमालि से उत्तर न आया। वह टुकुर-टुकुर निर्लक्ष्य में कुछ खोजता रहा।

"किससे हार गये तुम? तुमने तो अपने को सदा हर सत्ता से ऊपर माना!"

"अपने ही से हार गया, दर्शना!"

"मैं समझी नहीं। इतना उदास तो तुम्हें पहले कभी न देखा!"

"इन रोज-रोज के एक जैसे भोग-विलासों से मैं ऊब गया हूँ। इनको दुहराते-दुहराते सारी उम्र बीत गयी। अब ये नीरस और बासी लगते हैं। वितृष्णा होती है। जी नहीं लगता अब यहाँ।"

"इतने बड़े भूखंड के स्वामी हो। सारे ऐहिक सुख तुम्हारे अधीन हैं। मनमाना इन्हें भोगने को स्वतन्त्र हो। फिर ऊब कैसी?"

"ऐसा भी क्या सुख, जिसमें कोई अन्तराय नहीं, कोई संघर्ष नहीं। चीजों के साथ कोई टकराव नहीं, सब पालित पशु की तरह मुझे समर्पित हैं। इस मृत और निष्प्राण को भोगने में कोई पौरुष नहीं लगता। यह अपना अर्जन नहीं, निरंकुश बलात्कार है। अरे बलात्कार तक नहीं, बल को भी यहाँ अवसर नहीं। अपनी यह नपुंसकता अब मुझे खलती है।"

"जी खोलकर कहो स्वामी, क्या चाहते हो? मैं क्या कर सकती हूँ, तुम्हारा जी लगाने को?"

"यही कि तुम दुर्लभ हो जाओ, यह सारा ऐश्वर्य मुझे अलभ्य हो जाये। ताकि मैं इसे पाने को कोई महा पुरुषार्थ करूँ। इस प्राप्ति की राह में आने वाली बाधाओं और अन्तरायों से जुझूँ। जीवन के प्रवाह में अन्धड़ और तूफान आयें, बाधाओं के पर्वत खड़े हों सामने। ताकि तूफानों पर सवार होकर, बाधाओं और विघ्नों की इन पर्वत-साँकलों का भेदन करूँ। इस सबको जय करके, अर्जित करके, इसे जी चाहा भोगूँ। ऐसे ही सुख में नित्यता हो सकती है, नीरवता और ताजगी हो सकती है। वही एक पुरुषोत्तम का भोग्य हो सकता है।"

"अचानक ही सूझा तुम्हें आज यह?"

"आकस्मिक नहीं, दर्शना। एक अर्से से मेरे भीतर हलचल थी। चीजें टूट रही थीं, मर रही थीं। फिर भी विवश था, पंगु था अपने प्रमाद में। किसी चोट के बिना

वह कैसे होता?''

''वह चोट कहीं मिली, आर्यपुत्र?''

''द्युतिपलाश चैत्य में अर्हत् महावीर को समवसरित देखा। तो लगा कि वह विजेता है। अपनी दुर्दान्त और दीर्घ तपस्या से त्रिलोक और त्रिकाल की सारी सत्ताओं को इसने जीता है। और सर्वकाल के सारे सुखैश्वर्य इसके चरणों में आ पड़े हैं। वह इन्हें दृष्टि मात्र से भोगता है, और ये नित नवीन ताजा होकर, उसे समर्पित होते चले जाते हैं। और मुझे स्पष्ट लगा, कि एक जुझारू और जेता ही नित नव्य का भोक्ता हो सकता है।''

प्रियदर्शना आनन्द से उमगकर खिलखिला पड़ी। बोली :

''तुम तो प्रभु-राजा का सदा ही उपहास करते रहे। महल में रहकर वे विरागी रहे, तो तुम उन्हें दुर्भागी, पुण्यहीन कहते थे। उनके स्वयं-वरित तपस् के कष्टों, क्लेशों, मारक उपसर्गों के उदन्त सुन, तुम अट्टहास करके कहते रहे, कितना जड़ और मूढ़ है यह महावीर, प्राप्त को ठुकराकर अप्राप्य के चक्कर में वीरानों की खाक छान रहा है। तुम उन्हें पागल, सत्यनाशी, पलातक, वंशविनाशक, नपुंसक तक कहते रहे। और आज?...''

''आज देख रहा हूँ, कि इन्द्राणियाँ उस पर चँवर ढालती हैं। तीनों लोक उसके सिर पर तीन छत्र बनकर लटक गये हैं। अप्सराओं के लावण्य उसकी पगधूलि होने को तरसते हैं। चक्रवर्ती सम्राट उसके कटाक्ष के भिखारी हैं। हजारों निर्ग्रन्थ श्रमणों के साथ जब वह आर्यावर्त के जनपदों में विहार करता है, तो रंगराग से गूँजते अन्तःपुरों की वधुएँ और कुमारियाँ छज्जों-झरोखों से उस पर फूल बरसाती हैं, अपने अमूल्य रत्नहार उस पर निछावर करती हैं। लक्ष-लक्ष नर-नारी उसके गतिमान चरणों में साष्टांग प्रणिपात करते हुए बिछ जाते हैं।

''...और विचित्र है यह महावीर, इन सब के ऊपर होकर तैरता-सा निकल जाता है। आँख उठाकर देखता तक नहीं। फिर भी हर किसी को लगता है, कि वह उससे आलिंगित और कृतार्थ हो रहा है। ऐसी सत्ता के सामने होते, अपनी सत्ता को कहाँ रखूँ, कैसे भोगूँ, कुछ भी तो अपना नहीं लग रहा, प्रियदर्शना!''

''मैं भी नहीं, देवता?''

''तुम मेरी कहाँ? कभी थी नहीं, हुई नहीं। क्या मुझसे छुपा है कि तुम पहले अपने मान बापू की बेटी रही, फिर मेरी परिणीता भार्या।...तेरी निगाह सदा उस अवधूत के अलक्ष्य पर बिछी रही। और अब तो तेरा पिता जगदीश्वर होकर आया है, तेरे ही आँगन में। मैं कौन हो सकता हूँ तेरा अब, प्रियदर्शना?''

प्रियदर्शना काँप-काँप आयी। आँचल में मुँह ढाँपकर सिसक उठी। भर आते कंठ से बोली :

"मुझे तो उन्होंने कभी बेटी कहकर पुकारा तक नहीं। हाँ, उनकी दृष्टि में अचानक ध्वनित लगता, 'बेटी!' लेकिन मेरी विदाई के समय वे कहाँ थे? मैं कहीं जाऊँ, उन्हें क्या पड़ी थी? और अब तो वे त्रिलोक-पिता हो गये, मुझ अभागिनी को पहचानेंगे भी नहीं।...तुम्हारे सिवाय मेरा कोई नहीं, मेरे प्राण!"

"मैं खुद ही अपना न रहा अब, प्रियदर्शना, तो तुम्हारा कौन, क्या हो सकता हूँ?..."

प्रियदर्शना एक बहुत भीतरी चीख के साथ रो पड़ी और बिसूरने लगी।

"अनवद्या, रोती क्यों हो? तुम्हारे पिता तुम्हें लेने आये हैं। चलो, तुम्हें उनके हाथ सौंप आऊँ और उऋण हो जाऊँ।"

"और तुम मुझे छोड़ आओगे?"

"छोड़ने और लेने की सत्ता तो उस त्रिलोकीनाथ की है, मेरी कहाँ, अनवद्या। हो सका तो मैं भी उस सत्ता को प्राप्त करना चाहूँगा। उसके बिना अस्तित्व शक्य नहीं।"

"मेरे लिए क्या आज्ञा है, मेरे प्रभु!"

"कल सवेरे अर्हन्त महावीर के समवसरण में तुम्हें पहुँचाने चलूँगा। बड़ी भोर ही हम प्रस्थान कर जाएँगे।"

"जो आज्ञा, स्वामी!"

और प्रियदर्शना के हृदय में आनन्द के सिन्धु घहराने लगे।

और उसी रात जमालि ने अपने सभागार में, अपने चुनिन्दा पाँच सौ सामन्तों और सैनिकों को बुलाकर यों सम्बोधन किया :

"लिच्छवि वीरो, लिच्छवि महावीर अपने तपोबल और आत्मबल से त्रिलोकी के सम्राट होकर हमारे आँगन में आये हैं। मगधेश्वर श्रेणिक तक उनका शरणागत हो गया। उसका चक्रवर्तित्व धूल चाट रहा है। ससागरा पृथ्वी पर अब मागध नहीं, लिच्छवि राज्य करेंगे।"

"लेकिन सुनो मेरे साथियो, आश्चर्य नहीं कि शरणागत होकर भी श्रेणिक राजगृही के गर्भगृहों में महावीर के विरुद्ध षड्यन्त्र कर रहा हो। और अजातशत्रु कुणीक की तलवार अब भी वैशाली पर तुल रही हो।...

"सावधान लिच्छवियो, इन खतरों से हमें जूझना होगा। अब तक मगध वैशाली के युद्धों में हमने साफ़ देख लिया, कि पशुबल को पशुबल से नहीं हराया जा सकता। तपोबल और आत्मबल से ही उसका मूलोच्छेद किया जा सकता है। महावीर ने उसे प्रमाणित कर दिया।

"तो मित्रो, आज की सन्ध्या में, मेरा यही अन्तिम निर्णय है कि हम कल प्रात: तीर्थंकर महावीर की शरण में जाकर उनके श्रमण हो जाएँ। और अपनी तपस्या की अग्नि में मगध को भस्म करके सारी पृथ्वी पर राज करें। प्रतिश्रुत हुए मेरे क्षत्रियो?"

और उत्तेजना के आवेश में पाँच सौ लिच्छवियों ने एक स्वर में स्वीकारा :

"हम प्रतिश्रुत हैं, देव। राजाज्ञा शिरोधार्य है, महाराजकुमार। लोक देखे, कि श्रमण बल कैसे सैन्यबल को धूलिसात् कर सकता है। त्रिलोक छत्रपति महावीर जयवन्त हों! वैशाली गणतन्त्र अमर हो। महाराजकुमार जमालि जयवन्त हों!"

और उधर अन्त:पुर के सभागार में देवी प्रियदर्शना ने अपने परिकर की एक हजार क्षत्राणियों को सम्बोधन करते हुए कहा :

"लिच्छवि वंश की जनेत्रियो, हम कब तक अपने जायों को प्रवंचक, नि:सार, झूठे युद्धों में कटवाने को प्रसव पीड़ा झेलती रहेंगी। युद्ध के बल जीता राज्य कभी किसी का हुआ नहीं, होगा नहीं। आओ, हम इस मिथ्या के दुश्चक्र को तोड़ें।

"वैशाली के बेटे महावीर, लोकसूर्य होकर हमारे परित्राण को आये हैं। चलो, कल प्रात: उनके श्रीचरणों में समर्पित होकर उनकी भिक्षुणियाँ हो जाएँ। तपस् के द्वारा अपने भीतर-बाहर के तमाम शत्रुओं को जय करके अमर राज्य की स्वामिनी हो जाएँ। ताकि कोई पुरुष या प्रभुता हमारे गर्भ पर बलात्कार न कर सके। यही तो वैशाली की स्वतन्त्र बेटियों और बहुओं के योग्य है।"

और एक हजार लिच्छवि क्षत्राणियों ने गद्गद कंठ से समर्थन किया :

"देवी प्रियदर्शना का आदेश हमारे सर आँखों पर है। हम हर प्रभुता के दासत्व को तोड़कर सच्ची क्षत्राणियों की तरह जिएँगी। हम अपने आँसू और दूध को अब मिट्टी में मिलाने के लिए नहीं बहाएँगी।"

"भगवती चन्दनबाला जयवन्त हों! भगवान महावीर जयवन्त हों! मातेश्वरी प्रियदर्शना जयवन्त हों!"

श्रीमंडप में पाँच सौ क्षत्रियों और एक हजार क्षत्राणियों सहित महाराजकुमार जमालि तथा देवी प्रियदर्शना प्रभु के प्रादप्रान्त में नमित और समर्पित खड़े हैं।

देव-दुन्दुभियों के घोष से उत्तेजित और आतंकित जमालि ने मानो कटिबद्ध होकर, श्रीभगवान की ओर अपनी भुजाएँ पसार दीं। शास्ता निस्पन्द निरुत्तर हैं। जमालि की भृकुटियाँ और पेशियाँ तन रही हैं। क्या महावीर ने उसकी अवगणना कर दी? तो...तो...

हठात् प्रभु का मेघमन्द्र स्वर सुनाई पड़ा :

"अनवद्या प्रियदर्शना!"

''परम पिता ने मुझे पहचाना। नाम लेकर पुकारा। मैं...मैं...''

और प्रियदर्शना से बोला न गया।

''अनवद्य अर्हतों की दुहिता हो। अपने को पहचानो। अपने आपको उपलब्ध होओ।''

''आर्हती दीक्षा प्रदान कर मुझे अपना लें, भन्ते त्रिलोकीनाथ। परम पिता के सिवाय अनवद्या को कौन कृतार्थ कर सकता है!''

शास्ता मौन हो रहे। अनवद्या उद्विग्न हो आयी।

''भन्ते तात, मैं अकेली नहीं, हम एक-सहस्र-एक क्षत्राणियाँ शरणागत हैं। क्या नारी लिंगातीत होने में समर्थ नहीं? स्त्री को इस चिरकाल के दासत्व से तुम्हारे सिवाय कौन उबार सकता है?''

''स्वयं ही भवतारिणी हो, कल्याणी। तुम्हें कोई अन्य उबारे, तो दासत्व का अन्त कैसे हो?''

''इतनी निराधार न करो, मेरे नाथ!''

''अर्हत् आधार देने नहीं आये, सारे आधार तोड़ने आये हैं। वे शरण देने नहीं आये, अन्तिम रूप में अशरण करने आये हैं। अशरण हो जाओ, अनवद्या।''

''अपनी सती बना लो, तो शायद सामर्थ्य प्राप्त कर सकूँ।''

''जिसमें सुख लगे, वही करो, ओ लिच्छवि क्षत्राणियो!''

और प्रभु का दृष्टि-संकेत पाकर, एक सहस्र क्षत्राणियों सहित प्रियदर्शना ने भगवती चन्दनबाला के श्रीपाद में भागवती दीक्षा का वरण किया।

जमालि प्रत्यंचा की तरह तना खड़ा है। उसने अपने को अवहेलित अनुभव किया। उसके फौलाद की धार तीक्ष्णतर हो रही है। वह उत्सर्गित नहीं, उद्यत है, कुछ कर गुजरने को।

...सहसा ही उसे लगा कि उसकी धार कुंठित हो गयी है। उसे किसी ने दो टूक काटकर उसी के सामने डाल दिया है। वह बोल उठा :

''प्रभु मुझे अपने जैसा बना लें।''

''वह कोई बना नहीं सकता, स्वयं बन जाना होता है, लिच्छवि।''

''मैं प्रभु की प्रभुता के योग्य नहीं?''

''क्षत्रिय दूसरे की प्रभुता का प्रार्थी क्यों हो? जो तुम पाना चाहते हो, वह तपोबल से नहीं, तलवार से ही मिल सकता है!''

''मैं तलवार फेंक आया, भन्ते, उसे अन्तिम रूप से हरा देने के लिए।''

''फेंक नहीं आये, स्वयं तलवार होकर आये हो, लिच्छवि। तो महावीर तुम्हारे

सुपुर्द है। वह चाहता है कि तुम उसे काट दो, और अपना अभीष्ट प्राप्त कर लो।"

"महावीर के सिवाय मेरा कोई अभीष्ट नहीं, भगवन्।"

"तो उसे ले सकते हो। उसमें अपनी चाह पूरी करो।"

"अपने पाँच सौ लिच्छवि क्षत्रियों सहित, मैं प्रभु की आर्हती प्रव्रज्या ग्रहण करना चाहता हूँ। आज्ञा दें, भन्ते स्वामिन्।"

"जानो लिच्छवि, जिनेन्द्र का राज्य पृथ्वी का नहीं। यहाँ सब हार देना होता है। अपने कुछ होने का अभिमान और भान तक खो देना होता है। जमालि न रहोगे, तो क्या करोगे?"

"महावीर होकर रहूँगा!"

"वह भी एक मरीचिका है, सौम्य। यह नाम, यह शरीर एक दिन अन्तर्धान हो जाएगा।"

"तो क्या शेष रहेगा, नाथ?"

"एक अरूप निर्नाम महासत्ता, जिसे कोई नहीं पहचानता, सिवा अपने आपके। पर वह सब को पहचानती है।"

"तो मिट जाना चाहूँगा। मुझे और मेरे सैन्य-सामन्तों को अपने श्रमण बना लें, भगवन्। हम कृतनिश्चय हैं, लौटकर नहीं जाएँगे। प्रभु के अनुगामी होकर रहेंगे।"

"जो तुम्हारा कल्प हो, वही करो देवानुप्रियो!"

"आज्ञा दें नाथ, आज्ञा दें, आज्ञा...!"

जमालि के बार-बार अनुनय करने पर भी श्रीभगवान ने कोई उत्तर न दिया। आहत होकर उसने अपनी प्रार्थना को प्रभुपाद गौतम के निकट निवेदित किया। गौतम ने प्रभु की निश्चल नासाग्र चितवन को वह प्रार्थना निवेदित की।

लम्बे मौन के बाद सुनाई पड़ा :

"यह विधान अटल है, गौतम। इसे पूरा होने दो।"

और महाराजकुमार जमालि ने पाँच सौ क्षत्रियों सहित, आर्य गौतम के हाथों जिनेश्वरी प्रव्रज्या अंगीकार की।

जमालि को लगा कि उसके भीतर शक्ति का प्रपात घुमड़ रहा है। श्री भगवान की महाशक्ति का स्पर्श पाकर वह उन्मत्त और आह्लादित हो उठा। अपने संगियों सहित वह श्रीपाद में आपादमस्तक भूसात् हो रहा।

जमालि के सामने श्रीभगवान की तपस्या का आदर्श था। उसे निश्चय हो गया था, कि महावीर जैसा तप किये बिना सर्वसत्ताधीश नहीं हुआ जा सकता। और वह हुए बिना उसे चैन नहीं था। सत्ता, महत्ता, प्रभुता! भगवान का केवल यही बिम्ब उसके मन पर छाया था। और उसे वह अपने जीवन में मूर्त करना चाहता था। वह महत्त्वाकांक्षी था, महदाकांक्षी नहीं था।

सत्ता की इस अरोक वासना से उद्वेलित होकर उसने अपने को अमानुषिक तप में होम दिया। उसने बहुत उग्र और दारुण तपस्या की। छट्ठम, अट्ठम तप, मासोपवास, वर्षी तप आदि निरन्तर करता रहता था। अपोषित भूखा शरीर विद्रोह करता था। लक्ष्य में आत्मा नहीं थी, सत्ता थी। आत्म से वियुक्त सत्ता थी। वह पत्थर और लोहे तक को चबाकर सर्वोपरि सत्तासन पर चढ़ना चाहता था। सतत कायक्लेश में जीकर वह औरों से अपने को महत्तर अनुभव कर पाता था।

पर विचित्र था कि श्रीभगवान उसके इस तप से रंच भी आकृष्ट नहीं हो सके थे। जमालि के मन में इस बात का गहरा दंश था। कई अविरत और सौम्य चर्या वाले श्रमणों पर भी प्रभु प्रीत और प्रसन्न थे। और जिस जमालि ने अपने तप से ठीक महावीर के ही उग्र तपश्चरण का अनुसरण किया, उस पर प्रभु का कभी ध्यान तक न गया। इससे उसके मन में प्रभु के प्रति कम क्षोभ और आक्रोश नहीं था। पर वह चुप रहता था, और भीतर-भीतर सुलगता रहता था। और अपनी ही मनमानी महत्ता में खोया विचरता रहता था।

पिछले कई महीनों के विहार में उसे यह भी स्पष्ट हो गया था, कि यहाँ आकर उसे एकदम मामूली और बेपहचान हो जाना पड़ा है। यहाँ कोई किसी को महत्त्व नहीं देता। सब एक-दूसरे के साथ सम भाव में रहते हैं, बरतते हैं। क्षत्रिय कुंडपुर में वह महाराजकुमार था, विशिष्ट था, प्रजाओं का स्वामी था। उसे जन झुकता था। यहाँ उसकी वह विशिष्टता और इयत्ता समाप्त हो गयी है। हजारों श्रमणों में वह भी एक है। अलग कोई कहीं कुछ नहीं। इससे उसे सतत अपनी अवमानना अनुभव होती थी।

गुरुणां-गुरु महावीर के चरणों में जगत् की सारी सत्ताएँ और महत्ताएँ आकर झुकती थीं। समर्पित होती थीं। तब हर समय जमालि के मन में एक टीस उठती थी : 'इसके सामने समस्त जगत् झुकता है!...तो मैं कोई नहीं? मुझे कोई पहचानता तक नहीं?' उसे तीव्र हीनभाव और तुच्छता का अहसास होता। महावीर के समक्ष उसे हर वक्त लगता रहता, कि उसका अपमान हो रहा है, उसकी अवहेलना हो रही है। '...मैं वह क्यों नहीं? क्या इस हिमालय जैसे उत्तुंग पुरुष का अनुगमन करने में ही मुझे बीत जाना होगा? मैं स्वयं गुरु क्यों नहीं?'

...नहीं, वह यहाँ खो जाने नहीं आया, सारी पृथ्वी पर राज करने का स्वप्न लेकर आया है। महावीर अपने महा तप के बल यदि जगत्पति हो सकता है, तो मैं क्यों नहीं?...और वह रात-दिन तपाग्नि की शैया पर ही जीने लगा। वह प्रभुद्रोही होकर आत्मद्रोही हो गया। अपना ही शत्रु हो गया। वह हर पल आत्मघात में जी रहा था।

प्रभु की दृष्टि सम थी, इसी से सर्वदर्शी थी। किसी विशेष पर ध्यान केन्द्रित न होकर भी, उनके ध्यान से बाहर कुछ नहीं था। जमालि की विक्षिप्त और कषाय-क्लिष्ट चित्तस्थिति प्रभु से छुपी नहीं थी। उसके मन की सूक्ष्मतम गतिविधि भी उनके

कैवल्य में झलकती रहती थी।

एक दिन अचानक प्रभु ने गौतम से कहा :

"देवानुप्रिय गौतम, महा तपस्वी जमालि को उसके पाँच-सौ क्षत्रिय श्रमणों के आचार्यपद पर प्रतिष्ठित कर दिया जाए।"

"प्रभु, वह तो पहले ही प्रमत्त है, और भी प्रमत्त हो जाएगा।"

"हो जाने दो, गौतम। उसके मान और मद को दबाओ नहीं। उसे खुलकर सामने आने दो।"

"वह तो पहले ही द्रोही है प्रभु, और भी प्रचंड द्रोही हो जाएगा।"

"हो जाने दो, गौतम। उसके द्रोह को दबाओ नहीं, उसे खुलकर सामने आने दो।"

"तथास्तु, भन्ते नाथ।"

"और अनवद्या को उसकी सहस्त्र क्षत्राणियों की अधिष्ठात्री बना दो, गौतम। जमालि इस पूरे गच्छ का अधिपति होगा।"

"अनर्थ हो जाएगा, भन्ते। देवी अनवद्या का बल पाकर जमालि और भी उन्मत्त हो जाएगा।"

"हो जाने दो, गौतम। ऋणानुबन्ध पूरे होकर रहेंगे।"

और जमालि पाँच-सौ लिच्छवि श्रमणों के आचार्य हो गये। देवी प्रियदर्शना एक हजार क्षत्राणियों की अधिष्ठात्री हो गयीं। अब वे श्रीसंघ में उच्च पदासीन होकर, सबके द्वारा सम्मानित हो गये। जमालि के हृदय में गड़ती अपमान की फाँस निकल गयी।

प्रति दिन एक सहस्त्र शिष्यों द्वारा प्रणति पाकर जमालि का अहंकार खुलकर खेलने लगा। वह श्रीगुरु के पद पर आसीन हो गया। वह अपने अन्तेवासियों को अपना ही स्वच्छन्दी तत्त्वज्ञान सिखाने लगा। वह उनके समक्ष सर्वज्ञ के प्रत्यक्ष और अनुभूत तत्त्वज्ञान पर वितर्क और टीका-टिप्पणी करने लगा। शिष्यगण प्रभु के प्रवचन से भावित और प्रत्यायित थे। वे सर्वज्ञ के वचन से बद्धमूल थे। फिर भी चुप रहकर वे आचार्य की देशना सुनते और उनकी आज्ञा का पालन करते रहते।

जमालि और भी उग्रतर तपस्या करने लगा, घंटों सूर्य की ओर ताकता आतापना लेने लगा। मानो सूरज को लील कर महासूर्य वह होना चाहता है! और यों अपने तपस् के तेज और प्रताप से वह अपने शिष्यों पर एकदंड शासन करने लगा।

जमालि को एक दिन समक्ष पाकर भगवान ने गौतम से कहा :

"लक्ष्य आत्मा हो, आतापना और आत्मदमन नहीं। तप किया नहीं जाता, आत्मलीन होने पर वह स्वतः होता है, गौतम। कायक्लेश नहीं, कायसिद्धि अभीष्ट है। कायक्लेश से काम मिल सकता है, राम नहीं।

"इसी से कहता हूँ, गौतम, बलात् देहदमन मत करो, प्राणदमन मत करो, मनोदमन मत करो, इन्द्रियदमन मत करो। आत्मदमन मत करो। आत्मरमण करो, और देह, प्राण, मन, इन्द्रियाँ आपोआप अपने ही में लीन होकर, आत्मलीन हो रहेंगी।"

अचानक पूछ उठा जमालि :

"तो स्वयं प्रभु ने साढ़े बारह वर्ष ऐसा घनघोर तप क्यों किया?"

"तप नहीं, कायोत्सर्ग किया, काया से उत्तीर्ण होकर आत्म में अवस्थित होने के लिए। तपस्तेज से आत्मतेज प्रकट नहीं होता, आत्मतेज से तपस्तेज प्रकट होता है। महावीर ने देहनाश नहीं, देहजय किया। आत्मनाश नहीं, आत्मजय किया। कायक्लेश नहीं, आत्म-संश्लेष किया। मार को मारा नहीं, उसे भी आलिंगन में लेकर तार दिया।..."

"लेकिन महावीर के तपस्तेज को ही तो जगत् झुका है?"

"नहीं, तपस्तेज को नहीं, आत्मतेज को। बुज्झह, बुज्झह, हे जमालि!"

"तो तपस्या व्यर्थ है, भन्ते?"

"व्यर्थ यहाँ कुछ नहीं। तप से स्वर्ग मिल सकता है, सम्पदा मिल सकती है, सत्ता मिल सकती है, जगत् का राज्य मिल सकता है, पर राम नहीं मिल सकता!"

"महावीर की देवमगरी वैशाली को सर्वनाश की लपटों से तो बचाया ही जा सकता है!"

"आत्मनाश करके?"

"मैं आत्मनाश कर रहा हूँ, भन्ते?"

"आत्मत्राण कर, वत्स, आत्मलाभ कर, सौम्य। वैशाली का त्राण उसी में समाहित है।"

"तो फिर आत्मलब्ध महावीर के होते, वैशाली निरन्तर आक्रान्त क्यों?"

"क्योंकि वह महावीर से वियुक्त है। क्योंकि लिच्छवि आत्मयुक्त नहीं, संयुक्त नहीं, आत्मलिप्त है, आत्म-मत्त है।"

"तो उसमें महावीर कुछ कर नहीं सकते?"

"महावीर कुछ करता नहीं, वह केवल होता है। उस होने में विनाश, त्राण, निर्माण संयुक्त है। उत्पाद, व्यय, ध्रुव की एकाग्र संयुति होता है अर्हत्। अनिवार्य का निवारण, सर्वज्ञ के विधान में नहीं।"

"तो उस अनिवार्य का प्रतिकार करेगा जमालि!"

"क्रमिक पर्याय में वह भी एक पर्याय हो ही सकती है।"

"लेकिन अन्तिम परिणाम?"

"वह तो तुमने अपने हाथ में ले ही लिया, सौम्य?"

"त्रिलोकीनाथ ने मुझे अनाथ करके छोड़ दिया!"

''तथास्तु, जमालि! त्रिलोकीनाथ का कर्तृत्व पूरा हुआ।''

जमालि की बुनियादें टूट गयीं। उसके भीतर ज्वालामुखी घुमड़ने लगे।

मुनियों के प्रकोष्ठ में जमालि, सिद्धासन त्यागकर, घुटने के बल सिंहमुद्रा में कटिबद्ध दीखा। सहसा ही भगवान बोले :

''जो क्रियमाण है, वह हो चुका, गौतम। जो हो रहा है, वह हो गया, गौतम!''

''जो कार्य होने की प्रक्रिया में है, वह पूर्ण नहीं भी हो सकता है, प्रभु?''

''जो पर्याय उदय में आ चुकी है, वह अपनी चरम परिणति पर पहुँचेगी ही। कार्य के आरम्भ में कार्य की समाप्ति गर्भित है, गौतम। काल नहीं, परिणमन प्रमाण है।''

तपाक् से खड़े होकर, जमालि ने पृच्छा की :

''तो मेरा जो अभी परिणमन है, वही मेरी चरम परिणति है, भन्ते?''

''जो पर्याय अभी चल रही है, वह कहीं समापित हो चुकी। जो तू अभी हो रहा है, वह तू हो चुका, सौम्य।''

''मेरा आत्मनाश हो चुका?''

''तू अभी आत्मनाश में प्रवृत्त है?''

''सर्वज्ञ के कथन को केवल दुहरा रहा हूँ और उनका निर्णय माँग रहा हूँ।''

''सर्वज्ञ केवल दृष्ट को कहते हैं, अदृष्ट को कहते हैं, निर्णय नहीं करते। सत् को साक्षात् करते हैं, उस पर हावी नहीं होते।''

''मैं वर्तमान पर्याय से बँधा नहीं। वर्ना मैं स्वतन्त्र आत्मा कैसा, प्रभु?''

''तू पर्याय नहीं। किन्तु पर्याय अपनी प्रक्रिया में भी कृत है। नहीं हो चुकी, फिर भी हो चुकी। तू अपना निदान कर चुका, आयुष्मान्। अपनी नियति का सामना कर।''

जमालि ने अनुभव किया कि उसकी धरती छीन ली गयी है। उसे उच्चाटित कर दिया गया है। लेकिन छोड़े हुए कंचुक की तरफ सर्प कैसे लौटे। वह पर्याय व्यतीत हो गयी। और आगे? आगे उसे शून्य में डग भरना है।

जमालि की संचित तपाग्नि एक प्रचंड संकल्प से स्फोटित हो उठी। उसने सुदृढ़ गम्भीर स्वर में कहा :

''मैं अपने श्रमण-संघ के साथ अनियत और स्वाधीन विहार करना चाहता हूँ, भन्ते। मैं जनपद विहार करना चाहता हूँ, भन्ते। आज्ञा प्रदान करें।''

प्रभु चुप, निश्चल, स्तब्ध रहे।

''जो मैं अभी हो रहा हूँ, वह हो चुका, यह मुझे स्वीकार्य नहीं। मैं वह होकर

रहूँगा, जो होना चाहता हूँ। प्रभु ने मुझे अकेला, अनाथ कर दिया। तो मैं अकेला अनाथ ही विचरूँ, भन्ते। वह होकर रहूँगा, जो होना चाहता हूँ।''

प्रभु चुप, निरुत्तर, समाहित रहे। एक अन्तरिक्ष-ध्वनि सुनाई पड़ी :

''जो तू अभी क्रियमाण है, वह तू कृत है। यह तूने ही प्रकारान्तर से स्वीकार लिया, सौम्य!''

''नहीं...नहीं...नहीं...हर्गिज नहीं। क्रियमाण और कृत के बीच मेरे पुरुष का संकल्प खड़ा है। निर्णय मेरा है, क्रमिक पर्याय का नहीं। प्रक्रिया नहीं, प्रज्ञा प्राथमिक है। कर्तृत्व मेरा है, पदार्थ का नहीं। आज्ञा दें शास्ता और आशीर्वाद दें, कि स्वतन्त्र विचरूँ, और अपने अभीष्ट तक पहुँचूँ। मुक्त पुरुष महावीर सर्व के स्वाधीन परिणमन के हामी हैं। आज्ञा दें, भन्ते तीर्थंकर, कि मैं अपने स्वाधीन परिणमन का अनुसरण करता हुआ, स्वतन्त्र विहार करूँ!...''

श्रीभगवान ने कोई उत्तर न दिया। आचार्य जमालि ने भगवान के मौन को अनुमति का लक्षण माना।

...और आचार्य जमालि ने अपने पाँच-सौ शिष्यों को अनुगमन करने का आदेश दे दिया। और वे समवसरण से प्रयाण कर गये। प्रियदर्शना अनवद्या के नाड़ी-मंडल में बिजलियाँ टूटने लगीं। वह आहत होकर, एक टक श्रीभगवान की ओर अपलक देखती रह गयी। हाय, यह अर्द्धांगिनी नारी होकर, क्या करे? एक ओर जगदीश्वर पिता हैं, दूसरी ओर वह है, जो उसके तन-मन का स्वामी...था?...है? था...है...?

अनजाने ही प्रियदर्शना गहरे सोच में डूब गयी :

'...हाय, हमारा युगल यज्ञ टूट गया? संयुक्त सिद्धि का महास्वप्न भंग हो गया? हमने प्रतिज्ञा की थी परस्पर : कि जीवन में साथ रहे, तो मुक्ति में भी साथ ही रहेंगे। लेकिन हाय, स्वयं पिता ने अनवद्या को पति से बिछुड़ा दिया। पर...मैं किसी की पत्नी नहीं, श्रमणी हूँ। अर्हत् की सती हूँ। मुझे छोह क्या, विछोह क्या? मिलन क्या, बिछुड़न क्या?...' और प्रियदर्शना के भीतर-ही-भीतर रुलाई घुमड़ती चली आयी।

तभी अचानक सुनाई पड़ा :

''आर्या अनवद्या, अर्हत् तुम्हें बिछुड़ाने नहीं आये। परम में मिलाने आये हैं। आर्य जमालि का अनुसरण करो। वे महान्धकार के राज्य में अपने को खोजने निकल पड़े हैं। उनका हाथ नहीं झालोगी? नास्ति के वीरानों में, तुम्हें तो अस्ति का आलोक और आश्वासन हो, अनवद्या। यही जिनेश्वरों की जाया के योग्य है।''

एक अनाहत मौन का प्रसार।

''जो क्रियमाण है, वह कृत है, इसकी सम्बोधि और साक्षी हो तुम, अनवद्या। अपनी एक सहस्त्र श्रमणियों के संग, आचार्य जमालि का अनुगमन करो, देवी।

अविलम्ब।"

अपने संघ सहित प्रस्थान करते जमालि की पीठ ने इस वाणी को सुना और उनके पैरों तले धरती लौट आयी।

और आर्या अनवद्या प्रियदर्शना ने अविरल बहते आँसुओं के साथ प्रभु का वन्दन किया, और वे अपनी एक हजार भिक्षुणियों के संग, आर्य जमालि का अनुगमन कर गयीं।

प्रभु–द्रोही की मुक्ति अवश्यम्भावी

जमालि अब मगध, विदेह, काशी, कौशल तथा वत्सदेश के जनपदों में, अपने संघ के साथ स्वच्छन्द विहार करने लगा। प्रियदर्शनी भी महावीर को छोड़कर उसके पीछे चली गयी थी। इसमें वह भगवान पर अपनी विजय अनुभव करता था। और इस कारण वह उल्लसित होकर और भी अधिक प्रमत्त और उद्धत हो गया था।

कुछ समय में ही उसने अपनी एक दुनिया खड़ी कर ली। पूर्वांचल के सारे ही जनपदों में लोकवाद प्रचारित हो गया कि आचार्य जमालि सर्वज्ञ और अर्हन्त होकर महावीर के समकक्षी हो गये हैं। स्वयं जमालि के प्रवचनों में यह प्रतिध्वनित होता था कि महावीर तो केवल एक परम्परागत तीर्थंकर हैं। किन्तु वह तमाम प्राचीन परम्पराओं को तोड़कर, अपनी स्वतन्त्र प्रज्ञा के बल पर, प्रति–तीर्थंकर हो गया है। सच्चा प्रतिवादी महावीर नहीं, जमालि है। उसी ने आज तक के सारे वादों का भंजन किया है और प्रतिवाद द्वारा एक नूतन और मौलिक वाद को उपलब्ध किया है।

वस्तुतः श्रीभगवान ही समकालीन विश्व की सबसे बड़ी प्रतिवादी शक्ति के रूप में सर्वत्र प्रतिष्ठित हो चुके थे। क्योंकि उनका दर्शन किसी प्रतिक्रिया में से नहीं आया था। उसमें किसी पूर्व वादी के खंडन या मंडन का आग्रह नहीं था। वह उनके आत्म की शुद्ध चिद्क्रिया में से आया था। उन्होंने अपने कैवल्य में विश्व और वस्तु–तत्त्व का सीधा और प्रत्यक्ष साक्षात्कार किया था। वे ईहा, अवाय या धारणा नहीं बोलते थे। वस्तु का प्रकृत स्वरूप स्वयं उनकी वाणी में बोलता था। मानो कि वे नहीं बोलते थे, वस्तु स्वयं उनमें से बोलती थी। भगवान तर्क से किसी सिद्धान्त का प्रतिपादन नहीं करते थे। वे वस्तु के अनैकान्तिक स्वरूप को अपने एकाग्र केवलज्ञान में जैसा साक्षात् करते थे, उसी का अविकल्प कथन करते थे। वे सिद्धान्तकार नहीं, साक्षात्कार थे।

जमालि ने जान–बूझकर भगवान के व्यक्तित्व और वाणी को विकृत और व्यभिचरित किया। वह उनके सारे कथनों को तोड़–मरोड़कर, उनके पूर्वापर सन्दर्भों

से काटकर, उनकी गलत व्याख्या लोगों के सामने प्रस्तुत करने लगा। उसने महावीर को एक कट्टर सिद्धान्तकार के रूप में स्थापित किया। उन्हें वादी के रूप में सामने रखा। और उनके सिद्धान्त के विरोध में अपना प्रति -सिद्धान्त रचकर, उनके प्रतिवादी के रूप में अपने को उजागर करने लगा।

उसने अपना कुछ ऐसा बिम्ब खड़ा किया, कि प्रति-तीर्थंकर जमालि आ गया है, और उसने तीर्थंकर महावीर को अपदस्थ कर दिया है। वही अपने काल का सबसे बड़ा युगन्धर और युगंकर है। पृथ्वी पर वही इस समय एकमात्र सर्वज्ञ, पूर्ण ज्ञानी और अर्हन्त है।

वह कहता है कि वह पुरोगामी है, महावीर प्रतिगामी हैं। वह क्रियावादी है, महावीर अक्रियावादी हैं। वह आगे ले जाता है, महावीर पीछे ले जाते हैं। वह प्रगतिवादी है, महावीर अप्रगतिवादी और यथास्थितिवादी हैं। इस प्रकार के भ्रामक और एकान्तवादी कथन करके वह भगवान की अनैकान्तिनी वाणी को विकृत कर रहा था और लोकजनों को भरमा रहा था।

भगवान ने जमालि की आत्महन्ता तपस्या की अवगणना कर दी थी। इसका जख्म भी उसके हृदय में कम गहरा नहीं था। उसके आक्रोश और प्रतिशोध भाव की सीमा नहीं थी। हर समय वह उबलता ही रहता था।

उसके मन में यह अचल धारणा थी, कि महावीर ने अपने सत्यानाशी तप के बल पर ही जगत् को झुकाया है। तो उसने हठ ठान लिया और दावा किया कि वह महावीर से भी अधिक भयंकर और प्रखर तपस्या करेगा। वह अपने तप के प्रताप से त्रिलोकी को थर्रा देगा, और महावीर को हरा देगा।

सो अब जमालि अघोरी तपस्या के तमस में छलाँग भर गया। उसने सारी नियम-मर्यादा तोड़ दी। वह घूरों पर, मल के ढेरों पर, कर्दम-कीचड़ में बैठकर, काँटों की झाड़ियों और श्मशान की चिताओं में लेटकर ध्यान करने लगा। हठ और कषाय की एकाग्रता के कारण उसे गहरा और घोर आर्त्त-ध्यान होता था। देह भान चला जाता, और वह खतरों में पड़ा पाया जाता। देह-दमन की पराकाष्ठा तक जाकर, वह महावीर के त्रिभुवन-मोहन सौन्दर्य को निस्तेज और तुच्छ कर देना चाहता था।

इसी उन्मत्त दशा में अपने संघ के साथ भ्रमण करता, एक दिन जमालि श्रावस्ती के कोष्टक चैत्य में आ पहुँचा। वह अब पहले का कान्तिमान जमालि नहीं रह गया था। अनियत चर्या में रूखे-सूखे, बासी, अखाद्य आहार करने से, उसकी कान्ति नष्ट हो गयी थी। प्रबल भूख-प्यास सहने की कष्ट-क्रिया के कारण, और समय-असमय प्रमाण रहित भोजन करने से, उसका सुकुमार शरीर व्याधिग्रस्त हो गया था। फिर उसका सबसे उग्र तप तो उसकी अपनी ही कषाय थी। उसके अन्तर में वैर और प्रतिस्पर्द्धा की आग सदा धू-धू धधकती रहती थी। और उसी में वह निरन्तर अपनी

आहुति दे रहा था।

इसी से उसका वह सुकोमल चेहरा विकृत और विकराल हो गया था। वह एक आतंक और भय की सृष्टि करके लोक-हृदय पर राज्य करना चाहता था। निरन्तर की इस जलन के कारण श्रावस्ती आने पर उसे पित्त-ज्वर ने दबोच लिया। उसके अंग-अंग में दाह उत्पन्न हुआ। बैठना और लेटना तक उनको मुहाल हो गया। उग्र दाह-ज्वर में भी वह बेचैन प्रेत की तरह चलता ही दिखाई पड़ता था। पर एक दिन सहन-शक्ति की सीमा आ गयी। तब उसने खिन्न आक्रोश के स्वर में आदेश दिया :

"श्रमणो, संथारा बिछाओ। स्वामी लेटेंगे।"

श्रमण आदेश पाते ही फुर्ती से घास की शैया बिछाने लगे, कि तभी जमालि ने पीड़ा से उद्विग्न होकर फिर पुकारा :

'संथारा बिछ गया, श्रमणो?"

एक साधु ने सहज ही उत्तर दिया :

"हाँ, संथारा बिछ चुका, भन्ते!"

यानी बिछ ही रहा था, और आचार्य के वहाँ तक आने तक बिछ ही जाता। जो क्रियमाण था, वह कृत था ही। इसी गहरे ज्ञान-संस्कार में से श्रमण बोला था।

जमालि ने आकर देखा तो शैया अभी लगी नहीं थी, लग रही थी। वह तो हर क्षण महावीर के सिद्धान्त का खंडनहार होकर ही जीता था। उसे सचोट प्रमाण मिला, कि महावीर की बात गलत हो गयी। बिछाने की क्रिया को ही श्रमण ने कृत कहकर, महावीर का समर्थन करना चाहा है। उसके नख से शिख तक आग लग गयी। वह भभककर बोला :

"अरे मिथ्यावादियो, अभी शैया बिछी नहीं, तब भी बिछ गयी कहते तुम्हें शरम नहीं आती! एक क्षण की भी देर हो, तो संथारा हो गया, ऐसा कैसे कहा जा सकता है। तुम्हारे मन में अभी महावीर की लेश्या गयी नहीं। लेकिन ओ रे अन्धो, प्रत्यक्ष को प्रमाण क्या? सरासर बिस्तर लगा नहीं है, और तुमने 'लग गया' कह दिया। लेकिन लगा नहीं है, और महावीर झूठा पड़ गया है। तुम झूठे पड़ गये हो। अरे पाखंडियो, तुम उस मिथ्यावादी जादूगर महावीर को भूल नहीं सके हो। सत्यवादी के साथ रहकर भी उसे पहचानते नहीं। तो जाओ, और डूब मरो, किसी अन्धे कुएँ में!"

चीख-चीखकर जमालि यह प्रलाप कर रहा था, कि तभी देवी अनवद्या प्रियदर्शना वहाँ आ पहुँची। श्रमण अविचल खड़े थे, और जमालि जोरों से बकवास कर रहा था।

देवी ने बहुत शान्त मृदु स्वर में श्रमणों को उलहना दिया :

"एक तो आचार्य की तबियत ठीक नहीं है। ऊपर से उन्हें इस तरह खिजाना क्या उचित है?"

देवी विरल ही कभी आचार्य के सामने आती थीं। दूर से ही उनका यथाशक्य जतन चलता रहता था। उनकी बोली भी कभी मुश्किल से ही सुनाई पड़ती थी। एक श्रमण ने विनयपूर्वक निवेदन किया :

"लेकिन आर्ये, इसमें कोई हमारा अपराध हो तो हमें अवश्य दंडित करें। शैया बिछ रही थी, और बिछ जाने को थी, अगले ही क्षण। इतनी प्रत्यक्ष थी यह बात कि जो सत्य था, वही हमारे मुँह से सहज निकल गया। आचार्य के आने तक बिस्तर लग ही जाता, लग भी गया। फिर भी वे अकारण ही क्रोध से भभक पड़े।"

"लेकिन इतना तो समझना ही होगा, सौम्य, कि यदि एक तपस्वी पित्त-ज्वर के असह्य दाह से पीड़ित हो, तो इतना भी विलम्ब कैसे सहन कर सकता है?"

"विलम्ब का तो प्रश्न ही नहीं था माँ, उनका आदेश पाते ही हम संथारा लगाने लगे थे। लगाने और लग चुकने में अन्तर ही कहाँ था। कथ्य ही सत्य रूप में हमारे मुख से निकल गया। आचार्य के समक्ष तो सदा महावीर रम रहे हैं, उसमें हमारा क्या दोष? हमें सिद्धान्त का भान था ही नहीं, हमने तो सहज सत्य कहा। और वस्तुतः महावीर भी सिद्धान्त नहीं कहते, प्रत्यक्ष और सहज सत्य कहते हैं। हमने भी अपना स्वतन्त्र बोध कहा, उसमें महावीर कहाँ से आ गये?"

जमालि बीच में ही घायल भेड़िये की तरह दहाड़ उठा :

"धूर्तो, मेरे संघ में रहकर, चालाकी से महावीर का मंडन करते हो! हजार बार कह चुका और फिर कहता हूँ, कि क्रियमाण को कृत कहने का सिद्धान्त झूठा है। और तुम्हारे ही कर्म ने अभी यह प्रमाणित कर दिया। प्रत्यक्ष को भी झुठलाकर, झूठ का पक्षपात करते तुम्हारी जीभें क्यों नहीं कट पड़तीं, तुम्हारे मस्तक क्यों नहीं गिर जाते!"

फिर प्रियदर्शना को लक्ष्य कर जमालि बोला :

"सुनो आर्ये, इसमें न्याय और तर्क का बारीक काँटा लगाने की जरूरत ही क्या है। व्यवहार की निहाई पर तुम्हारे पिता का सिद्धान्त टिक न सका। तुम्हीं सोचो, जो क्रियमाण को कृत मान लिया जाये, तो मुझ जैसे पीड़ित की कैसी दुर्दशा हो। एक सामान्य शब्दार्थ की सच्चाई भी तुम्हारे पिता में न हो, तो वे कैसे पदार्थ-ज्ञानी, कैसे सर्वज्ञानी? अरे कोई तो मेरे प्रत्यक्ष सत्यवाद को समझे। कोई तो उसे साक्ष्य और समर्थन दे!"

इस क्षण जमालि के प्रति प्रियदर्शना की संवेदना अजस्र वेग से प्रवाहित थी। एक तो उसकी कुम्हलायी काली पड़ गयी देह, उस पर असाध्य रोग का आक्रमण, और तिस पर वह चारों ओर से आहत, पराहत और बेसहारा हो गया था। और इस वक्त उसके उद्वेग और क्षोभ का पार नहीं था। प्रियदर्शना की छाती में वह उद्विग्न चेहरा शूल-सा गड़ उठा। वह कातर होकर बोली :

"समझ रही हूँ, आचार्य देव, सत्य आपके पक्ष में है। उसमें किसी पिता के

पक्षपात को अवकाश नहीं!''

''बस तो जहाँ सत्य, वहीं सर्वज्ञता!''

और जमालि अपनी पराजय की कुंठा से मुक्त होकर उल्लसित हो उठा। उसने राहत की एक गहरी निःश्वास छोड़ी। वह संथारे पर लेटते हुए निश्चल स्वर में बोला :

''प्रति-तीर्थंकर जमालि का ध्रुव स्थापित हो गया।...महावीर, तुम हार गये। सत्य मेरे पक्ष में प्रमाणित हो गया!''

और उसके मुँह से ज्वर-दाह की एक गहरी कराह निकल पड़ी।

देवी प्रियदर्शना ने एक दृष्टि भर आचार्य को एकटक देखा। और वे चुपचाप आर्यिका-वास में चली गयीं।

...ठीक उसी समय कई श्रमण भी जमालि के संघ का त्यागकर चुपचाप अपने अभीष्ट की ओर विहार कर गये। अन्य अनेक श्रमण आचार्य की भावी प्रभुता का स्वप्न देखते उन्हीं के साथ विरम रहे।

उत्तरोत्तर श्रमण तो अधिकांश जमालि के संघ का त्याग कर प्रभु के पास लौट गये थे। किन्तु श्रमणी एक भी न गयी। क्योंकि श्रमणियों के समक्ष आर्या प्रियदर्शना का व्यक्तित्व था, जो इस समय मोहाविष्ट होते हुए भी क्षान्ति और दान्ति के सौन्दर्य से उज्ज्वल था। उनकी मौन प्रीति से तिर्यंच प्राणी तक वशीभूत थे, तो श्रमणियों की क्या बात!

देवी प्रियदर्शना के इंगित पर ही सारे संघ का संचालन होता रहा। आचार्य को अपनी अघोरी साधना से अवकाश ही कहाँ था!

शरीर से स्वस्थ होने पर जमालि अपने संघ सहित श्रावस्ती से विहार कर गया। पर मन में वह अधिक-अधिक विक्षिप्त और वातुल होता जा रहा था। अहम् और प्रतिद्वन्द्विता की तो तीव्र कषाय उसकी चेतना को गहरे में मथ रही थी, वहाँ किसी सत्य या विवेक को अवकाश नहीं था।

देवी प्रियदर्शना उसे छोड़ जातीं, तो शायद उसका मदज्वर उतर जाता। पर वे उसके संग अचल पग चल रही थीं। और उनकी एक हजार श्रमणियों के बीच जमालि नील पंख पसारे मयूर की तरह इतराता हुआ विचरता था। उसके अहंकार, उन्माद और उद्भ्रान्ति को इससे बड़ा बल मिलता था।

जनपदों में विहार करते हुए, वह अपने स्थापित तर्क को बड़ी ओजस्वी घोषणाओं के साथ प्रचारित करता रहता था। महावीर का विरोध ही उसकी एकमात्र जीवन-चर्या थी। भगवान की शासक और उन्नायक वाणी के प्रभाव को, वह सर्वत्र अपनी कषाय के धूम्र से मलिन और आच्छादित कर देने की चेष्टा करता रहता था।

अज्ञानी लोक-जन को भरमाने में उसने कोई कसर नहीं रख छोड़ी।

गौतम ने अनेक बार चाहा कि भगवान जमालि का प्रतिकार करें। उसके विष-वमन को अपने कैवल्य के तेज से रोकें। पर वह महावीर का मार्ग नहीं था। लोकालोक की तमाम दैवी, दानवी, मानवी शक्तियाँ उनकी सेवा में प्रस्तुत थीं। यदि वे उनका उपयोग करना चाहते, तो अपने सारे विरोधियों का क्षण मात्र में उत्पाटन करवा सकते थे। जमालि के तन और मन को तभी कीलित करवा सकते थे, जब उसने विद्विष्ट होकर भगवान से अलग विहार करने का प्रस्ताव किया था। वे स्पष्ट देख रहे थे, कि जमालि उनका दुर्दान्त द्रोही होकर लोक में खड़ा होगा। वह उनकी धर्मदेशना का अपलाप करेगा।

लेकिन अर्हन्त विरोधी शक्तियों का प्रतिकार नहीं करते, वे अचल रहकर अपने सत्य के प्रकाश में उन्हें यथा समय गला देते हैं। विरोध की धार पर ही वे अपने विश्वम्भरत्व और अर्हत्व को प्रकाशित करते हैं।

प्रियदर्शना तो अपवाद रूप से उनकी प्रिय पात्र रही थी। वह उनकी आत्मा की बेटी थी। वह तीर्थंकर की दुहिता थी। उस अपनी ही प्रभा की एक किरण को अपने में समेट लेना भगवान के लिए क्रीड़ा मात्र था। लेकिन उससे भी प्रभु असम्पृक्त ही रहे। उसे भी प्रभावित करने या खींचने की कोई चेष्टा उन्होंने कभी नहीं की।

सच पूछो तो उलटी ही बात थी। जब जमालि और प्रियदर्शना भगवान के सान्निध्य में रहते थे, तब प्रियदर्शना ने एक बड़ी सूक्ष्म बात को लक्ष्य किया था। जब भी जमालि अपने शिष्यों सहित, भगवान को प्रणाम कर उनकी धर्म-सभा से जाने लगता, तो प्रभु बहुत मृदु दृष्टि से, प्रियदर्शना को अवलोकते। मानो कि पूछ रहे हों : 'जाओगी? अच्छा जाओ, सुख से विचरो!' उन कण-कण के अन्तर्यामी से क्या छुपा था। नर-नारी के सारे ही गोपन खेलों में वे उन्मुक्त विचरते थे। उन्हें रोकते-टोकते नहीं थे। उनके स्वतन्त्र परिणमन को निर्बाध रूप से परा सीमा तक जाने देते थे। वे अन्तरतम के मालिक जानते थे कि एक दिन तो हर किसी को घर लौटना ही है।

वे आरोपण और बलजबरी से मनुष्य के मन को मोड़ने की चेष्टा कभी न करते। हर व्यक्ति को अपने पथ-निर्णय की स्वाधीनता, उनका विधान था। विधि-निषेध को वे मात्र संघ के अनुशासन की दृष्टि से आवश्यक मानते थे। वह उनके मन एक अनिवार्य बाह्याचार था। पर व्यक्तियों की निजी आत्माओं का जहाँ सरोकार होता था, वहाँ किसी को कभी न कहते कि 'यह कर, वह मत कर।' उनका एक ही आप्त वाक्य था :

यथा सुखाः
जिसमें तुम्हें सुख लगे, वही करो।

यानी अपने सुख के स्वरूप को स्वयं ही क्रमश: जानो। अनुभव की संघर्ष यात्रा द्वारा अपने अभिलषित सुख के चरम स्वरूप तक स्वयं ही पहुँचो। दमन से नहीं, समझ से स्वयं को उपलब्ध हुआ जा सकता है। जो वासना व्यक्ति में सर्वोपरि है, उसी की राह चलकर व्यक्ति एक दिन अचूक अपने गन्तव्य पर पहुँच जाएगा। भगवान केवल वस्तु-स्वरूप कहते थे, आत्म-स्वरूप कहते थे। स्थितियों के आवरण हटा देते थे। लेकिन हस्तक्षेप उनके विधान में नहीं था।

...इस विधान के चलते, जमालि के अहंकार को खुलकर खेलने का अवसर दिया गया था। प्रियदर्शना जैसी अपनी आत्मजा को भी अन्धकार में खो जाने की छुट्टी दे दी गयी। अरे, भेज दिया स्वयं। स्वातन्त्र्य का अनुत्तर सूर्य था महावीर।

जमालि का प्रताप इस समय चरम पर पहुँच चुका था। श्रीभगवान चम्पा के पूर्णभद्र चैत्य में विहार कर रहे थे। तभी एक दिन अचानक जमालि प्रभु के सम्मुख आ खड़ा हुआ। उसने उद्दंड होकर प्रभु को ललकारा :

"आर्य महावीर, तुम्हारा तीर्थंकरत्व समाप्त हो चुका। प्रति-तीर्थंकर जमालि नूतन युग-तीर्थ का प्रवर्तन कर रहे हैं। उनके सिद्धान्त का डंका आसमानों पर बज रहा है। अर्हन्त केवली तुम नहीं, जमालि है। तुम्हारा सूर्य अस्त हो चुका, तुम्हारी प्रभा लोक में लुप्त हो गयी।...इस समय जनपदों के चित्त पर जमालि के सिद्धान्त का राज्य है।

"मैं फिर कहता हूँ महावीर, क्रियमाण कृत नहीं है। तुम्हारा तर्क व्यवहार की निहाई पर गलत सिद्ध हो चुका। अपनी हठ छोड़ दो, नहीं तो एक दिन पछताना होगा!"

श्रीभगवान निष्कम्प निर्वात दीपशिखा की तरह अचल रहे। सारी पर्षदा में सन्नाटा व्याप गया। जैसे इस आवाज को किसी ने सुना ही नहीं। वह व्यर्थ हो गयी।

जमालि ने फिर कहा :

"देवानुप्रिय महावीर, जानो कि तुम्हारे अनेक शिष्यों की तरह मैं छद्मस्थ नहीं विहर रहा। मैं केवली-विहार से विचर रहा हूँ। मैं सर्वज्ञ हूँ। यह जान लो, और अन्तिम रूप से मान लो।"

श्रीभगवान अनाहत मौन में समाधिस्थ हो रहे। गौतम अनुकम्पा से भर आये। बहुत मृदुवाणी में बोले :

"महानुभाव जमालि, केवलज्ञान और केवलदर्शन तो ऐसी ज्योति है, जिसका प्रकाश आपोआप ही लोकालोक में फैल जाता है। उसे फैलाना नहीं पड़ता, उसकी उद्घोषणा अनावश्यक है। जो सर्वव्यापी आलोक नदी, समुद्र, गगनभेदी पर्वतमालाओं

से भी स्खलित नहीं होता, जिस प्रकाश के आगे अभेद्य अँधेरी गुफाएँ और तमस् के क्षेत्र भी हथेली पर रखे आँवले की तरह आलोकित हो उठते हैं, वह तो स्वयं पहचान लिया जाता है। तुम अर्हन्त हो तो लोक जान ही लेगा, कि तुम कौन हो। शान्त वत्स, शान्त। जिसमें सुख लगे, वही करो।''

जमालि असमंजस में पड़ गया। जो उसकी राह में आना ही नहीं चाहता उसे वह क्या कहकर ललकारे। धीरे से पूछा गौतम ने :

''महानुभाव जमालि, लोक शाश्वत है कि अशाश्वत है?''

जमालि से उत्तर न आया। वह विकल्प में पड़ गया कि, हाँ कहे या ना कहे। वह मन-ही-मन जानता था कि अनेकान्त में उसका हर एकान्त उत्तर झूठा सिद्ध हो सकता है। पर अनेकान्त को वह कैसे स्वीकारे? जमालि चुप रह गया। सामने संवादी इतना अनाग्रही है, कि उसके सम्मुख किसी भी आग्रह को अवकाश कहाँ।

''देवानुप्रिय जमालि, जानो, यही महावीर है। एकान्त का आग्रह सर्वज्ञ के समक्ष टिकता नहीं। तुम्हारा मौन ही तुम्हारा समीचीन उत्तर है।''

जमालि को लगा कि उसके ऐसे प्रचंड विरोध को भी यहाँ अबाध अवकाश है। उसका प्रतिकार नहीं। इस अनिरुद्ध सत्ता के आगे, कोई आग्रह, कोई अवरोध टिकता ही नहीं। एक गहरे व्यर्थता-बोध से म्लान और क्षुब्ध होकर जमालि चुपचाप वहाँ से चला गया। उसे नहीं समझ आया, कि इस अनुत्तर को कैसे उत्तर दिया जाये?

एकदा जमालि अपने संघ के साथ विहार करता हुआ फिर श्रावस्ती पहुँचा। वह अपने श्रमणों सहित किसी कम्मार की कम्मशाला में ठहरा। और आर्या प्रियदर्शना अपनी श्रमणियों के संग ढंक कुम्हार की भांडशाला में ठहरीं। योगायोग कि पहली बार वे अलग-अलग स्थानों पर ठहरे थे।

ढंक भगवान महावीर का परम भक्त श्रावक था। प्रभु के प्रति जमालि के द्रोह से वह पूरी तरह परिचित था। इससे उसके हृदय में गहरी व्यथा थी। ढंक कोई विद्वान नहीं था। वह भाविक था, और भगवान की वाणी को उसने हृदय के भाव में ग्रहण किया था। वह सिद्धान्त नहीं समझता था, उसने अपनी भक्ति और प्रीति से ही प्रभु की देशना को अपने भीतर आत्मसात् कर लिया था।

देवी प्रियदर्शना को निकट पाकर उसकी व्यथा उमड़ आयी। प्रभु के प्रतिरूप जैसी उनकी यह एकमेव बेटी, अपने जगत्पति पिता से बिछुड़ गयी है। सत्य का यह अपलाप उसे असह्य हो उठा। विवाद उसे नहीं रुचा, उसने एक युक्ति करके अनवद्या के अकलंक हृदय तक पहुँचना चाहा।

एक दिन सुयोग देखकर उसने आग की कुछ चिनगारियाँ अनवद्या के निकट

फैला दीं। एक चिनगारी उड़कर प्रियदर्शना के वस्त्र में जा पड़ी, और वस्त्र जलने लगा।

प्रियदर्शना एकदम बोल पड़ी :

"वत्स ढंक, यह आग कहाँ से आयी? मेरा वस्त्र जल गया!"

"आर्ये आपका वस्त्र जल गया कि जल रहा है?"

"सौम्य, पूछ क्या रहे हो, तुम्हारी आँखों आगे वस्त्र जल रहा है, उसे नहीं देख सकते?"

"हाँ तो यों कहें, भगवती, कि वस्त्र जल रहा है। आप तो बोल पड़ी थीं, कि जल गया है!"

अनवद्या ने आग को वहीं मसल दिया, पर वे सोच में पड़ गयीं। ढंक ने उनकी आँख में उँगली डालकर उन्हें सत्य दिखा दिया था। दिखा दिया था, कि सत्य सहज स्वाभाविक होता है, वह तर्कित नहीं होता। उन्हें अवाक् देखकर ढंक फिर बोला :

"इसी क्रियमाण और कृत के विवाद की खातिर आपने अपने त्रैलोक्येश्वर पिता का परित्याग कर दिया। इसी की खातिर प्रभु के अविभक्त संघ को आपने खंडित हो जाने दिया। लेकिन जब स्वयं आपकी संघाटि में आग लग गयी, तो सत्य आपके मुँह से ही बरबस निकल गया। शेष तो आप जानें!"

प्रियदर्शना को हठात् लगा कि जैसे उनकी आँखों के सामने से एक साथ अन्धकार के कई पटल हट गये हैं। वे भावित और उच्छ्वसित हो आयीं। भर आये स्वर में बोलीं :

"सौम्य ढंक, तुमने मुझे अनादि की मूर्च्छा से जगा दिया। मेरी मोह-रात्रि को क्षणमात्र में काट दिया।...तुम्हारे प्रति मेरी कृतज्ञता का अन्त नहीं!"

"मैं कौन होता हूँ, भगवती, यह तो उन सर्वशक्तिमान प्रभु का अनुग्रह है। ठीक मुहूर्त आने पर वे स्वयं ही पर्दा हटा देते हैं। अपने जीवन में अनेक बार इसका अनुभव किया है।"

"देवानुप्रिय ढंक, बालपन से ही उनके इतनी नजदीक रही। सारे नद्यावर्त में केवल मुझी पर उनकी पितृ-दृष्टि थी। मुझे वे बेटी मानते थे, यह सब कोई जानते थे। नाम रखा था, अनवद्या। तो परिवार की सारी लड़कियों को ईर्ष्या हो गयी थी। प्रभु ने मेरा नाम रक्खा। उसी नाम से मुझे पुकारा।

"...और फिर उनकी विराट धर्मसभा देखी, उनके संघ में रहकर और उनके संग विहार कर, उनकी अंगभूत हो रही। फिर भी मैं उन्हें न समझ सकी। और तुमने उन्हें दूर से ही पूरा समझ लिया, सौम्य ढंक।...और मैं हतभागिनी उन्हें छोड़कर निकल पड़ी!"

"ग्लानि न करें देवी, जो कुछ हुआ है, वह प्रभु की इच्छा और अनुमति से ही हुआ है। निराले हैं उनके खेल। उन्हें कौन समझ सकता है!...और वही तो आपको

घर लौटा लाये आज। मैं तो निमित्त मात्र था। इस लीला का पार नहीं।''

"एक विचित्र व्यंग को सामने देख रही हूँ, आयुष्यमान ढंक। लोकतारक अपनों के बीच ही सबसे ज्यादा अयाना होता है। उसके अपने कुटुम्बी, परिचित, मित्र ही उसे सबसे कम जानते और पहचानते हैं। वही उनकी सबसे अधिक अवहेलना करते हैं। उनका तिरस्कार और पीड़न तक करते हैं। मैंने अपने पिता को कम दु:ख न दिया।...हाय मैं अभागिनी!'' और अनवद्या की छाती टूक-टूक होने लगी।

"ठीक ही कह रही हैं, देवी। जगत् में सदा से यही रीत चली आयी है। मलयागिरि की भीलनी के मन में चन्दन का कोई मोल नहीं होता। वह उसे बबूल की लकड़ी की तरह जला देती है। अपने समय के अवतारी को पहचानना सहज नहीं, देवी। स्वयं उसी के अनुग्रह से वह सम्भव हो पाता है।''

"सच तो कह रहे हो, देवानुप्रिय। तुम्हारी क्रिया और तुम्हारा वचन, उन प्रभु का ही तो था। उनका अनुग्रह मुझ हतभागिनी को भी प्राप्त हो गया।...मैंने अपने परमेश्वर पिता को पहचान लिया!''

देवी अनवद्या हठात् खड़ी हो गयीं। मन-ही-मन प्रतीक्षा की : "अब अपने स्वामी के श्री चरणों में पहुँचकर ही, अन्न-जल ग्रहण करूँगी।'' और तत्काल वे उस दिशा में विहार कर गयीं, जिधर श्री भगवन्त पाँच योजन पर समवसरित थे। उनकी श्रमणियाँ भी अविकल्प उनका अनुगमन कर गयीं।

"आओ अनवद्या। तुम्हें आना ही था। सुबह का भटका साँझ को घर लौटता ही है। सब यथा समय, यथा स्वभाव होता है।''

अनवद्या की आँखों से धारासार आँसू बह रहे थे। निगड़ित कंठ से वे बोलीं :

"मैं अपने विश्वम्भर पिता को न पहचान सकी। धिक्कार है मुझ कृत्या को!''

"तुम्हें आदिकाल से जानता हूँ, अनवद्या। और तुम भी आदिकाल से मुझे पहचानती हो। प्राणि मात्र के बीच मोहान्धकार की असंख्य रात्रियाँ पड़ी हैं। शुद्ध परिणमन का मुहूर्त आने पर ही परम मिलन अनायास होता है। कभी तुम्हें अनवद्या कहा था, प्रियदर्शना। तुम्हें कलंक लग ही नहीं सकता! फिर ग्लानि क्यों? तुम कृतार्थ हुई अनवद्या, तुम परिपूर्त हुई।''

किन्तु अनवद्या के भीतर से उमड़ती रुलाई रुक ही नहीं पा रही थी। श्री भगवान बोले :

"तुम्हारी संवेदना को बूझ रहा हूँ, देवानुप्रिये। यही महावीर की दुहिता के योग्य है।...निश्चिन्त हो जाओ। आर्य जमालि दिवंगत हो गये। वे लान्तक देवलोक में किल्विष देव होकर इस समय कुसुम-शैया में सुख से सोये हैं। अब उन्हें तुम्हारे सहारे

की जरूरत नहीं।''

"उनका भवितव्य प्रभु?''

"आसन्न भव्य हैं, आर्य जमालि। कुछ जन्मान्तरों के बाद निकट भविष्य में ही मोक्ष लाभ करेंगे। महावीर के द्रोही की मुक्ति अवश्यम्भावी है। जिसने मुझे हर साँस में याद किया, उसे तो मुक्त होना ही है!''

प्रियदर्शना की भवरात्रि समाप्त हो गयी। क्षण मात्र में उसके जनम-जनम के मोहान्धकार कट गये। उसके भ्रूमध्य में जैसे कोई अपूर्व सूर्योदय हो गया।

वह साष्टांग प्रणिपात में प्रभु के समक्ष निवेदित हो गयी।

वासना के सुलगते जंगल

कौशाम्बी की विधवा महारानी मृगावती को लगा, कि वातावरण में आज एक विचित्र कम्पन है। सारा आकाश-वातास जैसे एकाएक संवेदना से भर उठा है। पत्ती-पत्ती कितनी जीवन्त और प्रत्यक्ष हो उठी है।

उन्हें रोमांचक सिहरन के साथ नये सिरे से स्मरण हो रहा है, कि वे तीर्थंकर महावीर की सबसे बड़ी मौसी हैं। वे उस वत्सराज उदयन की माँ हैं, जिसके पराक्रम और प्रेम की गाथाएँ सुदूर के अज्ञात समुद्र-तटों तक व्याप्त हैं।

अभी कल ही की तो बात है, जब महाश्रमण वर्द्धमान, अपनी तपोसाधना के अन्तिम दिनों में कौशाम्बी आये थे। बेड़ियों में बन्दिनी एक राजकुमारी दासी के ही हाथ का आहार लेने का कठोर अभिग्रह कर, दो महीने कौशाम्बी के रास्तों और गलियों में उपासे भटकते रहे थे। अपने भावी जगतपति बेटे की ऐसी दारुण तपस्या से मृगावती पसीज उठी थीं। महारानी यह तो न समझ सकी थीं कि वह दासत्व का मूलोच्छेद करने निकला है। पर यह जरूर समझ गयी थीं, कि साक्षात् भगवान कौशाम्बी की पाप में डूबी अन्धी गलियों में भटक रहे हैं।...यह निरा मनुष्य होकर भी, उससे ऊपर है। और उनके आनन्दाश्चर्य का पार नहीं था यह देखकर, कि यह प्रभु उन्हीं का रक्त है।

और बन्दिनी दासी के रूप में मिली थी, स्वयं चन्दना। उनकी दुलारी छोटी बहन। उसने स्वयं दासत्व ग्रहण कर, दासत्व के स्थापक अपने परम्परागत राजवंशी रक्त के इतिहास-व्यापी अपराध का प्रायश्चित किया था। और उस चन्दना की बेड़ियाँ तोड़कर प्रभु ने सदियों से चली आयी दासत्व की साँकल को तोड़ दिया था। उसके बाद चन्दना, मौसी मृगावती के पास ही कौशाम्बी के राजमहल में रही। प्रभु की पुकार

के लिए विकल उसकी प्रतीक्षाकुल रातों को मृगावती ने देखा था। एक दिन बुलावा आया, और वह चन्दना भी चली गयी। लेकिन मृगावती का कौन है? उनका बेटा वत्सराज उदयन तो सुरा, सुन्दरी और संगीत में खोया है। उसे अपनी प्रणय-क्रीड़ा, और दुर्दान्त भ्रमणों तथा शूरातनों से कहाँ फुर्सत? और त्रिलोकपति महावीर किसे पहचानेंगे या पुकारेंगे, कहा नहीं जा सकता।

यह सब सोचते हुए, महारानी का मन बहुत कातर, उदास हो गया। वह सुदूर अतीत के छोरों तक भटकता चला गया। याद हो आये वे दिन, जब समवयस्क उदयन और महावीर किशोर थे। और दोनों ही अपने-अपने सपने की खोज में कुँवारे जंगलों को बींधते फिरते थे। उदयन अपनी कुंजर-विमोहिनी वीणा से, और महावीर अपनी पूछती आँखों की सर्वभेदी जिज्ञासा से। उन दोनों ही को तब क्या पता था, कि महारानी माँ उस काल कितने बड़े संकट से गुजरी थीं।

वे आज सोच रही हैं, कि एक अन्तर्दर्शी चित्रकार की पीछी कैसे एक साथ कई जीवनों और सम्बन्धों के भाग बदल सकती है। राज्यों और जनपदों के इतिहास को एक नया मोड़ दे सकती है। और इतिहास में वह चित्रकार सदा अनपहचाना ही रहता है।...और उस कथा की नायिका वे स्वयं रहीं!

...मृगावती उस पूरे अतीत को इस क्षण फिर से जी रही हैं। याद आ रहा है : साकेतपुर में तब सुरप्रिय यक्ष का देवालय था। वहाँ प्रति वर्ष लोग उसकी प्रतिमा का चित्रांकन करवा कर, उसका महोत्सव करते थे। जो चित्रकार उसका चित्र आँकता, उसे यक्ष लील जाता था। और चित्रकार चित्र न आँके, तो यक्ष नगर में महामारी विकुर्वित कर देता था। इससे भयभीत होकर सारे चित्रकार उस नगर से पलायन करने लगे। अपनी प्रजा में महामारी उत्पन्न होने के भय से राजा ने चित्रकारों को जाने से रोका। उनकी जमानतें लेकर, उनके नाम की चिट्ठियाँ यमराज के कारागार जैसे एक बड़े घड़े में डाल दी गयीं। प्रति वर्ष एक चिट्ठी निकाली जाती, और जिसका नाम निकलता, उस चित्रकार को यक्ष का चित्र आँकने भेज दिया जाता। उसकी बलि चढ़ जाती, और प्रजा भय-मुक्ति का महोत्सव मनाती। यह व्यवस्था राजा और प्रजा ने मिलकर की थी, प्रजा के त्राण को सामने रखकर। और एक परित्राता कलाकार प्रति वर्ष बलि चढ़कर गुमनाम हो जाता था।

...कैसे अज्ञान में डूबी थी उस काल की प्रजा। ईश्वर का स्थान हीन देवयोनि के यक्षों, पिशाचों और व्यन्तरों ने ले रखा था। तीन-चौथाई प्रजा को शिक्षा से वंचित रखा जाता था, और वह भय और अज्ञान में जी रही थी। भय ही उनका भगवान हो गया था। इस भय के देवता थे, अवचेतना के अन्धकार वासी यक्ष और प्रेतात्मागण। वे अपनी अधोगामी दैवी शक्तियों से भयभीत प्रजाओं का पीड़न करके अपनी प्रभुता लोक में चलाते थे। उस काल के अज्ञानी मानव-चित्त पर भय का कालभैरव ही राज्य

कर रहा था। बाद को महावीर ने अपने तपस्याकाल में शूलपाणि यक्ष को अपनी निर्भयता से जय करके, यक्षों की हत्यारी सत्ता को समाप्त कर दिया था। और आज तो आर्यावर्त की चेतना एक नये ही लोक में जैसे उत्तीर्ण हो गयी है।...

लेकिन जब महावीर परिदृश्य पर प्रकटे नहीं थे, तब कौशाम्बी के एक चित्रकार ने अपनी तूली के चमत्कार से साकेत के सुरप्रिय यक्ष का हृदय जीत लिया था। कलाकार का यह परित्राता रूप सदा गुप्त और अनपहचाना ही रहा। उसकी आत्माहुति को भी कौन जान पाता है! कलाकार उदयन की माँ मृगावती का हृदय, कलाकार की इस नियति के स्मरण से भर आया।

और बहुत कातर हो गयीं वे। उन्हें याद आया कौशाम्बी का वह चित्रकार पुष्पदन्त, जो एक बार साकेतपुरी में एक वृद्धा के यहाँ जाकर ठहरा था। वृद्धा का पुत्र नीलाक्ष स्वयं भी एक रूपदक्ष चित्रकार था। दोनों में गाढ़ मैत्री थी, और इसी से पुष्पदन्त नीलाक्ष के पास आकर टिका था। उन्हीं दिनों सुरप्रिय यक्ष का वार्षिक महोत्सव निकट आ पहुँचा था। और इस बार चिट्ठी नीलाक्ष के नाम की निकली थी।...

वृद्धा पुत्र-वियोग को सामने पाकर रात-दिन रुदन-विलाप करने लगी थी। देखकर पुष्पदन्त बहुत दुःखी हो गया। उसने वृद्धा को सान्त्वना दी कि वह निश्चिन्त हो जाये, नीलाक्ष को वह न जाने देगा, स्वयं ही उसके बदले जाकर यक्ष का चित्रांकन करेगा। वृद्धा ने रोकर कहा, "नहीं, तुम क्यों जाओगे? तुम भी तो मेरे ही पुत्र हो। और तुम्हारी माँ-बहन भी तो कहीं तुम्हारी राह देखती होगी। क्या उनसे उनका भाई और बेटा छीनूँगी?" वृद्धा को पुष्पदन्त ने समझाया, कि उसकी चित्रविद्या अमोघ है, और उससे यक्ष को अचूक प्रसन्न कर, स्वयं भी उससे उबर आएगा। वृद्धा को जाने कैसे उसके आश्वासन पर प्रतीति हो गयी।

पुष्पदन्त ने उस मर्म को समझ लिया था, जिसे जन-साधारण समझ नहीं पा रहे थे। उसे लगा कि यक्ष का सही चित्र आँकने के लिए, पहले उसे समझकर उसके व्यक्तित्व और अहं के प्रति विनयभाव दर्शाना होगा। सो पुष्पदन्त ने, ठीक मुहूर्त आने पर, इस तरह तैयारी की, जैसी किसी पावन पूजा-अनुष्ठान के लिए जा रहा हो। उसने छट्ठ का तप किया, स्नान कर चन्दन विलेपन किया। महाशिव के तृतीयाक्ष समान रुद्राक्ष धारण किया। नवीन रेशमी वस्त्र पहने। मुख पर पवित्र वस्त्र का 'आठपड़ा' (आठ तहों वाली पट्टी) बाँधा, ताकि यक्षमूर्ति और चित्र को उसके श्वास की कोई मलिनता स्पर्श न कर पाये। और तब नयी कूचियों और चमकदार रंगों की मंजूषा लेकर वह यक्ष प्रतिमा के समक्ष जा बैठा। और अत्यन्त पूजा भाव से चित्रांकन किया। अनन्तर वह यक्ष को नमित होकर बोला :

"हे सुरिप्रय देवश्रेष्ठ, लोक के श्रेष्ठ चित्रकार भी आपका चित्र आँकने में समर्थ नहीं, तो मैं तो एक दीन मुग्ध बालक मात्र हूँ। तथापि हे यक्षराज, अपनी शक्ति भर

जो भी युक्त-अयुक्त किया है, उसे अपने बालक की पूजा जानकर अंगीकार करें। भूल-चूक क्षमा कर दें, क्योंकि आप निगृह और अनुगृह करने में समर्थ हैं।''

सुनकर चिरकाल से प्रेम और आदर का भूखा यक्ष-देवता गद्‌गद हो उठा। बोला :

''वत्स, मैं तुझ पर प्रीत हुआ, वर माँग।''

पुष्पदन्त बोला :

''देवता, जो आप सच ही प्रसन्न हुए हैं, तो यही वर दें कि आज के बाद आप किसी चित्रकार की बलि नहीं लेंगे।''

यक्ष बोला :

''मैंने तुझे मारा नहीं, इसी से यह तो स्वतः सिद्ध है कि भविष्य में वैसा न होगा। लेकिन हे भद्र, अपने स्वयं के प्रयोजन हेतु कोई और वर माँग ले।''

युवा चित्रकार और भी नम्रीभूत होकर बोला :

''हे देव, आपने इस नगर में से महामारी का निवारण कर दिया, मैं तो उसी से कृतार्थ हो गया।''

यक्षदेव और भी प्रीत, गद्‌गद होकर बोला :

''हे सौम्य, तूने परमार्थ के लिए ही वर माँगे, इससे मैं अत्यन्त प्रसन्नोदय हुआ। जा तुझे मेरा वरदान है, कि आज के बाद तेरी चित्रकला पश्यन्ती होकर, किसी भी मनुष्य, पशु, देव का एक अंश मात्र देखकर ही, उसके सर्वांग का समग्र आलेखन करने की शक्ति पा जाएगी। तथास्तु आयुष्यमान्!''

कहकर यक्षराज अन्तर्धान हो गया।

इस संवाद से सारी साकेत नगरी आनन्द में झूम उठी। जन-जन ने आदि भय-आतंक से मुक्ति की गहरी साँस ली। यक्ष के पूजा-महोत्सव में प्रजाजनों ने पुष्पदन्त का भी पर्याप्त पूजन-अभिनन्दन किया।...और शीघ्र ही वह कौशाम्बी लौट आया। वहाँ भी उसने भारी लोक-सम्मान पाया।

उन्हीं दिनों एकदा कौशाम्बीपति महाराज शतानीक अपनी लक्ष्मी से गर्वित होते, अपनी राजसभा में बैठे थे। उन्होंने परदेश जाते-आते एक दूत से पूछा कि : ''हे राजदूत, क्या कोई ऐसी विभूति है, जो अन्य राजाओं के पास हो, और हमारे पास नहीं हो।'' दूत ने नम्रीभूत होकर कहा, ''महाराज, हमारे यहाँ कोई चित्र-सभा नहीं है। यदि यह अभाव न रहे, तो कौशाम्बी से पूर्णतर कोई राज्य पृथ्वी पर नहीं।''

सुनकर राजा ने वत्स देश के सारे चित्रकारों को आमन्त्रित किया, और चित्र-सभा की स्थापना की। उन्हें राजमहालय के परिसर में ही अपने-अपने चित्रालय बनाने

को भूमि बाँट दी गयी। योगायोग कि चित्रकार पुष्पदन्त को अन्त:पुर के निकट की भूमि मिली।

...एक दिन अपने चित्रालय में चित्रांकन करते हुए पुष्पदन्त को अचानक महल की जालों में से एक रक्त कमल जैसी लाल पगतली दिखाई पड़ गयी। उसकी अन्तर्दृष्टि में झलका : यह तो महारानी मृगावती की पगतली है। वह प्रत्याशित हुआ, और अद्‌भुत सौन्दर्य से उन्मेषित हो उठा। यक्ष-प्रीति से प्राप्त परोक्ष के साक्षात्कार की विद्या के बल, उसने वत्सदेश की माहेश्वरी का चित्र आँकना शुरू कर दिया। चित्र सांगोपांग उभरता आया।

जब वह रानी के नेत्रों को अन्तिम स्पर्श दे रहा था, तभी अचानक एक मसि बिन्दु मृगावती की चित्रित जाँघ पर आकर गिरा। चित्रकार ने तुरन्त उसे पोंछ दिया। बिन्दु फिर गिरा, तो उसे भी पोंछ दिया। फिर तीसरी बार वह काला बिन्दु रानी की जाँघ पर ठीक उसी जगह आकर पड़ा।

विचक्षण चित्रकार को तत्काल बोध-सा हुआ, कि निश्चय ही इस स्त्री के उरु-प्रदेश पर वैसा कोई तिल या लांछन होना चाहिए। तो यह लांछन भले ही रहे, मैं अब इसे पोछूँगा नहीं।...और उसने मृगावती के चित्र को समापित करके चित्रालय की दीवार पर टाँग दिया।

अचानक एक सुबह राजा उस कला-नगरी में चित्रकारी देखने आ पहुँचे। पुष्पदन्त के चित्रालय में अपनी प्राणेश्वरी महारानी का सांगोपांग चित्र देखकर, वे विस्मित, विमूढ़, विमुग्ध हो रहे। सहसा ही जाँघ पर अंकित काले तिल-लांछन को देख राजा चौंक उठे।...क्षण मात्र में वे क्रोध से लाल हो गये। अवश्य ही इस चित्रकार ने मेरी स्त्री को नग्न देखने की धृष्टता की है, उसे भ्रष्ट किया है, नहीं तो विपुल वस्त्रों में छुपे लांछन को यह दुराशय कैसे जान सका?

राजा का कोपानल भभक उठा। उसने पुष्पदन्त को अपने रक्षापति के हाथों सौंप दिया, और आदेश दिया कि उसे कठोर दंड दिया जाए। तब अन्य चित्रकारों ने राजा से मिलकर निवेदन किया : ''हे राजेश्वर, इस चित्रकार को एक यक्ष-देवता ये यह वर प्राप्त है, कि वह किसी के भी एक अंश को देखकर उसका राई-रत्ती सम्पूर्ण चित्रांकन कर सकता है। इसने अपनी पवित्र अन्तर्दृष्टि से सौन्दर्य का अन्त:साक्षात्कार करके, तटस्थ भाव से केवल सौन्दर्य-चित्रण किया है। अन्यथा वह निरासक्त और निरपराध है।''

शंकाग्रस्त राजा ने परीक्षार्थ किसी कुबड़ी दासी का एक अंग पुष्पदन्त को दिखाकर, उसका चित्रांकन करने का आदेश दिया।...तादृश्य और परिपूर्ण चित्र सामने पाकर, राजा आश्वस्त तो हुआ, फिर भी अपनी प्रिया के नग्न सौन्दर्य का ऐसा बारीक चित्रांकन करने की धृष्टता करने के लिए, पुष्पदन्त के दायें हाथ का अँगूठा कटवा

दिया।

चित्रकार को राजा के अत्याचार से पराहत और सन्तप्त देख यक्षराज सुरप्रिय प्रकट हुआ। उसने वर दिया कि, "जा, आज के बाद तेरा बाँया हाथ भी दायें हाथ की तरह ही सहज चित्र आँक सकेगा!"

पुष्पदन्त एक उच्चात्मा और सात्विक प्रकृति का रूपदक्ष था। यक्ष का हृदय जीतकर और उससे वरदान प्राप्त करके, उसने साकेतपुरी में लोकत्राण का महान अनुष्ठान किया था। पर जब उसके साथ अन्याय हुआ, तो उस कलाकार की स्वतन्त्र चेता आत्मा विद्रोह कर उठी।...उसके मन में एक भयानक संकल्प जागा। वह अपनी तूली की खामोश ताकत के बल, इन गर्विष्ठ राजेश्वरों के तख्ते हिला देगा।

पुष्पदन्त इसी प्रत्यावेश में कौशाम्बी छोड़कर महाप्रतापी अवन्तीनाथ चंडप्रद्योत की कला-विलासी नगरी उज्जयिनी में जा बसा। उसने महारानी मृगावती के पूर्वोक्त चित्र की एक और ठीक वैसी ही अनुकृति अंकित की, और उसे चंडप्रद्योत को भेंट किया। राजा अवाक् मुग्ध देखता रह गया। फिर बोला :

"चित्रकार पुष्पदन्त, धरती पर और स्वर्ग में भी ऐसा सौन्दर्य आज तक देखा-सुना न गया। पृथ्वी पर कहाँ बसी है यह स्त्री ? यदि वह कहीं शरीर में है, तो उसका एक मात्र अधिकारी चंडप्रद्योत है!"

चित्रकार अपने संकल्प की सिद्धि को सम्मुख पा, हर्षित फिर भी व्यथित होकर बोला :

"हे राजन्, चित्रपट की यह सुन्दरी कौशाम्बीपति महाराज शतानीक की पट्ट-महिषी महारानी मृगावती है। पूर्ण मृगांक जैसे मुखवाली यह मृगाक्षी किन्नरों और गन्धर्वों को भी मोह-मूर्च्छित कर सकती है। उसके रूप को आँकने में विश्वकर्मा भी समर्थ नहीं। मैंने तो किंचित् झलक मात्र ही आँकी है। बाकी तो वह रूप, वचन और अंकन से परे है!"

राजा चुप और समाहित हो गया। पुष्पदन्त को पर्याप्त पुरस्कार देकर विदा कर दिया।...अगले ही दिन अवन्तीनाथ ने अपने एक विश्वस्त दूत को यह सन्देश लेकर कौशाम्बीपति के पास भेजा कि, 'मेरे होते मृगावती जैसी सुन्दरी का भोक्ता होने की स्पर्द्धा कोई अन्य नरपति कैसे कर सकता है ? मुझे पता लग गया है कि वह कई जन्मों की मेरी रानी है। उसे मुझे लौटा दो, नहीं तो कौशाम्बी को भूसात् करके अपने बाहुबल से मैं अपने स्त्री-रत्न पर अधिकार कर लूँगा!'

शतानीक यह सन्देश सुनकर क्रोध से वह्निमान हो उठा। उसने उज्जयिनी के राजदूत वज्रसंघ से कहा :

"ओ रे अधम दूत, ऐसे अनाचार की बात कहते तेरी जीभ क्यों न कट पड़ी। दूत-मर्यादा को मान्य कर तेरा वध न करूँगा, पर अपने राजा से कह देना कि जो नरपति

पर-पत्नी पर ऐसी पाप-दृष्टि कर सकता है, वह अपनी अधीनस्थ प्रजा पर कैसा अत्याचार करता होगा! कह देना प्रद्योत से, कि स्वयं मेरे सामने आये अपना बाहुबल लेकर, तो उसके चंडत्व को धूल चटवा दूँ, और उसकी अवन्ती को मृगावती के चरणों में डाल दूँ।''

राजदूत वज्रसंघ उलटे पैरों उज्जयिनी लौट आया। उसके मुख से शतानीक के ये वचन सुनकर चंडप्रद्योत का रक्त खौल उठा। विशाल सैन्य लेकर वह दिशाओं को आच्छादित करता हुआ, मर्यादाहीन समुद्र की तरह कौशाम्बी की राह पर चल पड़ा।

उस काल, उस समय के तमाम महाराज्यों के राजेश्वरों के बीच सदा ही प्रबल वैर-जहर, कूट-कलह, मारकाट चलती रहती थी। शतानीक सौम्य और शान्तिप्रिय था, युद्ध से उसका मन पराङ्मुख था। जन-त्राण के सिवाय अन्य कोई युद्ध उसे मान्य न था। सो पराक्रान्त और दुर्जेय चंडप्रद्योत के आक्रमण का समाचार सुनकर शतानीक रात-दिन चिन्ता में घुलने लगा। उससे उसे तीव्र अतिसार का रोग हो गया। और ना कुछ समय में वह देह त्याग कर गया।

सारे वत्स देश में हाहाकार मच गया। परम धर्मात्मा राजा के इस आकस्मिक निधन से अनाथ हो गयी प्रजा ने, जब चंडप्रद्योत की दुर्दान्त वाहिनियों को कौशाम्बी पर चढ़ते देखा, तो उनकी धरतियाँ हिल उठीं।

यों अकस्मात् कर्कापात से छत्रभंग होने पर महादेवी मृगावती, एक दिन-रात तो अपार शोक-समुद्र में गोते खाती रहीं। पर उस महान क्षत्राणी के सामने कठोर कर्तव्य खड़ा था। विशाल वत्स देश की प्रजा अपनी रक्षा के लिए महारानी को पुकार रही थी। उधर उनका पुत्र उदयन निपट किशोर था। तिस पर वह बाल-राजा कम उत्पाती नहीं था। घर में उसका पैर टिकता नहीं था। सुकुमार बाल्य वय से ही वह वीणा बजाने में कुशल हो गया। उसकी संगीत-वासना अनिर्वार थी। वह अपने परिकर के संग विन्ध्यारण्य के हस्ति-वनों में वीणा-वादन करता हुआ दुर्दान्त हस्तियों को वशीभूत कर उनसे खेलने में मग्न रहता था। उनकी पीठों पर सवार होकर वह दुर्भेद्य और जनहीन अरण्यों में जाने क्या खोजता फिरता था।

जब यह दुर्घटना घटित हुई, तब भी उदयन कुमार घर पर नहीं था। राज्य और चारदीवारी के बन्द सुख-भोगों में वह विरम नहीं पाता था। उसे राज्य में रंच भी रुचि नहीं थी। अपने स्वप्न-राज्य में ही वह उन्मन और तल्लीन विचरता रहता था। किशोर उदयन उस अल्पायु में ही दन्तकथाओं का नायक बन गया था। उधर नन्द्यावर्त के राजमहल में उसके मौसेरे भाई कुमार वर्द्धमान का भी यही हाल था।

...संकट को सर पर मँडराता देख महारानी मृगावती ने शोक त्याग दिया और सन्नद्ध सावधान हो गयीं। शाब्दिक सतीत्व की मर्यादा उन्हें इस क्षण व्यर्थ लगी। उनका शील तेजशिखा बनकर प्रकट हुआ। कुशल कर्म-योगिनी की तरह उन्होंने

संकट के सम्मुख कूटनीति का अवलम्बन किया।

महामन्त्री यौगन्धरायण से परामर्श करके, महादेवी ने चंडप्रद्योत के पास लिखित सन्देश भिजवाया कि :

''मेरे पति महाराज शतनीक तो स्वर्गस्थ हो गये। अब तो मैं आपकी ही शरणागत हूँ। पर मेरा पुत्र उदयन अभी अव्यस्क बालक है। इसी से यदि उसे अभी छोड़ दूँगी, तो अन्य शत्रु भी उसे अकेला पाकर कौशाम्बी पर चढ़ आएँगे। तब मेरा आप तक पहुँचना भी दु:साध्य हो जाएगा।

''इसी से हे धीरवीर अवन्तीनाथ, आप कुछ समय धैर्य धारण कर मेरा तथा मेरे पुत्र और राज्य का संरक्षण करें। तब आप जैसे वीर के होते मेरे पुत्र और कौशाम्बी का पराभव कौन कर सकेगा?

''इस बीच आप से विनती है कि उज्जयिनी से ईंट-पत्थर चूना आदि मँगवाकर, कौशाम्बी के चारों ओर परकोट बँधवाकर, उसे सुदृढ़ सुरक्षित करवा दें। हमारी नगरी कोटविहीन और खुली है। परकोट हो जाये और नगरी सुरक्षित हो रहे, तो एक दिन वही आपकी दूसरी राजधानी हो जाएगी। आशा है, आप जैसे छत्रपति लोकपाल अपने योग्य करेंगे।''

चंडप्रद्योत की छावनी में पहुँचकर जब दूत ने महारानी का यह पत्र उसके हाथ दिया, तो पढ़कर वह हर्षित और रोमांचित हो उठा। उसे लगा कि मृगावती उसकी हो गयी, और उसका एक और अन्त:पुर कौशाम्बी खुल गया। प्रद्योत ने कहला भेजा, कि उसके रहते मृगावती और उदयन का कोई बाल बाँका नहीं कर सकता।

अनन्तर चंडप्रद्योत ने अगले ही दिन राजाज्ञा प्रसारित कर दी, कि उसकी सेनाएँ कौशाम्बी के चारों ओर सुदृढ़ दुर्ग-रचना में जुट जाएँ। फिर अपनी कुमत पर आये अपने चौदह मांडलिक राजाओं को, उनके परिकर-परिवार के साथ उज्जयिनी और कौशाम्बी के बीच श्रेणिबद्ध रूप से बसा दिया। इसके उपरान्त अपने हजारों सैनिकों को दोनों राज-नगरों के बीच शृंखलाबद्ध रूप से नियोजित कर, उज्जयिनी से कौशाम्बी में ईंट-पत्थर आदि निर्माण सामग्री हाथों-हाथ पहुँचाना आरम्भ कर दिया। बहुत तेजी से विशाल दुर्ग-प्राचीर चुना जाने लगा।

स्वयं अवन्तीनाथ और उसके चौदह मांडलिक राजा निर्माण के मोर्चों पर आ डटे। प्रद्योतराज स्वयं अपने हाथों नींवें खोदकर, कौशाम्बी के नूतन दुर्ग की बुनियादें डालने लगा। उसके सहयोगी राजा निपट राज-मजूरों की तरह पंक्ति में खड़े होकर ईंट-पत्थर ढोते हुए कौशाम्बी पहुँचाने लगे। कल जो अनाचारी आततायी कौशाम्बी पर सत्यानाशी आक्रमण करके चढ़ आया था, वह ना कुछ समय में ही घर आये सज्जन अतिथि की तरह वत्सदेश के संरक्षण में लग गया। प्रजाएँ देखकर चकित, स्तब्ध रह गयीं। ''यह क्या चमत्कार हुआ? क्या रानी ने आत्म-समर्पण कर दिया?...भाई,

त्रिया-चरित्र को कौन जान सकता है?" ऐसी अनेक अफवाहें सर्वत्र व्याप गयीं।

चंड प्रतापी योद्धा प्रद्योतराज, अपनी रूप-लिप्सा के वशीभूत होकर, पालतू पशु-सा खामोश हो गया। कौशाम्बी के चारों ओर स्थायी छावनियाँ डालकर वह वहीं निवास करने लगा। और मृगावती को पाने की प्रतीक्षा में महीनों पर महीने धीर भाव से गुजारने लगा।

शूरातन और सुन्दरी-विलास ही प्रद्योत की एक मात्र संयुक्त वासना थी। वह सपनों में भी कौशाम्बी के दुर्ग की दीवारें चुनता रहता था। मानो उनकी नीवों में वह अपने ही को डाल रहा था। क्योंकि यह दुर्ग उसकी रूपरानी और अवन्ती की भावी पट्टमहिषी के लिए चुना जा रहा था। महावीर की मौसी और मृगावती की छोटी बहन शिवादेवी प्रद्योत की पटरानी थी। उन पर उस समय क्या बीत रही होगी, कौन जान सकता है?

इधर प्राचीर पर प्राचीर उठ रहे थे, उधर मृगावती ने चंडप्रद्योत को कहलवाया कि अब वे कौशाम्बी के भंडारों को धन-धान्य और वस्तु-सम्पदा से भर दें, ताकि बाल राजा उदयन के राज्य को सम्पूर्ण सुरक्षित कर वे निश्चिन्त भाव से चंडप्रद्योत के पास चली आयें। चित्रपट में अंकित सुन्दरी की मोहमाया में दिन-रात आविष्ट प्रद्योतराज, उसकी हर आज्ञा का पालन अचूक रूप से करने लगा।

इस प्रक्रिया में चार-पाँच वर्ष बात-की-बात में निकल गये। इस बीच महारानी मृगावती ने कौशाम्बी के परकोटों को सहस्रों सैन्यों और शस्त्रागारों से परिबद्ध कर दिया। अब युवराज उदयन कुमार पच्चीस वर्ष का प्रचंड योद्धा और भुवन-मोहन राजपुरुष हो गया था। उसने अपनी माँ से सारा वृत्तान्त जान लिया था। सो वह भी एक मायावी विद्याधर की तरह चंडप्रद्योत को भरमाये रखने लगा। अपने अन्तहीन साहसिक भ्रमणों और पराक्रमों द्वारा वह जो देशान्तरों की सुन्दरियों को जीत लाता था, उनका एक विशाल अन्तःपुर उसने निर्माण करवाया था। और वह प्रद्योत को सदा यह प्रलोभन देता रहता था, कि उसी को भेंट करने के लिए यह सैकड़ों सुन्दरियों का अन्तःपुर वह बना रहा है। उसने अपनी कुंजर-विमोहिनी वीणा से सम्मोहित कर जो कई दुर्लभ हस्ति-रत्न विन्ध्यारण्य से प्राप्त किये थे, उन्हें वह चंडप्रद्योत को भेंट-स्वरूप भेजता रहता था।

वह कभी-कभी अवन्तीनाथ से मिलने उज्जयिनी भी जाता रहता था। उसने उनके साथ एक गुप्त सन्धि कर ली थी, कि अवन्ती और वत्स देश मिलकर एक अजेय महाराज्य स्थापित करेंगे, और उसके एकछत्र सम्राट होंगे अवन्तीनाथ चंडप्रद्योत। उदयन को राज्य में रुचि नहीं थी। यह सुरक्षित महाराज्य बन जाने पर वह तो अपनी गन्धर्व-प्रदत्त वीणा बजाता हुआ, सपनों के लावण्य-देशों में निश्चिन्त और उन्मुक्त विचरना चाहता था।

चंडप्रद्योत इन सारे आश्वासनों से बेहद अभिभूत हो गया था। उदयन द्वारा विसर्जित और प्रेषित विन्ध्यारण्य की अद्भुत सुन्दरी कृष्णा भिल्ल कुमारियों की भेंट पाकर वह परितृप्त हो गया था। मृगावती की यह चित्रपट छवि उसकी वासना के सुलगते जंगलों में काल पाकर धूमिल पड़ गयी थी।

इस बीच उसने यह भी सुन लिया था, कि चित्रपट की वह सुन्दरी अतिरंजित रूप से अंकित की गयी थी। महारानी मृगावती की असली रूपाकृति वह नहीं थी। इधर गुजरते बरसों के साथ विधवा मृगावती का रूप-लावण्य भी निरन्तर तपस्या और त्याग के शुष्क जीवन के कारण धुल गया था। वह मोहन मादक मूर्ति जाने कहाँ लुप्त हो गयी थी। उसके व्यक्तित्व में एक तापसी का कारुणिक और तेजोमान रूप प्रकट हो उठा था। इधर प्रद्योत अब कौशाम्बी के सिंहासन पर आरूढ़ वत्सराज उदयन का एक अन्तरंग केलि-सखा-सा हो गया था।

इसी बीच उज्जयिनी की राजबाला वासवदत्ता के सौन्दर्य की कीर्ति आर्यावर्त के दिगन्तों पर गूँज रही थी। चिरन्तन सौन्दर्य-विहारी उदयन ने एक बार उज्जयिनी में उसके निजी उद्यान में उसकी एक झलक देखी थी। उन दोनों की आँखें क्षण-भर मिली थीं। और उनके बीच ठगौरी पड़ गयी थी। उसे प्राप्त कर लेना उदयन के लिए एक कटाक्षपात मात्र का खेल था। पर वह वासवदत्ता का हरण करना नहीं चाहता था, उसे जीत लाना चाहता था। उधर वासवी भी उदयन के स्वप्न और अश्रुत संगीत में ही रात-दिन जीने लगी थी। अपनी घोषा वीणा में वह सदा उसी के प्रति अपना प्रणय निवेदन करती रहती थी।

चंडप्रद्योत स्वयं भी मन-ही-मन जानता था, कि वासवदत्ता का पाणिग्रहण करने योग्य कोई एक ही राजपुरुष ससागरा पृथ्वी पर हो सकता था, तो वह वत्सराज उदयन था। लेकिन वह स्वाभिमानी उदयन को जानता था। वह अपने प्रस्ताव का अस्वीकृत होना सहन नहीं कर सकता था। उसने अपने मन्त्रियों से परामर्श करके उदयन को पकड़ मँगवाने के लिए एक युक्ति का प्रयोग किया। उसने विन्ध्यारण्य में, अपने 'अनलगिरि' हस्ती-रत्न की एक मायावी आकृति को विचरती छुड़वा दिया। उस हाथी पर उदयन की निगाह बहुत पहले से थी। वह सदा उसे हस्तगत करने की अनेक युक्तियाँ सोचता रहता था। उसने जब अपने क्रीड़ांगन में ही उसे उन्मत्त विचरते देखा, तो अपनी वीणा से उसे बलात् आकृष्ट कर उस पर सवार हो जाना चाहा। ज्यों ही उसके कुम्भ-स्थल में उसने अंकुश मारा, तो सैकड़ों सैनिक उसमें से निकल पड़े और नकली हाथी लुप्त हो गया। चारों ओर से अन्य सैनिक भी दौड़ आये। उन्होंने उदयन को बन्दी बना लिया।

उदयन को पकड़कर वे उज्जयिनी ले आये। और उसे ससम्मान राजबाला वासवदत्ता को वीणावादन सिखाने हेतु अध्यापक नियुक्त कर दिया गया। सबकी

मनचाही बात एक पूरे नाटक से गुजरकर शक्य हुई। उज्जयिनी के आरात्रिक गुंजित विलास-महलों और क्षिप्रा के तटवर्ती क्रीड़ा-कुंजों में, वासवदत्ता की लावण्य राशि उदयन की वीणा बजाती उँगलियों पर लहराने लगी।

चंडप्रद्योत ने चुपचाप उदयन को नजर कैद में डाल दिया। दिशाओं पर खेलने वाले उदयन से क्या छुपा रह सकता था। उसने भी वासवी को एक रात अपने प्रगाढ़ आलिंगन में लेकर, वहाँ से भाग चलने को राजी कर लिया।

षड्यन्त्र रच गया।...और ठीक मुहूर्त आने पर वह 'अनलगिरि' हाथी और 'अनिलवेगा भद्रावती' हस्तिनी पर सवार होकर, वासवदत्ता का हरण कर ले गया।

प्रद्योत के मन की चाह पूरी हुई थी। पर उसकी बेटी का हरण कोई कर जाये, और उसके हस्ति-रत्नों को भी कोई उड़ा ले जाये, और उसकी अनब्याही बेटी आवारा उदयन की सहवर्तिनी होकर जंगल-जंगल भटके, यह उसे सह्य न हुआ। उसने वासवदत्ता को लौटाने के अनेक गुप्त षड्यन्त्र किये, पर खुलकर वह दुर्जेय वत्सराज उदयन से शत्रुत्व नहीं करना चाहता था। और वह अपनी बेटी कौशाम्बी के महारानी पद पर अभिषेक देखने को भी कम आतुर नहीं था।...ठीक मुहूर्त आने पर गान्धर्व परिणय द्वारा वासवी से विवाह करके, उदयन ने उसे कौशाम्बी के पट्टमहिषी पद पर अपने समकक्ष आसीन किया।

लेकिन मृगावती के प्रति जो एक गहन स्वप्न-वासना प्रद्योत के मन को भूगर्भी आँच की तरह सदा तप्त करती रहती थी, वह फिर एक बार धार पकड़ने लगी। एक बार चित्रपट की मृगनयनी को बाहुओं में बाँधे बिना, वह अपने पौरुष को पराजित अनुभव करता रहता। एक आधारहीन मोहिनी बरसों-बरसों उसके प्रबल आसक्त चित्त को दिन-रात मथती रही।

...महारानी मृगावती मानो एक गहरी ध्यान तन्द्रा में लीन होकर, बीच के पन्द्रह-बीस वर्षों की उक्त घटनाओं को एकाग्र अपनी याद के पर्दे पर छाया-खेला की तरह देखती चली गयीं। जीती चली गयीं। उन्हें याद आ रहा था, कि इसी बीच वर्द्धमान महाभिनिष्क्रमण कर गये थे। फिर उनकी बारह वर्ष व्यापी तपस्या के वे लोमहर्षी वृत्तान्त। फिर कौशाम्बी में उनके लम्बे उपवासों और अवधूत भ्रमण का वह हृदय-विदारक दृश्य। चन्दना के बन्धन-मोचन। दासत्व के उत्पाटन द्वारा परित्राता की वह खामोश क्रान्ति। और फिर ऋजुबालिका के तट पर, उनकी चरम समाधि के वे हृदय हिला देनेवाले उदन्त।

...और अब महारानी मृगावती का वह भावी जगत्पति बेटा त्रिलोकीनाथ होकर आर्यावर्त के नाड़ी-चक्रों में आर-पार भ्रमण कर रहा है।

महारानी मृगावती ने अपने प्रासाद की सर्वोच्च अटारी पर चढ़कर दूर दिशान्तों पर प्रतीक्षा की आँखें फैला दीं।

...और हठात् उन्हें दीखा, कि सामने बह रही यमुना के विस्तृत पाट पर, इस आधी रात को चाँदनी में, यह कौन मातरिश्वन् चुपचाप डग भरता चल रहा है!

अनन्त आयामी कैवल्य-कला

आकाश में सुवर्ण मल्लिका जैसी सन्ध्या खिली है। और यमुना के बीच स्थित 'सुयामुन प्रासाद' के तुंग वातायन पर खड़ा है वत्सराज उदयन। यह सोने की साँझ उसे आज अपूर्व और अलौकिक लगी। ऐसी सन्ध्या उसने पहले कभी न देखी थी।

हठात् उसकी निगाह, नीचे फैले विशाल उद्यान पर गयी। यह क्या हुआ...कि उद्यान में खड़ी शालभंजिकाएँ लास्य नृत्य करती हुई, अँगड़ाइयाँ ले रही हैं। राजद्वार के दोनों ओर खड़ी धनुर्धरों की प्रत्यालीढ़ मूर्तियाँ डोल रही हैं।

...चौंककर अपने कक्ष में देखा : साथ-साथ पड़ी वासवदत्ता की घोषा और उदयन की कुंजर-विमोहिनी वीणाएँ आपोआप बज रही हैं। कक्ष-द्वार पर सुरावाहिनियों की प्रतिमाओं के वक्ष सुरा-कुम्भों की तरह उफन आये हैं।

उसने वासवदत्ता को पुकारा। वह कहीं नहीं थी। उदयन ने अपनी विलास-शैया को थरथराते देखा।...ओह, वह यहाँ कितना अकेला है! वह जगज्जयी योद्धा आगत भय से सिहर आया।

...और उसी पिछली रात महारानी मृगावती को सपना आया, कि वे अपने महल में नहीं हैं, अपने कक्ष में नहीं हैं, अपनी शैया में नहीं हैं। उस सूने में भयभीत हो, वे अपने को खोजने लगीं। और सहसा ही उन्होंने देखा, कि वे इस जगत् से बाहर—कहीं उजले हंसों के वन में अकेली खड़ी हैं। और उनके माथे के आसपास एक आभावलय है।

...महारानी जाग उठीं। फिर सोना शक्य न रहा। एक नीरव शान्त सुख में लीन होकर, वे ध्यान में बैठ गयीं।

बड़ी भोर ही सारी कौशाम्बी में उदन्त फैल गया, कि ज्ञातपुत्र भगवान महावीर यमुना तटवर्ती 'चन्द्रावतरण' चैत्य में समवसरित है।...राजमहलों से लेकर, नगर के

परकोटों तक, उत्सव की धूम मच गयी। उदयन के सिंहद्वारों पर 'हस्तिराज' नक्काड़े, शहनाइयाँ और तुरहियाँ गूँजने लगीं।

और सम्पूर्ण वैभव और तामझाम के साथ वत्सराज उदयन राजमाता मृगावती तथा अपनी बुआ जयन्ती देवी के साथ श्रीभगवान के वन्दन को गया।

उदयन समवसरण की विभा और विभूति को देखकर दिङ्मूढ़ हो रहा। यह एक श्रृंगचारी संन्यासी की लक्ष्मी है! और स्त्री का जो लावण्य उसने यहाँ देखा, तो उसे अपनी हजारों विलास-रातें फीकी जान पड़ीं।..."महावीर, तुम मेरे मौसेरे भाई, इतने बड़े और ऐसे विराट् हो, यह तो सोचा भी नहीं था। तुम्हारी तपस्या की विकटता पर मैंने कम अट्टहास न किया। लेकिन सुना था, तुम मुझे दूर से ही प्यार करते हो। काश, तुमसे पहले मिलना हो सकता, वर्द्धमान...!

"...लेकिन अब तो तुम भगवान हो गये। और मैं तुम्हारे एक कटाक्षपात का प्रार्थी हूँ। मैं वत्सराज उदयन, तुम्हारा मौसेरा भाई। उदयन, जिसकी चितवन की धार पर साम्राज्य और सुन्दरी एक साथ खेलते हैं।...तुम्हारी गन्धकुटी के पादप्रान्त में खड़े, तुम्हें निहारते मुझे इतनी देर हो गयी। और तुमने आँख उठाकर मेरी ओर देखा तक नहीं?..."

एकाएक श्री भगवान वाक्मान हुए :

"सुरा, सुन्दरी और संगीत के योगी उदयन अर्हत् प्रीत हुए, तुम आये। महावीर की याद में तुम सदा रहे!"

वत्सपति उदयन साष्टांग प्रणिपात में नत हो गया। महादेवी मृगावती और जयन्ती देवी ने भी अनुसरण किया। उदयन से बोला न गया। वह तन्निष्ठ अपलक देखता ही रह गया, प्रभु के उस अक्षय कोमल चेहरे को।

"एकल ही आये, उदयन? वासवी को साथ न लाये? वासवदत्ता की घोषा के साथ तुम्हारी वासुकी वीणा का युगल-वादन सुनना चाहता हूँ!"

"वासवी आज नहीं न दीखी, स्वामी। वह अभागी, प्रभु तक न आ सकी। और प्रभु की वीणा के सम्मुख भला कौन वीणा बज सकती है! और अर्हत् के संग होते मैं एकल कहाँ?...इस क्षण लग रहा है, जैसे...जैसे भगवन्, वासवी मेरी ही वासना है, और इस पल वह मुझी में लीन हो रही है। विचित्र है यह अनुभूति, नाथ...!"

"सुनो उदयन, वासवदत्ता भी मानवी नहीं, तुम भी मानुष नहीं। दोनों ही गन्धर्व हो। लेकिन मानव-तन में प्रकट हो, संगीत द्वारा मनुष्य में अमृत का सृजन करने के लिए। तुम नहीं जानते, तुम कौन हो!"

"आज तो ऐसा ही लग रहा है, प्रभु।...किन्तु आश्चर्य है कि सुरा और सुन्दरी की मोहरात्रि में डूबा उदयन वीतराग जिनेश्वर का प्रिय हो सका!"

"जिनेश्वर मनुष्य के बाह्य से उसके भीतर का निर्णय नहीं करते। वे चित्त पर

नहीं अटकते, चिति को देखेते हैं। उनकी दृष्टि अन्तश्चेतना की लौ पर होती है। उदयन की चेतना और वासवी के चित्त को चिरकाल से देख रहा हूँ, देवानुप्रिय!''

''विचित्र है, भन्ते स्वामी!''

''...विन्ध्यारण्य में हस्तियों और मृगों को अपने वीणा-वादन से मोहित करते किशोर उदयन को देख रहा हूँ। वहाँ उसने किसी भील द्वारा बलात् पकड़े हुए एक महासर्प को देखा। उसने करुणा से भरकर उस शबर से कहा, इस सर्प को छोड़ दो। सँपेरा राजी न हुआ, वह उसकी रोजी थी। कई दिनों के श्रम के बाद उसने उस सर्प को पकड़ा था।...और तब उदयन ने अपना वह अलभ्य कंकण उसे दे दिया, जो उसकी माँ मृगावती ने अपने हाथ से निकालकर उसे पहना दिया था, और जिस पर उसके पिता शतानीक का हस्ताक्षर अंकित था। कंकण पाकर सँपेरे ने सर्प को छोड़ दिया।

''और सुनो उदयन, हठात् वह सर्प मनुष्य रूप में तुम्हारे सामने खड़ा हो गया और तुम्हें प्रणाम करने लगा। फिर उसने तुम्हें तुम्हारी कुंजर-विमोहिनी वीणा प्रदान की, जो गान्धर्वी है, अश्रुतपूर्व स्वरों की वाहक है। और उसने तुम्हें कभी न कुम्हलानेवाली माला अर्पित की। और तिलक-युक्ति के साथ कभी न सूखने वाली पान की लता भी भेंट की।...फिर करबद्ध बोला, कि वह स्वयं वासुकी नाग है! उसकी प्राण-रक्षा की तुमने। वह तुम पर प्रीत हुआ।...

''और तुम अनजाने ही गन्धर्वों और विद्याधरों के राजा हो गये। आज अपने संगीत से तुम जड़-जंगम पर राज्य करते हो। तुम्हारी चेतना की उस अनुकम्पा को महावीर ने देखा है।...

भगवान क्षणैक चुप हो रहे। फिर हठात् मुखरित हुए :

''बोल, क्या चाहता है, उदयन?''

उदयन को लगा कि वह कोई और ही हो गया है, और वह अपने को पहचानने-सा लगा। एक विचित्र द्वन्द्व और असमंजस में से बोला :

''सुरा, सुन्दरी और संगीत से बाहर कुछ भी पाने की इच्छा नहीं, प्रभु। शेष तो आप जानें।''

''तथास्तु, उदयन। जहाँ तेरा चित्त लगा है, वहीं से तुझे तेरा चैतन्य लब्ध हो जाएगा। वहीं तू एकाग्र आप है। इसी से तू सौन्दर्य और संगीत का योगी है। योग से बाहर तो कुछ भी नहीं। योग सर्वसमावेशी है। उसमें हर विषयानन्द आत्मानन्द तक पहुँचकर ही विरम सकता है। ऐसा मैं तुझमें देखता हूँ, जानता हूँ और कहता हूँ।''

''रमणी के आलिंगन का समुद्र आगाध है, प्रभु। वहीं समाधि लग जाती है, तो तट पर कैसे कौन पहुँचे?''

''समाधि में मझधार और तट एकाकार हो जाते हैं, उदयन। तू तट पर भी है, और मझधार में भी है।''

"लेकिन कितनी अनिश्चित है यह मोहरात्रि, भगवन्! काल के प्रवाह में एक दिन..."

"एक दिन नहीं, अभी और यहाँ तू अपने निजानन्द के रस में लीन है। यह धारा काल-प्रवाह के ऊपर है। इसी में तैरता तू वासवी के साथ अपनी वीणा बजा रहा है।...

"लेकिन एक दिन वासवी और वीणा दोनों ही लुप्त हो जाएँगे, जाने कहाँ! मर्त्य पृथ्वी पर यही तो मनुष्य की नियति है।

"नहीं, तू ही वासवी, तू ही वीणा, तू ही समुद्र हो जाएगा। तू पर नहीं रहेगा। पराश्रित न रहेगा। पर में न रमेगा। आत्म में ही रमेगा।"

"मुझ जैसा विलासी, विलास के बीच ही तर सकता है, ऐसा आज तक त्रिलोक में सुना नहीं गया, प्रभु!"

"सुनने की क्या बात, देख अपने आपको। अभी और यहाँ जो विलास-मग्न है, वह कौन है? कौन है यह भोक्ता? जो भोगते हुए अपने को देख और जान रहा है। जो भोग-क्षण बीतने पर रमण के विरमण का भी साक्षी है। हर भोग के बीतने पर भी जो स्वयं बीतता नहीं, रीतता नहीं। जिसकी वासना अनन्त है। जो अनाहत वासना-पुरुष है। जो स्वयं अपनी वासना है, स्वयं ही उसकी भुक्ति और तृप्ति है, वही तू है। वह, जो युगल नहीं, एकल यहाँ आया है। वासवी सामने नहीं है, फिर भी जो इतना ऊर्जस्वल, आनन्दित, तरंगित है। वह तू ही है।"

"अपूर्व है, अनुभूति का यह क्षण, नाथ। इस अन्तर-मुहूर्त में अपने आत्म में अचल हूँ, भगवन्। ईहातीत क्षण में विश्रब्ध हूँ। अपने जैसा बना लें नाथ। राज्य, रमणी, भोग में अब विश्रान्ति नहीं। मुझे जिनेश्वरी प्रव्रज्या प्रदान करें, भगवन्!"

भगवान ने कोई उत्तर न दिया। उदयन मन-ही-मन आँसू भरी आँखों से प्रभु की मनुहार कर रहा है। प्रभु का मौन किसी तरह टूटता नहीं। उदयन को उत्तर नहीं मिल रहा। वह कहाँ जाये, क्या करे? कहाँ लौटे?...

हठात् उसे सुनाई पड़ा :

"लौट जा अपने विलास-राज्य में, उदयन। वासवी की आँखों की मदिरा अभी चुकी नहीं। चुकेगी भी नहीं। तुम्हारे युगल-संगीत की धारा अनाहत बहेगी। और तेरी मोहरात्रि में ही एक दिन अचानक मुक्ति का महासुख कमल खिल उठेगा। अमूर्त को मूर्त, और मूर्त को अमूर्त करने वाली तेरी श्रुति-कला ही स्वयं तुझे तेरे चरम गन्तव्य पर पहुँचा देगी।"

"लेकिन यह राजसत्ता मेरे वश की नहीं, प्रभु। क्षत्रिय का अध:पतन हो रहा है। अपनी पुंसत्वहीनता पर लज्जित हूँ।"

"तेरा राज्य तलवार का नहीं, अहंकार का नहीं, कूटचक्रों का नहीं, हिंसा का

नहीं। वह कला और सौन्दर्य का रूपान्तरकारी राज्य है। आर्यावर्त के हिंसक सत्ता-संघर्षों की चूड़ा पर बैठा तू वासवी के संग वीणा बजा रहा है। तुझ में एक युगान्तर जारी है। तू अतिक्रान्तिकारी है। तेरी संगीत-लहरी पर पशुत्व का लोहा गल रहा है। जन-जन तेरी कोमल क्रीड़ा से रंजित और उद्‌बुद्ध है। तू अनजाने ही असंख्य आत्माओं में मार्दव, आर्जव और संवेग जगा रहा है।...

"जा उदयन, पूछ नहीं, जी अपने जीवन को, निर्द्वन्द्व। और राज्य-क्रान्तियाँ अपने आप होंगी। अपने युद्धों में भी तू कलाकार ही रहेगा। और शताब्दियाँ तेरे कला-विलास की कहानियाँ कहती रहेंगी। उससे अनन्त जीवन की प्रेरणा पाती रहेंगी। तू जयन्त हो, देवानुप्रिय!"

उदयन की आँखों से धारासार आँसू बह रहे थे। वह उद्‌बुद्ध होकर बोल उठा :

"प्रतिबुद्ध हुआ भगवन्, आत्मकाम हुआ, भगवन्!"

और उदयन भगवान की तीन प्रदक्षिणा दे, भूसात् प्रणिपात करके, मनुष्यों के प्रकोष्ठ में बैठ गया।

"वत्सदेश की राजमाता, मृगादेवी! अर्हत् तुम्हारे संकटों से अनजान नहीं।"

"फिर भी लोकालोक के नाथ चुप ही रहे। मेरे सीमान्त पर बलात्कारी की तलवार तुलती रही। मेरा सिन्दूर उजड़ गया। तीर्थंकरों की चिरकालीन क्रीड़ाभूमि कौशाम्बी विनाश की कगार पर झूलती रही। चराचर के त्राता, यह सब देखते रहे, और चुप ही रहे!"

"महासत्ता सक्रिय रही, देवी। मैं अनिमेष उसे देखता रहा, और वह अमोघ प्रतिकार करती रही।...तुमने चंडप्रद्योत का हृदय जीतकर, उसकी सत्ता को पदानत कर दिया। मगधेश्वर की कन्या ब्याह कर भी, उसके शूरातन को चने चबवा देनेवाला चंडप्रद्योत, तुम्हारा किंकर होकर, तुम्हारे दुर्ग-प्राचीरों की बुनियादें डालने लगा। सारी अवन्ती की सम्पत्ति और वैभव उसने तुम्हारे कोषागारों में भरवा दिया। उज्जयिनी ने कौशाम्बी तक फैलकर तुम्हारे चरण पकड़ लिये।...यह किसका प्रताप है, कल्याणी? मैं कोई नहीं, तुम्हारी अपनी ही महासत्ता!"

परम आत्मीय भगवान का सम्बल पाकर देवी मृगावती अपनी दबी व्यथा को उँड़ेलती चली गयीं :

"एक अनाथ किशोर की विधवा माँ ने संकट की घड़ी में, अपने त्राण का लाचार उपाय किया। तुम्हारे होते उसने कपट-कूट किया। अपने शब्द से उसने अपने सतीत्व की मर्यादा लोप दी। मैंने अवन्तिपति को आत्मार्पण करने का वादा किया। तुम्हारे होते मैं अध:पतित हुई!"

और महारानी फूटकर रो आयीं।

"मेरे होते नहीं, अपने होते, तुम पतित न हुईं, उन्नत हुईं। तुमने अपनी आत्मशक्ति के निर्णय से दिखावटी सतीत्व के पाश को तोड़कर, अपने परम सतीत्व की रक्षा की। अपने युवराज और राज्य की रक्षा की। तुमने प्रद्योत के प्रति मुक्त आत्मदान की मुद्रा अपनाकर, उसके चंडत्व को गला दिया। महासत्ता स्वयं तुम्हारे सत् के तेज से पसीजकर, तुम्हारे भीतर सक्रिय हुई। तुमने आत्मत्राण किया। तुम महावीर को प्रियतर हुईं। तुम्हारी निरालम्बता और अनाथत्व की उस घड़ी में, तुम्हें महावीर ने स्वयं नाथ होते देखा। वह एक महान दृश्य था। आर्यावर्त की सतियों में तुम्हारा सतीत्व अनोखा और अतुल्य है, देवी!"

क्षण भर स्तब्धता छायी रही। उसके बाद हठात् ऊर्जित होकर बोल उठीं महारानी मृगावती :

"मैं प्रतिबुद्ध हुई। मैं समाधीत हुई, भगवन्। अब मैं निवृत्त हुई, नाथ। मैं कृतकाम हुई। मुझे जिनेश्वरी दीक्षा प्रदान कर, अपनी अनुगता बना लें, प्रभु।"

"तुम्हें ज़िसमें सुख लगे वही करो, देवानुप्रिये। तुमने अपना मार्ग स्वयं ही खोला है। उसी पर बेहिचक चली चलो।"

"इस क्षण के बाद मेरा मार्ग स्वयं महावीर हैं। लेकिन जानें प्रभु, मैं अवन्तीनाथ की वाग्दत्ता हूँ। सूर्यवंश की आपूतिवचन क्षत्राणी हूँ। प्रद्योतराज को दिया वचन तोडूँगी नहीं। उनसे अनुमति चाहती हूँ, कि इस शरीर को अर्हत् का नैवेद्य हो जाने दें।"

भगवान निश्चल वीतराग स्मित से सत्त्व के परिणमन को देखते रहे।

...चंडप्रद्योत उस समय प्रभु की पर्षदा में उपस्थित था। महादेवी मृगावती के उस आत्मोत्सर्ग को देख, वह पश्चाताप और प्रायश्चित से पसीज उठा। तुरन्त अपने स्थान से उठ आया, और महारानी मृगावती के चरणों में भूसात् नम्रीभूत हो गया। फिर भर आते कंठ से बोला :

"जगदम्बा को अनुमति देने वाला मैं कौन होता हूँ, देवी? सती पर आसक्त होने का अपराध करके भी उसकी प्रीति का भाजन हो गया। मैं कृतकृत्य हुआ। आदेश दें देवी, आपका क्या प्रिय करूँ?"

"आदेश तो यहाँ केवल प्रभु दे सकते हैं। जगत् ने चंडप्रद्योत के चंडत्व को ही जाना। मैंने उनकी कोमलता को भी देखा और जाना। अर्हत् के अनुगृह से मनुष्य के भीतर के मनुष्य के सौन्दर्य को देखा, मैं कृतार्थ हुई।"

और तभी, उज्जयिनी की पट्टमहिषी शिवादेवी के हृदय में, इस जगत्प्रपंच की निःसारता सामने देखकर, अनिर्वार वैराग्य जाग उठा। प्रद्योतराज की अनेक अन्य रानियों सहित, वे भगवान के चरणों में प्रस्तुत हुईं। उन सबने निवेदन किया कि वे भगवती दीक्षा ग्रहण कर प्रभु की सतियाँ हो जाना चाहती हैं।

"मा पडिबंधं करेह। कोई प्रतिबन्ध नहीं। जिसमें तुम्हें अपना सुख लगे, वही करो, क्षत्राणियो।"

और प्रभु की दो महारानी मौसियों—मृगावती और शिवादेवी के संग, चंडप्रद्योत का एक पूरा अन्तःपुर प्रभु की चरण-रज हो रहा।

भगवती चन्दनबाला ने देवी मृगावती को सम्मुख रखकर, पाँच सौ रानियों को तत्काल भगवती दीक्षा प्रदान की।

जयकारें गूँज उठीं :

'परम सती-वल्लभ भगवान महावीर जयवन्त हों!'

प्रातःकाल की धर्म-पर्षदा में जयन्ती देवी प्रभु के सम्मुख न आ सकी थीं। प्रभु के श्रीमुख का दर्शन करते ही, उन्होंने एक अननुभूत हलकापन अनुभव किया था। एक विचित्र लीनता में वे तैरती रही थीं। इस अनुभव द्वारा प्रभु में इतनी तन्मय हो गयी थीं, कि अलग से कोई संलाप या प्रश्न सम्भव ही न हुआ। आमने-सामने होकर भी वे मानो प्रभु में ही रम्माण हो रही थीं।

दोपहर बाद जयन्ती देवी कुछ निर्गत हो सकीं। और जिस अनुभव से गुजरी थीं, उसमें स्थिर होने की खोज में, उनके मन में कुछ प्रश्न उठते चले गये। सो अपराह्न की धर्म-सभा में वे नत-मस्तक प्रभु के सम्मुख आयीं। प्रश्न उनके ओठों तक आये, उससे पहले ही उन्हें सुनाई पड़ा :

"देवानुप्रिये, आत्मा स्वभाव से ही हलका होता है, भारी नहीं होता। तुम स्वभाव से ही हलकी हुईं। स्वानुभव प्रमाण है।"

"तो फिर प्रभु, जीव भारी क्यों होता है? जिस हलकेपन को मैंने सवेरे अनुभव किया, वह तिरोहित हो गया। मैं फिर भारी हो गयी। क्या वह हलकापन स्थिर नहीं हो सकता?"

"तूम्बा तो पानी पर तैरता ही है। वह उसका स्वभाव है। लेकिन उस पर माटी की आठ पर्तें चढ़ाकर पानी में डालो, तो वह डूब जाएगा। पर्तें उतर जाएँ, तो वह ऊपर तैर आएगा। हलकापन और तैरना उसका स्वभाव है। माटी उसका विभाव है, वह ऊपर से आलेपित वस्तु है।...उस माटी की पर्तें काट दो, तो तुम सदा को हल्की हो जाओ, कल्याणी!"

"तो प्रभु, क्या जीव पर भी माटी की पर्तें चढ़ती हैं?"

"चढ़ती हैं, देवी।"

"सौ कैसे, प्रभु?"

"जीवों के अहं टकराते हैं। उससे उनमें राग-द्वेषात्मक प्रतिक्रिया होती है।

उससे जीव की चेतना क्षुब्ध होती है। उसमें भारी हलन-चलन और कम्पन होता है। यही कषाय है। इस कषाय से, आकाश में सर्वत्र व्याप्त कर्म के जड़ पुद्गल परमाणु आकृष्ट होकर आत्मा पर छा जाते हैं। और पर्त-दर-पर्त माटी के पाश आत्मा पर बुनते जाते हैं, उसे बाँधते चले जाते हैं। उसी से जीव भारी होता है, जयन्ती।''

''वे कौन कषायें हैं, भन्ते, जिनसे जीव पर माटी के ये पाश गाढ़-से-गाढ़तर होते चले जाते हैं? और जिनसे जीव भारी होता चला जाता है?''

''हे जयन्ती, हिंसा से, असत्य से, चोरी से, मैथुन से, परिग्रह से जीव भारिल होता है। क्रोध से, मान से, लोभ से, राग से, द्वेष से, कलह से जीव भारिल होता है। मिथ्या-दोषारोपण से, चुगली खाने से, रति और अरति से, प्रमाद से, कपटाचार से, गलत दर्शन से, गलत ज्ञान से जीव भारिल होता है।...

''इन विभावात्मक कम्पनों से उबरकर, जो जीव अपने स्वभाव में स्थिर नहीं होता, वह जड़ माटी के हाथों खेलता, माटी में ही मिलता रहता है।''

''जो हलकापन आज प्रातः अनुभव किया, वह मुझ में स्थिर कैसे हो प्रभु?''

''अपने आत्म में स्थिर रहो। अपने स्वभाव में अचल रहो। अन्य के प्रति कोई प्रतिक्रिया न करो। उससे टकराओ नहीं। उसे अपने में पूर्ण अवकाश दो। सह-अस्तित्व में समभाव और सहानुभूति से जियो। स्वयं जैसे निर्बाध जीना चाहती हो, वैसे ही और को भी निर्बाध जीने दो। तो कषाय न जागेंगे। फलतः चेतना में कर्म का आस्रवण न होगा। चिन्मय पर मृण्मय का आलेपन न होगा। तो तुम सदा हलकी रहोगी। अपने ही आनन्द में तैरती रहोगी। देखो न जयन्ती, अर्हत्, इतने हलके हो गये हैं कि अनायास अधर में ही विचर रहे हैं। पृथ्वी उन्हें खींच नहीं पाती, बाँध नहीं पाती। फिर भी उनसे बड़ा पृथ्वी का भोक्ता और कौन हो सकता है?''

''प्रतिबुद्ध हुई, भगवन्।...मेरा यह शरीर कैसी एक कपूर की-सी सुगन्ध में ऊपर-से-ऊपर तैरता जा रहा है!''

''तथास्तु, देवानुप्रिये।''

''भन्ते क्षमाश्रमण, मुक्ति स्वभाव है, कि परिणाम है?''

''वह स्वभाव है, जयन्ती, परिणाम नहीं। आदि, मध्य, अन्त में आत्मा सदा मुक्त है, अभी और यहाँ। सो मुक्त होना नहीं है, मुक्त रहना है। वही मौलिक स्थिति है, आत्मा की। जो यों जीता है, वही सम्पूर्ण जीता है। ऐसा मैं जीता हूँ, और कहता हूँ।''

''जीवन और मुक्ति में समरस जीने की कला कमल की तरह भीतर स्वयमेव ही विकसित हो रही है, प्रभु!''

''तू उत्तम भव्यात्मा है, जयन्ती।''

''अनुगृहवती हुई, देवाधिदेव प्रभु। पूछती हूँ, सोना अच्छा या जागना

अच्छा?''

''कोई सोते हुए भी जागता है। कोई जागते हुए भी सोता है। इसी से अपने में ही सोना और अपने में ही जागना अच्छा है। अन्य सब भ्रान्ति है।''

''प्रभु, सबल होना अच्छा, या दुर्बल होना अच्छा?''

''न सबल न दुर्बल, स्वबल होना अच्छा है। क्योंकि स्वबल न किसी से पीड़ित होता है, न किसी को पीड़ित करता है। स्व-वीर्य में रहना अच्छा है, क्योंकि वह न घात्य होता है, न घातक होता है।''

''हे स्वामिन्, उद्यम अच्छा कि आलस्य अच्छा?''

''प्रमादी भी उद्यमी हो सकता है, उद्यमी भी प्रमादी हो सकता है। क्रिया बाहर ही नहीं, भीतर भी होती है। वही निर्णायक है। अप्रमत्त रहना अच्छा है। उसमें उद्यम और आराम, अनायास एक साथ होता है।''

''अप्रमत्त कैसे होऊँ, भन्ते?''

''प्रति क्षण, अपने और सर्व के प्रति संचेतन रह, जयन्ती। आप ही अप्रमत्त हो जाएगी।...लेकिन प्रमत्त भी नहीं, अप्रमत्त भी नहीं, ऐसी है मौलिक स्थिति, देवानुप्रिये।''

''यह तो विरोधाभास है, भगवन्, समझ से बाहर है।''

''यह उदय और अस्त की संयुक्त सन्ध्या है, देवी। इसे समझा नहीं जा सकता। केवल जिया जा सकता है। तू ऐसा जिएगी, जयन्ती!''

''हे परम कृपानाथ, यह सब तुम्हारे हाथ है। मैं अनुगत हुई, मुझे श्रीचरणों में प्रव्रजित करें, प्रभु।''

''मा पडिबंधं करेह। कोई प्रतिबन्ध नहीं। तुझे जिसमें सुख लगे, वही कर, जयन्ती। तू स्वतन्त्र है। तू ही निर्णायक है।''

और प्रभु की परम श्राविका, कौशाम्बीपति शतानीक की बहन, वत्सराज उदयन की बुआ जयन्ती देवी, भगवती चन्दनबाला के हाथों जिनेश्वरी दीक्षा अंगीकार कर प्रभु की भिक्षुणी हो गयीं।

जय ध्वनि के साथ उन पर पुष्प-वर्षा हुई। और वे जहाँ खड़ी थीं, वहीं कायोत्सर्ग में निश्चल हो गयीं। उन्हें लगा कि वे हलकी होकर ऊपर, ऊपर, और ऊपर उठती जा रही हैं।

इस बीच आसपास के अनेक सन्निवेशों में, प्रजाओं को प्रतिबोध देते हुए श्री भगवान फिर कौशाम्बी आये। जम्बू वन चैत्य में समवसरित हुए।

दिन का अन्तिम पहर नम रहा था। कि हठात् सारे आकाश में एक विभ्राट उद्योत

हुआ। विराट् प्रभा-पुंजों के समान दो शाश्वत विमान, श्रीमंडप में सहसा ही अवतरित हुए। उनमें से उतरकर सूर्य और चन्द्रमा ने ब्रह्मांडपति भगवान की परिक्रमा की। उनका वन्दन किया।

समस्त प्रजाजन कौतूहल से स्तब्ध देखते रह गये। दिन-मान का अनुमान शक्य न रहा। दिन और रात के स्रष्टा, स्वयं यहाँ सदेह उपस्थित थे।

प्रभुपाद गौतम ने सबकी ओर से जिज्ञासा की :

"जो कभी न हुआ, वह आँखों आगे प्रत्यक्ष है, प्रभु। समय थम गया, पहर थम गये, वेलाएँ ठहर गयीं। दिन और रात का भेद मिट गया। गतियाँ रुक गयीं। ऐसा भी हो सकता है, प्रभु?"

"जो सक्षम है, उस पर सन्देह करोगे, गौतम?"

"स्वयं सूर्य और चन्द्रमा अपनी धुरियों से उतरकर प्रभु के वन्दन को आये। दुनिया रुक गयी, प्रभु!"

"वह अपने में आ गयी। सब अपने में स्तब्ध हो गया, गौतम। यही स्थिति है, और सूर्य-चन्द्र का अविराम परिभ्रमण ही गति है, प्रगति है। यहाँ इस क्षण, स्थिति, गति, प्रगति संयुक्त उपस्थित और सक्रिय है, गौतम। अर्हत् का त्रिकाली ज्ञान यहाँ सदेह प्रमाणित है, गौतम। शाश्वती में यहाँ प्रत्यक्ष जियो, गौतम!"

और सारी धर्म-सम्पदा इस ज्ञान के आलोक में अमरत्व का अनुभव करने लगी। शाश्वती में जीने लगी।

...इस बीच महायोगिनी चन्दनबाला, अपने स्व-समय में संचेतन हो आयीं। वे ठीक समय पर नियमानुसार अपने साध्वी-संघ के साथ प्रभु का वन्दन कर, स्व-स्थान को चली गयीं।

आर्या मृगावती अपनी ध्रुव स्थिति से बाहर न आ सकीं। त्रिलोक-सूर्य सामने प्रकाशित था। उनके लिए रात न हो सकी। उन्हें आर्याराम में लौटने का भान ही न रहा।

...मृगावती जब अपनी समाधि से जागीं, तो पाया कि सूर्य-चन्द्र जा चुके थे। भगवान जा चुके थे। पर्षदा समापित हो चुकी थी। रात हो चुकी थी।

समय का अतिक्रमण हो गया, जानकर, मृगावती असमंजस में पड़ गयीं। वे त्वरापूर्वक उपाश्रय में लौटीं।

महाप्रवर्तिनी देवी चन्दना ने किंचित् शासन के स्वर में कहा :

"आर्या मृगावती ही अनुशासन का अपलाप करेंगी, तो साध्वी-संघ की मर्यादा कितने दिन टिकेगी?"

...मृगावती नम्रीभूत हो रहीं। उन्होंने कोई प्रत्युत्तर न दिया। उनमें कोई प्रतिक्रिया न हुई। वे अनायास अपने में प्रतिक्रमण करती चली गयीं। और अनायास

वे समत्व में स्थिर हो गयीं।

हठात् उन्हें लगा कि कोई अरूप सूर्य उनकी आँखों में झाँक रहा है। अँधेरा भी नहीं है, उजाला भी नहीं है। कुछ भी अदृश्य नहीं रह गया है। वे अपनी तृण-शैया में, सब कुछ को राई-रत्ती देखती हुईं, आनन्द में मगन हो रहीं। पता नहीं, इस अवस्था में कितनी रात बीत गयी।

...अचानक मृगावती को दिखाई पड़ा, कि भवगती चन्दनबाला गहरी निद्रा में लीन हैं। और उनकी ओर एक महासर्प तेजी से रिलमिलाता चला आ रहा है।

मृगावती तुरन्त सर्प को लाँघकर भगवती के पास पहुँच गयीं। उनका चरण-स्पर्श कर उन्हें सावधान किया :

"भगवती माँ, क्षमा करें मुझे। एक महासर्प आपकी शैया की ओर आ रहा है!"

"अरे इस सूचीभेद्य अन्धकार में तुम्हें कैसे दिखाई पड़ा भद्रे?"

"मुझे सब कुछ दीख रहा है,माँ। कोई शाश्वत प्रकाश सब ओर छाया है। कुछ भी अदीठ न रहा। यह क्या हो गया, माँ मुझे? मेरे आनन्द का पार नहीं है।"

"आर्या मृगावती प्रभु की कैवल्य ज्योति में उत्क्रान्त हुईं! मुझसे भगवती की आशातना हो गयी। क्षमा करें, देवी!"

और महावीर की सर्वोपरि सती भगवती चन्दनबाला अपनी शिष्या मृगावती के प्रति प्रणिपात में नत हो गयीं।

मृगावती अचल, निस्तब्ध देखती रह गयीं।

हठात् उस अभेद्य अन्धकार में एक ज्योति-घट विस्फोटित हुआ। भगवती चन्दनबाला ने देखा, कि वे सब कुछ को उजाले की तरह स्पष्ट देख रही हैं।...और वह सर्प मृगावती का वन्दन कर, स्वयं देवी चन्दनबाला के सामने फणा-मंडल उन्नत कर नमित हो गया है।

...भगवती चन्दना ने देखा, कि उनकी आँखों में प्रभु की कैवल्य ज्योति अविरल बह रही है। उसमें सूर्य और चन्द्रमा, रात और दिन सब लुप्त हो गये हैं।

...आज उन्हें यह क्या हो गया है?

इतिहास का अग्नि-स्नान

तीर्थंकर महावीर ग्रामानुग्राम विहार करते वैशाली की ओर बढ़ रहे हैं। भगवान की गति का अनुगमन करना तो साध्य नहीं। फिर यथाशक्य त्वरित गति से सहस्रों साधु-साध्वियों का विशाल संघ उनका अनुसरण कर रहा है।...अचानक मार्ग में दूर पर वाणिज्य ग्राम के श्रेष्ठियों की ऊँची श्वेत अट्टालिकाएँ चमकती दिखाई पड़ीं। जिन-चैत्यों के शिखरों की रत्न-विभा से आकाश रंगीन चित्रपट-सा भास्वर हो उठा है।

वाणिज्य ग्राम पार्श्वापत्य जैन श्रावकों और सार्थवाहों का एक शक्तिशाली केन्द्र है। उनके तहखानों में अकूत सुवर्ण और रत्न-सम्पत्ति भरी पड़ी है। मानो सारे संसार का धन अपने भंडारों में बटोर लेने की एक होड़-सी इन व्यापारियों के बीच बदी हुई है।

इसी वाणिज्य ग्राम में रहता है, प्रसिद्ध सार्थवाह आनन्द गृहपति। हिमाद्रि के पर्वती प्रदेशों से लगाकर सुदूर दक्षिणावर्त के कुमारी अन्तरीप तक, और पूर्व में ब्रह्मदेश से लगाकर, पश्चिम में ठेठ गान्धार तक उसके व्यापारी सार्थों का सिलसिला सदा जारी रहता है। उनके वाणिज्य पोत ताम्रलिप्ति से, दक्षिण में ताम्रपर्णी तक, और पूर्व में सुवर्णद्वीप और महाचीन तक के समुद्र पत्तनों में लंगर डालते हैं। तो पश्चिम में आर्द्रक, मिस्र, पारस्य और यवन देशों के समुद्रों में भी उसके जहाजी बेड़े छाये हुए हैं।

आनन्द गृहपति के यहाँ चार करोड़ सुवर्ण मुद्राएँ भंडार में संचित हैं। दूसरी चार करोड़ चक्रवृद्धि ब्याज पर सारे देश के बाजारों में चलती हैं। तीसरी चार करोड़ स्वर्ण मुद्राएँ उसके विशाल व्यापार व्यवसाय और घर खर्च में नियोजित हैं। उपरान्त दस-दस हजार गायों के चार व्रजों का वह मालिक है। उसके खेत-खलिहानों का पार नहीं। आसपास के प्रदेशों में अनेक ग्रामों और भूमियों का वह स्वामी है।

आनन्द गृहपति मूलतः ज्ञातृवंशी क्षत्रिय है। और इस नाते वह स्वयं भगवान महावीर का ही सगोत्रीय होने में भारी गर्व अनुभव करता है। लेकिन पार्श्वानुयायी जिनधर्मी होने से, जीव-दया पालन के अतिरेक के कारण वह अपनी कुलजात क्षात्रवृत्ति से विच्युत हो गया है। सो वह अब सुविधाजीवी वणिक व्यापारी बन गया है। ब्रह्मज्ञान की उपासना अति पर पहुँचकर कोरा ब्रह्मविचार रह गयी थी। उसमें आचार की सर्वथा अवज्ञा हो गयी थी। इसी से महाश्रमण पार्श्व ने जब इस अति के निवारण के लिए आचार का आग्रह किया, तो अनुयायियों के बीच वह दूसरी अति के छोर पर पहुँच गया। आचार पर इतना अधिक जोर आ गया, कि रूढ़ व्रत-नियम का पालन ही एक मात्र धर्म हो रहा। उसका चरम प्राप्तव्य जो आत्म या परब्रह्म है, वह लुप्तप्राय हो गया।

इसी अति के बिन्दु पर पहुँचकर, अतिरंजित जीव दया पालन के कारण ब्राह्मण

और क्षत्रिय भी अपने-अपने में विचलित होकर, सुविधा और स्वार्थजीवी नर्म वैश्यवृत्ति से ग्रस्त हो गये। सो जिनों का ब्रह्मतेज और क्षात्रतेज से संयुक्त आत्मधर्म, बाद के कालों में मात्र व्यवसायी वणिकों का मुलायम और स्वकेन्द्रित आचार-चौविहार मार्ग होकर रह गया। जीव-दया की ओट में कायरता और स्वार्थ ही सर्वोपरि हो उठे।

ज्ञातृवंशी क्षत्रिय आनन्द गृहपति में इतिहास का वह अतिगामी स्खलन और व्यतिक्रमण स्पष्ट रूप से लक्षित होता है। उससे पता चलता है, कि क्यों जिनेश्वरों का आत्मकामी धर्म, नितान्त अर्थकामी वणिकों की ऐकान्तिक विरासत होकर रह गया।

आनन्द गृहपति पास-पड़ोस के सन्निवेशों में चतुर-चूड़ामणि संघवी के रूप में प्रतिष्ठित है। एक सयाने परामर्शदाता के रूप में उसकी ख्याति दूर-दूर तक फैली है। अनेक राजा, युवराज, तंलवर, मांडबिक, कौटुम्बिक, इभ्यगण, श्रेष्ठी, सामन्त, सेनापति और सार्थवाह उससे सलाह लेने आते हैं। वह आवश्यक कामों, विवाहादि प्रयोजनों, चिन्तनीय बाबतों, खानगी रखने योग्य कौटुम्बिक मामलों, रहस्यों, निर्णयों, व्यवहारों, गम्भीर स्थितियों में पूछने योग्य परामर्श लेने योग्य माना जाता है। सारे ही लोकजन्य उसे प्रमाण-रूप, आधार-रूप, आलम्बन-रूप, चक्षु-रूप समझते हैं।

उसके संसार सुख में कहीं अणु मात्र भी कमी नहीं है। कोई भी दुःख अभाव उसे अनजाना है। उसकी भार्या शिवानन्दा, उससे चन्द्रमा के संग रोहिणी की तरह जुड़ी हुई है। वह उसकी बहुत मनभायी मनचाही है। जहाँ वह परमसुन्दरी रूपसी है, वहीं दूसरी ओर स्वभाव से अत्यन्त मृदु मधुर और स्नेहवती है। उसकी प्रतिनिष्ठा लोक में अप्रतिम मानी जाती है। उसके स्नेह, समर्पण और सेवा से आनन्द के जीवन में सदा-वसन्त की सुख-सुषमा छायी रहती है। और अत्यन्त पतिव्रता होने पर भी, वह शिवानन्दा लोक में सर्वप्रिय मानी जाती है। पुत्र-कलत्र, श्री सम्पत्ति, सौन्दर्य, इष्ट-मित्र, स्नेही-परिजन, सभी दृष्टियों से आनन्द गृहपति का जीवन इतना भरा-पूरा है, कि उसे देखकर वह मरण-धर्मा संसार भी सुख का धाम प्रतीत होने लगता है।

...दीर्घकाल तक ऐसा यकसा सुख भोगने के बाद, आनन्द गृहपति के मन में एक अनजान खटक पैदा हो गयी है। उसके जी में रह-रहकर एक शंका की फाँस गड़ उठती है, कि यह सुख की धारा अचानक कहीं भंग न हो जाये। उसे यह सुख अनिश्चित और पराधीन लगने लगा है। जाने कब यह इन्द्रधनुष विलय हो जाये। क्या भरोसा? संसार में सर्वत्र भंगुरता और मृत्यु देखने में आती है। उसकी भयानकता, किसी आधी रात नींद उड़ने पर आनन्द के अवचेतन में अचानक साकार हो उठती है।

यह सारा वैभव जाने कब हाथ से निकल जाये। शिवानन्दा जैसी सुन्दरी स्नेहिनी पत्नी से कभी भी वियोग हो ही सकता है।...तो वह कैसे जी सकेगा? सारा सुख ऐश्वर्य तब मिट्टी हो जाएगा।...और कभी उसका स्वयं का शरीर ही दगा दे जाये तो? तो...तो...तो? और उसके लिए जीना मुहाल हो गया। अस्तित्व के मूल में ही बिंधी इस त्रासदी से कौन बच सकता है? यह एक अनिवार्य नियति है। तो क्या इससे त्राण का कोई उपाय नहीं?

...इस निरन्तर की प्रश्न-वेदना के चलते, आनन्द गृहपति को अपने प्राप्त सुख की सीमा का बोध अत्यन्त स्पष्ट हो गया है। उसे प्रत्यक्ष दीखने लगा है, कि वह सुख सपाट और सतही है। यह आदि, मध्य और अन्त में यकसा सघन नहीं है, नीरन्ध्र नहीं है। यह चौतरफा और समूचा नहीं है। इसमें गहराई, ऊँचाई और विस्तार नहीं है। हर ऐहिक सुख भोगते समय उसे लगता है, कि यह अधूरा है, परिपूर्ण नहीं है। सब कुछ भोगकर भी प्यास बनी ही रह जाती है। इस सुख में निराकुलता, समरसता नहीं। अबाध तन्मयता और निश्चिन्तता नहीं। निविड़तम विषय-सुख भोगने के क्षणों में भी एक आर्त्तता, एक कसक, एक टीस भीतर बराबर जारी रहती है। हर ऐन्द्रिक सुख भोग लेने के उपरान्त उसका स्वाद गायब हो जाता है। एक निःसारता, विफलता और अस्थिरता का बोध भीतर-ही-भीतर कुरेदता रहता है। हर सुख में कुछ चूकता-सा लगता है। वह अचूक और अबाध नहीं लगता। इस संसार के बड़े-से-बड़े प्रेम-प्यार और सुख में भी उपाधि और आकुलता का काँटा सदा खटकता रहता है।...

...कुछ ही समय में आनन्द गृहपति की यह बेचैनी इतनी बढ़ गयी, कि प्रतिपल के जीने को वह टोकने लगा, उसे सन्देह की दृष्टि से देखने लगा। चन्द्रमा की अटूट रोहिणी जैसी प्राणप्रिया शिवनन्दा भी उसे अपनी न लगने लगी। वह भी बिछुड़कर परायी पराधीन-सी प्रतीत होने लगी। अभिन्न प्रिया पत्नी, वह साँसों में गुँथी संगिनी भी उसकी वेदना को न थाह सकी। गृहपति चाहे जब, आधी रात, उसके बाहुपाश में से छटककर, चुपचाप बाहर निकल पड़ता। वीरानों में भटकता और कब घर लौटता, निश्चित नहीं रह गया था।...शिवा ने अनेक व्रत-उपवास किये। मनौतियाँ मानीं, अनेक देव पूजे, मगर श्रेष्ठी की मनोवेदना रात दिन बढ़ती ही चली गयी।

आनन्द गृहपति निरन्तर संवेग से उद्वेलित रहने लगा। उसमें एक अनिवार्य पुकार चीखें मार रही थी : एक कहीं कोई ऐसा सुख नहीं, जो स्थायी हो, जो निराकुल हो? जिसमें भंगुरता, मृत्यु और वियोग की दरार न हो? जो समरस, शान्त और अगाध हो?

पार्श्वापत्य जिनधर्मी होने से श्रावक के षट् आवश्यक तो वह पालता ही था। विशेष पूजा, स्वाध्याय, दान, व्रत आदि भी धार्मिक पर्वों में करता रहता था। धर्म पालन करते तो उसकी सारी उम्र बीती थी। संसार की निःसारता और मोक्ष के स्थायी सुख

का शास्त्र भी उसने कम नहीं सुना था। लेकिन आज इस चरम वेदना की घड़ी में, उसे साक्षात् हो रहा था, कि वह सारा धर्म-प्रवचन तोता-रटन्त खोखले शब्दों के अतिरिक्त कुछ नहीं था। वह सारा धर्म-पालन एक निर्जीव, निःसार क्रिया-कांड के सिवाय और कुछ नहीं था। वह परिणामहीन था, और उसके संत्रास को घटाने के बजाय वह बढ़ाता ही था। संसार की असारता और दुःखों के भयानक वर्णन, नरकों की यातनाओं के वे भीषण चित्र, उसकी चित्त वेदना को सौ गुना करके छोड़ देते थे। उसकी चेतना को खतरे में डाल देते थे। सो वह जड़ धर्म भी उसे शत्रुवत् लगने लगा था।

इसी बीच सर्वज्ञ अर्हन्त महावीर के तारक और शान्तिदायक व्यक्तित्व और प्रवचन की चर्चा सब ओर व्याप्त थी। अर्से से आनन्द गृहपति का जी उनके दर्शन-श्रवण को तरस रहा था। मुहूर्त नहीं आया था, और वह उन तक जा न सका था।...हाल ही में अचानक वाणिज्य-ग्राम में संवाद पहुँचा था, कि महावीर कौशाम्बी और काशी के जनपदों में विहार कर रहे हैं। आश्चर्य नहीं, कि कभी भी वे वाणिज्य-ग्राम में भी विहार करें।...

आनन्द का हृदय इस संवाद से कुछ आश्वत हुआ। वह व्याकुलता से प्रभु के पधारने की प्रतीक्षा करने लगा। एकाग्र चित्त से वह हर समय उन्हें मन-ही-मन पुकारने लगा। "...मेरे एकमात्र त्राण, मुझे इस जीते जी की मृत्यु से उबारो। हर साँस में फाँस लग रही है।...मेरे नगर-प्रांगण में पधारो। मुझे शरण दो। मुझे धर्म-कथा सुनाओ। और अपने बारह व्रतों में दीक्षित कर, मुझे अपना श्रावक बना लो।...

उस दिन प्रातःकाल वाणिज्य ग्राम में एकाएक आघोषणा हुई, कि चरम तीर्थंकर महावीर प्रभु हमारे नगर के प्रांगण में पधारे हैं। वे नीलमणि उद्यान में समवसरित हैं। सारा परिवेश उनकी कैवल्य-प्रभा से जगमगा उठा है। त्रिलोकीनाथ महावीर जयवन्त हों!

और बात की बात में वाणिज्य ग्राम उत्सव की सज्जा और मंगल वाजित्रों की ध्वनियों से उल्लसित हो उठा। हजारों नर-नारी नव-नवीन वस्त्रों में सजकर प्रभु के वन्दन को चल पड़े। सारे सन्निवेश को ऐसा अनुभव हुआ, कि उनके इस श्री-सम्पन्न नगर का कोई अलौकिक नवजन्म हो गया है।

आनन्द गृहपति को स्पष्ट प्रतीति हुई कि उसी की पुकार पर त्रिलोकी के तारनहार प्रभु उसके आँगन में स्वयं ही पधारे हैं। उसने चीन देश के महामूल्य रेशमी वस्त्र और महर्द्धिक रत्नाभरण धारण किये। सुदूर द्वीपों के दुर्लभ फुलैलों को अंगों में बसा लिया। चन्दन-केशर का तिलक ललाट पर लगाया। और अपने समस्त वैभव परिकर के साथ श्रीभगवान के वन्दन को गया।

प्रभु के श्रीमुख का दर्शन करते ही, जैसे उसके मन के सारे परिताप और प्रश्न अनायास शान्त हो गये। गन्धकुटी की तीन प्रदक्षिणा कर, साष्टांग प्रणिपात के उपरान्त वह श्रीभगवान के समक्ष नम्रीभूत खड़ा हो गया।

भावाकुलता के कारण उसका बोल फूट नहीं पा रहा था। प्रभु की धर्म-देशना उस क्षण थम गयी थी। उस गहरी नीरवता में कुछ उद्‌बुद्ध होते हुए आनन्द गृहपति ने निवेदन किया :

"श्री चरणों में शरणागत हूँ, भगवन्त। अन्तर्यामी मेरे तन-मन की सारी वेदनाएँ जानते हैं। मुझे इस पीड़ा से उबार लें, भगवन्!"

चुप्पी अनाहत व्याप्त रही।

आनन्द गृहपति फिर अधीर होकर बोला :

"मैं प्रभु का व्रती श्रावक होना चाहता हूँ। मुझे अणुव्रत, गुणव्रत और शिक्षा-व्रतों में दीक्षित करें, स्वामिन्।"

भगवान चुप रहे। आनन्द का मन इस कठोर निरुत्तरता से व्यथित हो उठा। प्राणि मात्र के अकारण बन्धु भगवान की ओर से कोई प्रतिसाद न मिला? वह चुप न रह सका। वह अर्हत् का उपासक होने के लिए उतावला हो उठा। उसने निवेदन किया :

"श्रीभगवान की साक्षी में, मैं इस प्रकार श्रावक के पाँच अणुव्रत धारण करता हूँ :

"मैं आज से सर्व प्रकार की स्थूल हिंसा का त्याग करता हूँ। अपने जाने किसी जीव को कष्ट न पहुँचाऊँगा। किसी को बाँधूँगा नहीं, किसी का वध नहीं करूँगा। सामर्थ्य से अधिक किसी पर भार न डालूँगा। शक्ति से अधिक किसी से काम न कराऊँगा। किसी का शोषण न करूँगा। किसी का भोजन-पान बन्द न करूँगा। इस प्रकार मैं अहिंसा अणुव्रत धारण करता हूँ, भन्ते प्रभु।

"स्वार्थ साधन के लिए स्थूल झूठ नहीं बोलूँगा। कपटाचरण और मायाचार न करूँगा। बिन सोचे किसी पर आरोप न लगाऊँगा। किसी की गुप्त बात प्रकाशित न करूँगा। स्त्री की गोपनता को प्रकाशित न करूँगा। खोटी सलाह न दूँगा, खोटे लेख न लिखूँगा, खोटी गवाही न दूँगा। इस प्रकार मैं सत्य अणुव्रत धारण करता हूँ, प्रभु।

"मैं सर्व प्रकार की स्थूल चोरी का त्याग करता हूँ। चोरी का माल नहीं रखूँगा। चोर-बाजारी न करूँगा। खोटे तौल-माप नहीं रखूँगा। मिलावट करके बनावटी वस्तु को मूल वस्तु के स्थान पर नहीं बेचूँगा। इस प्रकार मैं अस्तेय अणुव्रत ग्रहण करता हूँ, भन्ते भगवान।

"स्व-पत्नी में ही सन्तोष धारण करूँगा। पर स्त्री की अभिलाषा न करूँगा। वेश्यागमन न करूँगा। कुमारी या विधवा से संसर्ग न करूँगा। परकीयाओं के संग शृंगार-चेष्टा न करूँगा। कामभोग की तीव्र अभिलाषा न करूँगा। इस प्रकार मैं आज

से ब्रह्मचर्य अणुव्रत में प्रतिबद्ध हुआ, भगवन्।

"एक निश्चित परिमाण में ही मैं सम्पत्ति और भोग-सामग्री रखूँगा। शेष सारे धन, भोगोपभोग, वैभव, वस्तु-सम्पदा का स्वामित्व त्याग दूँगा। इस प्रकार मैं आज से परिग्रह-परिमाण अणुव्रत का व्रती हुआ, भगवन्..."

क्षण-भर रुककर आनन्द ने अर्हत् महावीर की ओर देखा, और प्रभु के प्रतिसाद की अपेक्षा की। लेकिन उसे कोई उत्तर या इंगित न मिला। प्रभु की इस उदासीनता से वह मर्माहत हो आया। फिर भी मन को जुड़ाकर उसने फिर निवेदन किया :

"मैं श्रावक के सभी गुणव्रत और शिक्षाव्रत भी धारण करता हूँ, अन्तर्यामिन् :

"मैं एक नियमित प्रतिज्ञा के अनुसार प्रति दिन ऊर्ध्व दिशा, अधो दिशा, तिर्यग् दिशा की सीमा का उल्लंघन न करूँगा। व्यापार, व्यवहार, संकल्पित कार्य के लिए निर्धारित क्षेत्र से बाहर न आऊँगा। इस प्रकार मैं दिग्व्रत में दीक्षित हुआ, भगवन्।

"मैं एक निर्धारित मर्यादा में ही भोजन, वसन, अलंकार, अंगराग, सुगन्ध फुलैल तथा अन्य भोग-सामग्री ग्रहण करूँगा। इस प्रकार मैं भोग-परिभोग-परिमाण व्रत का धारक हुआ, भगवन्।

"मैं कामोत्तेजक कथा-वार्ता न करूँगा। भाँड़ की तरह शारीरिक कुचेष्टाएँ न करूँगा। मुशल, कुदाली, तलवार, शस्त्र-अस्त्र आदि अनर्थकर साधनों से संयुक्त न रहूँगा। यों मैं अनर्थदंड व्रत में परिबद्ध होता हूँ, प्रभु।

"मैं प्रतिदिन नियमित, एक निश्चित समयावधि तक, सामायिक ध्यान में बैठकर मन, वचन, काय की हलन-चलन को रोकूँगा। चित्तवृत्तियों का निरोध करूँगा। भाव, भाषा और देह का दुष्ट प्रवृति में प्रयोग न करूँगा। यों मैं आज से सामायिक का व्रती हुआ, भन्ते भगवन्।

"अष्टमी, चतुर्दशी, अष्टान्हिका, पर्यूषण आदि पवित्र तिथियों और धर्म-पर्वों पर मैं प्रौषधोपवास धारण करूँगा। सर्व प्रकार के अन्न-जल, भोग-परिभोग का त्याग कर, मौन और सामायिक पूर्वक काल यापन करूँगा। इस प्रकार मैं प्रोषधोपवास का व्रती हुआ, स्वामिन्।

"आज से प्रति दिन मैं भोजन से पूर्व अतिथि के लिए द्वारापेक्षण करूँगा। और किसी तपस्वी, साधु भोजनापेक्षी सुपात्र अतिथि को आहार दान देकर ही भोजन ग्रहण करूँगा। अपना भोजन अन्य के साथ बाँटकर ही मैं आहार करूँगा। इस तरह मैं चिरकाल के लिए अतिथि-संविभाग का व्रती हुआ, भगवन्।

"इस तरह मैं पाँच अणुव्रत और सात गुणव्रत शिक्षाव्रत वाले प्रभु के श्रावक-धर्म को अंगीकार कर, जीवनपर्यन्त के लिए अर्हन्त महावीर का श्रमणोपासक होता हूँ, स्वामिन्।"

और आनन्द गृहपति ने अत्यन्त उत्कंठित और उत्साहित होकर फिर प्रभु की

उस सर्वदर्शी चितवन पर टकटकी लगा दी। वह पारदर्शी वीतराग चितवन उसके आर-पार देखती रही। पर वे आँखें आनन्द की ओर न उठीं। प्रभु से उसे कोई प्रतिसाद या प्रत्युत्तर प्राप्त न हुआ। आनन्द हताहत, कुंठित, उदग्र देखता ही रह गया। सिर से पैर तक काँप-काँप आया। उसके रोमों में काँटे उग आये। हाय, क्या सर्वत्राता सर्वज्ञ, अर्हत् महावीर ने उसे न स्वीकारा? शरण प्रदान न की? उसकी अवज्ञा कर दी, उपेक्षा कर दी? प्राणि मात्र के अकारण बन्धु और वल्लभ सुने जाते तीर्थंकर महावीर क्या इतने निर्मम और बेदर्द भी हो सकते हैं कि उन्होंने उसकी दारुण वेदना, समर्पण और उसके व्रत-ग्रहण की ऐसी घोर अवमानना कर दी?

और सिरहते थरथराते आनन्द गृहपति की आँखों से अवरिल आँसू बहते आये। पर जैसे प्रभु ने उसके आँसुओं को भी अनदेखा कर दिया।

इस अवज्ञा से पहले तो आनन्द बहुत निराश हुआ। लेकिन फिर अधिक स्वस्थ और दृढ़ होकर उसने सोचा : कि भोग-परिभोग का जो त्याग उसने किया है, उसे स्पष्ट निर्दिष्ट नहीं किया है, इसी से शायद प्रभु ने उसके व्रत और त्याग की अवज्ञा कर दी है। सो उसने उत्साहित होकर उन भोग्य पदार्थों को नाम देकर कहा, जिनका त्याग करने को वह तत्पर है। उसने दृढ़ संकल्प के स्वर में अपनी प्रतिज्ञा को यों उच्चरित किया :

''लोकालोक के परम परमेश्वर प्रभु, सुनें। मैं शिवानन्दा के सिवाय अन्य स्त्री मात्र का यावत् जीवन के लिए त्याग करता हूँ। निधि में, ब्याज में तथा व्यापार में निवेशित बारह कोटि हिरण्य के अतिरिक्त, अन्य समस्त द्रव्य का त्याग करता हूँ। गायों के चार गोकुल सिवाय अन्य सारे गोकुलों का, पाँच सौ हल सिवाय अन्य सब हलों का, तथा सौ क्षेत्रों (खेतों) उपरान्त, अन्य सब क्षेत्रों का सदा के लिए त्याग करता हूँ। प्रभु सुनें, प्रभु लक्ष्य करें।

''व्यापारिक माल-वहन के निमित्त पाँच सौ शकट (गाड़ियाँ) मात्र रखकर, अन्य तमाम शकटों का त्याग करता हूँ। निजी समुद्र-यात्रा के लिए केवल चार रत्न-जटित महापोत रखकर, अन्य सारे जगत-व्यापी अपने जहाजी बेड़ों का त्याग करता हूँ। स्वदेश के नदी-पथों और स्थल-पथों के अलावा, केवल सुवर्ण-द्वीपों और रत्न-द्वीपों की यात्रा करूँगा। अन्य समुद्र-पर्यन्त पृथ्वी पर यात्रा करने का त्याग करता हूँ। सर्वत्यागी प्रभु,, मेरे निवेदन को सुनें!

''गन्ध-काषायी रक्त अंग-लुंछन वस्त्र (तौलिया) के सिवाय, अन्य सारे लुंछन-वसनों का त्याग करता हूँ। आर्द्र मधुयष्टि के अतिरिक्त अन्य सारे दन्त-धावन का त्याग करता हूँ। क्षीरामलक मधुर फल और आम्र फल को छोड़, अन्य फलों का त्याग करता हूँ। सहस्रपाक तथा शतपाक तेल के अतिरिक्त, अन्य सारे अभ्यंगनों का त्याग करता हूँ। जातिवन्त सुगन्धी गन्धाढ्य उद्वर्त्तन को छोड़, अन्य सारे उद्वर्त्तनों का

त्याग करता हूँ। आठ औष्ट्रिक जल-कुम्भों से ही स्नान करके सन्तुष्ट हो लूँगा। उससे अधिक स्नान-जल का त्याग करता हूँ। मिस्र देशीय कपास तथा चीनी रेशम के क्षौम युगल को छोड़, अन्य सारे वस्त्रों का त्याग करता हूँ। हे भगवन्, आज से जीवन-पर्यन्त इन पदार्थों को नहीं भोगूँगा।

"श्रीखंड, अगुरु तथा केशर-कस्तूरी को छोड़, अन्य सारे अंगरागों का त्याग करता हूँ। मालती माला और कमल के अतिरिक्त अन्य कोई पुष्प अब मैं ग्रहण न करूँगा। नीलांजल द्वीप के अलभ्य रत्नों के कुंडल, कंठहार तथा नामांकित मुद्रिका को छोड़कर, अन्य सारे आभूषणों का त्याग करता हूँ। तुरुष्क, अगुरु तथा मलयागिरि चन्दन की धूप सिवाय, अन्य सारे धूपों का त्याग करता हूँ। गान्धशालि के पयस् तथा घेवर-फैनी को छोड़ अन्य सारे मिष्टानों का त्याग करता हूँ। काष्ठपेया के अतिरिक्त अन्य पेय भोजनों का त्याग करता हूँ। कमल-शालि को छोड़कर अन्य सारे चावल तथा उड़द, मूँग और कलाय मटर के सिवाय, अन्य सारे दाल खाद्यों का त्याग करता हूँ।

"हे सर्वभोगजयी प्रभु, सुनें, मैं आज से शरद ऋतु के गाय के घी को छोड़कर अन्य तमाम घृतों का त्याग करता हूँ। स्वस्तिक, मंडुकी तथा बालुकी सिवाय अन्य सारे शाक सदा के लिए त्यागता हूँ। इमली के सिवाय अन्य अम्ल पदार्थों का त्याग करता हूँ। आकाश के जल को छोड़कर अन्य जलों का त्याग करता हूँ। पंच-सुगन्धी ताम्बूल के सिवाय, अन्य सारे मुखवास पदार्थों का सदा के लिए त्याग करता हूँ।...इसके अतिरिक्त प्रभु जो भी आज्ञा करेंगे, उस सब का त्याग करने को प्रस्तुत हूँ!"

इस तरह सभी प्रकार के कुछ उत्कृष्ट भोग्य पदार्थों को चुनकर, श्रेष्ठी शिरोमणि आनन्द गृहपति ने अन्य सर्व भोगों का यावज्जीवन त्याग कर दिया। और वह बड़ी आशा और उदग्रता से एकटक प्रभु की ओर निहारने लगा, कि अब तो अवश्य ही प्रभु उसकी लम्बी त्याग-सूची को सुनकर प्रसन्न हुए होंगे। और अवश्य ही उसे अपना श्रावक स्वीकार लेंगे।

...लेकिन प्रभु मेरु की तरह निश्चल और अप्रभावित दीखे। उनकी दृष्टि अनिमेष नासाग्र पर टिकी थी। मानो कि उन्होंने आनन्द के इस व्रत-ग्रहण और महा त्याग को लक्ष्य ही न किया हो।

आनन्द का हृदय एक गहरा झटका खाकर टूक-टूक हो गया। उसके जी में एक तीखा रोष और विद्रोह-सा घुमड़ने लगा। मन-ही-मन वह बोला, "क्या मेरे त्याग का कोई मूल्य नहीं, अर्हन्त महावीर की दृष्टि में?..."

और अकस्मात् तत्त्वलीन अर्हन्त वाक्मान हुए :

"जो वस्तु मूल में ही तेरी नहीं, उसका त्याग कैसा, देवानुप्रिय आनन्द? ये जो करोड़ों हिरण्य-रौप्य और माणिक-मुक्ता तूने अपने-अपने निधानों में बटोरे हैं, तो उसकी खातिर तूने करोड़ों मनुष्यों को वंचित, तृषित, शोषित पीड़ित रखा है। करोड़ों

को भूखे-नंगे रखकर ही तू कोट्याधिपति हुआ है, देवानुप्रिय! क्या वह सम्पदा तेरी है, जो तू इसे त्यागने का दम्भ करता है?''

और भगवान चुप होकर, एकटक आनन्द को देखते रहे। फिर बोले :

''पूछता हूँ, जो बारह कोटि हिरण्य-द्रव्य तेने रखा, वह क्या तेरा है? और जो अनन्त कोटि हिरण्य द्रव्य तेरे पास है ही नहीं, उसका त्याग कैसा? ये सारी भोग-सामग्रियाँ और सम्पदाएँ जो तेने त्याग दीं, वे क्या तेरी हैं? और जो सर्वश्रेष्ठ भोग-सामग्रियाँ तेने रखीं, वे क्या तेरी हैं?''

भगवान क्षणैक चुप रहे। प्रश्न वातावरण में मँडराता रहा। आनन्द काँप आया, उसे कोई उत्तर न सूझा। फिर सुनाई पड़ा :

''इस परमसुन्दरी शिवानन्दा को तुमने रखा, वह क्या तुम्हारी है? क्या तुम उसको कभी भोग सके हो, क्या उसे त्रिकाल में भी कभी भोग सकोगे? और नारी क्या केवल तुम्हारी भोग्या होने के लिए है? अपने सिवाय अन्य को भोगना स्वभावतः ही शक्य नहीं, फिर उसका त्याग कैसा, आनन्द? शिवानन्दा को तुमने भोग्या माना, अन्य नारी मात्र को त्याज्य माना। किन्तु इनमें से कोई मूल में ही तुम्हारी भोग्या नहीं। तो भोग और त्याग, ग्रहण और निवारण किसका करते हो? वेश्या, कुमारी, बाला या विधवा के भोग और त्याग का निर्णय क्या तुम्हारे हाथ है? क्या वे अपने आप में कोई नहीं? तुम्हें क्या अधिकार उन्हें ग्रहण करने या त्याग देने का? उन पर अपने अहम् और स्वामित्व की मोहर मारना चाहते हो? क्या वे तुम्हारी क्रीड़ा-पुत्तलियाँ हैं, कि जब चाहो भोगो, जब चाहो त्याग दो?''

प्रभु फिर विरम गये। उस नीरवता में प्रश्न तीव्र से तीव्रतर होता गया। आनन्द काठमारा-सा चुप हो रहा। फिर अनहद नाद शब्दायमान हुआ :

''यहाँ कौन किसी को भोग सकता है? हर व्यक्ति स्वयं अपने को भोगता है। हर वस्तु स्वयं अपने को भोगती है। पर द्वारा, पर का भोग स्वभाव नहीं, सद्भूत नहीं। निमित्त-नैमित्तिक सम्बन्धों के कारण परस्पर को भोगने की भ्रान्ति होती है। हम अन्य को जब भोगते हैं तो उसे नहीं भोगते, उसके ब्याज से अपने को ही भोगते हैं। तुम अपनी ही आत्मा सी अभिन्न लगती शिवानन्दा को भी भोग नहीं सकते। तो किसे भोगते हो, किसे त्यागते हो? बहते पवन और बहते पानी को भोगने और त्यागने की छलना में पड़े हो, गृहपति आनन्द? स्वकीया शिवानन्दा हो, परकीया अन्य नारी हो, जो स्वयं ही अपने तन-मन की स्वामिनी नहीं, उसे भोगने या त्यागने वाले तुम कौन होते हो?''

प्रभु की इस देशना में वस्तु-स्वभाव का कोई अपूर्व ही आयाम प्रकट हो रहा था, जो परम्परागत जिनवाणी में कहीं पढ़ने-सुनने में न आया था। देव-गुरु वृहस्पति से लगाकर सारे पार्श्वानुसारी यति, आचार्य और वेदान्तवारिधि गौतम तक यह

अश्रुतपूर्व वाणी सुनकर चकित थे। बौखला गये थे। तब बेचारे आनन्द गृहपति की क्या बिसात?

उस अबूझ निस्तब्धता को तोड़ते हुए आर्य गौतम ने सबके हृदयों में उठ रहे तीव्र प्रश्न को उच्चरित किया :

"पूछता हूँ, हे सर्वदर्शी, सर्वज्ञानी प्रभु! जिनेश्वरी परम्परा में जो श्रावकों के बारह व्रत, तथा श्रमणों के महाव्रतों का विधान है, वह क्या हेय है भगवन्?"

"परम्परा केवल प्रज्ञा की होती है, विधि-विधान की नहीं होती, गौतम। नीति-नियम, आचार-विचार, विधि-विधान युगानुरूप बदलते रहते हैं। आज का तीर्थंकर, विगत कल के तीर्थंकर को दुहरा नहीं सकता। वह अनन्त सत्ता-पुरुष का स्वभाव नहीं। वे त्रिकाली ध्रुव अर्हत्, वस्तु स्वभाव के चारित्र्य का निर्णय करते हैं, विधि-विधान और विधि-निषेध से नहीं।"

"लेकिन, भन्ते स्वामिन्, शास्त्रों में तो निर्धारित आचार-मार्ग है ही। व्रत-नियम का विधि-विधान है ही। क्या वह गलत है, और उसकी अवगणना की जा सकती है?"

"शास्त्र तात्कालिक होता है, वह त्रिकालिक नहीं होता, गौतम। त्रिकालिक आत्म-वस्तु का अन्तिम निर्णय, तात्कालिक शास्त्र कैसे कर सकता है? शास्त्र शाश्वत नहीं, सामयिक है। और जानो गौतम, शास्त्र की शब्द-सीमा में, अनन्त पदार्थ, उनके गुण-पर्याय, उनके अनन्त परिणमन कैसे बँध सकते हैं? आज और यहाँ जो नैतिक और वैध है, वह कल या और कहीं अनैतिक और अवैध भी हो सकता है। आज जो त्याज्य दिखता है, वह कल ग्राह्य भी हो सकता है।"

गृहपति आनन्द उत्तरोत्तर उद्बुद्ध होने लगा। उसने हर्षित होकर अपनी शंकाओं का निवारण चाहा। उसने निवेदन किया :

"भन्ते त्रिलोकीनाथ, अद्भुत मुक्तिदायक है यह जिनवाणी। लेकिन मैं तो प्रभु का उपासक श्रावक होने आया हूँ। सो आगम में श्रावक के जो व्रत कहे हैं, उन्हीं को मैंने अंगीकार किया, भगवन्।"

"शास्त्र और आगम पढ़कर मेरे पास प्रतिबोध पाने आये हो, आनन्द? उन्हीं के अनुसार चारित्र्य ग्रहण करने आये हो? शास्त्र में लिखित प्रतिज्ञाएँ दुहराकर मुझसे उनका समर्थन पाना चाहते हो? उन पर तुम महावीर की मुहर चाहते हो? लेकिन महावीर को पूर्व कथित या पूर्व ग्रथित प्रमाण नहीं, महावीर को कोई शास्त्र प्रमाण नहीं। शास्त्र ही अलम् है, तो उसी से प्रतिज्ञा ले लो, मेरे पास क्यों आये?"

"भगवन्, मुझ अज्ञानी को क्षमा करें। मैं तो एक अज्ञ वणिक व्यापारी हूँ। मुझे अपने वाणिज्य से दम मारने की फुर्सत नहीं। पर अब अपने धन और भोग से ऊब गया हूँ। अब तक धर्म को श्रमणों और शास्त्रों से ही सुना था। उसी विधान की राह प्रभु

का श्रावक होने आया हूँ।''

"जानता हूँ, आनन्द, वाणिज्य ही वणिक ही आत्मा हो रहता है। वही उसका जीवन-प्राण होता है। उसी में वह इतना खोया रहता है, कि जिन सुख-भोगों के लिए वह धन कमाता है, उनको पाकर भी, उन्हें भोगने का अवकाश उसे नहीं। लोभ, लोभ, गृद्ध-लोभ, सर्वभक्षी लोभ। मूर्तिमान शोषण, भक्षण, सत्ता मात्र के अपहरण और आहरण की सर्वग्रासी वासना। यही वणिक की परिभाषा है। अपनी श्रेष्ठ सुन्दरी भार्या को भी भोगने का अवकाश वणिक को नहीं। अन्धड़ में बहता उसका प्रेत ही उसे भोग सकता है।...ठीक ही तो है आनन्द, वणिक धर्म-कर्म, पूजा-उपासना, दया-दान, व्रत-आचार भी हिसाब-किताब से ही करता है। वणिक अपने भोग तक में हिसाबी-किताबी है। विवाह जैसे पवित्र संस्कार में भी वह वर-कन्या का सौदा करता है। प्रेम-प्रणय में भी वह लेन-देन की चौकसी रखने में भूल नहीं कर सकता। इसी से तो शास्त्र पढ़कर, अपने भोग और त्याग की तालिका बना लाये हो मेरे पास। और उस पर धर्म-राजेश्वर तीर्थंकर का सिक्का लगवाना चाहते हो। क्या मैं यथार्थ नहीं कहता, आनन्द?''

"सर्वदर्शी, सर्वज्ञानी अर्हन्त अयथार्थ कैसे कह सकते हैं? अपनी अधोगामी वणिक्-जीविता का पहली बार नग्न साक्षात्कार पाया, प्रभु! मैं प्रतिबुद्ध हुआ, स्वामिन्। मैं उबर आया, नाथ। पूछता हूँ, भगवन्, क्या अर्हत् शास्त्र-विरोधी हैं?''

"अर्हत् किसी के विरोधी नहीं। शास्त्र केवल सूचक है, वह दिशा-दर्शक यन्त्र मात्र है। लेकिन त्रिकालदर्शी अर्हन्त शास्त्र-सम्मत और शास्त्र-सीमित नहीं। वह शास्त्र से बाधित और मर्यादित नहीं। उसकी अनन्त कैवल्य-ज्योति में मुक्ति के नित नव्य पन्थ सदा खुले रहे हैं। उसमें अनुपल पदार्थ और प्राणि मात्र अपने नित नव्य रहस्य और रूप खोल रहे हैं। इसी से अर्हत् क्षणानुक्षण अत्यन्त प्रासंगिक और तात्कालिक भी हैं। और इसी से वह सर्वकालिक है। उसके ज्ञान में तत्काल और सर्वकाल के बीच विरोध नहीं, युगपत् भाव है। वह स्वयं इतिहास है, और फिर भी इतिहास से अतीत है। वह स्वयं शास्त्र है, और सर्व शास्त्र से अगम्य और उत्तीर्ण है। सारे शास्त्रों का वही उद्गम है, और हर लिखित शास्त्र को वह नकार देता है।''

...एक ऐसे नकार का सन्नाटा सर्वत्र व्याप गया, कि उसमें अब तक के सारे आधार चूर-चूर होते दिखाई पड़े। प्रभु की देशना के एकमेव मर्मज्ञ भगवत्पाद गौतम भी थर्रा उठे। कोई अनुसन्धान पाने के लिए उन्होंने प्रश्न उठाया :

"हे अगम ज्ञानी प्रभु, जुड़ाव और ठहराव के सारे सूत्र हाथ से निकल रहे हैं। हम सीमित ज्ञानी, भूमा के इस असीम में कहाँ अवस्थित हों, कैसे कोई सम्यक् और अभीष्ट जीवन हम जियें? आचार का कोई राजमार्ग न हो, तो असंख्य अज्ञानी जन धर्म और मोक्ष की राह पर कैसे बढ़ें?''

"अर्हत् हर आत्मा में नित्य प्रकाशित हैं गौतम, उन्हें यथार्थ जानना ही यथार्थ जीना है। अपने ही अन्तर्वासी अर्हत् की पहचान पाये बिना, बाहर के सारे व्रत तथा आचार व्यर्थ हैं, मिथ्या हैं। वे बन्धक हैं, मोक्षदायक नहीं।"

"पूछता हूँ, प्रभु, भगवान पार्श्वनाथ ने भी तो चातुर्याम धर्म का मार्ग निर्धारित किया था? क्या वह सम्यक् नहीं था? क्या वह मिथ्या और बन्धक था?"

"पार्श्व ने केवल स्वभावगत धर्म कहा। अहिंसा, सत्य, अस्तेय, अपरिग्रह, ब्रह्मचर्य वस्तु-स्वभाव हैं। वे कोई बाहर से निर्धारित बाह्याचार या विधि-निषेध नहीं। वे व्रत नहीं, प्राकृत हैं, स्वकृत हैं। जो स्वभाव को जानकर उसमें जिएगा, वह सहज ही इन धर्मों में व्यक्त होगा। स्वभाव से ही वे आचार प्रकट होते हैं। इन आचारों का पालन करके स्वभाव तक नहीं पहुँचा जा सकता। आचार से आत्मा नहीं मिलता, आत्मा से आचार प्रवाहित होता है।"

आनन्द गृहपति ने और भी स्पष्टीकरण चाहते हुए पूछा :

"तो श्रावकों के इन अणुव्रत, गुणव्रत और शिक्षाव्रतों का क्या आशय है, भगवन्? तीर्थंकर पार्श्वनाथ के श्रमण चिरकाल से इनका प्रवचन कर रहे हैं, क्या वह मिथ्या है?"

"पार्श्व ने आचारों का वर्गीकरण और संख्या निर्धारण नहीं किया। अभेद ज्ञानी भेदभाव से ऊपर होता है। पदार्थ, आत्मा और सत्ता, भेद और वर्गीकरण से परे है। वर्गीकरण करके हम वस्तु-सत्ता को सीमित कर देते हैं। उसे उसके स्वभावगत अनन्त से स्खलित कर देते हैं।"

पूछा गौतम ने :

"तो फिर शास्त्रों में यह वर्गीकरण और संख्या-निर्धारण कहाँ से आया, भन्ते क्षमा-श्रमण?"

"पदार्थों, विचारों, भावों, गुणों, कर्मों का भेदीकरण और वर्गीकरण पीछे से अनुयायी श्रमणों ने सुविधा के लिए किया। तत्त्व को दर्शन और प्रणाली में बाँधा, लीक बनानी चाही कि पन्थ चले, अनुयायी बढ़ें। धर्म सुविधाजनक पालन की वस्तु हो जाये। यह सारा बुद्धि और तर्क का स्वार्थ-न्यस्त खिलवाड़ है। देव, शास्त्र, गुरु की गद्दियाँ बिछाकर, धर्म की गद्दी चलाने का उपक्रम है। वणिक प्रभुता के युग में इस प्रकार धर्म भी व्यापार-व्यवसाय होकर रह गया है!"

आनन्द गृहपति को अपने अस्तित्व का आधार ध्वस्त होता अनुभव हुआ। उसने कम्पित स्वर में अनुनय की :

"कोई स्पष्ट और विधायक मार्ग-रेखा सुझाएँ प्रभु। अर्हत् पार्श्व भी हाथ से निकल रहे हैं, ...और भगवान महावीर तक पहुँच नहीं!..."

"पार्श्व की सम्यक् पहचान पाना होगा, आनन्द। पार्श्व ने आत्म-धर्म कहा,

वस्तु-स्वभाव कहा, सत्ता-स्वरूप कहा, द्रव्य और उनके अनन्त गुण तथा पर्याय कहे। अनुयायी श्रमणों और शास्त्रियों ने उन्हें सीमा, वर्ग, परिभाषा में बाँधकर सम्प्रदाय चलाया। पन्थ चलाये। भेदाभेद का जंगल उगा दिया। उसमें आत्मा कहाँ है? वह तो अहंकार और अनात्मा का संघर्ष-राज्य है। वह धर्म नहीं, अधर्म और अधोगति का रास्ता है।''

''लेकिन आज भी जिनेश्वरों का श्रावक और श्रमण उसी आधार पर तो टिका है, प्रभु!''

''धर्म भेदाभेद के इन प्रपंचों और पाखंडों पर नहीं टिका है। वह विशिष्ट भव्यात्माओं की आन्तरिक ज्योति के प्रकाश पर टिका है। और उनके स्वतन्त्र आत्मालोकन ने सिद्ध कर दिया है, कि बाह्य व्रत, आचार, नैतिक नियम-विधान, विधि-निषेध से केवल पाखंडों के सुदृढ़ दुर्ग खड़े हुए हैं। उनमें आत्मज्ञान की स्वतन्त्र धारा प्रवाहित न हो सकी है। धर्म के नाम पर इन सारे स्थापित स्वार्थी षड्यन्त्रों के चलते भी, सम्यक् दृष्टि और सम्यक्-ज्ञानी वही हो सके जिन्होंने इन सारी लीकों को तोड़ दिया। और अपनी अन्तरतम पुकार और पीड़ा का उत्तर खोजने को, जो विधि-निषेधहीन महा मुक्ति-पन्थ के यात्री हो गये।''

''तो फिर यह दया-दान, जप-तप, पूजा-पाठ, व्रत-आचार का धर्म-मार्ग क्या सर्वथा मिथ्या और निष्फल है, भन्ते महाप्रभु?''

''ये आत्मा के स्वभाव नहीं, विभावात्मक परिणाम हैं। ये सद्भूत आत्मा के असद्भूत विकल्प हैं। स्व-वस्तु के अभाव को भरने का यह भ्रामक अभिक्रम और उपक्रम है। यह झूठी आत्मतुष्टि का ब्याज और बहाना है। यह छिद्रों को ढाँकने का सुन्दर आस्तरण है। खाली आदमी तप-त्याग, पूजा-पाठ, व्रत-आचरण का दिखावा करके औरों से असामान्य और बड़ा दीखना चाहता है। वर्ना तो मैंने तथाकथित धर्मियों के बीच, कलंकित व्यभिचारी को, सहज ब्रह्मचारी देखा और जाना है। मैंने मद्यप को अत्यन्त अप्रमत्त, निर्द्वन्द्व और आत्मस्थ विचरते भी देखा है!''

सारी धर्म-पर्षदा इस विस्फोटक और खतरनाक वाणी को सुनकर सन्न रह गयी। गौतम ने फिर पृच्छा की :

''तो भगवन् क्या मान लेना होगा कि आपके युग-तीर्थ में लोग स्वच्छन्दाचारी और स्वैर-विहारी होंगे? क्या धर्म का कोई राजमार्ग न होगा?''

''मेरे युग-तीर्थ में लोग बाहरी प्रतिज्ञा से नहीं, आन्तरिक प्रज्ञा से चलेंगे। जानो गौतम, हर बाहरी प्रतिज्ञा टूटने को होती है। वह अन्ततः अधोगामी होती है। लेकिन प्रज्ञा आत्मोत्थ और आत्म-स्फूर्त होती है। सो वह अचूक और ऊर्ध्वगामी होती है। मेरे युग-तीर्थ में लोग विज्ञानी और प्रबुद्ध होकर, व्रत-आचार के सारे बाहरी साँचों, ढाँचों और शृंखलाओं को तोड़ देंगे। उनके पाखंडों और प्रपंचों का भंडाफोड़ कर देंगे!''

प्रभु की इस खरधार वाणी ने, आनन्द गृहपति की जड़ों में बद्धमूल उसके सारे संस्कारों का ध्वंस कर दिया। वह क्षत-विक्षत होकर अपनी स्थिति का संरक्षण खोजने लगा। उसने तड़प कर पूछा :

''क्षमा करें, भन्ते क्षमा-श्रमण, आप श्रावक-श्रेष्ठियों के प्रति इतने कठोर क्यों हैं ?''

''इसलिए कि पानी तक छानकर पीने वाले ये दया के पालक श्रावक-श्रेष्ठी, आदमी के लहू का मूल्य पानी से भी कम आँकते हैं! मनुष्य का सर्वस्व छीनकर भी, वे दया के अवतार बने रहते हैं। अपनी एक-एक दमड़ी के बदले, आदमी की चमड़ी पर्त-दर-पर्त उतार सकते हैं। उसकी एक-एक रक्त बूँद से, अपनी एक-एक कौड़ी वसूल कर लेते हैं। फिर भी इनकी मृदुता और मिठास का जवाब नहीं।...इनका षड्यन्त्र आदिकाल से आज तक इतिहास में अखंड रूप से अन्तर्व्याप्त है। करोड़ों-अरबों मानवों की अनगिनती पीढ़ियों को, कर्म-विधान की ओट में अज्ञानी और असंस्कृत रखकर, अपने चालाक शोषण से ये उन्हें चिरकाल दीन-दरिद्र और पराधीन बनाये रखते हैं। और यों अपनी सम्पत्ति और आभिजात्य की जड़ परम्पराओं को अटूट और अक्षुण्ण रखते हैं।...ज्ञातृपुत्र क्षत्रिय होकर भी, तुम ब्याज-उपजाऊ वणिक होकर रह गये आनन्द! महाजनी सभ्यता के इस सर्वग्रासी अभिशाप को खुली आँखों देखो, आनन्द। ये सारी मनुष्य की जाति को सौदागर बना देने पर तुले हैं। तुम स्वयं इसके ज्वलन्त उदाहरण हो!''

''इसी से तो सब के तारनहार प्रभु के श्रीचरणों में, अपने परिग्रहों, भोगों, सम्पदाओं का त्याग करने आया हूँ।''

''सारे लोक से चुराई सम्पत्ति का त्याग और परिग्रह-परिमाण करने आये तुम मेरे पास? जो मूल में ही तुम्हारा नहीं, जो औरों से छीना-झपटा हुआ है, उस तस्करी की सम्पत्ति पर अपने त्याग की मुद्रा आँकने आये तुम मेरे पास? कितना हास्यास्पद, निराधार और प्रपंची है, यह कथाकथित त्याग, तप, व्रत-आचार का सुविधाजीवी धर्म-मार्ग। यह परम्परागत रूढ़ श्रावकाचार, यह स्वार्थ में डूबे वणिक श्रेष्ठियों का मुलायम अहिंसा-धर्म, और अपरिग्रहवाद का चालक सिद्धान्त!...

''जानो श्रेष्ठी, सुनो गौतम, ये वे लोग हैं जो सच्चे धर्मी, मर्मी, प्रेमी, कवि, कलाकार, ज्ञानी, तत्त्वदर्शी और पंडित को भी अपने मनोरंजन और बुद्धि-विलास का साधन और सेवक मानते हैं। जो तीर्थंकर तक को अपने व्यवसाय का विज्ञापन बनाकर रखते हैं। यह असत् और विभाव की व्यवस्था है, गृहपति आनन्द, जिसमें सदी-दर-सदी धनिक अधिक धनिक होता जाता है। गरीब अधिक गरीब होता जाता है।

ब्रह्मज्ञानी याज्ञवल्क्य तक को इन्होंने सम्मान का आसन देकर, अपना भृत्य और याचक बनाए रखने का षड्यन्त्र रचा। शताब्दियों के आर-पार व्याप्त इस धोखा और अन्धकार के चक्रव्यूह का भेदन करने आया है, तीर्थंकर महावीर...!''

और अचानक भगवान चुप हो गये। सारे वातावरण में लपटें उठती-सी अनुभव हुईं। आनन्द गृहपति बिलबिला कर रो आया। प्रभु के एक-एक शब्द से मानो उसके जन्मान्तर व्यापी कंचुक एक के बाद एक उतरते चले गये। उसने स्वयं अपनी ही काया की उतरती त्वचाओं में इतिहास को नंगा होते देखा।

उसने रक्त के आँसू रोते हुए पूछना चाहा :

मैं कौन हूँ, प्रभु?
मेरा अस्तित्व यहाँ क्यों है?
मुझे क्या होना है, क्या पाना है?
मेरी नाड़ियाँ टूट गयीं : मैं बिखर गया :
मुझे...मुझे...अपनी सत्ता में
लौटाओ, प्रभु!

...कि हठात् सहस्रों आँखों ने देखा : श्रीभगवान गन्धकुटी के दक्षिण द्वार की सीढ़ियाँ उतर रहे हैं। और औचक ही वे द्वार के बाद द्वार पार करते, दूर-दूर जाते दिखाई पड़े।

क्या कल्कि अवतार होने को है?

पूर्वाह्न की धर्म-पर्षदा में आनन्द गृहपति वीरान और अकेला छूट गया था। भीतर ठहराव नहीं है, बाहर खड़े रहने की जगह नहीं। महावीर की छुरी ने सारे जुड़ाव काट दिये, अब तक के सारे टिकाव तोड़ दिये। सारी बैसाखियाँ छीन लीं। और सहारा भी न दिया। अपनाया नहीं, नितान्त अकेला कर दिया।

अब वह क्या करे? कहाँ जाये? पार्श्व भी हाथ से निकल गये। और महावीर पहोंच से बाहर हैं। व्रत, नियम, आचार प्रतिबन्ध नहीं! धर्म की कोई मार्ग-रेखा नहीं? तो वह कहाँ चले? किस पर चले? किस ओर चले?

और वह अपराह्न की धर्म-सभा में फिर भगवान के सम्मुख उपस्थित हुआ। पूछने को बचा ही क्या है। यह शास्ता तो प्रश्न को, उठने से पहले ही काट देता है।

मैं...मैं...मैं...

और अचानक सुनाई पड़ा :

"यह मैं...मैं...मैं...कौन है? वही तू है, वही चरम सत्य है। तू है कि नहीं?"

"हूँ, भगवन्!"

"उसी को पकड़ ले, और उसी में रह, उसी में चल, उसी ओर चल!"

"लेकिन चलने को कोई लीक तो चाहिए, प्रभु। कोई लकीर दें प्रभु कि उस पर चलूँ।"

"जो प्राप्त है, उसे ही पाना चाहता है? आकाश में लकीर खींचना चाहता है? पानी पर चित्र आँकना चाहता है? बेलीक को लीक में बाँधना चाहता है, आयुष्यमान्।"

"लेकिन आकाश और पानी पर चलने को कोई यान तो चाहिए न, प्रभु?"

"तेरे मन से व्रत का मोह गया नहीं, आनन्द? व्रत की नाव में सुरक्षित बैठकर, अनन्त भव-समुद्र तरना चाहता है? सो तो सारे जहाजी बेड़े त्यागकर, निजी यात्रा के लिए रत्नपोत रखे ही हैं तूने!"

"वह भी त्यागता हूँ, प्रभु।"

"तू नहीं जानता आयुष्यमान्, कि अपने हर त्याग में तू कुछ बचाकर रख रहा है। मैं सारे तट और सारी नावें छीन लेने आया हूँ। कहाँ तक त्याग करेगा? तेरा कुछ छोड़ा ही नहीं मैंने। सब छीन लिया।"

"मेरा त्याग सार्थक हो गया, भन्ते!"

"तेरा त्याग व्यर्थ हो गया, आयुष्यमान्!"

"सो कैसे, भन्ते?"

"अहिंसा अणुव्रत? अहिंसा स्वभाव है। वह व्रत की सीमा में कैसे आ सकती है? अहिंसा क्या मारने और न मारने में है? मारना और न मारना दोनों ही, तेरे स्वायत्त अधिकार में नहीं। अहिंसा दया नहीं। औरों पर दया करने वाला तू कौन होता है? करोड़ों मनुष्यों की हिंसा पर टिकी बारह कोटि हिरण्य की सम्पत्ति रखकर, अहिंसा का व्रती होने आया है?"

"सत्य अणुव्रत? सत्य का व्रती होकर, सबसे बड़ा झूठ बोल रहा है, कि जो सत्य में तेरा है ही नहीं, उसके त्याग की बात रहा है!"

"अचौर्य अणुव्रत? सारे लोक का धन चुराकर, अचौर्य का व्रती होने आया है?"

"अपरिग्रह अणुव्रत? श्रेष्ठ भोग्य को अपने लिए बचाकर, शेष का त्याग? जो बचाकर रखा है, वह क्या तेरा है? भोगकर भुक्त न हो सका, फिर भी भोग-वासना का अन्त नहीं! यह मूर्च्छा जब तक बनी है, तब तक अपरिग्रह कहाँ? राजर्षि भरत

सर्वभोगी होकर भी अनायास सर्वत्यागी था। इसी से उसे त्याग और परिणाम की जरूरत न पड़ी। रमणी के अवगाढ़ उत्संग में भी वह आत्मलीन रहा।

"ब्रह्मचर्य अणुव्रत? भरत राजर्षि बहुप्रिया-रमण था। अमर्याद रमण। पर उसने रमणी में रमण किया ही नहीं। अपने ही में रम्माण रहा। फिर एक रमणी भोगे, कि असंख्य भोगे, क्या अन्तर पड़ता है। भरत को याद ही न आया, कि कितनी रमणी भोग रहा है। पर को उसने भोगा ही नहीं, तो त्याग किसका करता?"

"और यह शिवानन्दा एक नहीं, अनन्त रमणी है। इसे भोगने की तुझ में सामर्थ्य कहाँ? इसी से तो हिचक है, पाप का भय है, अब्रह्म की ग्लानि है। अपराध-भाव है। मर्यादा बाँधकर इस भय से बचना चाहता है! ब्रह्मभोग में रह, तो अनन्त शिवानन्दा में अनायास रमण करेगा। शिवानन्दा, पर नारी, कुमारी, विधवा—क्या अन्तर पड़ता है? हर त्याग भोगासक्ति का ही एक पर्याय है। हर भोग में केवल अपने ही को भोग, तो सहज ब्रह्मचारी हो रहेगा। तब भोग होगा ही नहीं, केवल योग होगा।"

"दिग्व्रत? वस्तु दिगम्बर है। आत्मा दिगम्बर है। समय दिगम्बर है। उस दिगम्बर को दिक् और काल में बाँधना चाहता है?

"भोगापभोग परिमाण व्रत? तू ही भोक्ता, तू ही भोग्य, फिर परिमाण कौन किस का करे?

"अनर्थदंड-त्याग व्रत? त्राता क्षत्रिय तलवार से काटकर के भी काटता नहीं। तेने क्षत्रिय होकर तलवार त्यागी दी! लेकिन अनगिनत हर दिन कटते हैं, कि तू और यह शिवानन्दा अलभ्य रत्नों को धारण कर आये हो। और हल तू न चलाएगा, लेकिन खेत तेरे रहेंगे, और खलिहान तेरे भरेंगे। यह व्रत है या आत्म-वंचना?

"सामायिक व्रत? रजो-घटिका सामने रखकर, उतना समय बिताने का संकल्प, उसके बाद उठ खड़े होने का विकल्प? समय-सूचक घड़ी पर टँगा समयसार आत्मा? जानो आनन्द, समय-सीमा में आत्म-चिन्तन सामायिक नहीं। हर क्षण, सब कर्म करते हुए, समयातीत स्व-समय में जीना, वही सामायिक है। काल के अभिग्रह में बन्द होकर, कालातीत में रमण कैसे हो सकता है?

"देशावकाशिक व्रत? भीतर के असीम अवकाश में जो सदा यात्रा कर रहा है, वह बाहर के अवकाश में सीमा बाँधकर विचरने के झंझट या विकल्प में क्यों पड़े?

"प्रोषधोपवास व्रत? एक तिथि या पर्व पर उपवास, प्रतिक्रमण, प्रत्याख्यान जो करने बैठा, वह अन्य दिन स्वच्छन्द विचरने की छूट ले रहा है। उपवास है आत्म-सहवास। अन्न-त्याग मात्र से आत्म-सहवास नहीं होता। प्रमाद होता है, उबासियाँ आती हैं। उसमें देह-दमन का आग्रह हैं, आत्म-रमण और आत्माराम नहीं।

"अतिथि संविभाग व्रत? लोक की वस्तु-सम्पदा मात्र अविभक्त रूप से सर्व की है, सम्पूर्ण। उस में खाने और खजाने बनाकर, औरों से उसे बँटाने का दम्भ करते

हो? सर्व के माल के मालिक बनकर, दूसरों की हिस्सेदारी उसमें रखने का अहसान करना चाहते हो?

"हर व्रत आत्म-प्रवंचना होकर रह गया है, आनन्द। इस भ्रम में कब तक जियोगे?"

"तो मैं सारे व्रतों को त्याग देता हूँ, प्रभु?"

"त्याग भी नहीं, ग्रहण भी नहीं। व्रत भी नहीं, अव्रत भी नहीं। विरत रहो, संवृत रहो। अपने में संवरित हो रहो। और अपने ही भीतर की सम्भावना में जो सम्मुख आये, उसमें अनायास रमते रहो। रमण भी नहीं, विरमण भी नहीं, केवल संवरण। भोग भी नहीं, त्याग भी नहीं। निखिल में नित्य सम्भोग। अपने ही में अविरल मैथुन। उसमें हर काम्य सहज भोग्य है, अनचाहे आत्मवत् सुलभ है। भुक्ति और मुक्ति वहाँ तदाकार है।"

सुनते-सुनते आनन्द अनायास सम्बोध की शान्ति में उतरता आया। उस पर बहुत सुखद योग-तन्द्रा-सी छाने लगी। उसे फिर सुनाई पड़ा :

"सच्चा व्रती वह, जो भीतर से सहज ही विरत हो। अन्यथा तो बाहरी व्रत मात्र विकल्प है, आनन्द। विकल्प के रहते तो कोई तन्मय ऐन्द्रिक भोग भी शक्य नहीं। तो विकल्प में रहकर परम आत्म-सम्भोग कैसे सम्भव है? तथाकथित व्रती का चित्त हर समय व्रत के जंजाल में लगा रहता है। साध्य आत्मा अलक्ष्य हो रहती है। साधन ही प्रधान हो जाता है। व्रत में अहंतुष्टि ही सर्वोपरि हो उठती है। अहंजन्य विकल्पों के उस जंगल में आत्मा तो जाने कहाँ खो रहती है। लेकिन व्रती इस झूठे सन्तोष में जीता है, कि वह आत्मलाभ और मोक्ष की साधना कर रहा है।

"जानो आनन्द, व्रत के फलस्वरूप जन्मान्तर में क्षणिक भोग मिल सकता है, शाश्वत मोक्ष नहीं। अनाहत सुख नहीं। इस झूठी तुष्टि और खंडित सुख में ही जीना चाहता है, आनन्द?"

"ऐहिक सुख को तो चरम तक भोग लिया, प्रभु। उससे अब मैं ऊब गया हूँ। अखंड सुख के लिए आत्मा तरसती है।"

"जानता हूँ, तू नित्य भोग चाहता है। तुझ में संवेग जागा है। तू आत्मार्थी है, तू मोक्षार्थी है, देवानुप्रिय!"

"प्रभु ने मेरी ओर देखा, मुझे पहचाना और अपनाया। मैं कृतकृत्य हुआ, मैं आश्वस्त हुआ, स्वामिन्।"

"तू उद्‌बुद्ध हुआ, तू उत्तिष्ठ हुआ, आत्मन्।..."

"ऐहिक सुख से ऊब गया हूँ, भगवन्। उससे ग्लान और क्लान्त हो गया हूँ। आकुल हूँ किसी ऐसे सुख के लिए, जिसकी धारा टूटे नहीं।"

"जहाँ आसक्ति है, आसंग है, वहाँ ऊब है ही। निःसंग रहकर ही हर व्यक्ति

और वस्तु में पूर्ण उत्संगित हुआ जा सकता है। व्यक्ति और वस्तु तो स्वभाव से ही प्रतिपल नयी हो रही है, लेकिन व्यक्तियों और वस्तुओं के बीच जो रागात्मक सम्बन्ध और उलझाव है, उससे आवरण पड़ते हैं। हमारे बीच सीमाएँ, बाधाएँ खड़ी होती हैं। हम परस्पर को पारदर्श नहीं हो पाते। इसी से एक-दूसरे के नित नाविन्य, सौन्दर्य और ताजगी का सुख नहीं भोग पाते। सीमा तो उबाएगी ही, क्योंकि उससे दुहराव होता है। असीमा में ही अपार इकसार सुख सम्भव है।''

''उद्‌बोधित हुआ, स्वामिन्। आनन्द श्रावक अर्हन्त को अविराम श्रवण करना चाहता है। ग्रहण करना चाहता है, पाना चाहता है।''

''जानो आनन्द, वस्तुओं और व्यक्तियों के बीच का स्वाभाविक सम्बन्ध ज्ञानात्मक है। ज्ञानात्मक सम्बन्ध में ही हम एक-दूसरे को पारदर्श होकर, पूर्णता में भोग सकते हैं। उसी में नित नव रमणीय और नव-नव्य उन्मेषी सुख सम्भव है। क्योंकि उसमें अखंड सौन्दर्य का चेहरा सामने आता है। सौन्दर्य ही तो नव्यता-बोध है।

''जानते हो आनन्द, वह सौन्दर्य क्या है, कहाँ है? वह समय में है। समय वह आत्मा है, जो कालगत भी है और कालातीत भी है, उसी एक क्षण में। 'सम्' अर्थात् एक साथ। 'अय्' अर्थात् गति भी और ज्ञान भी, एक साथ। वह आत्मा एक साथ गति भी करती है और ज्ञान भी करती है। वह स्थिति और गति एक साथ है। वह एक ही मुहूर्त में परिणमन भी करती है, और जानती भी है। वह सतत अखंड काल में जीवन को जीती भी है, भोगती भी है, जानती भी है। और फिर भी उससे परे ध्रुव अचल रहकर, इस सब का ज्ञान भी करती है।

''केवल परिणमन, केवल जीवन उसका आधा ही पक्ष है। उसी में सीमित रहना, अज्ञान में रहकर अन्ध चक्रावर्तन करना है। लेकिन ज्ञानपूर्वक जीना, हर पल मुक्त होना है। इसी से ज्ञानी भोगते हुए भी आत्मयुक्त रहता है, मुक्त रहता है। भोग से उसे कर्म-बन्ध नहीं होता, उलटे कर्म का क्षरण होता है।

''ज्ञानी प्रति पल संचेतना और ज्ञान में जीता है, इसी से वह अविरल सौन्दर्य का भोग करता है। वह सौन्दर्य आत्मा के एकत्व और अनन्यत्व में है। हर आत्मा अपने-अपने स्वरूप में अनन्य और विलक्षण है। उसकी अपनी एक इयत्ता है, जो अन्य से सर्वथा भिन्न है। वही उसका सौन्दर्य है। वही एकत्व-निश्चयगत समय अर्थात् आत्मा लोक में सर्वत्र सुन्दर है। ऐसी अनन्य स्वभावी आत्माएँ जब अपने स्वत्व से च्युत होकर, परस्पर एक-दूसरे को बाँधती हैं, तो वह बन्धन विसंवाद पैदा करता है। वह समय के सौन्दर्य को नष्ट कर देता है। सौन्दर्य संवाद है, विसंवाद नहीं, आनन्द!

''जहाँ संवाद है, वहीं सौन्दर्य है। जहाँ सौन्दर्य है, वहीं निरन्तर नाविन्य है। जहाँ निरन्तर नाविन्य है, वहाँ ऊब नहीं, उपरामता नहीं, विरक्ति नहीं, ग्लानि नहीं,

क्लान्ति नहीं। वही नित्य भोग, अविरल सुख, अचल शान्ति सम्भव है।

"हम सब अपने स्व-समय में अस्खलित जिएँ। एक-दूसरे को अधिकतर जानें, पर एक-दूसरे में आसंगित न हों। स्व-समय से निकलकर जब हम पर-समय में जीते हैं, तो वह सम्बन्ध राग-द्वेष का होता है। परस्पर के आसंग में नहीं, ज्ञान में जीना ही संवाद में जीना, परस्पर के आसंग में जीना, विसंवाद में जीना है। जहाँ संवाद है, वहीं सौन्दर्य है। वहीं परस्पर हम द्वैत भी हैं, अद्वैत भी हैं। संयुक्त भी हैं, मुक्त भी हैं।

"तू वस्तु और व्यक्ति मात्र के साथ ज्ञान में जी, आनन्द, तो संवाद में जिएगा। तो सौन्दर्य में जिएगा। तो नित नव्य में जिएगा। तो बिना ऊबे ही नित्य-भाग का सुख पा सकेगा। तब रति के बाद विरति, तू नहीं जानेगा। भोग के बाद का अवसाद तुझे अनजाना हो जाएगा।..."

आनन्द को उस सौन्दर्य और भोग की प्रतीति-सी होने लगी। क्षण मात्र में ही वह एक भारी हलचल और विप्लव से गुजरा। जाने कितना कुछ आदि पुरातन टूटा, ऊब और उदासी की जाने कितनी पर्तें लहरों की तरह हटती गयीं। और किसी भीतरी अविचलता की धुरी का उसे अहसास होने लगा। वह हर्षित होकर और भी जानने को उत्कंठित हो आया।

"लोक में सर्वत्र उस सुन्दर में कैसे अवस्थित हुआ जा सकता है, भगवन्? अपने ही भीतर वह भगवती आत्मा विराजित है, पर वहाँ कैसे पहुँचूँ? कहाँ चीन्हूँ उस स्थान को? मैं तो अपार बन्धनों में पड़ा हूँ। इस जंगल में उस उन्मुक्ता को कहाँ खोजूँ, कैसे खोजूँ?"

"नहीं आनन्द, वह आत्मा स्थान-परिबद्ध नहीं। वह बन्धन और मुक्ति दोनों से परे, निरपेक्ष और स्वतन्त्र है। उस परम प्रिया आत्मा का कोई योगस्थान नहीं, बन्धस्थान भी नहीं। उसका कोई रमणस्थान भी नहीं। कोई संक्लेशस्थान भी नहीं। विशुद्धि-स्थान भी नहीं। उसका कोई संयम-नियम-लब्धि स्थान भी नहीं। उसका कोई जीवस्थान भी नहीं, गुणस्थान भी नहीं। क्योंकि ये सब अपने से पर पदार्थ पुद्गल द्रव्य के परिणाम हैं। स्व-समय में नित्य सुन्दरी, उस आत्मा को किसी स्थान या स्थिति में चीन्हा नहीं जा सकता। अपने में विरम जाने पर परम प्रिया न जाने किस अलक्ष्य अथाह में से उठकर, सहसा ही हमें अपने उत्संग में लेकर, अनाहत रमण में लीन कर लेती है।..."

सुनकर सकल श्रोतागण के अंग-अंग किसी अपूर्व रति-सुख से विभोर हो आये। आनन्द को लगा, कि शिवानन्दा तो भीतर ही बैठी है। वह त्याग और भोग से परे अन्यथा है। उसकी ओर उसने देखा, तो पाया कि सौन्दर्य का ऐसा चेहरा तो पहली बार देखा उसने! प्रथम रात्रि में भी आज जैसी अनूढ़ा और नवोढ़ा वह नहीं लगी

थी।....

सहसा ही आनन्द गृहपति पूछने को विवश हुआ :

"भगवन्, अभी तो मेरा भोगानुबन्ध अछोर है। भोग से भागकर जाऊँगा कहाँ? इसी से तो त्याग द्वारा भोग को परिमित करने आया था, जिससे कि ऊब से उबरूँ, और अपने में कुछ ठहर सकूँ।"

"भोग से भागकर कोई कहाँ जाएगा? वह धोखा है, आत्म-वंचना है, भ्रान्ति है, क्षणिक पलायन मात्र है। भोग-वासना को तोड़ा नहीं जा सकता, उसे केवल भीतर मोड़ा जा सकता है। उसे केवल पर-रति की भ्रान्ति से निकालकर, आत्म-रति में संन्यस्त किया जा सकता है। क्योंकि वहीं भोग-पूर्ण, सार्थक, सन्तृप्त और शाश्वत हो सकता है। वही उसका गन्तव्य है।"

"उसके लिए क्या मुझे सर्वत्यागी श्रमण होना पड़ेगा, भन्ते? क्या गार्हस्थ में रहकर वह सम्भव नहीं?"

"आत्माराम में रमने को स्थान और स्थिति बदलने की जरूरत नहीं। श्रावक अपने सम्यक्-ज्ञान से आत्म-ध्यान के ऐसे शिखर तक भी पहुँच सकता है, जहाँ पहुँचने में एक अज्ञानी श्रमण को कई जन्म लग सकते हैं। कोटि जन्म तप तपने पर अज्ञानी के जितने कर्म झड़ते हैं, ज्ञानी के उतने कर्म एक छिन में कट सकते हैं। तेरे भोगानुबन्ध अभी शेष हैं, उन्हें निश्चिन्त और निर्विकल्प होकर भोग। केवल यह जान कि तू वही नहीं है। बँधना और बाँधना तेरा स्वभाव नहीं है। ऐसे भोग, जैसे जल में डूबी गागर। उसके भीतर-बाहर जल-ही-जल है, पर गागर में भरकर भी वह उसमें बँधा नहीं है। ऐसे भोग, कि जैसे घट के भीतर और बाहर आकाश-ही-आकाश है, आकाश घट में बँधा नहीं, और घट को आकाश बाँधता नहीं।...

"और सुन आनन्द, घट के भीतर, बाहर तथा मध्य में आकाश है, तो वह घट को त्यागे भी कैसे, और ग्रहण भी कैसे करे? उसी तरह इस जगत-संसार के अन्दर-बाहर और मध्य में जो स्व-सम्यक् ज्ञानी आत्मा है, वह क्या त्यागे और क्या ग्रहण करे? दर्पण-कक्ष में हो रही रति-क्रीड़ा, वहाँ के दर्पण-दर्पण में अनगिन होकर एक साथ हो रही है। पर फिर वह दर्पण में कहीं नहीं हो रही। केवली के ज्ञान में अनन्त देश-काल की सारी मोह-बन्ध लीलाएँ एक साथ झलक रही हैं। वे ज्ञान में लीन हो जाती हैं, ज्ञान उनमें लीन नहीं होता।...

"इसी परा कला में भोग, आनन्द, तो भोग कर भी अधिक-अधिक मुक्ति के सुख का आस्वादन करता जाएगा। भोग की चरम तल्लीनता में ही, परम योग के द्वार अचानक खुल जाएँगे...तेरे लिए, एक दिन!"

"उस परा कला को कैसे उपलब्ध होऊँ, भगवन्?"

"स्व-समय के ध्रुव में अचल रहकर, पर-समय में ज्ञानपूर्वक अभिसार कर।

यही वज्रोली है। वज्रोली का सिद्धयोगी सदा ऊर्ध्व-रेतस् रहता है। अनंगजयी अर्हत् ही सर्वोपरि भोक्ता है, आनन्द।''

''पर वह सुख कैसे लभ्य है, भगवन्, किसी विधि से?''

''सामायिक द्वारा! लेकिन सामायिक विधि नहीं, स्वभाव है।''

''तो प्रोषधशाला में रहकर सामायिक की साधना करनी होगी, भगवन्?''

''सामायिक समयगत और स्थानगत क्रिया नहीं। एक खास समय और स्थान पर होने वाला सामायिक, जीवन से अलग पड़ जाता है। जीवन से जुड़कर उसमें प्रवाहित नहीं होता। तब साधक सामायिक के समय तो किंचित् स्व-समय (आत्मा) में ठहरता है। पर उसके बाद सारे समय वह प्रमत्त होकर, पर समय में, पर पदार्थ और पर व्यक्ति में खोया रहता है। इसी से जीवन के हर क्षण में, हर कर्म में सामायिक की स्थिति बनी रहनी चाहिए। क्योंकि जो समय अर्थात् सम्-अय है, वह स्थिति और गति, ज्ञान और अभियान एक साथ है। इसी से वह गति करते हुए भी स्थिर और ज्ञानी रहता है। उसमें गति का निषेध नहीं। पर गति ज्ञान में हो, यही सही स्थिति है, और वही सामायिक है। इसी से जीवन का हर पल सामायिक हो जाना चाहिए, आनन्द।''

''वह कैसे करूँ, भगवन्?''

''अनुक्षण स्व-समय में संचेतन रहकर ही, जीवन जगत् के सारे व्यवहार कर। सारे कर्म और भोग व्यापार में, अपने ध्रुव पर निश्चल रहकर, सहज-भावेन सब कुछ कर, सब कुछ भोग। अपने प्रत्येक कर्म और भोग को, अकर्म और अभुक्त रहकर, देख और जान। अपने भोग की राई-रत्ती हर भाव-भंगिमा, क्रिया, प्रक्रिया को सूक्ष्मातिसूक्ष्म देखता ही जा, जानता ही जा, और भी जानता ही जा इतना कि, तुझसे बाहर किसी पर में तेरी कोई क्रिया रह ही नहीं जाए।...सामायिक, सामायिक, जीवन का प्रत्येक क्षण सामायिक। हर क्रिया, हर भोग, हर चेष्टा, हर सर्जन, कला, पराक्रम सामायिक। यही जीवन्मुक्ति है—अभी और यहाँ। यही परा कला है, यही परम सुख और सौन्दर्य में शाश्वत जीवन-धारण है।...''

आनन्द की आँखों में जैसे अवबोधन और दर्शन की एक नयी ऊषा उदय हो आयी। उसे लगा कि सब कुछ एक सहज सौन्दर्य से अभिषिक्त और प्रफुल्लित हो उठा है। उसकी उन्मनी चितवन के उन्मीलन में नित नये सौन्दर्य की एक अविरल नदी बह रही है।

और अचानक ही शिवानन्दा किसी अपूर्व आनन्द में झूमती हुई, भगवान के सामने आयी। जैसे समुद्र-मन्थन में से आविर्मान लक्ष्मी हो। और वह अपने वक्षोज के कुम्भ से दिव्य-मदिरा बहाती आ रही है।

श्रीभगवान के चरण-प्रान्तर में लोटकर वह मादिनी देहातीत सुख में बेभान-सी हो गयी।

श्रीभगवान बोले :

"देखो आनन्द! शिवानन्दा सामायिक के परम सौन्दर्य में लीन हो गयी है। हो सके तो इस शिवानी के साथ तुम भी तन्मय हो जाओ।"

और आनन्द गृहपति, विपल मात्र में, अपने स्व-समय के कक्ष में प्रवेश कर, चित्केलि में मुग्ध हो रहा।

आनन्द गृहपति के जीवन की धारा ही बदल गयी है। वह और का और हो गया है। कभी-कभी हठात् अन्तस्तल निष्कम्प हो जाता है और उसमें से बोध के नये-नये आयाम स्फुरित होते रहते हैं :

'...आकाश का सूर्य पानी भरे घट में प्रतिबिम्बित हो रहा है। और जैसा आकाश में है, वैसा ही घट में है। जैसा वहाँ है, वैसा ही यहाँ है। जैसा यहाँ है, वैसा ही वहाँ है। लेकिन फिर वह यहाँ भी नहीं है, वहाँ भी नहीं है। वह तो जैसा है वैसा है, जहाँ है वहाँ है।...ऐसी ही मेरी यह आत्मा भी जहाँ की तहाँ, जैसी की तैसी, सदा स्वानुभव-गम्य है।

'...द्वैत में भी हूँ, अद्वैत में भी हूँ। जड़ जड़ में खेल रहा है। चेतन चेतन में खेल रहा है। शाखाओं में लिपटे आकाश की तरह ये दोनों तत्त्व, एक-दूसरे से युक्त और वियुक्त एक साथ हैं। इन्द्रियाँ अपने रस में डूबी हैं। प्राण अपने में तन्मय हैं। मन अपने में गतिमय है। चेतन अपने में रम्माण है। अतिचेतन आत्मा अपने में अचल है। सब एक-दूसरे को जान रहे हैं, और संवाद में जी रहे हैं। किसी को किसी से विरोध नहीं। लेकिन परस्पर में हस्तक्षेप नहीं। एक अविरोध संगति में वे तन्मय हैं। यह जो सर्व में तन्मय है, वही चिन्मय है। दीपक की निष्कम्प लौ से, सारे कक्ष की भोग-माया आलोकित और उज्ज्वल है।...'

आनन्द श्रेष्ठी के कर्म में अब कामना नहीं रह गयी है। इसी से उनके कर्म का कौशल बढ़ता जा रहा है। कर्म करते हुए भी, वे अकर्म हैं। प्रवृत्ति करते हुए भी, निवृत्त हैं। इसी से व्यापार-व्यवहार सब उनके लिए भोग हो गया है। उसमें एक अपूर्ण ऊर्जा, गति और सुरावट आ गयी है। आनन्द गृहपति का अर्जन सौ गुना बढ़ गया है। ऐसा व्यापारिक कौशल तो पहले कभी प्रकट न हुआ।

इसलिए कि यह अर्जन अब अपने लिए नहीं रह गया है, सर्व के लाभ को समर्पित हो गया है। उन्होंने अपनी तमाम अचल, चल और वर्द्धमान सम्पत्ति मन-ही-मन महावीर को अर्पित कर दी है। आसपास के सन्निवेशों के प्रतिनिधियों का एक न्यास उस सम्पत्ति का लेखा-जोखा, व्यवस्था और वितरण करता है। वह सारा द्रव्य आसपास के जनपद में, जन-जन में वितरित हो जाता है। और बदले में सारे जन

महाजन के अर्जन-पराक्रम में बेशर्त सहयोगी हो गये हैं। फलतः बिन माँगे ही सबको पर्याप्त धन-धान्य मिलता चला जाता है। कोई अनुबन्ध नहीं, कोई मालिक-सेवक नहीं। एक ही लोक-सम्पदा के सब सहकर्मी और सहभोगी हैं। वैशाली के इस प्रदेश में, जीवन का एक अनोखा समवादी और संवादी रूप चुपचाप प्रकट हो रहा है...

और श्रेष्ठी को लगता है, कि वे कुछ कर नहीं रहे, सब अपने आप हो रहा है। करते हुए भी कुछ नहीं कर रहे हैं। कुछ न करते हुए भी अविराम कर रहे हैं। अपनी समृद्धि बढ़ाने का कोई उद्वेग उनके मन में अब नहीं है। मुनाफे और प्रतिस्पर्धा की आकुलता नहीं रही। तो सम्पत्ति अपार होकर सब ओर से आ रही है, और सबमें इकसार व्याप रही है।

...इस निष्काम कर्म में श्रेष्ठी एक अद्‌भुत चैतन्य, ऊर्जा और आनन्द का अनुभव करते हैं। व्यापार के सारे उद्यमों और उपकरणों में वे एक निर्विकल्प तन्मयता महसूस करते हैं। तौल का काँटा अपनी जगह तुल रहा है, बाट अपना काम कर रहे हैं, माप अपनी जगह पर है, और श्रेष्ठी स्वयं आप अपनी जगह पर हैं। काँटे पर उनकी निगाह स्थिर है, और सारे तौल-माप चुपचाप अपने आप ठीक-ठीक हो रहे हैं।

...और प्रायः ऐसा होता है, कि श्रेष्ठी कई दिन गद्दी पर दिखाई नहीं पड़ते। किसी को पता नहीं होता कि कहाँ गये हैं। सेठानी शिवानन्दा को भी नहीं। पनघट और नदीघाट की स्त्रियों ने उन्हें सामने से जाते देखा है। और वे तन-बदन और वसन की सुध भूली देखती रह गयी हैं। श्मशान में आधी रात एकस्थ दीखे हैं। झाड़खंडों के निचाट से दूर-दूर जाते दीखे हैं।

...और फिर अचानक शिवानन्दा के कक्ष में आ रमते हैं।

शिवानन्दा उस पुरुष के रूप को सम्मुख पाकर अपलक देखती रह जाती है।...

इस बीच भगवान अचानक लोकालय से अन्तर्धान हो गये थे। जन की आँखों से ओझल, ऐसे निर्जनों में विहार कर रहे थे, जहाँ मानुष का संचार नहीं।

पहाड़, जंगल, नदी, जलचर, थलचर, नभचर, खेचर और उन्हें अपने बीच एकाकी पा रोमांचित हो आये। चुप, निस्पन्द हो उन भगवान को सुनते रह गये :

"ओ प्रकृति, तुम दिगम्बरी हो। दिगम्बर तुम से अभिसार करने आया है। तुम निःसंग हो, असंग तुम्हें उत्संगित करने आया है। तुम संवित्-रूपा हो प्रकृति, तुम अपने आप में निरामय और निर्मल हो। मनुष्य तुम्हें अपने राग से मलिन और व्यभिचरित कर देता है। वह तुम्हारे समय-सुन्दर रूप को क्षत-विक्षत कर देता है। अपने काम की हिंसा से, वह तुम्हारे नित्य-वसन्त यौवन को छिन्न-भिन्न कर देता

है। अपने बन्धन से वह तुम्हें विसंग, विरूप और विसंवादी बना देता है।

''नहीं तो ओ प्रकृति, ओ सत्ता, अपने द्रव्य में तुम भी उतनी ही शुद्ध, सुन्दर और शाश्वत हो, जितने कि अर्हत् और सिद्ध शुद्ध, सुन्दर और शाश्वत हैं।

''...और आकाश के पलँग पर नदियों और वनों के चीर ओढ़कर लेटी प्रकृति की शिरा-शिरा में जाने कैसा अपूर्व रसाप्लावन हुआ। एक अमोघ वीर्य के अन्त:संचार से वह नव्य हुई। विश्व के अन्तराल में सृजन की नयी ऋचाएँ तरंगित होने लगीं।

अचानक फिर भगवान वाणिज्य ग्राम में समवसरित हुए।...आनन्द गृहपति चैत्र की सुहानी सन्ध्या में, अपने 'शिव-रमणी' उद्यान के मर्मर सरोवर के तट पर सुख से आसीन हैं। सामने ही एक विद्रुम के भद्रासन पर शिवानन्दा बैठी है। दोनों के बीच कोई वचनालाप नहीं। दोनों परस्पर दर्पणवत्, अन्तर-केलि में लीन हैं।

अचानक श्रेष्ठी उल्लसित होकर बोले :

''शिवा, यह क्या हो गया मुझे! मैं उद्यान में नहीं हूँ। प्रभु के समवसरण में हूँ। क्या प्रभु अरण्यों से लौट आये? वे सीधे यहाँ चले आये? यहीं मुझे घेरकर प्रभु का समवसरण रच गया है...

''और यह क्या हुआ शिवानन्दा, देश और काल की जाने कितनी दूरियाँ एक साथ मेरी आँखों में झलक मार रही हैं। जाने कहीं के कितने ही तटों में एक साथ मेरे पोत लंगर डाल रहे हैं। जाने किन-किन द्वीपों और घरों के आलोकित कक्षों में बैठा हूँ। जाने कितने अनदेखे स्नेही एकाएक मिल गये हैं।...और तुम, शिवा, तुम यहाँ भी हो, वहाँ भी हो। मैं यहाँ भी हूँ, वहाँ भी हूँ, तुम्हारे संग। और मैं कहीं नहीं हूँ, मैं किसी के संग नहीं हूँ। तुम हो तो मैं नहीं हूँ। मैं हूँ तो तुम नहीं हो।...कितना सुखद, विस्मयकारी और उन्नायक है—यह देखना, यह जानना।''

और अन्तर-मुहूर्त मात्र में ही शिवा और श्रेष्ठी यथास्थान, गहन सामायिक में लीन हो गये।

अगले दिन सवेरे श्रेष्ठी भोजन से पूर्व अपने भवन-द्वार पर अतिथि के लिए द्वारापेक्षण कर रहे हैं। सहसा ही क्या देखते हैं, कि भगवत्पाद गौतम गोचरी करते उन्हीं की ओर आ रहे हैं। आनन्द हर्ष से अति संवेगित हो आये। पुलकित होकर पड़गाहन किया :

''...तिष्ठ तिष्ठ स्वामिन्, आहार-जल ग्रहण करें...आहार-जल ग्रहण करें...!''

यथाविधि आहार लेकर गौतम स्वामी उद्यान के शिरीष कुंज में स्फटिक के

सिंहासन पर जा विराजे। शिवा और आनन्द श्रावक उनके श्रीचरणों में उपविष्ट हुए। मौन गहराता गया। अकम्प, अथाह तन्मयता व्याप गयी।

हठात् बोल पड़े आनन्द श्रेष्ठी :

"अहा, अहा, यह मुझे क्या हो गया, भदन्त महाश्रमण! मैं पूर्व, पश्चिम और दक्षिण दिशा में पाँच सौ योजन तक के 'लवण समुद्र' के क्षेत्र को यहीं बैठा प्रत्यक्ष देख और जान रहा हूँ। और उत्तर में 'चुल्ल-हिमवन्त वर्षधर पर्वत' तक के सारे क्षेत्र को देख और जान रहा हूँ। ऊपर सौधर्म स्वर्ग के ज्योतिरंग कल्प-वनों में यहीं बैठे विचरण कर रहा हूँ। नीचे रत्नप्रभा पृथ्वी के 'लोलुयच्युय नरक' तक के प्रदेशों को अभी और यहाँ प्रत्यक्ष देख और जान रहा हूँ।...यह कैसा महाश्चर्य घटित हो रहा है, हे गुरु भगवन्त?"

"तुझे अवधिज्ञान प्राप्त हुआ आनन्द, तू जयवन्त हो!"

"क्या घर में रहकर भी गृहस्थ को अवधिज्ञान हो सकता है, स्वामिन्?"

"हो सकता है, देवानुप्रिय। लेकिन गृहस्थ को इतना दूरगामी अवधिज्ञान नहीं हो सकता। तू भूल में है, आनन्द, तू भ्रान्ति में पड़ गया है। प्रायश्चित कर, वत्स!"

आनन्द को अपना अवधिज्ञान अत्यन्त प्रत्यक्ष था। वह अविकल्प प्रत्यायित था। उसमें अजस्र आत्म-श्रद्धा जाग उठी थी। वह अटल स्वर में बोला :

"हे स्वामिन्, जो वस्तु सत्य हो, तथ्य हो, प्रत्यक्ष हो, सद्भूत हो, क्या उसके लिए भी जिनेश्वरों के मार्ग में प्राथश्चित करना होता है? यदि मैं सत्य होऊँ तो हे महायतिन्, आपको प्रायश्चित करना होगा!"

इस निर्भय निःशंक वाणी को सुनकर गौतम स्वयं शंका में पड़ गये। वे बोले कुछ नहीं। सम्बोध का हाथ उठाकर तत्काल वहाँ से विहार कर गये। और सीधे श्रीभगवान के समीप आये। उन्होंने आनन्द गृहपति की स्थिति को यथावत् भगवान के समक्ष निवेदन किया। फिर पूछा :

"हे त्रिकाल-विहारी परमात्मन्, क्या गृहस्थ को इतना दूरगामी अवधिज्ञान हो सकता है? निर्णय करें, भन्ते, आनन्द का कथन सत्य है, या मेरा कथन सत्य है? प्रायश्चित उसे करना होगा, या मुझे करना होगा?"

प्रभु किंचित् मुस्कुरा आये। उत्तर सुनाई पड़ा :

"आनन्द का कथन सत्य है, देवानुप्रिय गौतम। प्रायश्चित तुम्हें करना होगा, सौम्य। जाकर श्रावकोत्तम आनन्द से क्षमा-याचना करो। वे निश्चय ही 'चुल्ल-हिमवन्त वर्षधर पर्वत' से यहाँ तक दसों दिशाओं में जो जान और देख रहे हैं, वह यथार्थ है, वह सत्य है, वह तथ्य है, गौतम!"

सहस्र-सहस्र श्रमण संघ के शिरोमणि, पट्टगणधर भगवत्पाद इन्द्रभूति गौतम क्षमा, मार्दव और आर्जव से नम्रीभूत हो आये। उन्होंने प्रभु को वन्दन कर, उनके समक्ष

मन-ही-मन क्षमायाचना की, प्रतिक्रमण किया। और वे तत्काल आनन्द गृहपति के निकट पहुँचे। गृहपति साष्टांग प्रणिपात में उनके श्रीचरणों में नमित हो गया।

"श्रावक-श्रेष्ठ आनन्द गृहपति जयवन्त हों, जयवन्त हों! स्वयं केवली भगवन्त ने साक्षी दी है, तुम्हारा अवधिज्ञान सत्य है, तुम्हारा अनुभव प्रमाण है। मैं तुम से क्षमा याचना करता हूँ, मैं अपनी भूल के लिए प्रायश्चित करता हूँ, देवानुप्रिय!"

शिवानन्द और आनन्द को सम्यक् वात्सल्य की भाव-समाधि लग गयी। उनकी मुँदी आँखों से आँसू ढरकते आये।

"आसन्नभव्य हो, देवानुप्रिय आनन्द। आप्तकामिनी हो, देवी शिवानन्दा। धर्मलाभ!"

...और जाने कब भगवत्पाद गौतम वहाँ से जा चुके थे।

इसी परम्परा में, समय-समय पर आर्यावर्त के दस महाश्रेष्ठी और गाथापति क्रमश: श्रीभगवान के सर्वोपरि श्रावक और उपासक हुए। चम्पा नगरी का कामदेव, वाराणसी का चूलनी-पिता, काशी जनपद का सुरादेव, आलभिका निवासी चुल्लशतक, पांचाल देशीय काम्पिल्यपुर का कुंड कौलिक, पोलासपुर का सद्दालपुत्र, राजगृही का महाशतक, श्रावस्ती का नन्दिनी-पिता और साकेतवासी सालिही पिता।

ये सारे ही गृहपति, आनन्द गृहपति की तरह ही विपुल सम्पत्ति के स्वामी, जगत-विख्यात सार्थवाह थे। सभी रूढ़ी और परम्परानुसार अपने व्रत और त्याग की सूचियाँ बनाकर श्रीभगवान के पास श्रावक-धर्म में दीक्षित होने आये थे। पर भगवान ने उनकी तमाम-त्याग सूचियों को छेक दिया!

इन सभी की आत्माएँ, हिरण्य-घट में बन्दी होते हुए भी, मुमुक्षा से उत्कंठित थीं। संवेद से भावित थीं। प्रभु से प्रतिबोध पाकर, ये सभी बाह्याचार से ऊपर उठकर, सामायिक में उत्क्रान्त हुए। इनकी निश्चल समाधि से भयभीत होकर, अनेक सुर और असुर शक्तियों ने ईर्ष्यावश इनके कायोत्सर्ग को भंग करना चाहा। इन्हें ध्यान के भीतर भीषण यातनाओं और परीक्षाओं में डाला गया। पर ये अपनी धुरी से विचलित न किये जा सके।

इनकी सारी सम्पत्ति लोक को अर्पित हो गयी। अपने-अपने प्रदेशों में ये प्रजापति की तरह पूजे गये।

सामायिक-क्रान्ति की राह महावीर ने उस काल उस मुहूर्त में, वणिक-सभ्यता के सुदृढ़ दुर्ग की बुनियादों में सम्यक्-ज्ञान की सुरंगें लगा दीं...!

...आज एक-एक करके बीज विस्फोटित हो रहे हैं। समयसार आत्मा हमारे समय के अश्व पर आरूढ़ है। उसने इतिहास की धारा को सपाट से उठाकर, ऊपर को मोड़ दिया है। और सपाट के सारे खेल लड़खड़ाते दीख रहे हैं।

इतिहास शीर्षासन करने की मुद्रा में है।

...क्या कल्कि अवतार होने को है?

परिशिष्ट

'अनुत्तर योगी' के अब तक प्रकाशित दो खंडों में अतर्क भावक तो रसलीन हो गये, लेकिन सतर्क समीक्षक मित्रों के मन में कुछ तीखे प्रश्न उठे हैं। कुछ चुनौतियाँ भी सामने आयी हैं। इस परिशिष्ट के अन्तर्गत प्रस्तुत 'संयोजिका' में उनका माकूल समाधान करते हुए, सम्पूर्ण कृति की संयोजना पर चौतरफा रोशनी डाली गयी है। वांछनीय है, कि पहले कृति को पढ़ा जाये, और फिर सम्भावित प्रश्नों और शंकाओं के उत्तर इस 'संयोजिका' में खोजे जा सकते हैं। यह जरूरी है कि यह भूमिका मूल कृति और भावक के बीच न आये।

संयोजिका

शुरू में प्रतिज्ञा यह थी, कि 'अनुत्तर योगी' तीन खंडों में समापित हो। यह विभाजन स्वाभाविक था : प्रथम खंड में पूर्व भवान्तर कथा, और द्वितीय खंड में उनकी तपस्या : प्राकृतिक, मानवी, दैवी, पाशवी, आसुरी शक्तियों से उनका संघर्ष और अन्तत: कैवल्य की प्राप्ति। तृतीय खंड में श्री भगवान का तारनहार तीर्थंकर के रूप में पुनरागमन, धर्मचक्र-प्रवर्तन : समकालीन लोक की प्रजाओं के पास जाना, उनसे संवाद, उनके प्रति अपना आत्म-निवेदन, शास्ता अर्हन्त द्वारा लोकमानस में क्रान्ति और अतिक्रान्ति का भूगर्भी विस्फोट।

तृतीय खंड की सामग्री जब सामने आयी, तो देखा कि उसमें कथा के विपुल उपादान हैं। एक अमाप विस्तार का आयाम खुलता है। तीर्थंकर की परावाक् कैवल्य-ज्योति से ज्ञान और समाधान का अपार समुद्र उमड़ता दिखाई पड़ता है। मनस्तत्त्व की गहराइयों और ग्रन्थियों का संकेत देने वाली कई सुन्दर कथाएँ हैं; ऐसी दन्तकथाएँ हैं, जिनमें काव्य का अपूर्व सौन्दर्य और रस है। एक अनोखा सूक्ष्म भावलोक खुलता है। ऐसे पात्र हैं, जिनके माध्यम से अस्तित्वगत सन्त्रास, और जीवन-जगत् पर उठने वाले अन्तिम और प्रासंगिक प्रश्नों को एक अत्यन्त आधुनिक और मनोवैज्ञानिक अभिव्यक्ति दी जा सकती है। निर्वाण की पूर्ण सन्ध्या में महावीर की ऐसी भविष्यवाणियाँ हैं, जिनमें एक सांकेतिक और सन्ध्या-भाषा द्वारा आज के पूरे युग पर रोशनी पड़ सकती है। मैं हैरान था कि कैसे यह सारा-कुछ तृतीय खंड में सिमटेगा?

मैंने सोचना और समयबद्ध योजना बनाना बन्द कर दिया। मैंने छोड़ दिया महावीर पर, कि जिस तरह चाहें वे प्रकट हों, अपना समय और विस्तार वे लें, मैं केवल लिखता चला जाऊँ। और जब पृष्ठ-संख्या की सीमा समाने आ खड़ी हुई, तो मैंने कलम रख दी। और आदेश सुनाई पड़ा : 'चतुर्थ खंड लिखना है।...जाते कहाँ हो? अभी मैं तुम्हें नहीं छोड़ूँगा। अभी नहीं। आगे भी जो रचोगे, उसमें मुझे व्याप्त पाओगे।...'

तो तृतीय खंड आपके हाथ में है, और चतुर्थ के लिए आपको फिर धैर्य से प्रतीक्षा करनी होगी। समय और अवकाश महावीर का है, मेरा नहीं। आपके बेचैन इन्तजार की खबर मुझ तक पहुँची है, और मैं कम बेचैन नहीं हूँ। पूरा ग्रन्थ आप तक पहुँचा देने के लिए। लेकिन महावीर अपना वक्त ले रहे हैं, वे अपने 'समय' से चलते हैं, उसमें मेरा क्या दखल।

प्रसिद्ध साहित्य-चिन्तक रमेशचन्द्र शाह ने एक बार मुझसे एक मार्के की बात कही थी। बोले कि, "विराटत्व का जो विज़न जैनों के द्रष्टा-कवियों ने प्रस्तुत किया है, वह अप्रतिम है।" इसका बोध मुझमें बालपन से ही था : और शायद मेरी स्वभावतः 'कास्मिक' चेतना के विकास में जैन तत्त्व-दर्शन, लोक-शास्त्र और पुराकथा का भी पर्याप्त योगदान रहा हो। मेरी धारावत् काल-चेतना में भी शायद उसका प्रस्फुरण हो।

उक्त विराटत्व का एकाग्र स्वरूप सबसे ज्यादा जैनों के लोक-शास्त्र (कॉस्मोग्राफी या कॉस्मोलॉजी) में सामने आता है। तीन अन्तिम वातवलयों से वेष्ठित, कमर पर हाथ धरे पुरुषाकार या डमरू के आकार वाले तीन लोक, उनसे परे अलोकाकाश का सत्ताहीन महाशून्य। लोक की मूर्धा पर भार से अतीत प्राग्भार पृथ्वी, सिद्धालय की वह अर्द्धचन्द्राकार सिद्धशिला, जहाँ मोक्षलाभ के बाद असंख्य अशरीरी सिद्ध बिराजते हैं। उसके नीचे क्रमशः अधिक उन्नीत कई अनुत्तर देवलोक, उनके नीचे कल्पवासी और भवनवासी देवों के सोलह स्वर्ग। उनमें भी सूक्ष्मतर होते ऐन्द्रिक भोग की विकास-श्रेणियाँ। ऐन्द्रिक और अतीन्द्रिक चेतना के बीच के नाना रंगी मिश्र लोक। उनके नीचे डमरू-मध्य में विराट् गोलाकार मध्य-लोक। मानवों और तिर्यंच पशुओं का जगत। इसका अन्तिम मानुष्योत्तर पर्वत, जिसके आगे मनुष्य की गति नहीं। इससे पूर्व मानुषोत्तर समुद्र, जिसके पार मनुष्य नहीं जा सकता।

फिर कालोदधि, लवणोदधि जैसे महासमुद्रों से वेष्ठित असंख्यात द्वीप-समुद्रों के बेशुमार मंडल। उनके पर्वतों, नदियों, नगरों, ऐश्वर्यों, तट-वेदियों के अत्यन्त काव्यात्मक नाम और वर्णन। और अन्तिम-मध्य में असंख्यात द्वीप-समूहों से वलयित, जम्बू वृक्षों की श्रेणियों से मंडलित जम्बूद्वीप : जिसके केन्द्र में एक विराट् जम्बू वृक्ष। इस जम्बू द्वीप के भी केन्द्रीय भरत खंड में है प्राचीनों का आर्यावर्त और हमारा

भारतवर्ष। इसी की मूर्धा पर खड़े हैं, अवसर्पिणी काल के चरम तीर्थंकर महावीर। जैनों के अनुसार वही हमारे वर्तमान कलिकाल के शास्ता और विधाता हैं। उन्हीं का धर्म-चक्र हमारे युग में प्रवर्तमान है। चक्राकार रूप में, क्रमशः बारम्बार धर्म का पतन और फिर उसका अभ्युत्थान, यही इस धर्मचक्र द्वारा प्रतीकायित है। भगवान कुन्दकुन्द हों, कि भगवान हेमचन्द्र हों, कि भगवान शंकर, वल्लभ, रामानुज, नानक हों, कि आज के भगवान रामकृष्ण, रमण महर्षि, श्री अरविन्द हों, कि वर्तमान के भारतीय योगीगुरु हों, कि पौर्वात्य-पश्चिम की जुडाइक सन्त परम्परा हो, कि क्रीस्त और उनके अनुशास्ता सन्तों की धारा हो, कि मोहम्मद और जर्थुस्त्र हों, कि सूफ़ियों का दिगम्बर सर्मद हो, कि पश्चिमी गोलार्द्ध के सुकरात-प्लेटो-ऐरिस्टॉटल हों, कि आइन्स्टीन और कार्ल मार्क्स हों, ये सब उसी एकमेव धर्मचक्र-प्रवर्तन की देश-कालानुरूप अभिव्यक्तियाँ हैं।

इस विराट् और धारावाही पट पर जब विश्व-पुरुष महावीर का विज़न मेरे कवि के समक्ष प्रकट हुआ, तो देश-कालगत भूगोल में भी उनके उत्तुंग और आकाशी व्यक्तित्व की सार्वभौमिक व्याप्ति को कला द्वारा मूर्त करना मुझे अनिवार्य जान पड़ा। भीतर के अनन्त अन्तरिक्ष के स्वामी को, बाहर के विराट् अन्तरिक्ष में, एक मूर्त भूगोल और इतिहास के आरपार लोकयात्रा करते दिखाना जरूरी महसूस हुआ। महावीर का व्यक्तित्व जिस कदर 'ग्लोबल' था सर्वतोमुखी और सार्वभौमिक था, उसी के अनुरूप जानी हुई पृथ्वी पर उनका ब्रह्मांडीय परिक्रमण और चंक्रमण कला में मूर्त न हो, तो महावीर की समग्र 'इमेज' (प्रमूर्ति) और व्यक्तिमत्ता का पूर्णत्व बोधगम्य नहीं हो सकता। ज्ञात पृथ्वी के छोरों तक विचरता एक दिगम्बर आकाश-पुरुष, जो हठात् एक दिन पृथ्वी की सीमा का अतिक्रमण कर, हमारी आँखों के पार ओझल हो जाता है, निर्वाण के तट में उतर जाता है। ताकि अपने ही त्रिकालाबाधित ज्ञान की परिक्रमा में, बारम्बार अपने धर्मचक्र-प्रवर्तन द्वारा, युगयुगान्तर के नवनवीन सूर्य-पुरुषों और शलाकापुरुषों में वह प्रकट हो सके।

तृतीय खंड में तीर्थंकर का धर्मचक्र-प्रवर्तन, सत्य को सदा बन्दी रखने वाले हिरण्मय घट के विस्फोट, और उसके साथ उससे निष्पन्न वणिक-सभ्यता के मूलोच्छेद पर आकर, एक युगान्तकारी ऐतिहासिक मोड़ पर विराम लेता है। और भावी कल्कि अवतार की सांकेतिक सूचना पर ग्रन्थ थम जाता है।

लेकन श्रीभगवान का विश्वव्यापी धर्मचक्र-प्रवर्तन अभी जारी है। और अन्तिम योगी अतिमानव के चरम सीमोलंघन पर समाप्त होगा।

जैनों के उक्त ब्रह्मांडीय लोकशास्त्र की पटभूमि पर ही, उसकी 'कॉस्मिक इमेज' के तारतम्य में ही तीर्थंकर के विराटत्व का समीचीन आलेखन सम्भव है। और समकालीन इतिहास-भूगोल के सार्वभौमिक विस्तार में छोरों तक भ्रमण-विहार और

परिव्राजन द्वारा ही, उक्त विराटत्व को प्रतीकायत किया जा सकता है। इसी अनिवार्यता में से अचानक चौथा खंड सामने आ खड़ा हुआ।

केवल जैनों की ही नहीं, लगभग सभी प्रमुख भारतीय द्रष्टाओं की देश-काल की अवधारणा प्रकारान्तर से एक जैसी ही है। कारण, यह साक्षात्कृत सत्य और तथ्य है, कोई आनुमानिक-तार्किक चिन्तन नहीं है। भारतीय ज्ञानियों की दृष्टि में देश और काल दोनों, अखंड भी हैं, और खंड भी हैं। क्योंकि यही वस्तु-स्थिति है, यही सत्ता का अनैकान्तिक स्वरूप है। जैसे सत्ता, अखंड महासत्ता भी है, और खंड अवान्तर सत्ता भी। उसी की तारतम्यता में देश-काल भी अखंड, और अवान्तर या खंड एक साथ हैं। उससे भी परे ज्ञायक चेतना की एक ऐसी परात्पर अवस्था होती है, जो देश-काल से अतीत होकर भी, निरन्तर देश-काल की ज्ञाता-द्रष्टा और एकाग्र भोक्ता भी होती है।

जैन अध्यात्म, दर्शन और पुराणों में भी, देश-काल के इन दोनों युगपत् पहलुओं का वर्णन समान रूप से मिलता है। जहाँ एक ओर महासत्ता और अनन्तकाल का निरूपण है, अनाहत पुरुष अर्हन्त और अनन्त पुरुष सिद्ध का साक्षात्कार है, वहीं उस स्थिति तक पहुँचने के पूर्व की जन्मान्तर व्यापी जीवन-यात्रा को भी अत्यन्त विशद और तथ्यात्मक 'डिटेल' के साथ चित्रित किया गया है। देश-काल में जो व्यक्ति, घटना, भाव, सम्बन्ध और सौन्दर्य की लीला है, वास्तविक जीवन के जो अस्तित्वगत अनिवार्य सन्त्रास हैं, उनका भी जैन पुराणों में बड़ी बारीकी से आलेखन हुआ है। महावीर वास्तववादी और क्रियावादी थे। वे मायावादी और शून्यवादी नहीं थे। इस कारण महावीर का जुड़ाव अनायास आज के श्रीअरविन्द से सीधा हो जाता है। यह भी कम दिलचस्प नहीं कि श्रीअरविन्द ने मानव-देह में ही जिस अक्षय्य और अध्यात्म पूर्णपुरुष अति-मानव का साक्षात्कार किया है, उसका एक मुकम्मिल और समीचीन मूर्तन हमें अर्हत् महावीर में मिल सकता है।

इसी से अखंड या धारावाही देश-काल के इस विराट् पट पर, जब कहीं कोई भी घटना होती है, तो समग्र सत्ता में उसके प्रकम्पन प्रवाहित होते हैं।...जब भरत-खंड के मगध देश में एक दिन अचानक महावीर को केवलज्ञान हो गया, तो वे तीनों लोक और तीनों काल को हथेली पर रखे आँवले की तरह देखने लगे। इससे बड़ी घटना लोक में और क्या हो सकती है। अनादि-अनन्त देश-काल में इस महाघटना के प्रकम्पन व्याप गये। तो स्वर्गों में भी हलचल मच गयी। ऐसा विस्फोटक प्रकाश त्रिलोक में व्याप्त हुआ, कि उसके समक्ष स्वर्गों की सारी प्रभाएँ मन्द पड़ गयीं। वहाँ के अमर कहे जाते ऐश्वर्य-भोग क्षय और मृत्यु के ग्रास होते दिखाई पड़े। देव-देवेन्द्रों

का अपनी तथाकथित अमरता का गुमान समाप्त हो गया। पृथ्वी के एक मर्त्य मनुष्य ने अपने अनाहत पराक्रम और कैवल्य के प्रकाश से मृत्यु को जय कर लिया था। उस ज्योतिस्फोट से स्वर्गों में प्रलय आ गया, देवेन्द्रों की सत्ता समाप्त हो गयी। स्वर्ग भरभरा कर टूटते, बिखरते, लुढ़कते, ध्वस्त होते दिखाई पड़े। एक सार्वलौकिक (कॉस्मिक) अतिक्रान्ति हुई। स्वर्गों का अभिमान चूर-चूर हो गया।...उन्हें अपने अवधिज्ञान से महावीर के कैवल्य लाभ का पता चला। वे नम्रीभूत होकर समर्पित हो गये, औ.र स्वर्गों में फिर से नयी रचना प्रकट हो आयी।

इस वैश्विक अतिभौतिकी (फिनॉमॅनन) को उपन्यास में मूर्त करने का एक अनोखा कलात्मक आकर्षण मैं रोक न सका। इसमें देश-काल के अखंड और खंड दोनों रूपों का एकाग्र चित्रण करके, मृत्युबोध को ठीक संवेदन के स्तर पर समाप्त करने का यह सृजनात्मक सुयोग मुझे अपूर्व लगा। इसी से प्रस्तुत तृतीय खंड के प्रथम अध्याय 'श्रोता की खोज में' को मैंने उक्त कथानक के पट पर, एक उपोद्घात के रूप में रचा। स्वर्ग में शची और शक्रेन्द्र का अटूट आलिंगन टूट गया। वे छिटककर आमने-सामने खड़े हो गये। उनके बीच विह्वल संवाद चल रहा है, और वे एक ही समय में समस्त स्वर्गों के प्रलय और नव्योदय के साक्षी होते हैं। यह घटना धारावाहिक देश-काल में होती है, फिर भी खंड व्यक्ति, देश, काल, भाव के माध्यम से व्यक्त होकर, अखंड महादेश-महाकाल से समन्वित हो जाती है। दूसरे इस अध्याय में प्राचीन पौराणिक मिथक के एक अनोखे 'मोटिफ' को, एक नये प्रतीकात्मक, मनोवैज्ञानिक प्रयोग के रूप में रचना भी कम दिलचस्प नहीं था।

दूसरा अध्याय है, 'त्रैलोक्येश्वर का समवसरण'। महावीर के कैवल्य-लाभ का प्रतिभास पाकर, तमाम स्वर्गों के देव-मंडल, अपने श्रेष्ठ वैभव के साथ मन्दार फूलों की वर्षा करते, गाते-नाचते, वृन्द-वादन करते हुए, राजगृही के विपुलाचल पर उतरकर सर्वज्ञ तीर्थंकर महावीर का समवसरण रचते हैं। जैन पुराकथा के अनुसार, उनके शलाकापुरुषों की विभिन्न श्रेणियों में, तीर्थंकर ही लोक की सर्वोपरि व्यक्तिमत्ता होता है। वह तीनों लोक और तीनों काल का अधीश्वर होता है। देवलोक जो उनके समवसरण की रचना करते हैं, वह एक प्रकार से उनकी भागवदीय धर्मसभा होती है। वह त्रैलोक्याधिपति का ईश्वरीय राज-दरबार होता है। मानो समग्र विश्व-ब्रह्मांड का वह एक 'मीनियेचर' रूप होता है। सर्वकाल और सर्वदेश के तमाम एकत्रित ऐश्वर्यों का उसमें समावेश होता है। वह प्राणि-मात्र के एकमेव वल्लभ, त्रिलोकीनाथ की ब्रह्मांडीय राजसभा होती है। उसमें चार गति और चौरासी लाख योनि के समस्त जीव प्रभु के श्रोता बनकर उपस्थित होते हैं। सारे जीवों को वहाँ, उन जगदीश्वर के चरणों में अनायास शरण, शान्ति और समाधान मिलता है। उसमें सम्राट से लगाकर श्रमिक और शूद्र तक को समान स्थान प्राप्त होता है। समत्व, शरण और समाधान का वह चरम

तीर्थस्थल होता है।

समवसरण की परिकल्पना में, तीर्थंकर केन्द्रीय गन्धकुटी की मूर्धा पर अधर में आसीन होते हैं। और चारों ओर अनेक वर्तुलों में व्याप्त, महा-मंडलाकार समवसरण की देवोपनीत रत्निम रचना होती है। जैन कवि-योगियों ने अपने पौराणिक महाकाव्यों में, समवसरण की रचना के वर्णन में अपनी सारी कविताई को चुका दिया है। विराटत्व, देवत्व और भगवत्ता का ऐसा सांगोपांग विजन अन्यत्र मिलना मुश्किल है। इस तरह समवसरण जैन सौन्दर्यबोध, कला, कविता, नाट्य, नृत्य, चित्रसारी, शिल्प और स्थापत्य का एक अद्भुत समन्वित प्रतीक प्रस्तुत करता है। वह एक समग्र और शाश्वत सौन्दर्य का स्थायी कला-'मोटिफ' हो गया है। सभी जैन महाकवि, बारम्बार इस 'मोटिफ' के कलात्मक मूर्तन में परा सीमा तक गये हैं। एक प्रकार से समवसरण अनन्त देश-कालगत जीवन-जगत् और उसके विविध परिणमनों का एक कलात्मक साक्षात्कार और प्रतिमूर्तन है।

इस 'मोटिफ' का जैन चित्रकला और शिल्प में भी प्रचुरता से सृजन हुआ है। आज भी कई विशिष्ट जैन मन्दिरों, तीर्थों और धर्मायतनों में समवसरण की रचना में भित्तिचित्र, पटचित्र और शिल्प देखे जा सकते हैं। कुछ स्थानों पर, चित्र, मूर्ति, और नाना पदार्थों के एकत्र उपयोग द्वारा विशाल भवन के बीच मंडलाकार समवसरण की रचना देखने को मिलती है। इसे देखकर, देश-काल की सीमा में ही देश-कालातीत किसी महासत्ता का आभास-सा होता है। मनुष्य की उत्तुंग आन्तरिक इयत्ता, और सर्वोपरि प्रभुता का एक भव्य-दिव्य रोमांचक साक्षात्कार होता है।

प्रस्तुत तृतीय खंड के द्वितीय अध्याय में, शाश्वत सौन्दर्य के प्रतीक-स्वरूप इस समवसरण के 'मोटिफ' को मैंने एक नव्यतर सौन्दर्य-बोध और अभिनव काव्य-शिल्प द्वारा रचने का प्रयत्न किया है। हमारे देश के साहित्य-क्षेत्र में अभी पश्चिम से आयातित विषयवस्तु (थीम) और 'मोटिफ' का ऐसा प्रबल दबाव और प्रभाव है, कि हमारे अधिकतर रचनाकार न तो प्राचीन मिथकों और प्रतीकों से यथेष्ठ रूप से परिचित हैं, और न ही उनकी शाश्वत भाव-दर्शिता और अर्थ-गर्भिता में गहरे उतरने की अन्तर-दृष्टि उनके पास है। तब अपने सृजन में उन्हें युगानुरूप नव्यतर आशय और रूप देना तो बहुत दूर की बात है।

धर्म, अध्यात्म, दर्शन, योग, कला और साहित्य की हमारी जो जीवन्त और समृद्ध परम्परा है, हमारी आज की शिक्षा-पद्धति में उसको अवकाश ही नहीं। कुछ अपवादों को छोड़कर, गहराई से उसका कोई अध्ययन-अध्यापन या अन्वेषण हुआ ही नहीं। हमारी नयी पीढ़ियाँ या तो उससे सर्वथा अपरिचित हैं, या उसे महज कल्पना की उड़ान या रोमानी यूटोपिया कहकर उसका मजाक उड़ा देती हैं। एक बहुत सतही प्रासंगिकता से नयी पीढ़ी इतनी भ्रमित है, कि ज्ञान और संस्कृति की जो अमृतस्रावी

विरासत हमारे पास है, वह उसे महज पुरातत्त्वालय (म्यूज़ियम) की वस्तु लगती है। उसे लगता है, कि ठीक आज के प्रसंग में उसका कोई मूल्य नहीं, अर्थ नहीं, योगदान नहीं। यानी क्षणिक सामयिक पर ही सब समाप्त है, शाश्वत भाव, सौन्दर्य या शाश्वत चेतना अथवा सत्ता जैसी कोई चीज उनके मन अस्तित्व में ही नहीं।

लेकिन भारत की इस कालाबाधित विरासत को समझा है मैक्स मूलर ने, जर्मनी के महापंडितों ने, हेनरिख झीमर ने, कार्ल गुस्तेव जुंग ने, मदाम बलावत्स्की और महाकवि यीट्स ने, और आनन्दकुमार स्वामी ने, जो आधे यूरोपियन और आधे भारतीय थे। हेनरिख झीमर की दो लाजवाब किताबें 'मिथ्स अंड सिम्बॉल्स ऑफ इंडिया' तथा 'फिलॉसॉफीज़ ऑफ इंडिया' पढ़कर पता चलता है, कि भारत के अधिकांश प्रबुद्ध जन भी परम्परागत भारत देश के दर्शन, मिथक, मोटिफ मंडलों और प्रतीकों के कितने अनभिज्ञ हैं।

लेकिन मैंने लक्षित किया है कि हमारे आधुनिक चित्रकारों ने इस सम्पत्ति के शाश्वत सौन्दर्य और भावाशय को समझा है। तान्त्रिक मंडलों को आधार बनाकर स्वामिनाथन् जैसे हमारे कई शीर्षस्थ चित्रकारों ने भव्य चित्रों की रचना की है। इतना ही नहीं, कई पश्चिमी चित्रकारों ने भी प्राचीन भारतीय मोटिफ़, मंडलों, मिथकों को लेकर विलक्षण रचना -कार्य किया है। लेकिन हमारा आधुनिक काव्य और साहित्य, विरल अपवादों को छोड़कर इस स्रोत से सर्वथा अछूता ही रह गया। हमारा आधुनिक शिल्प भी अमूर्तन या विलक्षण मूर्तन के आसपास ही चक्कर काट रहा है। हमारे संगीत और नृत्य तो परम्परा से इतने अटूट जुड़े हुए हैं, कि कोई शिकायत हो सकती है तो यही कि क्यों ये पश्चिमी संगीत-नृत्य की तरह गतिशील (डायनमिक) नहीं, प्रगतिशील नहीं? क्यों इनमें नित-नव्य और स्वच्छन्द रचना नहीं हो पा रही?

कुछ बरस पहले, जॉर्ज नाम के एक अमरीकी कवि मित्र ने गणेशपुरी के 'श्री गुरुदेव आश्रम' को आधार बनाकर, अंग्रेजी में 'श्री गुरु मानस पूजा' नाम की एक लम्बी कविता रची थी, जिसमें 'शिव मानस-पूजा' जैसे स्तोत्रों को समक्ष रखकर, मानस-पूजा के सारे ही अंगों और उपकरणों का अत्यन्त आधुनिक काव्य-भंगिमा में विनियोजन किया गया था। वह घटना मुझे भूलती नहीं। आश्चर्य है कि आधुनिक भारतीय प्रतिभा में गहराई और सूक्ष्मता का आयाम कितना विघटित हो गया है। जब कि पश्चिमी कलाओं में वह उत्तरोत्तर बढ़ता जा रहा है। सूक्ष्मता, गहराई या अमूर्तन के नाम पर हम बिना समझे-बूझे पश्चिम की नकल मात्र करते हैं।

शुरू से ही मेरे मन में था, कि तीर्थंकर के समवसरण के भव्य ब्रह्मांडीय 'मोटिफ' को मैं यथा प्रसंग एक अभिनव सौन्दर्यबोध, भावाशय, और नव्यतर शिल्प में रचूँगा। इस खंड के उक्त द्वितीय अध्याय में मैंने वह काम किया है। एक सपाट पट पर केवल एक आयामी चित्र के रूप में मैंने उसका निरा वर्णन नहीं किया है। मैंने

उसे अकस्मात् देवों द्वारा क्रियमाण एक बहुआयामी रचना या अतिभौतिकी (फिनॉमॅनन) घटना के रूप में प्रस्तुत किया है। वह सपाट वर्णन नहीं, बल्कि एक प्रक्रियात्मक अनावरण और सृजन है। उसमें केवल रंग, आकृति, चित्र, शिल्प, स्थापत्य, नाट्य-संगीत के ब्यौरे नहीं, बल्कि गहरे भावाशय हैं, भाव-शबल और अर्थ-शबल विचित्र प्रतीकों का अनुभावन, उद्भावन और जीवन्तीकरण है। उसमें गहराई, ऊँचाई, विस्तार और सूक्ष्मता के सारे आयामों का एक संश्लिष्ट और अनन्त-सम्भव, अनन्त-आयामी रचना-प्रयोग है।

विन्ध्याचल की एक ऊँची चोटी पर, एकाकी समाधीत योगी ऋषभसेन को एकाएक ध्यान में महावीर के कैवल्य-लाभ का भान होता है। उनका ध्यान गहिरतर हो जाता है। और विपुलाचल पर एकाकी अवस्थित महावीर की कैवल्य-ज्योति का उन्हें साक्षात् दर्शन होता है। उसके बाद समवसरण की रचना की सारी प्रक्रिया उत्तरोत्तर उनके ध्यान-विज़न में अनावरित होती जाती है, और वे प्रत्ययकारी ज्ञानात्मक संवेदना से उन्मेषित और अभिभूत होकर, क्रमशः जो देखते हैं, उसे मन-ही-मन कहते चले जाते हैं। अपने ध्यान में अपने स्थान पर अचल रहकर भी, वे मानो अपनी ज्ञानात्मक ऊर्जा से परिचालित होकर, बेशुमार मंडलाकार समवसरण की हर परिक्रमा में विचरण करते हैं, प्रत्येक रचना के सूक्ष्म-से-सूक्ष्म 'डीटेल' तक के साथ तन्मय होते हैं, उसके गहरे भावाशय और बोध में अवगाहन करते हैं, और अपनी उस ज्ञानानुभूति और सौन्दर्यानुभूति को मानो अपने स्वयं के उद्बोधन के लिए ही कहते चले जाते हैं।

इस प्रकार ध्यानस्थ योगी ऋषभसेन के माध्यम से ही मैंने समवसरण की विराट्, भव्य-दिव्य रचना का साक्षात्कार सृजन द्वारा अपने भावक को कराया है। उसमें जहाँ एक ओर कॉस्मिक आकार-प्रकार की भव्यता और उत्तुंगता है, वहीं एक-एक डीटेल का सार्थक, भावात्मक, नाम-गुण-संज्ञात्मक विवरण भी है। पिंड में ब्रह्मांड और ब्रह्मांड में पिंड का आकलन करने की दिशा में वह एक अत्यन्त सजीव कला-प्रयोग हो सका है। एक तरह से यह अध्याय एक अन्तहीन धारावाहिक कविता जैसा हो गया है। अनन्त और असीम पुरुष की त्रिकालवाही व्यक्तिमत्ता के अनुरूप ही। साधारण, सपाट कथा-रुचि का पाठक, आशा है, इस लम्बी कविता में अनायास तन्मय और रम्माण हो रहेगा।

पहली बात तो यह, कि यह सारा चित्रण लेखक नहीं करता। वह योगी ऋषभसेन के ध्यान में एक जादुई प्रक्रिया या अतिभौतिकी के रूप में झलकता है। इस विधि से रंग, भाव, सौन्दर्य की इस तरल धारा को एक ठोस-कांक्रीट किनारा मिल जाता है, स्थूल मानवीय आधार और संवेदन प्राप्त हो जाता है। योगी ऋषभ वहाँ एक अनवरत द्रष्टा, ज्ञाता, भावक भोक्ता, और साक्षी के रूप में उपस्थित हैं। वे एक अविरल और ज्वलन्त अनुभूति के साथ, भाव-रस-संवेदन के आप्लावन में ऊभचूभ

होते हुए, इस विराट् सौन्दर्य का साक्षात्कार इस तरह कर रहे हैं, जैसे एक के बाद एक पर्दे उठते जाते हैं, और मंडल-प्रतिमंडल नव-नव्यमान रचना खुलती जाती है, होती जाती है। तो वहाँ भावक और भाव्य की संयुक्ति इतनी सघन, मानो वैज्ञानिक और संवेगात्मक है, कि वह वर्णन न लगकर, एक विचित्र दिव्य सृष्टि का साक्षात्कार लगता है। वहाँ के रंग, रूप, नाम, आकार, क्रियाएँ सब भावित और गतिमान हैं।

फिर याद दिलाऊँ कि इस अध्याय को मैंने जान-बूझकर, तीर्थंकर के समवसरण के परम्परागत भव्य 'मोटिफ' को एक अभिनव कला-देह प्रदान करने के उद्देश्य ही, इतने विस्तार से रचा है। तमाम उपलब्ध मिथकीय और प्रतीकात्मक सामग्री का मैंने इसमें निःशेष उपयोग किया है। पदार्थों, भवनों, लोकों, नदी-समुद्र-पर्वतों, बावलियों, रंगशालाओं, नृत्य-संगीतों, देव-देवियों के जो अपार विचित्र नाम जैन लोक-शास्त्र में उपलब्ध हैं, उन सबके भावाशयों और संकेतों को भी मैंने रचनात्मक प्रासंगिकता के साथ नव-नव्य जीवन-सन्दर्भों में उद्घाटित और आलोकित किया है। मुझे नहीं पता कि मेरे भावक किस हद तक मेरे इस प्रयोग का रसास्वादन कर सकेंगे, या इसमें तन्मय हो सकेंगे। अन्ततः मैं इसे एक जोखिम भरा और नया सृजन-प्रयोग ही मानकर सन्तुष्ट हूँ।

लेकिन यह ज्ञातव्य है, कि इस प्रकार के प्रयोग पश्चिम के अत्याधुनिक साहित्य में बहुतायत से पाये जाते हैं। प्राचीन मिथकीय 'मोटिफ' का कथा, कविता चित्रकला और संगीत तक में अभिनव रूपतन्त्र के माध्यम से पुनस्सृजन उनके यहाँ एक विशिष्ट कलात्मक उपलब्धि माना जाता है। अंग्रेजी में आधुनिक उपन्यास-कला के अग्रदूत जेम्स ज्वायस ने, अपने विलक्षण उपन्यास 'यूलिसिस' में, ग्रीक मिथक-पुरुष यूलिसिस के प्रतीकात्मक माध्यम से आधुनिक मानव-चेतना की कथा कही है। ठीक अभी हाल में अमरीका के 'केलिफोर्निया विज़नरीज' के नाम से अभिहित चित्रकार, प्राचीन मिस्री और तिब्बती मोटिफों का अपनी कला में पुनस्सृजन करते दिखाई पड़ते हैं।

इस तरह हम देखते हैं कि, पश्चिम अपनी जीवन्त क्लासिकल परम्पराओं से विच्छिन्न नहीं हो सका है, उनके साथ सहज ही जुड़ा हुआ है। अर्वाचीन भारतीय साहित्य में यह जुड़ाव, शैक्षणिक विपन्नता के कारण लुप्तप्राय-सा है। इसी से आधुनिक भारतीय साहित्य में, कालजयी कृतियों का अभाव स्पष्ट लक्षित होता है।

जैनों की तीर्थंकर की अवधारणा में यह सुनिर्दिष्ट है कि अपने तपस्या काल की छद्म अवस्था में वह सर्वथा मौन रहता है। लेकिन कैवल्य लाभ करते ही, अचूक रूप से सर्वज्ञ प्रभु के श्रीमुख से धर्मदेशना झरने की तरह फूट पड़ती है, और अन्तिम साँस तक वह धारासार प्रवाहित होती चली जाती है। मगर महावीर के मामले में एक

अपवाद घटित हुआ। कैवल्य लाभ के बाद भी, पैंसठ दिन तक प्रभु मौन रहे। लोक इस अपवाद से शंकित और आतंकित हो रहा। देव-मंडल गहरे असमंजस में पड़ गया। समस्त लोक उदास होकर, भीतर-भीतर हाहाकार कर उठा।

...तीर्थंकर को अपने प्रथम श्रोता पट्ट-गणधर की प्रतीक्षा थी। लोक के एक मूर्धन्य महाब्राह्मण के इन्तजार में त्रिलोकीनाथ पैंसठ दिन चुप्पी साधे रहे। महावीर के वे भावी गणधर थे भगवत्पाद इन्द्रभूति गौतम, जो उस काल वैदिक धर्म के धुरीण स्तम्भ थे। वे उस समय मगध के मध्यम-पावानगर में ही, अपने अनुज अग्निभूति और वायुभूति गौतम तथा अन्य आठ ब्राह्मण-श्रेष्ठों के साथ वैदिक धर्म के पुनरुत्थान के लिए पुनर्नवा सोमयाग कर रहे थे। वे श्रमणधारा के प्रचंड विरोधी थे, और उसकी बढ़ती हुई शक्ति को दबाने के लिए वैदिक धर्म के एक और महाप्रस्थान का भव्य आयोजन करने में सतत संलग्न थे। महाश्रमण महावीर का यह सबसे बड़ा विरोधी ही, उनका प्रथम श्रोता और उनकी दिव्य-ध्वनि का एकमात्र संवाहक होने की पात्रता रखता था। यही गौतम की अनिर्वार नियति थी।

आखिर सौधर्मेन्द्र को अपने अवधिज्ञान से इस तथ्य का पता लग जाता है। यह विद्याबल से एक वृद्ध ब्राह्मण का रूप बनाकर मध्यम-पावा की यज्ञभूमि में जाता है, और कुशल उपाय-युक्ति से किसी तरह इन्द्रभूति गौतम को, विपुलाचल के समवसरण में आने को विवश कर देता है। भगवत्पाद गौतम को, प्रभु के सम्मुख आते ही, उनकी सर्वज्ञता का प्रमाण मिल गया। वे समर्पित होकर प्रभु के पट्ट-गणधर के आसन पर विराजमान हो गये। उसके बाद क्रमशः दोनों अनुज गौतम, अन्य आठ ब्राह्मण-श्रेष्ठ और पावा के यज्ञ का समस्त ब्राह्मण-मंडल विपुलाचल पर आता है। वे सब प्रभु के शरणागत हो जाते हैं। उन्हें स्पष्ट साक्षात्कार होता है, कि स्वयं महावीर ही उस काल, उस मुहूर्त में साक्षात् वेद भगवान के रूप में अवतरित हुए हैं। पावा का पुनर्नवा सोमयाग वहीं अपनी पूर्णाहुति पर पहुँच रहा है। वहीं से वैदिक धर्म की नूतन गायत्री उच्चरित हो रही है। समन्वय का एक मौलिक, स्वाभाविक और अद्भुत दृश्य उपस्थित होता है।

इस प्रकरण को यहाँ दुहराने का एक विशिष्ट प्रयोजन है। भारत के पश्चिमी इतिहासकार, और उन्हीं को प्राकारान्तर से दुहराने वाले भारतीय इतिहासकार भी इस मुद्दे पर लगभग एकमत हैं, कि बुद्ध और महावीर वैदिक धर्म के विरोधी और उच्छेदक थे। जहाँ तक बुद्ध की बात है, बौद्ध वाङ्मय में ऐसी उक्तियाँ और प्रसंग मौजूद हैं, जहाँ स्वयं भगवान बुद्ध ब्राह्मण और ब्राह्मण धर्म की तीखी आलोचना करते सुनाई पड़ते हैं। और वह अप्रासंगिक भी नहीं था, बल्कि स्वाभाविक था। क्योंकि ब्राह्मण धर्म का उस काल जैसा पतन हुआ था, और सारे लोक पर उनका जो दुष्प्रभाव पड़ रहा था, उसके विरुद्ध बुद्ध जैसा सत्य-साक्षात्कारी योगीश्वर विद्रोह और भंजन की वाणी

उच्चरित कर ही सकता था। और मेरे मन वह सर्वथा वन्दनीय है।

लेकिन आपको आश्चर्य होगा जानकर, कि समूचे आगम-वाङ्मय में महावीर कहीं भी वेद और ब्राह्मण के विरुद्ध बोलते नहीं सुनाई पड़ते। वे विरोध की वाणी बोले ही नहीं, उन्होंने किसी भी तत्कालीन मत-सम्प्रदाय का विरोध नहीं किया। वे केवल अपने साक्षात्कृत सत्य की विधायक वाणी बोलते रहे। इतना ही नहीं, जब तीनों गौतम-पुत्र और आठ अन्य ब्राह्मण श्रेष्ठ तथा सारा प्रतिनिधि ब्राह्मण मंडल उनका शरणागत हो गया, और जब प्रथम ग्यारह ब्राह्मण श्रेष्ठों ने स्वयं वेद और उपनिषद् के कथनों में विरोध देखा और प्रभु के सामने शंका प्रकट की कि जिस श्रुति में पूर्वापर विरोध पाया जाता हो, वह श्रुति सत्य कैसे हो सकती है? तब भगवान ने स्पष्ट कहा कि, ''विरोध श्रुति में नहीं, तुम्हारी मति में है, ब्राह्मणो!'' और अनन्तर समझाया कि, ''वेद-ऋचा यथास्थान सत्य है, उपनिषद् यथासन्दर्भ सत्य है। सत्ता अनैकान्तिक है, सो कथन और ग्रहण दोनों सापेक्ष ही हो सकता है।''

इस प्रसंग पर एक और अचम्भा यह होता है, कि उपस्थित ब्राह्मणों के मन में परस्पर विरोध वेद-उपनिषद् वाक्य आते-न-आते, भगवान पहले ही स्वयं उन वाक्यों को उच्चरित करके, उनमें झलकते विरोधाभास को क्षण मात्र में, अत्यन्त प्रत्ययकारी ढंग से विसर्जित कर देते हैं। इसका कारण यह था कि वे सर्वज्ञ थे, और उनका सत्ता-साक्षात्कार अनैकान्तिक था, अनन्त-आयामी था। उनमें एकत्व और वैविध्य एक साथ झलक रहे थे। उसमें सारे ही वस्तु-परिणमन और उनकी विविधमुखी अभिव्यक्तियों का समावेश और स्वीकार था। जब सत्ता अपने स्वभाव में ही अनैकान्तिक है, तो अवबोधन (पर्सेप्शन), अभिज्ञा और अभिव्यक्ति का वैविध्य अनिवार्य है। उन्हें सापेक्ष दृष्टि से देखकर, एकत्व में सुसंगत और समन्वित करना होगा। अनेकान्त में विरोध का प्रश्न ही नहीं उठता, समवेत और समावेश ही उसकी एकमात्र परिणति हो सकती है।

इस कारण, यह तो मूलतः ही सम्भव न था कि महावीर वेद और ब्राह्मण का विरोध करते। उल्टे आगम में एक ऐसा दस्तावेजी साक्ष्य मौजूद है—'गणधरवाद' नामक ग्रन्थ, जिसमें अपने ग्यारह ब्राह्मण श्रेष्ठ गणधरों के साथ भगवान का एक लम्बा संवाद है। उसमें आदि से अन्त तक महावीर ने, उन ब्राह्मण पंडितों द्वारा परस्पर विरोधी वेद-उपनिषद् वाक्य उद्धृत किये जाने पर, उसे विरोधाभास मात्र कर नकार दिया है, और अपनी अनैकान्तिनी कैवल्य-प्रभा में उन्हें यथा-सन्दर्भ पूर्ण स्वीकृति दी है। साधारणतः सारा आगम वाङ्मय, और खासतौर पर 'गणधरवाद' ग्रन्थ इस बात का अकाट्य साक्ष्य प्रस्तुत करता है, कि महावीर वेद और ब्राह्मण विरोधी कतई नहीं थे। उल्टे वे तो पैंसठ दिन उस काल के मूर्धन्य वेद-वाचस्पति इन्द्रभूति गौतम की प्रतीक्षा में मौन रहे। वही एकमेव महाब्राह्मण भगवान का प्रथम श्रोता और आर्य प्रज्ञा की

महाधारा का आगामी संवाहक हो सकता था। संसार में, एक साथ विरोधाभास और समन्वय का दूसरा ऐसा स्तम्भ चीन्हना मुश्किल है। ऐसा महावीर वेद-वरोधी कैसे हो सकता है?

इतिहास में रूढ़ हो चली इन महाभ्रान्ति का एक कारण यह हो सकता है, कि उत्तरकाल में जिनेश्वरी प्रज्ञा ने जब सम्प्रदाय का रूप ले लिया, तो साम्प्रदायिकता से उन्मेषित दिग्गज जैन आचार्यों ने अनेकान्त और स्याद्वाद को समन्वय और मंडन के बजाय खंडन और विखंडन का अस्त्र बनाया। अनेकान्त की सर्वोपरिता और सत्यता जब वैदिक परम्परा को असह्य हो गयी, तो उसके भंजन के लिए प्रखर तार्किक न्यायशास्त्र की रचना की गयी। तो उसका मुकाबिला करने को जैनाचार्यों ने भी अपराजेय न्यायशास्त्र रचा। इस तार्किक संग्राम के वाग्जाल में महावीर और अनेकान्त का अविरोधी और समन्वयकारी मौलिक स्वरूप ही लुप्तप्राय हो रहा। महावीर की वेद-विरोधी मूर्ति यहीं कहीं से उभरती लगती है। और वह आज के पूरे इतिहास में एक अटल भ्रान्ति बनकर प्रतिष्ठित हो गयी। सारे संसार के इतिहासकारों से मेरा विनम्र अनुरोध है, कि मेरे उक्त कथन पर गौर करें, और उसकी प्रामाणिकता को स्वयं जाँचकर, इतिहास के इस भयंकर 'ब्लंडर' का खात्मा करें।

क्रमशः तीसरे, चौथे, पाँचवें अध्यायों में मैंने उपरोक्त पूरे प्रकरण का समावेश किया है। पाँचवाँ अध्याय है : 'अनेकान्त का मानस्तम्भ'। उसमें समवसरण में समागत ग्यारह गणधरों के साथ शास्ता महावीर का जो क्रमशः संवाद है, उसके अन्तर्गत, तार्किक नहीं—शुद्ध अनुभूति-संवेदन के स्तर पर, कला की सृजनात्मक ऊर्जस्वलता के साथ महावीर के उस सर्वाश्लेषी, सर्व-समन्वयी विश्व-पुरुष रूप को, आत्मानुभूति के अतर्क्य आधार पर प्रतिष्ठित करने की कोशिश की गयी है।

यहाँ मेरा उद्देश्य इन पाँच अध्यायों की कैफियत देना नहीं है। लेकिन इनमें कुछ ऐसे जरूरी मुद्दे हैं, जो शंकित कर सकते हैं पाठक को, इसी से उनकी प्रामाणिकता को आधारित कर देना जरूरी लगा। समवसरण के 'मोटिफ' पर भी जो सविस्तार कहा मैंने, उनका मकसद है अपने सहधर्मी रचनाकारों का ध्यान, अभिव्यक्ति के एक बहुत सम्पन्न और प्रिज़्मेटिक (सहस्र-पहलू बिल्लौर) माध्यम या प्रतीक की ओर आकृष्ट करना। शेष अध्यायों के कई विलक्षण कथ्यों और विविध शिल्प-प्रयोगों के बारे में कोई चर्चा यहाँ प्रासंगिक नहीं। रचना अपने सौन्दर्य को प्रकट करने में स्वयं समर्थ है।

महावीर-कथा के जो ऐतिहासिक उपादान मिलते हैं, उनके आधार पर एक रूपरेखा या कण्टूर भर उभर सकता है। महावीर का जन्म-स्थान, उनका राजवंशी सन्दर्भ, उनके पारिवारिक सम्बन्ध, उनके तपस्याकाल और तीर्थंकरकाल के भ्रमण-विहार का भूगोल, उस काल के आर्यावर्त का विदेशियों द्वारा संयोजित विवरण, राज-

समाज-अर्थनीतिक व्यवस्था का विनियोजित ब्यौरा, और बहुत कम ऐसी घटनाएँ जिन्हें ऐतिहासिक कहा जा सके। शेष में तो महावीर का जैन कवि-पुराणकारों द्वारा संरचित वह वैश्विक व्यक्तित्व है, जो हर ऐतिहासिकता से अधिक जीवन्त, ज्वलन्त सच्चा और तर्कातीत हैं। मैंने मूलत: कवि-द्रष्टाओं द्वारा साक्षात्कृत प्रभु के उस उपलब्ध व्यक्तित्व को ही अपना मौलिक आधार-स्रोत बनाया है, जो लोक-मानस में आज एक अक्षुण्ण जीवन्त रह सका है। जो शिलालेखों से अधिक, चिरन्तन मनुष्य की सतत वर्तमान रक्त-शिराओं में ही अधिक सचाई के साथ उत्कीर्णित है।

जहाँ तक घटनाओं का सम्बन्ध है, वे ऐतिहासिक से अधिक पौराणिक, मिथकीय और दन्त कथात्मक हैं। वे जिनेश्वरी प्रज्ञा और परम्परा के कवियों द्वारा प्रस्तुत साक्ष्य हैं। उनमें कथानक, नाम और सम्बन्धों को लेकर, विभिन्न ग्रन्थों में किंचित् भिन्नता भी पायी जाती है। जैसे दिगम्बर कथा में चन्दनबाला महावीर की सबसे छोटी मौसी के रूप में आलेखित हैं, जबकि श्वेताम्बर कथा में वे चम्पा की राजकुमारी चन्द्रभद्रा-शीलचन्दना हैं। चम्पा की महारानी पद्मावती, महावीर की मौसी हैं। और उनकी बेटी शीलचन्दन उनकी पुत्री होकर, महावीर की मौसेरी बहन हैं। मैंने पिछले दो खंडों में इन दोनों चन्दनाओं को यथास्थान स्वीकार कर, उनका यथेष्ट उपयोग कर लिया है। ऐसे और भी कथा-भेद और सम्बन्ध-भेद पाये जाते हैं, जिनमें से मैंने सृजनात्मक सम्भावना के अनुरूप चुनाव कर लिया है। जब पिछले कवियों की यह छूट रही, कि उन्होंने अपनी काव्यात्मक जरूरत और निजी रुचि के अनुसार कथानकों और सम्बन्धों का नया तारतम्य बैठा लिया, तो आज के कवि को भी वह अधिकार तो रचनाधर्मिता के नाते अनायास ही प्राप्त है।

प्रस्तुत खंड में खासकर अनवद्या प्रियदर्शना और जमालि के कथानक और पात्रों में, ऐसा ही एक परिवर्तन करने की छूट मैंने ली है। दिगम्बर ग्रन्थों में तो यह कथानक है ही नहीं, बल्कि महावीर-जीवन की कोई घटना-प्रधान शृंखलित कथा ही वहाँ नहीं है। श्वेताम्बर आगमों में यह कथानक और ये दोनों पात्र एक सार्थक और रोचक कथा उत्पन्न करते हैं। उनके अनुसार प्रियदर्शना महावीर की बेटी थीं, और जमालि उनकी बहन सुदर्शना का पुत्र होने से उनका भांजा था। उस काल के क्षत्रिय रिवाज के अनुसार मामा-बुआ के ये भाई-बहन विवाह-सूत्र में बँध गये थे। महावीर जब तीर्थंकर होकर पहली बार क्षत्रिय-कुंडपुर आये, तब जमालि और प्रियदर्शना ने उनके निकट एक हजार क्षत्राणियों और पाँच सौ क्षत्रियों सहित श्रवण-प्रवज्या अंगीकार कर ली थी। बाद को जमालि का दमित अहम् जागा, और वह भगवान का द्रोही हो गया, जिसे आगम ने 'निन्हव' होना कहा है। बुद्धकथा में ऐसा एक 'निन्हव' या द्रोही स्वयं भगवान बुद्ध का भाई देवदत्त पाया जाता है। महावीर-कथा में प्रभु के ऐसे दो द्रोही हैं, पहला मंखलि गोशालक, दूसरा जमालि। एक आजीवक मत का प्रवर्तक और समकालीन तीर्थक,

और दूसरा अपना ही रक्तजात जामाता जमालि। वे विरोधी शक्तियों के प्रतिनिधि थे, जो महावीर की अर्हत्ता को लोक में अन्तिम रूप से प्रमाणित करने के लिए कसौटी बने। क्रीस्त के जीवन में भी यूदास विरोधी अन्धकार-शक्ति का प्रतिनिधि था।

मैंने अपनी संवेदनात्मक जरूरत में से प्रथमतः दिगम्बर कथा को स्वीकारा, और महावीर का अपनी मंगेतर यशोदा के साथ मिलन तो कराया, लेकिन विवाह नहीं। विवाह न कराकर, मैंने उनके बीच के भावात्मक प्रणय को अक्षुण्ण रखा, और उसे अन्तहीनता प्रदान कर दी। अनवद्या और जमालि की कथा एक ऐसी सशक्त प्रतीकात्मक सार्थकता रखती है, कि उनको रचना मेरी महावीर-अवधारणा की एक अनिवार्य आवश्यकता थी। मेरे महावीर ने तो विवाह किया नहीं, तो प्रियदर्शना उनकी बेटी कैसी हो, और जमालि जामाता क्यों कर हो? और इस सम्बन्ध का निर्वाह भी मनोवैज्ञानिक और संवेदनात्मक दृष्टि से जरूरी था। लेकिन वह निर्वाह हो कैसे? मैंने सम्बन्धों में किंचित् सतही परिवर्तन करने का जोखिम उठाकर, इन पात्रों को ज्यों-का-त्यों अपना लिया। प्रियदर्शना को महावीर के किन्हीं चचेरे भाई जयवर्द्धन की बेटी दिखा दिया, और भांजे जमालि को किसी चचेरी बहन, सुदर्शना का बेटा। तो बेटी-दामाद वे बने रह गये। और इस तरह अपने ही रक्त द्वारा प्रभु के द्रोह की मार्मिक कथा को रचने की भूमिका सुलभ हो गयी। जब पूर्वज कवियों के बीच कथानक-भेद मिलते हैं, तो आज कवि अपने भावानुसार यह छूट क्यों नहीं ले सकता? तथ्यधर्मी इतिहास-पंडित और कट्टर साम्प्रदायिक साधुओं को यह छूट और परिवर्तन अखर सकता है। लेकिन यदि वे एक रचनाकार की भीतरी जरूरत के तर्क को समझेंगे, तो गम्भीर आपत्ति होने का कोई कारण नहीं है।

यह भी यहाँ प्रासंगिक और दृष्टव्य है, कि हमारी सदी के आठवें दशक में इतिहास अब सहज तिथि-क्रमिक घटनाओं का ब्यौरा नहीं रह गया है। मनोविज्ञान की तरह ही, इतिहास में भी गहराई का आयाम प्रमुख हो गया है। और अब वे इतिहासकार महज तथ्यों के शोध पंडित नहीं, वे इतिहास-दार्शनिक हैं, और वे अब तथ्यों पर नहीं अटकते, इतिहास का दार्शनिक और चेतनात्मक अन्वेषण करते हैं, वे पूरे इतिहास की अन्तर्यामी चेतना-धाराओं का अतलगामी पर्यवेक्षण करते हैं, और इतिहास के युगों, पात्रों, व्यक्तियों, कला-सृजनों, धर्मों, योगियों, दार्शनिकों, कलाकारों का चेतनात्मक अध्ययन करके, एक सर्वथा नया, सृजनात्मक, अनुभूति-चिन्तनात्मक प्रति-इतिहास लिखते हैं। हीगल, टोयनबी, स्पेंगलर, श्रीअरविन्द, हेनरिख झीमर और कुमारस्वामी इसी किस्म के इतिहासकार हैं। उन्होंने युगों, व्यक्तितत्वों, जातियों की धारावाहिक रूप से विकासमान चेतना में अवगाहन करके, उसे नये सिरे से उद्‌भावित किया है।

एक प्रकार से 'अनुत्तर योगी' भी ठीक उसी तरह, सृजन के क्षेत्र में एक

इतिहास-दार्शनिक रचना करने का जोखिम भरा प्रयोग है। ऐसी स्थिति में तथ्यों, नामों, कथानकों में यदि ऐच्छिक परिवर्तन करने की छूट ली गयी है, तो शायद यह अवैध और आपत्तिजनक नहीं कही जा सकती। और फिर पुराकथा जरूरी तौर पर इतिहास है भी नहीं, कि तथ्यों को तोड़ने-मरोड़ने का आरोप आ सके।

इतिहास को चेतनात्मक जरूरत में से रूपान्तरित करने की छूट मैंने पिछले दो खंडों में भी ली है। कुछ समीक्षाकार मित्रों ने प्रश्न उठाकर छोड़ दिया है, कि उस तरह की छूट लेने में कहाँ तक औचित्य है ? यह आपत्ति ऐसे ही लोगों के मन में उठती है, जिन पर तथ्यात्मकता और वास्तववादिता हावी होती है, और जो रचना का किंचित् मर्म समझकर भी, उसके साथ समग्रतः तन्मय नहीं हो पाते हैं। वैसी तन्मयता हो सके, तो समीक्षक प्रत्यक्ष का ईक्षक हो जाये, और वह इतिहास की आन्तरिक अन्विति और धारावाहिकता के साथ जुड़ जाये। वह इतनी आधारिक और प्रत्ययकारी होती है, कि तथ्य उसमें जीवन्त होकर, अपने सही परिप्रेक्ष्य में भास्वर हो उठता है। ऐसे पारदर्शी अवबोधन और संवेदन के अभाव में ही, समीक्षक ऐतिहासिक अनौचित्य का प्रश्न उठाते हैं। हिन्दी में अभी ऐसे अन्तर्दर्शी समीक्षक गिने-चुने ही हैं, जो इतिहास की इस आन्तरिक अन्विति और चेतनागत लय का सूक्ष्म अन्वेषण कर सकें। यह काम कोई विरल सृजनधर्मी समीक्षक ही कर पाते हैं, जिनके नाम गिनाना भी आज मुहाल है। क्योंकि लोग चौंकेंगे, और गलत समझेंगे। हिन्दी की अद्यतन समीक्षा इतनी रूढ़ और महदूद हो गयी है, कि उसमें भयंकर पुनरावृत्ति और मॉनोटॅनी का बोध होता है। कोई ताजगी नहीं, अन्वेषण का कोई नया उन्मेष नहीं। नयी चेतना और मूल्य-मान के नये आधार खोजने का कोई अतिक्रमणकारी प्रस्थान नहीं।

एक और भी महत्त्वपूर्ण बात इस सन्दर्भ में कहना चाहूँगा। आज एकान्त भौतिक वास्तववाद पर ही, जीवन-जगत् और उसकी यथार्थता समाप्त है। तो जो चाक्षुष नहीं, ऐसे भाव-संवेदनों के अननुभूत और अनन्वेषित तमाम क्षेत्रों की सम्भावना को ही नकार दिया गया है। संवेद्यता के जो आधार अब तक विदेशी साहित्य-शास्त्र में स्वीकृत रहे हैं, उन्हीं पर हमारी पूरी समीक्षा अब तक अटकी है, वह साहित्य-शास्त्र जिस पश्चिम से आयातित है, वहाँ साहित्य और कलाओं में ही नहीं, दर्शन और विज्ञानों में भी पुरानी मर्यादाएँ निराधार सिद्ध हो चुकी हैं। नयी मर्यादाओं और सम्भावनाओं की खोज अनवरत जारी है। खोज का क्षेत्र बहुत अधिक विस्तृत हो गया है, नये क्षितिजों का उदय हुआ है। हम उनके दिये 'रियलिज़्म' पर ही खत्म हैं, और वे 'अल्टीमेट रियालिटी' के क्षेत्रों में नयी सम्भावना और संवेदना को खोज रहे हैं। एब्राहम मेस्लो ने मनोविज्ञान को अध्यात्म से जोड़ दिया है। और विश्व-विख्यात कथाकार सॉल बेलो तथा आइजक सिंगर, पूर्व-जन्म-स्मृति और मरणोत्तर जीवन के संवेदन को अपनी कथा में रच रहे हैं। चाक्षुष पर ही अटका हिन्दी का वास्तववादी रूढ़ आलोचक, इसे

अविश्वसनीय अनुभव कह देने में जरा भी नहीं हिचकेगा। क्योंकि कुछ भी नया ग्रहण करने को वह खुला और प्रस्तुत नहीं। अपनी इसी अवरुद्ध और रूढ़ चेतना के कारण, कुछ समीक्षकों ने 'अनुत्तर योगी' की संवेद्यता पर भी प्रश्न उठाया है। वे संवेदन बहुत अपरिचित और नये हैं, क्या इनमें पाठक हिस्सेदारी कर सकता है? यह एक आम समीक्षकीय प्रश्न हाशिये में दीखा।

लेकिन आश्चर्य है, कि औसत जागृत भारतीय पाठक और भावक 'अनुत्तर योगी' को पीकर मगन हो गया है। उसकी मुग्धता और तृप्ति का अन्त नहीं। वह इतना तन्मय हो गया, कि असंवेद्यता का प्रश्न ही उसके सामने नहीं उठा। मुश्किल यह है कि उसने पश्चिमी साहित्य-शास्त्र नहीं पढ़ा है, भारतीय भी नहीं। वह सहज एक उत्सुक रसिक, जिज्ञासु और एक तरह से मुमुक्षु किस्म का पाठक है। वह रचना में अपने प्रश्नों के उत्तर और कुंठाओं की मुक्ति भी अनजाने ही खोजता है। वह उसे मिल जाता है, तो और कुछ उसका सरोकार नहीं। इस तरह देखता हूँ, कि रचना का सच्चा और अचूक मूल्यांकन प्रबुद्ध और सतर्क समीक्षा के स्तर पर नहीं होता, सीधे-सीधे रचनाकार को 'रिसीव' करने वाले 'अनसॉफिस्टीकेटेड' विशुद्ध भावक पाठक के स्तर पर होता है।

लेकिन फिर भी 'अनुत्तर योगी' का यह सौभाग्य रहा, कि कई श्रद्धेय अग्रजों और गम्भीर प्रकृति के खोजी समीक्षक मित्रों ने उसकी लोकान्तरकारी उड़ानों और अपूर्व अनोखी, कुँवारी संवेदनाओं को आस्वादित किया है, ग्रहण किया है, और मुक्त कंठ से उसको स्वीकृति दी है। इसमें यह कृति तो कृतार्थ हुई ही, पर यह भी साक्ष्य मिला कि हमारे बीच कुछ ऐसे अग्रगामी और अतिक्रान्तिकारी साहित्य-मनीषी भी हैं, जिनकी चेतना मुक्त और विशाल है, और जो सृजन की आगामी भूमिकाओं के प्रति पूर्ण रूप से सचेतन हैं।

आशा करता हूँ, कि ऐतिहासिक तथ्यों और पुराकथाओं के प्राप्त उपादानों में मैंने यदि संवेदनात्मक जरूरत में से कोई हेरफेर किये हैं, तो उनके औचित्य को सृजन के उक्त नये उन्मेष के परिप्रेक्ष्य में सही तरीके से समझा और स्वीकारा जाएगा।

'अनुत्तर योगी' के लेखन के बाद, पाठकों और विवेचकों को ऐसी भ्रान्ति हो सकती है, कि एकमेव महावीर ही मेरे अन्तिम आदर्श और आराध्य हैं, और उनके नाम से प्रचलित जैन दर्शन ही मेरा अपना तत्त्वदर्शन और जीवन-दर्शन है। ऐसी स्थिति में मैं यह अन्तिम रूप से सूचित कर देना चाहता हूँ, कि महावीर और जैन तत्त्वज्ञान के साथ मुझे इस तरह 'आइडेंटीफाई' करना, या तदाकार देखना एक बहुत बड़ी गलतफहमी होगी। हाँ, यह सच है कि अनुत्तर योगी महावीर के भीतर मैंने अपने

समस्त को रचा है, और उन भगवान का यह अनुगृह है कि उन्होंने मेरे भीतर आकार लेना स्वीकार किया है।

बचपन से ही मेरी चेतना, ठीक मेरी आन्तरिक पुकार और पीड़ा के उत्तर की स्वतन्त्र खोज के रूप में आगे बढ़ी है। मेरी प्रारम्भिक शिक्षा बेशक जैन पाठशाला में हुई। किशोर वय में ही जैन दर्शन के आधारभूत तत्त्वों से मैं अवगत हो गया था। स्वभावतः ही धार्मिक चेतना होने से, मैं जैन आराधना और आचरण का भी तब अनायास अनुसरण करता था। लेकिन परम्परागत जैन दर्शन में जो जीवन-जगत् का तिरस्कार है, वह कभी मुझे समाधान न दे सका था। उसके प्रति मेरे बालक चित्त में बहुत तीखा प्रश्न और विद्रोह भी था। उसके चलते कई बार मेरे किशोर मन पर ऐसा गहरा विषाद और अवसाद छा जाता था, कि मेरे परिजन और मैं स्वयं भी उसे बूझ पाने में असमर्थ रहते थे। जैन मन्दिरों में नरकों के चित्र देखकर मेरी आत्मा बलवा कर उठती थी। आठ वर्ष की वय में ही मेरे जी में मृत्यु का प्रश्न अग्नि-शलाका की तरह उठा था, और मेरा पढ़ा-जाना जैन-धर्म या उसके पंडित या साधु भी कभी फिर मेरा समाधान न कर सके थे। संसार की असारता और अस्तित्वगत त्रासदी की अनिवार्यता का जो अतिरेकपूर्ण निरूपण जैन ग्रन्थों में मिलता है, उसे ज्यों-का-त्यों स्वीकार लेना मेरे लिए कभी सम्भव न हो सका।

वय-विकास, शिक्षा और सृजनात्मक प्रवृत्ति के बढ़ते चरणों के साथ मेरी चेतना अधिक स्वतन्त्र होती गयी है। किसी भी स्थापित तीर्थंकर, पैगम्बर, धर्म-प्रवर्तक और उसके नाम पर प्रचारित धर्म-सिद्धान्त का अभिनिवेश मेरी चेतना पर अन्तिम रूप से कभी हावी न हो सका। वेद-वेदान्त, कृष्ण, महावीर, बुद्ध, ईसा, मोहम्मद, नानक, शाक्त, वैष्णव तथा इस युग के रामकृष्ण, रमण, श्रीअरविन्द, मार्क्स, फ्रॉयड और सारे ही पश्चिमी दर्शन और विज्ञान—सब में से मैं गुजरा हूँ। पर मैंने कहीं अन्तिम पड़ाव नहीं डाला। मैं कहीं रुक न सका। मैं अनुयायी न हो सका। मेरी आत्म और जीवन-जगत् की खोज नितान्त मेरी स्वतन्त्र पृच्छा, पुकार और पीड़ा के अनुसरण में ही चलती रही है।

और आज तो मैं इतना स्वतन्त्रचेता हो गया हूँ, कि जिन 'श्रीगुरु' की कृपा से मुझे द्वन्द्वातीत परम प्रज्ञा और परमानन्द का किंचित् अनुभव-अस्वाद मिला, उनका भी हर शब्द मेरे लिए अब आज्ञा नहीं रह गया है। उनके प्रति भी कोई बाहरी या शाब्दिक प्रतिबद्धता मुझ में सम्भव न हो सकी है। बल्कि यह एक सुखद आश्चर्य और लगभग चमत्कार है, कि मैंने अपने 'श्रीगुरु' के निगूढ़ आन्तरिक आदेश से ही, उनके भी सारे बाह्य आदेशों और विधि-निषेधों की मर्यादा तोड़ दी है। और पग-पग पर प्रति क्षण प्रतीति हो रही है, कि इस अतिक्रमण में मैं 'श्रीगुरु' के निकट से निकटतर पहुँच रहा हूँ। कई बार तो हठात् मैं अपने को उनके साथ तदाकार अनुभव करता हूँ : अचानक

लग उठता है कि वे स्वयं मुझमें चल रहे हैं। प्रसंगात् अचानक उन्हीं की एक खास बोली के अन्दाज में बोलने लगता हूँ। श्रोता स्तब्ध, विभोर दीखते हैं। परम उपस्थिति का वातावरण में बोध होता है। गहरे में द्वन्द्व और प्रश्न समाप्त प्राय दीखते हैं।...मैं किसी का अनुयायी नहीं, स्वयं ही अपना सूर्य हूँ। और मुझमें यह स्पष्ट प्रतीति है, कि इस आत्म-स्थिति को जो किंचित् उपलब्ध हो सका हूँ, यह मेरे 'श्रीगुरु' के अनुगृह का ही प्रत्यक्ष प्रसाद है। अत्यन्त कठोर शासक उन 'श्रीगुरु' ने ही, मुझे स्वयं सारे धर्मादेशों, विधि-निषेधों से ऊपर उठा दिया है। और इस सृजन के दौरान महावीर ने भी मेरे साथ यही किया है।

प्रस्तुत तृतीय खंड में महावीर स्वयं एक स्थल पर कहते सुनाई पड़ते हैं : 'महानुभाव अम्बड़ परिव्राजक, जो स्वयं अर्हत् के भी आदेश का अतिक्रमण कर जाये, वही अर्हत् को उपलब्ध हो सकता है।'

ऐसे में भी किसी एक ज्योतिर्धर या तीर्थंकर और उसके उपदेशों के साथ मुझे तदाकार देखना (आयडेंटीफाइ करना) एक हिमालयन ब्लंडर होगा। मैं अपनी अत्यन्त निजी प्रकार की आत्मवेदना और आत्मानुभूति के अतिरिक्त अन्य किसी बाहरी धर्म, दर्शन, कल्ट या क्रीडो से प्रतिबद्ध नहीं। जो भी किंचित् प्रज्ञात्मक अभिव्यक्ति आज मेरी कलम से हो रही है, वह नितान्त अपने संघर्षों, यातनाओं, विशिष्ट प्रकार की अपनी संवेदनात्मक पुकारों और एक लम्बे और करारे जीवनानुभव से अर्जित मेरा अपना स्वतन्त्र जीवन-दर्शन है। लेकिन अपनी खोज-यात्रा में सभी ज्योतिर्धरों, ज्ञानियों-विज्ञानियों के प्रज्ञालोक से गुजरा हूँ। साधु-संगति भी शुरू से ही मेरा परम प्रिय व्यसन रहा है। और इस यात्रा में मिलने वाले हर साधु-सन्त का गहरा प्यार और अनुगृह भी मुझे प्राप्त होता रहा है। मानव-जाति की आज तक की तमाम ज्ञानात्मक, सृजनात्मक, सांस्कृतिक विरासत के स्रोतों पर मैंने आबे-हयात पिया है, और वह सारी संचित ज्ञानराशि मेरी चेतना में अनुस्यूत और समाहित है, और उस महाधारा से अलग नहीं, उसी का एक और अगला प्रवाह हूँ। उस अनन्त-सम्भावी महासत्ता की एक और भी सम्भावना हूँ। और अनाद्यन्तकालीन मनुष्य की इस उत्तरोत्तर विकासमान जययात्रा का मैं ऋणी हूँ, उसके प्रति कृतज्ञता का अन्त नहीं। और उस शाश्वत चैतन्य के प्रति यदि मेरी कोई प्रतिबद्धता हो सकती है, तो यही कि उसकी किसी भी एक अभिव्यक्ति पर न रुकूँ, उसकी हर अभिव्यक्ति का निरन्तर अतिक्रमण करता हुआ, विकास और सम्भावना के नव्यतर शिखरों पर आरोहण करता जाऊँ। जीवन स्वयं यही सिखाता है। जीवन-देवता का यही एकमात्र प्रत्यक्ष आह्वान और विधान है।

इसी से यह सदा के लिए स्पष्ट हो जाना चाहिए, कि मैं किसी भी पूर्वगामी ज्योतिर्धर और उसके द्वारा उपदिष्ट मार्ग का अनुयायी नहीं। उसकी शाश्वती और अनन्त चेतनाधारा का अगला संवाहक ही हो सकता हूँ। मेरे अनुत्तर योगी महावीर

स्वयं कहते हैं कि : "हर अगला तीर्थंकर, अपने पूर्वगामी तीर्थंकर से नव्यतर और आगे का होता है। आत्मा में अनन्त गुण-पर्यायों का परिणमन निरन्तर चल रहा है। सत्ता स्वयं अनन्त-परिणामी है। उसमें पुनरावृत्ति सम्भव नहीं। कोई भी सच्चा तीर्थंकर, अपने पूर्वगामी को दुहराता नहीं, उसे आत्मसात् कर उससे आगे बढ़ जाता है।"

वस्तुतः मैंने प्रसंगात् महावीर को माध्यम रूप से स्वीकार करके, मुक्त और शाश्वत चैतन्य-पुरुष की जययात्रा का आख्यान ही 'अनुत्तर योगी' में लिखा है। परम्परागत प्रामाणिक स्रोतों से महावीर द्वारा उपदिष्ट तत्त्वज्ञान, अध्यात्म और जीवन-दर्शन के जो आधारिक सूत्र उपलब्ध होते हैं, और उनके द्वारा महावीर के व्यक्तित्व का जो साक्षात्कार होता है, उसमें पर्याप्त मात्रा में ऐसे मौलिक तत्त्व मौजूद हैं, जो एक चिरन्तन गतिमान और प्रगतिशीलता का समर्थन करते हैं। मसलन महावीर द्वारा साक्षात्कृत सत्ता-स्वरूप, वस्तु-स्वरूप और अनेकान्त ऐसे स्रोत हैं, जो हमारे गतिमान जीवनानुभव में हर पल प्रत्यक्ष होते हैं। सत्ता या वस्तु में उत्पत्ति, विनाश और ध्रुवत्व एक साथ सतत विद्यमान हैं। कुछ निरन्तर बदल रहा है, तो कुछ ऐसा भी है जो सदा ध्रुव और स्थायी है। गति है तो स्थिति भी है। दोनों मिलकर ही सम्पूर्ण और संयुक्त सत्य है। पदार्थ मूलतः ध्रुव है, तभी तो उसमें नये-नये परिणाम-रूप-पर्यायों तथा मूल्यों का सृजन सम्भव है। गौर करने पर सत्ता की यह निसर्ग स्थिति प्रत्यक्ष अनुभव में आती है। सत्ता जब अनन्तगुण-पर्याय-धर्मा है, अनेक रूपा है, नानामुखी है, बहुआयामी है तो उसकी अभिव्यक्ति भी अनैकान्तिक ही हो सकती है। शब्द की सीमा में, एक बार में वस्तु का एकदेश कथन ही सम्भव है। इसी से उसका आकलन सापेक्ष ही होना चाहिए। शब्द में अन्तिम और सम्पूर्ण कथन सम्भव ही नहीं।

इसके माने ये हुए कि यह जो नित्य गति-प्रगति-विकासमान विश्व हमारे सामने है, इसका निर्णय और मूल्यांकन अपनी ठीक आज की ज्ञान-चेतना से करने को हम पूर्ण स्वतन्त्र हैं। महावीर के सत्ता-स्वरूप और अनेकान्त में इसके लिए सम्पूर्ण समर्थन उपलब्ध होता है। मैंने प्रणालीबद्ध जैन-दर्शन को इस कृति में अवकाश ही नहीं दिया है। महावीर सत्ता को, पदार्थ को, जीवन-जगत् को ठीक अपने सामने रखकर, अपने कैवल्य में उसका प्रतिपल नव्यतर साक्षात्कार करते हुए, उसी की प्रतिध्वनि के रूप में बोलते और वर्तन करते दिखाई पड़ते हैं। मानो कि व्यक्ति महावीर नहीं, स्वयं महासत्ता बोल रही है, सामने खुल रही है, अचूक कार्य कर रही है।

मेरे महावीर सिद्धान्तकार नहीं, कैवल्य-ज्योति से आलोकित त्रिकालाबाधित ज्ञान के मूर्तिमान स्वरूप और द्रष्टा हैं। उन्होंने स्वयं भी (प्रथम खंड में एक जगह) कहा है : "सत्ता अनैकान्तिक है, और अनेकान्त का सिद्धान्त कैसे बन सकता है?" वस्तुतः कोई भी ज्योतिर्धर या द्रष्टा मूलतः सिद्धान्तकार होता ही नहीं, वह सत्ता का एक साक्षात्कारी, स्वानुभवी द्रष्टा और साक्षी ही होता है। उसकी बोधवाणी की शब्द-

सीमा से ग्रस्त होकर, बाद को उसे अनुयायी उसके नाम पर सिद्धान्त रचते हैं, और सम्प्रदाय चलाते हैं। महावीर ने बार-बार अपने पास आनेवाले मुमुक्षुओं से कहा है : 'मा पडिबंधं करेह।' वे अनैकान्तिक कैवल्य-पुरुष किसी को बाँधते नहीं, आदेश नहीं देते। वे हर आत्मा को यह स्वतन्त्रता देते हैं, कि अपने जीवन और मुक्तिपथ का निर्णय वह स्वयं कर, अपने स्वानुभव में ही अपना मुक्तिमार्ग प्रशस्त करें।

ऐसे कुछ मूलभूत उपादान महावीर के व्यक्तित्व और कृतित्व में उपलब्ध हैं, जिनके आधार पर महावीर को एक विश्व-पुरुष के रूप में रचने में मुझे बहुत सुविधा हो गयी है। मेरी आत्यन्तिक स्वतन्त्र चेतना, महावीर-दर्शन की इस मूलगत गत्यात्मकता (डायनमिज़्म) का अन्वेषण करने में पर्याप्त रूप से वेधक और सहायक सिद्ध हुई है। महावीर मेरे लिए प्रमुखतः इस रचना में एक माध्यम हैं, शाश्वत कैवल्य-ज्योति का एक महाद्वार हैं, जिसके द्वारा मैंने चिर स्वतन्त्रता, चिरन्तन गतिमती, अनन्त आयामी महासत्ता का एक गतिमान साक्षात्कार किया है। महावीर में वह आन्तरिक महा-अवकाश मुझे मिल सका, जो सर्वतोमुखी और सर्वसमावेशी है। प्रसिद्ध आधुनिक समीक्षक श्री प्रभातकुमार त्रिपाठी ने एक बहुत मार्के की बात कही है। उनका कथन है कि 'अनुत्तर योगी' वस्तुतः कोई महावीर-जीवनी नहीं है, वह रचनाकार वीरेन्द्र द्वारा महावीर के भीतर की कविता की तलाश है।' इस एक वाक्य में इस ग्रन्थ को सही परिप्रेक्ष्य में समझने की एक सम्पूर्ण कुंजी हाथ आ जाती है।

भक्ति, शक्ति, ज्ञान, कर्म आदि, बहुमुखी चेतना की स्वाभाविक स्फुरणाएँ और प्रवृत्तियाँ हैं। वेद-वेदान्त, वैष्णव-शैव-शाक्त आदि प्रत्येक विशिष्ट साधना-मार्ग में उक्त प्रवृत्तियों में से किसी एक पर आत्यन्तिक भार दिया गया है। लेकिन ये सारे रास्ते अन्ततः उसी एक परम लक्ष्य पर पहुँचते हैं। मुझमें स्वभाव से ही प्रेम, संवेदन, सौन्दर्य, भाव, भक्ति, शाक्त, ज्ञान और सृजन की विविध चेतनाएँ एक साथ और एकाग्र रूप से सजग रही हैं। इन सभी के द्वारा मुझे परम तत्त्व का स्पर्श और समाधान यथा प्रसंग मिलता रहा है। इसी कारण मुझमें वैष्णव, शैव, शाक्त भाव सदा यकसा प्रस्फुरित होते रहे। ईसा, मोहम्मद, जरथुस्त्र और लाओत्स मुझे कृष्ण, महावीर या बुद्ध से ज़रा भी कम प्रिय नहीं। श्रीगुरु-कृपा के उन्मेष से, मुझे इन सभी के धर्मायतनों में एक-सी अन्तर-सुख की स्फुरणा और रोमांचन अनुभव होता है। यही कारण है कि कई अच्छे मर्मी और संवेदनशील पाठकों ने मेरे महावीर में, शंकर, भवानी, कृष्ण, बुद्ध, ईसा, मोहम्मद, परमहंस, रमण महर्षि, श्री अरविन्द, श्री नित्यानन्द-मुक्तानन्द, यहाँ तक कि आज के मार्क्स, फ्रॉयड, जुंग और आइन्स्टीन—सबको यथा-स्थान प्रतिबिम्बित पाया और संयुक्त रूप से अनुभव किया है। मेरी इस मौलिक चेतना स्थिति के प्रकाश में यह स्पष्ट है, कि मुझमें किसी भी प्रकार की बाहरी प्रतिबद्धता या साम्प्रदायिक पूर्वग्रह सम्भव ही नहीं।

कुछ समीक्षकों ने 'अनुत्तर योगी' में साम्प्रदायिक अभिनिवेश को चीन्हने की चेष्टा की है। पर यह मुझे उन्हीं के अवबोधन और ग्रहण की सीमा लगती है। उनमें स्वयं में कहीं कोई अवचेतनिक साम्प्रदायिक पूर्वग्रह है, जिसके कारण वे इस रचना में सीमा और साम्प्रदायिकता देखते हैं। व्यापक दृष्टि से अधीत, मर्मगामी, तन्मय पाठकों और समीक्षकों को तो ऐसी किसी चीज का ख्याल तक नहीं आया। भगवान बुद्ध के जो एकाध उल्लेख पिछले खंडों में हुए हैं, उनमें कुछ मित्रों को ऐसा लगा है कि मैंने महावीर की तुलना में बुद्ध को निचले स्तर पर दिखाया है। लेकिन यह एक पूर्वगृहीत और सीमित पाठक का स्थूल और असावधान अर्थ-ग्रहण है। बौद्धागम, जैनागम और इतिहास में महावीर और बुद्ध के व्यक्तित्वों की जो अस्मिता और इयत्ता उपलब्ध होती है, और उनका जो तत्त्वदर्शन सम्मुख है, उसी की तारतम्यता में मैंने उनके व्यक्तित्वों को सन्दर्भित किया है। पूर्वग्रह और दृष्टि-सीमा के कारण ऐसे समीक्षकों ने सन्दर्भ से हटकर कोरे तथ्य-ग्रहण के कारण ऐसा अनर्गल और निराधार आरोप लगाया है।

उपलब्ध जैन काव्य-भाषा में महावीर के विराट् और अनन्त स्वरूप का जो आलेखन और गुणगान दिखाई पड़ता है, वह विश्व-पुरुष का है, किसी जैन महावीर का नहीं। मैं यथास्थान कृष्ण, बुद्ध या ईसा का भी ऐसा ही चित्रण, उनकी इयत्ता, परम्परा और परिवेश के अनुरूप भाषा में कर सकता हूँ। परम्परागत जैनागम में भक्तिभाव को लगभग स्थान है ही नहीं। प्रमुखता तो निश्चय ही नहीं है। लेकिन मेरी इस कृति में ज्ञान, भक्ति, शक्ति और कर्म का अनायास एक अद्भुत समरस समायोजन आपोआप हुआ है। मेरे मन ज्ञान और प्रेम, प्रज्ञा और संवेदन, शक्ति और भक्ति परस्पर पूरक और अनिवार्य चेतना-स्थितियाँ हैं। महावीर कितने ही निर्मम वीतरागी क्यों न हों, यह अस्वाभाविक है, कि यथास्थान उनमें ज्ञान और प्रेम का समानान्तर उन्मेष न हो। जिसमें वैश्विक प्रेम की संवेदना न रही हो, वह सकल चराचर और प्राणि मात्र के प्रति इतना अनुकम्पाशील कैसे हो सकता था? चन्दना, चेलना, वैनतेयी, सुलसा, प्रियदर्शना आदि के चरित्रों में, अत्यन्त निजी संवेदना के स्तर पर ही महाभाव प्रेम की अभिव्यक्ति हुई है, प्रेमलक्षणा भक्ति का कथा गान हुआ है। और वह प्रेम-स्वयं भगवान में से प्रवाहित है, और वे परम वीतराग पुरुष भी उस प्रेम से सहज ही भावित हैं। अनायास उसके बन्दी हैं, और उसके प्रति समर्पित हैं।

मेरी वर्षों व्यापी मातृ-साधना भी यथाप्रसंग इस कृति में प्रतिबिम्बित है। जहाँ भी नारी महावीर के निकट आयी है, वहाँ आद्या भगवती माँ का आविर्भाव स्वभावतः हुआ है। माँ मेरी समस्त कृति में अन्तर्व्याप्त है। शिव और शक्ति के भागवदीय मिथुन और मिथक को भी अनेक स्थलों पर स्पष्ट लक्षित पाया जा सकता है। महावीर मुझे बारम्बार अर्द्धनारीश्वर के रूप में दिखाई पड़ते हैं। ऐसी स्थिति में इस कृति में

साम्प्रदायिकता सूँघना, भावक की अपनी ही स्थूल-दृष्टि और चेतना की सीमा कही जा सकती है।

दिक्कत यह हो गयी है, कि मेरी चेतना कुछ इस कदर सर्वतोमुखी और नाना-आयामी है, कि मेरे सृजन में किसी को अर्हत् दीखता है, किसी को ब्रह्म, किसी को वेदविद्या का कवि कोई मुझे तान्त्रिक कहता है, कोई मुझमें वैष्णव, शाक्त या शैव देखता और पढ़ता है। और यदि एक साथ ये सारी स्फुरणाएँ और संवेदनाएँ मुझमें सक्रिय हैं, तो यह मेरी अन्तिम विवशता है। इसका उपाय ही क्या है? जो मुझे इक तरफा (यूनीलेटरल) देखेगा, वह मुझे गलत समझेगा, जो मुझे चौतरफा (इन्टीग्रल) देखेगा, वही मुझे सही समझ सकेगा।

इस कृति के कालबोध को लेकर काफी गलतफहमी देखी जाती है। भारतीय द्रष्टाओं की काल-संकल्पना से अब हम परिचित नहीं रहे। लेकिन सतत प्रगतिधर्मी पश्चिम के दार्शनिक ही नहीं, कलाकार भी आदिकालीन यहूदी और ग्रीक प्रज्ञा से जुड़े रहकर, आज भी अपनी रचनाओं में काल-चेतना का नित नये सिरे से अन्वेषण और सृजन कर रहे हैं। उनकी संचेतना वैश्विक है, मात्र सपाट ऐतिहासिक नहीं। भारत में खासकर आज का साहित्य, सपाट ऐतिहासिक काल से आगे नहीं जा पा रहा है। अस्तित्व का संघर्ष ही जब सर्वस्वहारी हो, तो तत्त्व तक जाने का अवकाश ही कहाँ है चेतना में। लेकिन पश्चिमी सृजन की काल-संचेतना मौलिक, तात्त्विक गहन और सर्वतोमुखी है। जेम्स जॉयस ने अपने उपन्यास 'यूलिसिस' में, एक ही घर में सीमित अवकाश में, कुल तीन दिनों के भीतर, समग्र जीवन को एक अनाहत धारावत् चित्रित किया है। वे तीन दिन एकाग्र भूत-भविष्य-वर्तमान काल हो रहते हैं। यह लीला काल में होकर भी काल की अवधिगत सीमा को संवेदन के स्तर पर विसर्जित कर देती है। काल मानो कि लुप्तप्राय है। उसका अस्तित्व ही नहीं रह जाता। आइन्स्टाइन ने तो काल को भी सापेक्ष कहकर, उसकी हस्ती को ही खत्म कर दिया है। अचानक 'योग वासिष्ठ' की याद आ जाती है।

प्राक्तन भारतीय साहित्य-शास्त्र और अधुनातन पश्चिमी काव्य-शास्त्र में भी, एपिक अथवा महाकाव्य की काल-चेतना को लेकर बहुत गवेषणात्मक, विशद और सूक्ष्म विवेचन हुआ है। हमारे यहाँ अधुनातन साहित्य में, अभी वैसी व्यापक संचेतना और गम्भीर अन्वेषणा लक्षित नहीं होती। 'अनुत्तर योगी' के काल-बोध को लेकर इसी कारण कुछ गलतफहमी हुई है, और आगे अधिक होने की सम्भावना है। तो इस विषय में कुछ खुलासा जरूरी है। यहाँ यह उल्लेखनीय है, कि श्री अनन्तकुमार पाषाण ने 'अनुत्तर योगी' की काल-संकल्पना पर बड़ा बेधक प्रकाश डाला है। पाषाण पश्चिमी

साहित्य के गहन अध्येता हैं, स्वयं एक समर्थ रचनाकार हैं, और भारतीय दर्शन के परिप्रेक्ष्य से सम्बद्ध हैं। इसी से उन जैसी समीक्षा-दृष्टि आज कुछ गिने-चुने समीक्षकों को छोड़कर अन्यत्र दुर्लभ है।

मैं यहाँ 'अनुत्तर योगी' की काल-संकल्पना पर, सामान्यतः भारतीय और जैन द्रष्टाओं की काल-संचेतना और अपने स्वानुभूत कालबोध के जरिये रोशनी डालूँगा।

जिन-द्रष्टाओं ने चेतन, अचेतन, धर्म, अधर्म, आकाश और काल—इन छह द्रव्यों के समुच्चय को लोक या विश्व कहा है। इनमें चेतन और अचेतन द्रव्य अपनी स्वतन्त्र सत्ता में ही स्वतः सक्रिय है। अचेतन अपनी क्रिया में चेतन की संचालन की अपेक्षा नहीं रखता। दोनों ही समान और स्वतन्त्र रूप से अपने ही में परिणाम उत्पन्न कर रहे हैं। धर्म गति में सहायक है, अधर्म ठहराव में। ये चालक या नियन्त्रक नहीं, निमित्त मात्र है—बहाव और ठहराव के। इसी प्रकार काल द्रव्य भी समस्त द्रव्यों के उत्पत्ति, विनाश और ध्रुवत्व-स्वरूप परिणमन में सहकारी निमित्त मात्र है। वह भी चेतन-अचेतन आदि द्रव्यों का चालक या निर्णायक नहीं। काल का लक्षण—वर्तना। वह स्वयं परिवर्तन करते हुए अन्य द्रव्यों के परिवर्तन में सहकारी होता है। आकाश तमाम पदार्थों को रहने का अवकाश या स्थान देता है। वह लोकायतन है, जिसमें लोक अवस्थित है। लेकिन फिर भी हर द्रव्य अपने में स्वतन्त्र है, और अपने अस्तित्व के लिए अन्य पर निर्भर नहीं। वे परिणमन में परस्पर को निमित्त और सहकारी मात्र हैं। उनकी क्रिया स्वतःस्फूर्त है, वह अन्य द्रव्यों से चालित नहीं।...और फिर, आत्मानुभूति का एक ऐसा क्षण भी आता है, जब अन्य द्रव्यों का बोध ही शेष नहीं रह जाता, वे सब चैतन्य में अन्तर्भुक्त होकर केवल स्वानुभव की आनन्दमय तरंगें भर हो रहते हैं।

वेद और उपनिषद् में, देश-काल और सारे तत्त्व एकमेव परम सत्ता के प्रसार मात्र हैं। अनुभूति में अद्वैत और अभिव्यक्ति में द्वैत यथास्थान स्वीकृत हैं। उपनिषद् के मायावादी भाष्यकार शंकर ने द्वैत को समूचा ही नकार दिया, केवल 'एको ब्रह्म द्वितीयो नास्ति' पर ही वे समाप्त हो गये। लेकिन उत्तर काल के भागवत धर्मी वैष्णवों, शैवों, शाक्तों ने पुनः द्वैत और अद्वैत को सापेक्षतः स्वीकारा। नहीं तो जगत-लीला कैसे सम्भव हो? और उसके आनन्द और सार्थकता का आधार क्या?

वैदिक, जैन या अन्य प्रमुख भारतीय दर्शन भी अन्ततः विश्व और काल की अनन्तता पर पहुँचकर ही समाधान पा सके हैं। सत्ता, चैतन्य और पदार्थ यदि अनन्त हैं, तो उनके संवहन का निमित्त काल भी अनन्त ही हो सकता है। जिन-द्रष्टाओं का स्पष्ट कथन है कि यह लोक अनादि और अनन्त है। और यह अनादि-अनन्त काल में संवाहित है। भूत, भविष्य, वर्तमान, संवत्सर, मास, दिवस, घड़ी-पल ये सब उसी एक अनाहत कालधारा की तरंगें या परिणमन मात्र हैं। किन्तु अपनी स्वायत्ता में वह काल अनन्त है। और यदि शुद्ध चैतन्य अनन्त है, पदार्थ-जगत् अनन्त है, तो उनमें

होनेवाला विशुद्ध काल-बोध भी अनन्त ही हो सकता है। इसी कारण क्षण में भी सर्वकाल और शाश्वती (इटर्निटी) की अनुभूति हो सकती है। और रसानन्द गहरा हो जाय, तो कई महीने और बरस भी पलक मारते ही गुजर सकते हैं। असली चीज है चैतन्य और चेतना, काल अन्ततः रह जाता है मात्र उसकी तरंग। इसी अनुभव को जॉयस ने 'यूलिसिस' में मूर्त्त किया है। और 'योग वसिष्ठ' में इसी अनन्तकाल-चेतना के भीतर, अमुक कथा-पात्रों के कई विगत और अनागत जीवनों को समाधिस्थ अवस्था में, कुछ ही पहरों के भीतर दिखा दिया गया है। यानी चेतना के स्तर पर कालबोध भी अन्तर्मुख और अन्तर्वर्ती हो जाता है। इसी कारण तो अर्हत् सर्वज्ञ महावीर तीनों काल और तीनों लोकों को हस्तामलकवत् देखते हैं। यानी अनादि-अनन्त लोक और काल उनकी हथेली पर रखे आँवले में निरन्तर परिणमनशील है।

जिन-द्रष्टाओं ने काल की गति को जिस तरह अपने कैवल्य में तद्गत रूप से प्रत्यक्ष किया, उसके अनुसार उन्होंने उसके परिणमन को चक्राकार पाया है। एक ही अखंड चक्र में क्रमशः उन्होंने छह उत्सर्पिणी और छह अवसर्पिणी कालों को अवान्तर चक्रावर्तन देखा। उत्सर्पिणी के छह आरों में लोक उत्तरोत्तर उत्कर्ष करता जाता है; अवसर्पिणी के छह आरों में पलटकर लोक का उत्तरोत्तर अपकर्ष होता है। और यह क्रम एक 'साइकिल' के रूप में अटूट चलता है। इस तरह अनेकान्त-द्रष्टा जिनों ने खंड काल और अखंड काल दोनों को वास्तविक स्वीकृति दी है। लेकिन आत्मानुभूति अद्वैत तक चली जाती है, और वहाँ खंडकाल की लीला भी, अर्हत् या सिद्ध के अखंड ज्ञान की तरंगें मात्र रह जाती हैं। भगवान कुन्दकुन्द देव के अनन्य स्वानुभूत अध्यात्म-शास्त्र 'समयसार' से यह प्रमाणित है।

'अनुत्तर योगी' के नायक अनन्तपुरुष महावीर हैं। अन्य सारा घटनाचक्र उनके चारों ओर परिक्रमायित है। इस तरह यह कथा एक वैश्विक (कॉस्मिक) पट पर घटित होती है। तो स्वाभाविक है कि इसमें अखंड और खंड काल की लीला संयुक्त रूप से एक बारगी ही, हर जगह झलक मारती रहती है। महावीर जन्मजात योगी थे, और उनकी चेतना आरम्भ से ही महाकाल और अवान्तर काल की संयुति में सक्रिय दिखाई पड़ती है। वे एक साथ अखंड और खंड काल के संयुक्त चेतना-स्तर पर जीते और वर्तन करते दिखाई पड़ते हैं।

हमारा आज का समीक्षक महावीर को, तिथि-क्रमिक इतिहास के सपाट मानचित्र और उसके बहुत सीमित युग-विभाजनों के परिप्रेक्ष्य में ही देख पाता है। अक्षत धारावाही काल की चेतना तो उसे मुहाली है, पर युग-विभाजित काल का भी उसका बोध बहुत संकीर्ण है। पश्चिम में तो गहराई के आयाम का अहसास प्रबलतर होने से, पुराना सपाट इतिहास-विज्ञान आउट-मोडेड होता जा रहा है, और दार्शनिक तथा चेतना-प्रधान इतिहास-लेखन ही आज प्रधान है। लेकिन हम अभी भी, पश्चिम

से बहुत पहले आयातित तारीखी इतिहास के सपाट काल से ही चिपटे हैं। हम 'कैलेंडर' के अत्यन्त संकीर्ण कालबोध में ही जी रहे हैं, और उसी की सीमा में कथा का सृजन और समीक्षण भी कर रहे हैं। इसी से अनुत्तर योगी के धारावाही काल का आकलन नहीं हो पा रहा है।

एक समझदार समीक्षक मित्र ने प्रथम खंड की समीक्षा में प्रश्न उठाया था, कि विप्लवी महावीर ने जो तीर्थंकर के नाते अपने युग-तीर्थ में समकालीन सिंहासनों को उलट देने, और सारी व्यवस्था में अतिक्रान्ति घटित करने की उद्‌घोषणाएँ की हैं, देखना होगा कि लेखक कहाँ तक आगे इन प्रतिज्ञाओं की परिपूर्ति दिखा पाता है? चुनौती थी कि कैसे वह इस महाक्रान्ति को महावीर के जीवन-काल में, और परिणामतः बीच में ढाई हजार वर्षों में प्रतिफलित दिखाता है? क्योंकि न तो महावीर के जीवन-काल में, और न ही आज तक वह अतिक्रान्ति स्पष्ट, ठोस घटना के रूप में दिखाई पड़ती है। तो समीक्षक महोदय के मन वह सब एक रोमानी खामख्याली या उड़ान थी, और किसी अवास्तविक यूटोपिया के अतिरिक्त, उन प्रतिज्ञाओं की कोई सक्रिय परिणति उन्हें प्रत्याशित नहीं थी।

द्वितीय खंड में महावीर कर्मक्षेत्र में हैं ही नहीं, और अखंड मौन साधकर 'स्ट्रीट' में विचार रहे हैं, और अपने अभीष्ट कैवल्य और अनाहत वीर्य की उपलब्धि के लिए एकाग्र कायोत्सर्ग कर रहे हैं। फिर भी वे चेतना में सक्रिय हैं, और राह में मिलने वाली अनेकों आत्माओं के साथ भीतर से जुड़कर, उनके जन्मान्तरों का बोध उन्हें कराकर, गहराई के स्तर पर एक वैश्विक और अन्तर्गामी अतिक्रान्ति कर रहे हैं। स्थूल व्यवस्था-परिवर्तन का सीधा और यान्त्रिक रास्ता मूलतः ही उनका नहीं। सतही व्यवस्था को भी यदि अभीष्ट रूप में बदलना है, तो पहले कुछ इकाइयों के माध्यम से सारे वैश्विक मानव की चेतना में मूलगामी रूपान्तर करना होगा। और द्वितीय खंड में, अन्तर्देशी साहित्य-पर्यवेक्षक और अन्वीक्षक इस अतिक्रान्ति की प्रक्रिया देख सकता है, संवेदित कर सकता है।

लेकिन उक्त समीक्षक महोदय ने द्वितीय खंड की समीक्षा में फिर अपनी चुनौती को दुहराया, कि महावीर की प्राथमिक प्रतिज्ञाएँ इस खंड में भी प्रतिफलित नहीं हुई हैं, सिवाय एक अपवाद के। कि भौतिक मूल्य-मान का प्रतिनिधि सम्राट श्रेणिक, आध्यात्मिक मूल्य-मान के स्तम्भ महावीर से पराजित हो जाता है। एक नंगे, निहत्थे, मौन, ऊपर से लगभग अक्रिय निरीह, दीखते एक तपोमग्न श्रमण ने, एक उँगली तक उठाये बिना, भौतिक सत्ता के सर्वोपरि अधीश्वर श्रेणिक को भीतर-ही-भीतर पराजित कर दिया—चेतना के स्तर पर। पराजित ही नहीं किया, उसे अपने प्यार से गलाकर अपना परम प्रिय पात्र बना लिया। इन्द्रभूति गौतम के बाद, भगवान का सर्वोपरि निकट प्रश्नकर्ता और श्रोता है श्रेणिक, जिसने साठ हजार प्रश्न महावीर से पूछे। और महावीर

द्वारा दिये गये जिनके उत्तर इतिहास की नाड़ियों में व्याप गये। मेरे तथ्यवादी और स्थूल घटनावादी समीक्षक मित्र की दृष्टि से यह मात्र एक अपवाद-स्वरूप सीमित घटना भर है। वे यह न देख पाये कि श्रेणिक के रूप में एक इकाई के माध्यम से, और अन्य सारे ही पात्रों के निमित्त से, भगवान ने उस एकान्तिक, अन्तर्मुख तपस्याकाल में भी अपनी चिदग्नि से वैश्विक चेतना-स्तर पर, एक तलगामी अतिक्रान्ति का अचूक सूत्रपात कर दिया था। मंखलि गोशालक, श्रेणिक, चेलना, चन्दना, त्रिशला तथा भगवान को नाना प्राणहारी उपसर्गों द्वारा पीड़ित करने वाले यक्षों-पिशाचों, मानवों-देवी-दानवों, पशुओं तक में, उन प्रभु ने चेतनिक रूपान्तर घटित करके मौलिक अतिक्रान्ति का अचुनौत्य प्रमाण उपस्थित कर दिया था। एक प्रकार से दैवी, दानवी, मानवी, पाशवी और प्राकृतिक शक्तियों के निरन्तर संघर्ष-राज्य में, उन्होंने अपने समत्व और संवेग की आत्मिक प्रीति से, संवाद और समवाद की अन्तश्चेतना के गहरे अग्नि-बीज डाल दिये हैं।

विकास सपाट काल-रेखा में नहीं होता, वह एक 'सायक्लिक' यानी चक्रावर्ती प्रक्रिया है। उत्सर्पिणी और अवसर्पिणी के कालचक्र भी लाखों-करोड़ों वर्षों से गुजरकर ही पतन या उत्थान के क्रम को चरम तक पहुँचा पाते हैं। वर्तमान के भूतविज्ञान, प्राणिविज्ञान, मनोविज्ञान और अब परा-मनोविज्ञान तथा इतिहास-विज्ञान तक, लगभग काल-चक्र की इस प्रक्रिया पर सहमत दिखाई पड़ते हैं। पश्चिम के सृजन-क्षेत्रों में भी इस काल-प्रक्रिया का कलाओं में अनायास समावेश लक्षित होने लगा है। इस वस्तु-स्थिति के परिप्रेक्ष्य में यह समझना होगा कि महावीर जैसे कालोत्तर और लोकोत्तर अकालपुरुष की प्रतिश्रुत अतिक्रान्ति के स्थूल प्रत्यक्ष परिणामों को कुछ वर्षों या सदियों के सपाट और सीमित पट की परिधि में मूर्त प्रत्यक्ष देखने की प्रत्याशा करना ही अपने आप में बहुत मोटे और सपाट नजरिये का द्योतक है।

महावीर, बेशक, प्रथम खंड में ही अर्थ-राज-समाजनीतिक अतिक्रान्ति और रूपान्तर का भी अचूक उद्घोष और विधान करते सुनाई पड़ते हैं। लेकिन साथ ही उसकी विधि और प्रक्रिया का जो चेतनात्मक मार्ग वे आविष्कार करते हैं, उसे भी नजरन्दाज नहीं करना चाहिए। स्थूल और अस्थायी क्रान्ति बेशक बहुत सतही कालपट पर घटित हो सकती है, और उतनी ही तेजी से विफल और विघटित भी। और महावीर की मूलगामी अतिक्रान्त को, इस सतही क्रान्ति के सदृश्य या इससे मिलाकर देखना, बेहद परिमित और उलझी (कॉन्फ्यूज्ड) दृष्टि का सूचक है। पश्चिम के जैव-विज्ञानी विकासवादियों ने, तथा श्री अरविन्द जैसे आत्मविज्ञानी विकासवादी ने भी, समान रूप से विकास और प्रगति को एक धीरगामी और अन्तर्गामी प्रक्रिया माना है, जिसके प्रतिफलन में सदियाँ तो क्या, लाखों वर्ष लग जाते हैं। पिछले कई हज़ार वर्षों से सभी देश-कालों के पारद्रष्टा ज्योतिर्धरों ने मानवीय चेतना के विकास, रूपान्तर और जीवन-

जगत् में अभीष्ट परिवर्तन के जो चैतन्य-बीज डाले थे, वे आज फूटते दिखाई पड़ रहे हैं। इतिहास की तमाम क्रान्तियाँ उन्हीं बीजों का आंशिक, अपूर्ण विस्फोटन भर है। अनुभवजन्य विकास की अनेक परिक्रमाओं से गुजरकर ही, क्रान्तियों की यह शृंखला सम्भवतः एक स्थायी अतिक्रान्ति और रूपान्तर के रूप में पृथ्वी के ठीक पार्थिव माध्यमों में प्रतिफलित हो सकती है।

महावीर भी इस मौलिक महा-प्रक्रिया के अपवाद नहीं हैं। मैंने जो किया है, वह केवल इतना ही है कि इस गहनगामी प्रक्रिया को सृजन के स्तर पर अनावरित किया है, उसे कला में मूर्त्त और संवेद्य बनाने का एक विनम्र प्रयास किया है। आदिकाल से ज्योतिर्धरों की जो परम्परा चली आयी है, जो सार्वभौमिक प्रज्ञा की अनाहत महाधारा प्रवाहित है, महावीर भी उसी के एक वंशधर और संवाहक थे।

मैं आज अपने युग में बैठकर स्वभावतः अपने युग की व्यथा-कथा ही जब महावीर को केन्द्र में रखकर लिख रहा हूँ, तो बेशक मेरा युग महावीर-युग में स्वाभाविक और वास्तविक ढंग से प्रतिबिम्बित हो सका है। और जाहिर है कि मैंने महावीर से अपने युग की यातना और समस्या का जवाब तलब किया है। और वह जवाब उनमें से बराबर आ भी रहा है। लेकिन उसे खंड और अखंड काल के पारस्परिक उलझाव के सूक्ष्म वैश्विक स्तर पर ही समीचीन रूप से संवेदित और उपलब्ध किया जा सकता है। तृतीय और चतुर्थ खंड में व्याप्त महावीर के तीर्थंकर काल में, जब भगवान पूर्णपुरुष, पूर्णज्ञानी, अप्रतिहतवीर्य लोक-परित्राता और विधाता के रूप में सामने आ रहे हैं, तब प्रभु द्वारा चेतनात्मक रूप में प्रवर्तित इस अतिक्रान्ति का पर्याप्त रूप से ग्राह्य और मूर्त्त स्वरूप भी सामने आ रहा है। भावक की दृष्टि यदि चुनौती, नकार और खंडन की न होकर, स्वीकार, मंडन, जिज्ञासा और समाधान प्राप्ति की हो, तो साहित्य का बोध और ग्रहण अधिक समीचीन, समग्रात्मक और उद्‌बोधक हो सकता है।

आपके सामने तृतीय खंड है। इसे जरा गहराई से पढ़ने पर आपको महावीर की अतिक्रान्ति का ठीक अभी और यहाँ के लोक-स्तर पर भी साक्षात्कार हो सकेगा। अनायास ही महावीर की प्राथमिक प्रतिज्ञाएँ यहाँ मूर्त और परिपूर्त होती दिखाई पड़ेंगी। प्रथम अध्याय में ही, महावीर के कैवल्य-विस्फोट से स्वर्गों तक में प्रलय और नवोदय होता है। मृत्युंजयी महावीर के प्राकट्य के साथ देवों के तथाकथित 'अमरत्व' का भ्रमभंग हो जाता है। भौतिक ऐश्वर्य पर आत्मिक ऐश्वर्य की विजयादि संवेदित होती है। दूसरे अध्याय में तीर्थंकर का समवसरण इस महिमा का एक प्रतीकात्मक साक्ष्य प्रस्तुत करता है। तीसरे, चौथे, पाँचवें अध्यायों में धर्म-अध्यात्म और ज्ञान-विज्ञान की साम्प्रदायिक सीमाएँ टूटती हैं। अखंड कैवल्य-सूर्य के सर्वप्रकाशी आलोक में ब्राह्मण और श्रमण के बीच की दीवार ढह जाती है। अनेकान्त के मानस्तम्भ महावीर के भीतर

ज्ञान की सभी धाराओं का समन्वय और समावेश अनायास होता है। उठने वाले हर अन्तिम प्रश्न का अचूक समाहार एक साथ प्राप्त होता है। इस मौलिक अतिक्रान्ति से बड़ी कौन-सी क्रान्ति हो सकती है?

श्रीभगवान के निकट जब चन्दनबाला आती है, तो सारी स्थापित और रूढ़ धार्मिक तथा नैतिक मर्यादाएँ टूटती हैं। स्त्री की महिमा और सामर्थ्य का एक नया ध्रुव स्थापित होता है। ब्राह्मण और बौद्ध दोनों ही ने नारी के लिए संन्यास और मोक्ष वर्जित मान रखा था। महावीर ने उस वर्जना को तोड़कर, नारी को बेहिचक संन्यास और मोक्ष का अधिकार दिया, और महासती चन्दनबाला को अपने समकक्ष ही भगवती जगन्माता के आसन पर प्रतिष्ठित किया।

'अहम् के वीरानों में' तथा 'अँधियारी खोह के पार' शीर्षक अध्यायों में, महावीर श्रेणिक की चरम भौतिक प्रभुता को अपनी आत्मिक प्रभुता, प्रीति और सर्वशक्तिमत्ता से लीला मात्र में पराजित कर देते हैं। जागतिक सत्ता की विकृत और सड़ी हुई जड़ों का उन्मूलन होता है। उसकी बुनियादों में ही सुरंग लग जाती है। आज जो एकराट् राजत्व का अन्त हुआ है, उसके मूल में महावीर की वह अतिक्रान्ति तात्त्विक और प्रक्रियात्मक रूप से, ढाई हजार वर्षों के आर-पार सक्रिय रही है।

महावीर की इसी अतिक्रान्ति से आलोकित और उन्मेषित होकर, श्रेणिक-पुत्र मेघकुमार राजत्व का बुनियादी तौर पर भंजन करता है, वह सम्राटत्व और सिंहासन को ठुकराकर महावीर की समूची क्रान्ति का श्रमण-सैनिक हो जाता है। इसी प्रकार श्रेणिक के दो अन्य राजपुत्र वारिषेण और नन्दिषेण महावीर के पूर्णत्व, पूर्ण सौन्दर्य, और पूर्णकाम सम्मोहन से आकृष्ट होकर उनके पास जाते हैं, और सौन्दर्य, काम, कला, प्रेम और नर-नारी सम्बन्ध का एक अत्यन्त मौलिक और सर्वथा नया आयाम उपलब्ध करते हैं। काम और राम का द्वन्द्व विसिर्जत करके महावीर उन्हें अकुंठ निर्ग्रन्थ और द्वन्द्वातीत रूप से जीवन्मुक्त बना देते हैं। क्या यह मूलगामी अतिक्रान्ति प्राथमिक रूप से अनिवार्य नहीं, ताकि पहले मनुष्य अपनी जन्मजात कामिक कुंठाओं से मुक्त हो, और तब एक स्वस्थ समंजस और अखंड मानव इकाई के रूप में खड़ा होकर, सतही व्यवस्थागत वैषम्यों का आमूल-चूल उन्मूलन कर सके।

रथिक-पत्नी सुलसा की कथा में, एक अनजान अकिंचन निम्नवर्गीय नारी को, सारे सम्राटों की उँचाइयाँ लाँघकर, श्रीभगवान का ऐकान्तिक प्रेम और अनुग्रह प्राप्त होता है। सम्राट और साम्राज्य की रक्षा के लिए बलि हो जाने वाले सुलसा के बत्तीस मृत बेटों की राज-सम्मान के साथ श्मशान-यात्रा और अन्त्येष्टि होती है। लाखों निरीह सैनिकों को कटवा कर, अपनी सत्ता को कायम रखनेवाले आज तक के सत्ताधीशों द्वारा मृत सैनिकों के राज-सम्मान की जो क्रूर, शोषक और प्रवंचक परम्परा आज भी जारी है, उसका तीखा व्यंग इस कथा में स्वतः आया है। लेकिन महावीर के समवसरण

में अन्ततः सम्राट श्रेणिक, सुलसा की चरण-धूलि हो जाना चाहता है। और अन्त में महावीर एक ब्राह्म-मुहूर्त में सुलसा के द्वार पर अचानक दस्तक देकर, उसे वचन देते हैं कि : "लो, तुम्हारा बेटा आ गया। और तुम्हारा यह बेटा कलिकाल में सर्वहारियों पर सर्वहारा की प्रभुता स्थापित करेगा।" इस प्रकरण द्वारा महावीर की वैश्विक अतिक्रान्ति, ठीक आज के सन्दर्भ से जुड़कर, इस क्षण तक सक्रिय दिखाई पड़ती है। मार्क्स भी उन महावीर की ही अटूट ज्योतिर्मन परम्परा के, एक युगीन अंशावतार ही है। महावीर व्यक्ति नहीं विश्व था, विश्वम्भर था। और उसकी अतिक्रान्ति का धर्मचक्र आज भी उसके युगतीर्थ में निरन्तर प्रवर्तमान है।

और प्रस्तुत तृतीय खंड के अन्तिम आख्यान के नायक आनन्द गृहपति में, वणिक सभ्यता का समूचा पाखंड मूर्तिमान हुआ है। उसके माध्यम से महावीर युगान्तर-व्यापी, सर्वभक्षी वणिक चरित्र और व्यवस्था के कुरूप कदर्य चेहरे को नग्न करते हैं, और वणिक्त्व का अन्तिम रूप में भंजन कर देते हैं। आनन्द गृहपति को ही निमित्त बनाकर, वे लीकबद्ध रूढ़ धर्म-मार्ग की मिथ्या, पाखंडी और शोषण की हथियार स्वरूप झूठी आचार-संहिताओं के बखिये उधेड़ देते हैं, और उनके आत्मवंचक फरेब और निःसारता को बेनकाब कर देते हैं। इस प्रकरण में महावीर सम्पत्ति के स्वामित्व मात्र को सर्वोपरि पाप और हिंसा सिद्ध करके, उसकी जड़ों को उखाड़ फेंकते हैं। फलतः आनन्द श्रेष्ठी की चेतना में मौलिक रूपान्तर घटित होता है, वह अपने विश्वव्यापी व्यवसाय और सम्पत्ति का एक संचालक-नियामक मात्र रहकर, उसे लोक के भरण-पोषण के लिए अर्पित कर देता है। उस काल की यह घटना, ठीक आज और आगामी कल की सम्भावना को संकेतित और प्रतिबिम्बित करती है।

इस तरह आप यदि धारावाहिक काल के पट पर लिखित इस कृति को उसकी मूलगत संकल्पना के परिप्रेक्ष्य में पढ़ेंगे, तो महावीर की अतिक्रान्ति के चक्रवर्ती, सार्वकालिक विराट् स्वरूप को ठीक से हृदयंगम कर सकेंगे। यों तो वह स्वयं रचना में ही उजागर है। लेकिन फिर भी सीमित नजरिये के कारण प्रश्न उठते हैं, तो महाकाव्य के अखंड और खंड काल-तत्त्व के उलझाव की पृष्ठभूमि पर, एक अन्तिम स्पष्टीकरण करने की कोशिश यहाँ की गयी है।

जैसा कि पहले भी पिछले खंडों की भूमिकाओं में स्पष्ट कर चुका हूँ, कि उस काल के समकालीन पात्रों की विभिन्न वयों का लेखा-जोखा करने की व्यर्थ चेष्टा मैंने नहीं की है। घटना-क्रम में उनकी वयों के अन्तर आप ही किंचित् झलक जाते हैं। सारे पात्र एक धारावाहिक काल-प्रवाह में यथा-समय आते हैं, और चले भी जाते हैं। उनकी विशिष्ट प्रासंगिकता ही उनकी वयों और स्थितियों की निर्णायक है। चूँकि मैंने सपाट काल-पट पर नहीं लिखा है, इसी से कथा-क्रम में भी सीधा और रैखिक

(लीनियर) सिलसिला नहीं है। मेरा धारावाहिक काल चक्राकार (सायक्लिक) गति से चलता है। तो कथाएँ भी एक चक्राकार प्रवाह में बार-बार पीछे तक जाकर, वर्तमान में घटती हुई अनागत तक में व्याप्त होती चली जाती हैं। मेरी काल धरणा और चेतना को ठीक समझ लेने पर, अनेक उठने वाले प्रश्नों के उत्तर आप ही मिल जाएँगे।

इस कृति में मैंने महावीर के नाम पर चल रहे प्रणालीगत धर्म-दर्शन को अवकाश नहीं दिया है। उसका प्रयोग, उसकी पदावली जहाँ भी आयी है, वह प्रतीक मात्र है। केवल एक सुगठित 'फॉर्म' या ढाँचे की तरह मैंने उसका उपयोग किया है। उस प्रकार की अस्मिता या वैविध्य, कला में एक नये सृजनात्मक माध्यम को बरतने का रसास्वादन भी कराता है। उसमें यदि साम्प्रदायिक भाषा का विनियोजन भी है, तो किसी सम्प्रदाय या दर्शन की प्रस्थापना या पुष्टि उसका लक्ष्य नहीं। वह नजरिया एक स्वयं सम्प्रदाय-ग्रस्त आलोचक का ही हो सकता है। रचनाकार का नहीं। जिस अर्थ में 'रामायण' और 'महाभारत', 'कुमारसम्भवम्' और 'बुद्धचरित', दान्ते की 'कमेडिया डिविना' और श्री अरविन्द की 'सावित्री' या मुंशी का 'कृष्णावतार' या प्रसाद की 'कामायनी' साम्प्रदायिक नहीं कही जा सकती, उसी अर्थ में 'अनुत्तर योगी' को भी साम्प्रदायिक नहीं कहा जा सकता। मुझे तो शक्तिपात (आत्मानुभूति) की दीक्षा भी शैव गुरु से प्राप्त हुई। मेरी तो सारी साधना शैव-शाक्त और वैष्णवी रही। मैंने मरियम के मन्दिर में माँ की परात्पर सुन्दर कलाई और हथेली का प्रत्यक्ष रक्त-मांस में दर्शन किया। श्री अरविन्द और श्री माँ मेरी नाड़ियों में व्याप गये। कृष्ण मेरे मनोदेश का एकमात्र महानायक है। वृन्दावन में आज भी मेरे मन की रासलीला चल रही है। महाराष्ट्र के सन्त-तीर्थों में मुझे आज भी दत्तात्रेय, पंढरीनाथ, ज्ञानेश्वर, एकनाथ, तुकाराम की जीवन-लीला प्रत्यक्ष अनुभव होती है।

मेरे 'अनुत्तर योगी' महावीर मेरी इसी सार्वभौमिक चेतना में से मूर्तिमान होकर अवतरित हुए हैं। जो इस भूमा और गहराई से सर्वथा अछूते हैं, जिनमें कोई वृहत्तर प्रज्ञा प्रकाशित नहीं, उन्हें ही 'अनुत्तर योगी' में साम्प्रदायिकता की गन्ध आ सकती है। यह बुद्धि का सीमित और खंडित राज्य नहीं, यह महाभाव का अपरिसीम भूमा-राज्य है।

मेरे महावीर दार्शनिक नहीं, आध्यात्मिक हैं, अनन्त-आयामी चैतन्य पुरुष हैं। उनकी कैवल्य-ज्योति में त्रिलोक और त्रिकाल के सारे परिणमन एक साथ झलक रहे हैं। यही कारण है कि किसी जड़-रूढ़ हो गये परम्परागत जैन अध्यात्म या आचार-संहिता से वे बँधे नहीं हैं। उनका अध्यात्म एक विशुद्ध आत्मानुभूति है, नानामुखी सत्ता मात्र का एक अनैकान्तिक मुक्त दर्शन और ज्ञान है। यही बात सभी धर्मों के मूल

उत्सभूत अध्यात्म और परम पुरुषों पर समान रूप से लागू होती है।

अध्यात्म का शाब्दिक अर्थ है, 'अधि' अर्थात् जानना, 'आत्म' को। अपने आत्म के स्वरूप को सम्यक् और अन्तिम रूप से जान लेना ही अध्यात्म है। जब अपने 'आत्म' यानी 'मैं' का हमें सम्यक् ज्ञान हो जाता है, तो लोक की अन्य सत्ताओं और उनके साथ हमारे सम्बन्ध का भी सम्यक् ज्ञान हो जाता है। इसी सम्यक् वस्तु-स्थिति में से सम्यक् आचार या चारित्र्य प्रकट हो सकता है। कहना चाहता हूँ कि आत्मा में से आचार आता है, आचार से आत्मा नहीं मिलती। पहले हम अपने को सही जानें, तभी तो औरों के साथ हम यही सलूक कर सकेंगे।

कृष्ण, महावीर, बुद्ध, ईसा, मोहम्मद और श्री अरविन्द तक का अध्यात्म प्रकृत रूप से यही है। इसी से उनके स्वयं के उदाहरण द्वारा आचार-मार्ग-स्वतः प्रवाहित हुआ। लेकिन जब हर आत्म-पुरुष के नाम पर सम्प्रदाय बना, धर्मायतन बने, पट्टाधीशों की गद्दियाँ बिछीं, तो जो मूल स्रोत आत्म या अधि-आत्म या आत्म-ज्ञान है, वह तो लुप्त हो गया। और उससे कटकर बना रह गया केवल रूढ़-नैतिक आचार-मार्ग, तथा विधि-निषेध (यह करो, वह मत करो) का निर्जीव और खोखला विधान। जिसकी ओट में सदी-दर-सदी अज्ञान और पाखंड की अमरबेल बढ़ती गयी, शोषण की एक पुख्ता और अटल व्यापारिक कोठी स्थापित हो गयी।

वर्तमान वैज्ञानिक युग के प्रबुद्ध और जागृत पुरुष ने इस सारे संस्थायित धर्म के पाखंड को बेनकाब करके नकार दिया है। वह अपनी आत्मिक मुक्ति के लिए अब धर्म को कन्सल्ट नहीं करता, अपनी अन्तर-आत्मा को कन्सल्ट करता है। अपनी और सर्व की मुक्ति का मार्ग आज वह अपने सीधे संघर्ष, जीवनानुभव और उससे अर्जित सर्वतन्त्र-स्वतन्त्र प्रज्ञा में से खोज रहा है। इस खोज में जो आचार स्वतः प्रकट होता है, वही आज के मनुष्य का अभिप्रेत और अभीष्ट हो सकता है। असलियत में हर अवतार, तीर्थंकर या पैगम्बर का भी मुक्तिमार्ग ऐसा ही था। अज्ञानी अनुयायियों ने अपने स्वार्थ, लोभ और अहंकार में उसे जकड़कर, उसकी निसर्ग और सहज धारा को अवरुद्ध कर दिया है।

अपनी इसी स्वानुभव से अर्जित प्रज्ञा और मुमुक्षा की तीव्रता में से मैंने महावीर को, अपने लिए और अपने समय के संसार के लिए 'रिडिस्कवर'—पुनरुद्घाटित किया है। इसी से मेरे महावीर ने प्रथमतः सारे प्रस्थापित रूढ़ आचार-मार्ग को नकार दिया है। उनका आधारिक सूत्र है—पहले अपने को ठीक जानो, तो सब को ठीक जान सकोगे, और सबके साथ ठीक वर्तन कर सकोगे। मेरे महावीर ने प्राथमिकता आत्मज्ञान को दी है, आचार को नहीं। सही आत्म-ज्ञान होने पर उसमें से सही आचार स्वतः प्रकट होता है। एक खास आचार-संहिता के पालन से आत्मज्ञान नहीं हो सकता। आध्यात्मिकता नैतिकता नहीं है : वह हर नये देश-काल-व्यक्ति के अनुरूप नयी

नैतिकता की निर्णायक है। और यह निर्णय आचार-संहिताओं में नहीं बँध सकता, जीवन के अनुपल आचार में स्वतः होता है, समकालीन मनुष्य की पूरी जाति के भीतर रूपान्तर, अतिक्रान्ति और अतिचेतना के रूप में संचरित होता है।

यही कारण है कि आज के मनुष्य की आचार-दृष्टि सर्वथा बदल गयी है। वह अनायास ही आध्यात्मिक है, चेतना-प्रधान है, बाह्याचार प्रधान नहीं। नैतिकता देश-काल-व्यक्ति सापेक्ष है, आध्यात्मिकता एकाग्र सर्व-सापेक्ष और सर्व-निरपेक्ष एक साथ है। ज्ञाता ही प्रथमतः ज्ञेय और ध्येय का निर्णायक है। उसका ज्ञान ही उसे हर आचरण का निर्णायक है। हर व्यक्ति का मुक्तिमार्ग विलक्षण, जुदा और स्वतन्त्र है : एकमात्र चालक तन्त्र है अपना आत्मा, उसकी ज्वलन्त अनुभूति, उसका ऊर्जा-केन्द्र और प्रज्ञा-केन्द्र।

महावीर यदि त्रिलोक और त्रिकाल के सारे परिणमनों के ज्ञाता-द्रष्टा एक साथ हैं, तो आज के युग में जो वस्तु का परिणमन है, उसमें भी महावीर के अनन्त ज्ञान का तद्रूप परिणमन है ही। आज के मनुष्य की विलक्षण मूल चेतना भी महावीर की चेतना है ही। मैंने अभी और यहाँ, ठीक इस वक्त के आदमी के लिए 'टू-डेट' सम्भव महावीर की तलाश इस किताब में की है। 'सम्भवामि युगे-युगे' कहकर कृष्ण ने डायनामिक (गतिधर्मा) वस्तु-स्थिति को सदा के लिए शाश्वत के भाल पर लिख दिया है। महावीर इसी को प्रमाणित करने के लिए, अपने समय की माँग का उत्तर होकर आये थे। और वे महावीर यदि त्रिकालवर्ती और त्रिकालज्ञानी हैं, तो स्वाभाविक है, कि आज उनका सृजनात्मक प्रकटीकरण, आज के युग के परिणमन और भाषा के माध्यम से ही हो सकता है।

आरम्भ से ही मेरे महावीर की आध्यात्मिक दृष्टि और चेतना यही रही है। उन्होंने हर आगामी तीर्थंकर को पिछले से अलग और आगे का बताया है। जैनों की ज्ञानात्मक अवधारणा का भी प्रकृत स्वरूप यही है कि जो अनन्त-ज्ञानी है, वह पिछले को दुहरा कैसे सकता है ? प्रस्तुत तृतीय खंड में महावीर जब पूर्णज्ञानी तीर्थंकर होकर लोक के पास आये हैं, तो उनकी वह कैवल्य-चेतना, यहाँ प्रत्यक्ष वर्तन और आचार के रूप में प्रवाहित होती है। भगवान किसी बँधे-बँधाये आचार-मार्ग का उपदेश नहीं देते। वे हर सम्मुख आने वाली व्यक्ति की एक विशिष्ट चेतना और संरचना के अनुरूप ही उसकी मुक्ति का मार्ग अनावरित करते हैं। अपने हर शरणागत को उन्होंने अपने स्वतन्त्र मुक्ति-मार्ग पर जाने का आदेश दिया है। और वह आदेश-वाक्य केवल इतना ही है—

'अहासुहं देवाणुप्पिया, मा पडिबंधं करेह!'
'देवानुप्रिय अपने को जिसमें सुख लगे, वही करो। किसी भी प्रकार का प्रतिबन्ध न स्वीकारो।'

यही महावीर के व्यक्तिगत का मूल-स्वर और स्वरूप है। यही सारे आगमों में, और 'समयसार' जैसे जैन अध्यात्म के अनुभव-सिद्ध ग्रन्थ में आज भी ज्यों-का-त्यों उपलब्ध है। इसी मूल स्रोत से उपलब्ध महावीर को, मैंने आज के मनुष्य की वस्तुस्थिति और मन:स्थिति की भूमिका पर फिर से रचा है। आज के मनुष्य के मनोविज्ञान और चेतना के साथ जो महावीर तदाकार न हो सके, उसे आखिर आज का कोई आदमी क्यों पढ़ना चाहेगा?

ये महावीर व्यक्ति के बाह्य को नहीं उसके अभ्यन्तर को देखते हैं। ये मनुष्य के दिखावटी नैतिक आचार से नहीं, उसकी अन्तश्चेतना से उसके चारित्र्य का निर्णय करते हैं। इसी से तो चरम अहंकार की प्रतिमूर्ति और सत्ता तथा सुन्दरी के उच्छृंखल दुर्दान्त विलासी सम्राट श्रेणिक को उसके तमाम अनाचारों के बावजूद, महावीर आरम्भ से ही प्यार करते हैं। और स्वयं महावीर की हत्या के संकल्प से प्रमत्त उस सम्राट के सामने आते ही, क्षण मात्र में प्रभु उसका ग्रन्थिमोचन कर देते हैं। सुरा, सुन्दरी और संगीत में डूबे वत्सराज उदयन को वे त्याग-विराग का उपदेश नहीं देते। उसके उस सारे कला-विलास और सौन्दर्य-विलास को ही 'योग' कहकर स्वीकार लेते हैं। लेकिन भीतरी चेतना में अनायास उसे अनासक्त और मुक्त कर देते हैं। अनवद्या प्रियदर्शना को लोक में अपनी एकमेव बेटी के रूप में उन्होंने पाया था, लेकिन जब अपने पति जमालि सहित वे प्रभु के श्रमण-श्रमणी होकर रहे, और जब जमालि ने प्रभु का द्रोही होकर संघ त्याग दिया, तो स्वयं भगवान ने प्रियदर्शना को आदेश दिया कि जमालि का अनुसरण करो, उसकी कवच होकर उसके साथ रहो। श्रमण-श्रमणी होने पर भी पूर्वाश्रम का अनुरागबन्ध उनके बीच बना हुआ था। प्रभु ने उसे तोड़ा नहीं। उसी की राह दोनों को अपनाकर, उनकी उस अटूट प्रीति के माध्यम से ही उन्हें अपनी मुक्ति का मार्ग दिखा दिया।

यह रूढ़ नैतिक आचारवादियों को विचित्र और दुराचार मूलक भी लग सकता है। क्योंकि उनकी दृष्टि बहुत सीमित है, वे अज्ञान में हैं। वे महावीर और उनके अध्यात्म से परिचित नहीं। दृष्टि में निश्चय (विशुद्ध आत्मानुभूति) और व्यवहार में उससे फलित आचार : महावीर की निश्चय और व्यवहारगत जीवन-दृष्टि इस एक वाक्य में सम्पूर्ण समाहित है।

रूढ़ नैतिकता से जकड़े कट्टर साम्प्रदायिक जैनों को, जो केवल शब्द के रूढ़ार्थ से चिपटे हैं, उसकी भावार्थक व्याप्ति में जिनकी पहुँच नहीं, उन्हें मेरे उपर्युक्त महावीर-वर्तन से आघात पहुँच सकता है। वह जरूरी भी है। पूर्व धारणाओं और अभिनिवेशों को तोड़े बिना अनन्तधारापुरुष का साक्षात्कार कैसे सम्भव है? और यह सब मैं जैनों के मूल सत्ता-दर्शन-'उत्पाद-व्यय-ध्रौव्ययुक्तं सत्' के आधार पर ही कह

रहा हूँ। तो प्रश्न उठ ही नहीं सकता।

उपर्युक्त पृष्ठभूमि पर ही, प्रस्तुत खंड के दो और प्रकरणों का खुलासा जरूरी है। क्योंकि स्थूल दृष्टि के कट्टर साम्प्रदायिक पाठकों को उसमें भारी गलतफहमी हो सकती है। एक वह प्रकरण, जिसमें महासती चन्दनबाला, प्रथम बार तीर्थंकर महावीर के समवसरण में आती हैं। प्रथम खंड की भूमिका में ही मैं स्पष्ट कर चुका हूँ, कि मेरे कवि के महाभाव विज़न में चन्दना भगवान के संग अटूट युगलित भगवती के रूप में खड़ी दिखाई पड़ती हैं। प्रसंगान्तर में मैंने इस सन्दर्भ में शिव और शक्ति के प्रतीकों का भी उपयोग किया है। सच पूछा जाये तो इस कृति में मैंने आज तक के सारे भारतीय साधना-मार्गों के प्रतीकों का विनियोजन मुक्त भाव से किया है। यह भाव की सर्वसमावेशी भाषा है, बुद्धि की विश्लेषक और विभेदकारी भाषा नहीं। अनाद्यन्तकालीन समग्र वैश्विक प्रज्ञा की महाधारा ही अनुत्तर योगी महावीर में मूर्तिमान हुई है।

चन्दनबाला के आगमन के प्रकरण में, वैदिक ब्राह्मण परम्परा से संस्कारित पट्टगणधर गौतम स्वयं, भगवती की प्रतीक्षा में भावित होकर, भगवती का आवाहन करते हैं। भगवान उनकी भाव-चेतना और भाषा को स्वीकार लेते हैं। वे गौतम की जिज्ञासा के उत्तर में, ब्राह्मण और श्रमण चेतना के मूलगत एकत्व को उद्घोषित करते हैं। वे कहते हैं कि : "ब्राह्मण वाङ्मय आत्मा और सत्ता की कविता है, तो श्रमण वाङ्मय आत्मा और सत्ता का विधान है। दोनों युगपत् परस्पर-पूरक और अनिवार्य हैं।"

दीर्घ मौन के बाद भगवान चन्दनबाला को सम्बोधन करते हैं : "दिगम्बरी होकर सामने आओ, माँ। सकल चराचर तुम्हारे स्तन-पान को तरस रहा है!" साम्प्रदायिक जैन के लिए यह उक्ति अनर्थकारी है, क्योंकि भाव की भाषा से वह परिचित नहीं। वह केवल विधि-निषेध की रूढ़ भाषा का अभ्यस्त है। लेकिन यहाँ महाभाव चेतना की भूमि पर भगवान ने नारी को, आद्या शक्ति जगन्माता, सकल चराचर की माँ के रूप में स्वीकृति दी है। सृष्टि में नारी-माँ का जो धात्री स्वरूप उजागर है, उसी को प्रभु ने चन्दनबाला के रूप में सकल-चराचर को साक्षात् कराकर, अनाथ मानवता को परम आश्वासन दिया है। आगे इसी प्रकरण में भगवान चन्दना के केश-लुंचन का निषेध कर देते हैं। त्रिभुवन सुन्दरी माँ का रूप, भाव-चेतना में क्षय्य और विनाशीक नहीं, वह अमर और अखंड सौन्दर्य है। वह त्याग और भोग से, विधि और निषेध से ऊपर है। मैं भगवान और भगवती का महाभाव कवि हूँ, उनका शुष्क शाब्दिक व्याख्याकार और निरूपणकार नहीं। कवि की इस मुक्त चेतना, संवेदना, अवगाहना और भाषा को, हृदय के भाव में ग्रहण करना होगा, तर्क-निर्णीत परिभाषा

से नहीं। क्योंकि महावीर का समग्र आकलन उस तरह सम्भव नहीं।

ऐसे और भी कई प्रकरण हैं, जहाँ कट्टर शब्दबद्ध पूर्वगृहीत जैन की जड़ीभूत धारणा को गहरा धक्का लगेगा। उसे ऐसा लगेगा, कि भगवान की वीतरागता में दूषण लगा है, वह क्षुण्ण हुई है, उसकी 'आसातना' (अवमानना) हुई है। क्योंकि जैनों की वीतरागता की धारणा, महावीर की मात्र पाषाणमूर्ति होकर रह गयी है। वह केवल प्रतिमाबद्ध पत्थर का भगवान है, जीवन्त मनुष्य वह है ही नहीं। भाव-संवेदन, सौन्दर्य, अनुभूति—सबसे परे वह निरा निश्चल, ठंडा, निर्जीव पत्थर है, स्पन्दन, संवेदन, अनुकम्पन के वह परे है। तो ऐसा वीतराग महावीर हमें कैसे संवेद्य हो सकता है? कम-से-कम ठीक आज का मनुष्य तो ऐसे किसी महावीर की तलाश में नहीं, उससे आकृष्ट नहीं हो सकता। वीतराग वह, जो पूर्णराग हो। निष्काम वह, जो पूर्णकाम हो। उसके पूर्णराग को पूर्णकाम में, खंड राग या काम का इनकार नहीं, समावेश और स्वीकार ही हो सकता है। जो भगवान हमें ठीक इस क्षण यथा-स्थान नहीं स्वीकारता, उसे स्वीकारने या पाने की मुद्रा में हम आज नहीं हैं। जिसकी चेतना सकल चराचर और कण-कण के साथ ज्ञानात्मक रूप से संवेदित थी, उसकी वीतरागता पत्थर कैसे हो सकती थी। वह तो सर्व प्रति निरपेक्ष और निष्काम भाव से प्रवाहित पूर्ण प्रेम में ही प्रतिफलित हो सकती थी। यदि मेरे शब्द से ऐसी कोई निष्प्राण वीतरागता क्षुण्ण हुई है, तो ठीक ही हुआ है, क्योंकि ऐसी किसी निस्पन्द वीतरागता में मेरी कोई दिलचस्पी नहीं है। जैनों के अनुसार ही अर्हन्त और सिद्ध में अनन्त गुण और सम्भावनाएँ एक साथ प्रकट हो उठती हैं। तो उसमें निषेध और अस्वीकार को अवकाश ही कहाँ है? सिद्धात्मा सर्व-समावेशी ही हो सकते हैं : क्योंकि त्रिलोक और त्रिकाल सतत उनके ज्ञान के परम भोग्य विषय बने हुए हैं। और सतत परिणमन के निरन्तर ज्ञानी, क्रियावादी महावीर की वीतरागता जड़, कूटस्थ, निस्पन्द कैसे हो सकती है? सत्ता का लक्षण ही है निरन्तर परिणमन, प्रकम्पन, अनुकम्पन, निरन्तर संवेदन और अनाद्यन्त विकास की धारा, अनन्त ज्ञान-दर्शन-सुख-वीर्य की अनाहत प्रवहमानता।

महावीर मेरे मन एक सर्वतोमुखी (इन्टीग्रल) पूर्णपुरुष हैं। वे अनेकान्त सत्ता-पुरुष हैं। सारे देश-काल, उनकी सारी लीलाएँ, उनके ज्ञान में अनायास आश्लेषित और समावेशित हैं। वस्तु के स्वाभाविक (पॉजिटिव) और वैभाविक (निगेटिव), दोनों ही परिणमन उन्हें यथास्थान स्वीकार्य हैं, क्योंकि वे यथा-सन्दर्भ अनिवार्य हैं। इसी कारण इस पूर्ण योगीश्वर ने भोग को भी नकारा नहीं है। वैयक्तिक चेतना के विकास की क्रमबद्ध भूमिकाओं या पर्यायों में, उन्होंने हर कामिक स्फुरण का भी ऊर्ध्वीकरण की एक अनिवार्य प्रक्रिया के रूप में सम्यक् उपयोग कर लिया है। महावीर ब्रह्म-परिनिर्वाण पर समाप्त नहीं। उनकी सर्वज्ञ और सर्वकालवर्ती ज्ञान-चेतना ने असंख्य

वैयक्तिक आत्माओं की अनाद्यन्त विद्यमानता को स्वीकृति दी है। हर आत्मा यहाँ अन्ततः ब्रह्म में खो जाने को नहीं है, वह अनन्तकाल में उत्तरोत्तर अनन्त पूर्णत्व में उत्तीर्ण होते जाने के लिए है। यही हर आत्मा की नियति है। उसकी इयत्ता और अस्मिता, आदि के अन्त तक शाश्वती (इटर्निटी) में वैयक्तिक रूप से मौजूद रहनेवाली है। श्री अरविन्द ने भी इसी को स्वीकारा है। ईसाइयत और इस्लाम में भी हर आत्मा की 'आइडेंटिटी' (व्यक्तिमत्ता) सर्वकाल रहनेवाली मानी गयी है।

इसी सर्व-समावेशी और अनन्त परिप्रेक्ष्य में, भोग और योग की संयुक्त स्थिति का साक्षात्कार होता है। जब सत्ता स्वयं ही हर पल 'इन्टीग्रल' है, नाना-आयामी है, अनैकान्तिक है, तो भोग के बीच कोई अन्तिम विभाजक रेखा कैसे खींची जा सकती है। सत्ता के इस 'कॉस्मोग्राफ' में कब एक ही आत्मा क्षणांश मात्र में ही, भोग से योग में और योग से भोग में अतिक्रमित हो जाएगी, इसका निर्णय केवल पूर्णज्ञानी, सर्वज्ञ योगीश्वर ही कर सकता है। कोई नीति-शास्त्र, आचार-शास्त्र और तथाकथित पीठाधीश धर्म-गुरु इसका निर्णय नहीं कर सकता।

इस कृति में आप उपर्युक्त सूक्ष्म, निगूढ़ और अगम्य चेतना-परिणमनों की बड़ी नाटकीय और विरोधाभासी स्थितियों का सृजनात्मक लीला-खेल जगह-जगह पाएँगे। सत्ता और आत्म-चेतना के इसी निरन्तर अनैकान्तिक परिणमन के कारण पाठक को पारस्परिक विरोध या 'कॉन्ट्रडिक्शन इन टर्म्स' की भ्रान्ति हो सकती है। लेकिन जब सत्ता स्वयं ही एकबारगी नाना रूपों में परिणमन करती दिखाई पड़ती है, तो शब्द में उसका कथन स्वभावतः विरोधाभासी (पेराडॉक्सीकल) लग सकता है। इसी से प्रायः परमज्ञानियों की भाषा सन्ध्या-भाषा रही है : प्रतीकों और संकेतों में ही वे बोलते सुनाई पड़ते हैं। एक ही कथन में अनेक गूढ़ भाव और आशय गर्भित रहते हैं। बेशक सर्वज्ञ अविरोध-वाक् होता है। उसकी तत्त्व-प्ररूपणा में पूर्वापर विरोध नहीं होता। नहीं हो सकता। लेकिन विभिन्न सन्दर्भों में उसका कथन सापेक्ष ही होता है। महावीर कहीं कहते हैं कि : 'मैं तोड़ने नहीं, जोड़ने आया हूँ।' तो अन्यत्र यह भी कहते सुनाई पड़ते हैं कि 'हम जोड़ने नहीं, तोड़ने आये हैं।' कबीर की उलटबाँसियाँ भी इसके अच्छे उदाहरण हैं। उपनिषद् और अद्वैत वेदान्त की सारी भाषा एक साथ इतनी बहुमुखी है, कि उसे अर्थ से नहीं, भाव से ही हृदयंगम किया जा सकता है। वह साक्षात्कृत और सर्वसमावेशी परम तत्त्व की नानाभाविनी और शाश्वत कविता है।

पूर्णज्ञानी सर्वज्ञ की वाणी, कविता की सर्वतोभावी भाषा में ही व्यक्त हो सकती है। इसी से सारे शास्ताओं और ज्योतिर्धरों की मूल वाणियाँ कविता में उच्चरित हैं, दार्शनिक तत्त्वज्ञान में नहीं। महावीर की दिव्य-ध्वनि भी एक सर्व-संवेद्य काव्य-वाणी ही है, जिसे पशु-पक्षी तक समझ लेते हैं। दर्शन और सिद्धान्त तो बाद को अनुयायियों ने बनाये हैं। उनसे महावीर का सम्यक् आकलन सम्भव नहीं। इसी लिए

'अनुत्तर योगी' को काव्य में ही सृजित होना पड़ा। और इसी कारण उपन्यास की विधागत सीमा और ढाँचे को भी उसने तोड़ दिया। इसीलिए इस कृति को स्वयं अपने आप में एक स्वतन्त्र विधा हो जाना पड़ा। मौलिक और असली महावीर की खोज और रचना इस मुक्त महा-काव्यात्मक स्तर के अतिरिक्त सम्भव नहीं हो सकती थी।

प्रस्तुत तृतीय खंड के अन्तिम दो अध्याय हैं : 'इतिहास का अग्नि-स्नान' और 'क्या कल्कि अवतार होने को है ?'। इनमें आनन्द गृहपति श्रावक के कथानक को, वर्तमान युग-चेतना के सन्दर्भ में मैंने एक नया मोड़ दिया है। आगमों में एक ग्रन्थ है : 'उवासग दसाओ'—अर्थात् भगवान महावीर के 'दस उपासक'। ये दसों उपासक अपार सम्पत्ति के स्वामी श्रीमन्त थे, और महावीर के प्रमुख दस श्रेष्ठी उपासक श्रावकों के रूप में सुप्रतिष्ठित हैं। वस्तुतः ये आदर्श श्रावक-श्रेष्ठ माने गये हैं। ये मूलतः उच्चात्मा थे, और भगवान के पास अपने त्याग, व्रत और परिग्रह-परिमाण की एक लम्बी तालिका लेकर आते हैं। मूल कथाओं के अनुसार भगवान इन्हें श्रावक के बारह व्रतों में दीक्षित करते हैं, इनके परिग्रह-त्याग को स्वीकारते हैं, फिर ये गार्हस्थ में रहकर ही सामायिक-ध्यान की गहरी साधना करते हैं, जिसमें अनेक आसुरी शक्तियाँ इन पर आक्रमण करके इनकी निष्ठा को तोड़ना चाहती हैं, पर ये उन अग्नि-परीक्षाओं में से अविचल पार उतर कर, मरणोपरान्त उच्च देवलोकों में जन्म लेते हैं। यह प्रक्रिया इतनी रूढ़ और पालतू किस्म की है, कि इसको ज्यों -का-त्यों रचना आज के सन्दर्भ में सर्वथा अप्रासंगिक और खोखला जान पड़ा।

इन दसों उपासकों की कथाएँ लगभग एक जैसी हैं। सो मैंने केवल श्रावक-शिरोमणि आनन्द गृहपति के आख्यान को प्रतीक रूप में चुनकर, उसे एक युगानुरूप मोड़ मन्तव्य और आशय प्रदान किया है। आनन्द गृहपति बेशक अपनी मूल चेतना में एक उच्चात्मा और सच्चा मुमुक्षु है। वह अपनी सम्पदा और भोग से ऊब गया है। उसमें शाश्वत सुख के लिए एक तीव्र पुकार जागी है। वह शास्त्र और श्रमण से सुने धर्म की रूढ़ि के अनुसार, अपने व्रत-त्याग की एक लम्बी सूची मन-ही-मन बना लाता है और भगवान के आगे उसे निवेदन कर उनसे श्रावक-दीक्षा पाना चाहता। भगवान उस व्रत-त्याग सूची से सर्वथा अप्रभावित रहते हैं। आनन्द को उनसे कोई प्रतिवाद (रेस्पॉन्स) या उत्तर नहीं मिलता। भगवान एकदम कठोर, निश्चल और उदासीन हैं— उसके लम्बे व्रत-व्याख्यान के प्रति। आनन्द निराश और नाराज हो जाता है। तभी हठात् भगवान कहते सुनाई पड़ते हैं : 'जो मूल में ही तेरा नहीं, उसका त्याग कैसा, आनन्द ?...'

यहाँ से आरम्भ होकर भगवान के साथ जो आनन्द गृहपति का लम्बा वार्तालाप

होता है, उसमें शास्ता अर्हत् महावीर अपनी खरधार सत्य वाणी से उसके व्रतों की सारी तालिका को छेक देते हैं। उसे 'रिजेक्ट' कर देते हैं। उसे बुनियादी तौर पर ही निराधार, नाजायज और गैरकानूनी करार दे देते हैं। वे उस सारे व्रत-त्याग के पीछे छुपे 'स्वामित्व' के अहंकार-ममकार को उजागर कर देते हैं। वस्तु-स्वभाव ही धर्म है। परिग्रह, अधिकार, मालिकी वस्तु-स्वभाव के विरुद्ध है। अतः वह अधर्म है। वह धर्म और आत्मा के साथ दगाबाजी है। इस तरह जिनेश्वरों द्वारा साक्षात्कृत सत्ता-स्वरूप और वस्तु-स्वभाव के आधार पर ही महावीर इतिहास में आदि से अन्त तक व्याप्त सत्ता-सम्पत्ति-स्वामित्व मात्र को नकार देते हैं, काट देते हैं। उसे मनुष्य द्वारा मनुष्य के विरुद्ध जघन्यतम अपराध करार देते हैं। जिनेश्वरों ने राग-ममकार और परिग्रह को ही सारे पापों का मूल बताया है। इस प्रस्थापन के आधार पर, मार्क्स महावीर के ही एक वर्तमान आयाम के रूप में प्रकट हो उठते हैं। मार्क्स की यदि सीमाएँ हैं, तो वे द्रव्य, क्षेत्र, काल, भाव के अनुसार स्वाभाविक और अनिवार्य हैं।

वस्तु-स्वभावी शाश्वत धर्म की इसी भूमि पर भगवान आनन्द गृहपति की रूढ़ व्रत-त्याग की सूची को व्यर्थ कर देते हैं। वे स्पष्ट कहते हैं, कि जो वस्तु-स्वभाव और आत्म-स्वभाव से संगत नहीं, ऐसा तमाम परम्परागत व्रत-नियम-त्याग-आचार मात्र पाखंड है, झूठ है, बेबुनियाद है। वह आत्म-प्रवंचना है। मात्र बाह्य आचार-पालन से आत्मज्ञान सम्भव नहीं। आत्मज्ञान के उत्तरोत्तर प्रकटीकरण से ही, अनायास सम्यक् आचार जीवन में प्रकट होता जाता है। आज के मनुष्य की जो मनोवैज्ञानिक आत्म-स्थिति है, उससे भी यही बात संगत सिद्ध हो सकती है। आज का मनुष्य किसी बाहरी त्याग-विराग, व्रत-नियम-आचार को भी न स्वीकारेगा। क्योंकि उसके पाखंड से वह खूब परिचित हो चुका है। वह ध्यान-समाधि द्वारा सीधे आत्मानुभव तक जाना जाता है। उस आत्मानुभव में से जो आचार सहज जीवन में उतरेगा, वही उसके मन सच्ची और स्थायी उपलब्धि हो सकती है। सत्य-अहिंसा-अपरिग्रह के 'पालन' से समाधि नहीं मिल सकती, समाधि में से ही ये स्वभावगत धर्म प्रकट हो सकते हैं।

यह प्रक्रिया महावीर के मूल साक्षात्कृत धर्म से लगाकर, आज के टू-डेट मनोविज्ञान और समाजवाद तक अत्यन्त संगत रूप से उपलब्ध हो जाती है। यह मेरी व्याख्या नहीं, 'रिडिस्कवरी' है, पुरुद्घाटन मात्र है। स्थूल नैतिकता और व्रत-आचार में ही धर्म की इतिश्री देखने वाले जैनों तथा अन्य धर्मियों को भी, धर्म के इस पुनःसाक्षात्कार से गहरा धक्का पहुँचेगा। उनके पैरों तले की जमीन हट जाएगी, उनके मिथ्यात्व की जड़ें उखड़ जाएँगी। लेकिन यह अनिवार्य है। और यही महावीर का विप्लवी और अतिक्रान्तिकारी स्वरूप है।

वर्ग-प्रभुता, वर्ग-विग्रह, शोषण आदि वैषम्य सभ्यता के इतिहास में आरम्भ से ही चले आये हैं। हमारे वैज्ञानिक युग ने इतिहास के इस बद्धमूल कैंसर को पकड़

कर सामने पटक दिया है। महावीर यदि त्रिकालदर्शी और त्रिकालवर्ती हैं, तो स्वभावतः आज के युग में जब उनके व्यक्तित्व का पुनःसृजन होगा, तो आज के मनुष्य को वे ठीक आज की भाषा में ही सम्बोधन करते सुनाई पड़ेंगे। उनकी वाणी में यदि वर्ग-विग्रह या शोषण जैसे शब्द आते हैं, तो युग-सन्दर्भ में, ठीक महावीर के उपलब्ध व्यक्तित्व की संगति में ही, वे अत्यन्त स्वाभाविक, सही, संगत और अनिवार्य हैं। आज के मनुष्य के पीड़न की पुकार के उत्तर में, महावीर आज की भाषा में ही बोल सकते हैं। ऐतिहासिक परिप्रेक्ष्य चाहे उनके युग का ही क्यों न हो। क्योंकि जो तब प्रासंगिक था, वही आज भी प्रासंगिक है। और सर्वज्ञ महावीर सर्वकालीन भाषा ही बोल सकते हैं। सर्वज्ञ की भाषा समकालीन और सर्वकालीन एक साथ होती है।

जैसा कि पहले कह चुका हूँ, कुछ विरल अपवादों को छोड़कर, हमारे अधिकांश समीक्षकों का ऐतिहासिक दृष्टिकोण अत्यन्त तथ्यात्मक और सतही पाया जाता है। धारावाहिक काल-दृष्टि से उनकी मानसिकता और चेतना सर्वथा अछूती और अनजान है। वे ऐसा स्थूल सवाल उठा ही सकते हैं, कि महावीर के काल के साथ 'सर्वहारा', 'सर्वहारी', 'शोषक-शोषित', 'प्रभु-वर्ग' आदि शब्द कैसे संगत हो सकते हैं? उस सारी सतही इतिहास-दृष्टि की भ्रान्ति को आमूल खत्म कर देने के लिए ही उपर्युक्त विवेचन अनिवार्य जान पड़ा।

पहले ही स्पष्ट कर चुका हूँ, कि अनेकान्त-द्रष्टा महावीर की वाणी में पूर्वापर विरोध तो सम्भव नहीं, लेकिन प्रसंगानुसार विरोधाभासी उक्तियाँ मिल सकती हैं। मसलन कहीं तो महावीर अकर्ता भाव से बोलते सुनाई पड़ते हैं, और कहीं कर्ता भाव से। कहीं वे कहते हैं, कि 'महावीर पर में हस्तक्षेप नहीं करता, वह कुछ करता नहीं, परिणाम स्वतः प्रकट होता है।' तो कहीं वे सारे इतिहास के दुश्चक्र को उलट देने की बात करते हैं। वे अनेक उद्घोषणाएँ करते सुनाई पड़ते हैं, कि मैं यह करने आया हूँ, मैं वह करने आया हूँ। यह ठीक वैसा ही है, जैसे गीता में श्रीकृष्ण एक ओर तो सारा कर्तृत्व अपने हाथ में ले लेते हैं, और दूसरी ओर 'न कर्तृत्वम् न कर्माणां च...' कहकर सारे कर्तृत्व से अपने को मुक्त कर लेते हैं। यहाँ वही अनेकान्तवाद और सापेक्षवाद सम्मुख आता है। कृष्ण हों कि महावीर हों, अपेक्षा विशेष से वे कर्ता भी हैं, अपेक्षा विशेष से वे अकर्ता भी हैं। क्योंकि यह अनैकान्तिकता, यह सापेक्षता, वस्तु-स्वभाव है, आत्म-स्वभाव है। अनैकान्तिक सत्ता सपाट रेखावत् नहीं होती, वह चक्राकार और अन्तर्गत होती है। इसी से उनकी अभिव्यक्ति की भाषा भी, सपाट रेखिल न होकर, चक्रिल होती है, और इसी कारण सतही पाठक को उसमें अन्तर्विरोध की गलतफहमी होती है। जहाँ भी पाठकों को ऐसा कोई अन्तर्विरोध दिखाई पड़े, वहाँ वे उपर्युक्त

स्पष्टीकरण की रोशनी में समाधान पा सकते हैं।

एकाध मित्र ने समग्र कृति के रूप-बन्ध या स्ट्रक्चर का प्रश्न उठाया है। अपेक्षा की गयी है, कि इतनी विराट् कृति को योजनाबद्ध और सुसंगठित रूप से लिखा जाना चाहिए था। उन्हें इसमें तथ्यात्मक संयोजना या संगति चूकती नजर आती है। यह इस कारण, कि हमारे वहाँ रूपबन्ध (स्ट्रक्चर), विधा और संगति सम्बन्धी धारणा भी रूढ़िग्रस्त हो गयी है। इस मुद्दे पर लेखक और समीक्षक दोनों में ही मौलिकता, अन्तर्दृष्टि और पहल का अभाव स्पष्ट लक्षित होता है। 'अनुत्तर योगी' में स्ट्रक्चर संगति और विधागत सारी पूर्व धारणाएँ अनायास टूटी हैं। क्योंकि इस रचना का केन्द्रीय नायक है, अनन्त-आयामी अनन्त-पुरुष महावीर। स्वयं विषय-वस्तु के इस डायनामिज़्म ने, रचना-स्तर पर अनायास सारी ऐसी कृत्रिम सीमाओं को छिन्न-भिन्न कर दिया है। इस कृति के स्ट्रक्चर को, ठीक प्रकृति में चल रही नैसर्गिक रूपायनगत प्रक्रिया से समझा जा सकता है। जैसे पर्वत का प्रकटीकरण होता है, स्वयं पृथ्वी की एक अन्तर-क्रियागत चेतना या अनुप्रेरणा से। जैसे समुद्र में एक प्रवाल का फूल फूटता है, और समुद्र को नैसर्गिक गतिमत्ता से एक दिन वह प्रवाल की एक विशाल चट्टान का रूप धारण कर लेता है। वैसे ही जैसे लावा पक्षी का सुनिर्मित, सुशिल्पित जालीदार घोंसला अनायासिक होता है। 'अनुत्तर योगी' का स्ट्रक्चर और उसकी रचना-प्रक्रिया भी ठीक उसी प्रकार है। महावीर एक ऐसी सत्ता है, जिसका कलात्मक रूपायन भी स्वयं उसकी चेतना में से ही प्रकट होता है। जैसे समुद्र के हिल्लोलन में से स्वतः आर्विभूत रत्नों की राशियाँ। और कला में संगति तार्किक नहीं, भाविक होती है, यह हमारे आधुनिक पाठक और समीक्षक को भी यदि नहीं मालूम, तो इस कृति से मालूम हो जाना चाहिए।

स्तरीय पाठकों और साहित्य-विवेचकों के बीच यह कृति कहाँ तक सफल या विफल हुई, इसका निर्णय तो स्वयं समय करेगा। लेकिन पूरे अर्वाचीन भारतीय वाङ्मय में, यह किताब अपनी तरह की बहुत अलग साबित हुई है। महावीर की नियति रचना-स्तर पर यही हो सकती थी। इस नियति का साहित्य में क्या अंजाम होता है, यह तो वक्त देखे। मगर मुझे इसकी रचना से दो उजागर और अचूक लाभ हो गये। एक तो सृजन के इस बेमुद्दत लम्बे रियाज के दौरान, मैंने कला-सम्भावना के कई अद्भुत द्वीप खोज निकाले, और कथ्य तथा शिल्प के कई अज्ञात और अकूत खजानों की कुंजियाँ मेरे हाथ लग गयीं। दूसरे, मैं महावीर के जीवन सृजन में सफल हो सका या नहीं, यह महावीर खुद जानें, लेकिन इस सृजन से मेरी अन्तश्चेतना और मेरे अन्तर-बाह्य व्यक्तित्व का जो एक सर्वथा अपूर्व नवजन्म और नवसृजन हुआ है, वह वचनातीत है। इस सृजन ने मुझे एक अटल निश्चय (सर्टीट्यूड) की ध्रुव चट्टान पर अविचल खड़ा कर दिया है। एक ऐसी गहराई भीतर खुलती जा रही है, जिसमें

सारे द्वन्द्व, विकल्प, भय अनायास विसर्जित होते दिखाई पड़ते हैं। अब मेरे मन में कोई प्रश्न या सन्देह नहीं उठता। जो है सो है, यथास्थान। और मैं मानो यथा-प्रसंग बेहिचक ठीक कार्यवाही करता जा रहा हूँ। इतना यदि हो सका है, तो कृति की अन्य किसी सफलता का मैं कायल नहीं।

आश्चर्यों का आश्चर्य तो यह है, कि प्रशिष्ट (सॉफिस्टीकेटेड) पाठक इस किताब को अक्सर दुरूह और सामान्य पाठक की पहोंच के बाहर कहते सुने जाते हैं, जबकि वास्तविकता यह है कि यह रचना सच्चे भावक और रसिक किस्म के सर्व सामान्य पाठकों के बीच ही अधिक लोकप्रिय होती दिखाई पड़ रही है। उन्हें इसमें गहरा रस और समाधान मिलता है।

मेरे ये अनाम अज्ञात पाठक ही मेरे सच्चे आत्मीय भावक, और मेरी कृति के असली मूल्यांकनकार हैं। महाकाल की धारा में यही मूल्यांकन टिकने वाला है। मेरे ये अनजान दरदी और मरमी, जब चाहें मुझे तलब कर सकते हैं। उनके प्रति मेरी कृतज्ञता शब्द से परे है।

श्री माँ जन्मशती दिवस; —**वीरेन्द्रकुमार जैन**
21 फरवरी, 1978
गोविन्द निवास, सरोजिनी रोड,
विले पारले (पश्चिम), बम्बई-56

णाणं

पयासयं

वीर नि.सं. 2470

ई. सन् 1944

भारतीय ज्ञानपीठ